中国好散文 2015

王聚敏 李登建 主编

山东人民出版社
国家一级出版社 全国百佳图书出版单位

图书在版编目（CIP）数据

中国好散文2015 / 王聚敏，李登建主编.-- 济南：山东人民出版社，2016.3
ISBN 978-7-209-09549-5

Ⅰ．①中… Ⅱ．①王… ②李… Ⅲ．①散文集-中国-当代 Ⅳ．①I267

中国版本图书馆CIP数据核字(2016)第035579号

中国好散文2015

王聚敏　李登建　主编

主管部门	山东出版传媒股份有限公司
出版发行	山东人民出版社
社　　址	济南市胜利大街39号
邮　　编	250001
电　　话	总编室（0531）82098914
	市场部（0531）82098027
网　　址	http://www.sd-book.com.cn
印　　装	山东省东营市新华印刷厂
经　　销	新华书店
规　　格	16开（165mm×230mm）
印　　张	26
字　　数	420千字
版　　次	2016年3月第1版
印　　次	2016年3月第1次
ISBN	978-7-209-09549-5
定　　价	39.00元

如有印装质量问题，请与出版社总编室联系调换。

目　录

张　炜	携一本书游走 001
贾平凹	条子沟 004
张承志	歌手和游击队员一样 010
张守仁	我赞骏马 019
王宗仁	瞭望孔里的拉萨八廓街 022
韩小蕙	给古往今来一块界碑 026
王　彬	我笑青山 032
彭　程	在母语的屋檐下 038
丁建元	归零地 046
冯秋子	夜 052
孙　歌	庶民的"契约精神"（外二篇）056
南　帆	泥土哪去了 070
马　力	听那灵魂的歌唱 ——参谒新圣女公墓 080
查　干	飞蓬与洞箫 087
任林举	红 090
鲍尔吉·原野	风到底要吹走了什么？101
朱以撒	洗　手 107
周晓枫	初洗如婴 112
塞　壬	祖母即将死去 126
习　习	流　徙 144
格　致	乌拉古城墙上的直角 158
杨海蒂	大河家 172
王　族	判断者说 175

徐　迅	我的故乡雨雪初霁	185
葛水平	服饰的活性和通达	192
雷平阳	赣南七则	198
李登建	闭上你的眼睛	202
杨献平	犹如蚁鸣	207
耿　立	錾磨师傅	214
李木生	六月的喀纳斯	218
周蓬桦	火柴和它留下的灰烬	223
乔洪涛	雨水和惊蛰	229
吴佳骏	我的乡村我的城	239
阿　占	半抽屉勋章	249
李　颖	父亲的三个可疑身份	260
董　华	恩妻	276
范晓波	无涯	282
吴昕孺	一张纸的前世今生	287
郑骁锋	刀笔乡	296
端木赐	虫日	309
李晓君	雪	315
干亚群	鞋底下的年轻	319
穆志强	为故乡喊魂	323
若　荷	乡村集市	331
戴红梅	阿华的午后	338
逄金一	街书	345
姚凤霄	请还我们夜的黑	349
王　宇	越界来到青春的广场	355
芦苇泉	一种凝固的结构	358
崔东汇	我曾经的两个上级	364
蒋　新	舞煤者之殇	373
刘月新	找娘	380
蔡崇达	母亲的房子	385
蔡飞跃	善行，从古渡播撒	399
	后记	409

携一本书游走 张　炜

我小时候，大概是刚能阅读一点文学作品的年纪，读过一本没有封皮的书。这本书严格讲只是一部残卷，因为前后都撕去了一部分，最前边一篇的题目只剩下三个稍大一点的字："暴风雨……"所以我连这篇作品叫什么名字都不得而知，更不用说整本书的书名了。

这部残卷让我如痴如迷。它写了俄罗斯莽林，写了猎人和林中各色居民的生活，更写了无数的动物。这些处处洋溢着浓烈林野气息的文字，绵绵无尽的天籁，把我深深地笼罩和吸引了。

我当年也生活在林子里，那是海边的一处国有林场，林场又连接了几万亩滨海自然林和无边的荒野。书中景物与现实生活或可作比，我生活于其中的这片林野虽然远没有书中那么苍茫，但对我而言也足够浩大了。最为不同的是林子里活动的人和动物：身边的林子没有那么多凶猛的大型动物，也没有那么多出生入死的职业猎人，更没有那么多惊天动地的故事。

这本书为我打开了一扇诱人的生活之窗。透过这扇窗户，我看到了世界上另一片神奇的土地。在很长时间里，我的神思一直跟上了书中的人物和动物，几乎寸步不愿分离，一起痛苦一起欢乐。那些猎人们的枪散发出的硝烟味，时不时地从我的鼻孔前飘过，让我永难忘怀。

这些文字让我入迷的原因，可能主要是它讲述的传奇故事、它展示的生活内容。时至今日，在经历了漫长的文字生涯之后，或许让我想得更多也更明白：一切绝非那样简单。这部残卷传递出的是更为复杂和丰富的东西，它难以言喻，这或可称之为一位苏俄作家所独有的生命气质与文学个性。如果仅仅是一则则曲折的故事，大概不会有那样的魔力。

因为它是一部残卷，作者是谁，书名为何，我一直不知道。

那是一个书籍奇缺的年代，能够遇到这样一叠好文字真是太幸运了。可我当时毕竟还读了许多其他的书，这其中也不乏经典，但最难忘最着迷的却是这样一部残卷。我的写作自然而然地受到了它的影响，比如我常常讲述林子里的故事，这也是我的少年经历；更有趣的是，我笔下的人物也常常要背一杆枪。的确，我当年也看到了很多猎人，并曾经跟上他们在林中蹿跑。林中生活和一些人的行迹让我如此难忘，当然是受到了那本残卷的影响。

长期以来，我深深地感激着一位不知名的苏俄作家。

十几岁的时候，我不得不离开海边林野，一个人在半岛地区游荡。我有一个背囊，里面装的全是自己的必需，这当中却永远有着这本残卷，外加我写成的一叠叠稚嫩的文字。

由于太喜欢这本书了，我曾不止一次将它借给旅途上的文学朋友。我希望他们也像我一样喜欢，我们能够一起分享这道精神与文学的盛宴。这是怎样愉快的时刻。这使我们有机会一起畅谈林野和文学——那时看来这二者是不可分离的。那是多么难忘的日子。

万分可惜的是，有一次远行，我把这本书遗在了一位朋友那儿，归来时却怎么也找不到他了。生活匆促多艰，我当时站在路边，觉得两手空空，一贫如洗。后来许多年，我都尝试着寻找这部书，但一直没能如愿。

就这样，我失去了它。

我牢牢地记住了书的内容。我经常想念它，如同想念一位儿时的挚友。

我去城市上学，然后到了更大的城市工作。我最终从事专业写作，并且写出了上千万字。不一定什么时候，我会突然想到这部残卷。在深夜，偶有失眠时，我会想起它。

不难想象，我仍然没有终止寻找，还在一次次做出努力。问题是我弄不清这部残卷的书名与作者。转过了多少图书馆，长时间站在浩如烟海的书目前。这真的是太难了。我差不多不再抱有那个希望了。

互联网时代来临了。我可以在网上搜索。但没有书名也没有作者，这道难题并不好解。

一个好朋友听我说过这部残卷。他不仅是一个极为认真仔细的人，而且精于网事。某一天，在我完全没有预料没有指望的情势之下，他竟然发来了一则短信，上面报告了一个喜讯。我一开始不敢相信，电话里交谈了一会儿，详细说到了一些内容，让我心里一阵滚烫。我们笃信不疑：是的，是它，这一回真的找到了。

找到了少年之梦，儿时挚友，一个曾经伴我游走四方的挚友……这一夜差点失眠。

朋友迅速将从旧书网上求购的仅存几本的书寄给了我。五成新。中短篇小说集。书名：《猎人的故事》。作者：阿拉米列夫。首篇：中篇小说《暴风雨前》。它出版于1957年的作家出版社。书的扉页上有作者的黑白照片，让我久久端详。有些瘦削的长脸膛，深邃的目光。

从作者简介中得知，他生于1897年，仅仅活了57岁。

——选自人民日报出版社2015年6月《一本深刻影响我的书》

条子沟 贾平凹

镇街往西北走五里地，就是条子沟。沟长三十里，有四个村子。每个村子都是一个姓，多的二十五六家，少的只有三户。

沟口一个石狮子，脑袋是身子的一半，眼睛是脑袋的一半，斑驳得毛发都不清了，躺在烂草里，天旱时把它立起来，天就下雨。

镇街上的人从来看不起条子沟的人，因为沟里没有水田，也种不成棉花，他们三六九日来赶集，背一篓柴火，或掮一根木头，出卖了，便在镇街的饭馆里吃一碗炒米。那些女人家，用水把头发抹得光光的，出沟时在破衣裳上套一件新衣裳，进沟时又把新衣裳脱了。但条子沟的坡坡坎坎上都能种几窝豆子，栽几棵苞谷，稀饭里煮的土豆不切，一碗里能有几个土豆，再就是有树，不愁烧柴，盖房子也不用花钱买椽。

街上的人从来缺吃的，也更缺烧的，就只能去条子沟砍柴。我小时候也和大人们三天五天里进沟一次，十五里内，两边的坡梁上全没了树，光秃秃的，连树根都被刨完了。后来，十五里外有了护林员，胳膊上带一个红袖筒，手里提着铐子和木棒，个个面目狰狞，砍柴就要走到沟脑，翻过庾岭了，去外县的林子里。但进沟脑翻庾岭太远，我们仍是在沟里偷着砍，沟里的人家看守不住村后的林子，甚至连房前屋后的树也看守不住。经常要闹出沟里的人收缴了砍柴人的斧头和背篓，或是抓住砍柴人了，把胳膊腿打伤，脱了鞋扔到坡底去，也有打人者来赶集，被砍柴者认出，压在地上殴打，重的有断了肋骨，轻的在地上爬着找牙，从此再不敢到镇街。

沟里人想了各种办法咒镇街人，用红漆和白灰水在石崖上画镇街人，都是人身子长着狼头，但几十年都没见过狼了，狼头画的像狗头。

他们守不住集体的那些山林，就把房前屋后属于自家的那些树看得紧。沟里的风俗是人一生下来就要在住户周围栽一棵树，松木的桐木的杨木的，人长树也长，等到人死了，这棵树就做棺材。所以，他们要保护树，便在树上贴了符，还要在树下围一圈狼牙棘，还要想法让老鸦在树上搓窝。谁要敢去砍，近不了树身，就是近去砍了，老鸦一叫，他们就扑出来拼命。但即便这样，房前屋后仍还有树也被砍掉了。

我和几个人就砍过姓许的那家的树。

姓许的村子就三户，两户在上边的河畔，一户在下边靠坡根，我们一共五个人，我和年纪最大的老叔到门前和屋主说话，另外三个人就到屋后去，要砍那三棵红椿树。老叔拿了一口袋十二斤米，口气软和善问换不换包谷。屋主寒毛饥瘦，穿了件露着棉絮的袄，腰里系了根草绳。老叔说米是好米，没一颗烂的，一斤换二斤包谷。屋主说：包谷也是好包谷，耐煮，煮出来的糊汤黏，一斤米只能换一斤四两包谷。老叔说：斤六两。屋主说：斤四两。我知道老叔故意在谈不拢，好让屋后砍树的人多些时间。我担心砍树的人千万不要用斧头，那样有响声，只能用锯，还是一边锯一边把尿尿到锯缝里。我心里发急，却装着没事的样子在门前转，看屋主养的猪肥不肥，看猪圈旁的那棵柿树梢上竟然还有一颗软柿，已经烂成半个，便拿脚蹬蹬树，想着能掉下来就掉到我嘴里。屋主说：不要蹬，那是给老鸦留的，它已经吃过一半了。我坐在磨盘上。沟里人家的门口都有一个石磨的，但许家的石磨上还凿着云纹。就猜想：这是为了推着省力，还是要让日子过得轻松些？

日子能轻松吗？！

讨价还价终于有了结果，一斤米换一斤半包谷。但是，屋主却看中了老叔身上的棉袄，说如果能把那棉袄给他，他可以给三十斤包谷。老叔的棉袄原本是黑粗布的，穿得褪了色，成了灰的，老叔当下脱了棉袄给他，只剩下件单衫子。

当三个人在屋后放倒了三棵红椿树，并已经捎到村前的河湾崖角下，他们给我们发咕咕的鸟叫声，我和老叔就背了包谷袋子离开了。屋主说：不喝水啦？我们说：不喝啦。屋主说：布谷鸟叫，现在咋还有布谷鸟？我们说：噢噢，那是野扑鸽声么。

过了五天，我们又进沟砍柴，思谋着今日去哪儿砍呀，路过姓许的村子，那个屋主人瘦了一圈，拿着一把砍刀，站在的前的石头上，他一见有人进沟砍柴的就骂，骂谁砍了他家的树。他当然怀疑了老叔，认定是和老叔一伙的人砍的，就要寻老叔。我吓得把帽子拉下来盖住脸，匆匆走过。而老叔这次没来，他穿了单衫子冻感冒了，躺在炕上五天没起来了。

条子沟的树连偷带抢地被砍着，坡梁就一年比一年往深处秃去。过了五年，姓许的那个村子已彻底秃了，三户人家仅剩下房前屋后的一些树。到了四月初一个晚上，发生了地震，镇街死了三个人，倒了七八间房子，第二天早上传来消息，条子沟走山了。走山就是山动了。过后，我们去了沟里，几乎是从进沟五里起，两边的坡梁不是泥石流就是坍塌，竟然一直到了许姓村子那儿。我们砍树的那户，房子全被埋没，屋主和他老娘，还有瘫子老婆和一个小女儿都死了。村里河畔的那两户人家，还有离许村八里外十二里外的张村和薛村的人都来帮着处理后事，猪圈牛棚鸡舍埋了没有再挖，从房子的土石中挖出的四具尸体，用苇卷着停放在那里，而大家在砍他家周围的树，全砍了，把大树解了根做棺材。

还是那个老叔，他把做完棺材还剩下的树全买了回来，盖了两间厦子房，还做了个小方桌，四把椅子，和一个火盆架。

老叔总是显摆他得了个大便宜，喜欢请人去他新房里吃瓜子，我去了一次，不知怎么竟感觉到那些木头就是树的尸体，便走出来。老叔说：你咋不吃瓜子呢？我说：我看看屹岬岭上的云，天是不是要下雨呀？屹岬岭在镇街的西南，那里有通往山外的公路。公路在岭上盘来绕去，觉得我与外边的世界似乎若即若离。

果然一年后，我考学离开了镇街，去了遥远的城市。从那以后，我就很少再回镇街，即便回来了，都是看望父母，祭奠祖坟，也没想到要去一下条子沟。再后来，农村改革，日子温饱，见到老叔还背了个背篓，以为他又要去砍柴，他说他去集市上买新麦种去,又说:世事真怪,现在有吃的啦,咋就也不缺烧的了?!再后来,城市也改革了,农村人又都往城市打工,镇街也开始变样,原先的人字架硬四椽的房子拆了,盖成水泥预制板的二层楼。再后来,父母相继过世,我回去安葬老人,镇街上遇到老叔,他坐在轮椅上,中风不语,见了我手胡乱地摇。再后来……

我差不多二十年没回去了,只说故乡和我没关系了,今年镇街却来了人,说他们想把镇街打造成旅游景点,邀我能回去参加一个论证会。我回去了,镇街是在扩张,有老房子,也有水泥楼,还有了几处仿古的建筑。我待了几天,得知我所熟悉的那些人,多半都死了,少半还活着的,不是瘫在炕上,就是滞呆了,成天坐在门墩上,你问他一句,他也能回答一句,你不问了,就再不吭声。但他们的后代都来看我,虽然不认识他们,就以相貌上辨别这是谁的儿子谁的孙子,其中有一个我对不上号,一问,姓许,哪里的许,条子沟的,说起那次走山,他说听他爹说过,绝了户的是他的三爷家。我一下子脑子里又是条子沟当年的事,问起现在沟里的情况,他告诉说二十多年了,镇街人不再进沟了,沟里的人有的去省城县城打工,混得好或者不好,但都没再回来,他家也是从沟里搬住在了镇街的。沟里四个村,三个村已经没人,只剩下沟脑一个村,村里也就是剩下三四户人家了。我说:能陪我进一次沟吗?他说:这让我给你准备准备。

他准备的是一个木棍,一盒清凉油,几片蛇药,还有一顶纱网帽。

第二天太阳高照,云层叠絮,和几个孩子一进沟,我就觉得沟里的河水大了。当年路从这边崖根往那边崖根去,河里都支有列石,现在水没了膝盖,蹚过去,木棍还真起了作用。两边坡梁上全都是树,树不是多么粗,但密密实实的绿,还是软的,风一吹就蠕蠕地动,便显得沟比先前狭窄了许多。往里继续深入,路越来越难走,树枝斜着横着过来,得不停地用棍子拨打,或者低头弯腰才能钻过去,就有各种蚊虫,往头上脸上来叮,清凉油也就派上了用场。走了有十里吧,开始有了池,而且是先经过一个小池,又经过了一个大池,后来又经过一个小池,那都是当年走山时坍塌下的土石堵成的。池面平静,能看见自己的毛发,水面上刚有了落叶,便见一种白头红尾的鸟衔了飞去，姓许的孩子说那是净水鸟。净水鸟我小时候就是没听说过，但我在池水里看见了昂嗤鱼，丢一颗石子过去，这鱼就自己叫自己名字，一时还彼起此伏。沿着池边再往里去。时不时就有蛇爬在路上，孩子们就走到我的前边，不停地用木棍打着草丛。一只野鸡嘎嘎地飞起来，又落在不远处的树丫上，姓许的孩子用弹弓打，打了三次没打中，却惊动了一个蜂巢，我还未带上纱网帽，蜂已到头上，大家全趴在地上不敢动，蜂又飞走了，我额头上却被叮起了一个包。亏得我还记得治蜂蜇的办法，忙把鼻涕抹上去，一会儿就不怎么疼痛了。

姓许的孩子说：本来想给你做一顿爆炒野鸡肉的，去沟脑了，看他们有没有獾肉。

我说：沟里还有獾了？

他说：啥野物都有。

我不禁感叹，当年镇街上人都进沟，现在人不来了，倒野物来了。

几乎是走了六七个小时，我们才到了沟脑薛村。村子模样还在却到处残墙断壁，进了一个巷道，不是这个房子的山墙坍了一角，就是那个房子的檐只剩下光椽，挂着蛛网。地面上原本都铺着石头，石头缝里竟长出了一人高的榆树苗和扫帚菜。先去了一家，门锁着，之前的梯田塄下，一个妇女在放牛。这妇女我似乎见过，也似乎没见过，她放着三头牛。我说：你是谁家的？回答：德胜家的。问：德胜呢？回答：走啦。问：走啦，去县城打工了？回答：死啦，前年在县城给人盖房，让电打死啦。我没有敢再问，看着她把牛往一个院子里赶，也跟了去，这院子很大，厦子房全倒了，还能在废墟里看到一个灶台和一个破瓮，而上房四间，门窗还好，却成了牛圈。问：这是你家？回答：是薛天宝的，人家在城里落脚了，把这房子撂了。到第二家去，是老俩口，才从镇街抬了个电视机回来，还没来得及开门，都累得坐在那里喘气。我说：还有电呀？老头说：有。我说：咋买这么大的电视机呀？老头说：天一黑没人说话么。他开了门让我们进去坐，我们没进去，去了另一家，这是个跛子，正鼻涕眼泪地哭，吓得我们忙问出了什么事了，这一问，他倒更伤心了，哭声像老牛一样。

问她是不是哭老婆了,他说不是,是不是哭儿了,他说不是,是不是有病了,他还说不是,而他咋哭成了这样?他说熊把他的蜂蜜吃了。果然院子角有一个蜂箱,已经破成几片子。

不就是一箱蜂蜜么!

我恨哩。

恨熊哩?

我恨人哩,这条子沟咋就没人了吗?我是养了一群鸡呀,黄鼠狼子今日叼一只明日叼一只,就全叼完了。前年来了射狗子,把牛的肠子掏了。今秋里,包谷刚棒子上挂缨,成群的野猪一夜间全给糟蹋了。这没法住了么,活不成了么!

跛子又哭了,拿拳头子打他的头。

我不知道说什么好。

返回来,又到了沟口,想起当年的那个石狮子,我和孩子们寻了半天,没有寻到。

——选自 2015 年第 11 期《美文》(上半月)

歌手和游击队员一样　　张承志

和许多同龄人一样，我的往昔岁月也点缀着一串歌。

但不同的是，在我的音乐履历上，先是染上了异族胡语的歌曲底色，然后又添上了与一些职业歌手结交的故事。甚至在想入非非之际，独自阑入白虎堂，幻想过自己也写词谱曲怀抱吉他，陷入激烈宣泄的深渊。

一

至今时而被一股异样的情绪攫住，控制不住作歌的冲动。《恋阙与胡琴》、*Alder-tai urō*（《有名的小马》），都是这种冲动的注脚。

记得还是在 1985 年到 1988 年之间，有一阵我不知怎么，陷入对做出一段蒙古歌的痴迷之中。似乎是想把玛拉沁夫《茫茫的草原》里的一段词改写成蒙语并且谱上曲。这件事悄悄地、在心在意地做了。有时在聚会上我唱过它，还用第一届全国短篇小说奖的奖金买的砖头录音机把它录下来，直到后来兴趣转移。

注意的焦点转移了，可其中的两句词一直没有忘：

>Tanei hamharsen tergen-ne mör
>你那散了架的勒勒车的辙印
>Tanei noqogasen aragal-in utā
>你那点燃干牛粪的青烟

当然，如今我觉得人对歌的迷恋心理，不过是人性必需的渴求。我很快就不再作歌手梦、也不再对自己的"歌作"当回事了。但 1984 年我从日本带着吉他和全套的备用弦、调音叉、变调卡圈甚至修理吉他的扳手回国时，由于异国体验更加强化了的蒙古草原的底层经历，不仅成了对文学、也成了对歌曲与歌手的感觉依据。

二

对 20 世纪日本的"民谣之神"（フォークの神様）冈林信康，我已经写了很多。甚至在我对日本的勾勒兼别辞的《敬重与惜别》一书中，他占了其中艺术的一章。

他是我结识过的著名职业歌手。不用说，对于刚刚从乌珠穆沁和北京大学毕业、渴望着世界知识与真正启蒙的 1983 年的我，冈林信康提供了比流行的欧美小说重要得多的艺术开眼。

后来我们成了密切交往的朋友，我去他的录音棚听半成品的制作，他来我寄居的板屋为我女儿唱歌。我渐渐熟悉了他的每一首歌，也渐渐懂得了他的每一点心思。必须牢记，那些与歌王共度的愉快时光无比珍贵，它不仅显示了一个艺术家素质中待人的好意，更反映了一个民族拥有的文化的善良。

他有若举例都会为难的、那么多的轰动曲。我在不同时期或者不同心境下，常久久倾听或身心投入地唱其中的某一些。不过，自从二十多年前他执着地向日本传统小调号子寻求出路以后，我似有觉察，侧耳倾听，逐渐发现了某种不易归纳也不便明说的信息。

这依然是一种东亚民族的底气不足。比起音乐民族，说到底，诸如中国日本的文化中，本质里缺乏音乐。他们的日常生活并非离不开歌曲——哪怕如今在电视上乔装打扮夜夜笙歌。他们的音乐代表人物在面对世界上狂轰滥炸般的音乐消费和生产时，显露出犹豫和胆怯。

而歌曲更重要的使命，是唱出生活的感受，是抗议不平的秩序。——这永远是一面挂在歌手眼前的镜子，它如炯炯注视的眼睛，使得意的人无法安心。

但我更理解一个被政治风暴伤害过的退役老兵的心理。《敬重与惜别》记下了我作为一个外国人能达到的将心比心:"我猜只有少数人才能透过那表情,看见一种受伤野兽的绝望。对政治的恐怖,居然能迅速变成对眼前观众、对围绕自己的人们的恐怖。"

我还利用周刊《AERA》(朝日新闻所属)的采访,婉转建议他回到"依靠诗作,一把吉他"的模式。但冈林信康的回答直截了当:一把吉他弹唱,会不会变成对寻求三十年前政治歌的人的迎合?

我感到震动。

我已经多次触碰过某种"左翼的痛苦"。但我也明白:永远沉浸在名人感觉中的他,已听不出我只是建议一条出路。对一位东亚民族的歌手而言——限界临近了。

其实抛去政治内容,这一出路虽然艰难但可能走通。我在他那一章的结尾,用幻听的口吻,引用了他早期的名曲《我们大家所盼望的》。这首歌大概作于1970年,却在今天(2015年1月,法国发生了"查理漫画"事件)使人感到了一种——难以形容的预言性。

> 我们大家盼望的,不是活着的痛苦
> 我们大家盼望的,是活着的喜悦
> 我们大家盼望的,不是把你杀掉
> 我们大家盼望的,是和你一起生存
> ——不能停留在至今的,不幸之上
> ——要向看不见的幸福,此刻出发

三

既然我无法潜入中亚(波斯—印度)音乐渊薮里涌出的那些令人痴醉宛如中毒的迷人歌曲,既然我又想快快挣脱"东亚"类型民族的音乐局限,不消说既然我还打算俯瞰和嘲笑四周的靡靡之音——投向西语歌曲,就是必然的事了。

那是一种音质清脆的语言。那是一种暗含魅力的复句。那是一种烙着阿拉伯的烙印又在印第安—拉丁美洲再生的艺术载体。也几乎就在第一次，我在刚刚听到一首的时候就被掳掠。突然在行年近老之际又与美遭遇，那时心里有一种空空的感觉。我默默地遗憾，确实已经太晚——我已没有时间粗枝大叶地掌握它了，像对蒙语和日语一样。

但是怎能躲得开那扰人的吸力！

从秘鲁到墨西哥，一支支在长途大巴上回荡的歌曲，都使我心神不宁。它们给人的，还不仅是赏心悦耳的听觉。那不容否定的底层意味，那艺术化了的痛苦和欢乐，都驾着响亮的音节，如同又一次的振聋发聩，带给我久违的激动。

于是隐退的青春又被鼓励了，哪怕跳过语法也想径直去囫囵吞枣——如今若数一数的话，居然我已经学会了二十几首西语歌曲，说实话，它们的歌词，即是我可怜而宝贵的小词典。

在学术散文集《常识的求知》的封面，我印上了几种专用来挑衅教授的外语：除了蒙文的诗、阿文的碑文、日文的俳句之外，还有两句西班牙文的歌词：

> Guadalajara en un llano，瓜达拉哈拉在平原
> México en una laguna，墨西哥在一个湖上

简单两句就带来一股新鲜的空气。它好像让人看见了一个印第安老人带着孩子，在远远眺望城市。由于古老的阿兹台克人真的用结草为筏、筏上营屋的办法把墨西哥城建在一个湖上，所以它逼真地写出的，是一种印第安人的地理感觉。

我使用"在印第安—拉丁美洲再生"这个表述，是因为人们教育我说，西班牙语的好歌不在西班牙而在拉美。仿佛这种殖民者语言被拉美大地实行了恩格斯讲的文化的"再征服"，被神秘地激活了。几次去西班牙本土，确

实那里无好歌可听。2003年在西班牙参加反对伊拉克战争的游行，人们唱的是阿根廷歌手莱昂·杰科（Leon Gieco）的歌。

他是我喜欢的拉美—西语歌手的一个有代表性的例子：有磁性而音域宽阔的嗓子，作词给人俯仰自如的感觉。作曲更是匪夷所思出口妙句。他们轻易地突破，在人所不能处俏皮地拐弯。想学么？每首歌都有点难，但唱熟了又百唱不厌。批判性高傲地沉淀歌里，对底层的刻画，悲悯而不羁。

> 爬上一列不知它去哪儿的火车
> 在一节车厢的煤堆上睡了个午觉
> 一直睡到我问自己
> 冬天到了时会怎么样
> 我已不知在哪儿睡的觉
> 车站的头儿看见了我扒车
> 他给我一间堆麦子小屋和干净麻袋
> 一直睡到我问自己
> 冬天到了时会怎么样
> 我已不知在哪儿过的冬

四

逐一数过外国外族的歌，并不是非要排斥国产歌曲。哪怕对大哥般的冈林信康，喜爱和关注到了一定分寸就需要节制。他们毕竟是他们，与我们活在两界，心事不同，观点易变。

近年来我最牵挂、最盼望他们成功的歌手都是中国人，一个是打工者的歌手孙恒，一个是维吾尔歌手何力。

先是"打工春晚"的鼓励。几年来，孙恒率领的打工艺术团接连冲击了北京"春晚"恶俗与粉饰的乌烟瘴气，使我们心中痛快。后来读了《工人新调查》一书以后——这是描述孙恒和他的工友共同体的一本社会学调查，我曾写了这么一段话：

读了《工人新调查》后最深的感受是——文明进步的一个目标，就是突破随资本主义发展而膨胀的学科方法，突破学院内知识与人的异化，勇敢地投身于工人与农民共同体的建设。也就是说："正确的方法存在于研究对象的方式之中。"

随着亿万农民进城，新的工人阶级已经诞生。它的庞大令人震惊，因此它的诉求和表述，也必然要降临世间。孙恒的工人歌曲在此刻应运而生，带着理直气壮的正气，带着中国的和工人的嗓子。

在中国，人的诉求是最低限的对报酬、权利、尊严的守卫。因此唱出"团结一心讨工钱""幸福和权利，靠自己去争取"，就是唱出了新工人阶级的心底呼声。

也许粗糙主要是在作曲方面，因为作词已烘托出独自的姿势。如民谣弹唱的《彪哥》，不断使我联想冈林信康的《流浪汉》。它们的歌词非常相似。冈林曾借助这首歌，怀念他当年在山谷的生活与工友。

> 那家伙，一个男人／我们一块受苦／一块彷徨，不管风雨／
> 来到陌生的城里／分一份工，住一间房／拿一个茶碗，一起吃／
> 天亮前，孤独的小屋里／被雨浇了的那家伙／
> 发了高烧，颤抖着去了那个世界
> 今天我祈求，流浪的人／旅途能幸福
> 今天我祈求，孤旅上的／那家伙能幸福

而孙恒的《彪哥》也有依据着同样的体验。歌子的叙事性当然携带着切肤的真实，一些句子显然已经能经得起推敲锤炼。剩下的，几乎已经只是曲子和音色的功夫：

> 认识你的时候
> 已是在你干完每天十三个小时的活儿以后

　　　　你说你最痛恨那些不劳而获的家伙
　　　　他们身上穿着漂亮的衣服
　　　　你拥有的只是一双空空的手
　　　　你总说也许明天日子就会改变

　　不用说《劳动者最光荣》。虽然简单，形同呼喊，但人们等待这声呼喊已经等得太久。孙恒显然具备着新时代思想者的意识，简朴的几句，显示了他结实的准备。
　　这首歌是人性进步的号角。一个民族若还不会这么呼喊，这个民族就还远离着自由与解放。
　　尽管如此，尽管工人与民族都迫切期待着一声呼喊，但我却期盼孙恒能尽快地在艺术上跨出一步，实现他艺术的独立和个性，写出他的《山谷布鲁斯》，给濒死的唱歌界以重重的电击，给探索的工人阶级以文化和激励。
　　何力，这个名字深潜在茫茫的人海。他在北京时虽然全力参与演唱活动，但我猜人们仍反应不过来——为什么呢？因为他长评短论地使用汉语，关注所有文学、社会和网络。包括我很久都不知道他的本色。他的全名是何力·阿卜杜伽迪尔（Halil Abud-gadir），浪迹北京多年，忍受着生存的艰难，一台电脑一把吉他，两栖于文化批评与歌手生涯之间。
　　我一直心中有愧，由于没能多给他哪怕一分的照顾。
　　我总想建议他转战文化批评，因为他的汉语理解与修辞能力。他是称作"民考汉"的语言大潮之后，留下的一个正果。我总觉得，如他一样的维吾尔人早该介入重病的汉语文学界，以全新的话语冲击文坛。
　　但他的梦想是歌手。
　　就作词而言，虽然远不是饱经锤炼，但如孙恒一样，何力的歌词一经出手，就在一个高点之上。如果谈到建树，何力已经完成了一次重大的建树——他写于2003年的歌曲《若雪之歌》，纪念了为了他者牺牲的美国姑娘若雪。几乎唯有他一个人，唱出了那个时刻必须宣布的正义。

>　　这个星球上爱你的人
>　　在你心中种下了善良和光芒
>　　那些你用心爱着的人
>　　就能收获幸福和阳光

　　媒体与盘踞艺术殿堂的小人，照例对这种声音实行了隔离。不报道，不理睬，何力遭受了冷冻和边缘化。但是他作为唯有的一个歌手，给那个为巴勒斯坦难民死去的、善良的犹太女孩作了一首歌。

>　　这个星球上离去的人
>　　留下了许多美好的愿望
>　　那些死不瞑目的人
>　　是否已找到天堂

　　由于这一首《若雪之歌》，中国没有在那次表明人性的事件中失节。但歌手何力的建树，却被冷漠的中国人无视和遗忘。

>　　为了这一生的岁月
>　　为了这沉默和歌唱
>　　就让我唱一支歌谣
>　　唱出心中的力量

　　如今何力已经回到了他的新疆，那片音乐的深潭，那个歌曲的源头。一旦重新潜入母语和维吾尔底层，何力的下一步会怎样呢？
　　较量仍在艺术一线。和孙恒一样，何力面临的同样是克服弱项，在一丝旋律与一句歌词之上，实现灵性的创造。
　　在即将结束对著名歌手的倾听之后，转身望着我的两个歌手朋友，我总不禁在想，未来的他们会怎样呢？

能决定一切的，唯有他们的前定。

没有以正义为核心的艺术，最终不过是一些垃圾——中国大量的伪诗人即是如此。

但是缺乏艺术的正义，从来难作韧性的坚持——世间大量文学艺术的爱好者多是如此。最终的他们，不过是一些失败者。

愈是宝贵的立场，愈需要遭遇灵感的幸运。此外还有重重的艰难，其实歌手和游击队员一样——不仅危险，而且必须不断地拿出新的作品。人们只是围观和等着，并不伸出援手。永远在奔波，永远被催促，这是一种残酷的存在选择。

当然，这也是写给我自己的话。一旦站到了那条线上，无论作家歌手，迎对的完全一样。

我盼我的两个年轻朋友——对这个时代那么重要的歌手，为了拿下庸众盘踞的艺术碉堡，突破自己内在的关口。

那是一种积累与天性、前定与感悟的大关。它不仅需要歌手兼有作诗谱曲的才能，不仅能抓住一字定音的词语并捕捉一闪即逝的旋律，还要敢于在关口牺牲，换来——那冥冥中的恩惠，那被准许以生命交换不朽的、珍贵的眷顾。

——选自 2015 年第 3 期《十月》

我赞骏马 　　张守仁

在那遥远的地方，在那美丽的新疆伊勒克草原，我见一匹白马从东方飞驰而来。它那长鬃随着动势飘拂，如大鹏垂天之翼在气流中搏击。它那竖起的马尾，像旗帜一样飘扬在花的草原上。它飞经之处，茂草俯仰起伏，红花绽颜微笑，松林轻漾涛声，有一种地动山摇的气势。眨眼间，它的蹄声和身影，闪入西天晚霞深处，消失得无影无踪。我擦擦眼睛，怀疑自己看到的是场梦景。呆坐在山坡上，我遥望天上熔铜般流淌的云霞，庆幸欣赏到难得一遇的奇观。

就在离那儿不远的巩乃斯草原，文友周涛还看到过千马奔驰的壮阔场景：大暴雨袭来，那散养在周围峡谷里的马儿都汇聚到一起。如山洪奔泻似的马群，被骤雨的长鞭抽打，受低沉的怒雷恐吓，遭枝形的闪电驱赶。嗒嗒嗒嗒的马蹄声，击打出震天动地鼓点。悲壮苍劲的嘶鸣，在拥挤的空间里回响。棕浪涌动的曲线，扭缠住漫天雨网，和雷电编织成一曲自然交响乐——那是怎样一幅狂野不羁的群马奔驰图！

史载：自古名马、汗血马产自西域大宛国，即今中亚费尔干纳盆地。大约5000年前，此贵兽进入人类生活，开始拉拽着历史车轮曲折向前。古希腊人认为，马是海神波赛多所变，是神赐给人间的礼物。中国人则视马为宝物，极聪明，通人性，是龙的子孙，故有成语"龙马精神"。

早在2500年前，波斯帝国就建起了从苏撒到小亚爱非斯长达2400公里的驿道，将政令由马匹急送到各地，把行政、经济中心连接起来。正如2200年前的秦代，从咸阳经华山、中条山、太行山下，把驿道一直修到石家庄附近的井陉县境内，便于秦制的统一和实施。如今我们从秦兵马俑坑里发掘出的战马雄姿和青铜战车工艺的精湛，不难想象出当时马儿曾扮演过多么重要的角色。

2000多年前，赵武灵王在呼和浩特向中原号召"易胡服，习骑射"，将游牧民族的勇猛、粗犷与农耕民族的勤劳、精细融合。同化在一起，取长补短，刚柔相济，才使赵国逐渐强盛起来，成为仅次于秦、齐的强国。汉武帝时派张骞出使西域，用马匹和骆驼踩出著名的丝绸之路（如今它已提升为互惠互利的国际战略——"一带一路"），把中国的特产传到阿拉伯诸国和地中海沿岸。

在冷兵器时代，谁拥有了骏马，谁就掌握了制胜的法宝。屋大维为建立罗马帝国的征伐，十字军多次东侵，成吉思汗西进多瑙河，一次次大规模军事冲突中，漫漫长途上奔驰着成千成万马儿的身影——这就是古代战争的真实图景。而在公元7世纪，当新宗教战胜了拜占庭之后，高举着新月旗和弯弓，用阿拉伯马驮载着为政教合一的理想奋斗之时，英伦三岛上的亚瑟王却建立了"圆桌骑士制度"，开启了政教分离的先河。骑士是荣耀，圆桌会议的平等精神由此而来。

骏马是英勇的象征。那些彪炳史册的伟人身旁，必有名马相随。君不见太宗李世民不就是先后骑着"飒露紫"等六匹骏马建立起了大唐王朝吗？君不见美国首任总统乔治·华盛顿在波士顿公园的塑像、法国拿破仑飞越阿尔卑斯山的雄姿、苏联朱可夫元帅在莫斯科红场旁的城雕，不都是和他们的亲密战友——胯下的骏马，生死相依地紧紧联结在一起吗？就是这位俄罗斯民族英雄朱可夫，于整整70年前，1945年5月9日，在万众瞩目之下，骑着他那匹专用的纯白骏马，驰向柏林市中心，主持了纳粹德国第二次世界大战无条件投降仪式，给苏联卫国战争画上了胜利的句号。

骏马是俊美的典范。好马两眼有神，毛色光亮，肢体匀称，胸肌发达，腿部劲健，脚腕细，足蹄圆。当它竖起双耳，张开鼻翼，昂首嘶鸣，威风凛凛，一副所向无敌的气概。试问动物界孰能与之媲美？正因为骏马英勇、俊美，故常作为国礼相送。土库曼斯坦、蒙古国均以名马送给习近平主席，就是友好的实例。

  骏马是灵感的源泉。古往今来，多少艺术家描绘、赞颂过马儿的潇洒、优雅、英俊、勇猛、忠烈、机灵。甘肃武威出土的"马踏飞燕"，它那昂首嘶叫、三蹄腾空、风驰电掣的飘逸神态，堪称青铜雕塑的奇葩。唐韩干的《牧马图》、宋李公麟的《五马图》、现代徐悲鸿的《奔马图》，被誉为中国美术史的经典。罗贯中《三国演义》里关云长千里走单骑赤兔马之奇特经历，列夫·托尔斯泰笔下《战争与和平》中描写的安德烈公爵的坐骑，与主人公歇在大橡树下一起作哲人式的思考，乃文学史上精彩绝伦的华章。毛泽东说，他的诗篇大都是"马背上哼成的"："西风烈，长空雁叫霜晨月。霜晨月，马蹄声碎，喇叭声咽……"军旅诗章，何等雄奇，何等豪放，"战地黄花分外香"。

  骏马是忠诚的代表。我曾采访过黑龙江边一个军马场。场长告诉我两个感人故事。有位战士骑着一匹额头发白的棕马外出巡逻。路经高坎被滑坡山石砸伤，血淋淋摔在芦苇丛中的冰河里。那匹名叫"白额"的棕马身陷冰水，使劲跃起，只把受伤战士甩在一边，未能跳上高岸。白额歇了一下，又狠命使劲，终于跃上高坡，飞速跑回场部报信。场部医生带了几名骑兵赶赴出事地点，把快冻僵的战士救了上来，但棕马却因奔波过急，吐血倒地，不治身亡。抗击日本法西斯的游击战中，八路军有匹叫"翔云"的好马。它奔跑神速，枪林弹雨中，常以身躯掩护主人，屡建奇功，不幸被日寇逮住。敌骑兵司令黑森酷爱好马，命军医给它治伤。翔云尥蹶、跳踉，起腿踢人，拒绝治疗。给它食槽里送去青草、黑豆、鸡蛋、钙粉，它视而不见，闭紧嘴巴，滴水不沾。九天之后，它生命枯竭，眼含清泪，望着连队所在之地，鸣叫告别，遽然倒毙……

  场长说："好马犹如真君子。翔云是我们连队史上的光荣和骄傲。它忠贞不屈，为国牺牲，令人永远缅怀。"

  如今我虽老迈，然"老骥伏枥，志在千里"。我这一生，一直铭记着那年秋天在新疆伊勒克草原上幸遇的那匹从东方飞驰而来、又闪电般遁入西天晚霞的白马……

——选自 2015 年 5 月 15 日《中国艺术报》

瞭望孔里的拉萨八廓街　　王宗仁

　　拉萨不缺阳光,从久远的年代起她就有"日光城"的美称。可是1959年西藏的春天在叛匪罪恶的枪声里枯萎,拉萨丰盈的阳光遭到痉挛。那是西藏分裂分子在帝国主义和国外反动势力的支持下,悍然发动的分裂祖国、破坏西藏社会稳定的武装叛乱,他们妄图在西藏永远保持黑暗腐朽的农奴制度。那年3月,我所在的汽车团驻扎在八廓街一侧的布达拉宫广场,严阵以待。人民解放军严格奉行一个原则:绝不开第一枪。但是叛匪瞄准布达拉宫扣动扳机后,我们会以正义的枪声十倍地还击。那是平叛的枪声还没响起的那些日子,我在哨所瞭望孔里看到的今生今世也难以忘记的情景:

　　进出拉萨的每条路口,都有叛军挖好的壕沟或堆砌的障碍物。就连一些树杈间也冷不防地伸出杈子枪黑洞洞的枪口。有几个忙忙碌碌到处滋事的、身穿便衣却背着枪的人,不时地让路人停下搜身。八廓街上每天都有一些狂徒叫着"汉人滚出西藏!"……呜咽的拉萨河在拐弯抹角地提醒人们:魔爪正疯狂地扬起了尘埃,日光城顷刻会变得昏暗吗?

　　同样是在藏人之间,我在瞭望孔里看到的是另一种情景形成的对比。在一些人咬牙切齿诅咒把白天变成暗夜的时候,另外一些人则虔诚地用额头叩磕着大地,企求日月星辰永久辉耀人间。他们就是藏地的朝观者,三三两两地分散在通往市区的路上,一步一叩首,三步一碰额,涌向大昭寺、八廓街、布达拉宫。他们把自己交给了神圣的远方,不在乎山的背后还有另一座山,也不设想那条冰河的对面是否还有另一条冰河。不好!我从瞭望孔里看到了一个在我此后的日子里每每回想起来心都要破碎的一幕惨景：一个骑着高头大马的藏兵飞奔而来，不偏不倚地踩在了一个朝观少年身上。霎时，马蹄落处鲜血飞溅，少年撕肝裂肺地惨叫一声，就不动了……一个年幼的生命就这样没有任何提防地在朝圣半途中停止了跳动。他的死没有归处，他的生也不见来路。一个一心追盼幸福的娃娃，却没有见到他梦想的幸福。溅血的马蹄下囚禁了他的理想。

这时，一位朝观的老牧民，扔掉背上沉沉的行当，回身抱起少年尸体，无助地望着远去的飞骑呼叫，痛哭……我能觉出，这位看似冰冷的老人，其实内心堆满了火焰！

后来，我以那次所见所感写了一篇小故事《瞭望孔里的拉萨》，刊登在我们部队的油印小报《高原快报》上。

笼罩着拉萨的阴霾，随着解放军平息叛乱的枪声被驱散。随之实行的民主改革扫荡了西藏的千年农奴制度。部队设在市里的岗哨相继撤销了，我们这些汽车兵又开始在青藏、川藏公路上奔驰，为新生的西藏运送着太阳的温暖和力量。哨所消失了，那块曾经砌着瞭望孔的地方并没有荒芜。八廓街在拉萨人和从内地来西藏人们匆忙而喜乐的脚步声中，从窄小走向宽阔、敞亮。站在哨所遗址不远处大昭寺前当年文成公主亲手栽下的那棵唐柳，千百年来没挪一步，见证着八廓街日新月异的变化。对一个军人而言，毕生最该刻骨铭心的地方莫过于曾经荷枪实弹的"弹丸之地"。我关注拉萨的变化时，目光总是离不开八廓街。

"八廓"在藏语中是"中圈"的意思，是指环绕大昭寺三条转经道路中的中间一条。它随着大昭寺的建成而出现，又随着大昭寺朝拜活动的兴盛而日益繁华。距今已有1400年历史。八廓街弥漫着浓厚的宗教气息，也张扬着藏地的建筑风格。古街两旁有29处文物古迹、54处古代民宅和院落。它曾经是旧西藏的行政衙门和上层贵族聚居之地，有松赞干布的行宫，黄教创始人宗喀巴的佛学辩经场遗址，藏文创始人桑布扎的宅邸，以及六世达赖喇嘛暂居处等。

平叛后的第三年，我执勤路过拉萨，专程来到八廓街重温昔日的生活。

从大昭寺前一转弯我就看见在哨所的旧址上撑起了一顶伞状的遮阳棚。路人告诉我那是一个酥油茶摊点，摊主巧手煮茶，热心待客，生意蛮红火。酥油茶是藏地群众生活必需的一种饮料，充饥又解渴。正宗的做法是把煮好的浓茶滤掉茶叶，再加入酥油和适量的盐，搅拌使之融为一体，然后旺火加热，即可食用。令我难忘的是那次我不仅喝了美味爽心的酥油茶，还意外地收集到了卷在那顶伞状遮阳棚里一个流传在八廓街的故事。原来，两年前茶摊是由藏家两姐妹合办的，两个扎着一束束小辫子的年轻女娃商商量量达成一个心愿：要让那些来八廓街旅游的客人，特别是内地来西藏的人，一踏进古街就尝到西藏的味道。阿姐搅茶，阿妹煮奶，两个女娃也是一台戏啊！果真是这样。每天茶摊前顾客来了又去，去了又来，赞声不绝。喝一碗酥油茶，听一曲藏女的歌，开心爽口地去游览八廓街。事有不测，其实很美。不久，阿姐索郎旺姆跟着新婚老公到日喀则跑生意去了，只留下阿妹德吉达娃守摊点。累是累点，但是实在忙不开时阿妈帮一把也就过去了。更多的时候还是阿妹一个人在忙前跑后地经营酥油茶。每天从太阳在八廓街投下第一缕阳光她踩着搅拌机忙碌，直到夜里街上的行人散尽，她才回家。德吉达娃一点儿也不觉累，总觉得美好的时光很短。说话时她照例会看着那顶遮阳棚，甚至还要不由自主地伸手抚摸一下。原来那凉棚是阿姐当初用他们姐妹俩的两件旧氆氇裙拼凑而成的，却浆洗得干干净净。红色裙是阿姐穿过的，蓝色的是她的。那时家里太穷，只能这样将就。现在手头宽裕了，德吉达娃也不想摆阔。姐妹的情分常在，干起活来忙得快乐。多色的凉棚绝不是茶摊的招牌，而是在展示八廓街一个美丽的藏家姑娘的故事！

　　时间在汽车兵的飞轮下不断翻新，通往拉萨的路越走越宽，幸福也越来越多。当我再次来到八廓街已经换了人间，我估摸着找到当年那顶酥油茶摊点消失了地方，看到的是一长溜临街的店铺门面，一个一个彩绘着藏家图案的方块式商店，把古街装扮得繁花似锦，一眼不透的藏饰品：卡垫、松耳石佩链、耳坠、手镯、藏靴、藏帽、银佩、转经筒、藏刀……春天挤满每个小店。我看到了这样一个镜头：几个从内地来拉萨旅游的女大学生，用藏袍、藏靴、藏帽装扮自己，在镜子前扭来转去地照着。此刻我觉得这些西藏最古老的衣饰也会变得最现代！与此同时，几个磕着三步等身长头的藏胞朝圣者正掺夹在人群中，不受任何干扰地做着自己的事。

世代居住在八廓街的人群，虽然以藏族为主体，却融合和包容了相当多的汉族和回族。这里的集贸市场自然以藏货为主，却也不乏从内地来的现代服装以及来自印度、尼泊尔的洋货。一言以蔽之，在八廓街，所有来自天南地北的东西都能和谐共存。

前不久，我再次来到拉萨，刚步入布达拉宫广场，就听见一声声清亮的召唤："欢迎大家免费乘坐观光车，游览参观八廓街！"我这才发现不远处停着一辆崭新的乳白色电动车，车厢上绘有西藏特有的吉祥图案。观光车14座，从八廓街到布达拉宫广场，全程只需10分钟。我上了车后，车子就开动了，讲解员是一位年轻的藏族女孩，她对游客们介绍道："我们的观光车是电动车，不用燃油，低碳、环保，对拉萨的环境没有破坏。"接着她就讲起八廓街的故事，往昔，新貌。车速很漫，时速也就30码，这是为了方便乘客拍照。过了布达拉宫广场，上车的人渐渐多了起来。车子一驶进八廓街，乘客就纷纷拿出"长枪短炮"，寻找各自有兴趣的画面，有的镜头对着摇转经筒的阿妈，有的对着走路极快的小喇嘛，有的对着神采飞扬的康巴汉子，还有的左顾右盼寻找藏族少女……灯光闪个不停。八廓街满是靓丽的风景，谁都想拍出几张好照片留个永久纪念。

一个磕长头的藏族少年出现于我面前，手脚伸展匍匐在地上。我忙举起相机，却没有力气按下快门。瞬间，我不由得想起了那年在哨所瞭望孔里看到藏骑溅踏八廓街的凄惨一幕……

——选自2015年5月17日《解放日报》

给古往今来一块界碑 韩小蕙

一

2500年前,一位叫菲狄亚斯的男人,面对着一堆白润如玉、光洁如乳的石头,一分分,一日日,一年年,手不停挥,顽韧地凿啊、钻啊、敲啊……古希腊半岛上空的罡风吹拂着他凌乱的头发和发红的眼睛,历史的长河在他脚下湍湍流淌。那朵激情绽放的叫做"雕塑"的红玫瑰是他生命的心跳。他为天空大地奉献出了不可思议的帕特农神庙大型雕塑群,为渺小如蚁的人类留下了伟大的艺术坐标。

2500年后,又有一位叫徐谷青的男人,面对着一丛又一丛虬乱如麻、鬼魅如妖的枯树根,一丝丝,一线线,一点点,执著地削啊、刻啊、雕啊……大团灰白色浓雾将他清瘦的身躯包围得看也看不见,时间的走兽在他额头上不停顿吟唱。那颗碧绿的叫做"根雕"的菩提籽,终于慢慢长成了参天大树。他在中国开化县古田山里,为古往今来建造了一座根宫佛国。从此,一向依赖于神灵主宰的根雕艺术,竖起了一块由人类主持工作的划时代的界碑。

二

可以说帕特农神庙的雕塑全部是天神意识的修为,菲狄亚斯大师不仅是神的谦卑的奴仆,也是基督耶稣的程序员。海阔天空,任凭五色皮肤谁个种族，只要面对着那些远高于人类审美维度的雕像，没有不目眩神迷、热血贲张的。美若天仙的头颅、发髻，丰腴滑润的四肢、胴体，英武的男服、配饰，音乐般流淌的女人衣裙、皱褶……是天国对人间葱茏大地的补充，也是大神们对人类这个特殊物种的理想的塑造。那时，雅典上空流云飞霞，阳光锦绣，在神目睽睽之中，菲狄亚斯大师高举着疲惫的一脸微笑，带领他的团队攀上了人类艺术的顶峰。古希腊艺术的宁静高贵，肃穆温雅，在"神明的静穆"中表现出的尊严、自信和力量，永远是雕塑王冠上那一颗最璀璨的宝石。

徐谷青的根宫佛国血统纯正，法相庄严：循着五百罗汉的导引逐渐攀上山顶。进得山门之后，踏入弥勒佛与四大天王坐镇的未来佛殿。最后来到大雄宝殿，仰头参见高天之上的释迦牟尼佛。被人称为"根疯"的徐大师，可以在艺术创作面前电闪雷鸣，但对佛界天条却是春风中的小雨滴，化尽自己也要完善佛门所有的戒规。我这一辈子也算跑了不少地方，进过数百坐佛寺，敬过虔诚的高香，如是我闻，阿弥陀佛！然而，此番如不是亲眼所见，绝不相信仅仅凭借着一群已经了无生命的枯树根，就能雕造出分毫不差的仙界佛国。

是的，完完全全对：释迦牟尼佛高 9.29 米，重达 40 余吨，一双神眼严肃下视着，洞穿一切人和人间的一切；大肚弥勒未来佛身宽体胖，大耳垂肩，笑看人间冷与暖；普贤菩萨重达 7 吨，执荷花骑白象，来到世间行大力；观音菩萨高 9.2 米，重 18 吨，以屏风状荔枝根幻化为千手千眼，造型奇美，状似天成；最威武雄壮的队伍还属长达 680 米的五百罗汉群像，一个个真人大小，形态、表情千变万化，哪一尊单拉出来都是非凡的盖世英雄，而以"群"的方式麇集又向来是中华民族的一种常态，人多势壮么……高大、宏大、巨大、重大、伟大所表达的大体量，是中华文化中的一个常见表情，徐谷青用根雕建成的根宫大佛国，堪可媲美海内外任何一座著名佛寺，亦使根雕这种被很多人看成是雕虫小技的艺术，攀上了雕塑艺术的珠穆朗玛。

由于徐谷青大师的作品，界内甚至有了"世界根雕看中国，中国根雕在开化"一说。

三

  可惜我至今还无缘去雅典卫城看看帕特农神庙。虽然只剩下残垣断壁，但菲狄亚斯大师的作品哪怕只剩下一块残袂，半枚花叶，都是令人心驰神往的圣物；即使那些美得让人想哭的乳白色大理石已经大面积染上了乌蒙蒙的一层层黑纹，也泯灭不了人类顶礼膜拜的虔诚。艺术美，乃是天地之间的极致，凡创造了大美的艺术家，永垂史册，永远与天地同在。

  非常幸运的是我来到了开化，看到了根宫佛国。前面说到古希腊雕塑是神的存在，现在我想说徐谷青的这些根雕珍品，闪耀着人神共在的光芒。而且，人是走在了神的前面。

  那些生长了数百年上千年的大树，可不是每一株都已成精？它们凶悍的枝叶在地面上天马行空，狂放的根系更在地底下金戈铁马，大军所到之处所向披靡。这是神的任性，也是神性的启蒙。只有真正的大艺术家才能破译天机，走过乌云密布的旷野，趟过鳄鱼成群的河流，穿过苍莽不毛的沙漠，越过狼牙耸立的裂谷，伤痕累累地攀登上艺术的天梯。九九八十一难，每一步都处在虎扑熊袭的危险中，手下稍有不慎，顷刻坠入万劫不复的深渊……艺术无止境，每一个真正肯搭上性命的艺术家，都是永远的西西弗斯。

  古今中外搭上了性命的艺术家不算太少。搭上了青春、才华、热血、婚姻、家庭的艺术家，更何止千千万万？然而，能够抵达艺术天庭的人却是少之又少，这是因为维纳斯的美貌举世无双，她的严苛和挑剔也是独一无二的，她点化你，可不是要你只做个描红模子的蠢蛋，这位艺术女神所期待的，是人类自身的智慧和创造。

  我曾在五百罗汉长长的队列中看到了一张十分熟悉的笑脸，当时我很疑惑：若脱去袈裟，他不就是昨天在大田里见到的那位老伯吗？我还看到一尊盘着许多发髻，凸额头、豹子眼、厚厚翘嘴唇的壮年罗汉，那分明是一位来自美洲的国际友人啊。

  徐谷青的根艺注重人工（人力）与自然（神力）的融合，追求源于自然又高于自然的理念。借助神力，构思独我，展现人生百态，回归自然山水。写实而形神，言情而达意，大气而奇巧，粗犷而细腻，构建出一个"天人合一"的艺术大境。

开化县地处杨子准地台东南部，地层主要发育于元古界和古生界。不消说，古田山的年龄比开化县所有人都大，也比全中国和全世界所有人的寿命都长。青山常在，请古田试目：《世界文化新遗产》名册中，何时能镌刻上徐谷青和他的根宫佛国？

四

意大利托斯卡纳大区具有无与伦比的人文美和自然美。人文美的高度来自它的首府著名的佛罗伦萨，因其丰富的艺术遗产和极高的文化影响力，被视为欧洲文艺复兴的发源地；自然美的胜景是被称作"华丽之都"的卡拉拉市，有着连绵的白色群山，那并非积雪的抒情，而是大理石的灿烂的表达。卡拉拉大理石以其奶油白色和润泽细腻闻名于世，诸如罗马万神殿、米开朗基罗大卫像、锡耶纳大教堂、爱德华七世英王纪念碑，以及阿布扎比的谢赫扎耶德大清真寺等等，全世界许多著名建筑和雕塑均出自它长达数千年的馈赠。由于意大利人优质的品性，卡拉拉群山胜利地阻遏住蛇蝎们的掠夺性开采，今天仍傲然地挺立着大山的胸膛。

可是，它到底也是淌着血的受难者呵。更何况，我已找不到帕特农神庙和古希腊雕塑的大理石源头。上穷碧落下黄泉，难道，它已被贪婪的人类祸害得连残渣也不剩了？

不错，菲狄亚斯大师的作品乃人世间的绝美；但若以浩浩天星，无垠大地和奔腾江河的大宇宙观视之，自然界审美的高大上品位，哪里是我们人类能够企及的！

在徐谷青的胸腔里始终鸣响着一阕《大自然之歌》。有这样一个好故事：新千年初曙广州新白云机场动工，迎头就遇到了一个极大的难题——挖出了太多太多的荔枝树根，年纪大的有上百岁，个头壮的有房屋大，纵然一把火烧成灰,也是一项耗时费力又污染环境的坏工程,谁也不肯接手。徐谷青听说了,急三火四地赶了去,以极低价格把那些"废物"拉回到开化。

布谷一声声,梅花一朵朵,15年的春风化春雨,枯木终于发了芽,幻化成为今天这680米长的五百罗汉大队列!

废物变成了珍宝,这一天,徐谷清只身跃上古田山顶,在心里大喊了一声:"我踏实了!"其实,大自然对人类充满了慈爱,早就留下了足够的空间,任我腾挪。关键是看我们这些子孙是否也有着爱心和悟性,珍重身边的一切缘!

五

徐谷青的名气越来越响亮了。他的"工艺美术大师"称号不是自封的,也不是崇拜他的人众叫响的,而是浙江省有关官方机构经过严格业务审核、层层专家投票正式授予的——对他这样一个没有任何背景的民间艺术家来说,更是"在清水里泡三次,在血水里浴三次,在碱水里煮三次"的千难万险。他还有一个更具含金量的头衔"一级民间工艺美术家",这回的册封单位权威到了家,是顶天的联合国教科文组织。

荣誉越多,徐谷青做人越低调,做事越高格。他又开始了"中华文化五千年"的更庞大宏阔的新一轮工程。同时兼做建筑、园林、景观,必须要给根雕作品配上最生态最美丽的造化空间。还要做管理,带领各种奇人怪才组成的团队。还得做企业家,把握商海动向将事业发展得兴旺发达。还得去扩大融资,他的根雕珍品都不卖,但他用钱的地方太多了……好在徐谷青大师还年轻,刚登上知天命的阶梯,浑身力气与半生的经验浓缩在他那双专注的眼睛中。这个男人知道他的目标在哪里——"我是社会的,不是我的。"

离开的前一天,我们去拜谒钱江源头。钱塘江为中国南方水系中一条重要的大河,南源于开化县马金溪,在衢州境内叫衢江;流经富阳段称富春江;下游到杭州湾汇入东海,名钱塘江,每年八月十五著名的钱江潮胜景,即爆发于杭州六和塔脚下。

很难想象这样一条粗壮的大江,其源头竟是古田山上数条纤细的小溪!它们从古老的山石罅隙中,从幽绿的青苔头顶上,从安谧静好的小草脚趾间汩汩冒出,"啦啦啦"地低吟浅唱着,飞身大大小小的白练,定格出千秋万代的雄姿。

谁持白练当空舞?

——2015 年 9 月 18 日《光明日报》

我笑青山 　王　彬

之后，我去数那黄金的门钉。看浮沤一样的乳钉，缀满了朱色的庙门。细看，门钉的数目并不一致，居中者每扇八十一枚，两侧的每扇却只有六十三个。但是，由于这些门在规模与体制上并没有什么两样，因此，给人的感觉，每扇门钉的数量似乎并没有什么区别。尽管徐昨晚已然告诉我了，我还是抑制不住地要再数一数，同时莫名地涌出一种感喟，这就是岳庙的大门，据说还是清代旧样，只不过重新油饰了一遍，不仅仅是辉煌的，而且平易，给人一种秀丽的印象。

与其相比，新塑的岳飞坐像却不很理想。紫袍、金甲，洋溢着一股堂堂的正气，都说塑得好，然而我却觉得缺少了些什么，至少是，缺乏一些儒者的风度，或者说是书卷气罢。岳飞是我国历史上著名的儒将，史载"尤好左氏春秋、孙吴兵法"，且有诗文遗世。虽然近年有人撰文指斥他的《满江红》是伪作，却也依然驳不倒他的儒雅风仪。且不说《平墅帖》收有他的书札，文字是清俊的，他为紫岩张先生北伐送行之诗写得也还是蛮有气魄：

号令风霆迅，天声动北陬。
长驱动河洛，直捣向燕幽。
马蹀阏氏血，旗枭可汗头。
归来报明主，恢复旧神州。

我曾见过他的几张拓像，软巾袍带，呈袒出旧传统的流韵，而这尊塑像的风格则离那个时代远些。沈从文告诫弟子写小说要贴到人物上写，对于岳当然还要贴进历史的背景，而今人却往往忘记了这一点，这就令人不解。还有，令人不解的是那些充塞在庙廊里各式各样的货物：手串、项链、香烟、扇子——檀香木与黑漆的，花花绿绿的商标与招贴，一包一包的零碎小吃堆成山，还有印满塑料细条的唐人诗签，什么月落乌啼霜满天，故人西辞黄鹤楼，我本楚狂人，风歌笑孔丘，七绝居多。当然也不能没有岳庙，河南汤阴岳庙诗词选一类的介绍品。

仿佛一个集市。沸腾着兴奋、热闹，肃穆的气氛却少了许多。历史忘掉了岳的悲剧么？

很多年以前，我也来过这里。那时正值动乱，墓廊早已被小将们铲挖得干干净净，黄色花岗岩的墓穴里淤塞着苍灰的泥土，望柱、石碑被捶成碎段，墓阙背后的围墙被掏了一个大洞，小将们是颇懂一些堪舆风水的。那四个坏种的铸铁跪像也换了天日，仰面躺进岳庙后面一环明净的溪水里，乌黑的鼻尖被各色鞋底踩得亮晶晶的，泛射出一种黝暗的"贼光"。但是，也有人并不可惜自己的脚，而在残毁的岳墓上踅来踅去。

种种破坏，今天除了在文字的说明里，已然难以寻觅一丝一缕的迹印了。然而，我和徐，还是在岳庙之外寻到了一些残痕：一具断首的翁仲，一只残缺的狮子同一匹只余肚腹的马，半遮半掩地仰卧在仲春的青葱的树林里。当时我以为那是一丛旧冢，及至见到墓阙的羊与马、文臣与武将，都是新斫的石像方才明白。说不准那四个坏种也掩埋在附近什么颜色的土层里。我相信历史与人心最终是不可能欺瞒到底的，你可以欺骗一个人的一生，却难以诳骗整整一代人的眼睛。不是在那个是非混淆的年月，南京人也没有把秦桧引为同乡么？

秦是南京人。秦的凶残与无耻，为任何一个时代正直的人们所难容而不耻。韩世忠与秦曾同居中枢，然对他是除一揖以外，并不交一言，可见对他的鄙薄与痛恶。而秦的险恶与毒狠也在一切奸相之上。有个叫李光的朝官曾与他辩论，言语很冲，颇多讥刺，秦却装聋作哑，并不发一言，待李奏事完毕，方徐徐说道："李光无人臣之礼。"高宗于是大怒。绍兴五年九月，首辅张浚求去，高宗问何人可以继位，张不答。又问："秦桧如何？"张浚始说："与之共事，始知其闇。"于是拜赵鼎为相。秦由此"憾浚"，到赵那里挑拨"上欲召公而张相迟留"。本来二人并不融洽，"鼎素恶桧"，而在他居首辅之位后，秦却百依百顺，"由是反信之，卒为所倾"。后来赵鼎被流放到福建，遇到张浚，也遭流放，"言及此，始知皆为桧所卖"。其时对秦的为人，还是有不少人疑惑的，怀疑他是金国的奸细。终因有人庇护，力荐其忠，不知忠在哪里？遂拜为相。未拜相之前，秦四处招摇："我有二策，可以耸动天下。"或问："何以不言？"答曰："今无相，不可行也。"及拜相，所陈二策，一时令高宗也腆然难以接收。他曾经恼怒地质问："以河北人还金国，以中原人还刘豫。秦桧说：'南人归南，北人归北'，朕将安归？"你叫他坐到哪里去呢？但终因私心而接受了秦的理论，做偏安一隅"温柔乡"的儿皇帝去了。西湖的风景也的确不差，画舫歌榭，风流不已，夜夜笙歌琉璃滑，骨髓都被沉醉的熏风被吹酥了。

在封建时代，中原汉人与边地胡人，当然现在都是中华民族大家庭的组成部分，而在当时，是相互对立的。岳飞作为抵抗异族侵略的民族英雄，准确表述是汉民族的英雄，这就如同因为热爱自己的祖国而自沉于汨罗江的屈老夫子一样，是热爱楚国的爱国人士。对于他们，应从历史辩证法的角度审视，而不应该简单地从现在的角度降低他们的爱国精神，更不应该由于各民族的融合而减低其爱国质地，他们——岳与屈，以及与他们相似而为国捐躯的人物都是中华民族的骄傲，是不惜用生命捍卫祖国独立、尊严的英烈与楷模。

前些年，有人撰文呼吁，让高宗也跪下来！我想，这个建议是对的。我有时候又想，作为宋徽宗赵佶的后人，赵构偏居江南时会有怎样的想法？同样，作为赵构的父亲与兄长，赵佶与钦宗赵桓在北方的苦寒之地，又会做如何之思呢？在幽州，赵佶被囚拘在延寿寺里。这座寺庙今天还在，其所在的地方称延寿街。明正统年间，"开渠得断碑"，镌有"大金延寿寺"字样。赵桓被幽禁在悯忠寺里，也就是今天的法源寺。这两个俘虏曾经被金人安排在昊天寺相见。在金国，赵佶父子受尽凌辱，困苦不堪。这里举《南渡记》

中的一个例子。一天，大雪数尺，室中极冷，赵佶父子被冻得"声颤不能言"。监押人将一张破旧的毡子蒙在他们的头上才勉强入睡。这天的食物仅是一只大雁，在火上烤熟"共食之"。在云州的时候，赵佶生了一场大病，头发都落尽了，"如僧尼状，与番奴剃头者相似。"天会十四年（1136），赵佶病故于五国城——今黑龙江省依兰县，一间破烂房屋的土炕上。二十多年以后，赵桓与同样被拘系的辽国皇帝耶律延禧，被当时金国的皇帝完颜亮派人押回中都。正隆六年（1161）完颜亮在讲武殿大阅兵马举行马球比赛，敕令这两个宝贝各带一队人马"击鞠"，让这两个曾经的仇敌再次厮杀。在此之前，完颜亮逼迫赵桓学习"骑马击鞠"。赵桓哪儿有这样的本事，在马背上手足颤抖而被"督责习之"。其结果是可以想见的。先是，在比赛之前，金人把赵桓的好马牵走，换来一匹羸马，结果赵桓从奔跑的马背上跌撞来，这时走来一个紫衣人将他射杀，尸体被践踏在狂乱的奔腾的马蹄之下。

知道了赵桓这样的结局，赵构的内心会波动怎样的微澜呢？在金人的羁縻中，赵佶父子遇到了赵构的母亲韦氏。这个女人原是赵佶的妃子，而此时是金人盖天大王的妃子，"良久，屏后呼一夫人出，帝视之，乃韦妃也。太上俯首，妃亦俯首，不敢视"。盖天大王告诉赵佶，他是四太子兀术的伯父，"看这个妇面"，赏了他们一顿酒饭。后来，听说兀术追逐赵构南渡而不知踪影，赵佶父子彻底失望了，哀叹道："若九哥事不成吾父子俱无望矣！"赵桓是八哥，九哥即他的弟弟赵构。他们还在企盼赵构，却哪里洞悉他的心肝呢？而这个人的幽曲早已被世人被窥破，不是有这样的诗句："桧书夜报四太子，臣构再拜从此始。"赵佶父子逝去，可以安心做儿皇帝了。

在众多讴歌岳武穆的诗篇里，我最喜欢的是杨焯的那四句小诗：

　　隗家留得岳家坟，寒食年年哭墓云。
　　看取玉环丛九曲，橘花如雪洒将军。

这里面有一段掌故，《西湖游览志》注："狱卒隗顺，负飞尸逾城，至九曲丛祠，潜瘗之，以玉环殉，树双橘志焉。"为什么种植橘树？没有解释，在江南，这类树常见，当然，如果附会屈老夫子《九章》中的《橘颂》，以为君子之喻也可以说得通。但是，一个狱卒，大概不会识得几字，也不会想得许多，却如此忠肝义胆，令多少读书人愧煞，这就是义士罢！在中国历史人物的长廊里，做义士的往往与读书人无缘，平日反被读书人所鄙，一旦天翻地覆，有人鼠窜，有人泥首，也有义士出现，且多收忠臣之魂。南宋文信国被戮，乃有江南十义士"舁公藁葬在小南门外五里道旁"。他的继子来京寻尸归葬，有刘牢子"引到葬处"。刘牢子，何许人也？或许是隗顺流亚人物？卒不知其生平。读圣贤书反不若贩夫、走卒、牢头、狱警耶？有一段历史需要记载在这里。当岳武穆在朱仙镇大捷之时，金国的统帅兀术欲去开封而遁，有书生叩马曰："太子毋走，岳少保且退矣。"兀术不解，书生解释道："自古未有权臣在内，而大将能立功于外者。岳少保且不免，况欲城乎？"兀术悟，遂留下了。这位开封的书生，应该是大宋之人了。生为宋人却甘心为敌国运策以坚其心，真不知这样书生的肚腹里藏了何等心肝？

南宋亡国以后，有个叫林景熙的人写过一首诗。题目是《山窗新糊，有故朝封事稿，阅之有感》。在封建时代，臣下奏报机密时要用皂囊密封呈进，因此称"封事"。诗是这样写的："偶伴孤云宿岭东，四山欲雪地炉红。何人一纸防秋疏，却与山窗障北风。"秋风草长，马匹肥壮，古代的游牧民族往往在这个时候南下，因此每到秋季，中原王朝就要加紧边疆的防范，而称"防秋"。山中欲雪，地炉赪红，故国沦丧，曾经的机密如今一文不值，唯一的用途是糊在窗格上抵御北风吹袭，这是何等的沉痛与哀感！林景熙在宋代遗民中以诗著称，有《霁山先生集》存世。我在选编《中华文学经典》"诗歌"卷时，将这首七绝录入，以表示我对他的敬意。

当然更多敬意还是对岳武穆以及相关文字，而在岳庙，这样的文字也真多，静静伫立品读，半天的时光缓缓流淌过去，落日斑驳，归鸟啁啾，落日编织鸟声栖落在白皙的石阶上了。我最喜欢张爱萍的集句："三十功名尘与土，八千里路云和月"，用岳的词句，浓缩了他的一生。沙孟海在前人基础上修改的一幅也不错："不爱钱，不惜命，乃太平根基，名将名言，贪婪长跽跪；取束刍，取缕麻，定斩殉军律，保民保国，正气壮湖山。"不爱钱不惜命是大白话，是任何时代为官的底线，而今天已被大大突破而令人深忧。至于岳墓望柱上的"正邪自古同冰炭，毁誉于今判伪真"，当然早已脍炙人口；"青山有幸埋忠骨，白铁无辜铸佞臣"，"人从宋后少名桧，我到坟前愧姓秦"，"坟畔休留桧，行人欲斧之"！更说尽了人们的心声。

  岳墓上的望柱，我记得不只一对，至少我见过冯玉祥书丹的一对，当时被断为数截，横卧在深灰色的泥土里，铭文忘掉了，但填红的姓名还历历在目。冯氏做古数十年矣，他在岳墓上的遗泽如今一点也不存在了，这恐怕是他未偿料及的罢。

  岳庙多古樟、翠柏，可惜没有见到橘树。能不能补植几株？"我见青山多妩媚，料青山，见我应如是"，青山如笑，润泽葱茏，碧玉一样美丽的山峦啊，天地有知，补种几株金黄的橘树，总是应该，应该的吧！

——选自 2015 年 10 月 19 日《中国艺术报》

在母语的屋檐下　　彭　程

一

少年时代的伙伴自大洋彼岸归来探亲，多年未见了，把盏作竟夜长谈。他20世纪80年代中期自复旦大学毕业后即赴美，近三十年过去，英语的流利程度不在母语之下。我们聊到故乡种种情形，特别谈到了家乡方言，并长时间固定在此一话题上。兴之所至，后来两人干脆用家乡话谈起来。毕竟如今说方言的时候不多，聊天中对个别语词一时感到生疏迟疑时，我就改用普通话，而对方更是习惯性地时常冒出一两句英语。

当时倘若有外人在场，一定会觉得这个情景颇为怪异。

故乡在冀东南平原，方言中有很多生动传神的地方。譬如表示时间的词汇，中午叫做"晌午"，上午便是"头晌"，下午就成了"过晌"，傍晚则叫作"擦黑"。表示动作的，滑行叫"出溜"，整理叫"拾掇"，"我去某某家扒个头"，说的是不会呆上很久，很快就离开，仿佛只是到人家门口探一下头。对某件事情感到不舒服是"腻味""硌应"，说一个人莽撞是"毛躁"，不爽快是"磨矶"，不靠谱是"不着调"，讲话夸大其词或不得要领是"瞎扯扯""胡咧咧"，办事没头绪是"着三不着两"。还有一些读音，难以找到对应的字词，暂且不谈。

本来以为这么多年不使用，很多方言都已忘记，不料却在此时鲜明地复活了。恍惚中，甚至忆起了听到这些话时的具体情境，眼前浮现出了说话人的模样。这个词，最早是听已经故去几十年的奶奶说的，那句话，出自耄耋之年的姑姑之口，那个说法，来自村子里一个佝偻的孤身老头。

友人感慨：真过瘾，今天晚上说的家乡话比过去多少年中加在一起都多。

因为这个话题，很自然地联想到了很久之前的一个场合。一个短期的培训班上，来自不同省份的学员，在一次联欢活动中，分别用各自家乡的方言，描述某个动作、情感、状态。吴越方言的温软柔媚，东北方言的幽默亲和，陕西方言的古雅朴拙，湖北方言的硬朗霸气，巴蜀方言的豁达谐谑……观众兼表演者们乐得前仰后合，笑声一波波响起。

这真是一次难得的体验。语言通常是作为思维的工具，描绘具体的对象、客体，比如人物、事件、风景，也表达对世界、对生活的观念和看法，而本身却很少作为被打量被分析的目标。一但当语言成为目标时，你就会发现，原来它就蕴藏了那样丰富的美，那样奇异的魅力。

就仿佛人的一双眼睛，通常是用来发现外界万物之美的。但当它本身成为艺术描绘的对象时，也成就了众多名作。达·芬奇的《蒙娜丽莎》、罗中立的《父亲》，其非凡的魅力，深刻的内涵，离不开对眼睛的出色描绘。前者，神秘的笑容里，似乎有几分隐约的揶揄，几分暧昧的期许，指向的是怎样的人生谜语；后者，被岁月风霜严酷地雕刻过的脸膛上，凄楚和迷茫的眼神后面，又藏着什么样的卑微的恳求？

光线照射之处，事物明亮而生动。

语言，就是那一道道投射向生活的光束，有着繁复摇曳的色谱和波长。

二

对语言的命名，也如同语言本身一般丰富多姿。

法国哲学家萨特，曾将语言比作"触角"和"眼镜"。凭借着它，我们触摸事物，观察生活，和存在建立起真切而坚实的关系。世界在语言中显现，就仿佛白日在晨曦中降临，就仿佛风暴在云朵中积聚，就仿佛一滴墨汁在宣纸上慢慢地洇开，化为了一只蝌蚪，一片花瓣，一粒石子。

语言当然首先是为了表达和交流，但在这种工具性质的功能之上，更是别有一种自足的、丰富的、博大而精微的美。

深入感受并准确地欣赏这种美，是需要条件的。在一种语言中浸润得深入长久，才有资格进入它的内部，感知它的种种微妙和玄奥，那些羽毛上的光色一样的波动，青瓷上的釉彩一般的韵味。

而几乎只有母语，我们从牙牙学语时就亲吻的语言，才应允我们做到这一点。

关于母语，英文里的一个说法，最有情感温度，也最能准确地贴近本质：mother tongue。直译就是"妈妈的舌头"。从妈妈舌头上发出的声音，是生命降临时听到的最初的声音，浸润着爱的声音。多么深邃动人的诗意！在母语的呼唤、吟唱和诵读中，我们张开眼睛，看到万物，理解生活，认识生命。

诗作为浓缩提炼过的语言，是语言的极致。它可以作为标尺，衡量一个人对一种语言熟悉和理解的程度。"眼看他起高楼，眼看他宴宾客，眼看他楼坍了"，说的是世事沧桑，人生无常。"而今识尽愁滋味，欲说还休。欲说还休，却道天凉好个秋"，说的是心绪流转，昨日迢遥。没有历史文化为之打底，没有人生经历作为铺垫，就难以深入地感受和理解其间的沉痛和哀伤，无奈和迷茫。它们宜于意会，难以言传。

对于异乡人，他们时常会在那里遇到一道屏障。认识一个法国人，汉语说得流利，一直自我感觉良好，但有一次却意识到了自己的匮乏。那是听一场相声，逗哏的一方调侃捧哏者，说他的妻子的名字叫作"潘金莲"。他无法明白，一个名字为什么引来了一片笑声。他倒是听说过中国古代有一部文学名作《金瓶梅》，但没有读过。

流传的手机短信段子，所谓外国人的汉语六级考试题，让人忍俊不禁：成为大龄未婚女的原因，"开始喜欢一个人，后来喜欢一个人"。前后有什么区别？不管这是不是杜撰，确实，前后完全相同的字句中，意思却大不相同。而发现这种歧异，从句读、节奏中获得细致入微的理解，需要的是文化的潜移默化的熏陶。

这些精微细腻的地方，无法准确地转换到另一种语言中。所以作家张承志很多年前就宣称"美文不可译"。

显然，这一类的隔膜已经不仅仅限于语言本身了，而是属于文化的间隔和分野。

每一种语言都连接着一种文化，通向一种共同的记忆。文化有着自己的基因，被封存在作为载体和符号的特有的语言中。仿佛一千零一夜的故事中，阿里巴巴的山洞里，藏着稀世的珍宝。

三

"芝麻开门吧！"咒语念起，山洞石门訇然敞开，堆积的珠宝浮光跃彩。

但洞察和把握一种语言的奥秘，不需要咒语。时间是最重要的条件。在一种语言中沉浸得足够久了，自然就会了解其精妙。有如窖藏老酒，被时光层层堆叠，然后醇香。瓜熟蒂落，风生水起，到了一定的时候，语言中的神秘和魅惑，次第显影。音调的升降平仄中，笔画的横竖撇捺里，有花朵摇曳的姿态，水波被风吹拂出的纹路，阳光下明媚的笑容，暗夜里隐忍的啜泣。

对绝大多数人来说，这只能是母语。只有母语，才有这样的魅力和魄力，承担和覆盖。孩童时的咿呀声里有它，临终前的喃喃声中也有它。日升月落，春秋代序；昼夜不舍的流水，亘古沉默的荒野；鹰隼呼啸着射向天空，羊群蠕动成地上的云团；一颗从眼角滑落的泪珠有怎样的哀怨，一声自喉咙迸发的呐喊有怎样的愤懑。一切，都被母语捕捉和绾结，表达和诉说。

当然，在这种几乎是天赋的能力之上，要更好地理解语言的妙处，更要有一颗热爱的心。要像屠格涅夫对待母语俄语那样的深情款款——"在疑惑不安的日子里，在痛苦地思念着我的祖国的命运的日子里，给我鼓舞和支持的，只有你啊，伟大的，有力的，真实的，自由的俄罗斯语言！"每种语言都有自己的美。它的质朴或深奥、明亮或幽暗、灵动或凝重，折射着这种语言所负载的文化的特质。在语言中安身立命的作家，无疑对这种美有着最敏锐的感知。

有了这样的情感，一定会被显克维支的《灯塔看守人》深深打动。一位年逾七旬的波兰老人，流浪异乡四十多年后，在南美巴拿马的一个孤岛上，找到一份看守灯塔的工作，生活得以安顿，余生有望平稳。但有一天，他收到了在纽约的波兰侨会寄来的一册波兰大诗人密茨凯维奇的诗篇。相违已久的祖国的语言令他激动和沉醉，乡愁如同海面上的波涛汹涌来袭。那一夜，他竟然第一次忘记了按时点亮灯塔，碰巧有一艘船不幸失事，他因而被解职。他重新漂泊，随身携带的只有那本诗集。他并没有过分沮丧，因为有了这册诗集。诗集唤醒他的怀念，也给了他慰藉。

只有这样，时时怀着一种热爱、虔敬和信仰，才会真切确凿地感受到母语的美和力量。

灭绝一个民族，必须要从剥夺它的语言开始。因为语言连接维系的，是这个民族的历史与记忆。而守护语言，也就是捍卫一个民族的尊严，传递一种文化的基因。历史上犹太人曾备受歧视和排斥，颠沛流离长达数十个世纪，只因为顽强地保留了自己的语言和文化，才有了一脉薪火相继的坚韧延续。仿佛古诗中的"离离原上草，一岁一枯荣。野火烧不尽，春风吹又生"，只缘疮痍满目焦土无边之下，生命的根系依然葳蕤。

风靡一时的美国长篇历史小说《根》，也描绘了捍卫母语的悲壮。小说中，被从西非大陆劫掠贩卖到新大陆的主人公，在南方种植园中牛马般辛苦劳作的黑人奴隶，一次次逃亡都被捉回，宁肯被打得皮开肉绽，也不愿接受白人农场主给他起的名字，而坚持拥有自己种族的语言的名字——"昆塔"。这个名字背后，晃动着他的非洲祖先们黝黑的面孔，和祖国冈比亚的河流上荡漾的晨雾——独木舟划破了静谧，惊醒了两岸森林里的野猪和狒狒，树冠间百鸟鸣啭，苍鹭一排排飞掠过宽阔的河面。

不能不说的是，我骄傲于自己的母语汉语的强大的生命力。五千年的漫长历史，灾祸连绵，兵燹不绝，而一个个方块汉字，就是一块块砖石，当它们排列衔接时，便仿佛垒砌了一个广阔而坚固的壁垒，牢牢守卫了一种古老的文化，庇护了一代代呼吸、沐浴着它的气息的灵魂，也让一拨拨的异族入侵者，最终在它的深厚博大面前，俯首归顺，心甘情愿。

但更多的民族，却不幸成为了反面的印证。先之以语言灭绝，继之以文化湮没，终之以民族消亡。马克思曾经指出，语言是一个民族中最稳定的因素。

作为文化的载体和组成部分，一个民族的语言一旦消失，整个民族也就难以摆脱被灭亡的命运。澳洲土著，美洲印第安人，曾经是两个大陆的长久的主人。随着欧洲殖民者的到来，短短一个世纪间，被大肆剿灭的不仅是他们的肉体，还有他们的文化。各自有数以百计的语言湮没无存，不复传承。当年他们雄健驰骋的身影，只能通过缥缈的传说和依稀的遗迹，通过今天少量的保留地中零星的记载，加以想象性的再现。

那些土著人的后裔，肤色相貌和祖先并无二致，一张口却是流利的英语。英语已然成为他们的母语。肉身携带了种族的生物基因，但文化的缺失却让他们成了无根的人。

这样的人，行走在人群中，面目模糊，身份暧昧，仿佛一道飘忽的影子。

四

童年在农村度过。记事不久的年龄，有一年夏天，大人在睡午觉，我独自走出屋门到外面玩，追着一只蹦蹦跳跳的兔子，不小心走远了，一直走进村外一片茂密的树林中，迷路了，害怕得大哭。但四周没有人听到，只好在林子里乱走。过了好久，终于从树干的缝隙间，望见了村头一户人家的屋檐。

一颗悬空的心倏地落地了。

对于长期漂泊在外的人，母语熟悉的音调，带给他的正应该是这样的一种返归家园之感。一个汉语的子民，寄居他乡，母语便是故乡的方言土语，置身异国，母语便是方块的中文汉字。这或许有违定义的严谨，却是连接了内心的真实。"官秩加身应谬得，乡音到耳是真归。"故乡的语言，母语的最为具体直观的形式，甚至关联到了存在的确凿感。

语言阻隔的尴尬，在特定的环境中，会演化成为一种切肤的痛感。在纽约皇后区法拉盛（Flushing）的路边小公园里，一位来探亲的福建老人，看着脚下的鸽子在蹦跳觅食，神态落寞。他感慨梁园虽好，语言不通，想去曼哈顿看看，只能等在华尔街上班的儿子抽出时间。他还算不错的，毕竟这里有不少处境相似的华人，彼此间可以用母语交谈。而我的一位邻居，去年三月，寂寞即迅速地升级为难忍的焦灼。他退休后到美国中部的一个小城的女儿家小住。方圆数里的数十住户中，只有他们一家华人。没有人可与交谈，看不懂电视，归去来兮的念头，从时时来袭，到挥之不去。蓝天白云，树木苍翠，清新的空气，深沉的静谧，一切都是那么符合他的期待。但仅仅因为语言，这一切都大打折扣。

一种通常被视作天经地义的状态，此刻，却成为构成幸福的关键因素。

这样的遭遇，常常不期然而然地通向那种罕见的时刻，启示的时刻，获得神谕的时刻。一个人和母语的关系，在那一刻获得了深刻而准确的揭橥：因为时时相与，反而熟视无睹。就像对于一尾悠然游弋的鱼儿，水的环抱和裹挟是自然而然的，不需要去意识和诘问的。但一当因某种缘故离开了那个环境，就会感受到置身盛夏沙漠中般的窒息。被拘禁于全然陌生的语言中，一个人也仿佛涸辙之鲋，最渴望母语的濡沫。那亲切的音节声调，是一股直透心底的清凉水流。

今天这个时代，全球化笼天下为一体，交流便捷，信息通畅，但语言反而更加凸显了强势与弱势的差异。英语、德语、法语、日语……商业往来，贸易开展，国际事务，它们是不可或缺的媒介。乃至职位招聘、职称评审，也常常需要跨过它们的门槛。语言霸权的背后，折射的是曾经的荣耀或者当下的实力。但对于绝大多数母语是其他语言的人，它们永远只是工具。他无法深入感知它的温度质地，它的取譬设喻，它的言外之旨，它的正话反说或者明扬暗抑。这一切，一个人只能从母语中获得。哪一句话会使心跳骤然加快，什么样的诉说能让泪水涟涟流淌？答案深藏在和母语的契约里。

就这一点而言，世界毋庸置疑地公平。每一种语言的子民们，在自己母语的河流中，泅渡、游憩、俯仰、沉醉、吟咏，创造出灿烂的文化，并经由翻译传播，成为说着不同语言的人们共同的精神财富。以诗歌为证，《鲁拜集》中波斯大诗人伽亚谟及时行乐的咏叹，和《古诗十九首》里汉代中国人生命短暂的感喟，贯穿了相通的哲学追问；中世纪的意大利，彼特拉克对心上人劳拉的十四行诗倾诉，和晚唐洛阳城里，李商隐写给不知名恋人的无题七律，或者隽永清新，或者宛转迷离，各有一种入骨的缠绵。让不同的语言彼此尊重，在交流中使各自的美质得到彰显和分享。

但所有这些,并不妨碍这一点——热爱母语,热爱来自母亲的舌尖上的声音,应该被视为是一个人的职责,他的伦理的基点。他可以走向天高地阔,但母语是他的出发地,是他不断向前伸延的生命坐标轴线上,那一处不变的原点。

爱我们的母语吧。像珍爱恋人一样呵护它,像珍惜钻石一样擦亮它,让它更好地诉说我们的悲欢,表达我们的向往。

就像我的一位诗人朋友所写的那样——

在母语的屋檐下,
我们诞生和成长,爱恋和梦想。
在母语的荫庇中,
我们的生命绵延,幸福闪亮。

——选自 2015 年 4 月 10 日《光明日报》

归零地　丁建元

一

极远的云根之下，横亘的低矮的山冈，隐隐地把天地界分。山冈上看不到一丝绿意，没有草木，甚至连一块土都没有，只是赤裸的岩架。从山下一直到人物站立的近处，完全是水。水，渊黑而沉寂，像湖，又如海的汊湾。水面上没有波纹和涟漪，仿佛中了魔法一样死去。死水中偶或露出嶙峋的礁石。

荒野与天空形成旷远的背景，没有阳光，暗青色的天空弥漫着灰绿色的浊云。厚厚的浊云从荒野的边际处无声地翻腾、散漫，逐渐与更大的墨黑的云阵混合。阴郁、低沉的气氛里隐藏着肃杀。

所谓"荒原上的人"，就站在破碎的岩石间，没有平坦的土层，只有死水里乱糟糟堆叠的石块。细看这又根本不是石头，而像是怪兽腐烂后遗留的骨骸。有巨大的牙床、胯骨、腭骨，有仿佛史前动物成了化石的胚胎，还有能分辨出地带着污血的妖魔的残爪，毛茸茸的令人恐惧、恶心。或许不久前大地经历了坍塌沉陷，世界又一次经历了上帝暴怒后引来的滔天洪水，家园荡然无存，容人立足的就这么几处石礁，而这里又是一块屠宰、屠杀的场所，劫难后散发着血腥和恶臭。

这群所谓的人，其实不知是人还是畜生，或者说半人半魔半畜生。从左侧探入画面的是一根细溜溜的长颈鹿般的脖子，脖子上居然挑着一只马的脑袋，脑袋似乎已经病变，上下全是溃烂后留下的创伤和瘢疤。与马头相对的是个女人，夸张般放荡地叉开双腿，身体歪斜，踩住高低不平的石头。厚厚的大红色的长裙，却烂絮一样残破，从右上边的破洞里露出一只乳房、乳房下边的肋、肋下侧的小肚子直到腹底的私密处。这个女人体态婀娜，皮肤柔嫩细腻，乳房圆挺饱满。鹅脖儿一样的小腹上，精致的肚脐形如涡眼。她用左手把裙子稍稍提起来，露出里层黑色的衬。红色皮鞋，小腿瘦细得与鞋不成比例。似乎突出的只是色情和肉欲，她的脸被马头挡住了，长发却如章鱼红色的腕足软软地耷拉到肩膀上。与她对背而立的另一个女人，上身前倾，脸向后转，一头金发。同样破烂的浅红色的上衣已经褪色，几乎变成灰白色。这女人下体赤裸，手里却拎着一支投枪。靠近她的还是一个女人，黑青色的头发蓬蓬地松散，黄巴巴的小瘦脸上泛着青色，完全一副病容。一双小眼儿狡黠地不怀好意地眯起，薄薄的贫血一样的嘴唇间含着难以琢磨的微笑。黑色的裤子好像被腐蚀了，整个儿就是一位满心邪念的巫婆。

最右边是一匹高大的黑马，充血的大眼，却又长着女人身体，全身中世纪的钢铁甲胄闪着冷冷光泽，脖子上居然还挂着长长的项链。此时，这女人马或者马女人抬起头来，似乎要说什么。而站在正中的那个女人却反背着消瘦的干柴般的胳膊，正向远处凝望，她的头发、后背，锈铁一样肮脏的褐黄色、铜绿色，疙疙瘩瘩就是变色龙或癞蛤蟆的变种！

恩斯特作画，向来有着很大的随意性、随机性，他采用摩擦、眷印等方法，将色彩涂在木板上，然后盖上画纸用力拉动，便会产生形状奇特、色彩奇异而且出人意料的效果，在这近乎偶然的过程中画的立意也因此而生。且不要说恩斯特故意制作玄虚、怪诞，以让人猜谜掩盖思想的贫乏。恩斯特自幼就受到古怪的神话和传说的影响，后又潜研哲学、精神病理学，他的构思重于幻觉、幻想和妄想。人们可能无法对其中的形象进行明确的定位和解读，就如这群荒原上的兽妖结体巫怪同态的形象，但它有隐喻，有象征，它/他们是人非人，非人之人。是鬼非鬼，是兽非兽，是畜生又非畜生，或者说人鬼兽妖畜生交媾出来的生命，一群失去人性的杂种。

这荒原的情景就如洪荒之初，天柱折而地维绝，洪水漫来，方舟不再，原先容其泊舟的亚拉腊山已经轰坍沦陷。洪水之后也没有衔着橄榄枝飞来报告平安的白鸽，所有的生物全部灭绝，只有这几位幸存者破衣烂衫，面目全非，形影相吊地站在这片礁石间，没有退路，也没有了生路，默默等待着上帝的审判。

二

画家将人画成丑类的一群，但他们依然回不到原始的自然人。他们的衣着、衣饰，仍然标志着社会性，或者是先前社会的遗存。服装护体，遮蔽，黑格尔说服装来自人的羞感，而羞感萌发着道德意识。然而之前的世界已遭毁灭，只有聊存的人处在荒原上，而且衣裳也破到不可蔽体；既然所有的社会秩序都不存在，所有的约束与恪守也失去了意义。裸露、放肆、放荡、放纵也成为自然，人就开始了向冷血之物、向妖兽退化。这匹女人马，在某种程度上表喻着战争之神，一位机械时代的雅典娜，她没有古典神的庄严和高贵，同样半人半兽，并同一群动物人站在荒原上。

即使是处在绝地、绝境中，女人的手里依然拎着投枪。几根投枪长长短短，竖插着，横斜着。这古老的战争武器，沾染、浸入了太多的血，血让投枪生锈了，斑斑点点凝结在枪杆上。但是，投枪的尖角，一点也没有秃钝，依然尖锐、锋利，一旦挥臂运力投将出去，就会在瞬间插入人的胸膛。也就有这么几个人了，却还是不把手中的投枪放下，这是人性中进攻与嗜杀的本能。如果说其他形象是靠随机完成，这几根投枪一定是恩斯特熟虑后添加上去的。这是战争的表意，争端的符号，仇恨与宿怨最终了断的利器，甚至，就是启动历史争讼的杠杆。

恩斯特这幅作品，就是因战争而创作的。当希特勒和他的党徒正在为侵略作着狂热准备，霍霍的磨刀声里时见白刃的反光。一切都要为复兴日耳曼民族服务甚至杀人。酷爱建筑和美术的元首，需要载道的作品，而怪诞先锋的画家则被视为异端。恩斯特等许多画家看到朋辈们，被剥夺画笔甚至投进监狱，便纷纷避难美国。恩斯特他们，目睹或耳闻了法西斯惨绝人寰的杀戮，他为人性的罪孽而悲愤，也以悲观忧虑着人类的未来。战争的发动者，总是先从渲染、传播仇恨开始的，它是点燃暴民愤怒与杀心的底火。只有仇恨才可快速地为开战铺垫正当的理由和依据。而且，这仇恨还必须要提升，提升到国家、领土、民族、种族的层面，让杀人变成使命乃至信仰。神圣之下，作恶与犯罪也披上了正装。于是，人们眼睛充血，骨节脆响，制服与军衔标志着暴力、权威的合法性。让子弹上膛，马刀出鞘，射出的炮弹撕裂着活生生的人。康德曾经说，人性并不会自愿减少武力，彼此征服的意志或者说侵犯对方的意志，是任何时候都存在的，战争和恐怖实源于人的天性。人的这种天性，天然与兽类同源，人有犯罪的基因，有着虐杀异类和同类的冲动，但只有在战争中人才会随心所欲地施暴。

然而，传承下来的罪恶基因，并不决定人必然走向凶残。俄罗斯顿河边长大的格里高利，也并非开始就是歹徒。当年，他抡着长杆镰刀在野地里割草的时候，突然感到砍到一个黏糊糊的东西，一只小野鸭被他砍成两截。格里高利连忙蹲下身来，把那被切断的小野鸭托在手掌上，看着那张开的小扁嘴上流着粉红色的血泡，眯缝着仿佛有着狡猾的可爱的眼睛，还有热气的小爪子轻轻地哆嗦着。格里高利心里"突然袭来的非常怜悯"，使其皱着眉头沉默不语，只是发狠地割草，直到晚上脸色依然"阴沉"，他在为自己无意失手砍死一个弱小生灵而伤心、懊悔，或许还有隐隐自责。但是，到后来，俄奥两国交战，格里高利他们在边境上的科罗列甫克村与敌交锋。他骑在马上，先用长矛刺杀，然后又抽出马刀，几番砍伤那个奥地利士兵，最后一刀劈开了敌人的头盖骨。这时候他依然有着恻隐之心，"脑袋昏沉沉的像铅一样重"，松开马缰，自己也不知道为什么走到那个被自己砍死的士兵前。即使离开了战场，他的脚步又乱又沉，"憎恶和疑惑的心情揉碎了他的灵魂"。然而，随着战争的深入和战斗的连续，格里高利心硬了，狠了，杀人，成为他的职责甚至职业。他打马奔驰在荒莽的草原上，扬起马刀划出一道道雪亮的弧光，猛地砍上敌人的脑袋。弧光划过，人头如血葫芦一样落在地上并滚动着。他凶残、冷酷如一只狰狞的土狼！

三

只有在战争中，杀人才成为关键的语词。当不是你死就是我亡的关口，也就不需要什么指令或者律令，这可怕的离析和分崩，让一切安全和习俗随之解体。伯克威茨说过："手指不仅扣动扳机，扳机也会带动手指。"这种武器效应，成为唤醒并刺激暴力的魔咒。双方绞杀中，"兽性的、肉体的东西压倒了一切精神的东西，使他窒息而死。……人不是活几年，几月，几天，几小时，而只活几个瞬间"（卡夫卡）。当人明白自己不能后退与躲避时，只有杀人，杀更多的人来保证自己的安全。以命相抵，衡量着战果，也成为战场上朴实的经济定理。

所以，在战场上，所有的勇敢、忠诚与野蛮、残暴混合统一起来，成为英雄的品性。生死瞬间中迟疑即为胆怯，良善就是姑息，道德就是软弱，生死之间制造着恐惧也把恐惧逼成了勇猛，所罗门的瓶子完全打开。厮杀中，当陌生的、熟悉的尤其亲密的战友刹那间倒下去，血肉模糊，或者全尸未留。不只助长着生者复仇的怒火，而且又一次意识到生命已经不属于自己。或许就在下一次，自己也会毙命，被白布裹起来埋进冰冷的地下，甚至被弹片撕成碎块。所以，许多人会疯狂地发泄，去杀，去烧，去抢，甚至去强奸、虐俘，摧残孤弱者。在"一战"结束后，美国历史学家艾尔沃德沉痛地说："所有地狱的恶魔都在世间任意游荡，使它变成了一个屠场。"

战争拆散、破坏甚至毁灭了多少家庭，它使老母心碎，寡妻断肠。炸裂的弹片埋在土里，亦如击入了人的腹腔和肌肉，插进骨头上，以它锐利的牙齿，咬磨着人与土地痛苦的记忆。每一次战争，都是对完整人性的击破。世代推崇、遵奉的公义和道德法则被粗暴地践踏了。当人失去对同类的怜悯和同情，也就失去对上帝的信奉。而且，人间千年宣讲的爱、道义，并未维系住世界永久的和平。成千上万的平民被卷入血火之中，成为野心家权力争夺和相互交易中的祭品。救主原为狂人，元首乃是国贼。人类进化、进步了多少年，然而所谓的进步，依然值得怀疑。

人类的累累恶行永远受到盘问和指证。人类从禁忌到立德，还有种种精致的原则和秩序，恰恰也在证明着人恶的顽固和永恒的堕落。人性并没有提升也没有优化。他更有智慧了也更加狡猾、更加文雅了，也更加野蛮了；更理性了也更加冷酷了，他更加像人也越来越不像人了。人的进向，从来不是单向的，先进的技术也并不标志着人的造化，而且人性的发展从没有从山谷起步朝向光明的顶点，而是曲折、迂回、多歧甚至倒退和反向，前进与后退兼具发生。他的暴虐的事实，他凭依智能、智巧和技术所犯下的大罪，暴露着他的变态、畸态。有人宣称上帝死了，那么上帝就是死在罪人的手里。人杀死上帝时候也杀死了他自己！

恩斯特《荒原上的人》，不是凭空虚构一个灵异的故事，他是在喻断人类未来的命运。他从战争中种种由人制造的惨相里，忧患着地球末日。恩斯特不是杞人忧天耸人听闻。二战后期的原子弹的爆炸，以及后来足以摧毁整个地球的核武器的大量生产，恩斯特此"言"不虚了。即使处在和平中的人们，也是伴祸而在，伴魔而眠。没准在某个地方、某个国家里，重生的魔鬼要与这个星球同归于尽，在某个夜晚把手指按到那致命的电钮上。烈火烧过了，热暴刮过去，然后光辐射，可怜天下，一片焦土。或者，资源极度稀缺，甚至一片淡水，就要彼此争夺，强者对弱者挤压，弱者对强者悲壮地发难，攻击的天性全面爆发。——实质上，今天穿着衣服的人类并没有彻底与猿揖别而且也永远揖别不了。亚当的肚子上是没有脐的，人的脐带原来就连在猿猴的肚子上，罪恶滔天也必遭天谴。天谴之后，即使有零星孑遗侥幸存下来，其丑陋、丑恶的形象，也带着上苍的诅咒。

既然地球遭到了彻底的毁坏，何处收容这几位杂种？！

——选自丁建元博客

夜　冯秋子

我经历过一些停电的夜晚。

塞北高原的山石缝隙，草芥穗花，矿苗晶片，尸骨沙砾，皮棉毛麻，埋伏很深，时常纠缠。再往外走一两公里，坍塌的石壁夯墙和烽火台，裸露在绵山旷野。天黑了，电没有来。有时电来迟了。大小孩子们拥挤一搭，等待共同的命运。一盏煤油灯点起，总有东西跟进来。人们盼望最好进来光。没有光，是见不得光的东西。屋外吼叫的风，把人最后一点东西拿走，不给留存念想。

三五个人、七八个人，在黑黢黢的深夜、停电的时候敲门砸窗，突击检查户口。其实十天半个月即会闯进屋地，没有余地商量，只是每回神兵天降，都像是第一次遭遇，猝不及防。主要是半夜三更，在属于个人的时间里。一群男子身高树大，寒气逼人，沿火炕一字排开，用尺把长手电筒的强光照射出一炕大小人醒不过闷儿来的弱势和败落景象。一家之主的男子以一件衣物遮体，从柜子里翻找出户口簿，查户口的队伍主管把户口簿上的名字和炕上的人一一对照，若老家正好来了探亲的人，即使是我的姥姥姥爷或者是奶奶，不管年岁高低须下地站立，抖擞单薄的老干树皮，惊魂难定。听见代表革命委员会盘查户口的人的嚷和吼，知道在生活中，自己多么卑微、低贱、不足以道。黑暗里，在手电的聚光下，缩减躯体，否定自己。人和鬼，在某一些时间，被自己连贯起来，和谐地安放于自身。看不见的、听不懂的，对方帮助审查和检验。手电的光照耀在脸上、身上，灵魂里的光，连续起一个信念：

做一个不怕夜半敲门的人，将来，永远。我这样念想。

　　一些东西被磨损，包括面容。好多胆识被摘出来、种下去。而想象，一茬又一茬地生长和埋葬，今天，倒没有要说道的，确实日益简略。寡话。寡的你。寡说甚。北方有好多话形容可以简略而不够节制的人。大部分人感觉到自己寡谝、扯淡呢，就放弃了。默然遵守的规则，在白明黑夜循环交替以后，牢牢地潜入意识，习惯养成自然。

　　2014年9月14日，夜宿四川省洪雅县瓦屋山镇的复兴村，经历的无论怎么讲也是一个常规性的黑夜。那是土著青衣羌人和公元前223年秦灭楚后遭押解至此的楚严王后人的杂居地。"复兴"村名，缘起公元前223年，不堪回首的流放之人，存立的对丧失家园的祭奠和复兴梦想。一个事实是，落难的楚人，进入世代依傍瓦屋山密林清水恬淡栖居、敬奉自然的青衣羌人的家园，被接纳、受感召，此后相与而生，互不惊扰，互为尊重，取对方所长补自己之短，进而衍生出瓦屋山的另类文明形态。从活化石一般的四川省非物质文化遗产"复兴耍腰鼓"即见羌风楚韵，山歌和锣鼓响器如胶似漆、金银铜铁浇铸的天作之合，了无间隙，滚滚流泻，弥散四野，撼魂振魄。倾听和观赏"复兴耍腰鼓"，山神活，人心阔，谦恭谨致，万物萌发。一支相宜的渔猎且农的古羌民族，一支开化的农耕汉族人群，联手锻炼出制造三星堆文明器形的青铜材质，树立了今日瓦屋山、比如复兴村朴直的民风。

　　进村后，在村委会参加了一个小会。天色将暗，赶去一公里以外一处旅馆吃饭。返回驻地，探访了木楼附近几处低矮的旧木屋，木楼主人家的老人、亲戚住在这边。旧屋昏暗潮湿，用具简陋，老人或坐或卧漫吸土烟；门窗外面垂挂起一串串大红辣椒、玉米棒子，每一间木屋顶铺盖着深灰、趋向蓝黑的老瓦，房屋侧脊悬挂着木雕灵鱼。

　　傍黑，雨不期而至。木楼前的土台子那天是要演一出戏的，几个男女青年说笑着张罗即将开始的戏场。无奈雨越下越大，一小时、两小时，雨水追逐木楼屋檐下躲雨的小孩们，往里退缩。十来个小女孩穿彩衣执鲜花，以排练的名义，一回又一回在潲雨的屋檐下预演她们早已排练妥帖的歌舞。

　　我跑回小屋，就着朦胧的自然光，速写窗户外面的山石树木房屋，刚画一半天彻底黑下去，外面层林与黑夜浑通一体、漆黑一团。没有凳子，挎坐低矮的床，伸长颈项向窗户外面眺望。仰望茫茫黑夜，骤生恐惧。童年黑夜的经验有时会涌现。玻璃窗内外映衬着密密麻麻的蝗蛾蚊蝇，为屋里一根度数不高的灯管给出的尖锐而又落不到实处的白蓝光亮，把玻璃窗撞得噼噼啪啪响，而飞行的轰鸣掀风鼓浪、此起彼落，小屋静中有动。两片薄绵窗帘象征性地遮掩了一些阴森无底的黑色。我关了灯，去楼下看叽叽喳喳、踢踢嗵嗵唱歌跳舞的女孩们。

　　山里的雨，把黑夜里的小村庄冲洗得冷清寒寂，奔波一天山路，疲惫难耐，同来的作家们退回各自栖息的农家旅店歇息。小女娃娃坚持在屋檐下、房东的门庭里唱歌跳舞，度过本来要演出、因下雨迟迟演不成这件事的兴奋回响中。她们不舒服，不喜欢，不甘心，不情愿，不舍得脱掉为演出穿戴齐整的彩色衣裤和饰花，不肯没演出就告辞回家。听到有人喊"回家睡觉"，她们说"再等下"（下发"孩儿"音）。捆扎好的一束束鲜花，早涣散败落了，她们挑出一枝、两枝捏在手里，继续"排演"准备下的节目。我做了观众，观赏老师教给她们的埋伏些微羌风楚韵的歌舞。大的刚上三年级，是房东家闺女；小的五岁，身穿家常带襟小褂、宽脚小裤，正饶有兴趣地混杂在小姐姐其间，认真观察小姐姐们的招式，把动作学下来、做下去。小姑娘不是歌舞节目的正式队员，现操练、现表演，很多时候跟不上大女孩们的节奏，但从没有停下不唱，哪怕是停下一个动作不做，不介，她不以为自己多余，即使没跟上大家的步伐也没表现出难为情，从始到终保持和自信与否没关系的"我在这里表演唱歌跳舞"的感觉，一个节目又一个节目跟紧大姐姐往下演。

　　五岁的姑娘，是羌人，和小姐姐们一样是青衣羌人的后裔。她及时找到了自己的位置，或者硬挤进去挪借出自己的位置、参加非正式演出中的正式表演。也许五岁的她最爱见那个夜晚下雨，她在屋檐下一米宽的地带或者一楼门庭唱歌跳舞甚是欢喜。欢腾到九点半钟，女房东出来清扫门庭，女孩们嘻嘻哈哈协助收拾了"台面"各回各家，五岁的女娃腼腆地回应我"再见"。房东家的女孩领我去看她、她妈妈和外婆住的屋，在我隔壁。

　　这是一栋三层木板楼，羌人的家庭旅店。我住二楼把角一间小屋。我开灯前，先打开一扇窗，用一个本子驱逐蚊虫部队，木板那边刚在楼门口唱歌跳舞的大女孩失笑，"嘎嘎"不止。我说，姑娘，家里有蚊香吗，支援一片？嘭嘭拍门递进一片蚊香。我刚插上电，电蚊香刚要开展工作，电停了。全楼停电。女房东说是全村停电。她也不知何时通电。我借随身携带的小手电照的亮，匆匆洗漱一下。手电光罩里百十几只大大小小的蛾虫活跃地飞行，偶尔撞击到我，露在外面的皮肤全被荣幸光顾，肿胀成丘陵那样的面貌。我招蚊子，形势不容乐观。地面和四块木板墙壁蛾虫星罗棋布停航待飞，我赶紧上床囫囵身躺下。

四点半闹铃响了，我起身收拾，准备赶到昨晚用餐的一公里外的旅店和大家会合，六点钟出发。可手电竟然不给照亮。它也停电了。我再次记住带一块电池的教训，待到用时方恨少。即使带一百次有可能一次没用也该带上。屋里没有一星亮光，手机未能充电，此时也发出缺电警告。我拉开布帘，外面黢黑，忙把遮不严实的窗帘重新拉上。飞行的蛾虫醒来，顶撞玻璃表示它们的存在。蛾蚊身后的黑，的确没有办法忽略。

问题是隔壁的小姑娘也醒转了，笑了两声。我低声说，还早呢，睡觉。她"咻咻咻"笑，你不敢走。我确实不敢出门，正愁肠百结。小姑娘说，喊你朋友帮下。脑子里过了一遍，喊谁？不能，不能行。小姑娘说，我起来。不要起来，睡你的觉。她说，我给你开大门。

北京的三位今早提前离开，我们分别住在不同的羌人家庭旅店。

想起四川作家沈荣均住一楼，请他帮忙带我走这段夜路？

小女孩帮我打开一楼门锁——她喊，哎，外面有雨。

我说，没关系。谢谢姑娘，接着睡觉吧，做个好梦。

沈荣均把我送到约定地点。

有机会还来复兴村，没待够，没看够。我发现，我惦记复兴村。

——选自 2015 年第 3 期《人民文学》

庶民的"契约精神"（外二篇）　　孙　歌

一

春节快到了，我要到外地去探亲。因为家里没人了，我担心报纸没法投递，决定跟邮局联系一下，看看能否在外出期间请邮局不要送报，等我回来之后自己去一并取回来。

按说这种服务对于我们这个粗放型社会来说属于额外要求。我一边给邮局打电话一边做好了被回绝的心理准备。谁知电话那一头却爽快地答应了，而且煞有介事地要求我履行一个程序：

"你写个情况说明，写明白停配报纸的时间期限，然后亲笔签名，直接交给投递员就行了。"

我暗自觉得高兴。中国社会的服务业也突飞猛进地发展了，这种以往不可想象的要求，居然现在都可以得到满足。看来市场竞争确实有好处。现在邮局面临着强大的竞争对手，各种快递公司利用上门送货和取货的快捷服务和比邮局更低廉的价格，抢走了曾经由邮局独占的客户，逼迫邮局也不得不改善自己的服务，这让我更觉得生活在今天这个时代里不能沿用过去的老习惯，万事都需要先试试再做判断——不是有句话吗：没有做不到的，只有想不到的。

当天下午，我按照邮局的指示，写了一张申请暂时停配报纸的申请书，并且签上名，把它交给了专门上门来取的投递员。

这位投递员不是经常投递的那位,看着很眼生。以往的那位投递员,是个精力旺盛充满好奇心的小伙子,他常常跑上二十三楼,敲开我的房门把邮件亲手交给我。我家所在的公寓楼,跟绝大多数的公寓一样,邮箱都集中在一楼门厅,把一个大铁箱子区隔成全楼住户数的小箱子,每家认领一个。大约门厅太小,所以邮箱的体积也很小,从有限的缝隙把邮件放进去,充其量不过能塞进一本薄薄的杂志和几封信。所以一旦有厚些的印刷品寄来,一般都是放在整个邮箱顶端的平面上,大家各自自己拿走。但是不知道为什么,这个小伙子对于我收到的来自日本的普通印刷品特别处理,塞不进邮箱的,他决不放到顶端,而是一定要以特快专递的送达方式,特意到二十三楼来,敲开门递给我。

记得第一次他主动给我送邮件的时候,很好奇地问我道:"请问您是孙歌样吗?"

我听出了他的弦外之音。"孙歌样"不像中国人的名字,但是信封上确实这么写着——按照日语的习惯,这个"样"字其实是口语里"某某桑"那个"桑"的书写体,是礼貌的称呼方式,大约相当于中文里早年的"同志",或者现在的"先生""女士"之类——我干脆对日本朋友半开玩笑地翻译说,你们的"样",就是我们的"同志"呢。

我于是在门边讲授了五分钟的日语课,他听得很认真,然后带着满足的神情离开了。

不知是否是作为满足好奇心的回报,他后来总是把日本来的邮件亲自送到我手上。

可是,现在上门来取我申请书的投递员,已经不是那个小伙子了。看来他已经去了其他小区,或者,没准儿已经辞职跳槽去了其他行业?

这个新的投递员,也是个充满活力的年轻人。他接过我递过去的申请书,转身消失了。

于是我安心地出门了。可是,没有在外地度完假,因为急事我提前赶回北京。走进公寓楼,我顺手打开邮箱,不料,却发现里面塞满了报纸,已经挤得满满当当,报纸都塞变形了,假如我按照原定计划回京,那么,显然报纸就要塞到信箱外边啦。好险！

"太不负责了！明明交了停送的申请，怎么还照样送呀！既然这样，干吗当初还要求我走那个形式嘛！"我不由得有点不快：肯定是那个新来的投递员不负责任。虽然如此，毕竟我也没有什么损失，像多数中国人一样，我几乎立刻就把这事情丢到了脑后。

可是，这个给我留下坏印象的投递员，立刻就有了机会纠正我对他的想象。不久，当来自日本的普通邮件抵达的时候，他也立刻显示了超乎职责规定的负责态度。不过，或许因为对于"样"的写法缺少好奇心，他并没有跑上二十三楼，而是利用一楼的传呼器叫我："有日本来的邮件，下来取吧！"

我答应着，却没有立刻下楼。反正大概是书或者杂志，我想他一定会把邮件放到邮箱顶端，待会儿再下去取吧。

等到我磨蹭了一会儿之后才下楼去取的时候，意外地发现，那位年轻人竟然一直在楼下等着我。他确认了我的身份以后，很认真地把邮件交给我："我想也许这个邮件很重要，又无法塞进邮箱，所以还是交到您手里比较放心。"

我一时说不出话，甚至连道谢都忘记了。我想象中的那个不负责任的形象一下子烟消云散，留下的是个疑问：本来这个普通的邮件，按照邮局的规定是不需要直接交给用户的，但是他却为此一直等到我下楼；这样一个对分外的事情都如此负责的投递员，为什么对于分内应该做的事情反倒不负责任呢？

这个疑问，我一直没有得到解答。或许因为这个投递员负责的态度让我难以开口，或许因为我也没有把它作为一个必须解答的问题，总之，延宕了一段时间之后，当我提起兴致打算确认这个问题的时候，投递员又换人了。

第三位投递员也是个年轻人，他按照自己的判断，对我的邮件重新进行了定义。他不仅对日本来的大型邮件特殊对待，对于国内的大型邮件也一视同仁。只是，他并不如同第一位投递员那样敲开我的门，也不如同第二位那样用传呼器呼我下楼，而是上楼来把邮件放在我家门口，并不告知我，就悄然离开。这份体贴也让我十分感动，而这三位年轻人处理问题时个性鲜明的方式，让我对从未留意过的邮局系统不期然地产生了某种亲近感。

出于好奇，我推测那次报纸投递的小小失误究竟是什么原因所致。我想，那大概不是因为投递员不负责任，多半是程序出了问题，甚至可能是程序被遗忘了。我们这个社会，人与人相互之间的信任乃至互助精神，一直是连接社会关系的基本纽带，这种关系在熟人社会解体之后，也依然构成我们公共生活的基础性要素。陌生人之间的相互扶助，在今天的中国社会也不是件新鲜事情，而且，这种相互扶助的要素，对于中国的百姓来说，是判断社会是否太平的重要标志。诈骗与暴力事件增加，会使老百姓削弱对公共生活的信心，其原因并不仅仅在于这些负面现象本身，真正的原因在于，中国人在传统习惯上一向依赖于人际关系中的相互扶助和由此生成的信任机制，而不是依赖于制度安排和抽象的程序。当信任机制破坏了，哪怕秩序并没有被破坏，人们也不再拥有安全感，这就是当年顾炎武所说的"亡天下"的感觉。

程序在我们的社会生活中，功能远远低于其他社会。这倒不是说程序不存在，毋宁说在官僚主义的行政系统中，程序被作为各种推诿责任的借口一直泛滥成灾。当然，履行程序这件事情，在今天的中国社会也有很强大的正面功能，但是，从建立一个程序到自觉地履行它和维护它，在我们的公共生活中，需要相当长的过程。而且，不用说大家也明白，程序在我们这个社会里不那么神圣。要是你原教旨地强调程序的必要性，大概会有人发生疑问："你是不是中国人哪？"

我相信，在今天的邮政系统中，出于竞争的考虑，增加"主人外出时停配报纸"这个程序，还是历史较短、覆盖面较小的事情。不去履行它，不是因为不负责任，而是因为程序这个东西在我们的社会中地位不高。只有在多数人都需要这个程序的时候，它才有可能得到重视。投递员们以自己的方式尽责，却并不一定按照程序规定行事。我在中国活了几十年了，这点道理还懂：为了几张报纸跑去邮局质问他们为什么不遵守程序，他们一定会像看外星人一样地看着我吧。

记得北京在承办奥运会前，市长为了在秩序混乱的公众生活中逐步建立排队的习惯，把每月的11日定为"排队日"。11这个日子与排队结合，远不如双十一购物节那么深入人心，奥运结束之后，排队日也蒸发了。但是排队这件事慢慢地也融入了北京人的习惯。如今，在一些不那么拥挤并且外来人口不占主导的地铁车站，人们不但上下车不再拥挤，而且已经形成了在电动扶梯上右侧站立左侧急行的秩序；公交车站也不像从前那么混乱，超市餐馆等公共场所的排队习惯也日益形成，不过，正如今天北京仍然在上下班高峰时段需要交通协管员维持秩序一样，人们对于排队这样一种形式感，似乎很难找到坚持的理由。除非，它与其他一些价值结合。

我记得曾经在报纸上读到过这样一则报道。这几年的公交和地铁上有大量的进城务工农民，在排队文化艰难形成的过程中，他们引起的秩序混乱非常显眼。有时候，在车还没来的时候，他们也会排队，但是当车子进站的时候，他们会突然无视排队的顺序，拼命地挤上前去，不仅拨开排在前面的老人孩子，而且甚至在下车的人还没有下车的时候就挤上车去。当然，通常这是为了抢到座位，所以在车上他们也很少给需要的人让座。这种情况直到今天仍然存在，北京居民为此颇有微词，我记得当时读到的那个报道就在讨论这个令人头痛的问题。

令人觉得有趣的是，这篇报道讨论的问题并不是围绕着"排队"这个程序问题展开的。讨论集中在农民不排队的合理性问题上。简单地就结论而言，北京人的争论分为对立的两派：一派认为农民工是弱势群体，他们在自己不熟悉的大城市里，面对不可知的明天，即使显得有些粗暴，也不过是自我保护的本能使然，甚至有可能是他们平常遭遇到的不公正待遇太多，以这样的方式发泄一下也未可知，因此不必大惊小怪，应该给予他们更多的同情之理解；另一种意见则认为，不能把群体与个体相混淆，这里面也有更复杂的状况。比起年轻力壮的农民来，城市里的老人和孩子不更是弱势群体吗？更何况，平日里出行以公交车代步的，通常都不是社会地位很高的人，简单地划分北京人和农民工，并且规定后者为弱势群体，在挤车问题上根本是不能成立的。

这个讨论没有再持续下去。不断涌入北京的农民也并非一直持续地破坏排队秩序，习惯了北京的生活之后，他们也会调整自己的方式；而破坏排队秩序的，也并非仅仅是外地人，我自己不仅在地铁上有过被年轻的农民工让座的经历，而且，也曾经有一次在地铁电动扶梯上请挡在急行通道上的北京年轻女士让开通路时，得到了这样的回答："你要是着急，干吗不早点出门呢？"

其实，关于上车排队的问题，还有更具有戏剧性的例子。我的一位日本友人曾经忍俊不禁地跟我说到他在中国的经历：他经历的上车拼命挤着抢座的事情多了，也就见怪不怪了。但是有一次，他发现一个抢到了座位的小伙子刚坐了一站，在下一站发现有位老人上车，立刻站起来给他让了座。我的日本朋友百思不得其解的是，既然有让座的道德意识，干吗还要破坏排队秩序抢座位呢？来自排队文化极为发达的日本的他，觉得这事情实在太奇怪了。

其实这举动对中国人来说一点都不矛盾，秘密就在于，程序在我们的公共生活里实在没有什么位置。对于我们来说，程序只有结合了意义，才能得到关注，否则，它随时可以被破坏，不会引起社会性的谴责。

我的那位日本朋友对于中国人这种漠视程序的混乱并没有表现出一般日本人通常会有的鄙视态度，相反，他显示了极大的兴趣。他说，在不排队的候车人群里，他感觉到了中国社会的活力。

这说法当然不能直观地理解，但是我确实从中得到很大的启示。

在今天的中国社会，尽管法制化的呼声越来越高，但是所谓"契约精神"并不发达。这当然不是说我们的社会里契约行为不发达，而是说契约作为一种结构社会的思想原理，在我们的公共生活中缺少基础。曾经有过一个阶段，在为了改造社会而模仿欧美成为主导性意识形态的时候，能不能以契约精神为基础创造政治秩序成为热门话题，学界流行的所谓熟人社会向市民社会的转化问题，也正是在这样的情况下悄然地型构着中国知识分子的价值感觉。

不过，把契约精神作为社会结构原理，在现实生活中并不那么一帆风顺。日本思想史家丸山真男早在半个多世纪之前就指出，契约精神虽然保障了熟人社会的"面孔"被虚构的契约所取代，适应于在更广阔的流动社会空间里建立随时可以完善的公共秩序，但是，进入现代之后，本来属于虚构的契约和程序，却越来越实体化，形成了现代官僚制"肉体政治"的基础。僵化的契约关系和程序被劣质的官僚不正当地利用为谋取利益或者逃脱责任的口实，这样的事情我们看得还少吗？现代庶民讨厌程序，有时候也是健康的反应。

我那位日本友人，虽然并不欣赏挤车，却在挤车的中国百姓中看到了活力，就是基于这种感觉吧。

中国社会并不是以个人之间的契约关系为原理建立的，我们共享和延续着不同时代对于天理和道义的理解，尽管它们的内涵与名称在不同时代并不一致，在结构上，天理与道义却始终是我们这个社会的构成原理，也是制约着政治体的根本要素。在这样的社会里，无论人群怎样流动，无论传统的熟人社会如何解体，也无论现代法制如何深入人心，我们依然可以在混乱与秩序的动态关系之间辨认出那种属于我们中国人的基本元素——那是一种以状况中的个人道德判断作为前提的社会习惯。程序感觉，如果不与善或者恶的价值发生结合，很难在我们的日常生活中扎根。

我还记得曾经在电视新闻里看到一则报道。在北京的一条繁华大街的街边，有个粗心人遗落了一大包人民币。两位分别经过这里的青年几乎同时发现了这个大纸包，他们立刻打电话报警，同时，就站在这大捆的人民币旁边守候。天下起小雨，他们一直坚持了半个多小时才等来了警察。在这半个多小时里，两个互不相识的青年都不去触碰这个大纸包，因为他们害怕发生数额上的问题而自己说不清，所以约好了互相作证。

让我留下深刻印象的倒不是这两位拾金不昧的年轻人聪明的程序感觉，而是新闻报道的评论。它附加了下面这段评语：

"这两位年轻人明明在做一件好事，却同时不得不防备自己被误解，这难道不是我们这个社会的悲哀么？"

是啊，作为中国人，我们立刻会想起近年来不断发生的老人跌倒是否要扶的争论，所以这段评论很可以引人共鸣；不过如果换一个角度来想，这段话倒是毫无做作地传达了中国庶民的"程序感觉"。程序也好，契约也好，制度也好，在我们的公共生活里都不占有优势。两位青年自动地履行了一个简单的程序，这本来与社会道德无关；但是，这种履行程序的方式却被理解为"人人自危"，并被发挥到了极致。

不知为什么，听到这段评论，我突然产生了与我那位日本朋友类似的感触：或许中国社会存在着抵制现代官僚制度的真正能量，这就是民间超越一切程序的道义诉求。只是，它如何以正能量的形式生长，而不是转变为比僵化的程序更为可怕的破坏性因素，这是我们每个庶民都必须面对的日常课题。

二

我家的装修，是农民兄弟的杰作。

十多年前，我因为不得不买房的个人原因，勉强贷款在前面说的那个工厂的地皮上盖起的小区里买房。那时候房价没有现在这么贵，工资却也没有现在这么多，所以，那是我这辈子压力最大的一次购物。

那个时候，还不作兴精装修这种方式，所有的商品房都是半成品。如果是公房，可以有粗糙却实用的简装修，但是商品房交房的时候，真是惨不忍睹。墙壁和地面都是凹凸不平的水泥，水电也不过是墙上露出的一个接口。进入这样的房子，真让人有透过美人的千娇百媚看到其中的白骨一般的感觉，我真实地感受了看到事物本质这件事情的残酷性。

据说造成这种事态的是改革开放之后挖到第一桶金的成功人士。他们买到装修后的房子，嫌装修得不够豪华，于是大兴土木，破坏已有的装修，全部重新来过。这样的事情多了，开发商也就趁势免去了装修这一环节，干脆不再开发完整的住宅，只负责修建毛坯房了。

但是对于我这样的买房人而言，没有比这个事态更糟糕的了。买了房却无法住，还要自己想办法装修，我无法压抑自己的受害感，却无从说理——房子就是这样的，爱要不要。于是，最不擅长此事的我，也只好自己寻找装修公司了。

当时，装修公司指的是专门监督装修工人的设计公司。他们根据顾客的要求设计图纸，到劳动力市场雇佣工人来施工。据说直到今天，专业的装修队也从不负责商品住宅，国家的建筑公司只承担国家的建筑工程，我们老百姓的民居，担任装修的是进城务工的农民兄弟。当时和现在不同，农民们刚开始这项工作，一般都没有专业训练，并且也不长期留在城里，所以在当时通常的情况是，他们在农闲的时候进城装修，农忙时就回去忙农活，所以正赶上农闲和农忙交替的顾客，房子往往装修到一半就停工了，要等农民兄弟回去料理完农事之后才能再次开工。

当时连房子的首付都东拆西借的我，再挤出一笔钱来找装修公司干这件事，实在是捉襟见肘。我打听了一下，听说装修公司的功能与其说是设计图纸，不如说是担保。装修队都是劳动力市场找的，装修完了就不知去向了，万一装修出了问题，总要有人解决，所以找装修公司，其实就是为了解决后顾之忧。这个信用的担保是很值钱的，装修所需要的实际费用，其实只是交给装修公司的一半而已，剩下的一半，就是"信用担保"的费用了。

有没有办法省下这笔费用呢？我向朋友们四处打听，希望有人可以给我出点主意。只要能找到可以负责任的装修队，就能够绕过装修公司这个环节，用一半的钱办同样的事。问题在于，去哪里找这样的装修队呢？

终于，我幸运地从一位朋友那里得到了帮助。她刚刚装修了自己的房子，请的是当年插队时村里的老乡。热心的朋友说，这个装修队不仅技术好，而且人也可靠，将来有问题，也可以负责修理。

我喜出望外，立刻决定请这个装修队。

几天之后，几位朴素的农民走进了我没有住房功能的毛坯房。为首的是一位精干的中年男性，姓赵；其余的几位都是他的亲戚，一水儿的年轻人。赵师傅很老练地打量着我的毛坯房，爽快地对我说：房子的事，交给我吧。

第一步是开始设计。赵师傅拿出几本豪华版的设计图集，我看了一下，发现全都是别墅设计图，跟我的现实离得太远；赵师傅仔细推敲了一下，也觉得没有办法实施。于是，他退而求其次："卧室外这一小块顶棚，装个闪灯怎么样？"

我询问之后才知道，所谓闪灯是时髦舞厅里那种一亮一灭并且变换颜色的灯。我立刻回绝。

赵师傅有些轻蔑地说："至少在客厅里要装个吧台吧？这个不需要多少空间。"

当时在家里修个吧台，不仅是有钱人的习惯，在没钱的年轻人中也很流行。宜家似乎在推广这种趣味方面很有贡献，这家北欧的以年轻人为对象的家装设计公司，发明了简易的可以折叠的靠墙吧台，专门帮助还没有发达到可以买别墅装壁炉的年轻小资实现中产阶级梦想。赵师傅跟得上潮流，对于小房屋的吧台很有心得。

我又否定了。告诉他我需要把客厅的墙壁全部打成书架，没有墙面能腾出来打吧台。

这回轮到赵师傅行使否决权了："我最讨厌的就是装修图书馆！"

我跟赵师傅就房屋设计争执了很久，在拉锯战中渐渐了解到，这位赵师傅是个非常好的木工。他似乎很喜欢打造一些能显示他手艺的物件，我所期待的那种跟公房差不多的简单装修，实在不合他的胃口。我不知不觉间被他这种"职业精神"所感动，最后决定让步。我跟他商议，在厨房里搞一个吧台，作为交换条件，他得在客厅的两面墙壁上全部装上书架。

施工终于开始了。最初，我还介入装修，不仅在现场察看施工情况，而且跟着赵师傅去采买装修材料。那时候还不太懂得装修污染的事情，赵师傅跑很多不正规的市场采买便宜的材料，把成本压到最低程度；我看到他尽职尽责的样子，渐渐放心，就放手把装修的事情交给他，埋头干自己的事情了。不久，我甚至放下装修队，跑去日本开会了。

一晃儿一个月过去了，我从日本回来，发现我家已经面貌一新。我所坚持的书架，虽然由于赵师傅的审美观而没有铺满两面墙，但是也修了大半，勉强可以过关了。不过仔细一看，发现顺着墙角拐弯的地方，修了空档很大的一段，比大号字典的高度还要高。询问之下，赵师傅颇为自得地说：你不在厅里修吧台，我给你打到厨房里了，可是总得有地方放酒呀不是，我想来想去，也只有这个地方啦。

我不禁大笑起来。这赵师傅真顽固得可以。房子是我的，他修完就走了，居然这么千方百计地要实现他的吧台梦，我开始喜欢这个固执的农民了。

赵师傅的技术其实十分了得。吧台修得很秀气，书架也修得很适用。用的虽然都是便宜的材料，在里面住到今天，我也没有生"装修病"，说明这些材料很可靠。用了通常装修的一半费用，我完成了装修，赵师傅还赠送了他利用边角料打的一张简单木床，虽然并不漂亮，却很实用，所以一直用到今天。

只是有一件事，至今仍然让我对赵师傅心怀歉意：厨房里那个时髦的吧台，被我当成了切菜的台子，而书架中间被设计为酒柜的空间，被我塞满了大开本的字典和资料，辜负了赵师傅的一番美意。

不过，也有不满意的地方。赵师傅虽然精通木工，对水电却不太在行。好像他把这部分工作都交给了自己年轻的亲戚，于是就出了偏差。电灯开关不知为何都是反的，开灯关灯的记号，跟实际功能正好相反；水龙头的开关呢，冷热的位置也是相反的，验收的时候，我感到很不高兴，责怪赵师傅说：这样的工程我不能接受。

赵师傅一脸惊愕："这有什么呀，反是反了，可不是照样使吗？"他无法理解我为什么如此小题大做。

"能使倒是能使，可是跟我的习惯正相反，用起来不方便呀！"我坚持要求把开关纠正过来。

赵师傅淡然一笑："啊哈，我当多大的事呢。改开关干吗，你改改你的习惯不就行了吗？"

这个违反常识的建议竟让我一时间语塞。我不知为什么，居然被他说服了。于是，在其后的十多年里，我家的水电开关，一直与世界通行的使用方法正好相反。

装修完工了。我和赵师傅的斗智斗勇也告一段落。那以后的几年里，赵师傅又现身了两三次，免费对装修进行了后续检查和修理。他亲眼见到自己凝聚心血打造的吧台和酒柜的下场，暗自摇头，却也没有说什么。他跟我拉家常，自豪地告诉我，靠他的劳动，他的独生女已经大学毕业，考上了北京有名高校的研究生。

有一段时间，装修的经历和赵师傅，都被我丢到了脑后。可是又过了几年发生了一件事，让我重新想起了这段已经开始褪色的往事。

那时我在东京讲学，我的一位朋友到北京，住在我家里。她打电话给远在东京的我，跟我抱怨我家里的热水："看上去热水器没有坏，怎么热水龙头出的是冷水？"

"你弄反啦！那个冷水龙头才出热水啊！"我理直气壮地把责任推给了她。

"我弄反了？你家的水龙头才弄反了吧！这跟通常的习惯不一样啊。"她又好气又好笑地反驳。

"那你改改习惯不就行了么？"我无意间竟然原封不动地套用了赵师傅当年的说法。

友人大笑道："看来你已经把习惯给改掉啦！"

这么一说，我才注意到，或许我不仅改变了冷热水开关的使用习惯，而且从赵师傅那里学到了重要的人生智慧。

中国的农民在贫穷的生活环境中，锤炼了属于他们的独特智慧。他们不具备工业国常见的那种按照规范从事生产的工作伦理，也没有条件接受这样的伦理，而是以全副精力因陋就简地解决问题。按照具体的状况，利用所有可以利用的条件，不问做法的正当性，尽可能地取得对自己有利的结果。这种生活智慧曾经令深信韦伯资本主义精神定义影响的知识分子大伤脑筋，因为它常常会造成投机性、短视性甚至不择手段的负面后果，所以中国资本主义的不发达，往往被归咎于"缺少职业伦理"、缺少自我克制精神等所谓"农业社会特征"。

然而赵师傅却向我开示了农民智慧的"正能量"。他不仅用低廉的价格为我装修了质量可靠的房屋，而且以超乎常规的方式向我证明了这种"不规范"的长处。实际上，他的不规范装修还不只是水道和电源开关，他安装的窗帘杆，并不是以我所想象的方式打进墙壁，而是在墙上凿出一个洞，然后用小木棍填充进去，再用螺丝把窗帘杆两侧的安装柄拧在木棍上。我高度怀疑这安装方式是否结实耐用，赵师傅则以大学教授对待小学生的态度应付我说："我说了结实就结实，你用了就知道。"

确实，我家的窗帘杆就这么在不规范的状态下工作了十几年，居然没有出什么故障。后来我才知道，这栋楼房对外一侧的墙壁由于用料的原因，是无法用专业方式打眼安装壁挂器具的，原来赵师傅这么做有他的理由。

然而故事还没有结束。几个月前，卧室里的窗帘杆终于出了问题，一侧掉了下来。我急忙找来物业的师傅，没想到得到的回答是"修不了"。他们对赵师傅的杰作似乎有些轻蔑，说假如要修，就得重新安装，改变现在的位置，把窗帘挂到靠窗的天棚上。

我有些光火，每个房间的窗帘杆都坚持了十几年，说明这种安装有效，为什么修不了？情急之下，我决定不依靠物业，自己动手。没有想到，我只不过往当年赵师傅开出的小洞里加了一小条木棍和一个可以套住螺丝的塑料管，就轻松地重新挂上了窗帘。

不正规的好处，就是不对所谓专业的事物设门槛。我想起了我的朋友谢英俊。这位特立独行的台湾建筑设计师，正是用这样的理念加上他巧妙的设计，让看上去决无能力盖房子的妇孺老弱亲手盖起了自己的家园。

中国农民的不正规，一直是舆论诟病的对象。但是仔细想想就可以发现，其实导致社会上弄虚作假的，并非是不正规，而是其他因素。只要排除掉那些负面的因素，不正规，在区别于投机取巧的意义上，可以孕育巨大的创造性。正是这个巨大的创造性，让中国农民利用改革开放的机会，不仅生产了供应世界市场的日常物品，甚至还利用进口的部件组装船舶，制造大型机械。虽然，距离真正的"中国制造"，我们还差得太远，但是农民兄弟的敢想敢干，并不是只有假冒伪劣这种负面后果，他们是中国最有创造性的人种。他们被质疑为保守的人群，但是他们却最善于改变习惯，适应新的生存环境。赵师傅所奉行的"改变习惯"这一人生哲学，其实潜藏着中国历史中最根本的原理——恐怕最为敏锐地发现并利用了这一原理的，正是毛泽东吧。

赵师傅"改变习惯"的逻辑，让我联想到了中国革命的原理。中国革命不是教条的模仿，而是在具体状况中灵活运用原则的辩证社会运动。日本思想家竹内好曾经把毛泽东的哲学命名为"根据地哲学"。这是一种流动性地把握敌我关系、根据具体情况相对地处理所有事物，从而化敌为友的思维方式。1957年，在一次日本知识界的座谈会中，丸山真男曾经预言：中共在任何时候把国民党高官迎入北京，都是题中应有之义；这是因为，中国共产党在革命实践中，创造了昨日的敌人可以成为今天的同路人，或许明天可以将其转化为朋友的政治辩证法，而丸山正是从政治学角度对这种辩证法思想给予了高度评价。

"改变习惯"，这个过程当然要付出代价。无论个人还是社会，都是如此。我就在这样的一个社会里成人并且生活到今天。作为思想史研究者，我一边锤炼着在这样一个并非轻松的社会里处理各种问题的认识论，一边思考着符合这个社会现实的伦理究竟是什么。我相信，对于我们这个社会而言，伦理精神也要具备"改变习惯"的特征，才能够真实地成立。

——选自 2015 年第 3 期《天涯》

泥土哪去了 南 帆

一

屋前的墙根下整理出一片巴掌大的空地，想到要种几株花，突然发现无处取土。邻居踅了过来笑了笑：可以打电话订购，但是价钱很贵。泥土也得花钱了吗？我不禁愕然。

花草的根系可怜地裸露着，四处找不到泥土。泥土和大地渐渐地撤出了我们的生活。现在，我们栖居在水泥、钢筋和塑料构筑的人工环境里。狭窄的居室和楼道，窗户用铁栅栏封住。街道上匆忙往来的汽车如同一个安装了轮子的移动密封舱。行政大楼的大厅一个弧形的问讯柜台，墙上各种金属牌子标出各个楼层众多机构的名称，一开一合的电梯是穿行于大楼内部的流水线。步履匆匆的员工如同各种型号的产品被及时地卸到某一个称之为办公室的固定方格。他们的大部分时间与电脑的液晶屏幕久久相对，偶尔抄起电话听一听机器里传来的说话声音。地平线上的城市就是各种人工制造物的集合体。水泥马路，桥梁，鳞次栉比的建筑，一些建筑的金属屋顶或者玻璃外壳时常在正午的阳光下发出灼亮的反光。据说这个城市四十层以上的建筑已经多达数千幢，巨大的重量压得城市的地皮持续下沉。那些黑黝黝的泥土在水泥和钢筋的重压之下吱吱乱叫，四散而逃，坚硬光滑的城市表皮再也留不住它们。

这个城市到处都会遇到工地，众多规划之中的大楼正在破土动工。挖掘机和铲车挥动铁臂在地面挖出一个大坑，十余台轰鸣的大卡车列队等待，轮流将这些泥土运走。我突然对泥土敏感了起来：这些泥土要运到哪儿去？它们被迫背井离乡，如同一些俘虏被押上了囚车，遣送到遥远的集中营。古往今来，这些泥土始终踞守在这里，它们的天命就是等待某些抛下的种子，接受它们，养育它们，使之扎根、开花、结果。现在，泥土被突然赶走，坚硬的钢筋、水泥蛮横地挤了进来，鹊巢鸠占。

一些人居然还能在这个没有泥土的城市里面栽种蔬菜。他们的蔬菜基地是公寓的阳台或者楼顶上。找来几个花盆，塞入一堆白色的泡沫，蔬菜栽种在泡沫之上。泡沫代替泥土贮存水分和肥料。可是，我常常觉得阳台或者楼顶上的蔬菜是塑料做的，泡沫生长出塑料才对。

泡沫代替泥土是科技时代的奇思妙想。物理学、化学、生物技术或者制造工业正在将生活安排得精确、精致、富有效率，可以果断地抛弃农耕文明残留的陋习。闹钟或者手机每一个早晨准时响起，还有什么必要等待黎明时分的报晓雄鸡？机械制造的药片严格地计算出剂量和服用时间，许多人不再信任沙锅里草药煎熬出的褐色汤汁。旷野上的一阵大风如同厚厚的布匹劈头呼地蒙下来，几乎令人窒息，然而，现在我们栖居于密闭的大楼内部，心安理得。大楼的每一个房间安装了完善的空调系统，没有人再为窗外的数九寒冬或者炎炎夏日发愁。只有当窗户的玻璃出现了斜斜的水纹，才会有人漫不经心地问一句：下雨了吗？

生活正在彻底改装。然而，这种生活是不是有些不自然？客厅的跑步机上一个小时的奔跑与林荫道上一个小时的奔跑肯定有些不同。人工设计的世界并没有什么错，只是我们再也嗅不到万物蓬勃的蒸腾气息。我想起了一条小河流。少年时代时常下河捕鱼摸虾，嬉戏游泳。沿着倾斜的河岸慢慢地踩到水里，脚掌试探着触到水底滑腻的河泥，偶尔会有一块瓦片或者一个鹅卵石硌得脚底一痛；河边漂浮的水草，浸泡已久的一截枯树上歇着一只鼓着眼睛的青蛙，一条水蛇划出长长的水纹疾速远去，几只蜻蜓在亮晃晃的阳光里俯冲下来，一群水黾摆动细细的长腿贴着水面滑行。脚掌下的河泥即将消失的时候，双腿用力一蹬哗地扑到了河流的中央，温暖的水流缓缓地淌过身躯……时至如今，这条河流只能汩汩地穿过我的记忆——现在我只能到游泳池去。游泳池里一泓蓝色的清水，如同一块清澈而乏味的大玻璃。池底的马赛克历历在目，消毒剂的氯气味道扑鼻而来。这种清水里面什么也没有，耗掉了足够的卡路里之后就立即上岸离开。

生活的确有些不自然。科技正在将我们从大地上连根拔起，重新安装在机器的逻辑轨道上。当然，这是一项旷世的秘密工程，我们所能察觉的症候仅仅是——泥土不见了。

二

出入于泥土的许多小动物也不见了。

我想了想，已经很久没有见到慵懒的蚯蚓，神经质的蚂蚱，鬼鬼祟祟的四脚蛇，纹丝不乱的蜗牛，浩浩荡荡的蚂蚁队列，还有拳头大的蛤蟆笨拙地跳过田埂。现今常常照面的只有蚊子和蟑螂。据说蚊子可以藏身于空调机里面，蟑螂的乐园是厨房里油腻腻的污水管道。总之，它们已经摆脱了农耕社会的泥土而适应了工业文明的钢铁和塑料。

烙印在记忆屏幕的第一个小动物大约是一只螳螂。那时我似乎四岁左右，居住在一个大杂院里。邻居撬开了天井里的几块大石条，堆上泥土种一架丝瓜。父亲从乡下回来，逮回一只绿色的螳螂。螳螂夸张地掀动两个大刀一般的前臂，雄视左右。父亲用一根细线拴住螳螂的肚子，细线的另一端捆在插入泥土的小竹竿。阳光透过丝瓜的藤蔓照射下来，碧绿的螳螂通体透明。玩耍了一阵再度过来的时候，我惊异地发现螳螂已经成为一具僵死的躯壳。泥土之中一队蚂蚁潜行而至，螳螂的肚子被咬开了一个大洞。螳螂大刀一般的前臂无法抵御蚂蚁的团队战术。

十来岁的时候，父亲在天井里摆上一个大水缸，水缸内喂养了几条红白相间的金鱼。金鱼的理想饲料是生长在池塘或者湖水里的一种肉红色的小虫子。一块纱布缝的袋囊捆在竹竿的末端，这是自制的打捞器具。每隔一两天，我就要扛上这个玩意儿奔赴附近的几口池塘，夏天常常被晒得脱一层皮。养蚕似乎是那个年代所有少年的课余活动。黑色的蚕宝宝开始蠕动，蜕皮，吐丝，结茧，蚕蛾，产卵，这个循环的全程必须有充足的桑叶保证。附近所有的桑树都只剩下光秃秃的枝丫，我和一些小伙伴不得不冒险进入一个桑树园。匆匆地摘了一挎包的桑叶之后，看管人员大呼小叫地追来，小伙伴一哄而散，分头奔蹿在茂密的桑树林中。少年时代我还喂养过几只猫，猫在发情期的尖利嚎叫至今声犹在耳。猫的沙场点兵多半在瓦顶上。一群猫疾速地从瓦顶上奔驰而过，稀薄的瓦片惊心动魄地响过一阵之后，几缕阳光从蹬开的瓦片缝隙照射下来，一绺一绺灰尘悠然地飘浮在光柱里。养鸡似乎是年龄稍大一些的事情，包含着显而易见的经济企图。母鸡每日能生出一枚蛋，这个远景对于一个饥肠辘辘的少年产生了巨大的诱惑。但是，鸡的恶习是随地拉屎。一个人来人往的大杂院里，斑斑点点的鸡屎肯定是惹是生非的由头，这一场伙食自助运动很快就寿终正寝。

我想起来了，少年时代我和一批小伙伴还迷恋过寻找蜗牛。我们要的是指甲片大小的圆形蜗牛，有暗红色的、铁青色的或者花的，蜗牛壳上一圈一圈的螺纹最终归结到一个圆点上。我们利用这些蜗牛展开竞赛：两个人分别将两只蜗牛壳上圆点对在一起用力顶撞，直至其中一只蜗牛的外壳破碎凹陷，完好无损的蜗牛为胜者。那一只外壳最为坚硬的蜗牛将如同皇帝一般地供奉起来，没有人想知道那些外壳破碎的蜗牛是否还活得下去。不知道这种游戏从哪儿传来，但是，周围同龄的男孩子几乎都动员起来了。我们翻检所有的草丛、墙根、瓦砾堆、石缝，所有的蜗牛被搜索一空。传说遭受重压的蜗牛外壳尤为坚硬，石块底下铁青色的蜗牛成为众人抢夺的对象。我忘了这种游戏什么时候不再流行。总之，有那么一天，我们突然觉得这些游戏既幼稚又不卫生，于是起身拍了拍身上的尘土，开始忙碌一些另外的事情。

起身拍了拍身上，数十年的时光仿佛一下子消散在尘埃里。那些小动物只能活在弥漫着泥土气息的回忆里，如同一部黑白的老电影。现在我们的身边只剩下各种人工合成材料，无论是墙壁、地板、各种管道和导线，还是手机、电脑、汽车和飞机。我的寓所里现在只养一只狗。它的大部分时间都关在阳台的玻璃门背后，每一天眼巴巴地望着栅栏外面的陌生世界；它的四个爪子几乎没有机会触碰到真正的泥土。

三

"大地"是一个沉稳的词,"大地"隐喻的是宽厚、阔大、质朴和不尽的生机。山脉起伏,河流蜿蜒,树木葱茏,湖泊的水面映照出闪亮的落日余晖。我突然想到,已经很久没有接触到所谓的"大地"了——这一幅景象多半是从飞机的舷窗上看到的。

相当长的时间里,人类奔波在大地上,春种秋收,打猎捕鱼,皮肤被太阳晒得黝黑发亮。然而,历史肯定存在一个神秘的拐点——某一天开始,人们之间的社会关系超过了人们与大地的自然关系。社会制度,社会组织,货币与经济,行政机构与意识形态,艺术与美学……这些概念愈来愈密集地分布在周围,大地一步一步地退却,逐渐面目模糊。

"天苍苍,野茫茫,风吹草低见牛羊",大地似乎曾经生动地保存在古人的视野之中,即使闭门辞谢也绕不开——王安石有诗句曰"两山排闼送青来"。书法史上有一则著名的轶事。怀素曾经与颜真卿切磋书法。颜真卿询问怀素有什么心得?怀素说:吾观夏云多奇峰,辄常师之,其痛快处如飞鸟出林、惊蛇入草。又遇坼壁之路,一一自然。颜真卿说:你觉得屋漏痕怎么样?怀素起身握住颜真卿的手说:得到真谛了。谈论纸上的笔墨线条,念念不忘师法自然,各种大地的意象是他们挥毫泼墨的灵感来源。栖身于天地之间,古人不时以植物的自况,伸出根系扎入泥土,牢牢地抓住大地是立身之本。汉语之中,"根本"是一个重要的词汇。众多带"根"的成语表明了古人对于大地的敬畏,例如"根深蒂固""落地生根""寻根究底""游谈无根",如此等等。可是,现在还有多少人匀出心情想到泥土和大地?我们要么上电影院,逛服装店,寻觅佳肴美味,要么坐在玻璃幕墙背后的办公室里,精心地算计某一个官职或者某一笔款项,只有iPhone6、股票涨停、房价波动或者微博上疯传的明星绯闻才能带来少许的骚动。大地的退却从未让我们惊惶失措。退却的大地不是仍然待在某个地方,支撑着万事万物吗?谁还会担心,哪一天我们的城市会失去大地悬挂在半空中?闲常的日子里,我们对于大地仅仅剩下象征性的牵挂：庭院的角落摆两个盆景，阳台的栅栏上种几簇花——遥远的大地仅仅是花盆里的一小撮泥土。

那一天我路过一个修建之中的公园，突然嗅到了浓郁的青草气息。一些工人正蹲在一块坡地旁边铺草皮。浓郁的青草气息有些呛鼻，我想起了夏日曝晒之下潮湿的田园或者树林间腐殖层蒸发出的气味。我们的嗅觉已经适应了城市的气味系统：工厂标准化生产出的气味单纯强烈，性质稳定，例如香水、烟草和烈酒；厨房里烹调菜肴的气味隐含了热烘烘的暖意；街道上飘拂的煤烟味或者汽车尾气显示出工业社会矫揉造作的化学风格。这时，青草气息是粗鄙的乡野，混杂了泥土和粪便的味道。久违的气息令人想到了各种遥远的故事。辽阔的大地此刻又在哪里？

四

太太先前从未种植过什么。这几天她兴味十足地搬来许多盆花花草草，浇水施肥，不亦乐乎。我认不出其中一盆是什么树，询问之际居然遭到了嘲笑。我有些不屑：这算什么，我先前在一座大山里种过一棵大树呢！

我种过一棵龙眼树，长在一面向阳的山坡上，大约有六七米高。大约四十年前，我在乡下插队当农民。生产队里有一批龙眼树和橄榄树，分配给每一个劳力管理，每年大约要松土、浇粪若干次。收获的果实一部分交还生产队，剩余的归管理者个人。大多数农民的名下分配到六七棵不等，我仅一棵龙眼树——估计生产队长不怎么相信我的管理能力。我曾经挑过一担尿水长驱十来里山路，一勺一勺地淋在树根上，此后似乎再也没有做过什么。收获的季节到了，这棵树上挂下来的龙眼特别稀少，而且干瘪瘦小。因为担心嘲笑，我不想和农民一起采摘，一直拖延到最后，整个山坡只剩下一棵树垂着黄灿灿的龙眼，无人问津如同一个孤独的弃儿。

一个寂静的中午，我借了一架二丈长的竹梯独自进山。这一带乡村的规矩是，长竹梯不得横扛在肩上。山路狭窄弯曲，长长的竹梯容易磕磕碰碰，摆弄不开。农民的习惯是双臂平伸，竖擎一架竹梯如同擎起一面旗帜。年轻人炫耀臂力，他们可以谈笑自若地擎着竹梯健步如飞。我企图如法炮制，完全没有料到竹梯如此之重，以至于行走数十米就双臂颤抖，气喘如牛。幸而那一天山间空无一人，我最终还是将竹梯扛上肩头。挣脱藤蔓、茅草对于竹梯的纠缠毕竟容易一些。忙碌了一个下午，我摘下了一麻袋的龙眼。扣除了交给生产队的份额，剩下的估计还值三十来元钱。当年这是一笔不小的款项。意外的财富让我有些后悔：如果多费一些心思和气力，是不是还可以发一笔小财？

四十年过去了。大地苍茫，可是，我认识一座深山里的一棵树。这个念头让我有些激动。山坡上的一棵树不像海里的一条鱼，转眼间就潜入水下无影无踪。这棵树始终矗立在那一面向阳的山坡上。四十年的时间，这棵树肯定已经进入盛年，历经风雨，枝丫遒劲，盘根错节，果实累累。虽然我们只有一年多的契约关系，但是，只要我愿意，多少年之后都可以进山在原地找到它。相信第一眼我们就可以彼此相认。

然而，造访东北的一片森林之后，我开始产生怀疑：一棵树真的不会转身溜走吗？站在一大片大腿粗细的树林中央，认准两三米开外的一棵树，然后闭上眼睛转两圈。再度睁开眼睛的时候，我已经无法肯定刚才认定的是哪一棵树了。当然，巴西亚马孙河两岸的热带雨林更加捉摸不定。湿润的地面铺满层层落叶，无数的参天大树拔地而起，茂密的树枝在空中挤成一片，炽烈的阳光只能在树叶之间找到几道缝隙曲折地射下。树林间湿气弥漫，树皮爬满斑斑驳驳的青苔，各种藤蔓盘旋缠绕，纷披飘拂。当地人警告我，只要深入森林十来米，可能再也无法返回依稀的林间小路。密密匝匝的大树纵横交错，如同众多巨人奔走遮挡在四周。人们很快就会丧失辨识能力，找不到任何方向。谁说树不会走动？

当然，宽阔的东北黑土地和肥沃的亚马孙河两岸现在仅仅印制在地图上。我所接触到的只能是，窗台下的墙根依次摆开几盆花，细细的枝叶和花瓣在微风中抖动。这些可怜的家伙一辈子只能栖身于小小的花盆，让人看着有些心疼。

这个城市的花鸟市场出售各种植物。许多待售的树木枝繁叶茂，身姿优雅。

但是，沿着树干往下看，树木的纷杂根须居然委屈地塞入一个小小的简易塑料盆。这么小的盆子也能长出一棵树？花鸟市场的主人自信地挥了挥手，够了。的确，树木的叶子碧绿发亮，不像营养不良的样子。辽阔的大地收缩为一个小小的塑料盆，但是，这些树木早已学会了委曲求全的苟活，甚至强作欢颜。人在屋檐下，怎能不低头？树木也是如此。只有方寸之地，谁还会固执地揣着不合时宜的雄心壮志？

我只能叹一口气。

五

一个民工抄着一台电锤钻开路边的土层，嘈音喧嚣。他的身后拖着一根长长的电线，电线旁边搁着一柄十字镐，木柄光滑坚硬。我的一个冲动是，上前抡起十字镐，帮他将剩余的土层刨开。

当年在乡下当农民的时候，使用过各种农具：镰刀锋利，扁担宜宽；偷懒的时候要挑选某一种形状特别的畚箕，装土的空间小一些可以减轻担子的重量。十字镐是霸气十足的农具，没有一把好气力是抡不起来的。年纪大的农民多半将一柄锄头使得出神入化，挖、刨、勾、耙轻巧娴熟，至于沉甸甸的十字镐往往扔给了身强力壮的年轻人。高高地抡起十字镐，腰背弯得如同一张弓，嘿的一声镐头深深地没入土地，一大块泥土应声而起。抡一个下午的十字镐，全身的肌肉要酸疼好几天。

酸疼是必需的代价，这是叩问大地的谦恭形式。然而，现在的世道变了，年轻人用起了电锤，十字镐被轻蔑地晾在一边。他们用机器对付大地。这没有什么不对，我只是觉得有些不敬。一镐一镐地刨土，我们深知大地辽阔深厚；嗒嗒的机器嘈音似乎仅仅是草草地打发泥土。

我当然不是谴责这个民工。一直在泥土中讨生活的人，从来没有多少闲情逸致想到"大地"这种文绉绉的词语。当年我下乡插队的时候就是如此。我们与一丘一丘的田地打交道，有些田地肥沃，有些田地贫瘠，有些水田里的蚂蟥特别多，有些水田里的水冰凉刺骨。我曾经下到山坡上一丘桌面大小的水田里插秧。双脚刚刚踏入，几秒钟就陷到了腰部。幸而农民有言在先，我的左手牢牢地按住一个小木盆支撑身体，否则立即有没顶之灾。一身泥一身水地回到屋里，狼吞虎咽一番，常常来不及洗漱倒头就睡。怎么就是一个与泥土纠缠不清的命？这多半是临睡之前脑子里闪过的最后一个抱怨。那种日子鼠目寸光，我想到的仅仅是尽快地完成每一丘田地里的活计。什么时候我曾经抬起头来，手搭凉篷，遥望无边的大地？

屋子的墙根下种点什么，不少邻居都会踱过来看一看，议论几声。那些曾经在乡村生活了半辈子的邻居，眼光里多半有些不以为然。泥土的记忆与不堪的日子混杂在一起，面朝泥土背朝天。无数的农民拎上一个编织袋不顾一切地逃离田地，挣扎了多少年来到城市定居，怎么肯重操旧业？太太珍惜地收拢搜罗来的一些泥土，他们会不由得笑了起来：要是到了我们老家，想种多少地就给你多少地……一两个老人家有时忍不住动手帮帮忙，一操起锄头就知道曾经是一个好把式。太太没有正式侍弄过庄稼。长年累月的公寓生活让她觉得，如果有一个庭院种些什么，真是莫大的奢侈。她在墙根的一个小土坑里种下一棵柠檬树苗，自豪得如同拥有一座果园。太太乐观地推算这棵柠檬树苗何时发育成熟，何时可以结出多少果实，絮絮叨叨如同农妇，于是，丰收的气氛突如其来地弥漫开来。当然，没有人真心想吃树上的几个柠檬。重要的是，恢复生活与泥土的联系。

这个联系已经中断了很长的时间。泥土无声无息地消失，古老的农耕文明如同一个遭受遗弃的废墟深深地埋葬在水泥路面之下。我们的生活早就交给无数的机器安排：钟表，手机，电视机，电脑，汽车，飞机，轮船，如此等等。机器仿佛将所有的日子装上了马达和齿轮。一个大齿轮带动数十个小齿轮，我们的效率越来越高，手边积压的事情却越来越多。什么时候还能返回大地的正常节奏——返回腰圆膀阔，心思简朴的日子？天地玄黄，宇宙洪荒，日月盈昃，辰宿列张，寒来暑往，秋收冬藏，闰余成岁，律吕调阳，云腾致雨，露结为霜……我突然想到了一句老话：晴耕雨读。古人心目中，书本与泥土共同守候在我们的日子里。文章的气韵交织于阳光、风雨、泥土和各种植物之中，读起来才会有悠然心会之感。现在我们的阅读大部分都发生在电脑或者手机屏幕上，囫囵吞枣，一目十行。

  我想起了一幅图景：一堵土黄色的围墙，墙上挂下几丛茂盛的藤蔓和绿叶，上面点缀一些紫色的花朵。天气微寒、细雨，围墙之内的屋子没有关门，透过栅栏可以看到屋子中央的一张长桌和靠墙的一架书，咖啡的香味隐约拂过。我当时就觉得，如果日子如此惬意，此生足矣。当然，我清晰地记得，这一幅图景出现在一个庞大而且老资格的工业社会边缘。我们乘坐的车子在城区的狭窄街道上兜了半天，终于逃到了可以喘一口气的地方。钢铁、机器、厂房和高耸的大楼渐渐耗尽了气力，到了这里已经不再急匆匆地扩张。于是，另一种生活设计开始赢得了空间——我记得这是在伦敦的远郊，大约是牛津大学附近的一个小镇。

——选自 2015 年第 1 期《天涯》

听那灵魂的歌唱　马　力
——参谒新圣女公墓

　　新圣女公墓照彻精神的炽焰，让莫斯科的西南郊野闪出光来。

　　透明的阳光斜雨似的射下，灼灼的泛晖给深红色墓墙和拱形院门添加一抹圣洁感。明蓝的天色下，一栋粗直的白色碉楼上面，围着圆状平台砌出一圈高墙，墙上隆起穹形券顶，墙面开出雕栏长窗，边框绘染明艳的红色，跟乳白的墙体搭配起来，增浓了繁复的装饰意韵，好像一顶艳丽的冠饰，又如一个妍美的空中花环，比那旁侧钟塔上直竖的圆穹金顶，它的造型更带一番味道。这些墓园里的建筑，都伸向洁白云朵，伸向奇亮的星辰，把人们的心情引向容纳无边想象的渺远处，翛然扇动起精神的翅膀，觉不出沉重与压抑，内心也就宽适了。许多文学家和艺术家的灵魂在灌丛的翠影中歌唱，隔着时光的距离，我也听得见。文艺之烛闪熠的光缕，活在语言中，活在曲谱中，活在油彩中，你见不到它的熄灭，它在泥土下燃烧，使大地温暖。

　　墓碑是雕塑，镂石的技艺又创出另一种生命。设若缺失它，人没了，一切就再捉不到影子。我们现在端详它们，直到己身也灰一样地化入摇草的深土，这些石质的身躯仍会保持永恒的姿影，徽标似的站立在时间中。

　　大卫·奥伊斯特拉赫，我知道他的姓名之前，先瞧见他的雕像，颏下的小提琴标明艺术家的身份。我想象中的流风是漾动的谱线，他是一个伟大的音符，骄傲地镶饰在中间。石像后面晃动的枝叶，影子绿得正鲜，清艳的翠色覆上这位苏联时期的演奏大师侧昂的头颅和微倾的肩胛，细瘦枝条在刻着竖纹的圆状基座上映出几道不规则的暗影。浮雕的那根带叶短枝，半斜在他的名字下侧。方形的黑色碑石，砌成的斜面正朝向午后的太阳。在我霎时的感觉中，这明亮的回光是从逝者的心灵深处闪出的，也把不知是谁恭奉的一篮子粉白相映的鲜花，镀上一片幻彩。琴弦上淌出的声誉永伴他的生命。艺苑中这朵不凋的花，在我这异国人的心上，何愁不会蓬勃地向阳盛放？他在墓中永眠，他的石像守候在墓外的绿枝间——圆阔的额头迎向太阳的光线，脸颊贴紧琴面（是他心爱的名琴"冯塔纳伯爵"吗），富有硬度的肩臂保持演奏的姿势；眉头微蹙，艺术的力量在眼中燃烧，深沉的目光和轻托琴颈的弯成半圆的手掌之间有一道无形的线，情绪的浪花在上面跳跃，忽疾忽徐。指上凸起的关节绷紧，凝着力，在弦索上轻揉、慢捻，思绪深度沉浸于旋律的波流里。情感的颤音、心灵的节律，宛如清泉依顺山阿，悬空自由摆荡。轻柔的风带来贝多芬《春天奏鸣曲》的青春乐调，流畅、明亮、柔和、温暖，仿佛一缕深情的春光，投向聆听者的心野。

安东·巴甫洛维奇·契诃夫的墓地前，没有这位俄国批判现实主义文学家的石像。可是他的容貌却在我的思维世界中浮显。意识回到十几年前的夏日。旅行中的我，在俄罗斯的布拉戈维申斯克胜利广场边，目光忽然叫一座砖楼的红色墙面牵紧——镶嵌一尊黑色浮雕头像，脸部饱满的肌肉和清晰的线条显示着中年的朝气。眼镜片后面射出忧郁安静的目光，仿佛仍然陷入深沉的凝思。是契诃夫！一块石碑上留下这行字："1890 年 6 月 27 日，安东·契诃夫曾在此处逗留。"这段经历，康斯坦丁·亚历山德罗维奇·费定也记述过，契诃夫"曾沿着西伯利亚乘车走了一万多公里，并在北库页岛住了两个月，每天研究苦役犯和流放犯的生活"。边荒地带的生存体验，转化成弥漫在中篇小说《第六病室》里阴森、压抑、窒闷的空气。极寒地区的冷光，包笼着一群在险恶困境里挣扎的底层受难者病态的脸庞，符号化的"病室"，人间幽暗的地牢，成为沙俄社会的深刻象征。

"我写生活"，契诃夫把这一遵行的人生理想，更是秉守的创作圭臬向外宣示，并且用文学语言将深蕴的情绪感染世界上的无数人。阿列克赛·谢尔盖耶维奇·苏沃林，这个名字被我记住，只因为他是契诃夫的挚友。苏沃林调用新闻记者的笔触对契诃夫的生命片段做过忠实记录，并认定契诃夫"一生都幻想着旅行"。将生活打上旅途印鉴，他的行走随录就最能真实地表现俄国的现实和作者的观感。《萨哈林旅行记》是他远东之行的一个收获，若来冠上一个文体名号，叫做"非虚构散文"也是切合的。搭车、骑马、坐船，拖着病体去遥遥的岛上考察流刑犯和移民的契诃夫，抵近布拉戈维申斯克，在阿穆尔河畔的这座城市停步，他在漂流的船上用文字记录河上所见：

  这就是阿穆尔河。悬崖、峭壁、森林、无数的野鸭以及各种各样叫不出名来的长喙精灵。荒无人烟，左岸是俄国，右岸是中国……我在阿穆尔河漂流一千多俄里了，欣赏到了如此多的美景，得到了如此多的享受，即使现在死去我也不觉得害怕了……我爱上了阿穆尔河……又美丽，又宽阔，又自由，又温暖……

  这在我们中国人嘴上叫做黑龙江的汤汤之水，河身两岸的生态气息让他感受起来，那种静美的气质，只存在于上帝赐予的风景中。对大自然如此眷恋，对生活如此热爱，这种保留原质色彩的纯净、朴素的精神，是他的宗教。

  契诃夫的墓园，围着暗黑颜色的花纹铁栅。他的小说《我的生活》里有一段人物独白："如果我给自己订制一枚戒指，就在戒指上刻上这一句'一切都不会过去'。我相信我们所经历的这一切都不会了无痕迹地消失。"他在文学中活着，刻下不灭的印记。多少陌生人寻来了，在这块小小的墓地前为他在艺术中创造的无限广阔的世界和无比丰富的情感而觅迹，并于虔诚的凝视中以共同的心情怀想他。他在墓中静听着一阵阵轻缓的足音，有的生疏，有的熟悉，幽微的叹息从地下发出，幻梦般飘向深邃的天空。一队他塑造的人物带着各异的神情走来了，好像仆从温顺地站在主人身前：叶果鲁希卡（《草原》）、格罗莫夫（《第六病室》）、切尔维亚科夫（《小公务员之死》）、别里科夫（《套中人》）、奥楚蔑洛夫（《变色龙》）、普里希别叶夫（《普里希别叶夫中士》）、莉达（《带阁楼的房子——艺术家的故事》）……他恍如又见到早已离去的19世纪的俄国形象，见到沙皇苛政下的阴暗生活，试图以新时代的目光注视那些依然被思想和情感的丝网紧裹的灵魂。

落了几片叶子的黑湿地面上,平铺白色的长方形碑石,几行刻字。摆着几朵红色花,清纯的花蕊散溢情感的芬芳。旁边立起一尊白色尖碑,上面镶饰一块方正的铜牌,颜色也是暗黑的,虽然阳光很亮地照射墓园,这一面却背着光,我竟辨不清那是一幅什么图案。倒是四个手掌大的陷窝,仿佛深印在碑面上的痕迹。从导游的话里明白雕刻的用意——象征契诃夫曾经染过的疾病:肺结核。听了这话,我再望定眼前这铁一样硬的石碑,竟觉得它真如蜂窝状的肺部,不停地抽搦、挛缩、扭曲,现出绝望的表情,痛苦仿佛无尽地深。

奇异的静谧,是墓地独享的礼遇,逝者终于找到永恒的安宁。天堂并非没有声音,唯有地下的亡灵最能听得真切,而消失了爱恨界限的天堂,正响彻契诃夫的衷曲,这是美妙的清籁:"我爱这水,这树,这天空,我感觉到大自然,它唤起我身上强烈的情感和无法遏止的写作愿望。"献祭的情绪并不在我的脸上,语言是通向心的,我想把它留给我将来的文字;而这一刻,我又深切地感知到,文字和感觉之间,相隔着无法拉近的距离。我的文字的弱处,在契诃夫的墓前似乎遮掩不住了。

许多人的脚印留在这里。早年间,在一个"地下的雪一半化了水"的傍晚走进寺园来看这墓的徐志摩,飘曳的蔓草、凄厉的凉风叫他感慨"坟的意象与死的概念"的接近,静定中不觉起了一阵震悸:"桑田变沧海,红粉变骷髅,青梗变枯柴,帝国变迷梦,梦变烟,火变灰,石变砂,玫瑰变泥,一切的纷争消纳在无声的墓窟里……那时间人的来踪与去迹,它那色调与波纹,便如夕照晚霞中的山岭融成了青紫一片,是丘是壑,是林是谷,不再分明,但它那大体的轮廓却亭亭地刻画在天边,给你一个最清切的辨认。"而今哟,连他自己也已安睡在故乡的墓园里了,轻落于碧草上的花瓣,是灵魂的诗意的俦伴。

我还希图用情感的力量,唤醒深溺于寒冷的睡梦、不再理睬世上一切喧扰的果戈理。尼古拉·瓦西里耶维奇·果戈理,这个熟悉的名字,从俄国文学史刻入我的记忆。他比契诃夫更早地来到世间,又都在四十几岁的时候走到生命尽头。永久收留他的黑色棺椁中,只留着一具骸骨,而那颗智慧的头颅,据传是被收藏家巴赫鲁金盗去了，所踪又极茫然。这又给他曾经用讽刺笔调描写过的纷乱俗世，添一道诡异的谜题。

长方形的黑色铁栏围拢同样是长方形的墓石。斜放着一枝花。铁栏的正面，一个舵轮似的圆环中间嵌饰着果戈理的侧面头像：齐耳的头发将面影遮去一半，愈发显出脸颊的轮廓，高傲的眼神闪射的光芒，蓄积穿透一切翳障的力量，也隐约透露出深藏于内心的秘密的回忆。这尊简笔画般的头像泛出深沉的栗色，艺术效果好似那青铜雕像一般，染上了古远感。

从一张旧照上看，墓后原是砌起泛光的大理石基座，其上安放一尊果戈理胸像的。什么年代的呢？因为我看见的已不是这个样子——雕塑的胸像没有了，立着一块深灰色的三角形扁石，只瞧那上面的皱痕，倒有几分中国江南太湖石的样子。石尖上支起一个金色的拜占庭十字架——若以它古老而原初的寓意看，是生命之树的异象吗？我愿它是真，因为便可幻想这带着东正教神秘感的木架，是从果戈理的灵魂上生长出的，一端连着天国，一端连着人世，平静的光芒闪到仰视者的心里。那些活在他的文字里的人物——亚卡基·亚卡基耶维奇（《外套》），乞乞科夫、泼留希金（《死魂灵》），赫列斯塔柯夫（《钦差大臣》）……曾在春夏晃动的树影、秋冬摇颤的衰草与飘落的白雪中低回流连吗？我还浮想出《狄康卡近乡夜话》里的乌克兰美丽的村野和纯朴的风俗。他的描写留给我的记忆那么深，那么久，甜柔的召唤催醒了美好的田野印象，便是我早已远离田野和森林，依旧让大自然成为唯一的知己。

费定曾将一番颂词献给果戈理，评赞他的创作"以各种神奇的、怪诞的、高尚的、忧郁的、温柔的、可怜的、可笑的人物和容貌丰富我们的想象力"，又致以真挚的追怀："我们把我们对果戈理的、对他令人异常激动的创作那火热的、满怀激情的爱献给他。他与我们生活在一起，他活在我们中间。我们与他永不分离"，"他确是我们的永恒的旅伴"。这种敬意，来于纯粹的情绪反应，它使生命走向圣洁。

几朵白色花斜摆在墓上，叶瓣上的晨露散去了，情感的温度还留在上面。花朵和阳光能够产生感应般的默契，让嫩蕊在太阳底下微笑——"含泪的微笑",鲁迅曾经这么评说果戈理的讽刺艺术。

一边是契诃夫的墓,一边是果戈理的墓,同一块土地下,在相互倾听心灵的声息吗?无数曾走入他俩创作世界的人,站在墓前,沉默着,经历一场同已故者的精彩对话——默想宏赡的文学景观,领受壮伟的生命气象。

在人间留下光荣印记的逝者并未失去世界,依然用思想和感情汇成的作品延续自身的存在感;无数活着的人,用爱的直觉进入他们丰富的内心。

花尽一生时间创造不同时期的文艺光荣,在这片伟大的墓区里,还永眠着其他人。

——法捷耶夫。墓碑的浮雕,来于他的长篇小说《青年近卫军》。如果我能够在碑石上看见《毁灭》的场景,必会想起我早年存下的鲁迅的译本,并且默诵起先生那句雕刻般的话——"铁的人物和血的战斗,实在够使描写多愁善感的才子和千娇百媚的佳人的所谓'美文',在这面前淡到毫无踪影"。岁月阻绝不了红色的心和情节的联系。奥列格、邬丽亚、莱奋生,在丛枝的阴影下向塑造了自身形象的作家致敬。

——奥斯特洛夫斯基。他的人生是一种革命经历,他的创作是一种艺术经历。扁平的碑石上,浮刻他临近死亡边缘,将同火热的人世永别时的神情:强抑痛楚的脸庞,手扶书稿的姿态,失明的双目射出炯炯眸光,穿向远方,仿佛在深情追忆血色疆场的岁月;生命的巨流在内心掀腾,脉搏依然跳荡着冲锋和激进的节奏。碑座上摆放一顶红军军帽和一柄战刀,披满战斗的烟尘,含蕴"战士"这一称号的神圣品质。保尔·柯察金、朱赫莱、托卡列夫从《钢铁是怎样炼成的》中走来,安德烈、莱孟德、奥莱霞从《暴风雨所诞生的》中走来,怀抱不容改变的信念:"幻想世界革命成功——这是我最大的幻想。"产生他们的年代过去了,史诗式的战争画面叠印在悠远的驰想中。

——马雅可夫斯基。这位苏维埃优秀诗人的头像,被深红色石碑映出光彩,发丝向上扬起,宛若旷野上狂卷的飞焰。微陷的眼窝透出深邃的光芒,热情追赶革命的速度。平滑晶亮的墓石上,斜放几枝花。"挺起英雄的胸脯前进!看,无数的旗帜满天飞舞。"(《向左进行曲》)这颤动着时代激情的语句,这为保卫工农政权发出的呐喊,近百年后仍能激荡我的心扉。卢那察尔斯基评价他的诗"像革命的纪念碑一样精彩"。诗情是种子,落在心上,太阳照来的一刻,开出花来,满天芳菲。我轻抚了一下胸膛,消解了心头一个重压似的。响过历史烟云的火焰般的诗行,也在安静地听风。

他们是苏联无产阶级文学作家,这是我在受教育时期接受的概念。新式笔触营造的文学支配力,影响了无数人的观念坐标和精神走向。云天下峭立的墓碑,在一片萧然的岑寂中,飘升起熠耀的灵焰,烛照并驱除世间的一切阴晦与窒碍。

柴可夫斯基、肖斯塔科维奇、普罗科菲耶夫、斯克里亚宾、卡巴列夫斯基、施尼特凯、杜那耶夫斯基……久在黑色的泥土下静眠,谱线上流淌的旋律,依旧萦回在空气中,提供永世的精神飨宴。还有乌兰诺娃,这位芭蕾女神,这只白天鹅,七月的荷花似的娉婷地开着……在命运设定的期限内,这些不凡的人,即便死亡,仍然讴歌生活,熔铸出常绿的艺术之树。

青草中的陵园,闪出红花的彩影。不能永日在这里相守,就把哀思托付给鲜花,代表陪伴的心。献花人是陌生的,祭扫的深情却那么熟悉。在沉静的墓园中寻找意义,有色彩的花,把人们引向圣洁的抒情境界。

扰攘世间,唯有墓穴是安静的。这些睡过久远长夜的人,青草馥郁的香气飘入他们的清梦,依恋翠枝的鸟儿啼唱着他们的生命故事,天地间最自由的歌。一个个闪光的名字留在文艺世界里,留在热流涌动的土地上,具有"与人生重新缔约"(《罗曼·罗兰语》)的意义。

光芒四射的天才沉眠了,醒着的作品影响未来的人类。

——选自 2015 年第 5 期《散文》

飞蓬与洞箫 　查　干

飞蓬与洞箫，是风马牛不相干的两个词汇，之间没有必然的联系之处。把它们连在一起写，是缘于一个人。这个人，是我家邻居，长我一轮还多。我们称呼他为——杖叔，是因为他总是挂着一根桦木拐杖，艰难行走的缘故。他，右腿残疾，据说是从墙头摔下造成的。然而，他这个人打小聪慧好学，是我们那个偏僻山村的才学之人。在他的炕头，堆积着各类书籍，在他的小八仙桌上，摆着毛笔和砚墨。他会画画，虽不入流，但也不俗。他写蒙古文和汉文的毛笔字，全村过年的对联，均出于他手。他家墙上，整齐地挂着各类乐器——四弦琴、马头琴，竹笛和洞箫。他，独处的时间，多于入群。也少言寡语，喜欢独自哼唱一些东蒙小曲儿，且闭着双目，若有所思。见青春女子翩然走过，他速速扭过头去，不正面去看她一眼。那时我们觉得，他有些怪怪的，世上竟然还有不喜欢青春女子的男子。然而，他的目光里，有一种很悲怆的东西一闪而逝，是不易捕捉到的那一种，像风亦像雾。

他的情绪，总是平静若水，很少有涟漪或者波澜。只是到了晚秋季节，他显得精神起来。是因为，山野里有飞蓬滚动的缘故。他，喜欢飞蓬，喜欢它们自由滚动的兴致和无阻无碍的逍遥情态。他喜欢目送它们，就像目送挚友远别。一直目送到飞蓬消失于远方天际为止。这时，在他的双眼里，明显见有泪花闪动。而他的洞箫，也随之呜咽起来。那声韵，是空空的、幽幽的，如泣亦如诉。显然，有一种远行的渴望以及发于骨髓的哀怨，浸于其间。我总觉得，他的箫声，一定也伴随着那些飞蓬，飞过远方天际，到达更邈远的——无。

飞蓬，学名蓬草。家乡人叫它哈莫呼勒。长在田边地头，或者山野幽谷里，长势旺盛，苍翠一片。蓬字前面加一个飞字，是它枯萎之后的称谓。这时的它，从根处断裂，随风而滚动，一日千里，像离家出走的一群顽童。此时的蓬草，一旦飞动起来，给人的感觉，像是一只山狸在飞速爬动。蓬，是一种极普通的菊科草本植物。在它的生长期，并不特别，也不引人注目。是因为有了'行'的功能之后，才闯入人们的视野里，让人浮想联翩。杖叔所以喜欢它，就是因为，它是可以行走的缘故。对于一个不能自由行走的残障者而言，一个行字，有着怎样的魅力和渴求之欲，是可想而知的。

飞蓬，也给予我无尽的联想和好奇心，它使我的童年，充满了探究的渴望和远征的梦想。梦想自己，有一天也像飞蓬一样，行到天际处，看它个究竟。大人们所说的山外山、天外天，究竟是何模样？后来读到，古人有关飞蓬的一些文字，才知道飞蓬有着说不尽的丰富内涵，对于人生境遇的遐想描摹，也胜于它物。譬如，唐人李白的："青山横北郭，白水绕东城。此地一为别，孤蓬万里征。"（《送友人》）便是。他借助孤蓬远足，倾吐心中的惜别之情。在这里，他不仅仅是在写飞蓬，明明也在写自己。他写给杜甫的诗作《鲁郡东石门送杜二甫》中，写得更为明白："飞蓬各自远，且尽手中杯。"在这里，飞蓬即是人，人即是飞蓬。这种拟人化的写法，既生动又贴切，使诗意升入更高的层面，诱人遐想，引人入胜。

自古至今，凡引人联想的灵物，不仅使人们的思绪得以深邃，也使人的品格趋于高尚。飞蓬，即是一例。就如同：中秋明月，使人想到团圆；长长马嘶，使人想起征程；炊烟一缕，使人想起故地；洞箫一声，发人之幽思，一样。

我喜欢洞箫，是缘于杖叔在明月下的一次深情吹奏。那夜，秋风很暖，月光很柔，他的箫声，使整个山野肃穆起来。上边说过，杖叔的洞箫，仿佛专为飞蓬而存在。他喜欢飞蓬，是因为一个——行字。他曾经对我说过，对他而言，能够行走，就是人世间最大的幸福。如斯，飞蓬就成为他生命中的感情寄托物。他吹箫送别飞蓬，也是在送别自己心中的忧伤与向往。洞箫这个乐器，具有沉郁悲怆之美。它的音色，在所有乐器中，是最接近生命原色的一种，那就是——哀怨。我有个错觉，杖叔他本身就是一杆洞箫。他的箫声，虽显得婉约凄恻，在风中却纹丝不乱，夜深里也不走调，音色有板有眼，是一种坚韧的述说，是一种凄美的外溢。

洞箫，即箫，别称"竖吹""尺八""竖篴""通洞"等，是常见的民族乐器之一。我最推崇，唐朝杜牧写洞箫的诗作，不仅引人入胜，更有醉魂之美："青山隐隐水迢迢，秋尽江南草未凋。二十四桥明月夜，玉人何处教吹箫。"（《寄扬州韩绰判官》）。我也写过几首有关洞箫的小诗，但都浮于表层，写不到幽深之处。箫，是一种有灵性的乐器。不然发不出那般幽深而痛切的音韵来。杖叔的幽幽箫声，送得飞蓬究竟到了天涯何处？不得而知。然而，能够把它们联系在一起的，只有一个——"情"字。情，是一缕长长的、绵绵的金丝线，它可以把不同的事物，巧妙地连接在一起，使之幻化、同辉、互融。如斯，在人世间才多了一些恬静之逸和安魂之美。

——原载 2015 年 9 月 14 日《中老年时报》

红　　任林举

一

秋日的阳光，从窗口直射进来，很像一种近在咫尺的凝视，让人误以为有一张热切的脸，从高处倒挂下来，正紧紧地抵住窗子向室内打望。

我靠在书房的椅子上，迎着阳光，闭上眼睛，让自己从耀眼的光芒里慢慢地沉浸下去。意念中就有人拎着一只不会思想的瓜，一点点将它浸入水中。水是温热的，让人感觉到温暖，昏昏欲睡，同时有火一样的色彩开始在眼前汹涌。

明明知道，四周的一切都是宁静的，耳边却隐约响起绵绵不断的轰鸣……那应该是水激烈流淌时波推拥着波或浪追逐着浪所发出的声音。仿佛有一条河或许多条河正把我包围，也仿佛自己就是一条正在流淌着的河。

当我把自己想象成一条河时才发现，我与河流竟然有那么多相同之处——河水在河床里一刻不停地流淌，我周身的血液在血管里一刻不停地流淌。

河流用一生的时光奔流入海，却也用一生的时光牵挂着自己的源头，而我则一直脚步向前，情感向后，在无可奈何的老去中怀念往昔，在不断滑向终点的过程中追溯起点。

借助阳光的映照，河流呈现出了另一种颜色，我也看见了隐藏在自己生命里的另一种颜色。

此时，与河流相连的东方大洋，正朝霞尽染，波光潋滟。那是河难以抗拒的宿命，也是河意念所生的起点。

一群鳞光闪闪的鲑，从大海出发，一路劈波斩浪逆流而上，向着河的源头，向着传说中的故乡，回游——

阳光与血液融合之后，给我带来了温暖和难以言说的慰藉，让我情不自禁想到了一个婴儿在母腹中的情形。怎奈，记忆却宛若行走间骤然隐没的流水，在即将抵达最初的源头、最初的家园之门时，出现了难以逾越的空白，渺渺然、茫茫然，如深远的雾霭，如无底的断崖。

水穷处、乱石前，"鲑"一次次突围，一次次跳跃，以柔软的血肉之躯撞击着坚硬的障碍，直至遍体鳞伤，直至殷红的血将清清的河水浸染。

二

一个个新生命的诞生，一次次疼痛而又饱浸幸福的浴血之娩，有如朝日在地平线上的喷薄而出。一种艳丽至极的色彩，就那样一次次从生命和世界的边缘浸润、弥漫开来，然后，又在燃烧里一次次化作无所不在的光明。

一匹小马、一头小牛、一个新生的婴儿……总因为开眼后的第一缕目光受到血的点染，生命里才充盈着不可遏制的激情，有如终于挣脱了黑暗的流泉，从此永别恩深义重的渊源，朝着目光所指的前方，展开不息的生命之旅。

于是，一切情感、一切欲望、一切行动、一切故事，甚至于岁月，甚至于世界，都有了一个生机勃勃的开始。

150亿年前的那一声巨响——旷世隆重的分娩——"大爆炸"时照彻时空的火光，早已经在碎片纷飞的运行中沉寂下来，泯灭成无边无际的黑暗。而那光明、那炽热却被宇宙间的每一件事物分藏于生命内部。

因为时光的久远，旅程的漫长，后来，几乎每一件事物都忘记了我们来自于共同的母体，都拥有一份来自于"母腹"的珍藏；只有太阳还时刻铭记着，还在一遍遍循环往复地宣告着自己的秘密。

秋天的脚步越来越密集了。

在遥远的长白山上，心情急迫的冬，偶尔就会在某一不经意的时辰，跃跃欲试地伸出它的触须。

这个季节，经常就会有两只健壮的雄鹿，在丛林间的空阔处，将四蹄深深插在腐叶之中，角抵住角，进行着奋力的厮杀，胜利者将荣幸地成为某一头发情母鹿的新郎。

然而，它们却只知道不远处那头母鹿在一边悠闲地吃草，一边等待最后的结果，而不知道自己体内的血液正以一种不可命名的"状态"或"方式"沸腾、咆哮，有如地层下翻滚、涌动的岩浆，在有序或无序地寻找着一个喷发的出口。

逆光之中，从四只鼻孔里喷射而出的丝丝雾气，看起来很像火山爆发之前或之后从岩缝里溢出的缕缕蓝烟。

不仅是鹿，草原上奔跑的狼和埋头食草的羊，也不知道自己棕灰或雪白的皮毛下到底包裹着什么，是可以迸发的力量，是一跃冲天的激情，还是不可探测的欲望？

一只饥饿的草狼，从一丛浓密的芦苇后边窜出，迅猛地咬破羊的喉咙。如注的鲜血，在蓝天下迸射而出，把雪白的羊毛、金黄的草叶以及黝黑的泥土点滴或成片浸染。这情景很像一个推演生命的定律，也像一个关于命运无情、无常的暗示，让所有触及到的目光在震惊中瞬间凝固。

在一片惨淡的背景下，世间最为凄艳的花朵，正一朵朵悄然开放——仿佛来自生命深处哀伤的叹息，仿佛亘古不息悲怆的叙述——大地因此而沉默、寂寥下来。

悲凉的风，骤然而起，吹过秋天，吹过草原，吹过牧人和狼的眼。但狼的眼中却依然没有泪水，经历了血色的反复洗濯，它们的眼中已经留不住一丝水汽，只能变得越发明亮、越发敏锐。

三

当血色在时光中隐没，与大地融为一体，我想起漫长的冬天过后或多年以前的春天——

暖暖的阳光，如无重、透明的棉丝线，一缕挨着一缕从天空垂落下来，绵绵密密地挤在一处，不留下一丁点儿缝隙。这让人联想到一整块透明的玻璃或宁静得没有一丝杂质的水。但每一缕阳光和另外一缕阳光之间，确实是分开的。不但分开而且每一"缕"又是由很多"股"拧成，只有经过春风猛烈的摇晃，它们才会刷拉一下由单色散成七彩。由于光几乎在落地的同时，就被大地揣进怀里，所以我们无论如何都很难察觉到其间的细节和变幻。

小满一过，姹紫嫣红的花朵便缀满北方绿草如茵的大地，或重重叠叠地堆满枝头。

它们的突然出现，竟让人产生些许疑惑。究竟是阳光的种子经过一段时间的孕育终于色分七彩，从地下按照自己的心意和禀赋生发出来；还是大地受到阳光的启发和提醒，终于把这些色彩从记忆里一一翻出？或许，这春天本来就是一段接着一段的梦境呢，而花草树木正是语义各异和方式不同的叙述或描绘。

树林边的山杏与丁香交错而开，让裹着幽香的微风刮起来总似多了几分温纯、缱绻，如少女怀春，步履轻盈而又稍带迟疑。

很多年以来，我一直都不愿意承认，站在路边那个胡思乱想的人就是少年时的自己，所以我就很少在文章中直接以第一人称叙述那些如梦如幻的往事。我知道，有一些心绪，有一些秘密，有一些美妙而又难于表达的情感，就像大地上的花朵和春天里的风一样，究竟能给人带来怎样的感觉和触动是永远也没有办法说清楚的。

那天，那一队吹吹打打的送亲队伍，就好像从天而降。骤然而至的喧嚣和跃动，就在不经意间，打破了一直沉睡在往昔生活里的那份宁静。大红的花轿、大红的绸带、大红的盖头和大红的衣裙……令人心颤的鼓点和唢呐声，像一列燃烧的火焰，把我和春天一起点燃。

我甚至不敢正视那耀眼的队伍和新娘，就像不敢正视自己心的狂跳。我无法判断这队伍将去哪里，但我却决心跟在那队伍的后边奔跑，直到我与它一同消失在人们的视野之中。后来，我发现自己只是站在原地，双腿不停地颤抖。我只是让情不自禁的目光放开了"脚步"，尾随那个意韵暧昧的队伍一路远去。

这时，漫天的杏花开始凋零，像汹涌的泪水，也像美丽的鸟儿在高处被子弹击中，缤纷的羽毛无声飘落。

杏花的香气突然变得异乎寻常的浓郁，如无形的绣针，反复穿梭，一次次温柔而凌厉地刺痛我的灵魂，残红万点。一幅抽象且富有动感的图画在我的眼前和内心同时显现，整个世界被一种单纯的色彩弥漫、充满。

红，毕竟是所有色彩中最艳丽、最忧伤的一种啊！

四

记忆中的那座乡村小学，像一张被风雨或岁月浸渍过的老照片，总是梦境般模糊不清。唯有那个难忘的下午。

新雨之后、碧空如洗。

我很理解那些无形也无痕的风，它们一定是因为内心的空落和寂寞才在校园里反反复复地走来走去。但我却一直不能理解自己，为什么有人突然从背后呼唤我的名字，我却紧紧盯住操场上那一大片积水。

那个面如莲花的红衣少女，仿佛就生自那片浅浅的水中，美丽、平和、自然、安详。我不知道她意味深长的微笑里蕴含着什么，嘱托？求助？提醒？诱惑？还是一种不明原因的纵容？她像一个谜，让我在不能自拔的疑惑中进入执着的猜想，她究竟从何而来，属于哪个村庄或哪个班级？这陌生而又熟悉的面孔似曾相识，那么，她是何时有意或无意地"到此一游"，在我的意识里刻下难以追忆的印记？

风吹皱水面时，很像老师面无表情地快速擦去黑板上的字迹。只那么三五个回合的摇晃，题目和答案就已全部消失，似乎浅水中从来也没有什么存在过。当我猛然想起应该回头一望时，那少女早已了无踪影。空落的校园里，除了几个正在追逐嬉戏的男生，再无人迹。围墙外的玉米地上，有一道巨大的彩虹，突兀、雄奇地竖立着，仿佛一道可以穿越的大门，闪闪烁烁地放射出神秘的光芒。

我不由自主地走了过去——

那夜梦里，我终于穿过了那道彩虹之门。

那个红衣少女，果然就在门的另一侧，虽如水中初见时一样娇美，但表情却冷峻、严肃，找不到一丝半点的亲近和温情。她告诉我："我千辛万苦找到你，就是为了告诉你，穿过这道大门，你就成了一只和我一样的火狐。"我仔细打量自己，我依然是我，并没有通体红色的毛发，只是忽然感觉到有火在周身燃烧，像被谁从体内放了一把莫明其妙的火，渐渐地，皮肤上布满了细小的火苗儿……

当我拼尽力气逃出彩虹之门时，满眼依旧是夜的漆黑。

从此，我能感觉到自己的血液里同时住着几种性格及形态各异的"红"。有时它们醒着，便会主动去寻找外面的红，与之互动；有时它们睡着，一旦遇到了外边同一颜色的呼唤，就会猛然醒来，把一些激烈的情绪和情感传递给我。

那些年，我经常翻阅各种古籍，一遍又一遍地思索着书里的女子为什么都与"红"有着扯不开的牵连？"红颜""红粉""红妆"……《红楼梦》里甚至出现了"千红一窟"的说法。似乎世间所有女人都可以抽象成同一种颜色。偶尔，就会生出这样的意念：书里边描写的那些人，说不定不是真正的人类，而是与"红"有着紧密关联的火狐呢，只因为穿过了一道彩虹之门，就纷纷以人的形态聚到了一起。否则，戏演得好好的，爱恨情愁高潮迭起，怎么突然间说散就散了呢？

《圣经》有记："耶和华上帝就用那人身上所取的肋骨造成一个女人，领她到那人跟前，那人说，这是我骨中的骨，肉中的肉。"

难道说上帝从男人体内取出那条肋骨时，也是染着血迹的，所以每一个女子才成为红与白、骨与血的融合与辩证？

白茫茫的大地真干净吗？我分明看见雪地上有几朵鲜艳的火，流星般迅即闪过，只留下一串若隐若现的足踪。一串具有魔力的咒符，从此强烈地吸引或吸附着我——那个从我中走出的另一个我，那个常在梦中迷路的我。

掐指一算，我已阔别故乡几十年了，但那个执着的我，似乎仍旧孤独地滞留于茫茫雪原，在一片冰雪中追捕火的踪影。

五

　　最后一次与父亲告别，是在一个满眼火光的特殊场景。

　　当我亲眼看着火化场的工人把父亲推进炉膛的时候，我的心并不是疼痛，而是破碎。周身充满着悲伤的血，却找不到疼痛的部位和伤口。

　　不知道从哪里来的火，一下子就铺满了父亲的周身。一生性情刚烈的父亲，如今却不再倔强，不再抗争，也不再闪躲。也许，他的灵魂正乘着飞升的烈焰，悄然离去。但隔着火焰，我再看不到父亲身上的血迹或血色，一种固体的红正在高温下被另一种气体的红所取代；我看不到父亲临行前最后一次向亲人们的回眸，看不见他最后的神情是凄凉还是如往常一样刚毅；我也看不见他最后的身影是迟疑还是如往常一样果断。

　　熊熊的烈焰，迅速对父亲展开了全面的包围和猛烈的攻击，像一种残酷而强硬的逼迫，逼迫着一生追求完美的父亲，快快离开那个衰败、残破、不再完美、不再有任何意义的躯壳。像一种涂抹，以快速摧毁或销毁的方式，消灭着一个生命曾在世界停留的一切证据。几刻钟之后，父亲就只能存在于我们的记忆，成为亲人的往事，成为路人的传说；几刻钟之后，我们在父亲的心中是不是也已经成为过眼云烟，茫然消散？

　　火，是一种最彻底的掩埋，也是一种最高明的藏匿，从此不管我们走遍千山万水，还是上天入地，都将是一个攥着钥匙寻找钥匙的可笑又徒劳的人。火，已经将他严严实实地埋藏在我们心里，但我们却始终无法放弃对他的寻觅。

　　炉膛里轮廓清晰的火焰，还是模糊成了一团滚动的雾或晃动的水，最后又化作确定不了是什么形态的黑暗。炉膛关闭的那一声巨响，有如排山倒海，有如天崩地裂。世界，向着某一个方向轰然关上了大门。

　　沉默，长久而带着撕裂和折断之痛的沉默，仿佛无边无际的大森林正在漆黑的夜里纷纷倒下……然后是沉落，无休止的沉落，一直沉到地的深处，化为比夜色还黑暗百倍的煤。

　　我捧着父亲走后残存的骨灰，像捧着一段无法还原的岁月，感到从内向外的虚空和从头到脚的轻飘,仿佛自己的生命本来也就刚刚抵得住那一捧残灰的重量。但那残灰的形态、那迟迟不愿意褪去的灼热,却让我想到经过一场巨大的变迁之后,父亲也像那些树一样,已将生命转化为另一种状态,成为一种"煤",重新进入了我们的"精神"。

那可是凝固的火啊!千万年之后,当"煤"再次被挖掘、释放出来,它们表面上也许会变得坚硬而冰冷,但谁能把它点燃,它就会为谁带来温暖;谁能让它燃烧并举过头顶,它就将为谁照明;谁能将它变成电,成为一种无色无形的精灵,它就能为谁提供隐秘的能量和动力。

六

红,竟然是一种如此奇异的颜色。

如果向前追溯,一直到达它的源头,你会发现,最初它常常与伤口或疼痛连在一起,而向后,跟踪到很远很远的山间或草地,你又会发现,它最后又总是要开出鲜艳美丽的花朵,尽管有时看似忧伤,但终究又归属于热烈。

只要说到花朵,我就会一如既往地想起野百合。我自己也说不太清楚,为什么会对一种花儿如此毫无缘由地倾心和毫无节制地迷恋。不论作为一种具体的植物,还是作为一种抽象的色彩,它们都更像我无法躲避或前缘所定的宿命。

在漫长的人生历程之中,不管我是有意错过,还是刻意寻找,最后它们都会不偏不倚,不早不迟,正正好好地出现在我面前。年少时、中年后、醒来、梦里、远行、近游,我都曾以不同的方式与那种花儿不期而遇。每每,它们既让我感到真实的情绪和情感波动,也让我想到一些近于虚幻或神秘的事情,比如耦合、共振、感应、幻化等。似乎,它们和我的心灵,总是能够轻易以一种共同的、唯一的"波段"实现连通或互动。在浩瀚的草原上,只要有一朵百合花盛放,它就会占据我的全部视野和情怀。

对于这样一种带着生命印记和深深夙愿的事物,我只能虔诚接纳,悉心体悟,并心怀感恩,只是我始终不知道应该站在哪一个立场去解读或领悟它们。

有时，我会站在天空的立场，仰起头来看它们。它们就成了天空的天空，但由它们构成的天空并不是蓝的也不是黑的，而是绿的，或浅如鹅黄，或深似老玉，或也间杂着一些灰白或褚黄的纹理。

当一朵或者零星的几朵百合开放，它们便成为我天空里的星星，很艳很亮地因风闪烁，东一星西一点地挑逗着深埋于绿色之中的隐秘激情。如果成堆成片地开放，它们就是哗然而开的礼花，大面积的炸裂，大幅度的渲染，会让那些耀人眼目的绽放经久不息。

有时，我会站在花儿的立场，以同类的目光和情感去体会它。于是它就在某一个清晨或黄昏，成为我最强烈的渴望。身着一袭红裙的女子，安静地等候在某一棵树下或某一路边，一场有关今生来世的约会，让一切变得庄严而神圣。此时的红，是一种奔放与内敛的平衡，是一种坚忍与迫切的调适。让火静止于烈焰腾起之前，让情感止步于激越奔放之前，平静如水的表情下，就会有心的狂跳和血液的沸腾。

那样的时刻，让我永生铭记。我会情不自禁地与她以"你"相称——不仅因为你引而未发的芬芳，不仅因为你不着痕迹的热烈，不仅因为你无可匹敌的美丽，只为那无可逃避的情缘，我将一直珍惜并紧握着那样的幸福与荣光——在阳光下或风雨中，与你保持着相同的本色，并蒂而开。

有时，我会站在季节的立场，把那些火焰之花放在心中。春夏秋冬，全依凭着她的来去，每一次相逢都是春来，每一次别离都是秋去。蛰伏或再现，开放或凋零，枯萎或繁荣，四季轮回之中的一切变化都左右着我的情绪，牵动着我的心。

这很像是一场牵肠挂肚且旷日持久的爱情，在每一个相逢的时节，我伸出风的手，将她轻轻爱抚，承接她热烈的燃烧，感受她快乐的战栗；在每一个相别的时节，用温暖的回忆将自己裹紧，忍看寒冷一次次抖动它白色的魔布，将季节的名字改写成无可奈何的冬。我会在那些惨淡的日子里，展开一程接一程漫长的思念，回想起从前，有关春的温润，有关夏的热烈，有关那花朵在我心中的抚慰与照耀……

七

夏天说走就走了，只把残存的体温留给了秋。这残温，又如装在容器里的水，因为底部的泄漏，一天快似一天地降下去。

在一天天渐浓的凉意里，我习惯并沉迷于一个自我救助的动作——闭上双眼，让秋阳带着温暖的联想持续从眼前流过，像那个曾用火柴的光亮安慰自己的小女孩儿一样，一边忍受着寒意的步步紧逼，一边幻想着有火从一小块寒冷的"破口"中漫延出来，将自己围绕、焐热。

偶尔抬头，举目望一眼窗外，却只见一排排或一丛丛经霜的树木都变成了红色，仿佛一把把火炬，在蓝天下熊熊燃烧。此前，或许它们也和我一样，曾闭上眼睛让阳光映照出自己的血色，若如此，片片红叶就是他们的意念之眼。不过，它们却做得比我高明、神奇，不但"障"了自己的眼，而且也"障"了别人的眼。

或许，那不过是树对寒冷的一种抵御。当寒潮袭来时，它们就散发出部分体能，把自己脆薄的叶子烧红，就像既懂得顺应又懂得反抗的人类一样，搓搓手，微笑一下，就让自己和别人觉得他已经有效地驱除了寒意。

在诸多种可能里，我还是认为在冬天来临之前，那些曾在春天里隐没，又在夏天里复燃的红，借助叶子的"口"再一次传达出自己的信息，告诉秋天，也告诉未来的每一个季节，它们从来没有，永远也不会真正消失。它们就蛰居于有生命或无生命的一切事物里。

关于那些树，我忽然有了新的理解。虽然它们终将在寒风里落尽叶子，但并不是它们对寒冷的屈服或无力坚持，它们只是给冬天留一个存在的理由。它们已经用如火的宣言昭示，它们随时都可以将自己燃烧，也可以把火收藏起来，因为它们本身就是沉睡的火。它们之所以不急于燃烧，只是想在隐忍中继续生长，以聚集更多、更大的火。

秋天的成熟与冷静，总会让身处其间的一切事物平静、安稳下来——

大地，从此变得更加沉默。青葱过后、葳蕤过后、浪漫过后、激情过后、风雨雷电过后，如今却需要在平静中对过往的一切做一次盘点和存储，在满眼尽是来而又去、生而又灭的苍茫里，安守着内心的沉实。

奔腾的河流，渐渐收敛了狂放、湍急的脚步，泥沙沉落，重归安恬。河水澄明，如清澈、冷峻的眼眸审视着来路。河，看见了自己一生的波折与沉浮，也看到了自己的命运和归宿。

当没有边际的血色终于停止了喧嚣，我仿佛也随着秋天里的河流一同澄澈起来，隐约看清了自己的生命历程。原以为这一生都在昂首阔步地直立行走，却不料，早已在大地上留下了艰难爬行的印记。从初春到深秋，从早晨到黄昏，从一片红到另一片红，我看见一条带血的行迹，正从岁月深处一路曲曲弯弯地延伸过来，一直延至我的身前。

——选自 2015 年第 9 期《作家》

风到底要吹走了什么？　　鲍尔吉·原野

他们的脸埋在黑暗中

　　那年我到坝后，干什么去已经忘了，但脑子里挂记着那盏马灯。我们住在大车店的一铺大炕上，睡20多人，都是马车夫。白天，我和主车夫老杜套上我们的马车，拉东西。把东西从这个地方拉到那个地方，好像拉过羊圈里的粪。那羊圈真是世上最好的羊圈，起出20多公分厚的羊粪，下面还有粪，黑羊粪蛋子一层一层地偷偷发酵，甚至发烫，像一片一片的毡子，我简直爱不释手，并沉醉于羊粪发酵发出的奇特气味中。晚上，我们住大车店。

　　大车店没拉电，客房挂一盏马灯，马厩挂一盏马灯。晚上，车夫们掰脚丫子，亮肚子，讲猥亵笑话。马灯的光芒没等照到车夫脸上就缩在半空中，他们的脸埋在黑暗中，但露着白牙。不刷牙的车夫，这时也被马灯照出洁白的牙齿。苇子编的炕席已经黄了，炕席的窟窿里露出炕的黑土。肮脏的看不出颜色的被褥全在马灯的光晕之外。房梁上，悬挂着一尺左右，像暖瓶一样的马灯。灯的玻璃罩里面的灯芯燃烧煤油。花生米大小的火苗发出刺目的白光，马灯周围融洽一团橘黄的光芒，仿佛它是个放射黄光的灯。马灯的玻璃罩像电吹风的风筒，罩子四周是交叉的铁丝护具。装煤油的铁盒是灯的底座，可装二两油。

　　蛾子在屋顶缭绕，它们靠近灯，但灯罩喷出的热气流把它们拒之灯外。不久，车夫们响起鼾声，这声音好像是故意发出的极为奇怪的声音。你让一位清醒的人打鼾，他发不出梦境里的声音，他忘记了梦中的发声方法。有人像唱呼麦一样同时发出两三个声音，有低音、泛音和琶音，有许多休止符使之断断续续。有人在豪放地呼出噜之后，吸气却有纤细的弱音，好像他嗓子里勒着一根欲断的琴弦，而且是琵琶的弦，仿佛弹出最后一响就断了，但始终没断。打呼噜的人大都张着嘴，但闭着眼。他们张嘴的样子如同渴望被解救出来。我半夜解手回屋，背手踱步，在马灯的光亮下视察过这些打鼾的车夫，洞开的嘴还可以寓意失望、吃惊和无知。他们是够无知的，把这个村的羊粪拉到另一个村的地里。其实，我看到那个村也有羊圈。那时候，农村里的一切都归公社所有，拉哪个羊圈的粪都一样。就像一家人，把这个碗里的饭拨到那个碗里一样。车夫们睡姿奇特，如果在他们脸上和身上喷上一些道具血，这就是个大屠杀现场或廿先烈就义图。有人仰卧，此乃胸口中弹；有人趴着，背后中弹；有人侧卧并保留攀登的姿势，证明他气绝最晚，想从死人堆爬出去报信但没成功。

即使不解手，我也希望半夜醒来到外面看看夜景。夏夜的风带着故乡性，它从虫鸣、树林、河面吹来，昆虫在夜里大摇大摆地爬，爬一会儿，抬头看看天上的星星。月亮瘫痪在一堆云的烂棉花套子里。我看到夜越深，天色越清亮。接壤黑黢黢的土地的天际发白。可见"天黑"一词不准，天在夜里不算黑，有星星互相照亮，是地黑了。被树林和草叶遮盖的地更黑，这正是昆虫和动物盼望的情景。在黑黑的土地上，它们瞪着亮晶晶的眼睛彼此大笑。夜风裹着庄稼、青草和树林里腐殖质的散发的气味，既潮湿、又丰富。我回屋，见马厩里的马灯照着马。木马槽好像成了黑石槽，离马灯最近那匹马大张着眼睛往夜色里看。灯亮照亮它狭长的半面脸颊，光晕在它鼻梁上铺了一条平直的路。马在夜色里看到了什么？风吹了一夜却没有吹淡夜色。那些踉跄着接连村庄的星星就像马灯。喝醉了的大车店老板手拎马灯，如同拎一瓶酒。他走两步路，站下想一想，打一个嗝。青蛙拼命喊叫，告诉他回家的路，但他听不懂。夏夜，马灯是村庄开放的花，彻夜不熄。马灯的提梁使它像一个壶，但没有茶水，只有光明。马灯聚合了半工业化社会的制作工艺，在电到来之前，它是有性格、有故事的照明体，它是移来移去的火，是用玻璃罩子防风的火苗之灯。它比蜡烛更接近工业化，但很快又变成了文物。马灯照过的模糊的房间，现在被电灯照得一览无余，上厕所也不必出门了。

光的细芽在子夜生长

才知道，这一生见得最多的是光。光伴随了人的一生，而不是其他。一个人离开这个世界时，他离开了这一世的光，他变成光的另一种形式——碳化。

光在子夜生长。夜的黑金丝绒上钻出人眼分辨不清的光的细芽。细芽千百成束，变成一根根针芒。千百银针织出一片亮锦，光的水银洒在其中。还是夜，周遭却有依稀亮色，那是光的光驱。光在光里衍生，在白里生出白，在红里生出红。它为万物敷色，让万物恢复刚出生的样子。光的手在黎明里摸到世上每一件物品。万物在光里重新诞生，被赋予线条、色彩与质地。光在每一天当一次万物的母亲。

露水在草叶上隆起巨大的水珠，不涣散，不滴落，如同凸透镜。露珠收纳整个世界，包括房子和云彩。人说露珠是透明的，可是你在露珠里看不到草的纹理，它只是晶莹，却不透明，所说的透明是露水的水里有光，光明一体。

光告诉人们何为细微。蜜蜂背颈上的毫毛金黄如绒，似乎还有看不清的更小的露珠，也许是花粉，只如一层绒。光述说着世界的细微无尽。唯细微，故无尽，一如宽广无尽。光的脚步走到铁上，为铁披一身坚硬的外衣，在生锈的部分盖上红绒布。光钻进翡翠又钻出来，质地迷离。翡翠似绿不绿，似明非明，这里是光的道场。人看到的不是翠，是光。翡翠不过是光所喜欢的一块石头，正如黄金是光喜欢的另一块金属。黄金的光芒当然是光的芒，它是金属里的君王，金属里的老虎。此光警告人等勿近勿取勿藏黄金。人被它的光照晕了，靠近攫取珍藏。天之道，传到人间往往变成它的反面。黄金的稳定性被人制定为所有人都愿意接受的尺度。光在黄金上反射的警告从未发生效力，人断定比生命更宝贵的唯有黄金。黄金不灭，黄金的首饰上留下无数人的指纹，尔后易主，再后回炉。黄金炯炯有神，身上站立 99.99% 的光。

光在水里划出微纹，回环婉曲，比任何工匠画得都工细。水的浪花在举起的一瞬，光勾勒出水滴的球体。浪摔倒，再举起，光每每画出浪花的形态，每每耐心不减。光在田野飞奔，无论多么快，它的脚跟都没离开过大地。光的衣衫盖着土块乃至草的根须。大地辽阔，麦芒蘸着光在空气中编织金箔画。光让麦粒和麦芒看上去像黄金一样，不吝消耗掉无数光。麦浪一排排倒下，让光像刷涂料一样刷遍麦的一切部位。种麦子的地方，花不鲜艳，金子不再闪光，麦子耗尽了光的光芒。如此才有白面诞生，面包把麦子里贮存的光搭成松软的天堂。

光的脚步停留在黑色的地带，让煤继续黑。煤里也有光——当它遇到火。光仔细区别每朵花的颜色，让花与叶的色泽不同，让花蕊和花瓣的颜色不同。光最喜爱的东西是花，花的美丽，即为光的美丽。但人把这笔美账算在花的头上，就像人把美人的账算在人的头上，忘记了光。

光来到之后，世界的丰富和罪恶接踵而至。为一切事物制造一切幻相。人借此区分美人丑人，宝马香车。人对食物发明过一句无耻的评语：色香味。色即光，即食物入腹之前的色泽。香只是人的鼻子味蕾的偏见。母羊在煮熟的羊羔肉里闻不到香味。味是人类舌头和大脑共同制造的幻觉。它们约定俗成，认定其味优劣。小鸟在林中死去，尸体始终无味，而人死后迅速发出恶臭，为什么这样？臭味早就藏在人的身上，被人挡着散发不尽，死了之后才无遮拦。人对环境、对动物，一定是负罪的。耶稣当年对举着石块试图砸死抹大拉的玛丽亚的人们说："你们中间哪一个人是无罪的，那个人就打她吧。"这个被解救的妓女用忏悔的眼泪为耶稣洗脚，拿浓密的头发把耶稣的脚擦干。她有过罪，但谁没罪？到哪里去找无罪的人？

光在墙壁上飞爬，爬上衣橱的正面和侧面，光在饭碗的釉面反光。反光是光遇到了进不去的地方，比如镜子。光在书柜底下的灰尘里慢慢爬行，光照亮了书上的每一个字。光在字里最显安静，正如它在黄金上最显急躁。光阅读书上的字，被弯弯曲曲的笔画迷住了，随后晕倒。光和人一起读书里的故事。黄昏降临，书上的字在读书人揉一揉眼睛的瞬间解散了队伍，这时候的光累了。它拿不定主意是否与大批量的光从西天撤退。光和读书人一道想再读一会儿，直至这些字带着意味深长的笑容退到黑夜里。

早晨，光饱满地驻扎在世上的每一处。夜晚，光在不知不觉中逃逸，人根本察觉不出它的离开，人只能愚蠢地说"天黑了"就算天黑了吧，虽然这只是光的撤离。光在年轻人脸上留下光洁，在老年人脸上留下沟壑。人在光的恩赐下见到自己的美丑肥瘦，以此跟世界跟自己讨价还价。光每天都离开，此曰无常。人不理会这些，在光再次来到人间时开始新的欢乐与悲伤，借着光。

风到底要吹走什么

　　湖水的波纹一如湖的笑容，芭蕉叶子转身洒落了一夜的露水。晃动的野菊花仿佛想起难以置信的梦境；旗帜用最大的力气抱住旗杆，好像要把旗杆从土地里拔出——它们遇到了风。

　　风同时用最大和最小的力量吹拂万物。它吹花朵的气流与人吹笛子的气流仿佛，风竟有如此温柔的心，这样的心让湖水笑出皱纹。水原本没有皮，风从湖的脸上揪出一层皮，让它笑。风到底想干什么呢？风让森林的树梢涌动波涛，让树枝和树叶彼此抚摸，树枝抽打树枝，树叶在风里不知身在何处。风在树梢听到自己的声音变为合唱，哗——哦——。这声音如同发自脚下，又像来自远方，风想干什么？风不让旗帜休息。旗的耳边灌满扑拉拉的声响，以为自己早已飘向南极。

　　风从世界各地请来云彩，云把天空挤得满满当当。风是非物质遗产手艺人，为云彩正衣冠，塑身材，让云如旧日城堡、如羊圈、如棉花地、如床、如海上的浪花、如悬崖、如桑拿室、如白轮船。风让云的大戏次第上演，边演边混合新的场景。剧情基本莎士比亚化，复仇、背叛和走向悲剧的恋爱在云里实为风里爆发。而风，没忘记在地面铺一条光滑的气流层，让燕子滑翔。风喜欢看到燕子不扇翅膀照样飞翔与转弯，风更喜欢燕子一头冲进农舍房梁的泥巢里。秋毫无犯啊，秋毫无犯。这是风对燕子的赞词。

　　风吹麦地有另一副心肠。它摩挲麦子金黄的皮毛，像抚摸宠物。麦子是大地养育的奇迹之一，黄金不过之二。大地原本无好恶，无美丑，无奇迹。大地养育毒蛇猛兽，还会分别万物吗？可是麦子不同，麦穗藏的孩子太多，每条麦穗都是一大家子人。麦粒变成白面之后，世上就有了馒头面条。上天喜看饥饿人吞吐吃馒头面条比皇帝满足。人虽坏，也得活，是五谷而非金融衍生品养育着他们。植物里，麦子举止端庄，麦穗的纹样被人类提炼到徽章上。风吹麦地，温柔浩荡。风来麦地，又来麦地，像把一盆水泼过去，风的水在麦芒上滚成波浪。风一盆一盆泼过去。麦浪开放、聚拢，一条起伏的道路铺向天边。麦穗以为自己坐在大船上，颠簸航行。

风从鲜卑利亚向南吹拂。春天，风自苔原的冻土带出发，吹绿青草，吹落桃与杏花的花瓣，把淡红色的苹果花吹到雪白的梨花身上，边跑边测量泥土的温度。风过黄河不需桥梁，它把白墙黑瓦抚摸一遍，吹拂江南蛋黄般的油菜花，继续向南。风听过一百种叽里呱啦的方言，带走无数植物的气息，找到野兽和飞鸟的藏身地。风扑向南中国海，辨识白天的岛屿和黑夜的星星，最终到达澳大利亚的最南端。在阿德莱德的百瑟宁山，风在北方的春天见到这里的秋天。世上有两样存在之物无形，它们是时间和风。风说：世间只有速度，并无时间。风一直在对抗着时间。

风吹在富人和穷人的脸上，推着孩子和老人的后背往前走。风打散人的头发，数他们每一根发丝。风吹干人们的泪痕。风想把黑人吹成白人，把穷人吹成富人，把蚂蚁吹成骆驼，把流浪狗吹回它的家。风一定想吹走什么，白天吹不走，黑天接着吹。风吹人一辈子和他们子孙一辈子仍不停歇。谁也不知风到底吹走了什么，记不起树木、河土和花瓣原来的位置。风吹走云彩和大地上可以吹走的一切，风最后吹走了风。

我至今尚未见过风，却时时感到它的存在。沙尘不是风，水纹不是风，旗帜不是风。风长什么样呢？一把年纪竟没见过风。风与光一样透明、一样不停歇、一样抓不住。不知不觉，风吹薄了人，吹走了人的一生。

——选自 2015 年第 2 期《作家》

洗　手　　朱以撒

　　每一次要摊开这些汉画像拓片阅读时，我都要认真地洗洗手，擦拭干净。其实指掌间已经很干净了，也还是要自觉地进入这么一个程序，算是从内心对前人的作品表示敬畏，还有崇仰。如果一天里要分几次阅读，那就要洗上几次手，使手在触及拓片时更有感觉。这些拓片有的很大，摊开时可以充满整个大厅，卷起来又如一大捆被子，一开一合，要费不少工夫——宣纸是最为脆弱的，总是要小心翼翼，"侍儿扶起娇无力"啊。再小心也会有磨损，有一些纸屑落下，有一些丝缕脱离。尽管手的动作已经轻柔之极，心里还是不敢松懈。那种隔着手套工作的做法，我一直不能适应，我执着以裸露的手对待这些旧时代的宝贝，生怕弄疼了它们。

　　这种习惯逐渐形成，对待古旧之物，大都如此。这些旧物是不可复制的。如果有人来，手上都是汗，或者手不安分，我就没有兴致拿出来分享。每一件古旧之物都是有自己的气息的，冷清的、平和的、朴拙的，却不会有时下的这么些气味。充满欲望的手一天到晚都在触摸着种种物质的皮表，要静下来阅读古帖古碑，慢慢地把玩一遍，还是需要洗一洗手，让手的温度冷却一些——这很像一个长长的过门，很郑重，很有必要。一个人在心理上做好了准备，接下来的由手展开的动作就会把分寸掌握得很好，至少不会失手。

　　精神洁癖——让澄澈的水来过手，通常以此开始。生活习惯中对于洗手的要求，是在进食之前。要吃饭了，把手洗净，以免不洁的细菌随着指尖进入腹中——再草率地洗也比不洗要清洁，一个人的心理往往如此。这使得饭前洗手成为一种惯常，很自然地延续下来。一位农妇在不缺水的条件下让孩子们洗手，可能没有想到这是对自己劳动成果的一种尊重——一年到头的栉风沐雨，终于修成了黄澄澄的果实，进入了牢固的仓廪。有的时候，我在淘洗时，会有几粒金黄的小米跳到地上，我一定会俯下身来捡拾。很奇怪的是，如果白花花的大米掉落几粒，我还不会这么的迫切。我被小米的颜色所吸引，它们让我看了心动，那么微小，又那么灿烂，上苍给了它们这样的容颜，让人无法忽略它们的存在。它们在等待收割的时候，一阵风来，随时会落入泥土的缝隙中，再也回不到谷仓里——还好，农夫手脚麻利，把它们从田野带了回来，无数的金黄颗粒，让人感到眩晕，把它们堆成金黄色的塔，高处的小米会簌簌地流动起来，像一道金黄色的河流。现在，它们从千里之外来到我的面前，每一粒都可以见出远大，岂能轻慢它们？一个人把手洗净了，坐在餐桌前，显然是沉稳的、端庄的。对劳动的果实抱有认真的情绪，缓慢地品哑，神色中越发爽朗。狼吞虎咽、风卷残云也是一种态度，只是劳动果实的滋味未能被细致地感受，不免有些粗率。大凡有洗手这个程序，整个行为都会克制一些、徐缓一些，以至于进程更为细腻、雅致。所谓斯文，洗手的动作也算一个吧。

　　很久以前，我和农民兄弟从田里干活回来，队里的妇女已经把饭做好，是少有的白米饭。那时候偶尔有这样的运气，生产队长觉得夏时盛热，收割与插秧并举，实在辛苦，便会拿出队里的粮食，让大家吃一次免费的晚餐。每个人把农具一扔，围着装米饭的大木桶，那支木饭勺从一只手急切地转到另一只手上。动作迅疾，使人处在一种期待之中——吃得饱是非常美好的。一切美丽之物都是吝啬的、有限的。很快，一桶白米饭就见底了。我相信还未吃饱的人端着碗走近木桶时，一定会有些绝望，因为他未曾料到白米饭如此迅速地消失了，把再吃一碗的热情企盼变成一片支离破碎——这一餐已经结束了。每个人的动作都很急，一下接着一下，赶路一般。这些动作的背后是忧郁的，无形的饥饿很快又会追了上来。这是一个来不及洗手的年代，手上都是泥屑，或者农家肥的气味——在田里干了整整一天，人的一双手触及的物体有多少啊，可是，来不及洗手了。谁都知道，埋头把手洗得干净了，白米饭可能就吃不上了。孰轻孰重，一个肚里空空荡荡的人还是能分辨得清楚的。这里的人少有洗手的习惯，双手由于长期与泥土、农具摩擦，变得十分粗糙，手心手背的纹路就像旱地里的裂缝，尘泥嵌入其中，即便费力洗刷也无济于事，分不清哪一部分是皮肤，哪一部分是皮肤的附着物。只有到了夜晚，他们才进行大规模的洗涤，烧一锅临近沸腾的水——这样的温度让我十分吃惊，它显然超过了皮肤的接受限度。他们在简陋的澡房里，用这样的水细致而缓慢地搓动着，全体通红。这是一个农家劳力最舒心的时刻，也是他们最清洁的时刻，此时，动作非常之慢了。这是一个自我陶醉的时候，它和白日的辛劳形成了不同，日子正是在比较中逐渐推进。

　　从农村回到城市，我又渐渐恢复了洗手的习惯，我知道自己又要开始一些文人细腻的动作了，它们大部分是在纸面上进行的，洗手成为必然。

　　我回老家时，面对晚年的母亲，我会给她剪剪指甲，手指的，脚趾的。人老了，指甲也变了形态，如乱石铺街，凹凸不平，连坚硬的指甲剪都有些吃不消了。可是我别的做不了什么，就从剪指甲这等小事入手。剪完后母亲总会催促我去洗手，顺便把指甲剪也给洗了。在母亲看来，一件事和一件事之间的过渡，应该用洗手来区别，以示结束和即将开始。这样会使人在做一件事之前，有一些心理的、生理的准备。一个南方人的身体里附着了南方天地间大量的湿气，身体与北方人相比，可以挤出更多的水。下垂的双手，使体内的许多水汽往下端移动，最后储存在掌心和十指里。一个长辈注意了洗手这个细节，会潜移默化地影响到她的下一代、再下一代。母亲总是把许多事情划分得十分清楚，她是一个善于细化的人。炊爨、刷洗是一种动作，快，麻利。接下来把手洗净，在狭窄的书桌前端坐，开始批改作业。一位农村的小学老师，面对的都是懵懵懂懂的少年，对作业的批改也尤其缓慢。煤油灯的火舌随着风的流动，闪烁着不定的光。清洁的手在作业本上移动，边改边把那些卷起来的边角抚平。对那些顽固地翘起来的部分，母亲会在改完之后用一本厚厚的书把它们压住，放到第二天早晨，已是平整之极了。勤洗手是内心的需要，会更细腻一些，少一些粗率。在那些越来越热的夏天，少年的我有很多时间都在田园里奔跑，掀动墙边屋角的瓦砾，追捕蛐蛐，或者爬墙上树，弹鸟捕蝉，弄得灰头土脸。好在家中有两口老井，水量充沛，随时可以用清冽的井水冲洗。当双手深入水桶的一刹那，脑袋清醒起来——不能老是这样子啊，应该要有一个新的走向了。

水依然这么清澈，喜欢洗手的母亲后来洗不动了，只能由别人用湿毛巾给她擦拭，由掌及指，再也不能体验亲自洗手的快感了。

我的计算得益于余先生的指导，好几年的时间里他帮助我用数字和公式建立一个抽象王国的秩序，使我从算术层次进入到数学境界。日常生活根本不需要如此复杂的逻辑、推理，小学阶段对于计算的掌握已经足够应对日常。只是我自己怀有进取的热情，拜他为师。我擅长文采，兴到偶然，管下春风，这方面长了，也就于数的算计过于愚钝，一题下来，离真相的答案总是很远。余先生则游刃有余，并以游刃于数字为快慰。不过他的日常生活却是混沌一团，浸泡在阴翳之中——袖口总是油腻的，头发总是乱蓬蓬的，而手是很少洗涤的。我一直以为他是以这种行为表达一种怀才不遇的情绪——在他的言说中，他认为自己的一生已经被毁掉了。我把解不开的题指给他看，他常常是这样，用手抓着食物吞咽，同时接过我的书、我的计算本，边吃边为我解题。他和他的太太似乎对咸带鱼很有兴趣，很多次是手抓咸带鱼进行指导的。带鱼的气味渗入了公式里、数字里，一本书渐渐成了气味的集合地，让人闻到气味，想起他强调指出的部分。他认为书是用来学习的，不是摆设，脏点破点无甚关系。余先生是典型的实用主义者，我曾经对他的几本书进行修复，他认为毫无必要，他卷着书看，卷久了，成了环抱状再也舒展不开。由于他的不洗手，他看过的书都是不清洁的。他是不应该只成为一个普通的施工员，管理我们几十号民工。他应该是工程师那个级别的，儒雅斯文，运筹帷幄，手下一批精英在他的调度下，合力攻克着某一个难题。那个时候，他一定是坐在敞亮的办公室里，衣着新鲜，指腕清洁，有一种庖丁解牛后的得意。

洗手，也是需要情绪的。

庸常日子里的忙乱双手，每一日都在大量的抚摸之中。每一个被抚摸的对象都是有温度的，冰冷的热烈的、粗糙的细腻的，感受着它们在节气推移下的变化。如果没有什么禁忌，面对物体，每个人都会发出许多抚摸的欲望，抚摸使内心有了把握，判断也随之准确。在我举办书法作品展览期间，就有不少人伸出手来，或轻或重地抚摸那些汉画像拓片——他们的双眼茫然，只好用手来感受。这使我生出许多不安，他们不想通过学习来提高自己的见识，而是直接动手，似乎手能解决所有的疑窦。手的热爱抚摸，加上洗涤，渐渐粗糙起来，每个人都会察觉夏日与冬日皮肤层面上的细微之变。手套应时而出，像极了人的手形，或大或小，适宜人类所有的手。上课的时候，我见到几位女生戴着手套，执笔书写。我让她们都扯下来，让赤裸的手直接和一支笔产生联系，让那些隐藏在指掌间的敏感，重新回来。我不知道一个人戴着手套，怎么可能感受毫端在宣纸上提按、快慢的回馈，一切行为还是略去一些装饰才能存储优雅。一个想亲近古贤人的少年，吝惜自己的手，担心墨汁弄黑了手，担心冬日里的水过于寒冷，以为隔着薄薄的手套追寻古人并无不妥，实在是太自以为是了。一群人在看旧日字画，一律戴上了手套。目光尽可以随意，对一双手却提出了要求——必须隐藏在手套内部，以保证抚摸时的安全。这些手套百人戴千人戴，内部外部早已不洁，可是没有办法，规定如此死板。如果一个人洗净了手，开合卷轴时，会对纸本的轻重、顺逆分寸把握得默契一些、周全一些。净手的低调而柔和的抚摸，被旧日的纸上纹路牵引着，进入内心最隐秘的深处。手套对于手来说，就是一层蒙翳，捂在里边久了，蔫了，不活络了，把它抽出来，洗洗，就生动起来。

  又一个夜晚到来。我先是洗了一次手，坐下来整理一篇文稿。然后又洗了一次手，站着临写《杨淮表记》里的几个字。洁净的手指灵动地引导着柔韧的羊毫，点线简劲而出。我一直以为学书者不可不知汉隶，它是一个人笔下的筋骨，让一个人行笔时有了底气。接着，我又洗了一次手，意味着今夜的临写结束。

  每一次洗手都是很有意义的——一个片断的开始，或者一个片断的结束，可能有递进的关系，也可能毫不相干，却都由于洗手的进行变得郑重起来。

——选自 2015 年第 4 期《红豆》

初洗如婴 周晓枫

> 我想知道记忆是你所持之物还是你所失之物。
> ——伍迪·艾伦《另一个女人》

边角有些塌陷的黑呢帽,链子银亮的怀表,是爷爷随身不离的两样道具。她记得那只康恩贝怀表的不锈钢硬壳,以及表盘上划分精细的刻度。爷爷早年是私塾先生,后来做过列车车长,因为一次酒后误了货物运输引咎辞职……但酒,一直没戒。

她对爷爷的印象,不是全家福上那个稳重老者。她的回忆,是这个尊崇儒教、善良懦弱的好老头儿,被按在床上打——扫床笤帚打在骨头和皮肉上,交替的脆响和闷响。奶奶在那个年代算得身材高大的女性,她彪悍地骑跨在自己丈夫身上,使他无法挣脱,抢下来的笤帚躲过挨打者胡乱抵挡的手臂,准确落下。她记得爷爷含混的求饶和呜呜的哭声,眼泪鼻涕,斯文扫地。

爷爷是否记得住侮辱?也许不,否则这样的侮辱不会一再重复。爷爷不长教训,他还是经常醉到不省人事,醒了以后背着家人借钱,用以借酒买醉。在奶奶看来,一个没有记性的人是不值得尊重的。

沉溺于酒精的麻醉之中,也许谈不上什么灵魂之痛或对于伤害的回避,仅仅出于无聊和怠惰。并非不长记性那么简单,加之脑血栓重复发生,曾经知情达理的爷爷逐渐失去了他的记忆。随后几年,他糊涂,迷路,别人找到他的时候,他已衣衫破落地离家数百公里。爷爷不记得自己是谁,他的余生,将置身陌生人之中。直到死，爷爷不认识这个世界上的任何一个人，像初生婴儿，所有的都还回去。

她和奶奶关系不佳，因为她难以消除隐恨，也许内心的冲突源自奶奶对爷爷的家暴。一个失忆者，将失去全部的经纬，包括亲情温柔的捆绑……她无法安慰爷爷，无法缓解他彻骨的孤独。

爷爷去世以后，她被安排和奶奶一个房间，为了陪伴。奶奶入睡后打呼噜，她摇动椅子，希望终止恼人的噪音。奶奶愤恨的骂声在呼噜声里间歇响起。她不回嘴，沉默，然后持续椅子的反抗。咯吱咯吱，咯吱咯吱。奶奶说她必遭天谴。她们的关系从未真正和好。即使多年以后，奶奶亲手给她做过一个红丝绒背心，她依然不适应这种奇怪的暖意，像喝了一杯不凉不烫、温得无感而近于不舒服的水。

她怀念爷爷。帽子，怀表，他的黑条绒外衣，他的庄重和狼狈。她怀疑，失忆者的骨灰更轻，更虚无。

她从小就粗心大意，丢三落四成了习惯。直到成年，她每天花费大量时间，重复寻找那些无聊、单调又必备的日常用品。钥匙，钱包，手机，身份证，入门证，交通卡。每个人都被那么多琐碎的小事物围绕和干扰，甚至是影响和决定。她不具备精细者的精明，这是性格，是命。

事物繁忙，睡眠不足，她轻易找到许多借口来解释自己的健忘。她以前对文字敏感，年少时曾有过目不忘的阶段，能把自己即兴的高考作文背诵得一字不落；现在她字斟句酌地写完一篇散文，过几天就想不起内容——这是轻量级的，几乎算正常反应，她有时竟连题目也想不起来。口语中错乱更多，张冠李戴，指鹿为马，"三心二用"。她说出的成语，即使隐隐感觉不对劲，也不知哪里错了。别人提醒下后，她才明白，把"三心二意"和"一心两用"混淆了。她原来被夸奖为笔舌玲珑，现在，写错别字，说错别话。她感觉自己像个涩住的圆珠笔芯，如果不用力划，就不会呈现字迹。

对人对事，"记错了"的尴尬，往往超过"忘记了"的尴尬，所以，有时即使存在模糊的印象，她干脆说自己忘了。慢慢地，她巩固她的遗忘。

最初她并未慌张。爷爷只是个偶然事件，即使父亲如出一辙地重复家族性的健忘和抑郁，或许是他长期责任感缺乏造成的问题，她并不消沉。她虽然糊涂混乱，但对未来指向精确，像修表匠手下飞快拧动的指针。她不信，或说不愿，自己被套上魔咒。

随后发生的两件事，让她惊恐。

一次笔友聚会。不过是四个人的小场子，其中有个久闻其名、从未谋面的朋友。咖啡香缭绕、弥散，聊了整整一个下午，宾主尽欢。随后大家转场去餐厅吃饭。她去卫生间洗了下手，回到雅室，看到又赶来两位认识的作家。正在研究菜谱、商量点餐的几个人都熟悉，但，那个陌生客是谁呢？看似关系熟络，没有人感觉需要为她介绍。她若无其事，貌似对答如流，其实是在脑子里吃力地寻找线索。直到，陌生客的名字被他人称呼，她内心一凉。这个新朋友，她通过一个下午的了解如遇知己，仅仅数分钟离开视线，她不认识他了……竟然，雁过寒潭，了无痕迹。

另外一次的经历，更让她害怕。把车泊到停车场，她在一家北欧风格的家具店闲逛，买了小鸟造型的铁艺烛台。她在展厅里转着转着，毫无征兆，她想不起自己的家是什么风格的。家在哪个方向，是什么样子呢？她手里攥着一块不知什么时候拿上的织物，毛巾还是枕垫？她尝试辨识里面由红蓝两色编织的雪花图案。瞬间，她丧失了时空的衡量。可能过了三五分钟，或者更长时间，她震惊地发现，她不知道自己是谁，叫什么名字，从哪里来，到哪里去。时间一分一秒地过去，顾客穿梭，无人知晓她脚下的基座已被抽空，整个人沦陷到虚无里。她说不出话，不知怎么自救，每一根落下来的秒针都像压死骆驼的稻草，让她的呼吸有窒息之感。展厅里造型古怪的灯，照耀着那些空旷的沙发和寝具，其中有张黑色的床。她的行为能力降至为零。很久之后，逻辑能力才有所恢复，她打开双肩背包，寻找携带的证据。小偷般的手在黑暗里摸索，尚未触碰到证件包的拉链……突然，她的障碍消失了。家庭关系和社会角色，重新像编织细密的蛛丝，把她捆绑到半空之中。

她专程去医院请教，大夫说这叫"人格解体"，但她心生疑惑。她并未产生扭曲的知觉，没有置身梦魇的失真感，她甚至并不承认渗透已久的焦虑。

只是瞬间从皮壳中脱落，成为无所佑护的孤魂——她无法解释，这种短暂的解离性失忆。

想起祖辈和父辈日渐茫然的眼神，她开始怀疑，自己正是下一任的继承者——阿兹海默症，将在她身上表现出越来越明显的征兆。

别人以为她八面玲珑，其实她从未克服社交不适，尤其健忘缺陷日益严重的情况下，她辞去了编辑岗位。接触的人越来越减少，与此同时，手机里的通讯录里不认识的名字越来越多——她经常像面对外语一样，破译那些陌生的笔画。这让她产生隐秘而强烈的不安。她害怕的方式，同时也是害羞的方式。她尽量隐居，不提供让别人指责自己傲慢的机会。曾以尖牙利嘴著称，现在由于脑细胞的运转速度降低，她乔装宽厚的微笑。

雪崩终会来临吗？固如山峰的冰川倘若融化，她的记忆是否会变成一片冰冷的汪洋？

她陪同学去看望他的父亲，一个资深的电影导演。

老导演曾经指导演员如何通过表情和肢体，传达丰富的信息；现在无能为力，他有一张"面具脸"。如果患上阿兹海默症，平常说话不多、表情平淡的人开始不易被察觉，可假如平日性情活泼，对比就会明显。他们少言寡语，表情木讷，常走动的人能够勉强认识，不常走动的人根本想不起名字。

同学最早发现父亲的病症，是在堂弟的婚礼上。父亲代表长辈发言，他事先准备了讲话提纲，可他发现段落之间有许多怪字，不认识，不知道怎么念；父亲放下手里的稿子，说得不知所云。从此，他怕面对难堪的处境，开始沉默寡言。阿兹海默症患者常伴有抑郁，这是相辅相成的。

病程一般需要三到六年，但老导演就像他迅速消瘦的体形一样，数月间发展变化很快。他分不出冷暖，记不住家里厕所的位置，他不知道自己生活在哪一年，也说不出带有转折的复句……然后是一句完整话都说不出来，然后只剩下几个词，然后过渡到几个发音。

洗澡时，老导演用手遮挡着自己，不让别人碰触他的身体。最开始他易怒，有攻击性，他感觉烦躁和恶心，渐渐，他从爆脾气变成唯唯诺诺，眼神里全是弱势的哀求。医生越努力改善脑供血的不足，老导演越嗜睡。同学虽然觉得自己的父亲可怜，可宁愿父亲维持在这种状态里。因为治疗过程数次受挫，他服药后有时呓语，神经错乱，偶尔化学反应引起亢奋，见到陌生人会打。老导演向来以自持自律为傲，一生体面，却在一次试药过程中变成新花痴和老流氓，热衷以猥亵的动作调戏护士。等老导演的智力和体能速降，家人反而松了口气。她的同学被迫承认事实，父亲的病程不可逆，没救，没有奇迹。药物的作用并非治疗，而是抑制症状的恶化，让它减缓发展，让它相对停滞。所谓"治疗"，似乎针对的是尊严而不是身体。

每个人的成长都像树一样储藏自己的年轮。老导演彻底忘了，忘了春盛秋枯，忘了循序渐进的时间……那些本来易于分辨的年轮，变得像地图等高线一样弯曲变形，他忘记了它们隐约的数目。

半年后，同学告诉她，老导演彻底失去了打理自己的能力。为父亲洗澡的时候，父亲衰老的肌肤浸泡在热水里变成奇怪的粉红色，令他想起晚餐时的鲑鱼。鲑鱼一如树木，它的身体也纹刻清晰的肌理，像是漩涡状的年轮。当鲑鱼呈现艳异的粉红色，它将溯流而上，靠近它童年的栖居地，靠近它临终的死亡。

她难以开口谈论隐忧，没有谁会信，她看起来的状态与她所描述的大相径庭。那么，病症究竟是生理事实还是她的精神臆想？趋势会渐渐严重吗？还是说，她的大脑只有某个区域受损，只要绕过盲区和禁区，一切无碍，她可以安享自己有尊严的晚年？

也许问题并非家庭遗传。她十五岁时误服药物，端起满杯开水准备饮用时晕倒，造成颜面烫伤——醒来时发现她自己坐在冰冷的水泥地面上，不知道发生了什么，不知道短短几分钟的失忆从此影响一生。此后，由于各种各样的原因，她经历数次全麻手术，其中一次，术后呼吸暂停。导致她忘记了许多名词：话梅、暖水瓶、拖鞋，她只能描述它们的功用，却想不起名称。名词，鱼鳞一样的名词细密地覆盖了世界……她看到的却是其中的斑驳。她用了整整八个月，勉强康复。对了，她有情绪抑郁的问题，一直没有根治。

还有严重的慢性中耳炎问题，发病时她必须侧躺，头颅里就像一枚倒扣的钟被铜舌持续碰撞，带给她内置的难以消除的震荡。大夫说她需要经常体检，以防颅内生长胆脂瘤。抑或，无他，只是流感、发烧之类的小问题给她带来的大麻烦？人的体温通常保持在37度左右，体温过高过低，神智就会错乱。看，我们的脑子必须储藏在恒温的育婴箱室里。温差、撞击、感染，都会使它致命地损毁。

　　脑部解剖面有着难以计数的生僻术语：枕叶、颞肌、皮质与并骶小体的联结纤维组织，她印象深的，是那个优美而神秘的命名：海马体。海马体主要承担短期记忆的功能是，若遭到损坏，就会导致健忘症和学习能力的下降。她想象自己受损后的海马体，蜷起害羞的尾环，由此给她带来种种阻碍。

　　怎么解决呢？科学家一方面承认它的不可逆转，一方面又给出积极的应对策略：比如注意饮食、加强锻炼、学习外语、绘画或者听音乐。听起来，健康、明亮、大有希望……又那么隔靴搔痒，画饼充饥。

　　她坚持每天食用坚果，据说可提升记忆。核桃状如脑部模型，她怀疑这种所谓的食补，近于仿生学意义上的原始信念。不过，宁信其有，如果消除了那些核桃般的褶皱，她的头脑，就被磨平图案的硬币一样失去价值吧？她更偏爱杏仁，清凉微苦，就像记忆本身的味道。她不习惯整个地吃掉那个坚硬、象形的心型；她喜欢像嗑瓜子一样，轻轻的咬力作用在杏仁的顶端……让它变成两扇对称打开的袖珍门。

　　她太懒惰，缺乏耐心，难以获得坚持才能取得的成绩。体育锻炼、掌握外语都需要滴水穿石的功夫，绘画更需要基础训练的漫长铺垫，不在她的耐力之内。她倒是尝试，去接受音乐洗礼，希望旋律的流水能洗去记忆鹅卵石上的沙砾，使它们得以干净的呈现。她对音乐一窍不通，所谓欣赏，不过是文盲见到了繁体字。庞大的交响乐团，或低婉、如泣如诉，或在高亢的混响里达至辉煌。那是个富有天赋的女性指挥，削紧的黑色礼服，双臂修长……她有燕子般自由灵动的翅翼，仿佛可以数年盘旋，甚至睡眠也悬浮在半空。指挥家镰刀般的双臂下，有无限的丰收。而她，不再是一粒包浆充盈的籽实，时间正抽干往昔的积累。她接受了，那种平静的无望。某个美国作曲家说过：

"即使是最野心勃勃的大师之作，它最核心的任务，依然是将你带回一个脆弱的、仅属于你自己的瞬间。"

她每年花大量时间旅行。异国他乡，永远置身陌生人群，她有时抱有美好而积极的设想：爷爷当年的频繁走失对他自己来说，并非危险，如同旅行，只是好奇之下的冒险，是对个人处境的逃离，是对难堪窘境的解脱——因为，在不熟悉的地方迷路属正常现象，不会被当作病人；异域的语言神秘而复杂，无法沟通、交流，失语者的障碍也是自然的，不会引以为异。一个旅行者，可以任性，可以自由。

在里约热内卢，狂欢的桑巴，到处是炸溅的斑斓色彩，她有若置身于一个放大的望花筒之中。人们脸上的油彩与面具，闪耀的胸乳、蓬勃的大腿和电力充沛的臀部，热烈的情色几乎把人淹没。

在洛杉矶的海岸，巨鲸沉潜，需要从暗色的涡流或浪脊中加以区别。那礁岩般结实宽阔的体魄，就隐现在闪烁的波纹之间，偶尔露出深黑的背脊，或喷出澎湃的水柱。由于鲸鱼伟大的谦逊，她能看到隐约的部分非常有限，但惊心动魄的想象依然令她沉醉。

在加德满都，巴德岗神庙上瑰丽的木雕与漆彩。那里的人民对宗教怀有汹涌的情感，传说他们用收集的露水修建庙宇。那里的人们皮肤黧黑、眼睛渊深，那里的流浪狗皮毛肮脏，却可以在游客稠密之处安眠，在人群错乱的脚步和泥坯色的阳光中松弛地裸露自己的腹部。独木庙，帕坦皇宫，达拉哈拉塔……那些优美的古迹竟然在她参观不久就毁于一场地震，成为坍塌的废墟。

还有，卡萨布兰卡，一个随着阳光而改变面容的城市：阳光下，通透明亮，风情妖娆；阴影里，满是尘垢的沧桑。路途奔波，她枕着陌生的枕头入眠，黑夜巨大，像遥远的童年那样包裹着她。她严重失眠，好像还是置身于集市上那些叫卖地毯、布匹、琥珀、香料、尖脚拖鞋和金属灯具的阿拉伯商人之中。似乎，鼓点延续，有个敲钟的盲人阻止了梦境。

……街上陆续有喇叭的短促声响，贯穿的人声，像在宣告或祈祷。掺杂着欢快的乐曲，高高低低的音阶。车辆驰过，有的在她的左侧，有的在她的右侧，交响嘹亮。车轮摩擦的声音，是破旧而松弛的交通工具碾过颠簸路面。一声喇叭被另一声喇叭追随、修正，这里响一下，那里响一下……她想象街上的萤火虫之夜。然后是狗叫，昏昏沉沉睡去已久的狗兴奋起来：还是这里一声，那里一声。皮毛松散、身姿曼妙的流浪猫，在汽车底盘的庇护下无声地醒来，伸开柔软的懒腰，埋藏在肉趾之间弦月般的爪勾暴露出来。狗吠不停，穿插在人声和车声里。平底锅上的黎明，像煎蛋一样慢慢热起来。然后是轰鸣，年轻而嚣张的摩托车呼啸而来。她利用窗口的微光，看到表盘反射出的指针：四点二十五分。她以为，城市只有六点半以后才会出现的喧嚣，没想到五点不到，就这么热闹。她感觉疲惫，与这个分贝剧烈的世界格格不入。为什么如此热闹？她隐约想起白天的短信，尽管隔着辽阔的欧亚大陆，她依然屡屡收到祖国传来的商场营销短信，用看似温馨的套语，提醒这是感恩节：一个重要的购物理由。她混沌，想当地为什么基督教的节日如此受到重视？是否居留此地的法国后裔，在遥远之地延续着他们的传统。摩洛哥有一些天主教堂，经常聚集虔诚的信徒。她想到教堂，想到悬置高处的钟舌……忽然，周围一切就像个聋哑者那样安静下来。随后的世界又像翻卷的潮汐，重新裹挟着它的声响，涌上她的床边和梦境……不重要，她睡着了。

第二天，她才从导游那里得知，热闹不来自宗教节日，只是世俗的欢乐。这只是摩洛哥人的风俗习惯，他们半夜结婚，在纹路好看的特雅木镜框前不断梳妆的新娘要换满七套衣服，欢宴持续到黎明，人们才会散去。想象中是神圣肃穆，其实是新人即将开始缱绻的淫乐。

作为游客，她难以对他人抱有哪怕是短暂的正确理解，依据记忆所积累的知识可能带来误导。人生，亦如此。当她坐在火车座位的一侧，从窗口窥望，景色飞驰，掠过她的视线和记忆。她能记住那些影像吗？记得一棵果树因丰收而发光，或者一个发疯少年正沉默执斧，无论带给她怎样的触动，意义也难免薄弱。不论经受着怎样盛大的节日或灾难，对他人来说，只是相当于，一个困倦游客所目睹的、终将遗忘的风景。

人生如旅行，终会忘记一切。她想，包括至美的幻境和剧烈的羞耻。

荒谬的是,她甚至被朋友和亲人,误解为是一个记忆出色的人。她忘记她的财产,被误解为慷慨;她忘记她的仇恨,被误解为宽容。何况,还是白纸黑字的证据:她写下的文字,具有一些能带来现场还原感的细节。

她热爱写作,从未放弃初衷,她始终努力。她最初的职业是编辑,写东西纯属业余。朋友鼓励她说:"业余和专业怎么区分?达至水准的就是专业。"然而,这使得她在后来获得了专业作家的身份之后,依然强烈感受到自己的业余。每每听闻作家逸事,她发现他们可以通过放纵或者贞烈的生活方式来保持写作的极端品质,甚至在同一个人身上保持分裂的两极……在对峙的张力中,他们拥有瀑布般席卷的想象力,既美又暴力,没有什么可以将之阻挡。以她的才智和勇气,只够,勉强支撑到平庸。但她心怀感恩和忠诚,执着于童年至今都模糊不明却依然难以放弃的目标。

辨别事物,有时靠记忆,有时靠想象,而想象是在记忆力的基础上形成的……她明白她的缺陷。她小心翼翼地敲击一个又一个的词,直到它们的蛋壳上出现细小的裂隙。那些精美因她而破裂的纹路,是属于她的创造,属于她的偶然性的奇迹。依靠写作,她才拥有那些时刻,才得以模拟那些瞬间而非凡的记忆。

她记得天上的云,如同无垠的北极冰层,堆云之术如何达至技艺的绝境。她记得夜空满天的霜晶,迁徙的飞鸟日夜兼程。她记得南方小镇,穿睡衣的女子梦游般穿过自己的八月。她记得那些覆满松林的无人山坡,起风时让人嗅到一种冷香。她记得自己在大雨中泡温泉,她无需逃避任何来自天空的击打。尽情的雨在水面砸出小小的凹坑,而打在泡池的水泥台子上是另一番状态:底部是平的,四周溅起小小的棘刺,就像饮下尽情的酒,却把启开的啤酒瓶盖子翻过来摆满平台……感觉自己方生方死、一醉方休,她记得。

即使与奶奶关系不睦,她依然记得关于奶奶的生活细节。蒸馒头时,奶奶总在锅里放一片摔破的碗瓷。那片瓷发出轻微的响声,这样可以避免蒸锅耗尽水位而不被察觉。她不知道自己和记忆什么时候会被蒸干,但只要细节的瓷片一直响着,她的头脑里就弥漫云蒸霞蔚的水汽。出于自救,她不断捕捉那些一闪即逝的细节。

很奇怪，她偶尔记住的内容是如此零乱，几乎难以追踪往昔的线索。她最早忘记的是结构，是逻辑，是关系的骨架。比如，她会忘记和谁、在哪里、什么时间，在一起共享晚餐，但是她会记得铁板烧被厨师浇上醇酒，火焰像只狂怒的马升腾而起。她将进入到一个丧失逻辑关系的世界里。全是碎片，她认不出它们曾经属于怎样的整体。

对她来说，保持记忆唯一的办法，是逐字逐句地记录。甚至照片为证都是失效的，因为她想不起合影者，背景也像是照相馆幕布上的虚设。她的秘密武器，是笔纸。别人以为她随身携带记录本是刻苦，其实是失忆者的防范和弥补，是一种过度掩饰。效果倒是显著，她看起来比常人更缜密、更疏而不漏……可离开记录的本册，她回忆不起具体的地名，复述不了大致的行程。

一方面，写作确实是有效的支撑，她欣赏过的风景、见识过的人以及由此涌起的悲欢，过不了多久她就会忘掉，可只要她写过与此有关的文字，哪怕是应景之作，都能提供刻在树干上的线索，让猎人不致在密林中走失，让沉沦的大地重新浮现汪洋中的岛屿。另一方面，她不知自己到最后拿什么抵挡。因为，字词也开始了背叛。她喜欢阅读，那些书籍被她贪婪地捕食，很快成为狼藉的猎物，再后来就像被微生物消灭一样无踪无迹——有时到了一本书的结尾，她才羞愧地发现，这是自己的旧日读物。

有一次，边读边写，她在书桌上睡着了。仿佛，所有的秒针都停滞。凄迷的紫丁香般的梦境，从细碎的花枝间散发出浓烈却易逝的气息。她梦到一个占卜者，说着玄虚的语词；翻开对方的手心，那人竟没有一线掌纹，比婴儿更恐怖的纯洁展现眼前。醒来她立即感觉到冷，并且像做了整夜的梦那样，头昏沉沉的，像玻璃罐里塞满了石头。刚才所见，真实得不像幻觉，她看见自己的掌心布满纷乱的渔网状纹路。这便是树木的纹刻、鲑鱼体内的曲线吗？岁月潜藏，她不知自己将葬身于哪道掌纹之中。

有人说，健忘是好的。就像个魔法雪橇，什么恩怨的沟坎都被掩盖，速滑速降在陡崖，既有恐惧，也有快感。时间抹平沟壑，抹平她核桃般褶皱里所储存的那些词，那些精微的感知……一切，光滑、寒冷，像冰层，像镜面和锋刃，没有什么往事的棘刺能勾住她，摩擦系数变得越来越低，她从万事万物的表层滑过。

没有仇恨，没有积怨。有一次她去讲课，下面有张依稀仿佛的脸，她有印象，可是观察和搜索过后，一无所获。她只好不断微笑，显示出抱歉之下的殷勤。直到交流结束，那人上来问候，自报家门和出处，她才恍然，这是个攀龙附凤的钻营者，写作水准乏善可陈，擅长动用上层关系压制编辑以谋求发表，做人行事为她不齿。她轻蔑且愠怒，曾当着他本人的直言不讳，并在内心誓不与此人交往。谁知事隔不久，她荒谬到主动示好。

有位哲学家认为："人的行为是由他们的记忆决定的。社会出于对自己的保护，必须使其公民通过希望和恐惧建立起社会秩序和合作的理念。"她羡慕那些受到记忆管教和盘剥的人，她愿意为昨天交纳高额的利息……但命运，要给她一个虽破碎却勉强成型的未来，还有一份因丧失痛感而带来的另类的自由。是啊，"记忆是一种相聚的方式"，如果某天彻底失去记忆，她将失去约束，也失去她用一生时间慢慢累积的亲人和敌人。

遗忘带来打击，也象征安慰。能否就此不必偿还往昔的债务，负担瞬间清零？没有储存受挫的经验和教训，忘记了"害怕"，是否谁都勇敢无畏，人人皆英雄，刀山火海如履平地？记忆真的提供了那么确凿的保障吗？不错，它是重要的储藏器；不过，这同样是个容易变形的容器。某些时刻，有了记忆，我们反而丧失真相。几个记忆卓越的人回想同一桩事却大相径庭，甚至南辕北辙。每个人都言之凿凿，笃定别人撒谎。记忆天然地带有个人偏见，各自的利益和立场，不动声色地渗透进去，从而导致真相的歪曲和迷失。

小时候，她喜欢挤压塑料包装膜上均匀分布的气泡，指端压力下，破裂的小小气囊噼啪作响。她所存储的记忆将被时间压榨，被磨损或摧毁，她的人生将失去减震般的呵护。不过，无论悲观者还是乐观者，多多少少都有自毁倾向，以期缓解和逐渐适应死亡的冲击。所以人们在过程中不断寻找理由，失落的亲情、受挫的爱情、背叛的友情……受够了这些，就可以释然于最后的劫掠。人人终将陷入遗忘，像服用退烧药之后陷入安详的睡眠，化学分子作用于生物原子，物质、情绪、幻相、梦境以及凝结的种种记忆都被分解。

她想，死神之所以不等于魔鬼，是他比魔鬼严肃、公正，也比魔鬼更日常。无论忘情水还是孟婆汤，抹除前生记忆，死神最后把所有人都变成阿兹海默症患者。

忘掉表达，忘掉爱恨达至忘情，她能否获得唯婴孩才能体会的澄澈？无善无恶，无概念的困扰；无喜无悲，无利益的纠缠；无生无死，飘浮在冥河，飘浮在丧失坐标系的虚空之中……她是老胎儿，浑身布满新生的皱褶。往事中的羞耻或荣耀，将葬入马里亚那海沟那样不可打捞的深处。每个清晨醒来，都是全新世界，像爱情中即将遇到的那个人。

2012年9月，大卫·希尔菲克被确诊为老年痴呆症，这位退休医生和作家开始记录患病后发生的一切。博客题为"看着灯光熄灭"，他以此形容逐渐丧失心智的过程；然而，他希望为数百万处于黑暗中的人们指引方向。乐观得令人惊讶，因为大卫认为自己由此开始了"有生以来最为快乐和幸福的时光"。

在确诊之前，大卫沿着同样路线，重复同样事情，却丝毫不记得。他曾以为这是"离奇的记忆丧失事件"，仅仅因为上了年纪，并未予以重视。直到两年半以后，他知道自己成为了阿尔兹海默症患者。所有事情都在崩塌。他看不懂自己亲手制作的表格，经常遗失钱包，在一次认知测试中没能画出立方体，有一次他在离家只有100米的地方迷路，靠路牌和询问行人才得以返回。从卧室到厨房贴满蓝色纸条，上面记录着大卫不想忘记的事情。

"我们倾向于对老年痴呆症感到害怕，或是自觉尴尬……我们视其为生命的终点，而非一个阶段，一个给我们机会去成长，学习和去爱人的阶段。"谈吐依然迷人的大卫说，"如果我活在未来，这是痛苦的疾病；但如果我活在当下，却不是。"

大卫失去了"自我"，却开始享受生活。"我可以'出离自己'了，这是一个巨大的礼物。"他说，"跟佛教的'无我'是一样的；我们所认为的自己是不断改变的。坚持自己让人受罪，拥抱变化却开启了光明。"大卫·希尔菲克不知道自己还能活多久，但他试着以全新的角度来理解放手，接受频繁犯错的自己，并学会对付可怕的无助感。

……读到这样的励志故事总是令人鼓舞。

她曾经幻想自己的晚年，能够拥有写作者寒意凛冽的笔。如果命运答案出乎意外，如果和大卫一样，她能够因为长期的心理准备而从容吗？因受挫而厌弃自己，还是深怀感恩地接受陌生的成长？她可以更豁达吗，忘记怨恨，就像把雨水葬进河流？她喜欢喝棕色的饮料：浓茶、咖啡、热巧克力；她喜欢口感跨界的食材：笋、蘑菇、茄子；她恐惧蛇的形象：一种全身密布关节的动物；她敬畏烟花，仿佛那是神明放大的彩色瞳孔……随着病程变化，她在丧失学习能力的同时，也会忘记如影随形的习惯吗？至少，未来让她好奇，这已算作对今天的贡献。

一生无论怎样壮烈或优雅，终点，不过是一支烟弹下的骨灰。她看到一个肉体被蚀空的昆虫外壳挂在悬动的蛛丝末端，被风吹拂，像打秋千的小亡灵……一切皆空，它说它看见真理耀目的条纹。

她父亲的视力急剧下降，分不出黄昏之后的台阶，分不出河水中鳞色灰暗的鱼。开始误诊为白内障，其实是青光眼，眼压增高导致的种种问题。他所看到的世界越来越狭窄，如同他所记忆的内容越来越遥远。某天，父亲心情大好，竟然跑到楼下参加象棋比赛，他自信掌握所有的规则和计谋——结果当然尴尬，握着圆润的棋子一味沉吟，他不敌招数简单的初学者。好在，他能够迅速忘记不快，记忆的粗筛，漏下他生命里的宝石和砖砾。

未必是阿兹海默症，医学检查只是支持智力和记忆衰减的猜测，父亲的颅内区域出现明显腔梗；或者更悲观地说，不仅是阿兹海默的问题，老年带来了综合的麻烦。鲜衣怒马的少年，能够匹配上驰骋的未来；对一个年迈者来说，世界充满频繁的敌意。

为了掩饰沮丧，父亲的脾气变得急躁、易怒；但他失神的时候越来越多。除了日常服药，新鲜事物的刺激也有助大脑运转，当她发现旅游中父亲的活跃思维，她每隔一段时间，就会安排父母出行。即使衰老掠走体能，记忆逐渐闭合，她希望父母能够克服重重障碍，晚年过得平顺安详。

置身异地，母亲和她最担心的，是父亲万一走失。她们不会让他远离视线。防范之下，有一次，父亲也险些迷路，他自己毫无慌张，闲庭信步。如同，当年的爷爷。有一次，她发现父亲的额头撞出硕大、青淤的肿包，手背尚在流血，他自己并未留意，也不知道是什么时候造成这些伤痕。

　　她想起自己的童年。蒙住脸，把额头抵在粗糙纵裂的树干上，开始倒数。在她看不见的背后，小伙伴们陆续藏匿，直至，在她回望的时刻全部消失。寻找的道路，她既兴奋又慌张……她不畏惧，即使暮色正在降临，巨兽正在打开饥饿的肠胃。但愿自己和家人，在降临的暮色中不会失去曾经的勇气。

　　人间流徙，还有什么可供感慨？情到绝处，不留后路，不留令人唏嘘的归宿。

　　事实上，她自己也曾在只有一条主街的彼得堡迷路。她不急于寻找归途，随意走进路边一间餐馆。意外的相遇：那是著名之地，诗人普希金在这里喝下生命里最后一杯咖啡，他随后被决斗的子弹击中。室内设计复古，氛围低沉，墙面暗红，有一股暗杀的味道。播放的音乐，是歌剧里高亢的咏叹调。

　　她暂时想不起酒店的名称，没关系，这使她获得理由，可以不慌不忙品尝餐馆里的鱼子酱。橘黄色，黏着成团状，带有失真的化学色泽和质感。用舌头和上颚压碎，既脆弱又坚韧的鱼卵，爆涌出微甜、微咸、微腥的味道。几乎带来进食中的游戏感，那些颗粒释放一股股细小的暖流。她记得住饱满卵粒在齿间的破裂，却无法得知那条在溪流间闪耀鳞光的鱼。她将被滞留，在精心酝酿的未来被一天天摧毁却由此得到快意的这个瞬间。

　　她慢慢地喝着一杯含有气泡的饮料。泡沫破碎：明天、梦想、机会、健康……好在，什么也不多，什么也不少。一切，如溯流之鱼，重归亲切又生疏的远方。决斗的枪声尚未响起，命运的刺客还在途中。

——选自 2015 年第 10 期《人民文学》

祖母即将死去　　塞壬

一

她中风了，半身没有知觉，躺在床上，看着自己的躯体，依然控制不住她的坏脾气：走开，走开，我不要人陪着，你们全都巴不得我早点死……快一个月了，祖母的情绪还是不能稳定。她那么不甘，意志依然强悍着，可是躯体不听使唤。我们，我的父亲母亲、伯父、婶婶还有我们这些孙子辈的人，安静地看着她，她像孩子一样地任性、哭嚎，然后又使劲地捶床大骂，她就这么让我们难受着。父亲早已是两眼噙满泪水，他上前去捉住祖母的手，希望她能平静下来。祖母倒在父亲的怀里，忽然无限温柔地说，老五啊（父亲的排行）你要给我治，快点给我治嘛。

我至今记得那声音，柔媚，略略的委曲，近乎撒娇。这是女人对男人的撒娇。一个太老的女人在快要死的时候对她儿子的撒娇，她没有忘记自己是一个女人。病中的祖母变成了一个孩子，她把她最后的脆弱、无助以及破败的身躯展现在她的儿子们面前。没有比这个时候更需要他们的爱了，祖母不能接受家里还有什么事比她的病更重要。她斤斤计较，狠狠地扳着手指头记着，哪几个人没回来看她。

父亲重新把祖母抱上床后，跟我们说，祖母很轻，像一阵风那样轻。像风一样轻，我默念着这个太过文艺的比喻，它出自威严的父亲之口，实在太奇怪了。父亲一定感受到了怀中的祖母的不真实感，他一定非常难过，他比我们更直接地感受祖母在慢慢离去。祖母的肌肉开始萎缩了,她的身体像女童那样纤弱、单薄,身上的肉瘦尽,直直的,往下是木棍一样的大腿和小腿,她雀爪般的手指时常在空中凶狠地挥舞。祖母病了之后,家里的氛围就变了,我们说话都是压低了嗓门,小心翼翼,祖母对死亡的字眼非常敏感。孩子们进出不敢有欢笑和歌声,电视在里面的房间小声地放着,它伴着父亲和母亲喊嚓地说话声,因心情压抑而来的小声争吵。我们都在等待九十二岁的祖母安然死去。这样的等待,就是一场内心的仪式,我们在慢慢地把古老的祖母送走,一点一点地送走。

祖母是在一个秋天的午后突然中风的。当时她正在跟几个老人抹字牌。老人们看到她手中的牌都滑落在桌子上,然后她就摔倒了。祖母在医院的病床上醒来,下身就不能动了。她立刻就知道自己是一个什么样的症候。她抓住父亲的手,紧张地问,她会不会口歪眼斜,流着口水,哆嗦个不停?我的祖母一生注重仪容,她不能接受自己有这样丑陋不堪的病态。父亲轻声地告诉她说不会。父亲还告诉她,她穿的衣服都齐整得很,干净得很,头发也一丝不乱,体面着呐。

我认为祖母最介意的就是让父亲看到了她的丑态,这样的介意,就好像是面对她的丈夫,我的祖父。她把她的完美留给了祖父,现在她要留给她的儿子们。父亲的样貌最像祖父了,开阔微隆的额头,显出家族古老的智慧,散淡的眉毛下面躲着一双专注而内心有着清晰主张的眼睛,眼皮耷拉着,他不看你的时候跟你说话,你依然能感受到被注视的恳切。此外,他生气的时候跟祖父一模一样,紧抿的唇,两边的腮帮鼓出结实有力的青筋,一跳一跳的,那是一个男人在发着他的脾气。父亲年轻时是英俊的,挺拔,修伟,还有大大的脾气。他念了高中,能打一手好的算盘,毛笔字也漂亮,很年轻就当了大队部的书记,他是祖母的骄傲。祖母在最后的时光里,对父亲的依恋如同恋人一般,须臾不离,她使唤着儿子,不近情理地在小儿子面前使性子,她说胸口痛,叫得凶极了,那喊叫声一下一下地割伤着我们,我们的心一阵一阵地抽紧。她夸张地闹着,父亲耐着性子让她安静下来。

病中的祖母,犯着头痛,额上缠着黑纱布,在右脸侧打了个结。她的脸苍白,那面皮是绷在颧骨上的一张白布,凹削着,唇是萎缩的一条横线,因为松弛,向下耷着。祖母深陷的眼睛看着不可知的方向,然而却目光清亮。她有时不知道跟谁对话,仿佛在叙说一件往事。断断续续地,梦呓般,重复,嘀咕,最后是嘴巴在翕动。病中的祖母表现出惊人的美,苍白、柔弱的肢体,瘫软,有病态的仙姿,眼睛里是清晰的意志,偶尔的疯狂像头小兽,之后很快就归于宁静,然后,她就慢慢地睡去了。

应她强烈的要求,父亲在她的房间搭了张木床。她说,晚上老五得陪着她,不能离开。灯要开着,要整夜地开着。她说醒来的时候,要看见光,眼前一片黑暗,这让她害怕,这会让她感到突然去到了另一个世界,她还没有准备好,还没有。她要看见她的小儿子在跟前。我的父亲退休了,他花白的头发,背也微驼。他把病中的祖母背来背去。

二

我们在慢慢失去祖母,像敛住呼吸一般,注视着她,那全然不是在等候死亡的来临那样,笼罩着恐惧。我们在告别祖母,祖母的一生像时光的散页,我们一页一页翻过去,她的余晖在慢慢收回。当最后的一豆火星熄灭下去,黑暗会一下子拉下来,我们希望她走得安心,并满怀着祝福。父亲说,你祖母是多么贪恋这人世啊,我们这些人,都白活过。

我开始循着祖母的一生,一路摸过去,一个女子在触碰另一个女子的灵魂,我被烫着了,它照见了我的脆弱、庸碌、冷漠以及深藏在内心角落的黑暗。她太丰饶了,像一座盛开的花园,明亮,炽烈。我努力找寻祖母在我身上留下的痕迹。因为她时常盯着我看的缘故,所以我长着一双跟她一模一样的大眼睛,有时微微地张开一个缝,掠过一丝隐秘的欢欣和悲伤,稍纵即逝,更多的时候是鸟儿般的温柔,安静地注视着你,她时常微张着嘴,仿佛在等待着你告诉她一个不幸的消息,她做好了接受命运伤害的一切准备。可是,没有什么可以伤害到祖母,她是一个巨大的容器,可以消解太多的厄运和人世间的悲欢离合。我还长着跟她一样的轻骨骼,细细的身架,圆润,灵便,有好看的侧影。然而，这骨头却有坚硬的铁质，血气里有刚性，我和祖母一样，不肯输人，也不让人。我是在祖母的掌心长大的，她说我最像她了，是比男儿强的，这样的话听来，祖母是对自己的能耐和美德颇为自得的，她当然认为自己是比太多男人强的。但她看错了我，我在都市流浪多年，落得一身市井的痞气，眉眼是俗人的狡狯。从小祖母就跟我说，你要是专个事，没有哪一样是不能做好的。然而，我继承了祖母坚韧性格中那偏执的部分，她身上的美和爱，到了我这里，全都不可遏止地朝着另一个方向偏离，我没有爱情、财富，也一事无成，我没有了激情和理想，甚至没有独立的精神和人格。现在，我只能说，除了身形和脸模子，我没有一样能够像我的祖母。多么强烈的比照啊，四十岁，我不止一次地在心里大声地喊，我活够了，活够了。我厌倦了这破败的人生。相比祖母，我是不是太矫情了？我看着她，九十二岁，还在怒气冲冲地挣扎着要活下去，大碗大碗地喝药，要穿上新衣裳去看戏，要吃上明年开春的茶籽油，要坐飞机去孙子工作的大城市，要去……无尽的欲望，没完没了的小心眼和任性，她那么怕死，露骨的表现她对这人世间的贪恋，用枯指紧拽着那最后的一点儿时光不松手，不松手。她就让我们这么痛着。

　　如果走得不安心，会给后人折福的，这点祖母她懂。祖母在最后的时光里非常安静，不再吵着要吃药，不再抱怨母亲、婶娘们照顾不周，这并不是她突然之间想通了，她这么闹腾，仅仅是想看到，她的死，我们应该表现出足够的伤心与不舍。啊，这贯穿一生的虚荣和自恋，我们哪能不懂。她最终死在父亲怀里，安静得如同一只睡熟的猫，无声无息。她出落成一具体面的尸体。

　　我是祖母接生的。她后来跟我说，你一落地就是一屋子的红，好富足的红啊。我才知道母体迸出的血浆，浓烈而有力，健壮的母亲，她充裕的血液沐着我，我响亮的啼哭划开那团红，睁眼看到的第一个人就是祖母。她说，就像落地没站稳的人一样，我的眼睛里有一丝惊魂未定，是落了迫的，但是很快，我就安静了，从容地打量这陌生的人世间。我的眼里没有害怕，也没有惊奇，仿佛认出了一个熟悉的地方。祖母告诉我，对一个人的感觉，来自最初接触的那一刹那，就在那一刹那，人跟人的默契就保存在最初的秘密里。

我带来了红，响亮，健康，力量这样一些名词，新鲜的血液流淌出来，洗濯着门楣那阴郁的深霾（母亲生我之前，掉了一胎），这让祖母欣喜。我必定会在她的掌心长大。

　　我太早就从祖母那里读懂了关于女人的一生，那华丽和忧伤的部分，祖母准确地传递给了我，我无从逃离。一个女人的命运，在她的童年里就确立了。我吃的、玩的东西是最多的，可是我留不住，一样也留不住。祖母总是会在我堂哥、堂姐那里发现它们，她总是轻声地责怪我没用。我记得她曾紧紧地抱着我，贴着我的脸，喃喃地说着，你这个没用的孩子啊。她反复地跟我说着一个传说，后山脚下的那棵木槿树是一棵灵性的树，它每年春天开着白花。祖母告诉我说，这棵树会在某个春夜里开出一树的红花，只一瞬，光灿灿地红，闪电般地抖着红光，通体透明，像是神谕。要是有人在这个时候撞见了，你不管许下什么愿，它都会答应你。没有人能明白祖母对这棵树的虔诚，但是我知道祖母撞到了那个时刻，它开着满树的红花，她们达成了一个共同的秘密，祖母守着它，并把它告诉了她的孙女。当我长成懵懂的少女，怀着一身的秘密，在那些个温暖的春夜里，我长久地站在那棵木槿树下，期待着它开出一树的红花，然后告诉它我的愿望。然而，那棵古老的木槿依然是一树的白花，风吹过，花朵像在细语，喋唼，黑夜也悄悄睁开一只眼睛，它们仿佛听懂了我的一切。很多年过去了，我依然相信，这棵木槿会为我开出一树红花来的。

三

　　父亲给我打电话的时候，我刚好被公司炒掉了，一时间工作无着，我陷入了对未来人生的恐慌中。你祖母中风了，恐怕时日无多。父亲说，你最好回来送送她吧。在广东十几年，我只有在春节回家时才能陪陪我的祖母，然而，她说的话每每让我心惊胆战，我害怕面对她。她时常捉住我的手，定定地看着我的脸，仿佛在搜寻着什么，哪怕此刻我的脸上堆满了欢喜、愉悦的颜色，她还是会说出那种特别诡异的话：这一年你都没有沾过男人吗？听到这样的话，我不寒而栗。我的祖母曾是这方圆百里有名的巫婆。

这跟巫术无关。祖母知道我脸上的欢喜是摆给我的父母、亲朋好友看的。与母亲相比，祖母几乎不会读错我的每一个表情。当我可以以女人的姿态面对母亲和祖母时，关于女人的那些隐秘的传承气息在母亲这里却断掉了，我的母亲从未跟我交流诸如身体、生殖、男人女人的任何信息。在她的眼里，我是一个嫁不出去的女儿，是一个失败者，让她蒙羞。我的家人几乎不知道我是一个作家，在我看来，摘掉头顶作家这个光环，如果还有人坚信我有一点点过人之处的话，那么，我的祖母就是为数不多的人之一。我一直相信，当我身上没有作家的标签时，作为一个女人，我更真实，也更丰富。

　　收拾好行李连夜赶回湖北老家。原先我们都以为祖母会在几天内去世，可谁知她自中风之后竟在床上磨了一个多月，她的曾孙、曾孙女们在接到电话后都陆续回来看望她，可是几天之后太祖母依然活得好好的，于是大家都纷纷回到各自的城市去工作。孩子们不时有电话打回来，太祖母怎么样了，太祖母大概几时死啊，父亲就在电话里一顿臭骂，你们都不必回来了，一群不孝的混蛋！这群春节回家叽叽喳喳、一刻都不得清净的小混蛋，有的在外面读大学，有的在外面大城市里工作，他们都是太祖母带大的。我是他们的姑妈，我时常一个挨一个地看着这些年轻的脸，我不知道，在他们的人生中，太祖母最初给予他们的是一个怎样的印记。唯独，我在一个侄女的QQ空间里看到她写的一篇文章，那是祖母去世不久后写的，我看了，很惊讶，她说她的太祖母不论历经怎样苦难的人生，都在享受作为一个女人的美和快乐。我点了赞。我这个姑妈对于这些孩子们来说有一种神秘感吧，我想，他们在太祖母那里也感受到了相同的味道。这是祖母人生最后的时光，我要慢慢地把她送走。

　　有两个人在照顾祖母时特别殷勤，一个是我的堂伯父，一个是我的大婶娘。祖母在卧床期间不能进食，他们想尽了办法，我的堂伯父八十岁了，他颤颤巍巍地找来一根玻璃管子，叫我用这根管子把流体食物吹进祖母的嘴里，我七十多岁的大婶娘天天用纱布绞蔬菜汁，给祖母擦洗身子，她最后哭着告诉我，老太太其实是饿死的。在祖母咽气的那一刻，她和我的堂伯父老得都跪不下去了，我们急忙上前搀扶起他们，我的堂伯父喊祖母娘，一声一声地喊娘。他的声音喑哑，浊泪横流。祖母死去了，我们家里没有过分的悲伤，只是长久地静默，一个多月的时间，我们已经接受了这样的死亡。报丧，入殓，设灵堂，请道士打醮日夜唱颂，孝子们着麻衣侍立一旁，跪着答谢着前来吊唁的亲朋。子孙满堂，流水宴开了七天七夜，最后请了戏班前来唱了两折戏。葬礼几乎把渐渐消失的种种民俗全都用了起来，我有幸目睹了家乡古老的葬礼，那种充盈其间的神谕意味，五彩斑斓的幡旗，随道士唱念的经文猎猎翻飞，似乎每个人都通体透明，他们不着言语，默默来回穿梭，似乎有股仙气。光是请民间艺师用纸扎的豪华棺椁、神兽、八仙过海、四大金刚就让人叹为观止，请了专业的哭丧女，由我事先跟她沟通祖母生平事迹，这些天才的哭丧女竟自己拟文哭唱出来，句末押韵，文采斐然，唱腔悲音袅袅，哀韵绵绵。关于葬礼，我以后会专门写到。它就像一场凋零的花事，幻觉清盛，冥冥高渺。祖母是享了高寿的，我们有福，在乡村，这样的葬礼其实是另一种狂欢。人们沐在这样的葬礼中，让灵魂与死神坦然对视，去唱颂它，去祝福自己的来世。

父亲跟我说起祖母生平，实际上有着太多的避讳。也许以一个儿子的立场，他认为祖母生前有一些事情不便宣扬。在我看来，在祖母漫长的一生中，她所做的每一件事，最后都化成我生命之穹中的点点星光，照彻我贫瘠且日益干枯的灵魂。母明氏，生于1920年秋，殁于2012年冬，享年92岁，我看见父亲请人写的碑文，瞥了一眼，就看到诸如：贤良淑德、慈心若水、克勤克俭等俗语，这些空洞的大词套在祖母身上太粗糙了，它们遮蔽了祖母作为女人最为真实灵动的部分。我对一个女人的美德不感兴趣，美德恰恰是狭隘的一部分。它迎合的是一种大众的审美趣味。但这个叫明秀的女子，即便是以当下的目光审视，她依然有太多人不曾具备的大气与开阔。

四

祖母六岁就做了我们家的童养媳。我家是地主，开了麻行，家境殷实。但童养媳跟做奴一样，在成亲前是非常悲惨的。"你太祖母起初很不喜欢我，她从我身边走过，都不忘狠狠踩我的脚，她那小脚劲儿真大，像个锥子一样。"

祖母说，有一次你祖父偷偷帮我背柴火，那柴火被雨打湿了，很重。被她发现了，她用铜管烟枪重重地敲我的头，顿时起一个大血包。我后来回想起来，祖母跟我说起的这些细节，竟与现在电视上的各类民国家族神剧一样有着惊人的相似，旧社会的婆婆和小媳妇之间的龃龉不足以多说。最终，祖母以智慧得到了她婆婆的欢喜。"其实就是觉得儿子最后是你的了，她才不喜欢你的，你凡事都要让她儿子觉着母亲最大就好"。我在家族的族谱中见过太祖母的画像，高颧，薄唇，锋利的单眼皮眼睛，白多黑少，头发稀疏，在大脑门后盘了一个小髻，她的大襟衫的高领直顶到下巴，上面是一张被大烟熏染侵蚀的瘦脸，直僵僵地，这个面相，一看就知道绝非善类。非常庆幸的是，祖母成功地改善了这一基因，家里后来再也没有出现过这样的小眼睛、尖脸以及那种陡峭的高颧。太祖母死后，家里的堂屋挂着她的黑白遗像，可是孩子们都很怕这张像，那可怕的皱纹与沟壑，隐藏着魔鬼的阴影，不论你在哪个角度，都觉得那双眼睛鹰隼般地盯着你，吸在你身上不挪开，仿佛要吸走你的魂魄一般。画像被拿掉之后，很长一段时间，人们依然觉得她还在那里。"你太祖母大冬天要喝水缸的生水，她总说烧心，一听到她叫唤，你就得起来。"可以想象，祖母侍候这位太婆该有多辛苦。她14岁嫁给祖父的时候，老太太把一个翡翠镯子给了她。这个翡翠镯子现在在我母亲手上，据说，为了这个镯子，母亲妯娌几个斗了多年。

现在我要写到祖母的故事了。在写之前，我一直认为写成小说会比较精彩，写成散文太浪费了，然而小说他者的视角让我觉得很隔，好像说的是一个跟我不相干的陌生人。它不像散文那样是以我向的视角来叙述的。我写祖母只是试图解读一个女人，我跟她隔着半个世纪，在她那个民智未开的时代，她可以活得那么自我。在等待祖母死去的那一个多月的冬天里，我们围坐在火炉边，说着久远的往事，我的堂伯父、大婶娘、父亲、母亲是每天都在的，气氛并不是每天都那么压抑，祖母偶尔会跟我们说起某个死去多年的故人，说是梦见了那个人，末了，她总是会说这样一句，是来接我走的。我知道。

民国二十七年（1930），日本人打到了我们那里，见人就杀。我们的村庄倚着几座大山，人们拖儿带口往山里躲，那个时候，祖母已经生下了大姑妈，她抱着两岁多的大姑妈跟着混乱的人群往深山里寻路，而祖父一干年轻人则跑到另一个村庄报信去了。人群渐渐隐没在群山的深处，隐约听到别处草木的窸窣声，逃命的慌乱，像猎物般，喘息急促。可是祖母分明听见有人喊她三娘。极微弱的声音，她循声走去，就看见倒在地上，面色惨白，大汗淋漓的堂伯父。堂伯父是大祖父的长子，那年他十三岁，得了一种叫做打摆子的病，全身寒冷，出虚汗。这病六月天要盖厚棉絮。现在我们叫它疟疾，在那个时代，它夺去了很多孩子的生命。

我那太祖母坚持要她的大儿子、大儿媳放弃这个累赘，为了逃命的途中不那么辛苦，那做父母的竟狠心把儿子扔在深山里。祖父排行第三，堂伯父就喊祖母三娘。三娘把他背在背上，一只手还抱着我的大姑妈。踉跄前行，群山巨石林立，而此刻猛虎与狂蟒已不那么可怕了。她躲进了两块巨石狭窄的夹缝里。两天两夜，堂伯父得救了。我后来听到一个说法，说祖母贴身抱着他，用体温去暖他才得救的。祖母大堂伯父5岁，婶侄二人，本没什么可说的，可是，有些话后来就慢慢变了味道，变得很不好听。我的祖母一生都没有回应这件事。

活下来的堂伯父坚持要跟三叔三娘一起过，赶都赶不走。他一生都没有原谅自己的父母，再也没有喊过他们爹娘。他像影子一样死粘着三娘，到了后来，三娘让他住进家里，这一住就是很多年。堂伯父成了家里的男丁，跟着祖父一起四处收购苎麻，农忙的时候下地收割、打秧。"我们家是地主，祖父是少爷，他们也要下地干活吗？""当然喽，我也要下地干活，任何农活我都干过。包括驾牛犁地。地主嘛，无非就是多雇了些长工。"祖母这个回答当时对我的颠覆很大，我对地主的理解停留在周扒皮的印象中。不仅如此，我在祖母身上看到了一种对农事及粮食的敬畏，她是痛恨小孩子浪费粮食的。我小的时候，一粒饭掉在地上，父亲都会捡起来吃掉。这应该是这个地主家庭的传统。我记得水稻收割前是要祭拜的，摆一个香案，鞭炮，火烛，再撒一把茶叶和米，主事的还会发表几句带有动员性质的宣言，然后请所有雇的长工吃一顿饭。我的堂伯父就在我家的地里干活。他很孤僻，少言语，在那么多年的孤独里，在一生都难以走出被弃的阴影里，唯有祖母，是他最亲的人，唯一的那个人。当他长成一个面目清朗的年轻人时，跟了一个戏班师傅去学唱戏，从此入了魔般，这个痛苦的人，只在台上如痴演绎柳梦梅、梁山伯、张生们的故事。祖母曾跟我说，你堂伯父唱戏，人家是用真银元往台上砸的。可是在我的印象里，但凡唱过这种戏的人，他的人生就会抹上一种梦里繁华、身世飘零的宿命感，比如程蝶衣。我相信祖母她一定懂。

可是我感兴趣的事情皆是父亲终生避讳的。在我看来，父亲远没有我更懂得祖母。听人说堂伯父长到20岁还不愿意娶亲，说了几家姑娘都不同意。这个时候流言就开始漫延开来，奇怪的是，在那个时代，这种有辱家门的流言并没有让祖母困扰。妇女们在她背后指指点点，她晒她的麻，她奶她的孩子，一概不回应。祖母经常穿好看的衣服去看戏，也许，台上的那个人是演给她一个人看的。几年后，堂伯父终于娶了亲，搬了出去，但他依然回来，有时背些柴火，有时带来几条鱼。后来，我年少的父亲大概是听到了人家说了什么，他怒气冲冲地拿晾衣篙去追打堂伯父，来一回打一回。堂伯父就让他打。直到祖母出来喝止自己的儿子。我唯独惊讶的是，我的祖父、祖母、堂伯父这三个人完全无视流言，到底是什么让他们活在自己的结界里？

祖母即将死去的那一个月里，父亲看着终日陪伴祖母的堂伯父，虽然没给他好脸色，但终究没有阻止他的陪伴。我看着这位风烛残年的老人，颤巍巍地，一脸老年斑，连手背都是。他迟缓地忙进忙出，招呼前来打针的医生。以女人的直觉，我深信，堂伯父爱慕着我的祖母，祖母年轻时圆润、白皙、爱笑，从头到脚干净齐整，银饰的暗响应和着轻巧的脚步向你走来，那感觉一定是如沐春风。我依稀记得五十多岁的祖母，头发一根没白，她梳着一个紧贴头皮的矮髻，穿干净的靛蓝棉布斜襟褂，气色明韵，仪态端庄。而我所见乡村的农妇，大多黑糙，一身烟熏的柴火之气，她们席地而坐，放纵大笑。这个被祖母救活的大男孩，温柔，懂事，有一双澄澈的忧郁的大眼睛。我在想，那些他们独处的时光，一定是他人生最好的时光，即便不语，即便各自手头有活干，他们可以用沉默交流，这样的时光是迷人的。也许偶然升起的越轨之念让他感到羞耻，也许他不愿意长大。而她死去的那一刻，他喊她娘。这是他自十三岁那年之后第一次喊娘。

祖母的情事是个谜。这也一直是父亲忌讳的原因，儿子永远不能接受自己母亲的风流。我们深信，她爱着我们的祖父，为他生一堆孩子，为他梳好看的发式，为他学写字认字。在她幼年时代，这个将要成为她丈夫的人在默默地注视着她长大，给她偷来好吃的，带她去看戏，在黑暗中牵着她的手，去集市给她打银簪。初恋，体验人世间最美妙的情感。我们后来叫这种东西爱情。当爱情还未被命名是爱情的时候，它裸露出男女最本质的情感世界。无端喜欢跟自己无亲无故的一个外人，忽然就知晓了男女身体各异的构造，在那样一个男女相爱禁忌的年代，尤其要躲过太祖母那双刻毒的眼睛。只要有默契，藏得好，那藏出的距离反而加深思念和甜蜜的浓度。祖母跟我说，看着自己体虚，祖父从太祖母那里偷了二两白木耳，亲自炖了送了过来，大概是身体经受不起那一补，祖母喝了白木耳之后就开始掉头发，幸好是冬天，她只得围个风兜套在头上，没有人能理解掉发的幸福。你就是变成了一个秃子，我也是要你的。当祖母说起祖父时像是进入幻境，她沉浸在往昔与祖父的点点滴滴中。他能吃两斤猪肉，喝一坛酒啊，脾气大，发脾气就摔碗。特别喜欢孩子，任谁家的孩子他都喜欢，在路上碰到一个村里的孩子，他就掏兜，看有没有吃的，要是没有，他就会摊开手，一幅很抱歉很为难的样子。你祖父数九寒冬只穿单裤，敞着夹袄，再冷的夜，只要他上床，床就热了。那大山后面挖出几窖铜钱，叫他去挑两天铜钱，回来饿得倒在地上。人家都偷偷扎了几个钱在身上，在路上买包子吃，你祖父挑两天铜钱，不晓得扎两个。祖母在描述一个男人，说他的好，几天几夜说不完，是没有人能比得上的。

　　"那天，本来吃了午饭就去后山的小煤窑，可是他看见墙角堆了一堆圆木没劈，就脱了褂子，抡起板斧，赤着上身在那里劈圆木。我就在他背后看啊，心想这个人，这个人要不是我这么喜欢他，那他就太可怜了，要不是我这么喜欢他，他在这世上什么也没有，这个人怎么这么可怜。忽然眼泪就不停地涌出来。"祖母跟我说了这一段我是明白的，那个人去了煤窑之后就再也没有回来。她有时会突然说起的某一段话，没有缘由，话语的句式很突兀地跳出来，然而，她说的每一句话我都懂。我认为，我是一个完美的倾听者，祖母向我传递的不是某个故事，而是她整个的人。

我是没有见到祖父的。只在族谱中见过他的画像。父亲长着一张酷似他的脸。祖父在1961年初秋的一天下井挖煤，塌方，人被活埋在地底。第二年冬天，祖母就带着三个孩子嫁给了她的小叔子。祖父最小的弟弟。读者一定感受到了我在这里省略了什么，是的，我的文字根本就不敢去触碰那个地方，只一碰，那文字的触觉就先痉挛般地弯曲起来：一个女人披头散发、赤着脚疯魔一样往山上煤窑里疾奔，要跟着他去，拦都拦不住这个一心求死的人，儿子都大了，兄弟几个把自己的亲娘架回来。那个时候，我的大姑妈已经嫁人生了孩子，两个伯父也娶亲生子，可是已经做了祖母的人居然还要再嫁。这是父亲最避讳的事情了，更让人接受不了的是，43岁高龄的祖母居然跟小祖父又生了一个姑妈。我的父亲一生不喜欢这个小姑妈。虽然他是一个孝子，但他永远无法超越儿子的视角去解读这个女人。如果不是因为是自己的母亲，在他的观念里，祖母这样的女人不贞、不洁，让家族蒙羞。很多年之后，有一次他婉转地跟我说起这么一件事。他目光有些闪躲，有先例的，不独我们家。他说的先例，是指村里别的家族也有小叔子娶嫂子的。可我心里想，人家是因为穷，娶不起媳妇才娶了守寡的嫂子，俗称"肥水不流外人田"。再说人家的嫂子可没有到祖母的级别。可怜的父亲太需要这样的心理安慰了，太需要了。

五

我的小祖父是1995年去世的。对他的印象，我们就非常清晰。他跟我的堂伯父一样的年纪，小祖母五岁。但他长着一张太祖母的脸，然而却生出另一番味道。这脸在他身上是一股懦弱、偏执而又涣散的颓废气息。因为是幺子，自幼深受太祖母溺爱，只让他读书，没让他下过地的。这小小身板，样子孱弱的人性格古怪，不会做农活，也不懂生计。怎么古怪呢，据说他从不祭祖拜祖，说是，拜死人只为了给活人看，有什么意思！因为聪明，很会读书，过目成诵，尤擅书画。十几岁就在学堂谋了个教书的差。祖母说他，打着头油，夹个纸伞，穿一身绸衣，脚上是千层底白履边布鞋，去外面相亲，没看上人家，嫌弃人家脚大,喝汤伸长颈子去够碗。

因为挑剔,他大概在二十五岁才娶的亲。一个乡绅的庶出女儿。世间的事仿佛是天定的,这小媳妇竟把我那剽悍的太祖母治得服服帖帖。还把她赶出家门,太祖母只得住进三儿子的家,来的时候,拎了口木箱,那乡绅女为了那口木箱竟一口气追出近半里路,啊,天底下恐怕再也没有比这更滑稽的场面了,两个小脚女人,蹭蹭蹭,一个追,一个逃,那身姿定是摇曳生姿,无比好看。我那五十几岁的太祖母太不可思议了,竟这么能跑,愣是被她逃脱,那箱子想必宝贝得紧。紧接着是土改,我家被划成富农,小祖父家被划成了地主,好的光景一去不复返了。祠堂被拆,孩子们读的书是小祖父教不了的。这个时候我的那位小祖母卷了钱跟一个男人走了。是一个长工?祖母回忆道,应该是,北方人,高高大大的。那女人连娘家都没回,没了踪影。我太不纯洁了。一听到那个长工高高大大的,既是出来做长工,想必有一身的力气,相比我小祖父那薄薄的身板,我竟肮脏地认为,小祖母是因为沉溺性欲的满足才跟那男人跑的,他们之间一定有美妙的性爱,主仆偷欢,是危险伴着失控的激情。这位未曾谋面的小祖母,谜一样的女人,她大概不知道,多少年之后,我时常在深夜默默地祝福她,只为她敢为自己而活。

老婆跑了,又没得书教的小祖父就变了一个人。这时太祖母又重新回到小儿子身边。他无法面对这人生的羞辱,成天喝酒、赌钱,有时喝多了打人,这个读书人居然连亲娘都打。我们家的男人有一个共性,懦弱,意志薄弱,是那种沉湎内伤、自残且又极度孤独的人。他们是阴性的,活在自我的黑暗里。我的太祖母一生要强,天性霸道,土改时就有长工向她身上投掷石子。然而天变了,人人都可以在她头上横。除了祖母,没有哪一个儿媳妇愿意跟她相处,尤其大祖父家,因为弃子一事也跟太祖母翻了脸。她最后的那几年整天浸在泪水里,小儿子不听劝,管不了,她紧闭双眼,不做声,陷入绝望。我一直以为,太祖母的死除了小儿子的因素外,其实还有一个更大的隐情,那就是她始终无法接受那些穷鬼翻了身,还把她和她的小儿子踩到脚底下,叫她老地主婆,朝她吐口水,受尽羞辱。

"你不就是盯着我的那点首饰才肯侍候我的吗?"老太婆快死了依然说着

那种不讨人喜欢的话。祖母在她面前从来不申辩。其实这些年首饰已经被小祖父赌钱、喝酒败了个精光。祖父在街上拎回喝得醉醺醺的弟弟，跟他说，娘要走了。你的娘要走了。这是一句多么悲痛欲绝的话啊，你的娘，仿佛不是我的娘，她要走了，是你的娘要走了。

"她最后那一口气落不下去，嘴一翕一合，一翕一合，慢慢微弱下去，最后就定住了。"祖母向我述说太祖母临终的那一幕，并用五个手指一张一合来呈现她最后落气的瞬间，她是不甘心的，死的时候面相很凶，脸是变形的。因为是地主婆，最后没让她葬在自家的坟山，因为我们家是地主和富农，所以很多事情只能隐忍，不敢有半点顶撞，我的太祖母葬在杂姓的小山上，在荒凉的角落，小坟包孤零零的。祖父用拳头直打自己的胸口，一句话也说不出来，看到自己亲娘死了被人欺成这样，一句话也说不出来。大概在80年代中期，祖母跟儿子们商量，就把太祖母的坟迁回自家的坟山。葬在太祖父旁边。父亲打了一个很大的圆拱顶石碑，上题：青山龙虎地，绿水凤凰池。每年祭祖，我都会独自去祭拜这位传说中强悍的太祖母，她终结于她的时代，她死后，我们家也走出了那个时代。

小祖父大概是我们家唯一的文化人。我一直认为，文化人是有气的，他从骨子里透出来的东西跟农夫有着天壤之别。即使在他一蹶不振、穷途末路的颓废日子里，他身上还是有某种清高的气息。说话慢条斯理，从不狼吞虎咽，大热天，长袖长裤，不赤膊，脚上穿布袜，他应该是一个没有体味的男人，瘦瘦小小的。这样一个人，在世代务农的人眼里，应该是有魅力的，他维护着仪表的体面，还有诗书带给他罕见的气场。我相信，对于祖母而言，他更多的时候像一个没出息的弟弟，一个虚弱的大孩子，她能让他长大，长成一个真正的男人。

太祖母死后，他就时常在三哥家蹭饭，顺便教孩子们写毛笔字，念李白的《将进酒》。祖父嫌弃他太懒了，又舍不得打他，决意要带他下井挖煤。只三天，他就偷跑回来，他从来都没吃过那样的苦，受不了煤的脏。然而，一个大男人不能整天闲着吃白饭，后来他就接了一些抄抄写写的活，红白喜事替人家写人情礼单，比如大舅：猪肉两斤，鸡蛋十个，菜籽油五斤，诸如此类。乡村的人情客往，都要记下亲朋好友送礼的内容，以便下回复礼时不能低于这个分量，否则就会非常失礼。我家至今还保留着很多这种人情礼单。去年，我家要回一个礼，父亲翻开礼单，可这个礼是17年前对方送的，内容是，绸缎被面一床，花圈一座，礼金50元。这是小祖父去世时这位亲戚送的礼，可是时隔17年，我们的回礼已经不能停留在"不低于"这个层面上，对方是儿子考上了北京大学，我们家的礼最后封给他们的是礼金1000元。祖母去世的时候，父亲依然抄下了亲戚们的礼单，我看了一下，祖母的礼单相当惊人，据父亲说，祖母的葬礼很隆重，可以用壮观来形容。我们家办完丧事，最后居然还赚了两千多块。而这些，需要以后我父亲慢慢地还回去。

可是，我小祖父抄的礼单是书法的精品啊。那漂亮的蝇头小楷，也只用来换一顿饭钱。那些柳骨颜风的字用来书写猪肉、活鸡以及粮油这些名词。小祖父写完，每每要用毛笔给调皮的孩子画个猫儿脸，他给很多孩子起过名字，皆无那个时代独有的各种频率高的字，他给人家孩子取名：黄谦，黄博，黄楚墨。这个国家后来发生的各种火热、奋亢的印记，在他身上丝毫找不到影子。因为干不了农活，而抄写的活计极为有限，即使是后来生产队的广播稿，他也写不了，他使用不了那类味道的汉字。就是这么个废柴一般的人，落后分子，封建残余，我的祖母嫁给了他。直到70年代中期，终于因书法和国画被公社一个文化部门的老领导看中，才去公社打杂，据他说，做得最多的事情却是用排笔写口号和标语。但我家的地位在乡村就莫名其妙高人一等了。我父亲兄弟几个，一辈子都没有叫他父亲，依然保留祖父在世时的称呼，只叫他小爷。我时常琢磨这位故去的小祖父，懂得绍兴黄酒配清蒸蟹，细细地吮吸蟹管里的汤汁。品明前龙井，吃盐水花生，读明清小品文，偷看女人小腿，绝不是把眼睛盯在女人的胸和臀上，他从来不画气烈高洁的梅啊竹啊松啊这种被隐喻过多品格的东西，也不画葫芦架下闲走着两只母鸡那类农趣，他画独峰或者疾水，然而也画张生私会崔莺莺。他的笑声是喑哑的，走路没有声音，常年听收音机，酒是被祖母禁住了。每每用字换来的钱给小姑妈做红烧肉，小姑吃上几坨，他就高兴地哎哟：一张字就这么没了，哦，两张的没了。他的这种趣味被多年之后的文艺青年追捧，在世时，惯于忍受白眼，但有祖母这团火始终温热他一生，给他安稳，护住尊严，我的祖母柔弱中有一股狠狠的虎气，坚韧，仿佛有巨大的能量，垫实家族的底子，有她在，日子是踏实的。

六

有人家主妇要生孩子了，报信到我家里，祖母带上我去接生，她起先牵着我的手走路，后来我走累了，她就把我驮在背上，我有时熟睡，口涎打湿她的衣襟。她有一个口袋，这真是一个神奇的口袋啊，魔术一样，里面能变出煮熟的红蛋、炒蚕豆、蜜枣，还有花生糕。主家忙着烧开水，杀猪，蒸馒头。我就跟那家的一堆脏孩子一起玩猪尿泡，主家在拜托祖母，希望能让老婆生出儿子。仿佛祖母能主宰生儿生女似的。祖母就绽朵笑脸给他，是你的孩子，分什么男女哦。

我似乎每次跟孩子们疯疯打打直至筋疲力尽。终于听到报喜了，鞭炮响起，祖母抱出带血的婴儿接受人们的祝福。她的脸，有一种疲惫后那种虚弱的美丽。天色已晚，我们吃了主家丰盛的晚餐，拿着他们送的一幅猪大肠和一堆红蛋慢慢地走回自己的村庄。祖母也累了，但因为迎接了一个新的生命来到这人世间，她的脸一直是有笑意的。为了赶走我的瞌睡，她就边走边为我唱儿歌：小丫头哎，拖小辫，五岁伢，会唱歌，不是爷娘教得好哎，自家聪明掂来的歌哎……三十多年后的一天，我回乡过春节，经过一个岔道口，看见有一户人家，老太太抱着一个女娃娃，边轻声拍打边轻声哼唱这首童谣。我一时呆呆地怔在那里，忽然有眼泪涌出来。

那是多么澄澈的乡村傍晚啊，我跟祖母走过一道道田埂，几处坟山，月亮的镰高悬头顶，萤火虫乱舞，我的祖母为我唱那首古老的童谣。那些弯曲的羊肠小道像发亮的带子，把回家的路在脚底延伸，星星眨着眼，把不眠的孩子带进梦境。快要进村的时候，在后山脚，那儿有一棵高大的木槿，祖母牵着我的手走到那树的跟前，突然间，星光灿烂起来，我们仿佛置身于湛蓝的穹宇之下，祖母用手指轻划着我脸说，我们红啊，快快长大，长大了生孩子，嗯嬷为你接生（我们那个地方，喊祖母嗯嬷）。祖母站在树脚，躬身拜了几拜，她忽然跟我说，你撞到它开一身红花，你再许愿，没有不灵的。"那嗯嬷撞到它开出红花了吗？"我问。"撞到了，我拜了很多次，最后撞到了。""你许的什么愿呢？""许了我们红无病无灾地长大。"

我记得当时头顶的星光在旋转，既而家就出现在面前。既而我就长大了。可是祖母，你许下的是怎样的一个愿望？当祖父去世后，你决定嫁给小叔子的时候，你一定在那棵树下重生过。那棵木槿为你开了一树红花，你将无畏，你成为了大海，被星光照彻。

"不嫁给他，他成天在家里吃饭，也睡在这里，人家在背后一样会说道的。"

"你小祖父是个有为的人，他像是蒙了尘，需要有个女人为他擦亮。"

这正是我父亲终生不懂的。也是我终生难以企及的地方。前面提到过我的大婶娘，祖母就给了她重生的机会。我的大伯父自幼跟大婶娘定了亲，大婶娘长成一个标致的姑娘时，被村里一个无赖玷污了。退亲，合乎情理，是祖母坚持要大儿子娶了她。祖母说，如果儿子不娶，她就认大婶娘做闺女，接到家里来。我的祖父当时是不同意的，唉，我们家的男人啊。我们那个地方的人，很奇怪啊，这件事情，为我的祖母赢得了终生的美誉。我的大伯父，年轻时梳着中分，五短身材，一生只喜欢在嘴巴上逞强，懦弱无能。我的大婶娘，太了不起了，她像祖母一样，坚韧、温柔、开阔，她擦掉了这个男人身上的尘埃，让他发光，我的大伯父是个泥瓦匠，很会砌房子。大婶娘让他去外面找事做，没让他碰农事。后来大伯父就进城当了工人，吃粮票，铁饭碗，成了半个城里人。啊，我们家的女人们啊。太祖母、祖母、大婶娘，还有我的母亲，而我，是不能忝列其间的。我不能。

祖母曾说我会去很远的地方。"你不像是能在这里过活的人。"她说，"你的心不会围着男人转。"那年，我23岁，一个春夜，我在那棵木槿树下坐了很久才回家。我身上多了一种什么样的气息呢？慌乱？春情？抑或臊热的猩红？我的眉眼到底有了怎样的变化？祖母，她察觉到了怎样的信息，她端出一碗红糖生姜水拿到我面前，意味深长地笑着。她准确地知道了我失了处女之身。她拉过我的手，仔细地看着我的脸，是一个不错的男人吧，祖母用赞许的微笑为我祝福。那是一个女人对另一个女人最美好的祝福。我跟母亲从未有过这种隐秘的交流,她身上有一种很强硬的道德观念,还有一种可怕的世俗的成本算计,这种事,在她看来,我是吃亏的一方。她永远也无法从女人最本质的视角去解读这件意义非凡的人生大事。可是亲爱的祖母看错了我,我半世漂泊,只为虚名。我知道,那棵木槿不会为我开出一身红花。

"嗯嬷,我听见你喊我回家。"此刻祖母即将死去,我听见她在暮色四起的黄昏拉着我手,一路洒着茶叶和米,一路喊,红啊,回哦,红啊,回哦。

我大概中邪了,翻着白眼,失了魂,祖母摔碎瓷碗,拉出我紫红的小舌头,用锋利的瓷片去扎破我的舌头,黑血流出来。她拉着我的手,沿着后山的小路,一路唱念,红啊,回哦,这是我们楚地的招魂,我一路应和,我回,我回。一个不洁的女人是无法成为招魂婆的。我们那个地方的人啊,很奇怪,他们比我的父亲更相信祖母的洁净。

多少年后,我读了马尔克斯的《百年孤独》,我对号入座了一番,我的祖母对应着伟大的乌苏拉老祖母,她活得忘记了岁月,带着大地的气息和天空的印记一路带着迷路的孩子回来,然后把自己定格在古老的传奇里。这些孩子,包括她的两位丈夫和那双手接生出来的孩子。可是,我没有找到布恩地亚上校的原型,我们家的男人大概出不了这样杰出的人物。我跟他们一样,庸碌、无为,却被家族母性的强大的力量托往金字塔的塔顶,而自己却不屑成为塔下面的垫底。当祖母即将死去,我的大地在摇晃。送葬的队伍浩浩荡荡,钟鼓齐鸣,啊,我眼前跳荡着那些咯咯笑的精灵,那些称男人都是孩子的姐姐,这些水妖一样喊着她们的孩子和男人的女人,我看着她们,一种速疾回归大地母体的意念流遍全身。我流下眼泪。

——选自 2015 年第 9 期《人民文学》

流 徙 习习

一

　　锈蚀凝固在斧刃，像一朵褐金色的蘑菇。

　　柴房子只开个一尺见方的天窗，里面塞满板料、椽子、木墩、半成品的桌椅柜子，木头们高高低低、挤挤挨挨。是父亲的仓库，一个老木匠藏娇的金屋，但父亲给它一个贫贱的称呼：柴房子。事实上，从天窗射进的一道方正的光亮刚打下来，就被深深吸进密密匝匝的木头，柴房子幽暗如同洞窟。

　　我在柴房子里乱敲一气，只等几只老鼠尖叫着蹿出，再拿棍子往一个缝隙里使劲伸，木棍碰到了铁，我告诉父亲，小斧头就在那里，我的棍子已经摸到了它。

　　父亲把小斧头遗漏在柴房子里，找了几次，都无果。斧头身形太小，我一直知道它的藏身之处，就在歪斜着身子的一个三根腿的椅子下。我想拥它为己有，但父亲不答应，所以他总是找不到它。这次我们终于谈妥，我说，我倒一个假期的尿盆，如果我找到，小斧头就归我。父亲答应了。我家在大院最里角，往院外的公厕倒尿，要经过很多人家。抱着尿盆，我常常披头散发假装睡眼惺忪摇摇晃晃。重重的粗陶尿盆，没有耳朵，偏要人将它怀抱，这令我更加羞恼，为躲避倒尿，我常与姐姐殴斗。

　　小工具和小动物一样，有着事物原初的可爱，比如药房里金灿灿的小戥子、银匠师傅手里大不过巴掌的锤子。父亲的这把小斧头专门用来砍斫精巧之物，镂空木雕、支撑木器的老虎爪、盘花门扣之类。所以垂涎它,是因为我爱好收集各种小物件,之前,我已收留了父亲丢在工具箱里半个纸烟盒大小的推刨,我相信这个小斧头和小推刨是一对儿绝配。斧头终于拿出来了,但我惊叫着把它扔到父亲手里。小斧头变样了,作为核心的斧刃,它魔幻地成了一朵锈蚀斑斑鼓鼓欲胀的蘑菇。父亲啧啧啧啧,两只手将它倒换,像拿着了一个刚从炉灶里烤出来的洋芋,他问了好几遍,怎么能锈成这样?一脸不忍目睹的表情。他拔下斧子头,"跺——"隔墙扔出。

是我的阴谋让它长出了毒瘤?深深的愧疚让我心疼。像一小截幼兽的骨殖,细小的斧柄,一直散发着隐约的冰凉的铁腥,它躺在我的文具盒里,像在棺木中一样静寂。看着它,绵长的难过陪了我好久。

有时,铁抵不过木头,在时间里,貌似强硬的东西或许更容易损折。

现在看过去,那个锈了刃的小斧头,仿佛一个隐喻。

二

那天,几乎可以算作小时候最明媚的一天。

屋外椿树上的鸟儿,一定比哪天都叫得早,叫得欢。姐与我不计前嫌,互相用烧烫的木筷烫弯了刘海。弟弟穿上母亲给他新买的海军衫。父亲一早就候在瓜果铺门口,等到了第一波新鲜的白兰瓜。父亲、母亲、姐姐、弟弟、我,一家五口,第一次也是唯一一次集体出游。我们走遍了城里那个有塔有庙被称为公园的矮山。太阳明亮,三个女人在借来的120相机镜头前不停摆弄姿态,母亲瘦削黧黑,姐姐美艳高挑,而弟弟,则在那座老白塔下面给父亲耍弄才从电视上学到的醉拳。父亲一直背着沉沉的白兰瓜。在一个开阔的山坡上,面对黄河,并且能隐约看到我们家的地方,我们吃瓜,一边指点山河家园。那时的白兰瓜,用父亲的话说,还没有串种,是世上最甘甜的瓜果,常常在吃过的好几日,嗓子还有被甜味灼伤的感觉,但被甜味灼伤,多么美妙。一家人温馨地游玩,父亲与母亲举案齐眉,姐妹兄弟情同手足。

我时常会翻看那次出游时的老相片。父亲搂着弟弟,两个男人,并肩坐在一个栏杆上,弟弟有依偎之态,而父亲,虽然肩膀那时就已歪斜,但足可支撑他未成年的儿子。

那天深夜,我被一星星溅在脸上的凉水激醒,枕头旁,水正从顶棚滴滴答答跌进粗陶尿盆。错落的滴水声响满一屋子,炕上放满大小盆罐。黑沉沉的屋外,雨粗暴地在泼。学"瓢泼大雨"时,我不知道瓢的样子,老师说就像我们用的马勺。雨不是用瓢泼出来的,天就是个大马勺,是马勺翻了。多么戏剧化喜忧参半的一天,白天我们喜笑晏晏,深夜,屋顶雨势如鞭。大炕上,我们一家五口在一小块干燥处坐成一团,默默地看着一屋子叮叮咚咚的雨。

屋子后墙是第二天快中午时坍塌的。我们的家破了一角,后墙之外露出一块儿奇怪的青天。墙是顺着一个小地洞开裂并倒塌的,地洞是父亲不久前挖的一个下水道,这省去了我们每天清早怀抱尿盆穿越大院之苦,但它损伤了屋基,一夜大雨让屋子内外交困,家破了。老天爷给我们制造了一个离开这里的最好理由。我们每人背着一个大包袱,簇拥着父亲推的一辆装满家什的架子车。我们要去一个新的安身立命之处。木匠不能背着他心爱的木料上路,这让父亲心伤。之前,柴房子里的木料被全部陈列,父亲选了又选,最后,把精选的木料整齐地放在架子车车槽底部。父亲推着车子,一边回头频望那些他无法带走的木头。

我摸摸满是裂口的椿树皮,算是与屋外的椿树做了简单的告别。椿树是我们家的朋友,但大院的男孩子经常拿它吓我,说这是棵闹鬼的树。夜晚我最怕看它浓密的枝杈在大风里前俯后仰,我每每强迫自己在家人关灯前入睡,这样就可以把鬼遗忘在屋外。大椿树在夜晚的样子就是鬼在我心中的样子:高高大大、乱发披靡,说起悄悄话来像微风吹过树叶,而它发起脾气,会怒打窗棂和屋檐。树干上,我们姊妹和弟弟用红粉笔标记了我们的身高,姐姐最亭亭玉立,弟弟的红线马上就要和我重叠。弟弟长得很快,我们交战时,他已不遗余力,他学会了用重拳袭击女孩最柔软的部位,还从不招致父亲的责骂。父亲常说,男孩子肩上有灯,灯能照着男孩子前行,这虽是父亲的寓言之灯,但我和姐姐不敢碰他,唯恐弄暗灯的光亮。弟弟果真比我强壮,他抢下母亲按姐姐的身形包裹的包袱,把自己的小包袱安放在姐姐肩上。

又一次集体出行，我们走过长长的院子，很多人在假装看不见地目睹，他们在悄悄议论，有的人脸上拼命藏住讪笑，这些我都能看出来，我没端尿盆子，我让大院最后一次尽收眼底。在性格孤僻倔硬、木工手艺一流的父亲跟前，他们从不敢大声说话。这是一次今天看上去充满悲情的诀别，大院的花花甚至赠我那把她最心爱的半透明的牛筋橡皮筋。但我暗自兴奋，家的迁徙让我觉出，先前的墨守成规有多枯燥，将要开始的各种未可知令人遐想。那是一个不懂生活的轻和重的年龄。我尚不知，一个家需要把称为家的屋子像树一样栽在地下，也不知家的更多的看不见的东西自树的根部抽枝发芽。

那是一场象征主义的大雨，屋漏偏逢连夜雨，心高气傲的父亲刚刚办了调离木器厂的手续，我们没有理由再留在工厂的家属院，父亲母亲和我们都不是死皮赖脸的人。一家五口将辗转别处。

流徙开始。

三

家是什么？家就是能装进一家人让他们长期在一起的房子。

我们的家搬到一栋火柴盒似的红砖楼的顶楼。楼在大山向城区过渡的一个大台阶上，人们把这样的大台阶叫坪。坪上风大，大风刮过，几面窗户哐当作响，家仿佛随时都要散架。

这一年，发生的明显变化是：家高了，弟弟高了，姐姐高了，我高了，但父亲矮了。

父亲矮了，原因是他的腰更弯了。流离失所让他的头垂得很低。小时候他早出晚归挑担卖瓜，每天走二十多里路。担子压弯了他的腰，压歪了他的肩膀。后来，他又开木头扯大锯、做木器，背弯成了弓。现在，高居顶楼，离开木器厂、没了柴房子、远离了木头，父亲缺了个大依靠，这个先前在木器厂号称五虎上将之一的老木匠，他的身子越来越斜向一边。

但在这个局促的家里，歪着身子的父亲坚韧地给家里打造了一批家具：高低床、高低柜、大衣柜、弹簧沙发、碗柜、躺椅。这是他做的最后一批家具，技艺炉火纯青，凡看到这些家具的人，无不感慨它们的精美。造型新颖，遍布细节，每样家具前后左右，都用花纹相同的木料呼应，流水纹流出过程，菊花纹开出雌雄，流云纹首尾相衔。父亲深谙木头的肌理和脾性，在别的木匠用厚厚的油漆粉饰木头的时候，他只在木头上刷一层薄薄的清漆，精妙的木纹在蛋清一样的清漆下纤毫毕现；当别的匠人发愁一块好料坏在一个大木结子上的时候，父亲把愁肠百结的木结子安排在老虎爪最需要抓住地面的地方。

一双长满老茧的手掌，摸过婴儿肌肤般光滑细腻的木材，样子亲昵又小心翼翼，这时的父亲是个和平时不一样的父亲，一个和木头情深义重的父亲。他拒绝射钉枪，拒绝合成板材，拒绝白乳胶，所有异化木头的事他都严厉拒绝，调离越来越现代化的木器厂，正是父亲无奈的抵抗。一个原创性的、带有个人情味的手工木器制作的时代已然式微。那个叫时间的东西变快了，人们来不及用手做东西了。父亲这些最后的作品中，有他复杂的情感：忧伤、回忆、纪念、铭刻。

木匠的好手艺没了用场，父亲身上陡生荒凉，他腰弯背驼、铿锵的声气开始变得犹疑，那个曾经不可一世的人渐渐走向生活的背面。

城市的火葬场就在坪与大山的交接处，坪上的清晨开始得很早，天色昏昧中，一阵阵为亡灵引路的鞭炮一路炸响，黄表纸冥钱满街翻飞。刚刚过世的人在这条通向火葬场的路上走向往生。路紧靠着我们的楼，刚烈的鞭炮声不断将我们惊醒。坪上的夜晚来得也早，天色刚暗，人们就早早守在家中。那时，我刚好学到一个词——魑魅魍魉，四个字黑影憧憧、比肩接踵。长相相似的魑魅魍魉们在深夜的坪上游荡。

父亲将工具箱束之高阁，但独独孤立出一把大铁锯，把它挂在总门背后。不出多长时间，锯齿生锈，大铁锯怪模怪样，像洞开的大嘴中长了两排龋齿。木匠心爱的工具长满锈渍，并且排上了别的用场，这常让我想到那把斧刃上结出蘑菇的小斧头。斑斑锈渍，看上去沉默、荒凉。

为什么在门后悬挂铁锯，我不敢请教父亲，这是件需要领会的神秘之事，我觉得和魑魅魍魉有关。

大铁锯并不能抵挡一切。

一天中午，家里寂然无声，父母在午睡，我们各自做着事。突然，家的两个方向的四扇窗玻璃同时碎裂，声音惊心动魄。更叫人惊骇的是父亲。父亲从床上爬起，浑身发抖、目光乱颤。他几乎是爬行到了窗户边，半跪在窗帘后面，从一个细小的缝隙里向楼下窥望。能听到楼下几个小伙子哄笑着远去。断裂的窗棂嵌着碎玻璃在颤动，空气里一直回响着玻璃的破裂声。是美艳的姐姐招来的祸患，他们中的一个小伙子要和姐姐交朋友，姐姐不应。父亲斜着身子冲到姐姐跟前，给姐姐几个响亮的耳光，姐姐没有错，但她知道又是自己的错，她不言语，只是哭。

父亲受到了惊吓，他变得卑微、胆怯，说话小声小气，仿佛随时有人在门口偷听。像聋哑者，我们渐渐学会了用手势和表情交谈。父亲成了几个不一样的父亲，对外，他唯唯诺诺、慈眉善目；对我们，他是一头雄狮，随时愤怒、咆哮，当他斥骂我们、痛打我们时，那些叫人忍无可忍的脏话，在楼下也能听得一清二楚。

自卑、敏感、怯懦、忧伤，源远流长地长进我们的骨头，然后，我们要花大半生时间与它们交战。先时，我们的家，虽藏大院深处，但它敞开、明朗、月光可鉴。在我们高居坪上、顶楼时，我们却像住进了洞穴，我们有了很多啮齿动物的习性，胆小、警觉、坐地为牢。

一条不堪重负的虚弱的河，它不掌控流淌的方向，决定前途的是周遭——它面临和即要面临的所在——我们的家和家中每个人的流徙正是如此。

四

忧苦和惆怅淹没着父亲。他担忧些什么？愁苦些什么？

姐姐的长相太引人注目，长成女人的姐姐穿那么鲜艳；山上的舅舅到我们家，一住就个把月，母亲给她的大哥买来一碗碗卤肉；母亲的男同事那么大方地给我们撒一桌子亮晶晶的奶糖；弟弟混迹于不三不四的人离家逃学，还偷吃他的纸烟；寡言的我总是和他犟嘴，他打我时我从不服软；隔壁家总咯咯咯地笑；四楼那个白脸女人一见他就对着楼梯口吐痰；楼下游来荡去的小伙子一个个面目可疑……父亲的忧苦具体细碎、层出不穷。

在新单位，父亲无所事事，他要求借调到一所中学，为那些坏旧的桌椅缝缝补补。一天，我从教室窗户看到一个背影，他歪着身子扛着一个耷拉着一条腿的双人长椅，走进了学校后院。父亲从未告诉我他就在我们学校。课间，我跑到后院，在学校那一排长厕所旁边，一个门窗低矮黑黢黢的屋子，隔着没玻璃的窗，我见父亲佝偻着身子在做活，水从眼睛里涌出。之后的很多时候：我在公车上，见他歪着身子费力地踩着自行车；在上坪上的大坡，我尾随在他身后、看着他的背影；或者，在课堂上，眼睛前头出现了他的样子，水就要从眼睛里涌出。这些眼睛里出来的水，我不能叫它们眼泪，我不知它是什么。

想到养家糊口的不易，我决定在父亲暴怒时，不再与他积极抵抗，我只沉默。父亲搧我一个耳光，我沉默，父亲用脏话斥骂我，我沉默。父亲说，你只要说一句软话，我就不打你，我还是沉默。我要为他的无理服软，我就不是这个倔硬的老木匠的孩子。父亲一脚将我踢远，说，这个死娃娃，煮熟的鸭子，肉烂嘴不烂。

我一眼认出半坡上烟酒铺门口，父亲那辆破旧的自行车。车座被他的身子压向一边，车把手上挂着破旧的手提包。父亲下班后，经常靠着柜台喝一碗散酒。这个我熟悉又陌生的男人，我唯恐躲避不及，但我怕他喝多，常常藏在一处，窥探他，等他喝完，跟着他，看他摇晃着把车子推到楼下。

平时，话少到没有的父亲，喝了酒，话像破了闸的河，他自顾自在房子里踱着步说，也不管是否有人听，走累了，躺在他做的躺椅上继续说。他纵横开阖、说古论今、针砭时弊。那把他亲手做的精美的躺椅，他已不怎么爱惜，说到激烈处，他拿手里的东西使劲往扶手上磕，有着漂亮木纹的半个圆弧的扶手被他砸的坑坑洼洼。我们习惯了这样的连珠炮似的画外音，他忙不迭地说话，我们就格外清静。母亲和我们有条有理在厨房里做晚饭，煮饭的空当，我们还会和母亲踢踢毽子，母亲的大跳跳得很好，她腰肢柔软，长辫子飞起，毛毽子总是稳稳地落到她的脚掌心。

但有一次，父亲喝完酒回到家，一个劲儿哈哈哈地笑，我们都很奇怪，问他怎么了，他说先前大院里花花的爸爸死了，笑死的。

真是意外。花花家五朵金花，没有儿子，他爸爸一样开心，他唱戏、打拳、下棋，整天谈笑风生。他给他的女儿们剪牛筋橡皮筋，给她们头上扎花头绳。花花敢坐在她爸爸的腿上看小人书，我们不敢。她爸爸虽算不上木器厂的五虎上将，但他会给鸡做手术。有几天，她家的公鸡不打鸣了，她爸说是嗓子里塞了石头，他给鸡嗓子做了手术，取出一堆小石头，鸡果然又伸长脖子喔喔喔地大叫了。大人们老说人的面相，我觉得我也看得准，玲玲妈妈长的就是苦相，她爸爸外面有了女人后，玲玲妈妈打老远走来，你见她青黑的脸就像在哭，她其实没有哭脸上也没泪，但她就像在哭，分分秒秒地哭。她果然早死了，死在乡里的娘家。可花花爸爸不一样，他满面笑容一脸福相。父亲说，那天社火队耍到大院，花花爸爸眼馋，要了太平鼓耍弄，快一人高的太平鼓，花花爸小伙子一样，又是翻腾又是打鞭，他开心啊，玩着玩着突然躺下了，死了。死了，还张着嘴巴笑。

哈哈哈哈，父亲说，好啊好啊，欢乐是个死，惆怅还是个死，笑死好啊笑死好啊。

在魑魅魍魉的坪上，父亲最忌讳说的一个字就是"死"。他说某个离世的人，就说他走了、缓下了。这次他确确凿凿一遍又一遍地说着"死"字，仿佛笑死，与那离世的人就不是死，与在世的人听着，也不带来阴气。但他感慨这样的死法，仿佛生着就是忍受。我们也确乎并未因花花爸爸的死感到阴郁，我们眼前的确是明明朗朗的喧天锣鼓、欢声笑语。

但后来，我们切近地知道了一种死。我们不说死，但我们没说出的死，死也听到了，死到了我们楼下。

作为大山和城市之间的交接地带，正好比几种气流迎面相汇之处，坪越来越呈现复杂奇怪难以确定的样貌。坪上，每天都有陌生的面孔。城里的人踟蹰不定地想回归大山，山上的人下定决心要靠近城市，流浪汉们在此落脚，心怀不轨的人也在这里藏身。怀揣各自理想的人们，在坪上汇集、交锋。

有段时间，楼道里一直弥漫一股恶臭，气味日渐浓重。臭味最后浓浓地集中到了顶楼我家门外的楼道。恶臭从门缝里窜进，叫人无法忍受。楼道里的人纷纷猜测臭味源自何处，但父亲拒绝参与议论，并且再三低声告诫我们不可胡说八道，父亲的表情紧张怪异，我们看出了气味的不祥。一天，传来消息，就在我们楼下的一套屋里，多日前，一男一女被残忍肢解，一部分肢体在坪上的铁道边被发现，而另一部分一直就在屋子里。我和姐姐尖叫着躲到屋子最里间，但隔着一个楼板，下面就是那间凶宅，我们躲不过脚下。这是弟弟的描述，屋子里到处是血污，臭味熏得人睁不开眼睛，警察将两部分尸体核对，最后发现少了死者的两对儿眼睛。为什么端端少了他们的眼睛，人们议论纷纷，说人的眼睛就像照相机，死了的人会用眼睛拍下临终最后一刻看到的画面，杀人犯怕被杀的人眼睛里存下他们，就把他们的眼球挖了。

警察纷至沓来，反复问询，但没能从我们这里得到任何有价值和无价值的线索。父亲一马当先出面作答，回答简洁冷静。警察问，是否闻到什么特别的味道，父亲说，没有。警察问，是否听到什么动静，父亲说，没有。警察问，是否在楼道里见过生人，父亲说，没有。是父亲害怕，他想快刀斩乱麻。

狠毒、残酷、血腥、狰狞，人性之恶已至极端，必须不停地断开想象，才不至于一直心惊肉跳。父亲的冷静是表层的，他的担忧不是没有道理，魑魅魍魉们正在逼近，钢牙林立的大铁锯不足以令我们心安，每天傍晚，全家人到齐后，父亲立刻反锁家门。

紧锁的家成了防线，但恐惧还是得不到安抚，一部分恐惧源于这个残忍事件，另有一部分恐惧源于父亲的惊惶。每上下一次楼，我毛发直竖，楼道里那间屋子的窗户，就像大睁的眼睛，散出屋里的气息，还张望着上下的人们。我多么期望逃离。

姐姐出嫁了，她嫁给了一个腰上别枪的保安，这叫父亲和我们安慰。心慌手抖的老木匠已无力给他的女儿打制家具，他给姐姐陪嫁了一个木头锅盖。

像《雷雨》中周朴园家的窗户，自打那次窗玻璃被砸碎后，我们的窗户再未打开过，父亲钉死了窗户，并给新安的玻璃蒙上几层厚厚的塑料，坪上风大，风把外面的一层塑料撕成一缕一缕。每每看着这徒有其表的窗户，我便想起未出嫁前我的如花似玉的姐姐。

五

108 颗佛珠，在母亲的手中变得光亮滑润。是牦牛角的佛珠，金子的颜色，透着光，有玉的质感：温静、润泽。一根丝线，将 108 颗小珠子结为一个圆，将小珠子变成佛珠。有人说，"佛珠"有谐音"弗诛"的意思，但我还是喜欢"佛珠"，"佛珠"躲过杀戮，慈爱、安宁。小珠子整齐如饱满的玉米，手指一粒粒掐过它们，感觉非常微妙。

母亲静默地掐着佛珠，千万次轮回。一些东西跟着小珠子走了，又一些东西跟着小珠子来了。母亲安详的神情里，有着月亮的光泽。一粒粒佛珠均匀地在母亲手指中滑过，细密隐约的声音宁静、澄澈。佛珠细碎的磕碰，总是穿过夜晚的黑色直达我的耳膜，那是母亲的声音，也是坪上我们家夜晚的声音，我在这声音里入睡。

我不知母亲是否真正了解佛珠的含义，但我相信母亲将某种意念倾注佛珠，那意念又静静地自佛珠漾开，浸润她，让她安然面对一切。那串小小的佛珠，是她苦辛晦暗的日常中的一个依托，或者是她从此岸到彼岸的一个小小的舟楫。唯其这样，我才相信，在人世间，你可以瞩目某个小小的东西，长久地融入你的精神，它便有了灵性和光辉，便可以引导你，让你轻盈飞升。我不知这是否是佛珠原本有的宗教含义。

母亲带着她的 108 颗佛珠离家出走了。

普鲁斯特的小玛德莱娜点心，让他想到，有些历史附着在一颗小点心中，那一点难以言尽的滋味里，你的唇齿和这种滋味相遇，记忆就醒了，你甚至会想起品尝这颗点心时窗外射进的那一线光亮。而一滴悬垂的奶汁，总会让我想起母亲，年轻时的母亲。那时，在大院的家里，因为我过于瘦小，母亲从山上的舅舅家牵来一头母羊，要挤羊奶给我喝。母羊拴在椿树上，咩咩咩，很娇气。我不爱喝羊奶，嫌膻，躺在炕头耍赖，母亲站在我头顶，说好喝得很，你看我喝，她每喝进一口，嘴上留下一滴奶汁，用那滴奶汁馋我。羊奶被母亲喝得滋味悠长，我仰躺着，目不转睛看她嘴上留的一滴羊奶。一珠液体的体积最大能有多大？比如一滴水、一滴蜜、一滴乳汁。但那滴羊奶一直大大地悬在我眼前，比任何一珠液体都大很多，那滴羊奶里还有母亲的声音、母亲的样子，我端详这滴羊奶二十年。我无数遍想母亲，希望不断在梦里和她相见。梦里的我总是小时候的样子，母亲也总年轻。在母亲身边，我心里溢满安宁。那天，在梦里，我看见自己的脸颊越加瘦削，母亲在小院那个黑亮的灶台前给我和姐姐盛饭，是小时候她常做的汤面。大海碗，碗口可以装进我的脸。趁姐姐不注意，母亲给我多舀了一勺，我和母亲心照不宣地笑了，然后我很快吃完了一海碗面，满足地把空碗捧给母亲。我的个子还很矮小，我得仰起脸来看母亲。我在梦里看母亲，正像我躺在炕上，看站在头顶一口一口喝羊奶给我看的母亲。

老木匠的小女儿也出嫁了，他永不知这样一个细节，刚结婚的几天，她的小女儿总在夜半突然惊醒，要把熟睡在身边的丈夫喊爸。缘何我会觉得身边的男人是他——我的父亲？

木匠给小女儿的陪嫁，是一根杨木的小擀杖。小女儿惝惶地离开娘家，家里没有娘了，只剩了两个男人。

弟弟走上了歪路，他卖光了父亲做的所有家具。多么叫人心碎，父亲的手艺流落到了陌生人家，他们会懂得它们，疼惜它们吗？这些家具被人强行拉走，绝望的父亲拖下他的工具箱，狠狠地丢到路上，发誓从此要和木头决裂。我把工具箱拉到自己家，夜深人静时打开端详，大大小小的推刨、铁锯、钉锤、扳手、尺子、墨斗、柳树枝做的钻头……我端详它们，眼睛里又有水要涌出。老木匠与无辜的木头有了怨仇，他晚年时，屋子里甚至没有一把像样的小木凳。他与木头有了怨仇，也和往昔有了怨仇，很多事都反过来了，深爱成了切齿的恨，木头、儿子、妻子。

另一个男人，他肩头的灯没有照亮他前行的方向。他被拘囿在遥远的山洼，我和姐姐在月光中起身，太阳当空时才获准看到憔悴不堪的他——这个我眼中曾经异常俊美的男孩。在别人的监视下，我们一言不发互换物品，我们给他腺子、咸菜、罐头、纸烟、大饼、过期的报纸，他给我和姐姐一人一个项坠——两片有个小洞眼的用河卵石磨制的薄滑精致的椭圆。

两个聊以度日的椭圆。

一条冬日里细弱的河淌在山洼里，狭窄漫长的山洼，树木枯败，河边躺满一颗颗圆滑坚硬的河卵石，在夕光里，油黑的它们闪着一朵朵光。回程的长途车上，我们有了念想，姐姐捏着那片小石头，久久望着窗外。我的那片小石头被我的手心捂得温暖湿润。往昔，姐姐最疼爱弟弟，三个孩子的阵形，很少是匀称的等边三角形，姐姐和他更亲，而我和他更喜欢战斗。很多年后，弟弟重病中，讲给我两件事，一件事是小时候我们去相馆拍照，我用一口一口唾沫弄整齐他的头发；另一件事是有一次我们打架，他一拳打到我的乳房上，我昏倒在地，好些时间才醒过来。我奇怪这样刻骨的爱和疼我都忘了，我记得的更多的是小时候的他，他那么漂亮、那么可爱，我下一节课就要飞也似的回一趟家看看他。我给老师拿手指比划，我弟弟的脚丫子才这么小、这么小啊。

弟弟又回到了坪上的家中，家已非常破旧，也很冰凉，没有母亲，没有姐姐们，只有一个终日悲怨的父亲。不久，趁着父亲熟睡，他割破自己的身体，他想杀死自己，流了很多血，但没有成功。

父亲逃到了姐姐家，他从此不再与他的儿子相识。自此，我们的弟弟，我和姐姐便将既是他的姐姐，又是他的父母。

父亲开始和他离婚多年的大女儿相依为命。在姐姐家总门后面，父亲挂上一面大刀，木头的大刀、弟弟小时候父亲给他做的玩具，金粉漆的刀把银粉漆的刀刃，刀把上系一根红绸带。和那把锈蚀的小斧头不同，在漫长的时间里，木头显出了它的好脾性，它不容易变成别样的物质，它不会结出锈渍，它只会慢慢地老一些，再老一些。和风烛残年的父亲比，木头的老多么缓慢。它在门后，抵挡魑魅魍魉，银粉闪闪的刀刃，呈现出刀的光泽。这把刀，是老木匠快80岁时，留在身边唯一一个他亲手做的木器。

六

是城市里少有的一个圆形建筑，在城边的山顶鸟瞰，它就像一个揭了盖的精美谷仓或者鸟巢，椭圆的底端躺着天蓝色跑道。这是城市里最早的一个体育场，一圈高大的看台构成一个矗立着的圆圈，高高的圆墙之外，很多人围着它晨练或在黄昏时走步。

我迷恋上转圈，向晚时，混迹人流，踽踽独行。我想起德国艺术家克利的一根"行走的线"，一根有方向的线，一旦前行成圆，仿佛圆满，但又没有穷尽；仿佛可以不断与起点相逢，但又永不是那个起点。在高台之内那块平整的场地上，我曾参加过一次集体舞表演，小学时的一个儿童节，几十个女孩子分成若干组，在大喇叭放出的欢快音乐中跳皮筋舞，蜡光纸把橡皮筋缠得金光闪闪。蝴蝶结翻飞，每个人流光溢彩，音乐结束时，我们把脚下的橡皮筋定格成一个个金灿灿的五角星。掌声响起，我们汗津津气喘吁吁对视欢笑。圆最适合聚合，聚合目光、欢乐、能量。我张望往昔，那个参与其中的亮闪闪的女孩，仿佛另一个人。

体育场又像个大线团，把长无穷尽的跑道一圈圈缠绕在一个圆上，圆又让人想到钟表。在高高矗立着的看台的大圆外，很多人习惯逆时针行走。我切实地经历着课本上的常识，如果和某个人逆向而行，循环往复，你将不断与他相遇；如果同向并且匀速前行，你与前方的一个人永远相隔同样的距离。

体育场和我家一马路之隔。春天，体育场里，那排高大的梧桐树绽开满树大花，水洗旧的粉红花瓣，散发暗香。后来，每走到这排大树跟前，我会透过树枝，张望一扇窗户。那是个临时的家，姐姐和父亲在里面，父亲或许正靠着床看电视，姐姐大约正洗洗涮涮。

父亲老了，姐姐顾不过来他了，姐姐把家租住到我家附近。父亲很快喜欢上了这里，再无熟识的人可以遇见，再无熟识的事物随便勾起他的回想。没有人看见他的生活，即便踽踽于转圈的人流，他也不止于慌张担忧。我有时尾随父亲，像小时候那样，我们始终隔着距离，我们不迎面相遇，也不比肩而行。父亲歪斜的脊背写满悲切，他的白发像一盏行走在人群中的灰蒙蒙的灯。一天，我坐在远处，看父亲歪着身子走过，双脚拖沓的声音一直传到我这里，昏暗欲雨的天上，一个断了线的黑色人形气球，从他头顶缓缓地飘过来，从我的头顶飘过去，再缓缓消失在空中，那是个小小的人儿，我的心被忧伤浸透。

　　我们转着同一个圈，又仿佛一个隐喻。再后来，我和姐姐更频繁地往来于这个圆中。弟弟病重，我们在体育场给他租了一间小屋。从城市的不同方向，姐姐和父亲、弟弟、我，隔着很近的距离，我们貌似再度相聚。

　　弟弟的前方，伸展出一条可怕的路，我和姐姐都明白，不远处，有他难以逃过的终点，但终点离弟弟太近了。我们怕我们禁不住。

　　两个男人，在一个圆上，他们从不相互提及，也从不知晓彼此近在咫尺。父亲歪着身子，还能在这个圆上蹒跚，而我们的弟弟，拄着拐杖，走半圈已倾尽全力。

　　圆，一个多么圆满的词，稍有曲折，它就不成其为圆。首尾如若不能相衔，它们便永远错失完整。

　　弟弟总是嫌冷，夏天的太阳那样热，他还是手脚冰凉。他说，以后把我放在一个太阳终日晒着的地方。这样的地方，人世间有吗？

　　记得小时候，我刚开始学蜡笔画时，很喜欢画房子，我不懂透视，画出的线条构不成房子，后来我知道，窗户和门是方正的，但屋顶和墙要在纸上拉成好看的矩形。房子是有生命的，窗户是房子的眼睛，可以看进去也可以看出来；门是房子的嘴巴，含进去一个人，吐出来一个人，如果是家，出入的都是亲人。我后来学会画树，我画出一棵椿树，枝丫亲密地挨着矩形的屋檐；我把窗户画得很大，好从窗户看见屋里的大炕，炕上有父亲做的炕桌，旁边坐着父亲母亲，我和姐姐还有弟弟，我们在大炕上翻染红的羊拐骨；门帘要被风尽可能地掀开大大的一角，这样就能看到满屋摆放的父亲做的家具。只是家，一定不能再被大雨下破，家，要长出长长的根。

——选自 2015 年第 2 期《十月》

乌拉古城墙上的直角 格 致

正月初八之战

海西女真叶赫部主布扬古的妹妹，小名东哥。东哥之美貌，在满语里，没有找到与之匹配的形容词。于是越过山海关，到现代汉语里继续寻找，亦找不到配得上东哥之美的词语。只能再往前，跋涉于唐宋、汉魏，深入到古汉语的密林和清风明月中，不管相配与否，随手捡拾正被一群蚂蚁搬运的陈词滥调带回来将就使用："嫣然一笑，惑阳城，迷下蔡；其艳若何，霞映澄塘；其神若何，月射寒江；北方有佳人，遗世而独立。一顾倾人城，再顾倾人国……"

距叶赫部北两百多里，有乌拉部，部主布占泰，从南风中闻得东哥美名，遂下厚礼相聘，倾国倾城在所不惜；建州部主努尔哈赤，亦向叶赫求婚。东哥之兄，左右为难，乌拉和建州，都是强势部落。努尔哈赤已完成了统一建州女真各部的事业，正雄心勃勃地把矛头指向海西女真。而布占泰的乌拉部是海西女真四部中的盟主。这两个人布扬古谁也不敢惹。他倾向于布占泰，但那样努尔哈赤就会挥师灭掉叶赫；如果答应建州部，就会结仇于乌拉部。他没想到妹妹的婚事忽然升级为国家大事，关涉到多少人的生死。甚至关涉部落存亡，这让他不敢妄动，只能拖延，再拖延。先观望，先谁也不答应。

其实，布扬古的策略是对的，没招的时候先等一等，事态瞬息万变。他妹妹花落谁手，他说了不算；努尔哈赤说了不算；布占泰说了不算；而是由乌拉和建州的两支军队，通过一场殊死的战斗，才能把东哥的去向说明白。

1613年正月初八，乌拉部与建州部两国开战。乌拉部大败于建州部。一万乌拉士兵战死，布占泰逃亡叶赫。是日黄昏，乌拉部亡。

关于那场导致乌拉部亡国的战争，满族史家尹郁山在《乌拉史略》第三章明代乌拉部中这样描述了那场大战：

> 早饭过后，布占泰亲自披明甲，率都城和富而哈城二城三万步兵，来到富而哈城南面与大架子山之间的开阔地带（今金珠乡大荒山、南蓝、安扎木一带）队列摆好，准备决战。努尔哈赤犹豫片刻后，亲率大军三万，策马奔驰大江北岸。见到乌拉兵一色是步兵时，令将卒将战马脱缰放回营地，同时也摆好阵势，一步步由南至北逼近。一声号角之后，鼓角齐鸣，喊声震天，两部大军终于交锋了。
>
> 双方经过近四个时辰的激战，在刀光剑影、飞矢如蝗中，乌拉部校阿兰朱、纳兰察、业中额等人先亡于阵，随后节节败退。此时，乌拉兵伤亡已近三分之一。
>
> 佛索诺大将因率本部出城参战，富而哈城一时无人守护，布占泰忙令次子达拉穆率少许兵入城守护。建州兵曾几次攻打富而哈城，均攻而不克。建州部著名大将安费扬古急中生智，令其部下将战死的乌拉兵戎装，换穿伪装，冒充乌拉部由南向北溃退的败兵混入城中。当达拉穆发现城中兵员自相残杀时，方知中计，后悔莫及。一气之下，自刎于城楼上。此时，已近黄昏。
>
> 布占泰率残部退到乌拉城时，建州部著名将臣费英东已提前攻下乌拉城。布占泰只得率残部往城北逃去，过了松花江北岸后，再绕道西南向叶赫部逃去。乌拉部灭亡于是日黄昏之后。
>
> 此次之役，乌拉部被擒亡二万余。其中阵亡近万人。丢甲七千副。富而哈城焚之一烬……

战前和谈

据史料记载，在正月初八两军开战前，乌拉部主布占泰和建州部主努尔哈赤曾进行过一次和谈。那次和谈应该发生在十一月之前，也就是大江封冻之前。因为史料提到和谈时布占泰乘船来到江中，努尔哈赤则站在江西岸上，两个人隔着寒冷刺骨的江水进行了一次失败的对话。

那个和谈环节引起了我的高度注意：努尔哈赤和布占泰两个开战的国主，隔着松花江喊话。布占泰在江中，努尔哈赤在江西岸边。他们的和谈原本是有成功的基础的，因为他们两家是亲戚。布占泰是努尔哈赤的姑爷，努尔哈赤的宠妃阿巴亥又是布占泰的亲侄女。有这样的亲戚基础，是有利于和谈的，是可望达成谅解的。但他们的和谈没有成功，最后还是用武力解决了问题。这充分说明，女人在政治关系中起不到什么作用，该打的仗一定要打，并不会因为两国是姻亲就化干戈为玉帛。女人只是在和平时或矛盾很小时，帮助两国建立亲戚关系，有个见面的由头。

夜读满史专家尹郁山先生的著作《乌拉史略》，当读到建州部努尔哈赤与乌拉部主布占泰大战前的和谈一节时，我找到了他们和谈失败的原因：我感到和谈应该坐到一个屋子里，面对面。表情、神态、动作、衣着还有礼物等等，都是能参与和谈的。而隔江喊话，仅仅剩下了声音，而那声音也因为距离和江风而所剩无几。这种谈判不会成功，两方的交流不充分，只有互相的声音的残存部分在江上寒冷的空气中交会了那么一瞬间，就匆匆飘散。上句话和下句话不能很好地续接，谈话不时被冷风吹断。因为这种大风中的喊话很耗气力，谁也没有体力长谈。这么大的事，需要多少语言的说明啊，那么几句话什么事也说不明白。更由于距离和风，几乎每一个句子都不能全部抵达。在中途，定语被风劫掠，补语被江水吞噬，而那些饱满的助词，被路过觅食的海东青叼走了。剩下语句中的残骸、句子中最坚硬的部分，像箭一样刺伤了对方。布占泰在船头对努尔哈赤行三拜九叩大礼。对盛怒的岳父行大礼是必需的，但只有这个身体动作而少了语言从中帮忙，大礼也没起啥作用。

语言是最有用的，而战争，有时是语言错误的后果。

我从史料中找到了那次和谈中最关键的几句话：

布占泰说："有害于公主之事，纯属谎言，父汗不可以信。"

努尔哈赤说："限三日之内，将你的儿女亲人，包括诸大臣的儿女亲人，当做人质一并送来。不然辱女之事即为真。"

结局是这样的：三日过去，布占泰没有将人质送到努尔哈赤帐下，和平解决的唯一条件布占泰没有接受。布占泰战前试图将那些人质转移到叶赫，但由于建州部堵住了去往叶赫的道路而失败。

布占泰不送人质，就是不归顺建州。他从来不想归顺建州。就算答应和建州联姻，他先后娶了三位建州公主和郡主。他要自己的部落，自己的王位。努尔哈赤低估了布占泰。

战前：布占泰有三个月的时间

1612年旧历九月二十二，努尔哈赤就率大军来了，驻扎在与乌拉卫城富而哈城隔江相望的新村（今百家屯）一带。那年的大年努尔哈赤就是在百家屯过的。努尔哈赤屯兵江西，并不过江，每日命士兵站好队列——那三万人得站多长的队列啊！那长龙般的队列沿松花江西岸，从南至北，再由北至南，来回游动，向江对面的乌拉城示威。我想建州兵不会光在那岸边来回走，一定还喊口号来着，也就是他们还使用了简单、古老的语言。那三万人一起走动、一起呐喊，着实吓人。

努尔哈赤不进攻只拍桌子吓唬耗子，他的那些青涩的儿子都不耐烦了。五子莽古尔泰、八子皇太极多次请战，都被努尔哈赤大骂："譬伐大木，岂能遽推？必以斧斤砍而小之，然后可折。今以势均力敌之大国，欲一举灭之，能否灭乎。我国削其所属外城，独留所居大城。外城尽下，则无仆何以为主？无民何以为君乎……"（《吉林通志》）（努尔哈赤骂他儿子能骂得这么文绉绉吗？这是书面语，而当时努尔哈赤说的一定是口语土语。但大意应该是一致的。）

读到这里我想到一个问题，就算努尔哈赤已经发兵，已经把军队布置在了乌拉部的对面，只一江之隔，他还是不想打。他想虚张声势，想逼布占泰降。他发兵的时间是1612年旧历的九月二十二日。阳历应该是十月末。而东北乌拉地间的十月末刚刚降温，算秋末，江水远远没有封冻。也就是这个时间发兵如果没有船是过不来江的。而乌拉城在江东，要想攻城必须过江。那时的松花江可不是现在的样子，那时没有丰满电厂大坝，松花江还是一头猛兽。十一月末松花江才能冻结实。这就要在江西等一个月，也是给布占泰一个月的思考时间。一个月后大江冻住了，布占泰还是不降。努尔哈赤还是不过江，这说明他真不想打。大江冻住了，还在给布占泰时间。导致最后开战的是布占泰无法接受努尔哈赤撤军的条件。要么交出人质，屈辱苟活，要么决一死战。年轻气盛的布占泰选择战场。

努尔哈赤对乌拉部的第一次进攻

建州部主努尔哈赤对海西女真乌拉部的态度，多个版本的记载都指向一点——他不想对乌拉部用兵。但这不说明努尔哈赤不想征服乌拉部。他不用兵，是因为他认为不需要。用兵是最大的消耗：财力物力人力人命……努尔哈赤多年征战，可能已经厌倦了流血，或者他发觉有些战争不用流血就可打赢。在血战中成长壮大的建州部主，从用武器说话渐渐转向更省人命和金银的智力战争。他理解了战争，对战争有了更深刻全面的认识。通向胜利的道路有很多条。于是在对乌拉部的征服过程中，他最先使用的是智力和政治策略。

比如他最先使用了他的侄女额实泰（1598年送给布占泰为妃）。额实泰是努尔哈赤征服乌拉部的先遣部队。三年后又将额实泰的妹妹送给布占泰为妃。1608年又派出了他的女儿穆库什为布占泰贵妃，以增援两个侄女。在努尔哈赤那里，侄女、女儿，都是千军万马。其实女儿、侄女都是他的化身，他的那些儿子更是他的化身。这等于努尔哈赤把自己打散、揉碎，藏身在众多的儿子、女儿的体内，这犹如玄妙的分身术。不管是命令儿子率军冲锋陷阵，还是用华丽的马车连同金银细软送女儿去他国成亲，都是他在开疆拓土，以众多的化身亲临前线和敌后。这是他对战争有了深刻理解后的策略。他等于把自己碾碎,每一粒粉尘里,都有一个自己或自己的一部分。在一代枭雄努尔哈赤眼里,一切都是可用之兵。那么也可以这样归纳——他一直是一个人在战斗。

努尔哈赤的逻辑是:侄女和女儿会生出乌拉部主的儿子,而乌拉部主的儿子是自己的亲外孙,这不是一家人吗?还打什么?乌拉部主是我的姑爷,姑爷对我这个岳父泰山臣服就可以了。不反对我,不和别的部落联合起来反对我就可以了。其实努尔哈赤对乌拉部的要求很低。他并不想先灭掉乌拉部。他手里急需处理的事情还很多,而乌拉部是所有他要征服的部落中最强大的,以现在的国力,出兵乌拉是极其冒险的行为。所以他选择其他方式先稳住乌拉部。但乌拉部主布占泰早已洞悉建州部的内心。布占泰可不是等闲之辈,他的势力在海西女真中最为强大,在国力上和努尔哈赤不相上下。在这种情况下他不会好好当努尔哈赤的姑爷。凭什么我就得管你叫爹呀?于是他想出了一个办法:他把哥哥满泰的女儿阿巴亥送给努尔哈赤当贵妃。努尔哈赤没有拒绝,而且极为宠爱阿巴亥。这样,努尔哈赤和布占泰一下子变成了连襟,平起平坐了。从这一点,看出布占泰的雄心,他是不服努尔哈赤的。而且他也很有办法。这一招应该是和努尔哈赤学的。他当部主之前,曾在努尔哈赤的建州部"留学"三年。也学到了努尔哈赤用兵治国妙招。

努尔哈赤亲率大军兵临乌拉城下,只说明努尔哈赤的第一个用兵计划的失败。也就是乌拉国主布占泰打败了努尔哈赤的"第一次进攻"。努尔哈赤第一次向布占泰派出的兵力在人数上只有三个:他哥哥舒尔哈齐的女儿额实泰和妹妹额图哲,他自己的女儿穆库什即和硕公主。看来这三个女人有辱使命,没能很好地完成任务。

努尔哈赤为乌拉部培育了一个部主

原本布占泰和努尔哈赤没有什么关系。布占泰是海西女真四部中乌拉部主;努尔哈赤是建州女真部主。在明代,女真人约有三十六个大小不等的部落。经历战争互相吞并，最后形成建州、海西、长白、东海四个部落集团。建州部内有七个部落，都被努尔哈赤征服吞并。海西女真有乌拉、叶赫、哈达、挥发四部。努尔哈赤统一建州各部之后，实力强大，又得到明朝的册封。他进而开始了统一所有女真人包括海西、长白、东海各部的行动。他先统一了长白女真人，又吞并了海西部，然后是东海部。努尔哈赤在吞并海西部的过程中，与海西部的乌拉部遭遇，并与乌拉部主布占泰发生了一波三折的故事。他们之间的故事，有极强的传奇性。

乌拉部是海西女真四部中实力最强、最富庶的。鼎盛时期，"其疆域东南至今朝鲜民主主义共和国的北部，即稳城、庆兴、会宁郡一带；东北至今俄罗斯远东滨海地区和兴凯湖一带；北界至松花江南岸，哈尔滨佳木斯之间，西与西南与叶赫、挥发二部相邻"（《乌拉史略》）。

乌拉部占这么大地盘努尔哈赤怎么能听之任之。在努尔哈赤心里，整个东北都是他的，只等着他慢慢吞噬。但乌拉部太强盛了，努尔哈赤想收降乌拉部，不想硬碰硬。这一天，机会终于来了。

由于努尔哈赤为控制并削弱海西四部的经济发展，封锁了开原马市，掐断了海西四部与辽东和关内的经济交流，造成了海西四部经济的严重困难，因此努尔哈赤成为海西四部不共戴天的仇人。他们联合起来，共同对付建州努尔哈赤。战争就这么打起来了。这场战争是因经济利益打起来的，最后却导致海西女真被努尔哈赤全部吞并，基本完成统一所有女真各部的大业，为日后入主中原奠定了基础。

在古勒山城之战中，努尔哈赤打败了海西四部外加长白及蒙古联合的九部联军，并活捉了乌拉部部主满泰的弟弟布占泰。当小卒将布占泰送到努尔哈赤大帐，努尔哈赤见其不跪，气度非凡，就温和地问："你是何人？"努尔哈赤打了胜仗，心情很好，俘虏不跪不但不生气，还温和地说话。布占泰说："我是乌拉部贝勒满泰亲弟弟布占泰。请大汗开恩，赦我不死，可用万贯家财赎身。"努尔哈赤则亲解其缚，并拿来一套价值昂贵的猞猁狲裘让他穿上。

当得知布占泰的真实身份后，努尔哈赤不但没杀他，反而尊为上宾。但也没有放布占泰回去，而是养在宫里，并把亲侄女额实泰格格许给他为妃。

那时布占泰三十岁左右。

布占泰在建州部待了有三年。当乌拉部主满泰意外死亡后，布占泰的叔叔兴尼牙篡位，这时，努尔哈赤决定放归布占泰，并派两员大将护送，在建州部大将的保护下，兴尼牙逃跑，布占泰继位。

这一步应该是努尔哈赤扣留布占泰时候就想好了的。他想为乌拉部培育一个忠于自己的部落首领。没想到满泰死得那么快。据史料记载，满泰的死是一场令人匪夷所思的意外。说满泰和他的长子在一个嘎善宿营，入户强奸民女，被民女的丈夫所杀。事情就是这么简单和荒诞，令人回不过神来。

得到这个消息努尔哈赤差不多能笑岔气。不然他还得想办法除掉满泰，好扶持布占泰继位。

努尔哈赤快速把布占泰扶上部主的宝座。布占泰成为乌拉部主的那天，就是努尔哈赤占领乌拉的时刻。因为布占泰的命、王位还有贵妃都是努尔哈赤给的。布占泰现在是努尔哈赤的姑爷了，乌拉部应该是不用战争流血就成了建州的一部分了。收降了乌拉部，海西其他三部都不是问题了。

但是，布占泰可不那么简单，在努尔哈赤那里，他是阶下囚，一切都听努尔哈赤的。等他回到乌拉部，当上了乌拉部主，等于猛虎归山。布占泰是怎样的一个人，当他回到乌拉，努尔哈赤才算看清。

第一件事：当努尔哈赤发兵今朝鲜境内"六镇"时，布占泰也发兵去和努尔哈赤抢地盘，并抢到六镇中的三镇。乌拉的势力和物资都得到巨大扩充，布占泰的声威也壮大了。

第二件事：在一次建州部的军事行动中，布占泰的乌拉部队与建州部的军队遭遇。乌拉部首先挑衅，在乌碣岩两军交战。最后乌拉部大败。谁败并不是问题的关键，关键是乌拉部敢和建州部交战，而且先挑衅！

这两件事都清楚地告诉努尔哈赤，布占泰不是自己的盟友，是自己的敌人。这导致了1608年，努尔哈赤派军首征乌拉部，攻克了乌拉部东南门户宜罕山城。战后，就在同一年，努尔哈赤将亲生女儿穆库什给布占泰为贵妃。在努尔哈赤那里，每个女儿都不是白养的，个个重任在肩。他的那些儿子在战场冲杀，他的那些女儿哪个没上前线？甚至越过前线，深入了敌后。

从这两件事可以看出努尔哈赤做事的思路：布占泰虽然清晰地表达了自己的内心，强调了不肯归顺建州的意志，但努尔哈赤还是做了最后的努力。出兵乌拉攻克宜罕山城，是告诉狂妄的布占泰，我的军队随时可以灭了你的乌拉；送女儿穆库什是给布占泰一个台阶下，也表明要与乌拉部联盟的诚心。

布占泰则油盐不进，任努尔哈赤软硬兼施不改初衷。他就是要独立，不想归顺任何人。

布占泰的表达方式

为了示好叶赫，布占泰出奇招：将身边的三位建州女（额实泰、额图哲、穆库什）囚于一只铁笼子里，放在白花点将台上，用一种无毒有响的箭，以三位建州女做靶子，假射起来。

努尔哈赤闻之，勃然大怒，亲率大军三万，杀向乌拉部。布占泰不降。三个月后，灭掉乌拉部。

这场导致乌拉部灭亡的战争，看似由东哥引起，实则与女人无关。布占泰与努尔哈赤争相与叶赫联姻，都是要与叶赫实现军事上、政治上的联合。而叶赫把东哥给谁，就等于把叶赫给了谁。而叶赫当时是很关键的，如果叶赫与乌拉联合抵抗建州，那么建州是不敢动乌拉的。因此，当布占泰向叶赫下聘礼，努尔哈赤也立刻提出要娶东哥。虽然布占泰和努尔哈赤谁都没娶到东哥，但努尔哈赤实现了破坏叶赫与乌拉联盟的目的。

布占泰是先说要娶东哥的，以此与叶赫联姻，继而是两个部落的军事联合。努尔哈赤太强大了，布占泰也学会了用姻亲的手段加固国防。这招应该是从努尔哈赤那学来的。而努尔哈赤也向叶赫提出要娶东哥，以此试探叶赫的倾向：你是亲乌拉还是亲建州。叶赫部主犯了难。这两个主，哪个也得罪不起呀。布占泰听到努尔哈赤的举动，立刻派人给叶赫部送去厚礼，约定时日完婚。意在阻止叶赫被建州拉拢。

这哪里是争一个女人啊，分明是在争夺叶赫。

布占泰为了向叶赫表明态度，竟将身边3位建州女即努尔哈赤的女儿和侄女囚于木笼，做靶假射，以此示意叶赫，所爱非在建州。

到这里我想一个问题，布占泰为什么那么抵触建州部？他和建州联合与和叶赫联合，应该是建州实力强大。他为什么那么愿意与叶赫联合？因为与建州联盟是不平等的，是归降，努尔哈赤的强大给予布占泰无法承受的压力；而与叶赫的联合，叶赫弱小，没有能力压制乌拉部，是一种在平等基础上的联合，甚至是叶赫归顺乌拉。布占泰要联合叶赫抵抗建州。布占泰看懂了努尔哈赤的雄心，他要统一所有女真部落。自己早晚要被建州吞并。他对努尔哈赤女儿的态度，就是要联合叶赫。以为有了叶赫的联盟，努尔哈赤就拿他没办法了。

努尔哈赤得到消息，大怒。亲率大军三万，于1612年深秋，杀向乌拉部。将鄂佛罗城、宜罕山城、鄂谟城、逊扎泰城、郭多城、金州城逐个攻克，乌拉部只剩下都城和近卫城富而哈城了。三个月后，即1613年正月初八，努尔哈赤大败乌拉部。布占泰逃亡叶赫，乌拉国遂亡。

最后，东哥远嫁蒙古。

布占泰的八子洪匡加固了城墙上的直角

布占泰有很多个儿子，其中第八子叫洪匡，而洪匡的母亲就是穆库什和硕公主，努尔哈赤的亲生女儿。那么，洪匡就是努尔哈赤的亲外孙。1613年努尔哈赤灭掉乌拉部后，乌拉皇城被很好地保留着。好几位布占泰的儿子家人都归降了努尔哈赤。努尔哈赤在乌拉紫禁城里住了十天，编万户。安顿好了乌拉部的归降军民，任自己的亲外孙洪匡为"乌拉布特哈贝勒"，把乌拉的行政大全给了洪匡，并将褚英的女儿许配给洪匡为妻，洪匡时年十四岁。老努尔哈赤放心地走了，回了辽宁。洪匡的血管里有自己的血液，虽然有一半是布占泰的，但布占泰的部落已经不存在，新的乌拉没有布占泰的股份。努尔哈赤把乌拉留给洪匡，等于留给了自己。洪匡在努尔哈赤眼里，是自己的一部分，一小部分。

虽然乌拉贝勒是自己的血脉，但有一部分是布占泰的，这部分血是什么样的血，努尔哈赤太清楚了。这一部分血让努尔哈赤不自信起来。

过了几年，努尔哈赤派沙摩吉、沙摩尔两位西域籍回人，赴乌拉敬献两匹宝马。实则是一探虚实。

洪匡年轻，竟然让两位来者看他训练兵丁。

这些年，洪匡一直和他逃亡在叶赫的亲爹有联系。布占泰鼓动洪匡拜师学武艺，洪匡也听话，拜了吴乞发为老师，学得一身本领。布占泰不但让儿子学武艺，还告诉洪匡不要与努尔哈赤联姻。总之，这些年，洪匡一直在布占泰的控制之下。

洪匡为了恢复乌拉的辉煌，重整河山，暗自招贤纳士，招兵买马。

在洪匡的血管里，布占泰的血一直统治这年轻的洪匡，而努尔哈赤的血则没有什么作为。

这些事最后都让努尔哈赤知道了。明天启五年（1625），努尔哈赤已经67岁了。得到洪匡谋反的消息，努尔哈赤于这年的正月初七，亲率精兵三千，征讨乌拉。

洪匡没有求饶，而是率兵千余人，出城迎战。他哪里是努尔哈赤的对手，很短的时间，城就丢了。洪匡向北溃逃，又被堵截。洪匡冲出重围后，渡江向北，最后来到金州砬子山上，往下一看，乌拉城火光冲天，解下衣服上的带子，自缢身亡。时年26岁。

这次努尔哈赤生气了，杀了洪匡家眷五百多人。上次努尔哈赤进城后，对乌拉那拉氏几乎没有杀，只在战场上杀了。这次，努尔哈赤对那拉氏彻底绝望了。这个姓氏的人，几乎是不可征服的。他想办法在乌拉那拉氏的血液里注入了自己的血，都没有效果，只能杀了。

洪匡的反抗，是自己反抗自己。这能不让人生气吗？这不杀人怎么收场？

布占泰的众多儿子中，除战死，几乎都归降了努尔哈赤，只有有自己血脉的这个最后反抗自己。老年的努尔哈赤，在这件事上受到了沉重的打击，多年的怀柔政策彻底失败。乌拉那拉氏宁折不弯。

白菜、菠菜、玉米

明代乌拉古城遗址在旧街村。我妈生前在对乌拉街的叙述中也常出现这个词——旧该（该应是嘎善的变音。嘎善，满语村屯的意思）。我现在也是在一步步走进我妈的叙述。我妈叙述乌拉的词语洒落了一地，我是踩着我妈的句子走进来的。

我从南面来，遇到的第一道城墙，是乌拉城的外城墙。乌拉城总共有三道城墙：外罗城、内罗城、紫禁城。我看见在我走的道路的左侧，向西延展有两百米的土墙。墙高仍有5米，上面已被荒草和树木覆盖。我想多亏了那些也许是自己长出来的榆树。那些扩张的根系，抓住了古城墙上的泥土，不然风、雨水等早就把城墙夷为平地了。在这里，对明代古城墙最有力的保护者，不是人或哪个单位，而是那些大榆树。距外城墙往北约200米的地方，又出现了一道上面长满大树的城墙，那应该是内罗城的城墙了。在内罗城与外罗城的中间，是大片的玉米地。此时是深秋，玉米已被收割。在这两道城墙的保护里，玉米应该长势良好。那些躺倒在地的玉米秆都很粗壮，干枯的叶子也很肥大，可以想见那被摘下运走的玉米，也会是硕大的、饱满的。那些玉米不知最后会到哪里。长在这样的地方，它们不会和其他地方的玉米一样，它们穗穗都怀揣故事——乌拉古城、布占泰、努尔哈赤、阿巴亥的故事。谁吃了这里生长的玉米，谁就会讲述那些故事。

在玉米地的北头，靠近内城墙的地方，我看见了一座红砖紫瓦的民房。那是这里农民的住宅。院子里有一座玉米篓子，金黄的玉米堆在里面。原来，那些在城里长大的玉米都集中到了这里，还没有被运出去。我感到那每一穗玉米都像是一个乌拉士兵，他们聚集在城里的军营里，等着努尔哈赤的到来，好和侵略者决一死战。而据史书记载，在外城和内城的中间地带，是乌拉的兵营，也就是现在生长大片玉米的地方。那场发生在1613年正月初八的保卫乌拉的战争，对于乌拉士兵来说，是真正的殊死决战。三万人，战死一万。

那座内罗城墙外的玉米篓子和里面的玉米，在我眼里，就是布占泰的军队。每一穗玉米里都隐藏着一个乌拉士兵的魂灵。他们在那天战死了，倒在地上，血液渗入乌拉大地的泥土。泥土里长出的玉米，能和他们没有关联吗？他们隐身于玉米，继续站在这里，守卫着自己的家园和亲人。

我在想，这一家为什么可以住在这里，在古城墙里种玉米、盖房子、过日子？当地政府没有把居民都迁出老城，让他们继续在这里生活、种菜、种玉米，我感到心里很安慰。尤其是那些战死的士兵，他们在回来的时候，看到的不是空荡荡的土城墙和遍地瓦砾。城里有这么多人在居住，大部分居民是他们的后裔。看到自己的子孙还住在城里，他们会觉得他们并没有失去他们的国家，没有失去他们的城池。当那些子孙种下的玉米、菠菜、白菜、大蒜长出来的时候，他们已经感不到被砍杀时的疼痛。有的士兵就安心地做了一棵玉米，在玉米灌浆的时候，随着一丝秋风，进入到一粒玉米里，在一粒玉米里，他结束了那么多年的游荡，感到安全，并且不为城里的家人担心了；有的士兵选择了一棵白菜，你要细心看那些长在老城里的白菜，那些白菜比哪里的白菜都长得好，长得大。大多数士兵选择了白菜。白菜有那么多层叶子，一层一层包裹着。如果一个士兵坐在一棵白菜心里，那些叶子就会片片向他的头上盖过来，直到把他严严实实地包在里面。那些白菜叶子太多了，太紧了。那么多层，连箭也射不进来了，连大刀也砍不进来了。当那些在战场上阵亡的乌拉士兵回到城里的时候，他们选中了白菜。白菜里暖和安全，层层叠叠的白菜叶子，把惨烈的战争、砍刀和箭矢挡在了外面。士兵们已经战死了，他们不想死第二次。所以啊，当你在吃乌拉街的大白菜的时候，要一片一片地剥开吃，不要把一棵白菜整切，那样会伤到那些伤痕累累的灵魂。

我顺着外城墙的里面，玉米地的南头，往里走，走了有一百多米，又看见一户人家，也是红砖紫瓦的房子，但在这户人家的前面，种的不是玉米也不是白菜，而是秋天的小菜，比如菠菜、香菜、生菜等等。这些蔬菜也都收割完了。在脚边我发现了几株遗漏的菠菜。因为别的菠菜都被收割送去菜市场了，剩下的几棵忽然获得了广阔的生长空间，它们快速长大了，不是往高长，而是向四周长。它们长成面积很大、叶子肥大的菠菜。原来一株小小的菠菜都有这么强烈的占地盘的心。我很少见到这么肥壮、霸气的菠菜。我猜它们原来长在众多菠菜的中间，被其他菠菜欺压，无法长高更无法长大。它们是那些菠菜中最细小的，以至于主人在收获的时候，它们都小得拿不上手，从指缝间遗漏了出来。当大批菠菜被运走，剩下的几棵才终于见到了阳光，它们向四周伸展叶子，长成一个大圆盘。这个由一棵菠菜长成的大圆盘非常惊人。

我第一次看见一株菠菜可以长成这样！那个由菠菜叶茎铺成的圆盘，很像是这棵菠菜在开心地大笑，很像这棵菠菜的笑声向四周扩散。

我感到布占泰和他的第八子洪匡都是努尔哈赤手指缝中的菠菜，努尔哈赤给了他们长大的时间和空间。

——选自 2015 年第 1 期《中国作家》

大河家　　杨海蒂

　　大河家是甘肃临夏的一个回民小镇。大河家，因黄河古称（大河）得名，因大禹治水闻名。大——河——家，这三个字组合到一起，便有了特别的韵致，风华从朴实中出来。

　　到达大河家时，已暮色四合，街道越来越空旷、安静，偶有成群骡马悠悠然走过；广场上，三三两两的人在惬意地散步，一群女人在欢快地跳舞，舞曲是优美的花儿和藏歌。

　　是夜，我宿在黄河边的旅馆。

　　凌晨4点多，一阵高亢的唤礼声凌空骤起，我猛然惊醒，屏息聆听，却已万籁俱寂；过了几分钟，清真寺的邦克声再度高扬，紧接着，鸡鸣狗吠，然后，天地间又是无比宁静，我听得见自己的心跳。

　　一种极致的美，带着不可言说的神秘，直抵灵魂深处。这样奇妙的遭遇，于我是平生第一次。我激动不已，拉开窗帘往外看，只见远处灯光若明若暗，让我感觉暖意融融。

　　天刚亮，我迫不及待出门。

　　站在大河家大桥上，不见"黄河之水天上来"，不闻"风在吼，马在叫，黄河在咆哮"，四周回荡着微风。清澈的黄河水，波澜不惊地从我脚下流过。黄河一路狂欢奔腾，冲出积石关后，立马收敛起野性，变得波平浪静，使大河家得水藏风。

　　积石关为古二十四关之首，关内"积石神功"为河州八景之首。积石峡两山对峙，隐天蔽日，山势险峻，峭壁千仞。在史书上，"积石雄关"是一个不可忽视的地理名词：《大河赋》载，"览百川之弘壮，莫高美于黄河；潜昆仑之峻极，山积石之嵯峨"。"双峡中分天际开，黄河拥雪排空来；奔流直下五千丈，怒涛终古轰春雷。"（解缙《题积石》）"地险天成第一关，岿然积石出群山；登临慨想神人泽，不尽东流日夜潺。"（清·李玑）"美哉，山河之固，金城形胜，莫有过此者，皆大禹圣人神功也！"（刘卓《题积石》）

积石关是大禹治水的源头。据《尚书·禹贡》记载，大禹治水，"导河自积石，至龙门，入于沧海"。稀世珍宝青铜器"遂公盨"上的铭文，不仅记载了大禹治水，还记述了"禹"是夏王朝的奠基人。没有大禹，便没有夏，更没有"华夏"。

大河家，是华夏文明最重要的发祥地之一。

在大河家，一河分两省，一镇连五县，一桥联五族；大河南北两岸，也正是黄土高原与青藏高原的分界。隔河相望，是积石山脉分水岭，黄河水贴着山根流淌，青海省民和县官亭古镇就在百米之外；古有"官亭伺候"之说，迎送官吏都在此地。顺河眺望，是古丝绸之路之要冲：临津古渡。千百年来，积石关前的大河家渡口，以水运沟通着陆运，以中原沟通着西域，以中国沟通着中南亚，边将戍卒、商贾行人络绎不绝，张骞、隋炀帝、成吉思汗……都曾在此地渡过黄河；王震大军强渡黄河挺进青海，临津古渡功不可没。

眼前的临津渡口，萧索、静默，只有遗存于黄河岸边的两墩石锁、孤零斜吊于河面的一条铁索，无声地诉说着历史的沧桑。

保安腰刀，是大河家另一张名片。当琳琅满目的保安腰刀映入眼帘，恍然间，我似乎穿越到了冷兵器时代。大河家是保安族聚居地。民族瑰宝保安腰刀，是保安族的骄傲，曾是"西北王"马步芳部的主要装备，其制作工艺列入国家首批"非遗"名录。鼎盛时期，大河家一个村庄就有数百名工匠。在顶级刀匠眼里，腰刀有生命有灵魂，刀道如人生，须得千锤百炼方成大器。

精美锋利的折花刀，是保安腰刀中的珍品。它优美的花纹，让我想起大河家大桥下碧波荡漾的黄河水。在我看来，藏刀刚猛却失之粗犷，蒙刀彪悍但太过霸气，英吉沙小刀锋利而偏于精巧，只有保安腰刀，璀璨夺目又简洁大气,英气逼人又质朴低调,与大西北风土民情相吻合,极具王者风范,或许,这也就是周总理曾将它作为国礼赠送外宾的缘故吧。

回到车上,有人吟唱起花儿:"什杨锦把子的钢刀子,银子包哈(下)的鞘子,青铜打哈(下)的尕镲子,红丝线绾哈(下)的穗子。"赞保安腰刀,真是好听。全车人都闹着"再来一个!再来一个!"他拗不过,唱起一首更为古老的大河家花儿:"大河家里街道牛拉车,车拉了搭桥的板了;你把阿哥的心拉热,拉热者你不管了。"唱的是大河家昔日繁华景象,好听极了。

腰刀、花儿,英雄主义与浪漫主义总是气息相通。大河家神奇雄伟,大河家风情万种。

——选自 2015 年 11 月 4 日《文艺报》

判断者说　　王　族

马的伤痛

【说法】

马受到人们的喜爱和赞赏后，却变得越来越模糊。造成这一结果的原因是人们给了马太多的赞誉，这些赞誉像五彩缤纷的光环挂满了马的全身，以至于马自身的色彩逐渐消失，没有人能真正了解马了。

马因为是专门供人骑乘的，而且奔跑的姿势优美，速度超群，所以与其他家畜相比，马的地位高高在上，而且深受人的关心和爱护。不仅如此，马似乎还颇具灵性，总是能够领会人的意图，让人骑乘时得心应手，忍不住要赞美几句。时间长了，那些赞誉便让正常的马嬗变为异质的马，让人觉得马都是神异之物。马和人的关系之所以密切，是因为马满足了人们的精神需求，所以人很愿意把马想得更完美一些。人的心理或精神，在更多的时候需要借助别的事物加以映衬，才能得以慰悦或巩固。马在很多时候便能给人以安慰，并因为马的行为总是表现得激昂和刚烈，所以人们把马视为阳刚之物，自觉或不自觉地把马当作精神依靠。比如马的奔跑，其速度之快，蹄音之清脆，身姿之矫健，嘶鸣之悦耳，都让人心生欢喜之情，为自己拥有这样的马而骄傲。有一群作家刚好看到了马群奔跑的这一幕，其中的散文家说，它们密集的蹄声，像一场大雨落在了大地上；诗人说，这是心灵的闪电；小说家说，晨曦中，一群马在快速奔腾，四蹄把泥土踩得飞溅起来，不一会儿，它们身后便飘起一层厚厚的烟尘……有一位牧民在旁边听到了他们的话，低声甩过来一句话：胡扯个球，马是饿的，急着去吃草呢！

　　马不论走多远的路，只要人不停下，它们的四蹄就不会停止迈动。有人骑马在沙漠中跋涉了很长时间，终于到达目的地后，他觉得是马让自己渡过了难关，便说，没有走不出沙漠的马，马都是好样的。他的马好像听懂了他的话，望着他，鼻息粗重，眨动着疲惫的眼睛，里面没有任何神情。这时传来一个消息，有好几匹马在沙漠中倒地而亡。他想起自己刚才说出的那句话，内心生出几分难堪之感。第二天早上，他发现自己的马死了。在昨天夜里，他一觉酣睡到天亮，但他的马却不知在几时突然死了。它的身骨似乎塌散了，趴在地上变成了一团，有蚂蚁从它鼻孔中出出进进，看着让人骇然。我的马被累死了！它跑了那么远的路，把力气都用完了，连休息一下缓过劲儿的力气也没有了。他哀叹一声，一屁股坐在了地上。

　　在另一件事中，人们把马神化成了动物中的英雄。有一匹种马，对配种这样连续重复的事情已经很厌烦，但凡它看不上的母马，绝不与其交配。有人想了一个办法，用黑布蒙住它的眼睛，然后让一匹母马去诱惑它。不明真相的它与那匹母马结合了。完事后，人们揭去蒙在它头上的黑布后，它便什么都明白了，它痛苦得从村中冲出，在山上乱跳乱蹦，后因不慎一蹄子踩空掉下了悬崖。但人们在讲述这件事时，却将其变成了另一个版本：它被揭去蒙在头上的黑布后，明白自己高洁的品行在一场骗局中被玷污，突然痛苦地嘶鸣了一声，扬起四蹄向一处悬崖跑去。人们想把它抓住，但它很快就纵身一跃跳下了悬崖。这样一说，这匹马便有了视死如归的精神。

　　人们之所以篡改一件事的真相，大概是想用神化马的方式，遮掩自己的难堪行为。但事情却发生了变化，本来人们以为那匹马掉下悬崖后摔死了，不料几天后它居然一步三摇地回来了。它的一条腿摔断了，用三条腿艰难地走到主人院子里，嘶哑地叫了一声。最后，它终于死了。它死后，人们很少提及它回来的那段经历，仍然喜欢谈论那个编造的它视死如归的故事，说得多了，它便似乎又停留在了那个故事中。

　　本来，它身上是没有光环的，它从死亡中挣扎回来，只想得到人的帮助，从而依靠人活下去，但人们给了它光环，它被那道光环阻隔，所以它只能死去。

【事实】

怎么说呢，看到阿克哈巴河的那一刻，我的第一个感觉是，它不是一条河，而是一块被遗忘在这里的透明的布，也许它已经被遗忘得太久了，所以便停滞不前，甚至已经忘记了自己还可以向前流淌。

阿克哈巴河是从上游被月光照白，变得明亮后呈现出了明显的动感的。我看见月光一经铺入河中后，河水便一下子变得透亮了，而且河水似乎也在向下汹涌，这种汹涌像是一团白光在涌动，并且越来越快，似乎已经倾泻起来。月光顺着河道从我面前移动过去，像一支大画笔似的把阿克哈巴河逐一抹白，我看见河水的内层也被月光照亮，显露出一层很深也很厚重的水域。月光移动过去之后，河面只有一层淡淡的亮光，让人觉得阿克哈巴河仍然是一团白光在涌动，只不过变得更加沉迷冷峻。

这时候，一位哈萨克族牧民骑着马一边向这边走，一边唱着歌。因为有了他的歌声，空旷的夜晚一下子便被打破了，似乎走近的不是他和他的马，还有很多东西。他走到我跟前，从马上跳下来，愣愣地望着月光中的阿克哈巴河。我觉得他有点奇怪，为何突然瞅着这条河发起了呆？过了一会儿，他表情非常复杂地看了我一下，然后转过身去，准备牵马离去。我不知道为何突然想和他说几句话，就使用称谓朋友的哈萨克语叫了他一声。哎，佳克斯（你好，朋友）。他听到我的叫声后停了下来，准备去牵马的那只手在半空中犹豫了一下，还是收了回去。他走到我跟前，也像我一样说了一句，哎，佳克斯。他的声音很有磁性，一字一顿，感觉像是有坚硬的东西碰撞了过来。打过招呼后，我在一扭头间，我发现他的右手上有血。再仔细一看，他的那只手正在流血，一滴一滴的鲜血从指缝里流出，滴在了黑暗里的沙土中。此时月光正亮，因而他的那只手掌看上去黑糊糊的，可以肯定已经有大量的血流了出来。我有些诧异，问他，你的手……他把手伸到我跟前。我看见他的手心扎着一根像筷子那么粗的骆驼刺。我问他，这是怎么回事？他说，刚才，我的马看见阿克哈巴河被月光照亮，就狂跑起来，我不小心跌落在地上，这根骆驼刺就钻到了我手心，我本来想在河水中把手上的血洗掉，但一看见阿克哈巴河，我发现我从来都没有看见过它在月光中会是这样。它太干净了，我不洗了，我怕把河水弄脏。说完，他翻身上马，两腿用力一夹马腹，那匹马便奔腾而去。不一会儿，远处传来了他的歌声。我知道，此时的他跟刚才来到阿克哈巴河边时一样，正高声唱着歌，而他手上的鲜血伴着歌声，正从他的指缝里一滴一滴地落入沙漠。

文章写到这里，我才想起，当时他面部的颜色和阿克哈巴河一样，都是被月光照亮后，有一层清洁的东西在涌动。

过了几天，我在那仁牧场上再次遇到了他。那天的雨奇怪，说下就下。下午的时候，我们的车子在草场中行驶，刚看见远处有一朵巨大的乌云飘了过来，还没想到雨，雨就铺天盖地下了起来。天地顿时一片暗淡，牧场和远处的山像是变得害怕了似的，一下子都躲进了黑暗之中。偏偏有一辆马车这时仍在牧场上行驶，由远及近，从一个小黑点慢慢变大，也慢慢驶近。是一辆拉着马草的马车，驾车的人坐在马车上，也许他觉得在雨天的牧场上无处躲藏，便索性赶着马快速向前。他挥动的马鞭有些缓慢，也有些迟疑，马车更是行驶得仓皇而沉重。一阵风刮来，雨密集了起来，马车似乎被裹进了一个再也无法钻出的巨大口袋中。

我抬头看了看天，那朵云占据了整个天空，远处的草地也已被笼罩在阴影里，驾车的人如此这般能跑到雨的前头去吗？雨带来的凉意浸入我体内，我打了一个寒战，我为他的这种徒劳感到无可奈何，但我又不能阻止他，放牧的人怎么会听一个外人的话呢？我们只能躲在一棵大树下，怀着复杂的心情看他怎样在雨中奔跑。

驾车者又加快了速度。马几乎已经撒开四蹄奔跑了起来，而雨又下得大了很多，雨水打在马身上，把它洗得净亮，但我们看着马，却觉得那是一种冷冰冰的光亮。马的蹄下是泥淖，它一经踩下便有脏水溅在身上，但它却并不顾及这些，仍将马车拉起快速往前驰去，有好几次，两个轮子都已离了地。我担心马车会翻，这样的地形，这样的速度，稍有不慎就会倾翻在地。然而，正应了人常说的，不好的事情有时候只要你一想，它马上就会发生。我担心马车会翻的念头刚一出现，它像是被什么从底部掀了一下似的，突然向上翻起，然后发出几声裂响落地，翻了个底朝天。马车夫从马车上被摔出，像一只鸟儿似的跌落在一堆石头上。马在车子翻倒的一瞬奋力一挣又向前窜去，它太有力量了，翻了的马车居然又被它拉动了起来。它拉着马车向前跑去，马车发出一阵沉闷的声响，像是车架正在扭结着断裂，很快就要在地上散成一堆。

我们跑过去，先救马车夫。这时我才认出他是前几天在阿克哈巴河边见过的那位骑马者，拉马车的马也是前几天的那匹。他摔得不轻，脸上流着血，胳膊已经抬不起来了，嘴巴痛苦地歪向一边。我们要把他抬到我们的车上去，他却不停地喊着马、马……马还是摔倒了，那根套在它脖子上的绳子慢慢滑下，绊住了它的两只前腿，使它轰然倒地。它倒地之后，不再动了。在他的要求下，我们将他搀扶到马跟前，他请求我们把马身上的那根套绳解下，并把马放开。他说着这些的时候，一直在哭。但令我不解的是，在刚才的疾驰中，他难道就没有想到会出现这样的结果吗？他是不是为了保持一个驾马车者和一匹马的态度，不落得这样的下场，就一定不会停止呢？

马身上的那根绳索被解了下来，我原以为它会站起来，但它却一动不动地卧在地上，不停地端着粗重的呼吸，双眸中有一股痛苦的神情正变得越来越大，将它昔日的那些钢毅淹没得越来越少。我触目惊心地发现，马也在哭，有两行泪水从双眸中涌出，触目惊心地挂在它脸颊上。谁也不会想到马是会哭的，因为马一直在耀眼的光环里，是不应该哭的，但现在它哭了，似乎它一下子便嬗变到了最为真实的一面，而那些昔日的光环也纷纷消失。马车已散架，不可能修复，马在地上卧了一会儿，挣扎着站了起来。我们无法再说什么，帮他把马车部件收拾在一起，把马牵到他跟前，然后默默离去。身后，一个马车夫依靠在马腿上，一人一马，像两个从擂台上败下来的武士。

好几年过去了，对那匹在牧场上摔倒的马一直记忆犹新，我想起俄罗斯诗人曼德尔施塔姆的诗句：黄金在天上舞蹈，命令我们歌唱。今年，我不可能再有外出的机会，但我很想再去看马，看马的挣扎、马的忍耐、马的眼泪、马的血、马的伤口、马的尸骨……看不到这些，就看不到马的命运。

以后，我将如何写马？

生长的树

【说法】

新疆少树，因此树便显得珍贵，而显得更珍贵的是树的生长。一棵树在干旱缺水之地能够活下来着实不易，一场场大风把它跟前的沙子石头都刮走了，唯独它裸露着根活了下来。因此，人们便觉得这样的树身上有一种顽强的精神，并对它发出赞叹。赞叹在很多时候都是一种光环，而且还有明确的指向性，所以受赞叹者往往都会因这种光环而价值陡增，显得与众不同。

上面情形，说的是胡杨。由于胡杨多年来一直保持着一致的形象，所以人们对胡杨的生命给予充分的肯定，"胡杨"二字因此便变得像一种符号，代表着刚毅、执着、顽强等等，让人觉得胡杨与人有一种对应。这个对应多好啊，人可以勉励自己像胡杨那样活着，不论多么艰辛，只要体现出了精神，人的价值照样能够得以体现。但写到这里，我已经对自己的叙述方式有些厌烦，我不想用这种理性或论述的文字写下去，虽然这篇散文的主题是写人们对一件事的说法和事实的对立，但实际上谈论的是新疆现象，以及人们长期以来对这些现象的误解和被遮蔽的真相，所以除了用论述文字外，我找不到更好的方式。我有一种沮丧感，想让自己像动画片《猫和老鼠》中的那只猫一样，在被折磨得死去活来时，便喊出一句：是谁写的这个破剧本，让我这样，我不高兴。我想，我是反对人们集群式赞叹胡杨的，胡杨原本就是一种普通的树，而且像所有的树一样，并不具备精神和意志的外在行为，但人给予了它们一种精神，所以它们便变成了人们需要的一种树。于是乎，人们对胡杨发出了这样的赞叹：生三千年不死，死三千年不倒，倒三千年不朽。长期以来人们像朗诵诗歌一样说着这句话，不少人为此被感动，三个三千年加在一起就是九千年，胡杨的生命力是多么顽强，它们的意志是多么伟大。

在塔里木盆地，天天一出门就看见胡杨的牧羊人的头脑很清醒，他们说，三个三千年的事情，谁看见了，说这话的根据在哪里？有什么根据呢，三个三千年，不死、不倒、不朽，如此整齐的排比，不是人为的美化又是什么？

后来发生的一件事便是最好的说明，在塔里木河畔的一个地方，有一大片胡杨在一个夏天先是树叶发黄飘零，继而又干枯，树身腐朽，接着一一倒地。有专家去调查，得出的结果是因塔里木河水流失严重，那片胡杨林干死了。前后几个月时间，那片胡杨便经历了死、倒、朽的全过程，彻底否定了人们一贯高唱的三个三千年的胡杨悲歌。可惜这件事知者甚少，所以轻浮的赞叹仍在持续。去年我在一家报纸副刊上看到一位散文家写的关于胡杨的文章，我想以他的见地该不会再轻浮赞叹胡杨了，不料整篇文章仍是三个三千年的事情。我放下报纸，心想以后不用再看此人的散文了。

另有一件关于树的事更有说服力。在天山的很多地方，有一个令人费解的现象，山坡的阳面不见一丁点儿绿意，而阴面却长着郁郁葱葱的树。于是人们又发出赞叹，天山上的树喜欢选择绝地而生，富有挑战精神，总是能够在山坡的阴面生长。更多的人听到这样的赞叹后，应和着把这种赞叹传播开了。由树而阳光，又遇到了一次神奇的仰望。阿尔泰的山一阳一阴两面截然不同，而山脊像刀刃似的把阴阳两面的山坡扔下，憋足了气向上延伸，最后插入了云霄。因为山脊，阳光照不到阴阳两面的山坡，像是被阻止了似的，只能落在山脊上。山脊因而显得颇为明亮，就连上面的石头也闪闪发光，不时折射过来刺眼的阳光。因为阳光的原因，在阿尔泰山中最吸引人眼球的总是山脊，往往人还没有走近，那一抹被阳光照亮的亮色便先吸引了人。看这样的山脊多了，心里便渴望能否看到一些别的景致。走不远，果然又是一景，而且这次的风景让阳光再次充当了主角。沿山脊而下，阳光照到了阳面，至于阴面，则处在一片黑暗之中。细看之下，更有意思的事情出现了——阳光普照的阳面居然不长一草一树，而没有一丁点阳光的阴面却长了密密麻麻的松树；由于它们长得太密集，猛一看只是模糊的一团黑色，再看才发现是树。这就怪了，有阳光的一面寸草不生，没有一丝阳光的一面却郁郁葱葱。为何？之后的几天，便一直被这个问题困扰，不停地向人们打听，想知道答案。牧民们在山里生活很多年了，对好多事情都烂熟于心，所以答案很快就有了：阳面容易被风吹到，树的种子一落到这里就被风吹走了，所以不长树。我着急地问，难道一个种子也留不下吗？牧民回答，留倒是可以留下，但还是因为风大，刚发芽不久就被风吹走了根部的土，最后又被连根拔去，死了。原来是这样啊，我为树苗惋惜的同时，也为这些充足的，派不上用场的阳光惋惜。另外一个答案是：阴面冬天积雪多，即使到了酷夏也有冰雪，冰雪多雪水自然就多，对这一面的土地滋润得好，就长出了树。再说，松树是一种不分阴阳之地都可以生长的树，所以便在没有阳光的阴面长得郁郁葱葱。

两个答案都依据的是科学，从牧民嘴里说出来似乎有些不可思议，我觉得他们讲出的应该是一些离奇的事才对，因为他们祖祖辈辈在这里生活，看到的和听到的一定比外人要多得多。

【事实】

一阵风刮起，一片树叶飞了起来。远远地看着，我觉得它像一只鸟儿。我在心里说，再飞高一点，你就真的是一只鸟儿了。果然，风又把它吹了起来，它真的变得像一只鸟儿，而且是一只正在运载阳光的鸟儿，一直要飞到太阳中去。我又在心里说，飞到太阳中去吧，把大地的阳光返回给太阳。我盯着它，它越飞越高，越飞越小。突然，风停了，它飘摇着从空中落下，落到了艾力家后面的山坡上。这是多么幸福的一片树叶啊！被风的大手抓着，享受了一次不用努力就可以得到的飞翔。

看不见那片树叶后，我才低下头。这时，我看见了小巷中的那棵小树。小巷中房屋连毗，巷道也较为逼仄，所以没有别的树木，而这棵小树的出现就显得有些稀奇，站在小巷口就可以一眼看见它。但让人觉得奇怪的是，它几乎贴墙而生，枝条和叶片像挂在墙上的一幅画。雨从未落向这里，在这样的情况下，一棵小树在顽强地爬起之后，又是靠什么活下来的。这些是无法从更具落差感的喀什能得到答案的。在喀什，人们栽下一棵白杨树后，总是要像守孩子一样守护它们。苦熬数年，房前有了绿阴，便有了生活的乐趣。离开古城墙不远，我看见一位老太太在栽树。她把水桶放在一边，去给树坑填土，填完土又用手去压土，这时候，她提来的那个水桶倒了，她惊慌失措地用手把水桶扶起，她的双手剧烈地颤抖着。她再次用双手去压树坑中的虚土，水桶又倒了，水"哗"的一声全倒了出来，刹那间渗进干旱的沙土中，老太太伤心地哭了起来。我不知道后来是怎样的情景，因为当时我无法再看下去，不得不转身离去。

　　我看着小巷中的这棵小树，心想它也许知道在这狭窄的小巷中生存不易，所以便极其紧凑地贴墙而生，它不去妨碍人，人便不会嫌它碍事把它砍掉。我们是去巷中的小饭馆吃饭的，主人很快就将揪片子（汤面）端了上来，吃着可口的揪片子，我忍不住还是时时回过头去看它。是谁把一棵树栽在墙根的呢？后来细问之下才知道这是一棵小白杨，是它自己长在这里的。是在一个刮风的天气，有杨树籽被刮进了这个小巷，人们看见那么多的树籽在路上，踩上去不舒服，就把它们扫了出去。有一些树籽漏在了小巷中，但它们都没有生根发芽，只有墙角的一粒长出了幼小的树苗。因为它是小巷中是稀有的一棵树，所以关于它便有了很多话题。比如人们根据它的长势判断，它长到现在的样子是要停一下，把树身长粗，然后第二次向上猛蹿，一下子就会长到三四米。有人甚至还给它编出了谚语：小树长一长停一停，端口气一下子顶天堂。小巷中一直放着民歌，使小巷具备了新疆较为常见的那种安详和沉迷的气氛。而坐在棚下吃饭的人一扭头，就看见了这棵小白杨，心里顿时又会有更舒服的感觉。

　　小饭馆的主人是一位塔吉克族小伙子，戴黑毡帽，留小胡子，于聪明间透露出几分浪漫。他准备让这棵小白杨一直长下去，就像他的小饭馆理应一直存在一样。说起这棵小白杨，原来却还有很多故事。自从它长在这里后，总是难免要遇到一些麻烦。在春天，它长出嫩绿的树叶，孩子们觉得好看，总想伸手去摘几片下来玩，大人们呵斥几声，孩子们才离开；冬天巷子里结冰，人们怕摔倒，经过它跟前时总是用手去扶它，时间长了，它的枯干上便有皮掉落。它其实还很单薄，这样的重负自然承受不了。有一条狗在夏天喜欢卧在它的树阴中，时间长了，似乎对它有了感情。有一次孩子们恶作剧，要折断它的一根枝，狗跑过去在它的根部撒了一泡尿，狗尿的味道很难闻，孩子们都被熏跑了。大人们有时候会不经意地危害到小白杨，比如意欲折一根它的树枝，揪几片它的叶子，狗一看有情况，马上就会跑过去使劲挡住人，人被狗弄得很烦，便骂狗，等骂完了狗也就忘了再到小白杨跟前去。现在，小白杨已经不会受到任何伤害了，因为它已经长得比人还高，人轻易够不到它的枝叶了。

　　我与人们闲聊着,看见一个小女孩远远地向这棵小白杨走来。阳光照在她脸上,使她显得越发纯洁和可爱。小巷内人声杂乱,来来往往赶巴扎日的人从她身边走过,她面前实际上只有一条很拥挤的路,但她却不紧不慢地往前走着,在忙乱的人群之中,她因为步履从容,所以便显得也像一个大人。她走到这棵树跟前停下,抬头看树上的鸟儿。树上有一只鸟儿。小女孩也许是在很远的地方就发现了这只小鸟儿,所以,才走过来看它。树上的鸟儿也许因为飞了很长时间已经很疲惫,抑或担心小巷中的人会伤害它,所以待在树枝上一动不动,亦不发出任何声响。也许,它歇息片刻后就会离去,这个地方人多声杂,不是鸟儿应该待的地方。小姑娘扬起脸,好奇和专注的神情在双眸中隐约可见。周围的人来来往往,但没有谁留意到这棵树上的鸟儿。大人们大多时候都很忙,没有闲暇的心情打量这个世界。过了一会儿,鸟儿飞走了。它在起飞的时候,将一片树叶碰落。小女孩的目光追随了一会儿鸟儿,便低头盯着地上的那片落叶。那片叶子正绿,从树上掉下后躺在尘土中,小女孩走过去将树叶捡起,出神地望着树枝。过了一会儿,她把捏着树叶的手举起,想把它放回树上去。但她还没有长大,而树又太高,所以她最终还是失望了。她抬头望着树枝,眼睛里依然充满迷惑的神情。终于,她意识到了残酷的现实,一片树叶从树上掉下后,无论如何是再也长不到原来的地方去的。她慢慢地低下头,伤心地哭了起来。小姑娘的母亲在远处唤她,她扭过头看了一眼母亲,突然放声痛哭着跑了过去。母亲抱起她,不知道发生了什么事。她还在哭着,那枚树叶被她紧紧捏在手中。

　　望着她,我痛心疾首地发现,只有这样的小姑娘,才会因为感动而流泪。

(本文有删节)

——选自 2015 年第 2 期《人民文学》

我的故乡雨雪初霁 徐　迅

2010年春节，我们开着车子回故乡。

这是我在北京生活多年后第一次以这样的方式回家过年。在此之前，我坐的都是火车，偶尔也坐坐飞机……今年，朋友买了一辆小轿车，朋友在北京打拼了多年，能买一辆车子开回故乡，就有点儿"车"锦还乡的味道。这样，我坐他的车子回家过年，还有些分享他快乐的意思。当然这不是主要的。主要的是春节期间的火车票是"一票难求"。十几年里，每年到了那时候，我都得花上一个月或半个月的时间，挤在水泼不进、针扎不进的订票点或者辗转于人头攒动的火车站里，往往这样还购不上车票。后来，我发觉大多数春节回乡几乎都是从票贩子手里购买的高价票——故乡仿佛是一个巨大的诱惑，我们一年的辛劳似乎就是为了回家过年。面对高价车票，我只好咬咬牙了。

在晨光初露中我们悄悄地离开了北京。同行的除了开车的朋友，还有朋友结实而胖胖的男孩、我的同事小周夫妇俩。一辆桑塔纳2000挤得满满的。有了车，一切显得都那么从容，穿过我们熟悉的宽敞的北京大道，北京还在黎明的酣睡中。尽管有人为了生计奔走在路上，但冬天，临近春节的冬天，一年的奔跑、漂泊、迁徙在这个时候仿佛都沉积了起来，如同蚯蚓、蛇以及许多冬眠的动物，由地面而转到了地下，获得了短暂或漫长的休眠。这真是一种奇妙的转换。冬天使人们的穿着变得臃肿，还有人干脆猫在置有暖气的屋里懒得出门。在一年很多的时间里，我们从这座城市的一头跑向另一头，或者公交、或者地铁、或者出租车……而现在，大多数的漂泊者都如潮水一样地退去，一群怀抱梦想和野心，成功或落魄的人或天上或地下的，都匆匆地离开了这里，漂泊者许多思想的鳞片仿佛在火车或飞机的呼啸声中斑驳陆离、纷飞、坠落……

车子很快驶出了北京城。城市的繁华渐行渐远，面前开始呈现的是北方广袤的平原与乡村。闻到这些我们熟悉的气息，车里开始热闹了起来——"故乡"两个字刚一出口，自然一下子就解除了我们的"武装"，消融了我们十分蹩脚的京腔京调。小周一听说开车的朋友的爱人竟是她的桐城老乡，更是兴奋不已。很快，我们舌尖上的乡音袅袅、滚动自如，我们开始谈论起了故乡，谈论起了乡村……隐忍了一年又一年，我发觉进入所谓的城市文明，实际上是一件十分滑稽的事，很多人如同乡村里跑出来的一头水牛，莽莽撞撞，昭然过市，尽管可以习惯城市餐桌上的一道道美味佳肴，也能胆大妄为地出入于城市的舞厅，但梦里改变不了仍是那一口乡音……乡村是一种情绪，一种宿命。这种情绪在我们呱呱落地的亮灯时分，就在乡村那间黑土屋里蔓延开来，我们第一次嗅到的都是浓浓的乡土气息，煤油灯、发霉的床草、破旧的柜橱，我们的眼睛在漫长的岁月，都被一堵土墙遮挡着……

北京渐远，故乡渐近。

窗外，一个地名接一个地名一闪而过。仅仅片刻，我们的心灵就在高速公路上直抵故乡。

朋友聚精会神地开车。朋友是一位诗人、一位著名摄影师，还是一位准车手。一年到头，他都背着摄影机出入在异域他乡和祖国的名山大川。此刻，我们共同的故乡就在他欢快的车轮之上。一千多公里路，他坚信一天就能到家。我们都相信他——他和我曾就读在一所学校，在十八岁与二十几岁之间，我们曾怀抱着同样的理想，形影不离，忧忧戚戚地度过；尔后又一起落魄于现实，对花流泪，对月长叹，经历了青春的彷徨。记得有一年在一座寺庙里，他求了一支签，解"签"的老尼说他会开"手扶拖拉机"，在我们青春成长的日子，我还经常拿这话取笑他。他后来工作在乡镇文化站，再后来又在县城经营了第一家广告公司。但有一点是肯定的，他喜欢车——早在故乡就开起了一辆越野吉普。作为一位天才的诗人，他在二十岁左右就曾把"月牙"

想象成一个指甲，写下了"宇宙是一个未熟的瓜"这样的诗句……我在北京工作四年之后，他也来到了北京，成为一家杂志社的主编助理和编辑部主任，并在西单办了个人摄影展。然而，漂泊他乡，故乡有他的父母和亲人，春节也是要回故乡的。也因为车票难求，他才下定决心买了这辆车。

"唉！春节……"他说，"真是遭罪！"

我知道他说出这句话时的沉痛。这是一个漂泊者心中的叹息。我沉默着，也深深地叹了一口气。随着一声叹息，霎时，我的眼前就浮现出了火车站前那天南地北，人山人海的景象。北京的东南西北的车站，每年到了春节的前夕，人声鼎沸，熙熙攘攘，到处是求买票的异乡人。就是高价买到了票，上火车也要经过一番厮杀，而正月回北京的路程更是苦不堪言。春节返乡，已成为中国 21 世纪最为蔚然大观的人文奇观。那么多的人穿梭于各大城市的大街小巷、生意场、宾馆、写字楼……然而，那里却都没有他们的"根"。他们都像浮萍一样在那些城市漂浮，浮萍丛生疯长，与这些一同成长的还有乡恋、乡愁、迷惘、耻辱、喜悦和痛苦……于是一到年关，这些词语都汇聚到了火车站的广场，汇集在长途汽车和飞机的候车室或候机厅里，凝聚成另一个更为巨大的词语——"春运"——春节、春天的运输。这是一个多么好的意象，但这美好的意象里弥漫的竟是浓浓的乡愁……那飞机载不动、汽车载不动、火车载不动的乡愁啊！

一路前行。

天津、河北、山东、江苏，直至故乡……在山东齐河境内，享受着明媚的阳光，我们在高速服务区停车，还美美地吃了一顿饭。然而过了徐州，刚刚踏上故乡安徽的土地，一路上我们最为害怕的事还是发生了——下雪了！

在离开北京的前几天，我就关注过天气预报，知道家乡会下大雪，但没想到会如此这般严重——刚刚奔跑在路上，朋友的孩子还打开了他的笔记本电脑，用视频与远在故乡的家人一路聊天，告诉他的亲人傍晚就能到家；我的一位朋友甚至在家乡还摆了一场饭局，说要为我们"接风洗尘"……车过黄河，我们还在为天气的晴好兴奋得停车拍了几张风景照——在黄河大桥上，朋友的两台笔记本电脑没有了电，小周拿出她的笔记本交给孩子，孩子随即放在车顶,想用视频让家人看看黄河。突然,一阵大风刮下了电脑,电脑玫红的外壳摔破了。孩子扭头一看,脸"腾"地一下红了起来,进了车里立马就在网络上搜索电脑公司,说是回头换一个——他一直坐在副驾驶的位子上,用诺基亚 NI8 手机一路帮助父亲进行卫星定位,一路不停地叮嘱父亲"车子开慢点儿"——然而,万万没有想到的是,这个名叫杨丁的天真、懂事,还有些腼腆的男孩,几个月之后竟然在北京心脏病猝死,无以言说的痛苦顿时袭扰了我,至今也还在他的父亲的心里延伸、纠结……朋友长年奔波在外,两地分居,无法教育孩子,原以为把孩子带在身边好好照顾,没想到孩子竟不幸少年夭折!这个 17 岁优秀的男孩,从此变成北京留给朋友一生的痛苦的记忆。记得送别孩子那天,他伤心欲绝,欲哭无泪。他说,冥冥之中或有什么预兆,在春天里,他写下了一首诗:"明亮的阳光和纤细的风里/我闻到细草尖利的芳香……那些细草/在她们倒身时刻/死亡的气息沁人心脾/青春的高楼瞬间倒塌……"他的 QQ 上至今还挂着孩子的头像,我每次看着总是泪流满面——

愿孩子在天堂走好!

雪下得越来越大,落在地面上迅速凝结成冰。车窗时而被一层冰流包裹着,刮雨器已不起作用,车已是寸步难行。走走、停停,停停、走走,我们的心都提到了嗓子眼儿。可爱的孩子不停地嘱咐他的父亲"车开慢点儿,慢点儿"。然而,雪花越飘越大,高速公路虎视眈眈的,布满了死亡的危险。路上的车辆开始稀少,碰上一辆车,求问司机,司机告诉我们用防冻水擦拭车窗或许管用。我们只好从高速公路上折下,直接驶向路近的淮北市区寻找。凸凹不平的路,走了几个小时,沿路才打听到一家有卖防冻水的。朋友、我、小周夫妇俩,我们全体下车,几乎每人都买了几瓶,以为这样一下子解决了所有的问题。可没有想到,刚解决了车窗外的玻璃结冰,新的问题又出来了——车内雾气弥漫,车窗很快被蒙得什么也看不见。朋友试着换热风。热风起时雾气更大,换冷风,冷风来时,人在车上冻得直哆嗦,而车窗却雾气蒸腾。一路折腾,总算开到了宿州。我给宿州的朋友打电话希望住下,朋友恰好在饭店里招待回家过年的客人,热情相邀。可打完电话,大家被"年"追赶着,都回乡心切，又害怕地上的冰夜里结得更厚，于是告别了宿州。

离开高速，我们改走的是国道。这时，朋友孩子弄的导航仪不起作用了。我们到达故乡的路程也显得更为遥远。就在这时，我们又发觉车的方向灯光亮微弱，几乎看不见路，天却下起了冰雹，窗外的冰雹声噼里啪啦，一阵紧接一阵，地面上越来越滑，车轮直打转。情急之下，我们只好到处找汽车修理厂，一家不行、两家、三家，终于找了一家大厂，换了灯泡……灯光立即明亮起来。但雪夜里，我们还是误进了蒙城县城。冰天雪地里的蒙城县城，冷风飕飕里却洋溢着一股过年的氛围。人饥马倦，饥肠辘辘，我们找到一家饭馆，顾不上天气的寒冷和饭店的简陋就拥进了店里，或坐或站地点起了菜。一个鱼头豆腐汤，还有几个炒菜，我们盛了几碗米饭狼吞虎咽起来。冰冷的饭、热乎乎的菜，就着滚烫滚烫的鱼头烧豆腐。一路的艰辛仿佛全融进了热乎乎的鱼头豆腐汤里。"真爽！真爽！"我们边吃边闹，津津有味——现在想起来，我觉得那是我们吃得最为舒畅和难忘的一餐。

吃过饭，我们继续上路，准备绕道淮南奔向合肥。然而就在这时，我们却不知道路怎么走了。天寒地冻，夜一片漆黑，路边的人家都在为过年张罗着，路上几乎见不到车辆。好不容易遇上一辆，他们似乎也是因为高速封闭而迷了路，正搭讪着想和他们一起走，他们应诺了一声，车子咻溜一声调头，却远远地甩掉了我们，留给我们的仅是788字样的车尾号。"那上面一车的美女，准是把我们当坏人了！"我们打趣着，保持着高度的警惕，硬着头皮摸索前行——约摸走了几个小时，终于到达了淮南的地界。朋友开了十几个小时的车，这时候就有些支撑不住了。借着雪地里的亮光，我感觉路边像是我曾住过的一家宾馆，于是我说，就在这里住下吧！话一出口，仿佛一种暗示，朋友立即就泄了气，有了休息的意思。我打电话给淮南的诗人朋友，这才知道这里离我早年住的宾馆竟还有三十多里地！但终究有了方向，我们振作精神，还是慢慢地奔向了宾馆。

半夜里，住在朋友为我们安排的温暖的宾馆，我一时百感交集，怎么也睡不着。从北京出发时那一股子兴奋劲，此时全变成了惊心动魄的旅途记忆，旅途的艰辛一下子涌上心来——我知道"有钱没钱，回家过年"的习俗，也知道春节是一年家人团圆的最为美丽的时光，但"春运"这两个字却不断地从脑海里蹦跳出来。"春运"为什么会是我们这个时代存在的一个巨大的事实？是人口过多、科技发达、时间紧张，使人们有条件赶在一起回家过年，从而形成的让人"纠结"的一种产物？还是户籍制度从而使漂泊的人们感觉只有家乡才是"根"，而带来的一个巨大的交通运输的瓶颈？这种景观西方没有，古代中国也没有听说过……比如我，我就知道二三十年代的作家沈从文、张恨水等一大批"京漂"们，他们的笔下就没有出现过"春运"的字眼……迷迷糊糊、乱七八糟、不知所云地想了一通，不知不觉地睡去。

第二天早上起来走出宾馆，天地间一片雪白，亮得刺眼。哗啦啦的外面全是铁铲的声音。原来是宾馆的员工都起来铲雪了。当地的朋友特地赶过来，陪我们一同吃了一顿热乎乎的早饭……吃过早饭，我们还是出发了。经过了一夜的积集，地上的雪已经很厚，路上也有了车，但那些车都像蜗牛似的爬行着。淮南到合肥正常情况下只要一两个小时，由于休息得好，我们几个人也都恢复了头天早上从北京出发时的喜悦。但走了一程，我们发觉此时很多路已不通车，七弯八绕地，终于找到了一条公路。这时，从车窗望去，整个淮北平原一望无际的白，天空在白雪的照耀下分外明亮。我们终于离合肥越来越近了。一阵兴奋劲儿过后，由于路相对好走点儿，大家的神经就有些松懈——恰在这时，车子在光滑的路上打了一个转，突然就来了个180度的急转弯。朋友被眼前这一幕惊蒙了，赶紧踩了刹车。车子竟然最后在路边的一棵树面前停住了！大家下车一看，惊得一身冷汗，车的前轮正悬在路边的沟上，差点儿就掉进了沟里。"你看，我们在最危险的时候反而没事，路好走的时候，却差点儿阴沟里翻了船……"大家自嘲着。想推那车，却怎么也推不动。于是挡车的挡车、借绳的借绳，好不容易截上一辆大工程车，花了两百多块钱，请他们将车子重新拖上了路。

中午12点多，我们终于到达了合肥。

从北京到合肥坐飞机一个多小时，坐火车也不过十几个小时，我们却历尽艰辛和危险差不多用了两天一夜，一路还惊扰了许多的朋友。三绕两绕地进了合肥城，我们的心情一下子明亮起来，但一刻也不想停留，打电话咨询了一下高速路管理处，听说合肥通向我们家乡的高速没有封闭，便义无反顾地又一次走上了高速。上了高速，放眼窗外，一片清冷，冰雪消融，树木稀疏，大地裸呈。我们的心情也渐渐归于了平静，一路感叹着赶回了家——回到家，拧开电视，电视里面报道的正是我们所走过的路上发生的交通事故：沿路不断地有车追尾，横七竖八躺着的出事的车辆足足有十几辆之多……早早回到故乡的妻子见到我就埋怨道，你不知道你这一趟车坐得让我们多么揪心，妈妈让弟弟打了好多询问的电话，一家人都在为你们担惊受怕……我突然没有了言语——因为我已无法准确、也不想叙述这一路的惊心动魄。我只想说，2010年春运，我没有坐火车，没有坐飞机，自己把自己"春运"到家时——我的故乡已雨雪初霁。

——选自2015年第2期《中国工人》

服饰的活性和通达 葛水平

小巷里有一位吆喝爆米花的，风箱拉得紧，咕噜咕噜摇着，两分钟后黑色铁制的容器半截伸进一个修长的大口袋子里，他抬脚踩了一下机关"啪"一声，弥漫着粮食香味的烟雾冲着行人的鼻子来了。爆米花男人穿一身西服，有点领不起来，显得很滑稽。他要是穿中式盘扣夹衣、免裆裤就好了。一张灰扑扑的脸俯仰在天色里，身疲、力竭、憔悴、委顿，一堆杂乱的劣质烟头，他眺望，抽烟，指甲里藏了垢。

我一下开始厌恶西装了，为什么现在成为国人最炫的行头，谁是罪魁祸首？

网上讲：民国年间，迁至北京不久的民国临时政府和参议院颁发了第一个服饰法令，即《服制》。该法令将西式服装大胆地引进中国，燕尾服被确定为大礼服，配有西式白衬衫、背心、黑领结、白手套及黑色高筒礼帽和黑色漆皮皮鞋。西装也是民国男子的半正式礼服，翻驳领，左胸开袋，衣身下方左右开袋，单排或双排纽扣，与背心、西裤构成三件套西装。学生服是西式改良服装，通常为立领。

不过，当时社会上最普遍衣着依旧是大襟右衽中装长袍和马褂。西装革履与长袍马褂在民国初年是并行于政治社交场合的。好像现在的人只有西装。中式服饰成为一种怪异的装束，穿了中式服饰的人被正统笑话成怪相。多年自卑的国人形成的思维定势，一旦纠正起来有多么不易。不稳妥，革新，坏变成好，癫狂着，太容易被外族文化侵蚀，政府像迷失的羔羊，在明白与无知的临界点上，盲目地引领着正能量去崇洋媚外。

想到民国的长袍马褂以及简化后的长衫，由知识分子们在迎宾、赴会或参加庆典活动时作为礼服我就很激动。有一张徐志摩着衣的照片，就这样的装束，一脸的妙趣横生，那骨子里却透着风流俏皮。长衫，马褂，只有中国男性文人才能穿出那股风神，那股异常绝望空虚的况味，民国的历史，一定要用民国长衫来演绎。

著名的油画《毛主席去安源》中，临风玉立的毛泽东，手拿油纸伞，一袭长衫，后来毛主席有许多庄重照，大都不好玩。据说那幅油画引发过一场论战，认为穿长衫的人都该是腐朽的没落阶级。

由此，想到政治人物都该是没有阶级性的伟人。

《孔乙己》里便说过："只有穿长衫的，才踱进店面隔壁的房间里，要菜要酒，慢慢地坐喝。"鲁迅的著作是中国文化传统中一种鲜活的潜流，他小说的语言把他坚硬的思想变得温柔，他穿长衫写作，似乎他的生命就是一次永远得不到目标的朝圣历程。

我最怕官员穿名牌西装指手画脚说"传统如何"与"历史如何"。肚里没有墨水竟然大咧咧讲传统，朦胧概括的说法，大手一挥伪传统来了。如我们的社会，从民国到现在这短短的100年间，就在政治、道德，乃至衣食住行方面发生了种种变化，他们有什么资格穿外国人西服讲中国式传统？！

无法想象一个手艺人身后的日常，也不明白为什么一定要穿西装。见过我的本家三爷穿西装，他曾经是大队支书，六十多岁的时候去乡里开会，说是县里头脑要来参观，一定要穿西装。乡里主要领导的话一直是大队干部的"最高指示"。三爷穿西装背着手在村里转，一路挨门打招呼显摆，都不敢开腔。一个传说和他有一腿的妇女说："快脱了你身上的洋装，鬼都不像。"他听了心里失落得很。为了挡住心慌，他在头上扣了一顶草帽，通往乡里的土路上，草帽颠儿颠儿的，三爷走起路来腿脚都被颠得不利索了。

正装普及到了民间，把民间"打造"得很虚荣。

有些领导干部穿西装，挺胸凸肚，有股子自命不凡的气势，身体远离任何人，就算有人要把手臂伸向他和他握手，他也笔挺着，无任何示好之意。

周作人曾说:"我们于日用必需的东西以外,必须还有一点无用的游戏与享乐,生活才觉得有意思。"享乐也该包括心态和衣着。

有一次,加拿大来了一位外国老头,研究中国宗教,见他时他穿中装外套中式马夹,真好看。那天中午有领导请客,我们的领导都穿西装,独外国老头保守地穿中国文化。他认为来到中国就一定要穿中国的礼服。

沈从文的《中国古代服饰研究》,从"一个民族在长长的年份中,用一片颜色,一把线,一块青铜或一堆泥土,以及一组文字,加上自己生命做成的各种艺术,皆得了一个初步普遍的认识。由于这点初步知识,使一个以鉴赏人类生活与自然现象为生的乡下人,进而对人类智慧光辉的领会,发生了极宽泛而深切的兴味"。

时光回放,钱钟书就曾说过:"古往今来,多少哲人建筑的理论大厦都倾塌了,只有瓦砾堆里的零星材料还可以供人使用。"马王堆那副不到一两重的纱衣,他不知说了多少次。刺绣用的金线原来是盲人用一把刀,全凭手感,在金箔上切割出来的。他们说起时都非常感动。

中国画里的中国元素,少有穿西装的。中国男人穿西装大多像老人松散的筋骨,缺少棱角、锋芒、姿势。偶尔笔挺一下,看上去不仅神气不自在还显得人肥腻。我偏好中国画里的疙瘩袄疙瘩裤,一见那样的人事,那样的画作,便觉一股俗世的泥土味顺风扑面而来。

宋美龄当年游说西方,假如她不是穿了中国旗袍,而是穿了小西装短裙,想不出来,她局部的细节和美好会在什么地方发出光芒。当年的罗斯福何等的老江湖,一件旗袍让江湖情动。

能够深入世界人民肺腑的民族风情,活泛并长久生长,一定是特有的民族元素征服了人心。我的阁楼里挂着两件女人出嫁时穿过的中式嫁妆,一红一蓝,在水泥墙面上,温婉得紧。一个小角落里挂了两只铜锣,看上去有烟熏火燎的旧。我看见它们我就想到了女人出嫁时的排场。锣鼓家伙的喧嚣,女子在花轿里被颠得目酣神醉的痴笑,许多年,那一天的喜色,浓得化解不开,一想起,都会叫女人舒眉展眼。

服饰的单调,无不透射出民族文化的低迷和苍凉。假如,有一天,一袭长袍马褂的男子在我的阁楼上,"呀嗨"一声出场开腔,我就会激动,会体验极乐的狂喜。就会想,我们丢失了多少生命的活性和通达。

不记得在哪里看到过,鲁迅和茅盾曾受美国人伊罗生的委托,编写过一部名为《草鞋脚》的中国作家短篇小说集,美国人喜欢中国的什么?一定不喜欢中国洋化的东西,可我们中国人对我们的老土永远的不自信。画家里边有一位穿长衫,画《三毛流浪记》的张乐平,我的童年,三毛是我未来的情人。我跟我的情人去流浪,现在,好端端把流浪说成了旅游。

流浪是自由的身体放纵。现在不缺少浮躁,有些人喜欢把浮躁和激情混为一谈,走俏市场。

城市没有多少味道了,乡村的城镇化,建筑上不分彼此。多民族就是多色彩,穿什么样的服饰住什么样的屋子,是我有生之年最喜欢去发现的事情。一辈子说长也长,说短也短,人比起物而言,人应该是一个活物,活,一晃而过,能看在眼里的多,能入了心里的少。很多时候,西装是一个别扭的影块,不踏实,迎合,不能够自由自在,捂不住胸口那巴掌大的热气,稍稍拥肩靠膀,人就显得假模假样虚。

我更喜欢中国丝绸做出来的中式服装。

女子的委屈,该是生怕不叫人识得。比如丝绸做下的旗袍,有勾人魂魄的东西,许多女子穿不出那份好来。闪露大腿的开衩处有女子的小性感,你说它是一件衣服,它是的,你说它不仅仅是一件衣服,它不是的。它是一点点开衩上去的,它不仅仅是为了遮蔽肉体,还有娇俏挑逗。那份好就来了,一股朦胧的潮气,把肉体的委屈渲染得淋漓尽致,是明媚的底色,也是不良的趣味。真叫个难敌风尘。

公元2世纪的希腊,有一位地志学家写中国的丝绸,他说丝是从蚕而出,文字里记载,蚕要养育四年,四年里蚕吃小米而不是谷子,到了第五年,蚕伤感地知道自己不能活了,它便开始吃新鲜的芦草。这位地志学家一定不知道蚕不吃小米。他如果来一次中国看看蚕是什么样子再去写就写好了,他是一个明白得很的字贼。丝绸古道上,西汉第六代国君汉武帝刘彻的功勋是无人敢否定的。不知道刘彻是否见过蚕?我小时候的乡村,蚕要喂两季,夏蚕和秋蚕。蚕怕冷，养秋蚕的山里人家，到了蚕织茧的时候屋子里都要生火。白白胖胖的蚕上了谷草，身子越来越小，自顾自地，仿佛从来没有哀愁。

我有一双黑绸子底色绣花鞋，有一次去澡堂里洗澡，出来时鞋丢了。我傻傻地看着裸体女人们，任何公众场合她们都强调着自己身体的优雅与美丽，唯独澡堂里，不生动，一个简单的动作都有可能败坏她们的优雅。澡堂里的拖鞋都是顺往一个方向，我穿着顺往一个方向的拖鞋唱着《红河谷》里的那支歌回家："河对岸的草地上，姑娘的鞋子丢了，丢了就丢了吧，明天早晨再去买一双。"不知为什么我从来没有恨那个偷走我绣花鞋子的女人，我真想告诉她，除了鞋子之外，贴身内衣一定要穿丝绸，它对身体的爱护是隐而不露的。

不喜欢西装之外，还不喜欢人们穿皮草。我对所有穿皮草的人充满了仇恨。冬天来临，人间兴衰更迭、生死荣辱，在某种意义上棉麻更合适这个季节。动物的皮是靠捕杀和猎获得来，我看见穿皮衣的人会感觉有骨折的疼痛。冬天终归是寒冷的，可是，冷不好吗？冷让我听得见自己的心跳。我在冬天只穿一种样式的棉袄，笨拙的那种，盘扣，有点老气横秋。这些棉袄在大衣橱里搁置了夏秋，有玫瑰薰衣草樟脑的寒香。冬天，第一场雪开始穿着棉袄走在雪地里，我常常会想起尘世旧梦里的村姑。七八十年代她们外罩小碎花罩衫，盛开如大地上的花儿朵朵。我对雨不激动，但是，第一场雪来，风雪搅得"周天寒彻"的样子，我在外面走一圈，然后回来温一壶黄酒，守着窗户，就着雪一口一口下咽，喝到一定的火候，我感觉空气改变了我做人的分量，我整个身体绸缎一样柔软无比，我开始哭，哭是我酒后十分活跃的心态。

有时候想，物质中之所以要诞生出精神，也许正是物质要通过精神来认识自身和肯定自身。

雪让我保持一种年轻的心态，看到雪，第一件事情是笑口大开。雪，也许属于托尔斯泰的，或者更确切地说，是属于安娜·卡列尼娜，天空中的雪花，一片雾气弥漫的车站，一位身着俄罗斯服饰的女子，她从车厢里走出来时，她遇见了渥伦斯基。最性感的男人，总会在雪天出现。

冬天，世间便出奇的静，空旷寂寥，悠远。一个身着红色棉袄的女子驮在驴背上，一个牵着缰绳身着黑衣黑裤的汉子，天地间走来，任由着脚印踩过，萦绕又萦绕，带着宿命的美感，不依不饶刻在我脑海里。

我们真该从社会的关系部位找因果，当常识不能生效，常理变成无理，是宝贝的，就得学会守住。因为，衣着承接着历史，也指向了未来。

——选自2015年第3期《四川文学》

赣南七则　　雷平阳

南赣的蝉

那一年,天下狼烟。王阳明在通天岩讲学,弟子六七人,蝉数枚。阳明先生年轻时,也是一个神神鬼鬼之徒,此时他的心室敞亮了,杀尽心中贼,也让南赣山河之间的瘴气消散了不少。

有弟子问儒、问道、问佛,只有南赣的蝉,一个劲地叫,什么都不问。尽管先生一再坚持心外无事,但还是隐隐觉得,这些叫蝉,似乎就是死去的山中贼,就是些孤魂野鬼。弟子陆澄曾经问过他:"有人晚上怕鬼,怎么办?"他的回答并不服众,明显的道貌岸然:"如果平时行事合乎神明,有什么好怕的?"

南赣的蝉一直叫着。五百多年过去,我到通天岩,曾与某人说,到不了天国,也入不了地狱的鬼魂,全部都会变成蝉,它们的叫鸣,意在让人心不得安宁。所以先生诗曰:"醉卧石床凉,洞云秋来扫。"

某人一笑,接着说了一句:"这些该死的蝉!"

宋城墙下夜饮

从郁孤台上下来,城墙就高大了,人就渺小了,世俗生活的底部,没有那么多的悲愤,江岸上摆着的是一张张可以狂饮的酒桌。一个老和尚赋诗曰:"老僧笑指风波险,坐看江山不出门。"另一个老和尚则诗曰:"人间诗草无官税,江上狂徒有酒名。"

我喜欢后者。庞培、郑骁锋、葛芳、我以及我的十岁小儿雷皓程,坐在了江边的酒桌上。花生、干鱼、鸭肝,一件啤酒。酒桌上的话题不能嗜血,但可以论道,以道诛心,道的偏旁部首里埋数不清的人骨和刀枪,似乎是酒席之外的另一酒席。

江风总是晚上才吹来,这些见不得太阳的风,或说这些被太阳驱逐到夜晚的风,它们在江面上赛跑,与江水形成并行的两支队伍。

我们推杯换盏,江西酒薄,谁都不醉,木然地望着江面,不知道这条一次次浮尸千万的江,今夜,它是站在幸存者的一边,还是继续履行它秘密的使命。后来,晚风冲上岸来,带着雨水,将我们赶回了旅馆——那旅次中小小的避难所。

登汉仙岩

过一线天,两边通天的绝壁上长满绿茸茸的苔类植物,它们贴附、斜着针尖之躯,样子像经书里的文字。到了出口,巨石之下有几张茶桌,凉风里饮绿茶,味苦,香无。来自海南的散文家赵瑜,临风铺纸,默写《心经》,我内心无经,另桌写了"太初有道"四个字。

在白鹭村

我的心胸里有一群白鹭在飞。水做的,风做的,血做的,木做的,铁做的,气做的,骨做的,土做的,草做的,黑做的,死做的,火做的,空做的,纸做的。一大群白鹭。

偶然进到一座家祠,香樟树的躯干长满苔藓,一大片竹林里,所谓七贤:落叶、野草、石头、塑料袋、腐殖土、影子和静默。出祠门时,见台阶下站着一个石狮子,头颅被削掉了一半,十分诧异。老乡长告诉我,这儿曾被征用为屠宰场,屠夫们在狮子头上霍霍地磨刀。

城市中央公园

赣州古城的地下排水工程由一堆汉字组成，这是汉字无所不能的功能之一。在中央金脊人工建造的城市中央公园则由一批符号组合在一起，这说明符号学的隐喻与象征主义，已经做实为我们时代的文化灵魂。其占地1002亩，其中湖区626亩、水系323亩、引水渠53亩，这意味着有相应体量的镇静剂和致幻剂同时出现在人们的生活中。作为对反自然的修正，再造自然从根本上衍生了一大批景观设计与绿化公司，而它们又自然而然地与公园周边的地产公司媾和为一体，从而形成了尖锐的土地伦理学。

当真的山水故乡消亡殆尽，这种替换方式无疑是强硬而又具有合法性的补救措施之一。为此，湿地、溪林、亭台、水面、水榭、广场、八月桂，乃至每天涌进公园的上万人的面孔，似乎都逃不掉"设计"的嫌疑，都曾经是规划图、效果图和施工图上的专业符号。

按照现代建筑学观念，城市是带状的，它拓展边界的进程中，遇到河流、山丘、寺庙、村庄，都要一一绕开，然而，如果我们事先就构建了一座城市中央公园，即城市的原点或说核心地标，其风险也就悄悄降临了——在一些才华平庸而内心充满建筑暴力的规划师的蓝图上，中央公园就是棋盘上的天元，他们会围绕天元不按棋理地在四周展开一轮又一轮的厮杀，也就是四面摊大饼，以中心象征主义荡平文化的多元性，让一座新的城市也迅速地沦落为脸谱化的集体主义大本营。章江和贡江是自然之神散步的走廊，可一旦只有江面是空的、动的，一座壮丽的大城，人们也很难在内心将其视为故乡。

那天黄昏，我和儿子坐在中央公园的一条长凳上聊天，儿子认为这座城市的心脏是郁孤台，并读出"青山遮不住，毕竟东流去"作例证，我认可十岁小儿的说法，但直面了这座公园的"人民性"，或说当我意识到这座公园以人民的名义建造又得到了人民的认可，什么也没说，而是指着一棵树问儿子："这是棵什么树？"儿子不知道。那是一棵香樟。

郁孤台上

登楼的人，帝子或平民，都熬不过江水。江水也在替换，但因为没有阶级性，一味地致力于史诗性结构，所以我们都觉得它们不变，拒绝变。其实这不变也是一种令人恐慌的暴力，静悄悄地就拆散了王阳明、文天祥和辛弃疾等人的骨架。

知识分子都认为，少数人会借文字而永远活着，殊不知这活，是一种死掉的活，就像我们的活约等于活埋一样。死掉的活，活给活埋者看，这是地府里面才有的话剧……悟到这些的时候，我已登上郁孤台，不敢贪恋台上的清凉，吓得立即转身下楼。

石城县看荷花

荷花都有佛的气象，尤其是残荷。在看荷花时，能看见污泥的人，都是心理阴暗的人，看见荷花完美开放，却想着残荷的人，都是悲从心来的人。

我一直想做荷花的邻居，看它露出水面、长高、开花，但我却只是一个江西省的过客，看到荷花时，它开得正艳，绿色里能滴出血。

——选自 2015 年第 4 期《作品》

闭上你的眼睛   李登建

突然有了除夕夜的那种感觉——每年，到除夕这一天，我就丢开所有的事情，让自己完全停下来。潜意识里，这一年再没有什么需要做，而明年还未到来，这是繁忙与繁忙之间的峡谷，一块宁静的草地，特别留给一只跑倦了的小鹿，淡淡草香包围了它……

有了泡在浴缸里的那种感觉——带着满身尘垢和重负回到家，第一件事便是放一池子水，四仰八叉躺进去，为全身的骨骼松开铆钉，酸胀的肌块慢慢变软，沉沉的心洗涤后干干净净、清清爽爽地晾上月光下的疏疏花枝……

这是我此时的真实感受。此时我正躺在海滩上，看一朵悠悠的云。我是来中国作协创作之家休假的，中国作协在这座海滨城市有一个疗养院性质的"创作之家"，挑选作家夏天来休假。通常上午创作之家组织"微"旅游，主要是游览附近的景点，下午自由支配。同伴们下午大都在房间写作，我没有在外地写作的习惯，外出从来不带纸笔、电脑，所以来到这里，社会属性已从我身上消失，而蜕化为最简单的生物。除了随同大家乘车、拍照、吃饭，个人活动时我便一个人四处游荡。我几乎串遍了万国欧式风情街和精琢细磨小品园林的角角落落。当然更多的时候是来海滩，赤脚蹚蹚沙子，与拍岸的浪花嬉戏，把垂天篷帆盯成巴掌大的黑影儿。这段日子，什么都不做，什么都不想，顶痛胸口的名利欲和重重压力的硬物摸不着了，飘飘忽忽，仿佛被托举到天上，神仙似的。有时候很得意这享受，人生难得做这样的神仙。但有时候心又被丝丝羞耻感绞着：近年条件优越了，有享受的机会了，可你真的有资格这么享受？你创造了多少财富？你比得上那个摇橹撒网的汉子吗？正是争分夺秒拼搏的年龄，大块大块金子似的时光就这样一浪一浪泼出去，碎成泡沫？

我是第二次来创作之家了。第一次是2004年7月中旬，三伏天，从溽热的鲁北来到避暑胜地，轻轻贴紧温润如玉的海，任湿凉的海风吹拂汗迹未干的面庞，舒畅极了。年轻时过过下海的瘾，现在多是兴之所至，悠闲淡然地到海边散散步，听涛赏鸥，静观别人当弄潮儿。大海真是有魔力，没有人经得住它的吸引，你看这片海人稠得简直像煮饺子的锅，而岸上换了泳衣，挎着救生圈的"后备军"挤挤挨挨，摩肩接踵。我想幸好大海胸怀博大宽厚，要是玻璃容器，非撑裂不可。这些人，有本地的"水鸭子"，恐怕多数还是不远千里来"朝圣"的"信徒"，他们对大海的狂热感情无法形容，水里的要不够，不肯上岸；岸上的躁动着，寻找往下跳的缝隙；"虎头礁石"上爬了一层人，要留个影都得排队，另一拨又欢叫着涌过来……

可是南面，不远处，海却清静得很，虽也有人在游泳，但撒在偌大的海湾里就微乎其微了。那里海滩很平坦，也适于做浴场呀，大家何不到那边去？仔细看，才发现中间拉着一道铁丝网，是它挡住了人们的脚步，它把本来谁也无法据为己有的大海"拢"了起来。这是谁的所作所为？谁这样胆大包天？

当地一位文友慷慨地抽出半天时间陪我在海边走，我询问她。"那可不是一般人能去的地方，那是首长专用浴场。"说罢，她又引我望浴场对面山坡上若隐若现的红瓦房顶，"那山也是他们的……山上气候凉爽宜人，下山就是海。"

"首长……"我急于听个明白，文友却不正面回答，而是讲起历史上至少二十多位有名有姓的帝王都迷恋这里，不计天远地偏来这里，"普天之下，莫非王土"嘛！其中，春秋战国时期，燕昭王曾来这里巡游居住；秦始皇在金山嘴外建了行宫；联峰山山顶筑有"汉武台"。到了光绪年间，清政府还在这里设立外国使节避暑区……

兜了个大圈子话题才回到眼前——每年入夏后，他们陆续迁移到这里，开始"暑期办公"。他们一来，周围实行戒严，包括沿海这条路，只许他们的小轿车出出进进。文友指了指逶迤着钻进绿树丛中的柏油马路，告诉我这条路原来通往火车站,戒严期间赶火车的人不得不绕行,从六月中旬到八月底,差不多三个月啊……老百姓无奈地戏称这条路为"御道"。

"御道?!"这个叫法颇有意味,又令人喟叹不已——你不能不服智慧在民间,民间流传的顺口溜很多堪称经典,是"大师们"弄不出来的——封建社会早已灭亡,御道却一直延伸到今天,并且岂止这一条?小道消息传,有个大人物,在京城做官,自然得显威于故里。这并不需他亲自张罗、动手,愿效犬马之劳的人代代相继。单为他回家方便,一任县官在他的老宅前修了一条柏油路;一任县官又在他老宅后修了一条柏油路;第三任尤见忠心,干脆不惜占用千余亩良田,让一条八车道柏油路直接通向他家大门;精明的镇官也不甘落后,修了一条盘山道,其终点是他家祖坟。这不也是"御道"?

这个"神秘"的地方对我产生了强烈的诱惑,我要"冒险""侦察"一番。我做出若无其事的样子,沿着大道款步前行,可是路口两个背枪的军人识破了我的"图谋",不容分辩地将我拦下……

今年这次来休假已是九月初,盛夏过去,暑期办公、消夏的官员们"还朝"了,"御道"恢复正常通行,我才得以从容地进入"禁区"览胜。我瞪大两眼,好奇地打量着一景一物。虽说它已还原为原来的路,但感觉还是和别处大不一样。路边没有别处那小商铺、小旅馆、酒家、小摊之类,但见苍松翠柏遮天蔽日。与之相协调,绿地铺到了海边,好像无限的广阔、大,才能衬托出他们的尊贵、威严。好多地方都追求这种气派,我"参观"过一个市政府办公大楼前的广场,这个广场是按天安门广场的规模修建的,东道主得意地介绍说是他们最亮眼的"城市名片",我却惊愕于它的嚣张——别笑我骨头里散发老地主的气息,我是农民的儿子,每当看到城市这样侵占、挥霍土地,就不舒服,心就疼:这能长多少庄稼、养活多少人?——一群败家子!我也不是不知道这样很美,但如果这种美将导致老百姓吃不上饭、穿不上衣,它就不再美;我也不反对美化环境,提高生活品位,不反对享受,人有享受的权利,但如果你的享受建立在别人痛苦的基础上,这种享受就是罪恶。可为什么那些贪污腐化的罪恶人人痛恨、喊打,那些贪官可"扳倒",这里的皇朝行为大摇大摆、盛气凌人,却无人来"扳"?

再往前，越发森然。路左侧是修剪得非常整齐的松柏墙，一米多高，比我在别处见到的松柏墙高出不少；不知是什么品种，这松柏叶子发黑，很好地强化着庄严感。右侧也不再是随地长的三叶草、雏菊，花池子里密密丛丛着美人蕉。美人蕉秸秆粗壮，叶片肥厚，正值花期，硕大的花朵像团团的烈火，十分炫目（过于红艳，反而叫人感觉有点凄美）。花池子那边是高高的石壁，那石壁目光越不过，只偶然捕捉到不慎露出来的飞檐一角。终于路过一个铁栅栏大门，窥见里面有废弃的岗亭，大理石砌的大道，幽境深处的馆舍楼榭。院子深邃无边，满院古木参天，藤葛繁盛，可惜它们都掩不住人去楼空的冷清。这个围墙圈起来的所在就这样闲置下来，直到明年夏天它会再热闹一阵，之后又是漫长的死寂。

我不能再看下去，喉管无端地堵得厉害，喘不过气。空气里弥漫一股霉味，这股霉味来自哪里？明明到处花红叶绿啊，难道是这红红绿绿下面那厚厚的枯枝败叶发出来的，还是山旮旯里藏着制造污染的企业，抑或是我的错觉？我已无意弄清，逃也似的来到海边。天高云淡，金沙碧海，心头的压抑顷刻驱散。面向浩渺的海水，我久久肃立，胸腔鼓荡。身上洋溢着不竭的激情和力量的大海，几千年、几万年都这样年轻，充满朝气，一列列浪潮推拥着，很有节奏地拍打沙滩。前列奔跑而来的浪潮携带一大包翡翠，"哗"地抖出来；后列紧紧跟上，抛洒更大扇面、更为璀璨的钻石颗粒儿。而它们并不搞"跑马圈地"的勾当，很快退去，只美丽一回。我注意这个细节已经多年，只要看海我都要看看这一景观。我是从这个角度认识大海，我以为这是大海永葆青春活力、锐气不减、所向无敌的根本。我们人类怎么就不具备这样的品质？人类何时能像大海一样坦坦荡荡磊磊落落，伟人一样"屹立"在天地之间？——大海是真正的伟人，而人类则往往是渺小和丑陋的——这可能也是人类崇拜、敬畏大海，向往大海的一个原因。

如果我这样走下去，不回头向来路看就好了，可我偏偏又回头望了望，这一望把我愉悦的心情全打掉了——刚才看到一排房子的背影，现在看到它的正面，这显然是一排更衣室，可是这排更衣室却极不寻常，无论造型，还是墙壁颜色，整个建筑风格，都能看到故宫的影子！不就是洗完海水澡上来再用淡水冲一下吗？用得着建造这么富丽堂皇、酷似宫殿的房子吗？你要是这样想，你就永远不会懂得什么是皇家气派，永远不会明白唐代杨贵妃身在北方却生了一只喜欢消化南国鲜荔枝的胃，今天某县长出门也像县太爷鸣锣开道那样要警车护驾，深圳一村委会门前居然设岗哨。我还记得小时候听说过的一件"新鲜事"（不知是怎么传到我的小村的），说省城揪出一个大"走资派"，一年到头厕所里放着两框苹果，以消除异味。这个"传闻"深深刺激了我，多少年了我忘不掉它，它甚至影响了我观察世界的视角，我总是不自觉地关注着同类现象。但常常自诩对人欲望、享乐以及特权的"黑洞"有所了解的我，此刻却不能解开这排房子的谜，我只能从外观看到这排房子高大、雄伟，一端倚地，悬空的部分靠粗壮的水泥柱子支撑，扶梯搭在地上。房子主体部分明亮着若干门窗，外面是长廊和宽敞的露台，露台外沿装了白色的栏杆（肯定是汉白玉质料的），可房子内部陈设多么贵族，多么皇朝，我再借三个脑袋瓜也想象不出来。这样的房子有好几排，每个大院对面海滩上都有这么长长的一排，它们的阵势是如此之大！

更要命的是我又看到，就在最西面一座"故宫"旁边，也就是在"专用浴场"以外的海滩上，出现了一座普通百姓的更衣室，它很简易，不过是拿木板围出了一个空间，懈懈晃晃，好像海风一撅屁股就能把它掀翻、卷走。室当央摆着两排木格子公共衣柜，四面是一个接一个的淋浴莲蓬头。我就曾到这种更衣室冲洗过，花一元钱。也有不舍得花这一元钱的，一些农民工洗了海澡回工地，端一盆凉水冲冲，然后浑身是劲地攀上脚手架；园艺师傅则抓起地上的塑料管子往头、脚上浇水，胡乱抹两把，又忙着去修剪花木，编织花环。（而这背后是，他们有的住井房、住管道房，有一家祖孙三代八口人住在一间不足20平方米的房子里，还是危房！）是他们天生纯朴，天生能吃苦，只奉献，不索取，还是他们卑贱如草，没有享受的权利，别说奢谈精神享受，就连最低、最起码的肉体享受都不知为何物吗？我无从洞晓，但前面的举例，都是我亲眼所见。

魅力无限、赛如天堂的海滨小城处处是美景，我却唯有闭上眼睛……

——选自 2015 年第 1 期《散文百家》

犹如蚁鸣　　杨献平

赵有良不是鼎新镇第一个自营出租车的人。因为远离市区，出行不便，长年累月于巴丹吉林沙漠"深陷"的单位万余人，每要出去办事，或者探亲休假，无论哪个季节，都得要早早起来，顶着冷风，吞着沙尘步行一到三公里，赶到大门外乘坐每天一趟的班车。沿途黄沙飞溅，白尘翻滚，还没走到，就成土人了。不知从何时起，附近乡村一个仲姓农民买了一辆面包车跑运输。一年多后，又换了一台黑色的桑塔纳轿车。其他人看这活儿比种棉花强，体力上又轻巧，先后买了桑塔纳轿车，一大早就停在单位大门外面，一边在小餐馆吃牛肉面早餐，一边等待生意上门。

几年后，单位大门外面小车成行，流光溢彩，即使冷如刀割的冬天，私营出租车也忠于职守、严守时间。赵有良的家距离我们单位大致二十公里的样子，独生子，年方二十五六，人长得瘦削，但五官周正，看起来也算英俊。以前时候，要去酒泉市区，我一般乘坐一个叫作赵怀金的人的私家车。算是他的一个固定客户。可有一次，我临时决定要去酒泉出差，到大门外，却不见了赵怀金和他的车。正在火急火燎，一台崭新的捷达车从远处飞驰而来，眨眼工夫，就携带着一股白色土尘停在了面前。

赵有良把车开得如脱缰野马，不一会儿，就出了连绵的村庄，到了金塔县和鼎新镇之间的无名大戈壁滩上。这片大戈壁，北连巴丹吉林沙漠，南接金塔并酒泉和祁连山。之间便是著名而又诗意飞溅的弱水河。弱水河最终注入的，即近年来以胡杨树成为著名景点的内蒙古额济纳旗。戈壁左边，是一色低纵连绵的黄土秃山。我后来偶然在史书看到，那山叫狼心山，史前时期，强盛一时的匈奴远征西域失利，回军至此突降暴雪，将士冻饿致死大半。再次起兵回撤，却又遭到西汉祁连将军田广明、浞野侯路博德大军截杀。匈奴帝国自此一蹶不振，逐步分裂衰弱。

我记得来单位报到时，也路过这片大戈壁。斯时，正是冬季，从酒泉下车，再转乘大班车。天空阴霾，至此忽然下起了雪。雪粒似乎很坚硬，敲得窗玻璃脆响。我刮掉窗内玻璃上的冰花，一下子被这片戈壁的荒芜博大震撼了。古人将沙漠称为瀚海、泽卤，确实非常形象，且富有苍凉诗意。

赵有良问我去酒泉干啥？我说办点事。他立马问，公事还是私事？我说公事私事都有吧。赵有良一边把车开得飞快，一边笑着说，要是公事的话，就多给他几十块钱；私事他可以少要二十块。他意思我明白，公事报销，多要钱不是要个人的；私事自己掏腰包，少要几十块可以让我心里舒服，下次包车还会找他。这不是赵有良的独创，是做出租车生意人的普遍做法。我笑笑。沉默了一会儿，忽然想起赵怀金来。随口问赵有良。赵有良先是咧嘴笑了笑，又若无其事地说，赵怀金病了，脑子里长了个瘤子，把车卖掉去北京做了手术。刚回来。

我虽然乘坐赵怀金车次数不算不多，但觉得赵怀金为人处世和善，而且非常守时，数次租用他车从不耽误一分钟。偶尔托他办事，从不打诳语，也不从中渔利。数日不见，却没想到赵怀金突然罹患重病。车卖掉倒没什么，关键是能否保住性命。

赵有良见我表情沉郁，也低了声音说：人活着就是不容易，说不定啥时候有个啥病病灾灾的，活生生地就没了。所以啊，还是要及时行乐！然后侧脸看了看我笑，神情有点淫邪。我叹气说，你知道赵怀金的家在哪儿吧？赵有良说，知道，俺叫他叔叔，住得也不远。

到酒泉市区，办完事已是傍晚。在酒泉住一夜也是无谓的消耗。可早就没了回单位的班车，遂想起赵有良。打电话，他果然还在酒泉市区。并对我说，已经有三个客人了，再加上你，一个人掏四十块钱就行。我觉得这样也划算。

往返单位和市区的私人出租车大都固定停在酒泉市中心的迎宾馆内外，天长日久，单位人都将那一处作为约定俗成的乘车地点。我从新城区打车过去，路过一家医院住院部门口时，忽然想到，赵怀金是一个不错的人，虽然我和他是顾客和私营车主的关系，但每次赵怀金开车都很小心，托办他一些事情也从不打折扣。人心都是肉长的。如今他刚做了手术，去探望一下比较好。

想到这里，我让出租车司机就近停车。到超市匆匆买了两桶进口奶粉并一束鲜花。出了门，才想起，探望病人要上午去。寓意为祝福病人早日随新升的太阳转危为安，快快恢复健康。下午去，寓意则相反。到乘车点，赵有良见我提着东西，又抱了一束鲜花。看着我笑说，一定是送给女朋友的，好浪漫啊！这是送给重症病人的，他这样说，我当然很生气，脱口呵斥他不要乱扯淡。赵有良脸色黯淡了一瞬，旋即又绽将开来，从我手里接过东西，放在后备箱里。

车里果真还有三个顾客。其中一个是女的。听说话好像是河南人。坐在副驾驶。我和两个男的坐在后座上。过了金塔县，大家要求下车小解。上车时候，我扫了一眼坐在副驾驶那个女的，三十来岁，一双大眼睛，粗眉毛，肤色也白皙，长得很富态，两腮还有意无意地漾起俩小酒窝。

我好像在哪里见过。

车子奔驰，因为路途遥远，再加上一天困乏，不知觉地睡着了。

再次睁开眼睛，窗外已经是鼎新镇。再有三十多公里，就可以回到单位。赵有良一边开车，一边和那个女子聊天；俩人说得很欢庆，不是赵有良把嘴咧到耳朵根儿笑，就是那女的对着前窗玻璃不住地呵呵呵。这使我觉得，俩人肯定很熟悉，也极有共同语言。车子到开发区街道中心，先是减速，再靠边，那个女的开门下了车。赵有良也下车，打开后备箱取了两个大塑料袋子。女的接住。然后冲赵有良笑了一下，提着袋子，丰腴的胖屁股一扭一扭，往一家门头上写着"永盛批发部"的小卖部挪去。

这里是开发区。

刚到这个单位时候，所谓的开发区还是一片大荒滩，野草丰盛，红柳树丛和沙枣树众多。偶尔会看到动作敏捷的野兔，成群的沙鸡飞起又落下。听年长的同事说，他们80年代中期时候，周末没事，几个人经常到这里套野兔，虽然收获甚微，但很有乐趣。大致是90年代末，鼎新镇新民村一个农民突发奇想，在这里率先盖起了房子，租给外地来这里做生意的人，收益显著。其他人也开始在这里修房盖屋，不到两年工夫，大荒滩消失，成堆的房屋海市蜃楼般耸了起来。

做生意的人越来越多，大都携家带口，在巴丹吉林沙漠安营扎寨。单从方言来听，来单位附近做生意的人不唯甘肃本省，还有四川、湖北、河南、江西、浙江、新疆、宁夏等地人。似乎我们这样一个单位，可以养活全世界人口一样。当地政府将这一个新兴片区称之为开发区，后来又叫清泉镇。慢慢地，把原先在十里外的乡政府、派出所、银行、农技站等也都搬了过来。

外地人大都做蔬菜、水产、肉类、副食品加工、饭店、理发店、宾馆、商品批发、零售、汽车修配等活计和生意，其中也不乏浓妆艳抹、过分暴露肉身部位的年轻女子。

第二天上午，正是周末，我打电话给赵有良，想让他载我去探望赵怀金。他却说他正在往酒泉路上。我有点生气，正要发火。赵有良又说给我另外找一辆来。我说好。可等了半天，电话还是待机状态，连个短信都没有。我想算了，还是自己出去找车子吧。提着东西到大门外，却发现白茫茫一片真干净，除了卖菜的用三轮车拉东西之外，一辆机动车都没有。我又电话赵有良，却打了几遍没人接。我肺都快气炸了。看着经过一夜水浸，因为无根，鲜花蔫态毕现，心情更加糟糕。忍不住狠狠地骂了一句赵有良的娘。

到下午，即使有车，也不能去了。心里既痛恨赵有良的不诚信，又愧怍于赵怀金。回单位路上，还想明早去。可没想到，领导让我到北京出差。我想坐火车，领导说火烧眉毛了，坐飞机！单位有机场，每周二四六都有航班直飞北京。

早上要下楼时候，看到那束已经蔫了的鲜花，不由叹息一声，从水桶里拔起来，拿到楼下，扔进垃圾桶。等我再回来，已经是十天以后了。看着原封不动的两桶奶粉，就想把探望赵怀金的愿望达成。

大门外出租车很多，一群饿狼一样，整齐有序地排站在马路两边。我想找到赵有良训斥他几句，可转悠了一圈，却不见那小子和他车的踪影。

"哼，赵有良那小子……"一个王姓司机一边开车一边说。他发出的哼的意思，大抵是轻蔑，而且极度。车子下了公路，在因干旱而虚土弥漫的乡间公路上行驶。王姓司机高个头，瘦长脸，上嘴唇茂盛着一绺黑黑的胡子。他告诉我两个消息，一是赵怀金前两天死了。王姓司机说，赵怀金也不易，早些年，他爹也是脑瘤，他才十几岁就没了爹。娘虽然活到现在，可也是药罐子。结婚后，头俩孩子都是丫头。在农村，没儿子矮人一头，受人小看。第三胎倒是个儿子，可还没学会叫爹，赵怀金就患了脑瘤。原本想做了手术就能好起来，却不想，做了手术情况更糟。这不，赵怀金熬不过去了，又心疼钱，趁老婆不注意时候，用袜子把自己勒死了！

我唏嘘，眼泪不由得掉在衣襟上。

这是一个苦难的人。妄想买车养好老娘和孩子老婆，却不想，自己身体不争气，一个瘤子要了自己的命不说，还差点把整个家弄到十八层地狱。为了给孩子老婆和老娘减轻点负担，赵怀金选择了自杀。一个人，怎么能对自己这么狠心，用一双袜子，把自己勒死在土炕上？王姓司机见我确实动了感情，也叹息说，赵怀金有你这样的顾客也该知足了。现在的人，都是各顾各，坏点的，能骗就骗，能诓就诓，见了钱，连亲娘老子都敢掀到悬崖下边去，何况不沾亲带故的呢？

我对他说：要是赵有良那小子不骗我，我不去北京出差……就还能见赵怀金一面。可现在……王姓司机说，这也没法子，都是命。停顿了一下，他又说，赵有良那小子这回可摊上大事了。我没吭声。王司机继续说：（赵有良）那小子真不是个好东西！自己家有老婆，而且是刚结婚一年，新鲜劲还没过，就和开发区一个娘儿们搞上了。这不，把人家带到额济纳，住了一夜倒没啥。那娘儿们一早起来，就举着个小花裤衩大喊大叫，说赵有良和张拴林俩人不是东西，喝了点酒，晚上把人家摁住强奸了。

我觉得不可思议,脑子里迅速蹦出开发区那位开店女子的模样。又问他赵有良和张什么被抓了没?王姓司机咳了一声,轻蔑地说,哪里啊!本来就是那娘儿们愿意的事儿,做了以后,故意嚷起来,目的只有一个,就是冲赵有良和张拴林要钱!我啊了一声,全身觉得了一股如冰的凉意。

车子拐了一个弯道,向着赵怀金所在的村庄,卷着一团白色烟尘驶去。

黄土夯筑的房子,小四合院,门前长着几棵苹果梨树,还有一大片葡萄藤。进门,好像没人,院子里静得可怕。王姓司机大声喊有人没?我站在门边上,也满心的凄凉。过了好大一会儿,一个老太太拄着一根木棍,从屋里出来。我上前,叫了一声大娘。王姓司机用当地方言替我向老人家说明来意。老人家抬起皱纹的脸,看了看我,哦了一声。我把东西放下,又掏了五百块钱,放在她乱颤的手里。

此后,很长一段时间,心情很不平静。想起赵怀金,尤其是他的孤寡老母亲。据王姓司机说,赵怀金死后,他媳妇也带着三个孩子回娘家住了。以前热闹的一家人,如今只剩下一位老太太,那座曾经儿女欢笑的四合院从此也沉寂若死。一个男人走了,一个家就没了;儿子没了,媳妇孙子孙女也跟着没了。剩下的时光,老人家该怎么度过?谁能来照料她呢?还不时地想起赵有良和那个开发区的女店主。因为长时间没出去,也不知道他们的事情最终怎么解决的了。

临近年底,巴丹吉林沙漠到处西风呼啸,沙尘弥天;冷好像一把把小刀,一出门就浑身乱割。我决定休假,回老家看望父母和兄弟。领导刚在请假条上签了字,我就打电话给王姓司机,要他在大门外等我,到酒泉,再上火车。回公寓房收拾好东西,拖着箱子出大门,王姓司机老远就跑过来,帮我拉了箱子。上车,路过开发区时候,我下意识地朝那位妇女开的商店看了一眼。门是关着的,连店头上的标牌也不见了。王姓司机一边开车一边嘿嘿笑说,早他妈的走了!上次那事,赵有良和张拴林一人出了八万块钱,头上晚上把钱交到她手,第二天一早,这店就关了,那娘儿们不知道跑哪儿去了!

我说,这也合乎情理,只要赵有良和张拴林没被抓起来判刑就行。王姓司机放肆地笑了一声，又说，你说那可能吗？人家要的就是钱！我恍然。也觉得，这普通人之间，也有着诸多的不可测；情人之间，也充满诡异的算计。

"这还是小的！"王姓司机突然又说。

我侧过脸，诧异地看着他。

王姓司机说：你知道不，现在，赵有良又跟着他亲婶子一起跑了。我啊了一声，眼睛瞪大。他又说：赵有良那婶子，虽然辈分比较大，可年龄比赵有良还小两岁。也不知道咋回事，那俩人就王八看绿豆，对上了。好就好呗，偶尔搞个啥事儿也没啥，可这俩人就是不满足，偷偷摸摸不尽兴。一个多月前，俩人都说去酒泉办点事，下午回来，谁知，俩人开着车不知跑哪儿逍遥快活去了。至今不见星点儿人毛儿！

我说：这太不可思议了！

王姓司机说，世上的事儿，都是人的事儿；不管啥事儿，都是人做的。

沉默了一会儿，我又想起赵怀金的母亲。王姓司机说，别提了，你不是去看她吗，没多久，她也上吊死了。一个人挂在房后边果园一颗杏树上。等人发现，早没气儿了。

我大叫一声，激动地喊道：怎么会？怎么会这样儿啊！

王姓司机减缓速度，把车停在路边上。然后对我说，下来走走，平平情绪吧。

那里正是金塔县和鼎新镇之间的无名大戈壁，弱水河几乎干涸，细微水流也已结成白冰；狼心山之上，天空蓝得惨淡。我下了路基，走到戈壁滩上。黑色的戈壁砂砾众多，枯了的骆驼草满身都是白土。我抬起头，迎着西风，扯开嗓子使劲儿喊了一声。自觉声如雷霆，但却犹如蚁鸣。

——选自 2015 年第 10 期《青年作家》

錾磨师傅 耿 立

在这黄壤的平原深处生活的人，早晨或黄昏时候，谁没见过背着錾子褡裢的石匠，从村外如草绳的路上走来，苍老，深邃。

就有一天清晨，驴子在磨道一踏，一踏，一踏，四只蹄子仿佛要走碎那寂寞。有了褡裢的叮当轻轻地操了异地的方言在说：该洗磨了，让驴子也歇歇蹄脚。父亲一边用高粱秒子扫帚扫磨盘上的碎颗粒，一边应承：吁！驴儿就住了踢踏，一副谦和的模样，眼睛被布蒙着。

这是一个平原里的人都熟悉的石匠，一年总有几回从村庄走过。他走过来，把褡裢从肩头一甩，锤子錾子互相碰响。父亲与石匠就在驴子前的空地上，各自提下裤裆，蹲下，互相递上纸烟，霞光的斑斓里有了剪影般的影子，映在磨道边的屋墙上。辣辣的烟雾弥漫着，很浓。

天到半下午，太阳的光减了力量，在阴凉里就有点冷。錾子和锤子单调的闷音叮叮当当响。磨盘上，錾子沿着原先的槽子，一点一点地拱。石匠师傅全然不在意我的存在，哼起歌子来：

"怀揣着雪刃刀，怀揣着雪刃刀，行一步，啊呀哭，哭号啕，急走羊肠去路遥，天，天哪！且喜得明星下照，一霎时云迷雾罩。"

这曲调很熟悉，像平原的《大锅缸》，节拍沉郁慷慨，虽然是在师傅的嗓子眼里，但呼出的气却有一种破笼而出的挣扎，在叮当的錾子里穿行。

"疏喇喇风吹叶落，听山林声声虎啸，绕溪涧哀哀猿叫……"

在师傅的眼窝里，我看出了水珠，汪汪的，本是干涸的松皱的眼袋忽的明亮。

我问唱的什么？他放下锤子："《夜奔》。"

"《夜奔》是什么？"

"就是夜里走路到梁山。逼得夜里走路。"

梁山，在我们平原的边缘上。父亲告诉我，在天晴的时候，能看到山影的，要是走着有一天一夜的路程。我总怀疑父亲的说法，但父亲到梁山换过地瓜干，却是确实的。但为何成为"夜奔"，我还是不明白。师傅说，大了，有了识见，就会明白。

"俺呵！走得俺魂飞胆销，似龙驹奔逃。呀！百忙里走不出山前古道。"

在师傅静静歇息的时候，我就拿出一枚光光的"老鸹枕头"，像珍宝似的给石匠师傅看。在平原的深处，孩子们没有多的识见，谁要是有一块奇异的石头，就会放在书包里，拿到学屋，就如拿出了山的一角。

师傅接过石头，拿起对着太阳一耀，里面就像是鸡蛋的内黄，红红的。看我对石头这样的神往，他答应下次再到我们村子的时候，给我捎来一块"化石猴"。

我问师傅见过山吗？他笑了，说他就从很远的深山里，在农闲的时候到平原来，凭着手艺叮叮当当地挣钱。在我的眼睛里，师傅是见过世面的人，很神秘，那一錾一錾的有节奏的声音，也像是魔力和韵调。

师傅说，大山里有一种不用驴拉的水磨，有水闸，有木轮子。早晨，把闸门一提，那蓄积一夜力量的水，就前赴后继地拥着爬上那木轮。师傅说木轮好大。我在师傅的出神里，能感受到那水磨，在四面都是褶皱的山坳里，像流淌的山歌一样。

平原外的一切是什么模样？师傅问我想跟他走吗。

"想！"

"为什么呢？"

"天天吃煎饼。"

师傅放下錾，把锤子放到磨盘上，"孩子，你还小。"他摸着我的头顶说。

"大山不好吗？"

这一问，好像捅到了师傅的苦处。他摇摇头，"你还小，哪里都有作难的时候啊，大了，等你见到山，经历了，就明白了。"我感到师傅的话极深奥，就想他许是不愿意带我去看山看水磨。

我有点想哭，就缠着他，让他等着我，等我长大了，到山里去找他，师傅乐了。

"也许等你长大，我就要入土了。"

听了这话，我心里更紧了。他要是入土了，山里我可不认识一个人了。我急急地说："死不急嘛，你等我，我大了，见到山，你再死。"

师傅又乐了，他答应我，等我看到山，他再死。

"你家住哪里呢？"

这个问题好像是对我对他都同样的重要。

"褡裢錾子就是我的家，哪里有磨哪里就是家！"

这下可麻烦了，天底下哪里没有磨啊？有磨房的地方就有师傅，天下能洗磨，把磨钝的石磨一錾一錾，像重新绽开的牡丹芍药那样美丽的师傅也多了。

"那等我长大了，还是找不到你啊！"

"等你长大，我来接你！"

父亲看我如此的样子，就说拜石匠做师傅，将来能拿动锤子錾子，可以背着褡裢的年纪，就跟着师傅到平原外走动。于是，我恭恭敬敬地叩了头。父亲打了酒，杀了一只鸡，配上从地里摘下的还有黄花的黄瓜。

第二天师傅走了，我和父亲送他到村外的土路。一个光光的脑壳，一个褡裢，一把錾子叮当着远了。看见师傅走得更远了些，我喊了。细细一声"哎——"，平原的回音很长，师傅回头一下，也"哎"了一声。后来那褡裢一闪一闪地摇起来，那光的脑壳就越来越显得小。步儿也像慢了许多，叫人感到那路就是人一世也走不完。天大极了，人小极了。平原好大啊。

这以后的日子，师傅在霜降的时候，都会来我们的村子。一次他真给我带来一个"化石猴"。这是一种薄薄凉凉、其貌不扬的灰白色石头，光滑椭圆的身上浅浅刻出几条线，就成了猴模猴样的脑袋瓜和狗儿一样上扬的尾巴。我把它和"老鸹枕头"放在一起。其实，我问过老师，他也不知道究竟是叫作"化石猴"还是"画石猴"。但它和师傅一样，平添了我对外面世界的神往。

每次师傅来的时候，总不会空手，带一些平原不常见的物件，煎饼、山核桃、榛子……他从褡裢里掏出那些东西的时候，总会说"我的小徒弟"。我发现师傅十分地珍爱师徒关系，在学屋里，我曾比较老师和师傅，觉得老师不会给我带来平原外的神奇，而师傅说，等我大一点，他就会给我打一把錾子和锤子，和他到平原外走一走。

师傅多大岁数了，我不清楚，但每次看他到平原的小村来，皱纹总深刻了许多，眼睛要眯缝了许多，光光的脑壳上，一些稀疏的发，在褡裢的衬托下，黑的更黑，白的更白。

也许，师傅给我的是平原外的牵挂。我把师傅当成了一种心里的依靠，谈起师傅，就谈起水磨，谈起很远的山。师傅到我们村子来了，又走了，我会几天激动得睡不着觉，半夜起来，常想着磨盘该錾了，什么时候的黄昏还会响起叮叮当当的声音，那时的黄昏也像有了诗意，被錾子声淹没的黄昏不是普通的平原的黄昏。当师傅走了，我会站在村外，看到师傅的身影变得越来越小，直到一个小黑点，最后，连褡裢也变得和平原的天地成了一体。

有一年，到了霜降，师傅没来，到了寒露，师傅还没来，村子里的几家磨都钝了，变得喑哑。我心疑师傅是否年纪大了，在不知哪个路口走着走着，就跌下不再起来。贴近年关的时候，我在村外看到了一个背褡裢的人，像是师傅，走近，却是另外的模样。他告诉我师傅死了，在一家的磨道里，拿着錾子，忽然一放锤子，一口气没上来，走了。

我听了，伤心地哭了起来，平原外牵念我的人走了，我对平原外的牵念也减了许多。我常想，也许，收我做徒弟，他本身是不当真的，但他对一个平原孩子的爱却是十分珍重的。也许师傅有许多的苦楚，我想到他第一次不自制地在一个平原深处的孩子面前唱起《夜奔》。后来，我在空余时，喜欢起篆刻，工具也置备齐全。我有一个愿望，哪天就刻一方肖像印章，内容是林冲在雪夜，斜背着长枪，枪端处，挑着的是酒葫芦，也是天黑得紧，雪也下得紧……

——选自 2015 年 1 月 14 日《人民日报》

六月的喀纳斯 李木生

曾经，离它很近，竟失却了。

知道人的一生，总会有那么一处两处你最想去却总也去不了的地方。还知道，去不了也是缘，梦缘，会在你的梦里展开向往的空间。

十多年过去了，早已安于梦里的隐现，却又阴差阳错，梦亦成真，说到就到了它的跟前。先是谦逊清淡却又不可抗拒的芬芳的气息，轻轻地沁过来，沁过身心，好一阵，才见深藏于阿尔泰山脉中的喀纳斯，将她六月的容颜，款款呈现。

地是嫩嫩的绿，天是湿湿的蓝，水是清清的碧。

嫩绿的草，水一样漫过，随大地的高低，起伏成不染纤尘的清凉，且给人一种柔软的感觉。各色小花，恣意在汪洋般的草丛间，似浅浅的笑，被阳光点着。定下神看这些小花们，妙妙地轻摇在清透的微风里，像晃着小手学步的孩子。无缰无鞍的马，或红或黑或花，零星在嫩绿里，间或打一下自在的响鼻。最是羊群，散布着，远远近近，如没有化尽的残雪，却透着融融的暖意。

湿湿的蓝天则坦诚着一种亘古未动的安详，深邃得无穷。许久，才发现，天是让纯金般的阳光洗成了湿湿的蓝，真挚得仿佛举手可触。有鹰在天空里翱翔，似不动，却又瞬息掠过辽阔。只是鹰飞得如此低，就在草地矮矮的上方，莫非是它觉得喀纳斯也是一种天堂？阳光就在鹰翅上燃烧，使鹰也成为黑亮亮的火焰，镶着金色而耀眼的边。

天际间，阿尔泰山脉的雪峰，遥远成轻轻的一抹，参差着，静穆而又神秘。花的雪莲与兽的雪豹，是怎样在这雪的世界里绽放与漫步？偶尔会有长长的冰川，好像一位兴冲冲下凡的天神，因惊诧于喀纳斯的美丽，而于奔跑间骤然止步在山谷间。

雪峰与冰川之下，是严如兵阵又饱满着生机的森林，襟怀浩荡，无拘无囿。更有富丽的颜色，标志着树种的分布，新绿、幼绿、浅绿、老绿、锈绿、枯绿、黄绿、紫绿、红绿、青绿、翠绿、水绿……众绿之上是徜徉的云，或白或灰或红，干净无比，鹰翅般镀着火焰样的阳光。云影栖于森林之上，云栖处便又化为深郁的墨绿。

都说这是中国最后的净土，见了，才信了。

真怕满是尘埃的自己，会玷污了它。

明明知道，我只是一个匆忙的过客，还是让奔湍清冽、野性却又和润的布尔津河清洗着我的眼睛，也涤漱着我的身心。没有时髦，不随大流，与我国绝大部分的江河属于太平洋水系不同，喀纳斯特立独行地属于北冰洋水系。见面就想到了诀别，更加将全部的心思，毫无保留地投入在这轻巧又宏富的清流中。

真想变成一株白桦，玉一般地立在河之畔，让细碎的圆圆的叶影与繁密的根须，尽兴地吸吮这雪峰与冰川的奶汁。

溯流而上，出没在森林之中的卧龙湾与月亮湾，犹如深情的长调，吹奏着我生命的孔窍。我知道，离那个曾令我梦萦魂牵的喀纳斯湖，越来越近了。

世界上，湖泊总是美的，静美，还或多或少带点神秘。我也最喜与湖泊亲近，让心跟了去，身便化莲化苇化帆化鱼，融入忘我里，久久不愿醒来。

24日午后3时许，终于亲炙容颜，才知喀纳斯湖独立于万湖之外，与天为伍，却又是大地上的一枚水做的弯月，寂寂地也丰实地照着映着孕生着自己与自己的世界。

与西藏冰雪之水的湖泊不同，她是以自己温润和煦的呼吸融化了也吸引着雪山与冰川，水便不仅清冽，更暖意盎然，如春之花蕊，滴滴莹澈而又内敛着无穷的热情。也与内地众湖迥异，拒绝任何的污染与嚷扰，独自淘洗日月，清素静和，将简约与宏赡演绎到极致。两公里不到的宽度，似乎窄窄的；却又长长久久，在青山雪峰间饱满着二十多公里酷似翠玉般的身段，连岁月也被她感染得忘了衰老，千年万年青春四溢着。

这是真正意义上的自由之湖，无滞无碍，随性自在。

只有自由之水，才能如此安然深情，在45.73平方公里的面积里，就含蕴了53.8亿立方米的圣洁活泼之水，成为中国内陆最深的湖泊。深情之水岂能不从容安恬？即使强风暴雪之下，她仍能不为所动不为所侵，信步安澜。想想，谁能动摇这平均120米、最深处188.5米的深水之绪呢？

只有自由之水，才能如此澎湃不已，没有丁点禁忌地一边尽纳众山之水，一边又创造出万喙喧腾的大河。流动，奔涌，飞瀑，急湍，一起化作激情的交响；天面云影，山颜树调，日光月华，晨昏阴晴，春夏秋冬，万色杂酿成须臾百变的美的大观。就如天上的太阳不会熄灭、日日焚去黑夜一般，喀纳斯湖以其开放贞明的胸襟，时时都在接纳又时时都在诞育，为寰宇留一面普世的明镜。在这面不朽的明镜里，污者自污，清者自清。

纳是更生，吐是华诞，吐纳不息，生生不已，"日日新，又日新"，常流常新，喀纳斯湖便在沧桑的消磨中永也不涸了。"红颜随霜凋"的宿命，也不得不在她的面前俯首。尤其在众湖为利驱遣，日渐消损，受辱被污的当下，喀纳斯湖"不以物喜，不以己悲"，坚守生命的干净与热烈、自由与独立，真真地给人的心灵留下了不泯的深长滋味。

等到金黄如菊的阳光——渐变成玫瑰样的嫣红，将青葱的山峦与翠绿的草地融作一处，再从时不时颤动着鬃毛的马背上滑落、泅入地下——圆的明月早已悄然浮起在湖上。

清冽的凉迅速地变为砭骨的冷，夜来了，湖眠了。

我静静地坐在群山聚拢、长树送荫的湖边，与锃亮的月一起醒着守着。本是阴森四布，却觉温柔笼袭，心上便有清清亮亮缓慢却节奏分明的滴答的水声，当是她清匀的呼吸化了我胸中的冰雪。

梦也就眠在她的轻轻的呼吸里。

25日，与曙光一起醒来，人早已走在湖东岸的泰加林间。在这孩童般喀纳斯湖的清晨，我是第一个造访的人。空气如湖水一样洁净，鸟的鸣啭就在寂静里清脆着；不知何时倒下的松树干上，有花着脊背的小松鼠，跑来沿去。凡俗的我便沐在这神工天籁里，耳鼻眼喉舌及每一根神经，都轻灵异常。也才知道，人，生在人间，其实早已坠落在地狱里。坠落其间，不思超拔，甚或还以天堂自诩。

野性的森林伴着野性的湖泊。土薄，泰加林里便多生着见土即长的西伯利亚松。不知何时，有并排五棵松树被风一起连根拔起倒下。是松的再生还是风的匠心？五棵一齐倒下的松树，便根盘着根，连根间的土一起，向着曾经日夜相望的湖亮起了一道根的"雕"墙。

当然要在那棵"泰加林之王"的西伯利亚大松前留步，禁不住用怀抱去量，三搂多粗的干，直凛凛地凌空在三十多米的高空，五百年间守在湖畔分寸不移。一只青青的虫，黄喙灰头，扯着一根十几米长的丝，倒吊在树王一根斜逸的偏枝上，幽默地打着秋千。弯曲半裸的树根，向着远处游走，紫的黄的白的小花开在树根间，好似从高空蹦下的七彩的阳光。苍苍的松枝与裂着粗大纹路的松干之间，漏出一线沐着朝阳的雪峰，正在临湖梳妆。

忍不住，干脆攀到伸向湖中的干树的残身上，细细地观察。雪山，森林，喜悦着一团灰云的晴空，还有山脚下带着露珠、零星着几株小松树的草地及草地上那栋尖顶红脊白墙的欧式小屋，全在湖水里生动活泼着，颤悠着梦幻般的意境。

醉。

酥酥的心，在了悟里飞翔。原来，人的胸腔也可以蓄积起如许的湖水，并倒映着美的万物。

感恩里，移目湖的上方，已经被纯洁的阳光点着的雪山，似乎正激荡着热热的血流。随着日光向下地移步，雪间便斑驳着黝黑深灰的山体，一如天庭的板画。

两座雪山的凹处，是一轮走了一夜已成薄薄的淡月，几乎被闪光的雪掩蔽。

雪山，淡月，以及这里的一草一木一石一虫，都是有福的，因为它们可以尽情地陪伴着喀纳斯湖。

此刻，一缕幽幽的佛意涌上心田。仔细想来，自两汉间佛教传入中国，两千年间兴衰起落，竟至绵延不绝，其奥秘处就在"慈悲"二字。人间太苦，中国的人间更加苦难深重，这慈悲真如遍地干柴上的火星，一点就着。"发菩提心，行菩萨行"，苦海无边的时候，有一道岸救你赎你让你回头让你依靠，那是多么温暖熨帖。喀纳斯是寂寞的，与她融在一处，莫名的寂寞就廓清着也弥漫着襟怀，只是在寂寞的最深处正有佛性的灯光摇曳：无缘大慈，同体大悲。浸满着佛性的这八个字，有着山一般的分量，闪电一样照亮了也点燃起我对于慈悲的崭新认识。向着与自己没有任何关系渊源的人事万物，照耀没有任何功利目的的慈爱之心；对于世间的一切苦难（哪怕是异族或动物的苦痛），都感同身受般施以悲悯之心。如此，慈悲二字便如大海，纳世界百川而能从容放下，容万千咸苦却不弃滴水粒沙。大无大有，放下处，已将众生平等地揽进慈抱之中，一吸一呼无不息息相牵。有此慈悲，方能辨大是大非，行大智大勇，历灭顶之灾而能涅槃重生。

　　我只是一个匆匆的过客。但是能有两天朝夕相处，已经是那样的奢侈，也是那样的有福了。

　　归程里，有上千只羊挡住了去路。土著的土瓦人男女牧者，骑着骏马向着我们盛开着笑意。司机微笑着，耐心地等待着，绝不让喇叭响起。羊群里有三两峰骆驼，驼峰间竟围着细毛的毡，围成的毡筒里露出着小小的羊羔的头。出生不久的羔羊，鼓起着嫩芽般眼睛，好奇地张望着世界，流淌着纯真而又热切的柔和的光芒。我的心一下子化了，热热的、柔柔的、清清的，还带着如梦如幻的诗意的倒影……

——选自 2015 年第 7 期《青岛文学》

火柴和它留下的灰烬

周蓬桦

习惯迷路的草原

在草原上迷路是常态,因为草原太辽阔了,没有遮挡和路标。至少,马灯不是路标,帐篷也不是路标,奔跑的牛羊更不是路标。对于牧人而言,他们通过看日头,观风向,甚至听雨声来判断方位和道路。一位出色的牧人总能在天黑前赶回家,住进温暖的蒙古包,眼前呈现一个最日常的画面:炉子上的奶茶咕嘟咕嘟地开了,奶香四散;狗摇着尾巴,倦怠地舔着舌头……

在草原上,当每天的太阳升起时,草们会像婴儿一样翻转身体,睁开惺忪的睡眼,发出一阵欢呼声,似乎是"啊"或者"嚯"。当然,这声音世人是听不到的,因为这是草原独有的生态狂欢,它不需要向世界直播传达,大地细微的奥秘是无法传达的。

事实上,世人错过的好风景可太多了,比如草原上变幻多姿的云——车开在荒凉的道路上,云朵密集地在眼前飞奔漂流,一会儿像万马奔腾,一会儿变成游行的队伍,一会儿又变成列队的兵士。莱蒙托夫这样写云:天空的行云啊,永恒的流浪者!你们,放逐的流囚,同我一样,经过碧色的草原、像联珠似的,由可爱的北国匆匆地奔向南方。

在草原上,时刻能够感受到天空的存在,天地合一的概念十分具体,伸手可及。如果在幻觉中骑马溜达,微闭上眼睛,会感觉是在天堂徜徉,神灵们若突然现身一点也不奇怪:事实上,仙女一直在朝你抛撒云朵。

而在我生活的城市，人置身于钢筋水泥的丛林中，脚底下没有泥土，头顶上的天空不叫天空，而是被灰瓦屋顶切割出的一小块幕布。天空成了一块可怜的布匹被撕裂。抬眼放远，人们像田鼠一样忙碌，忙到最后连一块干净晴朗的天空都失去了，这是工业时代带给人类的礼物。年已老迈的米兰·昆德拉说——庆祝无意义。我想时间也会验证一个事实：人类的忙碌，无意义。

话分两头说吧：我们起了大早，从科尔沁出发，设置了导航，走乌兰浩特至阿尔山那条线。我们的计划是，天黑前赶到阿尔山，住一晚后再奔海拉尔。突然间导航成了沉默的直线，像彻底完结的心电图。车越朝前开，握方向盘的手越不踏实，不停地抖动，车速犹豫着慢下来。这时候直觉告诉你哪里不搭调，前面的路越走越陌生，像进入一个预设的剧本情节，糟糕的迷路终于发生了，这意味着你刚刚走过的一大截子路宣布作废，车子要沿原路回开，把读过的风景重新读一遍。

人生最无趣的事，就是走回头路。即便是我平日里在公园散步，也不喜欢温习走过的路，哪怕因此要多绕一段远路，我也一定要选择新路回家。这时候双脚显得很配合，验证了其也是喜新厌旧的仪器。

在这里，我说一个奇怪的现象，在迷路后，四周的天地突然降下一种神秘气氛，似乎每一座村庄、屋舍和牛羊都知晓你迷路了，但它们眼巴巴地望着你的车子，却无法提醒你。它们知道眼前的这个家伙走了多少冤枉路，或许还有点幸灾乐祸。——那就尽早纠正所犯的错误吧：调转方向，像读一本翻烂的书那样重新读一遍道路：荒野，灌木，泥巴房……只有云彩是新鲜和变幻的。啊，只有云彩。

我们因此晚点了一个半小时。但在抵达阿尔山时，奇迹出现了：一阵雨水洗亮了山野，夕阳却依然挂在天边，在大地上布满了光照，情景如同进入好莱坞电影。远山如黛，燕麦田空旷。倦意顿消，慌忙激动地下车，举起相机狂摄，雨滴打湿了衣裳。在转身之间，猛抬眼看到了一架彩虹桥，像天堂之门，横跨在两座山之间。

这是我此生看到的最迷人的彩虹。这是上天恩赐的喜悦，每一道光都传达着爱的信息，它是神灵给予旅者的补偿。

我双手合十，热泪盈眶。

事后我想，假如没有途中的迷路呢？我们就一定错过了这场阿尔山的阵雨，也就错过了这道最美丽的彩虹。

结论：人生的得失，都是不好说的。有时候，界限相差在一秒的区间和一毫米的距离。

火柴和它留下的灰烬

在地下室幽暗的角落，一只蒙尘泛黄的小纸盒，躺在蛛网与旧杂志织就的夹道里，一块在房子装修时剩下的锯木板，让它的整个身体得以隐藏，惬意而安详。我有些惊奇，把这盒陈年火柴捡在手里，拂去表层的灰尘，露出清晰的商标图案。小心翼翼，拉开精致的小抽匣，仔细数了数，不多不少，正好三十六根——它暗合了我为之迷信判断吉凶的一个数字。柄是柔软的木质，蓬勃着火红的磷头，以及想象中出现的火焰画面，它可以把冬天雪地上的落叶点燃，让孩子们环绕在一丛篝火前，烤红他们苹果似的脸颊，让笑声和话语播撒在寂寞孤冷的夜晚……很快，我沉迷于瞬间引发的思维和童趣中，面对一盒旧火柴，拾起它，就像从童话世界的冷漠里捡回一个受伤的孤儿：那个卖火柴的小女孩。

隐忍内敛，如一座微观的活火山，火柴的品格让我联想起某位在异乡流浪、风餐露宿、沉默不语的朋友。火柴具有牺牲的美德，它牺牲灿烂的光芒，宁愿在黑暗中归于永恒的寂静，或者在寂静中归于永恒的黑暗。我在想，哪位现实里的朋友，拥有一根火柴的灵魂呢？像大海中央，一口深深的油井，暗藏深处的热力，充足的气焰，会在需要时将身影展现，在壮阔的蔚蓝之上，为你捧上一朵颤抖的火苗。

由于时间过去太久，我已说不清这盒火柴的出身和来历，猜不透它是从哪一只粗心的口袋里滑落在地的，要么，是它自甘枯萎，将自己囚禁于无声的岁月？潮湿的地下室，没有窗户，经年见不到阳光，感受不到四季的温差，这盒火柴已经像患病的婴儿，缺乏钙质。火柴盒上的磷片，被时光镀上一层油腻的土灰，对外力的摩擦失去了敏锐和犀利。而火柴本身，也因潮湿而脱磷，丧失了战斗力。就这样，它衰老了，甚至是死亡了。而造成这一切的根源，除了时间之外，还有浩瀚的孤独与落寞。

我知道孤独的代价——孤独就是要你的生命，从强大到微弱，一层层地进行自我脱磷，最终变成一个精神的侏儒。

在深深的静夜，我有改不掉的吸烟恶习，烟子懒懒地飘散，思维也翩翩地飞向远方。但我早已不使用火柴点烟了，电脑桌案上，摆放着三只花花绿绿的打火机，它们多半来自某一次聚餐的赠予。账单上显示，这一元钱一只的现代取火工具，已经将英雄的火柴家族取而代之，从表面上看，让人类由最初原始的石片钻木取火，朝文明的世界又前进了一步。总之，打火机的轻便与快捷，与这个时代达成了某种密谋式的合作协议，它们合作得很愉快——许多人和事物，都与这个时代合作得很愉快。如今，键盘取代了书写，网络把平面纸媒赶向边缘。那么，红极一时的火柴时代，已经远去，连同无数过时的农业工具，正告别村庄、草屋、田野和庄稼，在淘汰的声音中宣布退场。

事实上，已经很难在场合里看到火柴的影子了，它的退场或许早就开始，只是我们不曾注意。有许多美好生动的事物，也早就无奈地退场，只是我们粗糙的目光，也不曾注意。现在，当偶尔于城市的星级酒店的床柜上见到火柴，它也失去了往日的朴素本色。很显然，它遭遇了人类消费与商业的绑架，被更换了一副时尚的新衣，因为只有这样，才能与酒店的豪华富丽相配。它涂脂抹粉，若花样美男，装饰得像是一件廉价的艺术品。但当你要使用一下，却发现它的内容实在少得可怜，这让人想起城市酒吧里的蹩脚歌手，吼几嗓子就没声了。

而真正的火柴，是一个个激情饱满的斗士，它们从来不惧牺牲，拒绝荣誉与包装。它们是为牺牲而存在的，因此索性平时就睡在棺材里，那是一幢伸手不见五指，四周黑漆漆的屋子。它们最大的渴望，就是期待某一只充满力量与激情的手，将内心积攒已久的火药轰然擦响。

她　们

　　她们：上帝的私生女。嘘——不能理解为是上帝犯下了俗人的错误，搞得生活不好收拾——上帝如果像俗人轻易地被什么俘获，就不是上帝了。尽管，上帝犯下的过错多不胜数，比如遥远的战乱与近处的灾祸，比如在当下后工业时代挣扎的生灵们，物质生活比过去好了，可怎么就出现了这么多的精神困惑？上帝让我们心浮气躁，每天围绕鸡毛与蒜皮打转，消磨我们与时间搏斗的意志，扼杀我们追求真理的哲学灵光，让我们顺从轨道运行生存游戏，服从衰老与平庸，进而踏踏实实地服从死亡。于是，我们从出生那天始，似乎已经注定逃脱不了平庸的命运。是的，从来没有——我们注定得不到上帝的眷顾，所以我们只好盲目从众，加入世俗的洪流。

　　但后来渐渐发现，这位在世人眼里原本公正的上帝，也是有私心的，就是他老人家对地球上的另一部分生命，格外地偏袒了——她们是费雯·丽、波伏娃、玛丽莲·梦露、普拉斯、莎乐美、邓肯、弗里达·卡洛、张爱玲、三毛等等"被上帝眷顾的女人"。她们要么倾国倾城，要么天赋过人，要么才华出众，要么特立独行……在这个布满灰尘的大地上，她们都无一例外地成就了自己，也成就了一个个美丽凄婉的传奇。其实，是上帝在赋予她们俗人生命构成的同时，赋予了她们一颗热爱艺术的灵魂。而这，让她们与普通的灵魂有了本质的区别。

　　这些非凡的女性当然也会死亡——事实上她们都已经死去多年，但为什么当你行走在秋天孤独的街上，却分明感到她们依然隐藏在天地之间轻盈地呼吸？隐藏在一片飘飞的落叶之中，或者一片云朵的背后。她们总是在任何时候可以诗意地复活，随时可以把阴阳转换像一件衣服套在身上，瞬间拥有栩栩如生的温度。

　　无论人世的生涯何等艰辛无常，这些非同寻常的生命，如何在战乱、灾难、离异、贫穷与颠沛流离中持有高贵的秉性，又如何在物质与灵魂的两难境地，做出了自己的选择。而她们的选择，总被时间证明是对的，在淹没的驳船露出水面后，化为风景的绚烂与妖娆，桅杆之上旗帜飘扬；而她们的人生，无论离世界多么遥远，都已经化为都市的中心话题：巴黎、纽约、伦敦、东京、上海……在都市的广场，她们已经成为雕像和纪念碑。她们的生平与艺术创造，也传播到人类偏僻的角落，传播到那些热爱艺术的人们的心灵，产生了永不灭绝的回响。

而书写的意义，仅仅是为了重温吗？不，每当我在深夜凝望星空，硕大的天体旋转着，仿佛一架风车，时间的浪头在上面翻滚——我总是企图用思维去触摸她们沉睡的心脏，与这些上帝的私生女们产生链接与沟通。她们的心脏似露珠，一碰即碎。有一刹那我闭上眼睛，双手合十，隐隐听到耳畔隆隆作响，眼前忽明忽暗，像一列火车穿越雨季的隧道，随着一阵明亮的光线越来越近，我知道现实的世界消失了，另一个天堂的世界徐徐展开，我看见她们正列队朝我走来。

——选自2015年第6期《石油文学》

雨水和惊蛰   乔洪涛

雨　水

　　自然界本身就是一个二律背反的矛盾体。譬如，春和秋，夏和冬。譬如落叶和发芽，冰冻和融化。这一切的本质都是在进行着自然宇宙的加法和减法。秋日过后，大自然就在做着减法运动——减去繁华，裸呈真实。它告诉我们：一切的遮蔽都是虚假的，一切的荣耀都是浮华的，百花齐放全是匆匆过客，霜凝大地，泥土板结，木叶尽脱，萧萧而下，紫黑的泥土上，唯余下赤裸的真诚才是永恒的。真诚还不够，还要落下雪花，用琼玉洁白遮掩一切，扫除虫豸蚊蚋，只剩下白茫茫大地真干净。土地更是如此，南坡的那半亩泥土，在我收获之后，采摘了果子，收拾了棉花，拔掉了棵秧，砍倒了高粱，最后只剩下泥土——那一粒粒细微得看不清的泥土的分子凝结起来，坚硬起来，它封存了养料，蜷缩成无用的黑紫色。整个冬天，我去看了好几次，除了几垄略微绿色的麦苗（麦苗对于冬天的泥土来说大概就是一个反动），满眼全是暗苦色。山枣树和垂柳树只剩下黑色的枝条，绿和黑，也是一种生命的背反吗？人总是和大自然背道而驰，自然和泥土越是裸露，人越是穿上厚厚的衣装，皮毛已经退化，御寒只有借助外物。赤裸的肉体披着的全是动物的毛发，剥去掩饰的外衣，人体上仅剩下一撮阴毛和几根稀疏的头发（有的连腋毛也刮掉了）证明着人曾经是一个动物，和那些猿猴一样，曾经归属于大自然。

　　那么，人就是大自然的一个反动派。自然界做减法的时候，人是做足了加法的。所以，我讨厌冬天，我觉得只有在夏天里，炎热的夏季，男人和女人们赤身而卧，或于溪中游水，或于泥土中耕耙，累了匍匐大地，或枕着坷垃遥望星辰，人才是最自然的。立春过后，我脱掉臃肿的棉衣，伸胳膊展腿，整日在南坡半亩田地中劳作，我踏上泥土，捧起泥土，汗水滴落泥土，才感到了活着的乐趣。

　　我端了一个簸箕，把山阴的积雪弄到我田里的麦苗上去，干了整整五天的时间才把那些麦苗全部"浇灌"完毕，我知道，也许过不了多久，雨水就会到来，我的这些活计也许只是徒劳，但是，我却从中得到了快乐。尤其是那天我坐在田塍上休息，顺手攀过一条植物的藤蔓——那是一株迎春花的茎——我突然就看到了满枝的芽苞。是芽苞。暗色的枝条上，规则地密布着这种嫩芽，不仔细看还以为是去年叶子落尽后的残梗，可是它的的确确是芽苞。我细数了一下，一个枝条上的芽苞高达76对，一个个呈枣核形状，两三个未展的外衣套包住的是嫩绿的浆液。这嫩绿先是花朵，一朵，一朵，一朵，一朵，一朵，一直到76对花朵，然后，一棵迎春花又有四五十条花茎，展开的时候是嫩黄色，继而是黄色，金黄，三四千朵迎春花热烈而奔放地铺展开来，不见叶子，只有满枝条的花朵，那是春天的颜色吗？我向来对这样的枝条上直接布满花朵的植物充满了好奇，我纳闷那些叶子们哪里去了？那些粗黑甚至丑陋的枝条怎么会生出这样娇嫩漂亮的女儿？报春的消息从一个花枝开始，从76对细小的花朵开始，向整个自然蔓延，向整个春天蔓延，向无数个76对蔓延……我记得妻子种的君子兰这几天也正在蓓蕾欲放，妻子每天都要数一数花朵，14朵，16朵，18朵，今天都到了20朵了，君子兰的花瓣中空，像一个个小灯笼，里面一定是等待出世的更粉嫩的花蕊，花瓣的颜色开始泛红，它们次第开来，由素而粉红，而雅红。那些花朵儿呀，朵，朵，我不知道古人是怎么造出这个字来的，我常对着这个字发呆，太漂亮的一个字，它漂亮，美丽，长腿，匀称，木之上的灵魂就是朵吗？要让我评选汉字，最漂亮的就是这个"朵"字，我告诉妻子，我们出生的宝贝要是个女孩子，一定就取名叫朵的。朵朵，朵朵，朵朵，美丽如花的孩子；乔朵，乔一朵，乔朵朵，我对这几个字爱极了。

立春之后，下一个节气便是雨水。今年的立春是年前，腊月二十一这天立春，过年之后初六便是雨水。《逸周书·时训》说："雨水之日獭祭鱼。"按照古书上的解释，雨水这个节气之后，要"东风解冻，蛰虫始振，鱼上冰，獭祭鱼"，就是说水獭开始活动，要破冰捕鱼吃了。而《礼记·月令》云："（仲春之月）始雨水，桃始华。"郑玄注："汉始以雨水为二月节。"我田里也是有一株桃花的，我过去认真查看了桃树的枝条，尚没有发现桃树的萌动，但我知道桃树枝条的里面一定春意萌动的。只是这一株迎春花枝条绽绿，含苞待放，煞是明显，如此看来，《礼记》当中的记载不能说不准，只能说不确，或者也许把它更为"始雨水，迎春始华"更为确切？雨水这天上午，我站在田里，天色是阴的，微雨将到未到的迹象，却突然听到了一声春雷的。那声春雷来得那样突然，那样美妙，那样遥远，让我一时百感交集，立若木鸡。

　　雨水飘落下来了，雨水如丝，细如马毛。眼前很快烟雾朦胧，这是今年的第一场雨水，正好在雨水这个节气落下来，一切都是这么准确。我知道，今日之后，雪将变作雨，雪和雨其实是迥异的物理过程，雪是凝结，雨是散落。雪花让大地禁锢自封，雨水溶解泥土颗粒，让大地解冻。雨丝落在田园，也落在我身上，脸上，虽然有些凉，但已经没有了逼仄的冷。微凉，湿润。我从坡地的南边走到北边，感觉到大概有一亿条丝线钻入我的田园里，雨水落在山枣树上，枣树枝更加黝黑。落在桃树上，落在柳树上，落在麦苗上，落在麦苗的微白的积雪上；落在尚硬的土地上，落在迎春花的芽苞上，落在迎春花的茎条上。迎春花的枝条很快就柔顺起来，我掐断一条细茎，看见枝条里有一条小溪，那是另一条细小的瓦河。里面流淌的是生命的浆液。那浆液里有花有叶，也有看不见的果。

　　邻地的刘三跑过来，刚才他正在旁边的地里翻地。他和我一样，拒绝使用一切现代科技来耕作土地，也拒绝使用一切现代工具来收割庄稼。去年我和刘三合作得很好，我们互相帮忙照看田园，收割的时候我们一起拿着镰刀收割，累了一起坐在田埂上抽烟。我记得麦子收割下来，我和刘三一起拉着石磙轧场；刘三是个好把式，起风的时候，他扬起木锨扬场，我给他打下落；去年耩地的时候，我拉耧刘三摇耧播种，刘三摇耧摇得均匀，播下的种子出苗率高。去年我的菜园里收获了蔬菜，我跟着刘三挑着黄瓜茄子去赶集卖菜，卖完了菜我请刘三到酒馆里喝酒，结果菜钱还不够我们喝酒的，刘三笑话我不会精打细算地过日子，我也哈哈大笑，告诉刘三，我有工资，不缺酒钱，我缺的是劳动，是参加耕耘土地收获果实的劳动。刘三说，你们城里人日怪，放着清福不享，跑到这农村来受罪。我说，人活着享福太多身体就不行了，这里也不行了（我指着我的心脏说），你看我劳动一年，颈椎也好了，腰也不疼了，前列腺也不肿了，脚气也没有了。刘三就明白了，刘三说，你是个活明白了的人。刘三那天和我都喝醉了，我们相互搀扶着回家，他去乡村，我去田园的草棚睡了一觉。

　　刘三戴着个草帽过来，把草帽摘给我，说，快戴上吧，你这个脑袋不禁雨淋。我说，你是秃顶，还是你戴着。刘三说，别看是个秃顶，却也是个不怕雨的葫芦。我执拗不过他，戴上他的草帽，夸他有先见之明，知道今天要下雨。刘三撸一把湿漉漉的脸说，我知道节气准哩。我掏出一根烟递给刘三，一只兔子从远处山坡上跑来，歪着头看着我们两个怪人点烟，我和刘三也歪着头看了它半天。刘三说，我认识这只兔子，去年咱们的豆苗子被它啃掉过半垄，我得吓唬吓唬它。刘三弯腰拾个坷垃，兔子扭头就跑，跳出去多远还回头张望。我和刘三哈哈大笑，我说，就当咱们救济扶贫了它一家子。刘三吐口烟说，扶贫个屁！过年我还得给它发红包哩！我知道刘三心疼庄稼，他才是真正的庄稼人，我的慈悲在刘三面前其实很肤浅。但我知道刘三不吃兔子肉，我说放心的，要是碰上胡二，这只兔子大概就要倒霉了。刘三扛着抓钩，他刨了一片地，他说要种点儿菜，问我是不是也要种点儿。我说，当然要种，我还得等着和你一起去卖菜呢。刘三说，等雨停了你也得抓紧翻地了。我说，好，下次我就带铁锹和抓钩过来。刘三说，那好，菜种子菜苗的事就包在他身上了。我把兜里的那盒烟都掏给刘三，说，拜托你了。刘三拿着烟盒子端详了半天，说，好烟，好烟，得值一二十元吧？我说，别管它多少钱了，你多弄几样菜种子，咱种成个百菜园。刘三拍了胸脯说，老弟放心，种菜我是老行家了。

　　这样聊了一阵子，身上有些冷，刘三说，咱们回吧。我说好，天晴了咱们再来。我和刘三挪动着脚，鞋上都沾了厚厚的泥巴，一走一扭，一走一扭的，像个笨鸭子。刘三离家近，过了瓦河朝村上走去，我推上自行车，往相反的方向回家去。骑车走在路上的时候，我在想，我得在田间好好拾掇间房子，到时候庄稼活多的时候，我就不回去了，直接在田里睡觉。那间草棚子已经有些漏雨，我得好好地苫些草，覆覆顶。还得垒上墙，不用砖，直接用泥垛墙，泥土房子冬暖夏凉，我住在这里舒服得很。等妻子休息的时候，我也让她一块儿到这里来度假，渴了就到坡下瓦河里去汲水，饿了就吃这田里的收获的果实和菜蔬，晚上在田地里看月亮数星星，吹山风，听落雨，没事的时候把刘三和胡二喊来喝酒。反正我有的是时间，我有一个好职业，文化馆的创作员，不用坐班，我的任务就是到处闲逛，到处溜达，观察观察自然，体验体验生活，收集收集民歌，写点儿文章交差了事。我今年给自己定的任务就是，侍弄好这半亩田园，收获一排子车蔬菜，几布袋粮食，然后写一部书，就写这半亩闲田，写它的春夏秋冬，它的繁华与孤独，写它生长的庄稼蔬菜，写在它仓库里生活的田鼠、蚂蚁和蚯蚓。

等那间房子修缮完毕，我也算是有了山间别墅了，收获的季节，我打算邀请我的家人和朋友来这里，赏赏月，品品茶，我还要邀请刘三过来，他是村上的厨子，做得一手好菜，让他给我打个下手做席。

惊　蛰

前几天下了一场春雨，雨量不大，却不紧不慢下了两天。这些雨丝就像是一根一根的细针，在给板结的大地做针灸按摩。两天过去，大地经络舒畅，血脉通顺，僵硬变作柔软，踩在土地上，到处都变得泥泞起来。我换了胶鞋，去南坡看了一次。刘三在他坡地的一角垒了一个土炕，老远就看见那里冒起的袅袅白烟。那个土炕，上面遮了塑料布，塑料布上苫了稻草，里面则是刘三养育的瓜苗菜苗。土炕下面留了烟道，刘三每天去那里烧上点木柴，保持土炕里泥土的温度。那里面的泥土里始终插着一个温度表，随时检测泥土的温度，温度低了就烧点儿火，高了就停了烧柴。刘三说，这样可以防备倒春寒对秧苗的伤害。我说你这是大棚种植呀？刘三说，这可不是大棚种植，这种小地炕多少年前就有，他父亲就是这样教他育苗的。我原来是反对刘三提前育苗的，按照自然法则，晚些时再育苗不迟。但刘三是菜农，为了让瓜菜提前成熟，在收割麦子之前就吃上西瓜黄瓜，他就得提前做准备，早早把苗儿育好，等春分一过，撤掉棚子，秧苗已经长了一扎多高，根茎肥硕，除了两个瓣芽外又长出了几片叶子。这时候的秧苗最泼实，比那种直接在泥地里点种生苗要好得多。我不懂这些，就由他去，我只负责提供点种子，育苗的工作归他管理。到时候，刘三会把各种瓜菜秧苗分给我一些，我那一点儿土地，也费不了多少秧苗的，百儿八十棵就够了。

刘三这一炕秧苗可以培育出几千棵苗子，也要费不少的劳力工夫，雨水节气过后，点种上炕的那天我来帮忙过的。那天刘三还请了胡二、张四和赵五过来帮忙。去年我有事耽误没有参加，今年是我第一次参加这样的劳动，我还有点儿兴奋。那天早上我早早地骑车来到南坡，刘三和他老婆已经在地里忙活了。头一天他和张四已经把土炕垒好了，头天晚上也已经试烧了一个晚上，我把头伸进棚子里，只觉得里面热烘烘的。棚子里的温度表显示在16度上，刘三说，这个温度正合适。等装上了种子，温度还要稍高一点儿，大概在20度上下正好。我去的时候，刘三正把年前晒好的猪粪和地里挖出来的新鲜泥土掺匀混合。培育这种秧苗，就要使用最原始最绿色的肥料，那就是粪便。人的粪便太臭，鸡的粪便力度太大，一般使用猪粪最好。刘三家里养着一头老母猪，一年的粪便刘三都积攒着，足足往地里拉了三大车。猪粪晒干后，敲碎，砸细，和经过筛子筛出的细土均匀掺合在一起，做菜苗和瓜苗的养料。这样不用使用化学肥料，绿色种植，我很赞同。为了移苗时候的方便，一个种子要栽种在一个小筒子里。这个小筒子用报纸卷起来，高约15厘米，直径大概5厘米。装上粪土混合物后是一个圆柱体。我去的时候，报纸已经按照要求割好粘好了，晾干了糨糊的报纸折叠着，拈出一个来，一撑就是一个空筒。张四、赵五和胡二也都陆续来了，我们很快就开始工作。抓一把粪土，塞进报纸筒里，然后摁上一粒种子。一个瓜筒就做成了。不同种类的蔬菜种子分批装进不同的报纸筒里，排放到炕里的时候是刘三亲自排放的，他都做好了标记，这一片是西瓜，这一片是黄瓜，这一片是豆角，这一片是西红柿……

胡二看我一把一把抓着粪土往纸筒里装，取笑我说，你这作家不怕粪土脏啊？这可是臭臭的猪粪哩。我用抓粪土的手点一支烟吸上，说，劳动人民亲近粪土最幸福了，脏什么脏呀？张四冲我挑大拇指，说，你这话说的是理，古人说，不脏不净，吃了没病。人太干净了就得了洁癖，就爱生病哩。赵五也说，勤抓粪土，增加抵抗力免疫力哩。他一句话把我们都说得都笑起来，胡二捏了腔调说，粪土牌高钙片，补钙一片顶五片。那天我们干了一天的活计，我虽然有些累，但一点儿也没有腰酸腿疼，晚上吃饭的时候，我喝了半斤白酒，一口气吃下了四个馒头，喝下了两碗饭汤，浑身觉得熨帖不少。一天的工夫，我们就把活儿干完了，晚上的时候，晚饭是在刘三家里吃的，刘三的老婆杀了一只鸡，炖了一锅小鸡炖蘑菇，那是我吃的最香的一顿饭。

挨近惊蛰的时候，雨停了，我穿上胶鞋，踏着泥泞，又去了一次南坡。我老是牵挂着刘三的那一炕秧苗，不知道苗儿钻出来后，长出了几个芽瓣了？新叶子生出来了没有？我过去的时候，刘三还撅着屁股在那里往炕地下的炉道里送柴火呢，柴火是去年风干的棉花柴。这几天下雨倒春寒，温度有些低，外面差不多在三四度左右，我过去掀开棚子门，一股潮气扑过来，把我的眼镜都遮雾了。里面热烘烘的，慢慢看清，上面刘三是撒了一层水的，每个纸筒里的种子已经钻出了地面，弯弯曲曲地卧着脖子，好像豆芽菜一样。两个深绿的芽瓣，脱了一层皮，还没有完全舒展开来。但是，一眼望去，一大片同样喷薄的生命的色彩却震撼了我，那就是新生的生命，那就是汁液肥硕，蓬勃欲出的生命。一个两个感觉不出来，几千粒种子，几千棵伸展脖子的幼苗，真是壮观呀。我对刘三说，要是用相机拍个照片，就取名为"生命"，这个照片一定可以获奖的。刘三嘿嘿地笑起来，说，那你就拍吧，得了奖金咱们买酒喝。我说，下次我一定拿相机来，太美妙了。

和刘三聊了半天，到田埂上走了一圈，我的胶鞋上全挂满了泥巴。我仿佛带了几十斤重的沙袋子在脚上，走路都趔趄了。我说，等泥巴干些，我就打算把那间草棚翻盖了，垒一间结结实实的泥屋子，冬暖夏凉，我也可以在这里住住，当个落脚点。刘三抽了一口烟，说，行。趁这些天活计还不多，我们赶快把你这屋子盖起来。我说，要不明天就动手？刘三摇摇头说，不急不急，垒房子脱泥坯必须得等到惊蛰之后，否则的话，泥坯还容易上冻，冻坏了就不结实了。过了惊蛰就没事了。我说，这么准？刘三笑笑，老辈子传下来的话，还有假？我说，那好，我准备好材料，找木匠物色根大梁，找几根檩条，到时候两天的工夫就把梁上了，房顶泥了苫了。刘三说，行，你先准备着，等一过惊蛰，咱们就把这房子盖起来。

惊蛰这天，天气有些阴。我扛了把铁锹又去了南坡。中国古代将惊蛰分为三候："一候桃始华；二候仓庚（黄鹂）鸣；三候鹰化为鸠。"描述已是桃花红、李花白、黄莺鸣叫、燕飞来的时节，大部分地区都已进入了春耕。这一天开始，春雷始鸣，惊醒蛰伏于地下冬眠的昆虫。《月令七十二候集解》中说："二月节，万物出乎震，震为雷，故曰惊蛰。是蛰虫惊而出走矣。"我知道，在我这一片不大的土地里，是蛰伏着许多生物的。泥土就是一个仓库，我不知道这些泥巴的颗粒有没有生命，我只知道，春来化冻，冬来凝结，我只知道，养料滋生，万木可以葳蕤。去年的时候，我的田里是有着两条红花蛇的。那是在夏天的早晨，我卷了裤脚，趟着露水来田里锄草，我就看见了那两条红花蛇。它们正在交配，身子扭在一起，像一团麻花。我知道大自然造化有主，万物都有性爱。一条蛇，也是要追逐异性，取悦异性，交配异性的。或许它们交配的目的更直接，就是为了繁育后代，但是我想它们一定有其他事情无可比拟的交配的快感。我知道螳螂交配是要以生命为代价的，雄螳螂把生殖器插进雌螳螂的生殖器内，那一定有一种幸福的极度的快感在流淌，否则它怎能忍受雌螳螂将其头咬掉的危险去交配呢？两条红花蛇，正在幸福着，我差点踩到了它们身上。我驻足绕道，即使是这样一个卑微的生命，我也没有理由剥夺它们的性福，没有理由剥夺它们繁殖后代的计划生育特权。人自己可以去追求爱情，感受青春的喷张和胴体缠绕带来的战栗，蛇也可以。这一定是两条相亲相爱的蛇。它让我想起十年前我青春的日子恋爱的美好季节，那种只有开花没有结果的爱情永将沉淀，那种性交的萌动是最初生命的馈赠，人生应当收藏。我还知道，在这一块泥地里，蛰伏着许多只青蛙。前些日子我挖地的时候，就挖到过一只冬眠的青蛙，我真是亵渎了生命，打搅了它的美梦，我为此祈祷忏悔，重新为它挖了坑让它继续酣睡。那只青蛙，也许就是那只青蛙，让我在去年的多半年里，倾听了多少天籁？它鼓起了肚子不怕劳累为我歌唱，那咕哇的声音让我数次回到童年。我还知道，在我的这片田地里，在泥土深处，还住着一家田鼠。它虽然不用冬眠，但是整个冬天里，它和它的孩子们都蜷缩在泥土里，相偎取暖。我曾经偷偷在它的洞穴口为它们一家老小放过两斤黄豆，我怕这个漫长的冬天它们断粮。那一窝子小田鼠应该也长大了吧，它们的父亲老K是不是给它们讲了一定个冬天的故事和童话？它们是不是也会提到我，这片土地的耕作者老乔？它是用什么语调来评价我的，我很想知道它们对我的印象，我在他们心目中的位置？

当然不止这些，这泥土里的活物们多得很呢。有无数条蚯蚓，无数只屎壳郎，还有许多瞌睡虫和我叫不上来名字的动物吧？它们既然选择了这一片土地去休息，去蛰伏，我就应该把它们当作朋友，和它们好好相处，和谐共生。我热爱它们，尊重他们，一如尊重我自己的生命。生命无罪，至高无上。但是我的朋友们，今天惊蛰了，天上虽然阴着，但我听到了滚滚的春雷。那么响亮，轰隆隆从南山而来，这是你们起床的闹钟吗？醒来吧，伙计们，让我们一起春耕，来翻这片土地，一起来侍弄这片土地，种上庄稼和蔬菜，收获我们生命需要的粮食。我用铁锹挖了下去，还有一片，大概有二三十平方的地方我没有挖翻起来，这个位置在整个地块中比较高，土厚，也有些碱。我专门把这里留出来取土，我盖房子用土就要从这里取土。我要活上麦糠，做成土坯，然后垒一间房子，那是我的山间别墅，名字都起好了，就叫"南坡别墅"。

关于春耕，刘三那天是用手扶拖拉机耕作的，他开过来问我，要替我也耕一耕，我拒绝了他。我这一片土地这么小，我要完全自己动手翻地。这是我的劳作的乐趣，也是我给自己定下的原则。用最原始的方法，亲近土地，收拾土地，现代社会的快节奏我已经厌烦，我喜欢这种缓慢的节奏。对，缓慢一切都是缓慢的。土地慢慢翻，庄稼慢慢生长，慢慢熟。我坐在地头慢慢吸烟，慢慢品酒，时光是慢的，生命也是慢的。

今天过来，刘三已经在田里了。他帮我请了村上的木匠，去山里取材去了。我的这一间房子需要的木柴不多，只需要一根粗一点的横梁，十根檩条就可以了。除此之外，顶多再安上一扇窗户，一扇木门。窗户和门木匠家里有旧的，是原来老屋拆下来的，我用了正合适。木匠说，请他吃一顿酒就可以了，呵呵。屋顶上先覆泥顶，再苫稻草。墙就用这个地里的泥巴垒成，先脱成土坯，五六天就可以晾干，我和刘三用三天的时间就可以脱出三百多块土坯，足够用了。刘三这几天田里没活，除了烧烧苗炕，他就负责给我脱土坯。我负责挖土和泥，他则拿了一个四方形的板子，先把泥巴端到上面摔好，然后用一个带铁丝的模子一扣，一块土坯就成了。弄好之后，把土坯立起来，晾晒着，惊蛰这天，我和刘三两个人干了个满头大汗，到了傍晚的时候，已经脱出了一百多块土坯，那些土坯排成一列，好像一对整齐的士兵。看着天色已晚，我说，好了，好了，今天就弄这些，咱们回去喝酒去。刘三也把毛巾一甩，说，走，回去喝酒去。

　　胡二在家早备熟了菜肴了。

　　我买了他的一只羊，让他在家里收拾着。我告诉他，这几天我们干完活就去他那里吃肉去，他得负责做好饭，烫好酒，我就请他一起吃羊肉，喝我带来的高粱好酒。

　　刘三高兴地合不拢嘴，说，好得很，好得很哪！

　　回去的路上，天上又响起了几声春雷，刘三说，老天爷可别下雨，下雨就把我们的土坯给淋坏了，我抬抬头说，我早观了天象，今夜之后，天气晴朗，无雨无风，你就放心吧。

——选自 2015 年第 5 期《草原》

我的乡村我的城   吴佳骏

一

律回岁晚，寒气尚未完全褪尽，板结的大地上铺了一层霜。高低错落的冬青树，像一些裹着棉大衣的兵士，戍守着脚下这块贫瘠的土地，以凛然的姿势在眺望春天的到来。

村头的池塘边，一大一小蹲着两个孩子。看模样，应该是一对姐弟。消瘦的脸蛋被霜风冻得通红，却仍露出快乐的表情。水面上，几只鹅在来回戏水。不多一会儿，不知是浮水浮累了，还是讨厌水的温度，几只鹅一起上岸，曲颈偎在孩子脚旁。那两个孩子低埋着头，同时伸出四只乌紫的小手，争相抚摸鹅被雨淋湿的翅膀。嘴里嘀咕着什么，不知是在与鹅谈心，还是在诉说自己正在度过的童年。鹅扇动翅膀溅起的水珠，打湿了他们身上破旧的棉袄。

这是我在旧年底回故乡时看到的情景。那天，距离来年春节还不到十天。这组池塘边的生动画面，给了我意外的感动。尽管，在这感动的背后，暗藏着那么一点点的凉。

这凉，来自于近些年我回乡的见闻感受。每次回去，我都有一种迷失的惆怅。我感到故园就像一位寡居多年的老太太，正在斜阳晚照下，孤单地苟延残喘着。良田大面积荒芜，茂密的杂草成了野鸡、老鼠等动物的"游乐场"。房舍破败得不成样子，宛若蒲松龄笔下那些狐仙出没之地，透着一股子阴气。一根根被蛀虫啃坏的柱子，像尸体糜烂后裸露出来的骨骼。沧海桑田间，青山依旧，夕阳几度。往昔的热闹与生气，早已随着年轻人的出逃，老年人的病逝而烟消云散了……

目睹斯情斯景，故乡，这个陈旧而又伤感的词汇，一次又一次击中我的要害。像一柄生锈的柴刀，认出了它曾经留在我手上的那道伤疤。一丝隐忍的痛，在我的心尖上颤动。

二

听母亲讲，那两个小孩，是村头张大爷的孙子孙女。张大爷是我们村出了名的倔强老头儿。为人耿介，有正气，曾得罪过不少的人。有一年春天，村里要集资修路，村长想方设法把工程项目承包给了小舅子。全村的人都知道其用意，却敢怒不敢言，只偶尔躲在背地里议论一下。结果路修完半年时间不到，路面就开了坼。路基也被几场大雨泡得松软，出现塌方。村人们看在眼里，却仍旧不敢做声。唯独张大爷义愤填膺，像一只被激怒的蜂王。有天傍晚，他早早地收了活儿，跑去村长家里讨说法。一进门，张大爷就指着村长的鼻子骂：德泽娃儿，我是看着你长大的。人做事，不能昧良心。这条路是用全村人的血汗钱换来的，现在出现状况，你必须跟大家作个交代，否则，我就是去区里、市里，甚至到北京，也要讨回公道。村长先是爱理不理，后来发现暗中支持张大爷的人多了，怕万一弄出动静，自己官职不保，只好叫他小舅子返工，重新将路修复。这之后，虽然张大爷伸张了正义，为村人们出了头，可村里的人怕惹火烧身，也只能暗中感激他。于是，来自村长的仇恨也便记在张大爷一人头上了。权力就是那么令人惧怕，即使是来自基层的小小职权，也能让众多逆来顺受惯了的草芥之人胆战心惊，低眉垂首。

张大爷有两个儿子。大儿子在福建打工，二儿子在广东打工。两个儿子离开他，均已快十年。这期间，他们只在几年前的春节回来过一次。平时，都是张大爷和老伴赵婶相依为命。赵婶常年生病，家中草药从未间断。这些草药，都是张大爷按照偏方去山上挖的。在我的记忆里，他们家整天飘散着一股中药味。打从门前路过，一股浓浓的刺鼻怪味便随风扑来，像有毒气体一样将人淹没。张大爷对赵婶很体贴,天气晴好的日子,他会端张椅子,坐在院坝里,替赵婶捏腿捶背。累了,就掏出烟袋,卷一张烟叶抽。阳光从树枝的缝隙里漏下来,照在他们皱纹纵深的脸上,像一幅苦难浸泡出的剪影,透着祥和而又复杂的表情。

可就是这么一个细心胆大、长着硬骨头的老人,却在前年经历了丧子之痛。他的大儿子在福建无故辞别人世。老两口得知消息后,老泪纵横,悲痛万分。工厂在通知死者家属时,说他们的儿子下班后,独自去外面喝酒。归途中,失足掉下街道石梯,导致头部破裂而亡。可张大爷说他儿子以前在家时从不沾酒,死活不相信厂方说的话。但苦于路途遥远,无法取证,厂方只是象征性地赔了一点钱了结此事。

当死者火化后运回乡里,老两口坚持要为儿子举行一场葬礼。张大爷说,他儿子命苦,从小跟着他受穷,在外闯荡多年,还没讨个女人成家,就赴了黄泉。在他人生的最后,举行一个仪式送其上路,既是对儿子的补偿,也是对自己的安慰。

据母亲说,举行葬礼当天,全村的人都去了,包括一直仇恨他的村长德泽。场面十分热闹。锣鼓齐鸣,鞭炮喧天。看到老两口孤独、凄苦的样子,在场的人都泪湿眼眶。一个铮铮铁骨、顶天立地地活了一辈子的老人,却没能经受住这意外的沉痛打击——张大爷那天晕倒在了大儿子的坟前。

在农村,倘遭遇老年丧子,就等于打碎了"香炉钵",少了一个给自己送终的人。这种撕心裂肺的痛所暗含的乡村宗族文化意蕴,不止是肉体所能承受的灾难,而是一种比权利更为可怕,也更为残酷的灾难。

直到葬礼完毕,张大爷的二儿子都未曾露面,这是张大爷耿耿于怀的地方。得知大儿子死讯,他首先想到给二儿子打去电话。可二儿子在电话里说:既然人已经死了,那就埋了吧,我厂里请不到假,就不回来了。张大爷听完二儿子说的话,心像被毒蛇咬了一样痛。他不愿相信这两兄弟之间,竟会隔膜得如此深。都说血浓于水,可二儿子让他失望了。这无疑又给这个刚刚遭受丧子之痛的老人当头一棒。但没过多久,张大爷即想通了。他这两个儿子,从小都在忍饥挨饿中长大,衣不蔽体,食不果腹。为碗里仅剩的一块肉,会争得拳脚相加。物质的极度贫乏，加之未受过良好的教育，导致了亲情的疏离。长大后，为了生计，他们又天各一方，为各自的命运苦苦挣扎，多年不曾有过问候和交流，冷漠是必然的。谁也改变不了谁，不论活着还是死去。

三

  我站在池塘的堤坝上，冷风吹皱池水，几根散乱的鹅毛漂浮在水面，像我散乱的心情。天空阴惨惨的，要下雨的样子。那些挺立的冬青树，像一些冷静的旁观者，静静地看着这两个孩子。
  一种创伤，再次子弹一样击中了我。
  我走过去，朝孩子打了声招呼：你们不怕冷吗？可能是我的声音惊扰了他们，两个孩子同时转过脸来，疑惑地看着我。有些羞涩，又略显惊惧。大概是见我并无恶意，他们才渐渐放松下来，又继续回转身去抚摸身旁的鹅。我接着问：你们爸妈呢？女孩埋着头说：广东去了。那你们跟着谁吃住啊？女孩回答：婆婆。在我跟女孩简短的问话中，那个瘦小的男孩一直没出声，独自跟鹅玩耍着，仿佛他已经遗忘了自身以外的世界。
  这两个孩子的父亲，即是张大爷的二儿子。母亲跟我说，张家老二是在他大哥去世一年后回村的。他回来不是为了悼念大哥，更不是为了安慰父母，而是设法在镇上购置商品房的。
  近两年来，因我故乡属于库区，又紧邻旅游风景点，区委区府着力打造旅游产业，要对旅游点周边环境进行规划、整治，对景区周边居民实行整体搬迁，此举闹得乡民们人心惶惶。但后来由于拆迁赔偿压力大，政府只将库区外围的居民作了安置，统一在镇上给他们建了还房。而对于生活在库区里面的居民，未做任何拆迁动员。这让村民心里极度不平衡。眼看河对岸的人有序搬入楼房居住，他们就像吞咽了苍蝇一样难受。
  我理解这种难受。
  被河流围困了一辈子的农民，做梦都想逃离这个穷山沟。他们祖祖辈辈挣扎于此，见惯了崎岖的山路，交通的闭塞；体会了劳动的坚苦，贫穷的折磨；

经受了山石滑坡的恐慌，河流涨水的厄运……他们早已厌倦了这里的一切。如果村里的男青年，不出去靠打工挣钱，是很难讨到老婆的。因此，这里一代又一代人都有一个共同的憧憬：进城。在农村人眼中，城市不但能让他们的肉身免遭超强度的劳作之罪，还可以使他们过上体面的有尊严的生活。就像那些搬进安置房的农民，虽然生活在镇上，生活本质也并未发生多大变化，但他们的生活态度明显不同于过去。曾经总是愁苦的脸上多了几分光泽，心情似乎也好了很多。从人面前走过，腰杆也比过去挺得直了。这些微妙的变化，让仍旧困在库区内的居民心生嫉妒。

后来，政府为照顾居民情绪，避免群众上访滋事，招商引资，在安置房的另一边，专门辟地建了几栋商品房，以每平方米一千五百元的价格销售给当地居民。这一看似惠民的售房政策，同样害苦了那些梦想"进城"的老百姓。由于商品房只售给拥有本地户口的居民，房屋又不能按揭贷款，必须付现金，每套住房总价都在二十万元以上。开发商贼精明，虽有政府的建房补贴，他们仍投资谨慎。先让购房者登记，交预付款五万元（概不退还）。然后根据售房套数定量造房。交房时，再一次性结清尾款。

售房政策甫一公布，村民们都蠢蠢欲动。邻近几个村的乡民，像是受到外界突然袭击的马蜂，纷纷奔走呼告，一边通知在外地打工的儿子儿媳回来商量对策；一边四处向亲戚朋友筹措预付款。那段时间，这个亘古封闭的乡镇，刮起了一股现代化的飓风。它来势凶猛，先以摧枯拉朽的力量扫荡着昔日落后的生活风貌；又以饿虎扑食的威猛颠覆着这群农村人陈旧的思想观念。这场飓风伴着熊熊燃烧的烈火，点燃了这群穷惯了、怕惯了的乡下人生活的激情。他们像一群穴居黑暗已久的困兽，突然看到了光亮，嗅到了新鲜的空气，那种喜悦是幸福而迷人的。尽管，长久以来钻进他们体内的寒冷，还像寄生虫一样盘踞在他们的骨骼和肌肤里。

有了住房，就等于有了一个避风港，一个可以躲避风雨和日晒的硬壳。可对于农村人来说，要想买这么个"钢筋水泥浇铸的硬壳"谈何容易？为了交那五万元的预付款，不少家庭扯皮吵嘴，风波不断。老的哭，少的骂，搞得几个村子鸡犬不宁。

张大爷的二儿子跟老婆商量后，决定要在镇上购一套房。可他们这些年在外打工所存的积蓄并不多，除去日常开销，总共只有四万块钱。他们想尽各种办法，就是凑不齐预付款。无奈之下，张家老二想到了圈里养的那两头猪。猪原本有三头，张大爷为大儿子办丧葬时杀了一头大的。剩下的两头还不到出槽时间。这几头猪，是老两口熬更守夜，辛辛苦苦喂养的。当老二提出要卖猪时，张大爷坚决反对。张大爷对二儿子说：这猪是我跟老太婆唯一的经济来源，你们小两口在外讨生活，又没寄一分钱回来，把猪卖了，我们怎么办？你妈常年生病，要是遇到个三长两短，谁管我们？你这个不孝的东西。没想到张大爷的一番话，却激怒了二儿子。老二气急攻心，跨步上前甩手就给张大爷一耳光。张大爷用手摸着灼痛的脸，半天没回过神来。赵婶见势不妙，吓得浑身哆嗦地跪在地上，边哭边给儿子求情。这个张家老二丝毫不顾母亲的规劝，仍怒目圆睁，大声吼道：你们不要倚老卖老，我落得今天这个下场，全是你们给害的。

那天下午，张大爷像一个受到刺激后突然变得呆傻的人。他坐在院坝边的条石上，一口接一口地抽闷烟，袅袅烟雾在他头顶盘旋。

张家老二打骂完父亲后，就操着手出去了，直到吃晚饭时，也不见回来。他还在四处为预付款的事发愁。赵婶叫张大爷吃饭，张大爷一声不吭。他在院坝边坐到天黑尽，直到把烟袋里的烟叶抽完，才回房去睡觉。赵婶让孙子孙女端去饭菜，哄爷爷开心，张大爷仍是不理，独自躺在床上，望着屋顶上的青瓦发愣。赵婶体谅张大爷心情，便再没去打扰，独自收拾碗筷到灶房忙活去了。孙子孙女也开始守在电视机旁，看起了动画片。

待赵婶忙完灶房的活儿，准备为张大爷倒杯热水时，才发现躺在床上的张大爷不见了。赵婶慌张地喊了两声：老头，老头。没人应。跑去问孙子孙女，也说没看见人。这时，赵婶乱了方寸。她急忙冲向院坝大声喊叫：老头……老头……仍未听见回应。黑夜像一层幕布，掩盖了赵婶的哭喊声。

当张家老二气咻咻回来时，看到家门前的池塘边人声喧杂，几只手电筒形成的光柱，像几柄挥舞的利剑，试图将这深黑的夜幕撕裂。远远地，老二听到母亲的悲声，预感出事了。他急匆匆跑近一看，发现父亲上半身栽在池塘里，满嘴都是泥，两只放大的瞳孔充满血丝。张大爷的尸体旁，横放着一个装过"百草枯"的空药瓶子。老二一下子傻了眼，双腿直打哆嗦，像一棵飓风中不停摇摆的树苗。

一生倔强，不畏强权，乐善好施，誓死捍卫做人尊严的张大爷，就这样潦草、绝望地走完了自己的一生。

刚处理完张大爷的后事，张家老二就急不可耐地奔赴广东去为做"城市人"的梦想而努力了。他唯一留给多病母亲的，除了痛失至亲的双重悲痛，再就是两个幼小的孩子。为实现伟大的进城之梦，他不能携带任何包袱上路，他在做人生最后的孤军奋战，或拼死一搏。

跟两个孩子交谈后，我特意去他们现在的家看了看。家中大门紧闭，没有看见赵婶。孩子说：婆婆去后坡挖红苕去了。唯见大门两边哀悼张大爷的挽联还醒目地张贴着：

思亲惟望白云去
守孝常伴晚霞归

挽联写得情真意切，痛彻心扉。可惜本该守孝的人，却在亡者尸骨未寒之际，早已身披朝霞，踏上了漫漫征途。只留下两个幼小蒙童，守着空空的旧巢和一丝若隐若现的亲情。

当下的中国乡村，倘借用马克思的话说，果真是"一切固定的东西都烟消云散了"。

四

转眼到了春节。正月初一早晨，阳光已经照亮大地很久了，才听见村前村后稀稀拉拉地响起了鞭炮声。在我童年的记忆里，那时的春节是热闹和喜庆的。天还未亮，鞭炮便炸开了花。那种持续不断的轰鸣，宛如滚滚春雷，从天边碾压而来，送来新年的祝福。鞭炮响过之后，便是孩子们的天下了。

他们换上母亲缝制的新衣新鞋，在村子里欢呼雀跃。像一群春天的精灵，初降人间，充满了蓬勃的生命力。

可如今，这一切美好的记忆，似乎也随着那些固定的东西烟消云散了。

吃完母亲做的汤圆，我便跟随父亲去上坟。这是我们每年初一要做的第一件事情，雷都打不动。这一不需要制度来约束的自发行为，或许是维持乡村最后的一道文化传承了。祭祖让我们知道自己的根在何处，知道自己身体里流淌的血脉的源头在哪里，一个人无论走多远，都应该看清自己的来路。只有这样，人生才有方向感。

凑巧的是，我们在祭祖的时候，正好碰到赵婶带着两个孩子，也在给他们的爷爷和大伯上坟。这两座坟堆间隔不远，张大爷坟头上的白帆和花圈还没完全被雨水沤烂。赵婶拄着木棍，驼背弯腰，两鬓的白发像秋天的芭茅穗子，凌乱而焦枯。那张疲惫的老脸上还挂着两行泪珠，看样子刚刚哭过。而两个孩子则跟我初见时一样，穿着一身破旧的棉袄，双手冻得跟红萝卜似的。小男孩的鼻孔里总是爬着两条"虫子"。我向他们问好，他们回头看看我，便在婆婆的指引下跪在坟前，貌似虔诚地给逝去的亲人磕头敬香。

这个场面是如此的颓败，又是如此的神圣。

我不知道对这两个孩子来讲，他们是否懂得死亡的含义；但事实是，在他们本该享受父爱和母爱的年龄，生活却无情地剥夺了他们的童趣，又过早地教会他们如何抵挡生命里所遭受的寒冷。

上完坟回到家里，我的心情久久不能平静。那两个孩子的身影，像一场电影里的特写镜头，反复在我的脑海里放映。我在想，他们从小生活的家庭环境，会不会影响其身心发展。以至于当他们长大后，也像他们的父辈那样，以牺牲人伦道德的代价，去为一些虚妄的梦想投放赌注。

倘若果真如此，那么，这样的结局无疑是悲壮的，也是悲剧的。

怀着担忧的心绪，下午，我再次去看望两个孩子。姐弟俩仍旧在池塘边玩耍。他们的婆婆估计又上坡干活去了，大门依然关得很紧。在乡村，即使是春节这样的日子，农民们也没有消闲的时候。生活不允许他们休息和放松，更别奢望能像城里人那样，一家人其乐融融地围坐在电视机前，嗑着瓜子，跷起二郎腿，欢声笑语不断。他们命贱，没有那样的福分。

我给两个孩子带去几袋点心，希望能让他们高兴一下。小男孩一见零食，迅速站起身，伸出沾满泥巴的小手来拿。唯有他姐姐却悻悻地望着我，原本伸出的手又缩了回去。我说：拿着慢慢吃吧，专门给你们带的。听我这么说，小姑娘才重又伸手接过食品。我让他们把手洗干净再吃，话刚出口，小男孩早已撕开食品袋，大吃起来。

这时，我下意识看了看他们自造的玩具——用干柴棍和黏泥土搭起的一座小楼房。我故意问：你俩弄的什么啊？这回倒是小男孩先开口：房子，我们的大房子。他接着用手指着"泥楼房"说：这间是爸爸妈妈的，这间是姐姐的，这间是我的。在小男孩给我提及的家庭成员中，唯独没有提到他们的婆婆。

也许，在这个孩子眼里，每天带病给他和姐姐洗衣、做饭的老太婆，还没有融入他的情感领域。又或者，他们的父母还没来得及教会他们如何感恩，如何寻找足迹的来处。

我继续追问道：如果在房子和爸妈之间做个选择，你们愿意选择什么？姐弟俩异口同声地说：房子。我问：为什么？姐姐说：爸爸妈妈都喜欢房子，有了房子，他们就不会每天吵架，也不会不管我们了，爷爷也不会死。

我的脑子像被人用砖头砸了一下，有轻微的疼痛感。面对这两个幼小的孩子，我不知道说什么好。

我每天上班或下班途中，都会看到大量不同年龄段的农村人从我身旁往来穿梭。他们穿着朴素，步履匆忙，缺乏自信。他们靠从事一些低廉的工种来养活自己。他们以放弃故园的惨痛代价，来城市里寻求梦想，期望借城市的一角屋檐避避雨，遮遮阳，但却最终不过是城市里的边沿人和弱势者。这个群体是庞大的，他们是一座城市幸福金字塔的基座。

五

节日是短暂的，就像幸福的消失一样。但这个春节留给我的痛感和思考，却不会轻易消失。因为，我知道在那些长满茅草的良田里，倒塌的房屋废墟下面，埋藏着人类生活过的印迹，以及历史兴衰的见证。

走在返回城市的路上，内心百感交集。车过小镇时，透过车窗，当我看到工地上那些正在建设的商品房，以及脚手架上那些刚过完春节，就匆忙赶来施工的农民兄弟，内心像涨潮的水，此起彼伏。我不知道那些商品房的背后，藏着多少家庭的喜怒哀乐，歌哭悲欢；更不知道，那些在城市里修建了无数漂亮住宅的农民工，有哪一间房子是属于他们的。

一生忧国忧民的诗圣杜甫，曾在他的《茅屋为秋风所破歌》里发出过揪心的浩叹："安得广厦千万间，大庇天下寒士俱欢颜。"如今，这声浩叹，穿越千年时空隧道，变成了一个孩童稚嫩的声音，在我耳际萦绕：房子，我们的大房子。这声音，尖细、有力，像植物拔节的脆响。循着这声音的余音，我顿生另一个追问——那便是贝淡宁、艾维纳合著的《城市的精神》一书里那句最具警示意义的话：

全球化时代，城市何以安顿我们？

——选自2015年第5期《作家》

半抽屉勋章　　阿 占

一

　　画家练的是童子幼功，画到四十岁的时候，总算成了。他善于在画面中布设光影游戏，越是暗部，越有颜色。他说，光可以踏平一切，暗部则留存了最美的呼吸。陆陆续续获了几个国家级大奖，作品市价飙升得很快。好在，画家追求德艺双馨，操行尚能稳得住。既为大学教授，误人子弟的事从来不干，他的课堂一向很有口碑。出了校门，酒局应酬自然少不了，真情假意，每喝必醉，所幸的是，酒醒之后，他还能一头扎进画室，自我修行，将功补过。

　　每年秋天，画家都要带学生到峨庄写生。在这片泰沂山脉北麓的中低区里，老旧风物像琥珀一样凝固着。当地的石灰岩和杂色岩被加工成片石，灰白片石垒筑成石头房子，立面没有找平，进进出出、歪歪拧拧，倒也平平当当、实实落落。瓦，是黑的，剪辑出蓝天，又被黑夜覆盖。夜色太沉，常有黑瓦断裂，咽咽、嗒嗒，仿佛来自远古的声响。

　　围绕着石头房子，家家种植了杏树、枣树、槐树、柿树，空气里带着甜味，这是城市里无法嗅到的。树们在疯长。叶子鲜亮。每年一到时候，杏树上的杏，枣树上的枣，柿树上的柿子，红红橙橙，硕果累累，树冠都被压低了。

　　峨，"高"的意思。这里的山，海拔大都在600米，最高的900多米，属于沂蒙山系的一部分。峨庄其实是一个山溜，山溜中间是淄河发源地。河水蜿蜒10余里，落差200多米，瀑连塘，塘连瀑，最后注入水库。

画家来一次，美一次。论自然，不输九寨沟。论人文，沿河六个古村，堪比周庄。处处入画。可大可小。亦深亦浅。每年秋天待上一个月，画家躲过了城里的大酒，自然瘦身七八斤，三高指标回落到正常指数。最重要的，将无可复制的风土人情写进画里，带走，带回画室进行再创作，意象加上心象，便是绝好的获奖作品。这样，前前后后，画家竟也来了十几个年头。学生们毕业了一波又一波，画家还在，峨庄山水还在，十几年前第一次画的房子，也没变样。

二

终于有一年，画家画疲沓了。他想画点新的。结束了白天的风景写生，晚上，学生们在小旅馆里不能上网聊天玩游戏，囧着青春的脸。怎么办？画家决定来一堂人物速写课。山里老汉有着风卷残云一般的五官和双手，结构深刻，褶皱纵横。画家自己先感动起来。他跟旅馆老板说，帮忙找个模特，一晚上5块钱。要有画头呵。

旅馆老板常年接待这些背画夹的人，对于他们的口味，早已了如指掌。于是，第二天傍晚，老肖头出现在了画家面前。

一见老肖头，画家心中咯噔一下，那是惊喜的响动。如同厨子得到了最好的食材，各种创意瞬间闪现一样，画家感到自己陡然被灵感光顾，有了在画面上横刀立马的冲动。

老肖头90岁，精瘦，像伏枥的老马，荣枯不惊。肤色是别于村人的白皙，鼻子立体，眼窝深陷，下颚方正，各种走势竟然隐约着文艺复兴时期的雕塑感。甚至，老肖头没有老年斑。难得的好模特啊，画家心里轻叹。

当晚。在旅馆的白炽灯下，老肖头不紧张、不好奇，只平静地坐着，四分之三侧或者两腿交叠等姿势，都配合着做，且做得到位。学生们也很来劲，风景写生了大半个月，画画人物，换一换笔法，也是蛮好玩的。一下子就画到了晚上九点。

旅馆老板说，老肖头腿不好，来的时候天还亮着，走了一个小时。现在天黑了，回程不好走，问画家能不能开车送一送。

画家欣然应许。借着月光，开进了山路。老肖头坐在后排，默然无语。

开到不能开的地方，画家把车停在山脚下，跟老肖头说，我送你到家吧。老肖头往高处指了指，原来他家在山顶。画家肯爬这山路，一来觉得老肖头是个难得的好模特，爱惜。二来，画家正急需生动题材打破创作瓶颈，他想去老肖头家看看环境，一旦有味道，与人物契合，就不愁画不出好画。

崎岖山路，在月光下像条银蛇，拧曲着，倾斜着，整整一里，画家走得气喘吁吁。忽然有了凉风，一抬头，到了山顶，老肖头那破败简陋的石头房子孤零零的，好像久没住过似的。一进，三间，透着股霉味儿。先是客厅兼厨房，向里左边是卧室，右边是杂物间。屋檐低小，屋檐露头的椽子已经糟了，沿墙都是雨漏的痕迹。没有电。点的是煤油灯。

你一个人住？

一个人。

孩子们呢？

都在淄川和济南打工。

老伴呢？

死得早。

但见四壁空空，却也意境满满，灰白的墙壁与地面，印着一尺白月光。几件老家具，表面已完全风化，虫眼满布，木筋突出，看上去，比老肖头还沧桑。果不其然，有感觉！画家留下50元，说，我明天再来画你。老肖头同意了。

第二天，画家画的得心应手。老肖头在旅馆里和在自己家里的状态完全不一样。尽管他摆着相同的动作，使用着相同的表情，但旅馆里的肖老头怎么看怎么像断章取义的段子。而在自己家里的肖老头，则是一部阅读不尽的富有金属感的史诗。

画家兴致高涨。画完不同角度的头像，开始画半身像。他让老肖头光了膀子。接下来，画家一眼看见了那个刺目的伤疤，纠结在左肩头，怎么说呢，就像手艺不好的人包的包子，中间凸起一个结实的面疙瘩，也像一个向外翻滚的漩涡。

膀子怎么了？

拼刺刀，让小鬼子划的。

你打过仗？

嗯。没少打。

嘉奖啦？

多着哩。

旅馆老板并没有介绍老肖头的身世。家里不见别人，没有参照系数，画家也看不出任何端倪。画家与模特聊天，完全出于职业习惯，主要为了分散模特的注意力，久坐不至于太疲劳。没想到，抛给肖老头的一句玩笑话，老肖头接起来跟真的似的。

嘉奖在哪里，我看看。画家继续开玩笑。

老肖头走到床前，那里站着一个快要散架的五斗橱，拉开了第二层，画家一看，半抽屉勋章。有的还有编号。震人啊。但画家仍然不相信眼前这个干瘦白净的老头是个屡立战功的抗日老兵。为了掩饰好奇心，也为了打探更多的故事，他不动声色地说，来，爷们，咱们接着画。

画着画着，画家又问了起来。

看你那伤疤，当年没拼过小鬼子吧？

拼不过，我就死了。

画家听着话里一丝凉意，只见老肖头眼里透出隐隐杀气，自然而凌厉。这回，画家真的有些信了。

不害怕？

怕？你到那里，也不会怕。怕，就是个死。往后退也是死。有督战队，在长官的命令下向逃散的乱兵开火……

你打过什么仗？

松山会战。

跑那么远？

我随中国远征军到的缅甸。之前在昆明。到缅甸打过几次仗。当时，最惨的仗都已经过去了。

三

第三天，画家又去了。拎了一瓶兰陵特曲。

画家有收藏癖，昨天差点被老肖头那半抽屉勋章闪瞎了眼，想全买下来。两三百块钱不算少了，画家琢磨着。每年写生，他都会收些村人的老家把什带回城里，经验说明，几百块钱没有搞不定的东西。

当然，还是先画起来。画完了再谈交易。

老肖头心情不错，昨天讲了伤疤的来历，也算是与画家掏了家底，成了熟人。画家画着，他继续讲着。像讲给画家听，也像讲给自己听。颤巍的声音在石头房子里来回冲撞，久久不肯落地。

"十六岁，为了吃饭，正规军从村前过，管饭，就跟着走了。不知道什么叫信仰。跟着谁算谁的。还有谁也不跟，上山当土匪的。"

"很多新兵弟兄，第一场仗打下来，饭吃不下，开始发病，没几天就七窍流血。一开始都说那是吓死的，后来才知道，他们是被震伤了内脏。鬼子炮击的时候，应该用手抱着脑袋蹲伏，绝不能贴着地趴下……知道这些的，都是已经打过很多年仗活下来的老兵了。"

"仗打老了，人也成精了，一场死仗要来之前，老兵们总能有预感。发完牢骚，又扛起枪，明知道是个死也会往前线填。"

……

画家听老肖头讲得如此凄惨，便不好再提买勋章的事。为了把老肖头从伤感中拽出来，他让老肖头换了三四个动态，画了几幅速写，草草收场。临近中午，画家开车拉上老肖头到旅馆附近，请他吃了顿饭。没想到的是，老肖头吃素。

爷们，特意给你点了红烧肉，怎么不吃？

秋阳漫过画家和老肖头的肩膀，洒满简陋的餐厅，老肖头的情绪并没有回暖。

"打完日本，我就不吃肉了。特别是烤肉，它和战场上的味道太像了。也没脸吃。弟兄们临死时会托活着的人照顾他的家人，活着的人都答应下来了，但是谁又能做到呢？答应下来的人可能就是下一个死去的人。我只兑现过两次承诺，把刘铁腿的勋章捎给了他娘，把张六指的勋章捎给了他妹妹。但我前前后后答应过上百个弟兄啊。"

画家不敢再多问了。闷头吃饭。却也吃得口中乏味。四周忽然变得很静，只有灰尘逆光飞行。半个小时后，画家起身：爷们，送你回家。

这次，老肖头主动坐到了副驾驶的位置上。窗外白花花的，到处都是阳光的高音阶，闪着麦芒一样刺眼的光。路不好，颠得很，把老肖头颠得忽高忽低。画家让他坐稳了。他说，没事，炸弹堆里爬出来的，怕啥。

四

第四天，画家安顿好学生，买了箱挂面，直奔老肖头家。来的路上，画家已经想好了，今天要跟老肖头聊些高兴的事，漫天胡扯最好，绝不往深里聊，不然，老肖头情绪不高，模特做的不到位，直接影响自己的写生状态，买勋章的事更开不了口了。说到勋章，画家的心理价位已经给到了五百元。

话题果然轻松起来。

除了耳背，老肖头思维清晰而活跃，表达生动。他讲起当年摸过的德国武器，什么MP38冲锋枪，什么M24长柄手榴弹，什么毛瑟步枪和M35钢盔，长枪短炮，种种术语，画家一时被说懵了。待回过神来，画家断定老肖头在吹牛。这些装备在早期的抗日战场上的确出现过，后来因为日本的强烈抗议，1938年5月德国宣布停止对中国出口武器。昨天老肖头还说过部队装备很差，每次打仗，第一时间把所有能用的武器全顶上去，后边的预备部队多数都是没枪的……但是，画家不想揭穿他，宁愿老肖头主观臆想下去，只要可以暂时忘记那些崩溃，就好。

媳妇呢。

"媳妇，嘿嘿。那年打到滨州一带，住在老乡家里，时间挺长。老乡的儿子死了，留下一个哑巴寡妇带着两岁的孩子。她俊，跟画上的人一样。我帮她干重活,慢慢儿地,就好上了。部队临走,我告诉她,等打完鬼子,我就回峨庄老家。没承想,她记住了。"

抗战胜利后,哑巴寡妇带着孩子,一路比划着,乞讨着,磕磕绊绊破破烂烂地走到济南的时候,已经绝望了。忽遇一个乞讨的老乡,老乡的表亲在峨庄,告知大体方位,哑巴寡妇又继续上了路。后来就跟老肖头过了大半辈子,生养了两男一女。

住老乡家里,跟妇女相好,你这是犯纪律啊。画家说。

老肖头就笑了。笑得很自豪,也很羞涩。"不打仗的时候,战壕里,大家基本上都是在说女人。不着调的笑话能让人忘了痛,忘了怕。半数以上的弟兄根本没碰过女人⋯⋯"

老肖头让画家歇歇再画。他给画家盛了碗自己酿的柿子酒。画家一喝,入口澄澈,几碗下肚,五脏六腑像被洗了一遍似的。老肖头酒量也很大,就着当地一种刚硬的饼,说话功夫,喝下去半斤兰陵特曲。画家脸红了。老肖头也脸红了。借酒劲,老肖头忽然站起来,打了个军礼。画家看见他竭力把右手心向外翻,用以向对方表示自己手中没有武器,同时两腿并拢呈立正姿势,以显示军人的气魄——但他的关节肌肉早已被岁月侵蚀,偏离了大脑的指令,不听使唤,这让他的军礼很蹩脚。

画家一看气氛相当好,就想抓紧时间谈交易。

爷们,多少钱卖?

什么?

你那半抽屉勋章啊。

不卖。

老肖头忽然翻了脸:别画了。你走吧。

画家懵了。毫无防备。他以为自己价格开低了,连忙解释:"爷们,别误会,我今天带的钱不多,我可以回旅馆拿,一千块够不够?要么你说多少钱卖。"

"多少钱也不卖。你走吧。以后别来画了。"

画家一时灰头土脸。他遭遇了双重拒绝,恼羞成怒,又怒不敢言。这老头!刚才还喝得好好的,说翻脸就翻脸。勋章到不了手,又失去一个好模特,真是窝囊大了。

画家几乎是被老肖头赶出了家门。回到旅馆,仍不得其解,便跟旅馆老板说了起来。老板说:王老师,你不知道,老肖头日子很苦,是那个村最苦的。抗战老兵的身份也隐藏了很多年。他什么都可以卖,荣誉绝对不能卖。

画家悻悻地回了城。想,明年再说吧。

明年很快就到了,画家正事琐事缠身,秋天该去峨庄的时候,因为赶一个展览任务,加上母亲生病住院,便耽搁了,没能成行。画家想念过那金黄灿烂的柿树,想念柿子的无声坠落,也有点想念倔强的老肖头和他酿的柿子酒。

冬去春开,画家忽然接到了旅馆老板的电话。王老师,你怎么没来啊?老肖头春节前走了。

画家愣在了半空。他忽然感到脚下一片虚无,引力骤然消弭。

待回过神来,便是一万个懊悔。除了那半抽屉勋章,他悔的是还没来得及好好画一画老肖头——那幅冷灰色调的油画,他一直为老肖头这个主角预留着,虚设着,构思着,悬挂着。

晚上回到家,画家打开电脑,上网搜索"松山会战"——松山会战也叫缅北滇西战役,是抗日战争的大型战役之一,发生于1943年10月至1945年3月,是中国驻印军和中国远征军在美、英盟军的协同下,在缅甸北部和云南省西部对日军缅甸方面军发动的一次进攻性战役。国军以伤亡6.7万的代价打死打伤日军2.5万,打通了中印公路。

老肖头在缅甸打鬼子的时间是1944年?一切永远不得而知了。

五

又一个秋天,画家再次带上学生到了峨庄。风景仍是相同的风景,却因多了一个老肖头的故事,惹起一份忧伤。

画家特意去老肖头家看了看。锁着门。这回是真的久没住人了。屋前一块空地。空地旁边有个烤烟叶的石头房子。七八个老头在打扑克,晒得黢黑。只要不刮风下雨,几乎天天摆上。他们告诉画家,老肖头走了。活着的时候也从没出来打过扑克，热闹不看，说话很少。老头们说他挺清高。

画家知道，他不是清高，是缄默。老肖头当年从死人堆里爬出来，作为受过战争伤害的人，身心永远不会复原。画家望着空空的房子，心想，这个驴犟的老肖头，这个倒霉蛋，怎么就没能熬来好日子呢。民政部已经下发了通知，国民党抗战老兵被纳入社会福利保障范围，一个月可以拿到600元低保，各地区还另外补贴100元，这样一笔钱，老肖头可以收藏多少勋章啊！可惜他没熬到啊。

迎着山风，画家被吹出一行泪。

那些勋章，除了老肖头立功所得，除了死难弟兄的托付，还有不少是他半辈子省吃俭用淘换来的。他穷得要死，却酷爱收藏荣誉，看得比命还重要——他是在以这样的方式祭奠，并对自己仍然活着，表示内疚与自责——画家忽然明白了。

回到旅馆，画家问老板，峨庄还有多少抗战老兵？我想画他们。

旅馆老板说，打完仗回来，很多抗战老兵隐姓埋名，户口没去上，死了没人知道。现在领低保，要凭户口，有几个拿着勋章去民政部门证明了自己的身份……王老师，你说，他们经了那么多坎坷与磨难，还能把勋章保存的那么好，真不容易。

穷过底线的老肖头和这些熬上好日子的抗战老兵一样，一生在等待的，其实只是一句关乎尊严和荣誉的肯认。大半辈子穷困潦倒，唯一的生命支点就是用青春热血换来的荣誉。荣誉即信仰。一枚枚勋章，是戎马岁月的证词，是死难战友的灵魂谱。

画家为自己曾打算用两三百块钱连哄带骗地买下老肖头的半抽屉勋章而无地自容。

他们当年干了一件了不起的事，他们是英雄啊。画家想在峨庄空谷里大声喊出来，喊给所有耳背的老兵们听。这句话或会掩埋掉所有真实的苦难，让他们安心于生命的归途。

画家开始画老肖头，画仅存的为数不多的抗战老兵。三年画下来，画家几乎被情感深深浸泡着。画着画着就哭了，画着画着一脸泪，画家第一次发现自己是个爱流泪的男人。

老肖头那个蹩脚的军礼,连同左膀子上的伤疤,成为画家心中最后的印象派。画家曾想创作这样一幅画:老肖头光着膀子,伤疤四周的皮肤上挂满勋章,一枚一枚、一行一行,排列着、陈设着,耀目、血腥。后来,画家否定了自己的构思。如果没有战争,老肖头也许是个儒雅书生啊,天生的体面人。做模特时的优异气质充分说明了这一点。他没有受伤,没有毁容,他活了下来——但他活得很痛,很忧郁,噩梦连篇,深度惊悚。他一直挺着。

现实已然不堪。画中的他,不再需要表象的撕裂,任何表象都是肤浅的,矫饰的,如同道具。

画家让画中的老兵们穿上过年时才穿的衣服,佩戴起勋章,呈现敬礼姿态,雄伟、庄重。每次捕捉和描绘那些挥手而起的瞬间时,是画家最难抑制自己的时刻。

进行老兵系列创作,画家抛下浪得的虚名,自认是个只会画画的手艺人,别的事情也做不了,就给"活不动了"的老人画张画吧,从抗日战场上活过来的每条生命都应该受到后人的尊敬与热爱。

与画家合作多年的画廊老板却着急起来。后来实在忍不住了,发来条微信:王老师,您最近创作的老兵系列,不大好卖。有几个客户高价预定了您的大画幅风景写生,请抓紧创作。

画家看后,立刻把画廊老板从朋友圈里拉黑了。那种粗暴,就跟当年老肖头听说他要买勋章,把他轰了出来,一样。画家想告诉画廊老板,这个世界上,有些东西是永远买卖不起的。终究没说。他觉得多余。老肖头当年不是也没说这句话吗?画家希望画廊老板有自我领悟的那一天。

从老肖头算起,画家已经画了27个,峨庄的,山东的,全国各地的。这是一场关乎抗战,关乎历史尊严,关乎生命关怀的创作。画家用这组作品戳向历史与现实、意识形态判断和万千生存的沉重命题,他的创作瓶颈打破了,一切豁然开朗。画面所承载的不再仅仅是艺术本身,还有当下迫切需要直面的历史观,以及对那些行将别离的老者的临终关怀。在创作间隙,画家听过太多令人感叹的故事——志愿者在探望的路上收到讯息,老人已撒手而去——

在不知怎样一个深夜，电话那头传来叹息：谁谁谁死在家里好几天了。

画家的老兵系列，经由微博微信的传播，收到了超出想象的互动。视阈局限的破除与心门洞开几乎是一个频率。画家沿着这条线路越走越深，越来越接近历史的真相。他搭上所有心力体力，丢掉中年人的经验主义和所谓技法，丢掉市场需求和高价钱，用感情沉积作品的力量，无意间与人性朴厚的品质重叠了。

创作累了，画家常常点上一支烟，望着墙上老肖头的油画半身像，自言自语：爷们，你在天堂，不会再生我的气了吧？

——选自 2015 年第 10 期《青岛画报》

父亲的三个可疑身份 　李　颖

黑夜是穿过黄昏从地上升腾起来的。

但小时候我一直深信不疑，我认为黑夜是像一块大幕一样从天而降的。于是我的童年一直在寻找那只从天上撒下幕布的手，在黄昏和小伙伴们捉迷藏时，听着他们远去的脚步，我偷偷地睁开眼睛，看这个世界发生的秘密。我假装在和他们捉迷藏，当我躲在暗处时，我竖起耳朵、屏住呼吸，偷听昆虫的耳语，偷看暗夜来临时正在降临的飞鸟，但是小伙伴们嘈杂的脚步声总是打断了我的偷窥，黑夜如期而至，月光照亮了我童年的那垛院墙，淹没了我幼年的疑问和忧伤。

当我在母亲的斥责声中沮丧地回去时，父亲总是坐在屋角织着渔网，他不出意外的脸上对我露出狡黠得意，发出嘿嘿的笑声，那是一种明显的幸灾乐祸的笑。

那时的我对这种笑容习以为常，多少年后我才奇怪地发现我其实在童年早已了然于心的秘密：父亲一直把自己定位在和我一样的地位，我们家里只有一个家长，那便是我的母亲。很多年后，我也发现，在他的一生中，黑夜是占有更大比重的。而属于他的黑夜，肯定不是从天而降的，它是从地底升腾而起的。我的父亲，他一生最重要的三个可疑身份，都与之关系紧密。

第一个身份：捕渔人

他驮着自己编织的渔网出门了。

父亲驮着渔网的背影，精瘦、佝偻，不动的时候，像一根被打歪了的木桩。他驮着渔网从上堤子街走到下堤子街，一百来米，路过十几户伸手就摸到黑色屋瓦的人家，再拐一个弯，豁然开朗的，就是码头了。这是20世纪70年代的城陵矶第一码头。

那是燥热而又贫瘠的70年代，生活平静又暗流涌动。清晨，所有的中国人准时被高音喇叭雄壮的歌声唤醒。稍微富足点的家庭，在早上拿着汤碗和粮票，去门市部排队买回油条或豆腐脑当早餐。在那个物质匮乏的年代里，人们脸上泛着满足的笑容。空气中弥漫的不是愁苦，更像是近乎夸张的幸福。世界没有秘密可言，所有的意志都通过高音喇叭传到每一个人的耳膜。人间也没有隐秘可言，每一个人的早餐都在冗长的队伍里公之于众。而我们家不用排队，我们的早餐，往往是头天晚上的剩饭剩菜，和在一起用开水煮开，母亲说，这叫烫饭。除了烫饭，我小时候吃得最多的，就是鱼。

父亲背着渔网从堤子街穿过的时候，一路对着早晨谄媚地笑，对着路边的苦楝树谄媚地笑，对着一条缓慢或飞速掠过的野狗谄媚地笑，对着虚空谄媚地笑，对着每个生活在这条街上、迎面或路过他去河里洗菜的人、洗衣的人、洗马桶的人谄媚地笑。现在想起来，那真是一个盛大而热闹的河流，打满补丁的机帆船停泊在不远处，妇女们把吃的穿的用的拉的全部拿到这里来洗洗刷刷。我的父亲，是这河流上唯一的男人。

谄媚地笑，是他对付贫瘠生活的唯一武器。

我家就是堤子街上十几户人家中的一户。这条看似浅显实则深奥无比的河流，它离我家不到百米之遥。涛声静谧，这就是我童年生活的恢弘背景。因此，鱼，是我们餐桌上必备的菜肴。直到很多年后我才弄清楚，我们一直称之为河的这片水域，它是洞庭水入长江处。每年防汛期间，广播里都有一个女中音缓慢清晰地播报水文：城陵矶，多少多少点多少米，涨。或者：城陵矶，多少多少点多少米，落。这个声音安抚了童年的我狼奔豕突无处发泄的乖戾之气，但那时的我对那些数值全无感觉，我记不住那些徘徊在20和30之间的小数，也从没有想去探究它的意义。我只是一味地等着那个藏在收音机或者喇叭里面的她播报城陵矶，无论是涨是落，对我而言，都是温柔的，都是美好的。很多年后，我做了一名新闻记者，在不断地报道防汛现场时，才真正懂得，那些细微差别的数字后面，藏着一个真正的苦难的民间。

父亲不是真正意义上的渔民，因为他不曾拥有哪怕是一艘最小的破船。他36块钱的工资远远不够养活一家五口，所以，我的幼年是在他织的密密集集的渔网中度过的。一把又一把深绿色的粗尼龙线，一根竹子做的小小梭镖，在他粗糙的手中上下翻飞。他熟谙织网的技术，他沉迷于这种静悄悄的手艺，他仿佛要织一个足够网起屋后面那条河流的大网。

而我的幼年从来没有感觉到，那些平静的夜晚向一个养家男人背后袭来的深深的寒意。

他织了很久的网，也补了很久的网。那些跟渔网在一起的夜晚，父亲沉默不语，他靠着打鱼，养活了我们姐弟三个。但是除了养活，他似乎没有承担更多的责任。有一次，他把打上来的一篮鱼要我们姐弟拿到集市上去卖，兴高采烈地在后面追喊着交代：要卖5毛钱啊！我回头望着他那为了5毛钱像孩子一样兴奋的面孔，也望了周遭望着我们笑的邻居，我幼小的心里感到了心酸和疼痛。我想要朝前奔跑，像是要摆脱他的疼痛的追喊，但是已经来不及了，这种疼痛更像一颗石子，一直生硬地硌在我的胃里，到我成年后的许多吃鱼的瞬间，都硌得生疼。

我们吃了很多年的鱼，也由此我总是怀疑，下辈子我们会遭报应变成一条鱼，而水，是我们来世的故乡。

但是这个故乡在今生的每年夏天都会跟我们过不去。它一直涨啊涨，涨到我们家的台阶上，涨到我们家的床脚上，渐渐地我们家的鞋子漂起来了，我们家的盆子漂起来了，母亲赶紧把地上的东西往高处搬。我们三姐弟兴奋地冲出家门，看着商铺里的人们忙着用小船运送物品，跑到街上和邻居孩子们一起戏水，捡着整条街上各种漂浮在水面上的东西。这些东西曾经匍匐在地上，也许不过是一个烟盒，也许是一只烂鞋，也许就是一张糖纸。但此刻它们漂起来了，加上在街道上来来往往的小船，整个街道就不一样了，就变成另一条幸福的欢乐的充满魔法的街道了。我们在街道上寻找着另一个隐秘的街道，寻找着夏天的蛛丝马迹，寻找着地上泛起的每一个秘密，我童年的这条街道像幻境一样，映出了我们比浑浊的水更加凉薄的现实，母亲站在家门口呵斥我们回去，因为，她早有预见性地知道，距我们家数米远的公共厕所比我们家的地势更低，我的母亲，她看见了屎、尿，以及厕纸漂浮在水面。但我们永远看不见这些，我们只看得见我们想看见的。也许，在童年，每个人都只看得见自己想要看见的。

父亲看着我们狼狈地被母亲拖回家，他嘿嘿地笑着，这种笑跟谄媚地笑区别不大，意思似乎是向我的母亲证明，我们又挨训了，而他是很听话的。他从不管束我们，因为他自己像我们一样，也是被管束的对象。他总是这样一副表情，对着这一副烂摊子无所事事地嘿嘿地笑，对着他狼狈的家人露出高深莫测的笑意。我小时候曾经看我家的户口本，户主那一栏填着"李六梅"。李六梅是我母亲的名字。很多年后，我一直纠结于"户主"这个词，我不能确定它真正的含义，我也不能确定一个过于强势的母亲对于她的孩子的成长到底有多大的影响。"户主"这个词对于我的一生有莫名的震慑，乃至我结婚十数年后，户口仍未迁出娘家，直到现在，原本5个人的户口本上，还剩下母亲和我二人。在童年的记忆中，父亲是一个可疑的存在，作为家长的身份他是缺席的，他像一个模糊的符号，既算不上大人，也算不上孩子。他沉默的一生显得过于漫长，又过于短暂：漫长得他用最后20年在准备他的后事，短暂得我的孩子还没有记住他，他就去了。

在那个疲倦的水漫街市的黄昏，他被母亲吩咐，今晚水继续涨的话，如果涨到床铺上的话，他明早得去找单位上要一个安身的地方。

第二天，父亲带回一艘小木船来。父母搬了简单的生活必需的家当，领着我们划船去了单位上的子弟学校，我们被安置在学校的一间教室暂住。这是父亲每年一次的划船，却不是打鱼，而是搬家。对于我们姐弟三个来说，搬家就像过节一样，住在那么宽敞的教室里更是一件奢侈而愉快的事情。我从来没有想过，对于我的父母来说，带着三个无家可归的孩子，拉着乌漆墨黑的锅碗瓢盆，划着小船朝着一个门窗破败的教室驶去，那是一次又一次辛酸的逃难。

父亲的同事们陆陆续续搬进了新居，不远处盖起了 4 层楼房，但与我们的生活无关。这样的逃难在我的童年几乎每年都有，每年都要直至大水撤离我们家，学校也终于要开学了，我们才搬回那个破败潮湿的家里去。水平静地退了，像它来时一样无声无息。但涨水的痕迹还在，家里的墙壁上拦腰一层又一层青苔，成了我们姐弟的画墙。每年涨水的水位不一样，家里的墙壁上就布满高高低低深深浅浅的苔痕。

从那时起，我便知道，水和树一样，是有年轮的，只是水的年轮让人难以估量它的深浅，它一年一年或高或低地刻在堤岸上，刻在它所能至的每一面幽暗破败的墙上。在无数个暗夜，在 5 瓦的昏暗灯泡下，父亲像一个孩子，用树枝和我们一起在青苔上画着各种坚硬的棱角分明的图案。如果黑夜有一双眼睛，它一定在冷冷地嘲笑这个头脑简单了无心事的中年男人。

三十年后，我回到那条街道，所有的景象都模糊了，被挤进了时代深深的皱褶里。我看到房屋还在，只是比我记忆中的更矮更破烂。堤子街还在，只是比我记忆中的更短。一位老人守着我儿时隔壁的破房子，我记得她，她曾每天站在门前的地坪里和我的母亲讨论各自的家长里短，虽然她的脸现在已经皱成了一个核桃。她显然认不出我了，但她热情地招呼我进去坐，她的面容像三十年前一样平静而满足，我想，她一定是叫每一个路过她家的陌生人进去坐。她说："这是我祖屋，我 50 年代就住在这里，我的崽住了楼房，要我搬，现在不涨水了，我不搬。"

1996 年，一场超越了我童年所有水位的巨大的水灾淹没了城陵矶。从那以后，不是不涨水了，只是我们儿时的房子后面已经竖起了一条高高的堤岸，我的童年，被挡在了那个高高的防洪大堤后面，站在屋后放眼看去，驳岸逼仄而来，再也看不到那条涛声静谧的河流。

三十年后，我在游戏厅见到一种叫作"捕鱼达人"的游戏机，一个不到两平方米的长方形机器，屏幕上闪烁着各种五颜六色或贵或贱的鱼，我的儿子兴奋地投几个游戏币进去，捕鱼炮弹的威力倍增，儿子稚嫩的手指眼花缭乱地摁出一枚枚炮弹，一波又一波的鱼们列队整齐前赴后继，在屏幕上幻灭消失又重新出动。游戏厅充满从颜色浑浊的少年们嘴里轻蔑地吐出来的各种粗鄙的语气词。我坐在声浪喧嚣的游戏厅内，却恍如置身潮水泛滥的童年，眼前电脑控制着的这一切，让我回到三十年前那条固定的波涛和岸线上，在那里，父亲从来不是什么达人，他甚至从来没有真正掌握过捕鱼的技术，他粗粝手指间那巨大的渔网，多数时候只能失望地捕上来一些小鱼小虾，他这一生只碰巧打上来过一条大鱼，而那条大鱼，被他津津乐道了一辈子。那条大鱼活得足够久了，它不挣扎，瞪着眼睛认命地躺在地上，兴奋的父亲喊着邻居来观看，但他既不敢轻易吃了它，又舍不得卖掉，任它在那个夏天悄悄地散发着腥臭的气息。

第二个身份：魔术师

父亲在他即将退休的时候，开始了他的另一种身份：魔术师。

作为一名魔术师，他有着一段难以启齿的过往。母亲曾当着父亲的面旁若无人地告诉我，父亲小时候曾经是一名叫花子。是那种马戏团也算不上的、三个同村孩子组成的走街串巷卖艺的叫花子。

母亲在叙述这件事的时候一定会附带说一件他们结婚的事情。在那样一个人群被划分成各个阶层的年代里，父亲，以一个划为贫农成分的良好出身，以一个已经38岁高龄、在大家心目中已经沦为老光棍行列的身份，以一个不名一文的工人形象，拎着一口破旧的木箱，娶了比他小12岁的我的知识分子母亲。在那个年代，母亲应该是有足够的理由感谢父亲的，因为纵然她的美丽遐迩闻名，却因出身仍旧差点终老娘家，在那个女孩18岁就能出嫁的年代，她已经26了，终于能够嫁出去了，她的书香门第高攀了一贫如洗的父亲。

在那个一共花了母亲的6毛钱买糖的婚礼上，在那个孤独地立在河边萧瑟家徒四壁的新房里，父亲居然穿了一件崭新的呢子衣！婚礼后的几天，母亲发现新郎官唯一一件像样的可以穿出去做人的呢子衣服不见了，问他，他说，在工地上烤火的时候，倒在火塘里，着火了，赶紧把衣服脱下来，想扑灭，但是晚了，于是衣服就烧掉了。

我无法揣度当时的母亲对这个火烧呢子衣的说法是不是将信将疑。直到我上初中后，父亲的同事、我同学的爸爸陈叔叔有一天毫无预兆地在路上逮住了我，脸上满是得意："喊老子！喊叔叔！你爸爸结婚那天都是借的我的呢子衣！不信回去问你爸爸！"

我不知道他为什么憋了那么多年以后突然告诉我这件事，我连带着憎恨了我的陈同学，我满怀屈辱地回家问了我母亲关于呢子衣的事，母亲淡淡说了一句：我早知道了。

从母亲不断重复的关于叫花子和结婚的故事里，以及父亲涨红着脸讪讪的笑意中，我大致知道了这样一个事实：父亲小时候确实是要过饭的，在三个小伙伴组成的要饭队伍中，父亲一无所长，专管拿着盘子讨钱。另两个会翻筋斗，会劈叉。某一天，其中一个伙伴突然轻松地变出一条红绸，惊呆了父亲，惊呆了那个只会翻筋斗和劈叉的伙伴。他们用崇拜的眼光盯着红绸伙伴。

红绸伙伴很得意，不屑地把唾沫甩到两个伙伴的鼻尖上：这叫魔术！懂不懂？魔术！

父亲仿佛被他这个词猛地推了一个趔趄，他寂寞了。即便在三个要饭的小伙伴中间，他也是被鄙视的那一个。事实上，他的童年一直是在不断的趔趄中撞撞跌跌推推搡搡度过的，他被继父推出家门要饭，被有钱的人家傲慢地推到马路上，被抢食追赶的穷伙伴们推倒在地……他不断地爬起来，不断地被推倒。他从没有抗争，是的，他的字典里没有尊严这个概念，哪怕是一瞬间的念头。

多年后，我知道一句话：三人行，必有我师焉。于是少年的我不断拿这句话去嘲弄我的父亲："三人行，必有我师焉！你懂不懂？你的魔术师傅呢？"

整个少年时代，我都像对待兄弟姐妹们一样随意地恶毒地嘲笑他。而他，从来都是涨红着脸，讪笑而去。

多年后，父亲当兵了，父亲参加工作了。他当了40年的港口工人。那时有句俗话："男不进港，女不进纺。"这句话虽然充满怨意，但又深藏了一层说不明白的骄傲与慰藉：我是工人了，我吃上国家粮了。父亲成了一名光荣的码头工人，最初拖板车，后来开铲车，最后开吊车。他在实践中学会了一项项机械技能，和许许多多工人一样，淹没在中国大多数光荣而朴素的命运之中。

工会会员，是父亲工作生涯中最重要的身份证明。父亲喜欢单位上开职工代表大会，他有神圣的选举权、投票权，他还喜欢八一建军节，不出意外会领到老兵才有的慰问金。他更喜欢工会主席笑眯眯地叫他一声"李师傅"。在那种上级对一名普通工人亲切的问候里，他那似乎得到片刻舒展的人性，其实愈发让人伤感。

父亲终于在要退休的时候想起了童年时代的梦想了。他花一块钱从地摊上买了本魔术入门的拙劣的印刷品，但他不识字，他一个字也不认识，包括他自己的名字，所以只好要我一句一句念给他听。有一段时间，每天晚上我都准时给他读魔术道具的制作方法，指着劣质油墨印制的不清晰的图片给他讲解道具的奥秘。那样的夜晚对我来说，无比枯燥与不耐烦。

他下班后常常就躲在房里不出来，翻看着那本书上的图片，用几根木条，敲敲钉钉，几天后就做了一个箱子。然后，他当着我们三姐弟的面，变了一个蛋出来。然后又变了一个蛋。

他变魔术时手一直抖啊抖。这是一种病。只要做稍微精细的活手就会颤抖。每个人都说我像父亲。我没有遗传母亲的美丽，我没有遗传她雪白的肌肤，没有遗传她漂亮的大眼睛，没有遗传她傲慢的从容的态度；我遗传了父亲的一切，遗传了父亲深陷的眼窝、过于坚硬的鼻梁、急匆匆走路的姿势。是的，我不仅长得像他，习惯也像他。我的手和他一样颤抖。捏筷子的时候颤抖，拿针的时候颤抖。除此之外，我还遗传了他的吃相。只要一开始吃东西，我们的颈部以上整个头部就开始出汗，吃得越认真，汗就越多，滋滋地一直到头顶热气升腾。我的母亲总是对他说一句："吃饭一副哈相。"有时候也会对我说一句："和你爹一样，吃饭一副哈相。"对于玩魔术这件事，我的母亲不闻不问，只跟我们说过一次，然后再也没有评价过："一个手一直在抖的人怎么可能玩得好魔术。"

变出蛋来的那天，我们三个前后左右围着他的道具箱，把他的破绽看了个精光。弟弟欣欣一直在旁边指出来：假的！箱子里面还有个暗箱！

作为一个在无数个夜晚给他念魔术道具制作方法的女儿，我知晓他魔术里的全部秘密。

他有好些年都沉浸在魔术这个秘密之中。他声称自己会大变活人，只是没有做道具的材料而已。我知道他不可能拥有这些道具的材料，因为他虽然是家里收入的主要来源，但他一辈子所花的每一分钱都要从母亲手里讨要。多少年后，我的父母这种类似于家长与孩子的关系深深地影响了我择偶的标准，我发誓，我不要一个自卑的男人，我也绝不会管制他口袋里的钱。啊，我是有多么不喜欢看见男人猥琐的模样。事实上，我在国家规定的晚婚年龄到了时遇见了一个豁达的磊落的男人，我甚至没有完全地经过初恋，就迅速地把自己嫁掉了。

在父亲即将退休的最后一年，"李师傅会玩魔术"的消息，还是像长了翅膀一样在单位上都传开了。父亲很兴奋，而我们姐弟很窘迫。单位上的工会主席上门了，邀请他在元旦晚会上表演一个！他兴奋地在家里搓着手走来走去，现在他最大的问题是，他需要一个帮手。

我立马躲到了我的书桌上，他的眼光落在他唯一的儿子欣欣身上。

欣欣像他父亲的任何一个儿女一样，对他玩魔术这件事心怀鄙夷，觉得这是一件不可告人的丑事。父亲的三个孩子逐渐长大并识文断字，而他自己却尘封在原地并未长大。他还是那个在我的母亲面前畏手畏脚的孩子。他早已不能跟他自己的孩子对话了。

很多年后，我才恍然发现，我们一直佯装自己有一个特权，可以鄙视这个叫花子出身、大字不识、做了半辈子工人、从来没有话语权的父亲。

现在这个人，他居然要蹦到舞台上去丢光全家人的脸了！他的一切我们都了如指掌，他笨拙、他猥琐、他狼狈，他的手一直在颤抖，他的箱子是假的！欣欣绝不答应。

但是父亲平生第一次暴怒了，他似乎要把一生储集的训斥、责骂、管教全部一次性地补回来，他眼眶通红，青筋直暴：你去不去？！

欣欣妥协了。于是我们看见单位元旦晚会的舞台上，欣欣耷拉着脑袋，当着上千观众的面，不情愿地配合这个自己瞧不起的父亲，在台上表演了一出蹩脚的魔术。

那晚，父亲化了一个浓艳无比的妆，这个妆容像极了所有躺在棺材里的人，那样鲜明，那样艳丽，那样骇人，让人一见难忘，颧骨上的腮红使他瘦削的脸越发凹进去了，浓密的眉毛像两把利剑，黑色的眼影令他深抠的眼眶抠得更深了，他薄薄的血红的嘴唇配在干瘪的脸上是那么不相称，他穿着明显大了N码的地摊上买来的廉价西装，可疑的布料成分闪着不合时宜的光芒，他在电视上学来的奇怪的鞠躬动作显得那么滑稽可笑，听着台下或善意或鄙夷的笑声，我坐在人群里如坐针毡。我在心里默数着下面稀稀拉拉的掌声，窘迫、自惭，所有这些负面的词汇一个不漏地向我袭来，无法抬头面对台上小丑般的父亲。我落荒而逃。

我的父亲，他终于完成了人生中一次最重要的演出。

那一晚，他是主演，而我们，是不愿意配合的配角和观众。

我在他死后多年才明白，那个夜晚，那个粗糙的舞台幕布下，他其实是在试图用魔术来掩盖他的一生，来涂改他的一生，来变走他的一生。

他一定认为，他的魔术能抹去他贫穷自卑无人问津的一生，变出一个光明灿烂鲜花簇拥的一生。

事实上，他潦草的一生一直都处在崩溃的边缘，在他的晚年，他曾想把一切推翻重来，他曾用魔术试图救赎过一次自己。而我们，与夜色一起合谋，冷冷地忽略了他。

第三个身份：掘墓者

从50岁开始，父亲一直在念叨着关于自己的后事。他要"料"。

也是从那时起，我的母亲一改她强硬的气势，变成了一个娴静豁达温柔的妇人，而我的父亲，这个半生郁郁寡欢的男人，变得无比乖僻、纠结、暴躁。在他面前，那个曾经优越感十足的倨傲的跋扈妇人，突然在老年的父亲面前泯灭了她一切锋芒。到了父亲将去的最后几年,他的儿女都成家了,父亲每日强加于她精神上的折磨让她度日如年,委屈却又无处诉说,只有我回去的时候,她才能跟我流着泪说:他怕是真的要去了,人死前三年作恶。

那三年对母亲来说,每一天都是煎熬。有一次回去我发现家里的一张挂历上有个三角形的洞,母亲羞于启齿。她不好意思告诉我,那张挂历是市里夕阳艺术团的合唱团制作的宣传画,那个上百人的合唱团照片印在挂历上密密麻麻看不清人脸。但是父亲深刻而精准地用小刀狠狠地剐去了其中一个人的头。那个人就是住在我家楼下的刘伯伯。起因就是父亲和母亲下楼散步时,母亲和刘伯伯打了一声招呼。父亲愤恨地当场垮下脸质问:你们什么关系!

一辈子作风清白行为端正从未被诟病的母亲突然在快60岁的时候被父亲问在路上气得当场石化。当过校长一生清高的刘伯伯在短暂的惊愕之后,投给父亲一个居高临下的同情眼神,扬长而去。

回家后父亲依然不依不饶:他有什么好?会唱歌?我唱九九艳阳天的时候他还在玩泥巴!你以为他比得上我!要是我屋里条件好,送我读了书,我哪里不比他强!暴怒之下,他从抽屉里刨出一把锈迹斑斑的小刀,母亲惊惧地以为要刺向她,但是刀子却准确无误地刺向了客厅那张挂历上一个蚂蚁般大小的人头。母亲跟我说这件事的时候还惊魂未定:"真不清楚他怎么知道那个照片上的头是刘伯伯的,挂历挂了快一年了,我都不晓得刘伯伯是那个艺术团的。"

第二天一早,父亲口述了一副对联:"青山不老,绿水长流。"要我弟弟拿红纸写了贴在单元楼的大门上,还要署上他的大名"李迪吉"。

一不是年节,二不是自己家大门,那几个刺眼的字莫名其妙地被东张西望的弟弟趁夜贴在单元楼门口,父亲从此当上了"单元楼行走"这一职务,他每天早上5点起床,就在单元楼前背着手转悠,翻着一双由于过于深陷而显得阴鸷的眼睛,观察有谁看了他"作"的对联。那段时间,母亲经常一整天守在屋里,偶尔从二楼窗户间向楼下张望,看着他翻着眼睛死死盯着每一个路人的脸,但是除了最初的愕然后,他没有搜集到更多的表情。熟视无睹的人们已经把这副对联和它的主人一道当作空气了。

但是这种最初的愕然被父亲发酵成了钦佩、崇拜。每次回来都跟母亲吹嘘：又有人夸我对子作得好！

母亲没有戳穿他，任他得意地想象着人们对他满腹才学的尊敬，对他好学问的钦佩。

很多年后我才明白，父亲当年生气的，并不是母亲跟某个男邻居打了招呼这么简单。他只是讨厌那些出身名门的男人，他只是讨厌那些读过书的男人；他只是不能理解，最初明明是他自己的贫下中农这个出身令他骄傲，令他身无分文抱得美人归，为什么最后这个身份只是像一枚过时的徽章一样，像一只被拍死的苍蝇一样，胡乱地粘在履历表上？为什么最后却仍是他被人不屑一顾？

时代的飓风并没有赐予他答案，反而将他抛向了更远的荒芜之境。他听说了，当年被推荐的骄傲的工农兵大学生，现在成了一个带着特定意味的词语。他听说了，下海去赚钱也不是一件可耻的事情了，他曾经羡慕的单位上的采购员不再是最令人羡慕的岗位了，一部分身份可疑的人拿着各种新奇的东西或者一份份保险单敲开了办公室、居民楼的门，空气中弥散着隐秘的激动的气氛。他也看到打小牌的下岗工人，他们聚集在破烂得像社会底层的环境里，过早地亮出了自己一生的底牌。那么多难以言喻的身份，那么多难以界定的历史，那么多难以启齿的欲望，像一个个永远无法挣脱的困兽，在他贫瘠的思想里横冲直撞。他曾经引以为荣的贫农身份、军人身份、工人身份，在现在来说都显得是那么的别梦依稀。他不能理解这个荒谬的世界。他迫切地需要一个证明，证明那曾经属于他的时代并未远去，他迫切地需要一个肯定，肯定他是一个足以值得尊敬和骄傲的人。

在最后几年，父亲最常做的一件事，就是把他年轻时在部队里得过的木框奖状拿出来，一遍一遍地放在楼前的地坪里晒。这些奖状曾经被我母亲咒骂过无数次，因为每次搬家父亲都得带上沉重的它们，它们不像现在的奖状，它们不是一张张纸或者红本本那么简单，它们镶了玻璃和结结实实的枣红色木框。此刻，那些早已发黄霉变的奖状对他裸露出倦容，玻璃镜框在阳光下一晃一晃闪着冷冷的光芒。我的父亲，他像一个摆摊的货郎，向世界晾晒着他毕生的荣耀，但是鲜人问津。

就是这样一个越来越不肯对世界和身边人善罢甘休的父亲，他用尽最后的几年时间，要求我们给他准备"料"。

但起初我们都听不懂，他一直要"料"做什么？"料"是什么？母亲悄悄跟我们说：棺材。

他需要一个体面的死。儿女们不早早地给他准备身后事，就是不孝。他很早就在准备他的后事，他知道，自己这辈子不会有什么惊喜了，永无翻盘的机会了，他正在向一败涂地的境地迅速溃退。

那么，他要一副上好的棺木。

我暗骂他是神经。活得好好的，要棺材做什么？

他跟邻居说，孩子不孝顺，不肯给他买"料"。不肯给他准备墓地。

我们很委屈：这里不是乡下，我们买来棺材放哪儿呢？墓地？他从8岁出来要饭，就永远失去了可能属于自己的土地。事实上，他一生从未拥有过土地。再说，政策不允许，我们也不敢土葬啊。那么，他注定是回不去了。

他又说，每年农历的七月半，一定要记得给他烧纸，还要记得给送信的小鬼打赏。如果没有给小鬼打赏，小鬼就不会把钱转给他，他若没有收到纸钱，就会像那些孤魂野鬼一样，摘一片荷叶捂住脸，伤心地哭着回去的。

我不知道他活得好好的为什么老要说这些乱七八糟的事情。我也不知道小鬼跟荷叶有什么关系。我没有问过，此生也永远没处问了。

他60岁的时候，我出嫁了，嫁到离家30里地的城市中心，离开了那个家。

我们一生都没有讲过太多的话，但是在我结婚后，也就是他最后的10年，他不断地要母亲召我回去，回去的理由只有一个：给他的左眼拔出倒着长戳着到眼珠的睫毛。

他说，任何人都不会拔，我的母亲不会，弟弟不会，妹妹不会，只有我能拔。

我每次回去，他都会郑重地搬个椅子，坐在阳台上，把镊子递给我。我沉默地扒开他的眼皮，看见那只浑浊的、苍老的、布满眼屎的眼睛，它含混不清，它遮遮掩掩，像他的人一样抖抖索索，我定定神，用他遗传的那颤抖的手，迅速地坚定拔出那根拔了又长拔了又长的倒睫毛。

他郑重地收回镊子，擦干，放在眼镜盒里，收好。

他仍旧不说话，我也倔强地不说话。

我知道他是想见我的，他的老同事告诉我，他跑到单位的办公室去收集了每一张发表了我文章的报纸，自豪地告诉每一个遇见的人：这是我大丫头写的！

我能想象，他脸上挂着骄傲而又鬼鬼祟祟的神情急于向别人证实，他的女儿，骨子里遗传了他基因的女儿，能够识文断字，并且似乎比别人要多认几个字。可是自从我知道我成了他炫耀的资本后，我就别扭地怀着一颗敌意的心，故意在饭桌上报告关于自己的各种令人沮丧的消息。

我并没有告诉过他我发表了文章。我不知道他从何得知。他大字不识，我不知道他凭什么在报纸上摸索到了我的名字。他也从来不跟我说知道我发表了文章，更不说他搜集了报纸。他似乎很虚弱，不敢跟眼前这个内心强大的女儿说话，似乎生怕自己的语言过于低劣，而玷污了报纸上那些他并不认识的字。隔在我们心间的，仍是一生的无言。

我们在一起磕磕碰碰撞撞跌跌沉默不语中虚掷时光。

直到有一天，父亲的老同事告诉我们，他连续一个月的晚上跑到离家两公里远的山坡上挖了一个大坑。

确切地说，他挖了一个自己百年之后要躺的洞穴。

他给自己掘了一个坟墓。

我悄悄对母亲提起，却发现母亲早就知道了。起初母亲并不知道他晚上出去一身泥回家是干什么去了。后来，母亲悄悄跟着他去了那个尚未成形的洞穴。那些夜晚，母亲跟在他身后，看着他一锄一锄狠劲地挖下去，不敢出声。那个坑越来越大，母亲并不知道他挖了坑干什么，但是有一晚他突然扔了锄头，他跳下去了，他平躺在那个足以容下他躯体的长方形的洞里，用他一辈子不改的岳阳县方言，尖声尖气地唱起了他最喜欢的那首歌：九九艳阳天。

母亲惊骇地听见他从地底下传来的妖魅歌声，这首歌从刚结婚的时候他就一直唱，他那时候曾经唱得那么欢快，那么明亮，那么高亢，从歌里飞出那么多美好的风声掠过她年轻的耳畔，而此刻，这首歌却显得那么阴凉，那么鬼魅，比夜色更深远，更凉薄。

母亲落荒而逃。她仿佛要逃脱自己的宿命般地奔跑，她向着有灯火的地方奔跑，一路跟跟跄跄，她逃到了自己熟悉的床上，无边的黑夜却狂拽着她，似乎要将她一并拖进那个和她过了一辈子却从未真正理解的男人所挖的深邃洞穴里。那个洞穴，盛满了一个男人贫寒的一生，落寞的一生，孤寂的一生，蒙昧的一生。

从那夜起，他每挖一锄，都深深地挖在母亲的心上，等那个墓穴挖好，母亲的心早已成了无边的空洞。母亲惊骇地发现，他们俩快过完一辈子了，在与父亲结婚之时她已经过早地埋葬了自己，任由另一个没有温度的自己与这个男人活在世间，而这个男人，此刻也快要与她诀别了。

夜晚、锄头、坑、洞穴、坟墓，这些词语撞击着我和母亲，每一个词都充满陷落的语义，都指向消亡。我们狠狠地压制着它，任它们在胸口左冲右突，我们谁也没有再提起这件事。我没有信仰，不能理解他为什么要去做这种令人汗毛倒立的事情。我甚至深深地怨恨他，给我们姐弟带来了恶名。就因为他偏执地需要过早安排一个身后安身之所，全世界都知道我们是不孝顺的孩子了！

我不知道他为自己挖墓穴的那些夜晚，心里头是满足的、充满希望的，还是悲凉的、绝望的。他生活过的那些日子，已经在他面前一层层垮掉，逐渐变成一堆堆废墟。我永远不能揣测那些个黑夜从地下升腾而起的时刻，他是怎么样寂寞地与夜色对谈，合谋要埋葬自己卑微如草芥的一生、由于乏味而显得过于冗长的一生。

我结婚10年后，一场家族遗传的胃病带走了父亲。这时，他掘墓的地方早已建起了一个豆油厂，供应着这个国家最大品牌千家万户每天的食用油。

我抱着他去了我们为他选的公墓，西风曾经侵入过的街道显得过于冷清，在稀稀落落的鞭炮声中，季节模糊成一片混沌。这是夏末，我们仿佛在试图走出这个季节，但我很快发现，那一条街，仿佛过于漫长，又过于短暂，我抱着他，既走不出夏天，又走不到秋天。我们一起路过那些他曾试图抓住过的器物，路过他的窃笑，他的恩怨，他的骄傲，他的奖状，他的悲愤，如今，一切一切都退场了，我的父亲，他退到了一个冰冷的石缝中，蜷起了自己悲凉的骨灰。

我留下他一件破洞的背心，和医院最后一次给他照的片子。那些体腔内黑白的影影绰绰的镜头，像是透明的，又像是虚幻的。我把他的背心、片子以及片子里从他骨缝中透出的寒凉，挂在了我衣柜的深处。

在野外，我们烧了他所有的奖状，连同那些烧不掉的玻璃一齐抛在了灰烬中。在饱含油漆味的刺鼻的火焰边，我才想起，我从来不曾问过他在部队里的事情，从来没有。那是他此生最骄傲的日子，但现在，他过往的光荣成了一个深深的秘密，他那么想要世人知道的光荣，到最后，连他最亲的人都不曾了解。

时间何曾宽恕我们。我穷尽一生用无数光年也不能回到过去，看一眼他当兵的日子，听他讲一回过去的事情。我知道他会唱打靶归来，但他更喜欢唱九九艳阳天，他心中曾经有个小英莲吗？他曾在部队里想念着她吗？她是谁，还在这个人间吗？

父亲的墓穴旁空着一个洞穴。那是给母亲留着的，每年清明扫墓，我都尽力阻止母亲去，我无法看着她面对自己最终的居所。

四野寂静。他遗在这个世间的三个儿女，放弃了他的方言，长着和他相似的面孔，继续在人间风尘仆仆。

现在，每年的七月半我烧纸钱的时候都会跟他说，我来啦，你不用去摘荷叶啦。

我一生有太多话想跟他说，但直到他死后，我仍然没有说出口。我心疼他打鱼的手，心疼他蹩脚的魔术，也心疼他溃烂的胃。他的一生也许过于乏善可陈，可是我有什么资格去评判他的一生么。我知道是没有的。我们那么相像。

——选自2015年第2期《花城》

恩　妻　董华

　　写妻子的文章，读了一些，比如朱自清、峻青、李準、王蒙、吴宓、启功……或为自述，或为今人访谈。所钦佩者，上述贤良，于婚姻事中，持而有恒。

　　记得孙犁师谈婚事过程，出于偶然：雨天儿，一外乡人在他家门口避雨，父亲招之屋内，言语相合，遂给提亲，成了婚。

　　尘缘老而弥笃，巨毫轻舒，隐隐绽香。可惜，整篇文章记不全了。

　　浩然师婚事，自传体小说专门布了章节：亲姐姐说合，妻长他五岁。

　　记清楚的一处，新中国成立初期，浩然遭遇一场农民围攻，场面凶险，妻子站出来，挡他身前，恫喝："他是我的人！"

　　此话今想，都止不住热泪上涌。

　　浩然妻子叫什么，不记得了，只知姓"杨"。不识字，"解放脚"（指旧时缠足而新中国成立后将足放开）。住河北省三河县期间，我去过多次"泥土巢"（浩然书斋），杨婶给我做过炝锅手擀面。

　　回想偌多贤人之悟，我还想写写我的妻子——没写够。妻子于我天大之恩！

　　不同孙犁、浩然两位师长，我妻子娶自京郊坨里村，半媒半私自牵手而成。当年兴文艺宣传队，处一块儿，那时就瞧上眼：长得好，开朗大方。后来，我在西长安街七号《北京文艺》社（《北京文学》前身）学手艺、讨生活，买东西方便，特别乐意给她捎东西。记忆清楚的，捎过一条天蓝色腈纶头巾。

本她花钱，却被人打小报告，说我"勾引"，成了围剿爱情的一桩罪。

"文革"时期，造反派猖獗，我家里又特别穷，一朵鲜花落白薯坑，旁人嫉妒，她家人也反对。最激烈时，挨打，她仰头表示了坚决："打死，魂也跟他去！"

我属"兔"，她属"蛇"。乡下，蛇也被称作小龙。"蛇盘兔，越过越富。"姑姑曾以此谣谚祝福。

心里这般期设，贫困期却很长。她在公社服装厂上班，熬夜连轴转日子很多，特别辛苦！就那样她还经常捎回加工材料，为一件八分钱的手工费，锁扣眼。她有月工资，除了用工资顶替工分挣口粮，每月还有结余。而我，任何技术活不通，只会抢小锄耪地、扛铁锨装卸粪车，挣死工分，到年底结算方见一点钱。为了过日子不落人闲话，我俩大夏天晌午顶着暴晒割青草。晾干了，卖给供销社马车队。村边草没有了，新婚之年正月赴外村大山砍草盘儿。冷啊，冻啊，风沙吹啊，不用说了！

她的大德大惠，经历了多年，逐渐发现。

自入董家门，多少人敬。据我观察，全村受尊敬而无争议女人，在世者除了俺家老母、对门翟家大儿媳（论乡亲辈分，她年岁虽大，我称"侄媳妇"），这阶梯式代表，就轮她了。她还能接上一代旗帜，下一茬，还没发现这样人。

谨守妇德，最为明显：不传闲话，不"气人有，笑人无"，一街老乡亲，平等待人。

翻开家底，我家弟兄，做人天性上，我承传爷爷和父亲气质最鲜明。

父亲一生勤劳善良，本本分分，恰如柳青笔下"梁三老汉"副本。生性懦弱，然则泛爱众。爷爷就如同《红旗谱》里"朱老忠"，爱讲侠义故事，骨子里智勇澎湃，新旧恶势力害怕，更且宅心仁厚，无亏取了单字名，"仁"的名讳。

两种性情交加，被我接受。父亲一面，于我文字生涯很受用，符合胡适先生观点：待人，疑人之处不疑；做学问，不疑处有疑。爷爷隔代基因，驱动我体能强烈：疾恶如仇，同情弱者，不关己事，而逞强。若干年前，北京文场一位有名的测算人物，当场出题，让每人不假思索说四个成语，我脱口而出第一个就是"仗义疏财"。

这般情性，于村里村外，不免莽撞。比如，文场上，我对装腔作势的"牛布衣"们，不屑与之伍，虽伤害不到自身，有他们在旁我绝不容情！对于乡村中"偷了猪，还往人门上抹屎"，或"见十个人说八样话"者，爱泛"庄稼火"。妻子却从不附和，以例证说出"怨家"的"好儿"，枕上耐心纠正我褊狭观点。

人所共知，我喜欢交朋友，聚而必饮，饮而尽欢。就有朋友把持不住，醉了，在屋里又劈叉，又唱京戏，吐了一地。见状，我心烦，妻不出怨言，还嘱我小心送返。交朋友她不吝惜花钱，最使我暗中高兴。

结婚这么多年，常想回忆一句话，浩然师对其称赞：大家闺秀一样！

而让我"恨"着的，是长了一副刀型脸，抛弃了自己丈夫的女人，轻描淡写夸过妻牙齿："长得齐，长得白。"短短六字语，四个字属于废话。对此特别鄙夷。

对不起她，我早年身上哪有"窟窿"，哪有"褶"，从未加隐瞒，远近好朋友周知，而她不详确。

心猿归正，我平生所涉之所以未发生忒大山体滑坡，也尽在于她人格震慑，被她早已注射了强大镇静剂，灵魂不敢叛离。

想当年，我也是有心胸志向的人哪！选择农村人做妻子，即算一例：料定不属于白薯锅里的人，我受了苦，一定拉一个"阶级姐妹"跳出苦海！

此念头矢志不渝。"文革"后恢复高考，已撂下初中课本十年的我，温习苦读，一个月中（仅复习了一个月）未曾平躺睡过觉。志向所在，我仅填报了"北大中文系""北京广播学院（现传媒大学）编采系"两个志愿。考场上，《在这战斗的一年里》作文，发挥很好，其余地理、文史知识，也答得不错，在数学零分的情形下，300∶1拼杀中，过关通过了招考体检。其结果，于心愿无望，最终伴得孙山归。

——迫切追求为了什么？就为了还愿于我妻。

看过去戏曲，有王宝钏守寒窑十八载，终于等到远征丈夫薛平贵归来，享上荣华富贵的故事，特别刺我心。同样是王家女，可我妻子并没有等来我给她的幸福，她的归宿，享受上退休金、医保，全凭个人努力。

我真的是为她做得太少。热心种文字庄稼，苦撑了几十年，未曾见什么名堂，却一直享受她的恩遇。我如同当年"吃凉不管晌儿"老爹，家里活儿一概不做，还常使小性子，磨磨唧唧。

她大概没全然了解我的心性，对职业习惯也隔膜，见了沙发、茶几上书报乱放，就收拾得不见踪影。我终日伏案，早出晚归，心理疲劳，回家来就想见一见自家院里自生野花野果，和跑进院门的小猫小狗。她全不顾及我感受，时常轰赶小狗，把野的花花草草铲了去。为了圆情，我只好将留给我的一部分饭食，悄悄喂了猫，喂了狗，像地下工作者一样。晚间，看到小猫在门洞黑影中专候着我，欢快地领跑，一天疲累皆无。

就小生灵和花草，我说过多少遍，野生来的不许动，但她依然故我。最近一次，又拔了我看护已久、结了果实的"黑裙儿"，特别上火，发了脾气。几个晚间，她面色郁郁，新闻联播还播放着，就打开床被，独自上了床。

文字上，黄金当铁卖，白酒当水卖，我不得成功，却看穿了世事。与其为了蜗角虚名获什么奖，不如使家人健康、儿子有个好工作实惠。我盼望着菩萨睁眼。

工作三十几年，最终连"主任科员"也没混上，中级职称也作了废。退休费，起始数额"2323"。我喜欢叠数，这个叠数虽然像两只扒鸡盘着身，但真的不开怀，不好意思对外言讲。因为自觉命不值钱，生命于我不再重要，故而复燃死灰，又大剂量抽开了烟，以供写作思量。那一日乘公交，发现座位旁边一位女乘客，一边用手扇，一边向一男士使眼神，冲我比划，似乎将我看成了"乡下人"，而她"国宾夫人"一般高贵。

唉！活着活着就老了，儿孙看着看着就大了。在儿女们面前，也觉得活得越来越卑微了——很多感受，如口含着一颗酸枣，外人不知其味，自己也不能道。

出身于根本人家，受过多年苦的人，对旧念念不忘，当年割青草，无处去割，现在遍山坡处处皆是，见了青草还心热，哪里还弯得下腰去？当年，自虐一般，屁股长疖子，单肩挎得二百斤草筐，向自留地送粪，光脚丫推小车，一程五里地，还有这个勇气吗？上山气迫，下水足痉，"授"了，身体"授"啦。仅于数年前，我啃过的骨头，狗不去叼；看电视，一晚能嗑半斤最难嗑的榛子，而今牙齿掉了两颗，狗窦大开，想吃苹果，不敢动它。再以前，抗得住寒冷，一年四季不穿袜子（我以为袜子只为御寒），如今，才进了十月，就把袜子穿上，衣领也竖起来了。恋旧，也省钱，思慕一米度三关，一个烧饼搁几天，舍不得扔；别人眼里美食，不抵自家雪里蕻缨炒干辣椒就饭"本命食"；怜悯残疾人，花八块钱，买了他们推销的一支粗钢笔，用十几年。室内光线许可，绝不开灯。有个老人，见我用铅笔头写作兴趣很大，很热心地送来他小孙子使用剩下的一筒铅笔头……

我从来没有感觉到光阴如今天这么紧迫，一切都在加紧干。想趁身体尚无大碍再干几年，因此对妻的照顾愈发其少，愈发其微。只余晚间，双双睁眼看电视，陪伴个把小时。

对社会，我没做啥大贡献，而于家族，自忖做得不少：领两个弟弟盖了两处新房；由我主事，送走爷爷、奶奶、父亲；坟地迁移，亲手捧离了爷爷、奶奶、父亲的骨殖；为祖上，为亲人写了三块碑文……事明面搁那儿，我也自谓为董家好后生。而王姓妻子，辛苦劳碌了几十年，能上台账的，庶乎无几。她做的事，就如落入井、落入河雪片儿，瞧不出来……

夫不荣，为妻焉能得显？我常想，是我这今世"董永"戕害了她。为了我，没少吃苦，没少担惊受怕。凭她天姿和人品，当年完全找得到一个更好的人儿……

她患糖尿病很多年了，并发症已显现：双眼换了人工晶体，肩膀疼得抬不起手来，夜里脚抽筋，冷不丁就得坐起来。我就奇怪，凭零点几视力，竟发现了我鼻孔里一根白毛儿！她能发现，使我惊绝，而也悲从中来。

人老了，说话也不作避讳。她踩了半辈子缝纫机，对缝纫机有特殊的爱，随着家搬来搬去。当儿女面，我就曾说：等你死了，不糊驴，不糊马，也不糊车，就给你糊一台纸缝纫机，送你上坟地。她听了，一串笑声从那发了暗的牙齿中溅射出来。看她笑貌，我心情大悲！

这还是心存记忆十六岁站在天安门观礼台，亲眼见到了毛主席的幸福代表吗？还是做姑娘时能够登高爬树、锄地领先的女孩吗？还是闪着自行车摩电灯光亮夜半而归，而次日依然精力充沛的妻子吗？我很发蒙，不知再以何语！

刚毅、乐观女人啊，却也见了她落泪。这唯一的一次，是为己而悲：前年，她住进医院，半个月查不出炎症病因，今天抽血，明天化验，血液抽了不少，我向年轻女医生犯了急："这要是你妈，你舍得这么折腾？"当着我面，她断断续续哭着说："不知还能不能出去，往后'大为子'怎么办呢？"

儿子从老家带走了小孙子才几天，她日日不离的话题就是小孙子："大为子"这，"大为子"那，把小孙子留家里物品，擦了又擦，摸了又摸。半夜三更惊醒：咱"大为子"又哭了吧，搅得我一惊一乍！

老家人常以过来人的教训开导她："眼珠儿都指不上，还指望眼眶？"其意在于对隔辈人不必过于痴心，而我妻子对小孙孙的疼爱，当成了她最终使命。

耳濡目染，我就想：我在婴儿期，奶奶是否也这样惦记我……

当下，我俩的常规动作，是她奔东，我向西，双双做医疗按摩去。

魔灭尽，道归根，"少年夫妻老来伴儿"，人不活到一定年纪，不明此中真义。走在一起是缘分，一起走过是幸福。她爱做梦，常把梦中情景细细碎碎说给我，无论悲喜，于我俩同是一个乐儿。妻子对我的最大助益，是这一来自农家的普通妇人的善良垂诲，使我明于事理：做人，讲做人伦理；写文章，按文章的伦理。而她的乐于助人，使我相信前贤所言"临事肯替别人想，是第一等学问"，情怀不虚！她起到的作用，似乎比"爹给姓、娘给命"还重要。

我的父亲以八十二岁无痛而终，最后时段，也经了吾母服侍，这个结果不枉"九斗一簸"指纹预示的"好命"！父亲没大本事，却走得安逸，很羡慕他。我离那一阶段似乎也不遥远了，对于死亡规律也不畏惧。只是我有一私心：死在妻子前面，是我的幸福；若死在后面，我怎么过得下去？

由之，极为恐惧。

——原载 2015 年第 12 期《北京文学》

无　涯　　范晓波

你外婆说得好，人都是在世上做客。每逢听闻相熟的人离世，母亲总叹着气这样说。

母亲认为外婆的话朴素而形象，我也深以为然。住几天、几年是做客，住八十年、一百年也是做客，谁都不可能一直留在世上。只是人从哪里来到世上？做完客又回到了哪里？外婆没说，我和母亲也没讨论过。

这问题全世界的哲学家琢磨了两三千年也没找到令人信服的答案。普通人就懒得费那个劲了。

母亲重病后，特别是第二次手术失败之后，我常找时机跟她探讨这个话题。我的理解是，既然在世上是做客，那么，做客的过程就不是常态，起点和终点才是常态。做客的待遇有许多种：被敬若上宾；被冷落、打击；被不冷不热地应付；或者，一波三折，五味杂陈……被打击自然无意久留，待遇再好久了也会麻木、疲惫，只有回到家里，身心才会彻底放松。

这信念源自外婆的启发，也得益于宗教的帮助。

那几年我临时抱的不仅是佛脚，基督的脚也没少抱，书没少翻，寺庙和教堂没少跑，省内和省外的，只要有机会就一定拜谒。向法师求教，听信徒唱诗。有时还请学佛颇有感悟的居士来家里传经送宝。

我努力让母亲建立某种我自己都来不及确认的信仰。

与当初致力于让她相信病一定能治好不同，这是绝望之后的努力，无望之后的希望，但是，未必不是希望。

大多数时间，母亲听得心不在焉。她虚弱地仰靠在沙发上，耳朵接受着我的絮叨，眼神却飘忽地望着窗外植物的碧绿身影。对她而言，香樟鲜嫩如花的新叶和紫藤花张灯结彩的身姿可能是种更实际的鼓励与心理暗示。

她曾是高三政治课把关老师，还教过多年初中物理，虽觉得外婆的比喻有道理，却很难沿这条思路推演下去，她被从小所接受的物理和哲学常识拦在半路上。也就是说，无法倒空自己。

她将信将疑，每一轮思想搏斗中，怀疑总是比相信的次数多一次。她只是不用语言抵触我，她微笑着珍惜我的善意所蕴含的温暖。

我也经历过这阶段，被一些科学常识所束缚，无法相信未经验证的东西，更无法接受佛教所描绘的六道轮回、基督教所说的天堂与地狱。宗教对这些经验之外的世界不仅言之凿凿，而且过于具象，确实很难让人采信。

但是，在一些具体的教义中，宗教对生命现象的论述又同科学实验的结论高度吻合，比如佛教认为生命是种"不生不灭""不增不减"的存在，这同物质不灭的科学定律是那么一致。而且，千年前的佛教典籍就告诉我们一滴水有万千生命，显微镜发明出来后，果然能看到一滴水里有万千微生物。

我也不断意识到我们所信赖的常识的粗浅，很小的时候我怎么也想不通宇宙没有边际，一直朝一个方向飞总有到头的时候吧？长大了才知道，要理解宇宙必须在三维空间的常识上加入时间的维度。

人类的科学常识本身也是在不断自我推翻和超越的。

促使我彻底放弃成见的是一个有意思的发现，牛顿、爱因斯坦等许多大科学家最后都皈依了宗教。他们是不是发现自己穷极一生探寻的谜底，宗教里早有明示或暗示呢？

宗教有没有可能是更高等的智慧生物送给人类的礼物？地球上许多古老的文化遗址里都能找到现代科技的蛛丝马迹，宗教是不是也是如此呢？

我跟母亲说，我也理解不了六道轮回，但我相信生命确实不存在生与死的差别。生死只是生命的两种不同形式，就好比无线电波，它一直在空中存在着，我们打开电台时它被我们听到，关掉电台就听不见，但我们不能说，我们听到时它是活的，我们听不见时它是死的。

母亲也认同我的一些分析，但最终也没有被我摆渡到岸。可能，病痛对于她是种更具体可感的存在，干扰着她建立新的生命信仰。

她的不甘与不舍成为我心里永久的伤痛。

我迄今为止也没笃信哪门宗教，但我在对多门宗教的敬仰和观察中学会了一种思维方式：任何常识，都可能是一种局限性极大的真理；而许多真理，未必可以马上用常识去验证。

去看一个生病的朋友。

从医学常识看，由于发现得早，她的病应该还不会危及生命。不过她还是谈到了恐惧。她这样解释为什么办了住院手续人却住在家里：住在医院里，看见形形色色的死亡，心里的压力会特别大。

这个我很理解。医院有时是治人的地方，有时是害人的地方。医院最令人不满的地方在于，它查证恶疾的次数远多于治愈恶疾的次数，剥夺尊严的能力远大于挽救尊严的能力。

有两年时间我不断陪母亲出入各大医院的重症病房，之后看谁都像有暗疾在身而不自知的人，也经常莫名其妙地怀疑自己其实很健康的身体。

朋友说，以前死是个特别远特别概念化的字，谈起来很轻松，现在它贴着自己的脸呼吸了，还是会特别恐惧的。

这点我不完全能理解。这位朋友是半个哲学家，素来因对世事的超然姿态被大家激赏。

在我看来，她是人群中活得特别清醒特别通透的那类人。

她怎么也会觉得死亡是种可怕的状态呢？

她说可能是因为未知吧。

既然未知，为什么不从乐观的角度设想，也许所谓的死亡是种比活着更好的状态呢？我觉得这恐惧还是常识造成的，常识告诉我们，活着才能享受阳光、蓝天、四季，所以要珍惜；常识告诉我们生命只有一次，所以特别宝贵；常识告诉我们死亡是件不好的事，所以亲友离去我们一定要悲伤。

有个问题，人类的所谓常识，在宇宙面前，低幼得可以忽略不计，人类的文明才还不到一万年历史，在地球的45亿岁的年龄面前只是一瞬，地球在宇宙中又渺小如尘埃。一种一万年都不到的文明对宇宙规律的解读该会有多么幼稚呢？肯定比一只蚂蚁对人类的理解还肤浅一万倍。

前不久看到一个资料，有科学家依据种种迹象得出结论：地球是外星生命囚禁人类的监狱，因为人类的文明太原始太野蛮，所以用地心引力把人类囚禁在地球上。还有更惊世骇俗的观点，宇宙大爆炸是人为的，也就是说，宇宙也是被有意制造出来的。是谁创造了宇宙？难道，真有个类似于上帝的东西存在？

这些观点猛一听都很荒谬，不过回想一下，仅仅四百多年前，当有人宣称地球不是宇宙中心时，还被自以为真理在握的人处以火刑。那么，又有什么是不可能的呢？

不知是被我滔滔不绝的热情感动，还是被语言的洪流冲断了思绪，朋友似乎默认了我的歪理，望着在厨房忙碌的爱人说：人对死亡的恐惧，还有个很大的原因是牵挂，舍不得离开亲人、爱人。

我说，情感牵挂当然是痛苦的，不过我们也可以换一个角度想，假如生命有多个时空的存在形式，那么，做客回家后，就可能和另一些亲人团聚，爷爷奶奶、外公外婆之类，他们同样是你至亲至爱的人，他们已经等你很久了。这样一想，两种牵挂的痛苦是否可以相互抵消呢？

她笑着对我的想法表示惊讶，问：你真是这么想的？

我真是这么想的。至少近几年如此。

不仅和这位朋友，跟其他朋友我也阐述过这些心得，并持续地在心里强化它，让它逐渐沉淀为精神养分，一点一滴渗入日常生活的裂隙。

我不看网上那些哭哭啼啼的诀别新闻，不参加过度渲染悲情气氛的追悼会，两千多年前的庄子尚能做到用击盆而歌的方式送别妻子，以高科技、高智商自诩的现代人在这方面总不能一点进步都没有吧。

我也越来越反感耸人听闻的健康科普和医疗广告，"如果你有某某症状，就表示大病来临……如果你不怎样怎样，就会怎样怎样"。这种粗暴的标题党每天变换模样占据着各大媒体的健康专栏，究竟是要挽救健康呢，还是破坏心理健康？我觉得一个真正文明的社会不应鼓吹对死亡的偏见，更不应利用人们的恐惧心理盈利。

　　每年一些特定和不特定的日子，我会去母亲的墓前看看。如果天气好，多半还会在那里歇歇、坐坐。

　　墓地是我帮母亲选的。母亲生病前就多次提出要先置好墓地，她考虑的因素是墓地在飞速涨价，早买可以替子女省很多钱；也怕城后的公墓满员后要迁到远郊，我们扫墓不方便。父亲觉得这事不吉利一直不肯办。她离世前的一个星期，我悄悄去城后的公共墓地帮她选了依山面湖的一块风水宝地，很适宜远眺，也考虑了情感因素，正前方的韭菜湖边，是母亲少年时住过的洗麻厂。

　　深秋的时候，墓地上阳光白亮煦暖，有一种恒定的安静气氛，与城区的争斗、吵闹以及与之相关的悲欢情绪形成对照。坐在那里，许多与活着相关的心理波动都显得失真和过于隆重。我忽然想到一句话：墓碑般的镇静。

　　平常遇上忧心与恐惧的事，我也常记起这句话。我想，我们所有的担忧与慌乱，全都因为在世事中陷得太深太痴，把购物而非观光看成旅行的意义，把短暂的瓜葛看作永恒的牵绊。如果具备了墓碑般的冷静与镇静，还有什么能晃动一个人的心志并将他打败呢？

　　外婆的话我也一直记着，既然在这个时空是做客，既然还没到有人唤归的时刻，那么，不妨从容一点，宽容一点，自尊一点，自爱一点，像个有礼貌有风度的客人，乘兴而来，尽兴而归。

　　　　　　　　　　　　　　　　——发表于2015年第6期《散文》

一张纸的前世今生   吴昕孺

一

对自己的前世，它有着怎样的记忆？这大自然的露台，这人造的玫瑰，这纸上的烟云！

粗糙的树皮在暴雨中掩面而泣。从天上落下无数树叶，仿佛天地间唯有一棵巨大的树。那叶子总在落，无休无止。须臾，铺天盖地的虫子栖息在那些落叶上，栖息在那青筋凸突的粗糙树皮上。不知何处，传来一声呜咽，有如滞重的叹息。人影开始重重叠叠地出现，他们时而厮杀，时而拥抱，时而群逐，时而单飞。慢慢地，他们将那些虫子变成了文字，将那些树皮变成了纸……

这是不是纸的一个梦境，这个梦境又将昭示怎样的命运呢？

一晃到了现代。纸就像每个男人渴望的那个百变女郎，与人们须臾不得相离。当你需要学习，它是一本书；当你需要购物，它是纸币；当你需要宣传，它又一身花花绿绿地走到消费者跟前；有时候，它还会变作一封信、一个小字条，让你把藏在心头的话悄悄释放出来……假如没有这个"百变女郎"，我们的生活会是怎样？

收藏莫言的《丰乳肥臀》需要一间房子；每次上街，沉甸甸的银子总在提醒它的分量；而当你为窈窕淑女辗转反侧时，只能用一片薄竹刻上那"沉重"的思念……邮递员肯定千金难求。想想，每天背那么多竹子木头的，不累得趴下才怪。实际上，那时确实没有真正意义上的邮递员，写信的人也微乎其微。所以，我们看不到那个时候大师们的书信集；春秋战国那样乱，将士们南征北战，也没见过"家书抵万金"之类的诗句。而那时的书生不像后来那么孱弱，都能挥拳弄棒的。身高超过190厘米的孔子，一个人能"举国门之关"，估计与每天搬运沉重的竹（木）简大有关系，否则他也不会留下"韦编三绝"那样的典故。

这种情况一直持续到公元100年左右，一个叫蔡伦的湖南人彻底改变了这一局面。所以，《史记》这样的巨著倘若在蔡伦之后问世，司马迁不知要省多少事，十余年的功夫可能三五年也就够了。

蔡伦出生于湘南桂阳县，10岁那年成了东汉皇宫里的一名小宦官，25岁时勉强熬出头，被提升为中常侍，传达诏令，掌管文书，参与国家机密大事，在宦官中算是有模有样的人物了。蔡伦志存高远，他曾多次直谏皇帝，欲匡扶时弊，后位居尚方令，红极一时，可尔虞我诈的宫廷斗争使他无所适从，虽然有皇帝赏识，但他发现自己时刻处于宵小之徒的包围之中。无奈，朴实敦厚的蔡伦主动退出权力中心，去武库掌管刀剑器械。有趣的是，那些刀剑大多是他亲自设计、监制出来的，无不精密、坚固，为后世所仿。

得了闲职，有了闲情，心机从谨小慎微的政治斗争转向海阔天空的发明创造，蔡伦的智慧顿时有了用武之地。他"书"读得多，才学非常人可比。每次搬运那些又厚又重的竹（木）简时，他就琢磨着，要是有这样一种文字载体，既轻灵、又扎实，既薄透、又宽幅，那感觉该有多好啊！

西汉初年，中国的蚕丝业有了飞跃发展，一整套工序已臻完善。蚕妇们把蚕茧煮软，铺在席子上，浸泡在河水中，然后用木棍捣烂成丝棉状。她们将丝棉取走后，席子上总会留着一层薄如轻纱的纤维；待干，揭下来便是一张柔软的纸。可是，丝棉制成的纸太少，而且质地稀疏，无法写字，只能用来糊窗户、包东西。

蔡伦的眼睛瞄在了那张薄薄的纸上。工人们都喜欢和他聊天，他们经常谈起民间制造的各种各样的"纸"，如丝絮纸、麻头纸等。蔡伦决意听取工人们对纸张改良的意见。

"你们认为，能不能造出高质量的纸来？"

"行是行，不过对原料的要求会比较高。"一位工人说。

"用破麻烂布真的不行吗？"

"也不是不行。现在的纸之所以粗糙，主要是因为捣得不碎。捣得不碎就会质地不匀，质地不匀就不会有平整的纸面。如果要改进，得在加工上下工夫。"一位老工匠提出了自己的想法。

蔡伦集思广益，胸中渐有蓝图。他认为，要容易捣碎，首先原料要脆，其次加工要细。他和工人们搜集来大量木头、破渔网、废布等，铡碎、捣烂，直到变成浆。他们把稀浆均匀地倾倒在细密平整的席子上，并设法刮得很薄很薄，然后摊放在自制的烘烤箱上，使之容易干燥。

一张张优质的纸终于造出来了。蔡伦乐不可支，他赶紧拿起毛笔，第一个在纸上龙飞凤舞，效果相当不错。就这样，他不仅是纸的发明者，还是第一个在纸上写字的人。

蔡伦趁热打铁，进一步总结出更为成熟的造纸工艺。公元105年，蔡伦将自己造出的纸呈献给汉和帝。汉和帝诏令推广，"蔡侯纸"在很短时间内就取代了竹（木）简。纸，这舞动人类文明的美丽天使，她时而将翅膀合拢为厚重的册页，让时光静止，让历史沉淀；时而展翅，成为春天的燕子，飞向苍茫的宇宙深处，也飞入寻常百姓家。

二

蔡伦在洛阳造纸出了名，门下收了不少徒弟，其中有一个叫孔丹的年轻人。蔡伦去世后，孔丹决意给师傅画像、制谱，以作纪念。"蔡侯纸"的原料大多是破麻烂布，因此柔韧性差，在上面写字没有问题，却无法永久保留。怎么办？孔丹索性回到老家——安徽泾县，潜心研究，他要造出更好的纸！

孔丹的烦恼在于，只有超越才是对师傅最好的感恩，而超越是这个世界上最难的事情。想当年，蔡侯名震天下，神乎其技，几乎所有废物到他手上都可以变出纸来。孔丹一时想不出其他花样，他的试验一再碰壁。

那天，孔丹上山砍柴，一棵倒在山涧里的青檀树引起他的注意。青檀树在中国南方再普通不过了，生死枯荣有什么大惊小怪的。但孔丹发现，这棵树虽早已枯死，它的树干却不朽不腐，由于泉水溪流的日夜浸泡，树皮洁白如霜，纤维又细又长……孔丹呆呆地凝望着。那树干仿佛是一位鹤发童颜的老人，与他对视，用温蔼和煦的眼光看着他，启迪着他。

他略有所悟，用砍刀将那些树皮剥下，回家后引水筑臼，砌槽打浆。经过百折不挠的试验，一张由青檀皮为主原料的纸张飘然问世——它薄似蝉翼颜如玉，抖若细绸不闻声，纹理纯净，挫折无损，翩翩如浊世书生，皎皎胜出水芙蓉。因泾县受辖于宣州府，故名之为宣纸。由于工艺尚不完善，宣纸产量极低，生产时必须捞一张晒一张，费力又费时，质量也很不稳定。孔丹殚精竭虑，苦无良策。

有天，一位似曾相识、鹤发童颜的老者，拄着拐杖来到造纸工棚。他问孔丹："你这个后生怎么一脸愁容啊？"

孔丹便把心中的苦恼一股脑说给老者听："我在为造纸之事发愁呢。您看，这捞出的湿纸不能重叠，一旦重叠就分不开，工效极低，您有何高见？"

老者把胡须一捋，哈哈笑道："此有何难！"随即用拐杖在浆槽内顺搅三下，再反搅三下，说："行了，你试试。"

孔丹和工友们将捞出的湿纸重叠起来堆成一垛，然后榨压出水分，纸张便像魔术般，很顺利地一张张揭开了。

孔丹高兴得笑醒了，原是南柯一梦。但在梦醒的那一刻，他明白了，托梦的老者就是他的蔡伦师傅。他顿时热泪盈眶，赶紧按师傅梦中所教行事，大获成功。至宋元时期，优质宣纸需经过浸泡、灰腌、蒸煮、洗净、漂白、打浆、水捞、加胶、贴烘等十八道工序，一百多道操作流程，历时一年多，方能制造出来。

宣纸，与其说得名于宣州府，不如说它源于自己的内在本质，源于文明对它的召唤以及它天生的浪漫气质。通过一张纸的魔法，它将水的流荡、火的跳跃、光的韵律，将生长的奥秘、上升的技艺以及脱胎换骨的诀窍，坦白地呈现于字里行间。对于宣纸而言，字不是写在它上面，而是从它的内部走出来的,从它的肺腑、肝胆、脾肾等各个地方,都能走出不同的字来。

宣纸是历经熔铸与艰辛的命运独白,是从日常物事升华为审美感受的自我宣示,更是字与纸碰撞的刹那、心灵怦然而动的最初感染。

这精灵般的纸啊,全身长满了眼睛,充溢着灵气,看见什么都想吞进去,仿佛良宵朗月,倾泻出万道银辉,笼罩着这个世界。

三

孔子曰:工欲善其事,必先利其器。古人对器的重视,往往将它们提升至"道"的待遇。王羲之的"墨池",怀素的"笔冢",仁宗好砚,米芾拜石……都是这个道理。南唐后主李煜,嗜词若命,而视纸如魂。登基后,他专门设立了一个行政机构,监造好纸,仅供御用,并以他爷爷——南唐开国之君李昪的堂号"澄心堂"命名。

李煜刚当皇帝那会儿,还是一个二十来岁的小青年,看不到四伏的危机,听不到四面的楚歌,只知道一个劲地绮丽柔靡,花间吟唱:"浪花有意千重雪,桃李无言一队春。一壶酒,一竿纶,世上如侬有几人?""花明月暗笼轻雾,今朝好向郎边去。刬袜下香阶,手提金缕鞋。画堂南畔见,一晌偎人颤。奴为出来难,教郎恣意怜。"

李煜在澄心堂纸上写下这些香艳名篇,有时随手颁赐给群臣或宫女,让外间耳闻其名,却不见其迹,吊足了市场的胃口。澄心堂纸"肤如卵膜,坚洁如玉,细落光润,冠于一时",从它诞生起,便是千金难买的稀世奇珍。

皇帝好纸,江山亦如纸脆,其命更比纸薄。公元975年底,沉溺于美色与诗画的李煜竟不知宋军兵临城下,他一边念诗,一边肉袒出降,俘至汴京后,受困于囚笼。美人在侧,却已攀折他人之手;故国迷离,早被纳入大宋版图。李煜整日以泪洗面,辛酸与屈辱让他痛不欲生。978年七夕,这一天也是李煜42岁生日,一首《虞美人》凄然行走在他随身携带的澄心堂纸上:"春花秋月何时了?往事知多少。小楼昨夜又东风,故国不堪回首月明中。雕栏玉砌应犹在,只是朱颜改。问君能有几多愁?恰似一江春水向东流。"不久,一代词帝被宋太宗鸩杀。

南唐灭亡,流落的廷臣和宫人将少量澄心堂纸带到了民间,北宋文人竞相谋取。著名经济学家刘敞重金购得百幅,赠送了十幅给自己最好的朋友欧阳修。欧阳修也不专美,转赠两幅给诗人梅尧臣。梅诗人兴高采烈地写下了"寒溪浸楮春夜月,敲冰举帘匀割脂。焙干坚滑若铺玉,一幅百金曾不疑"的诗句。

宋代造纸家潘谷,见澄心堂纸如此名贵,就着手仿制,世称宋仿澄心堂纸。潘谷送了三百幅亲自制作的仿纸给梅尧臣,梅尧臣拿了这个山寨版与欧阳修送的正版作比较:"而今制作已轻薄,比于古纸诚堪嗤。古纸精光肉理厚,迩岁好事亦难推。"真是高下立判啊。后来,清朝的乾隆也仿制过,那就更不值一提了。

为什么后世的仿制都赶不上原创的澄心堂纸呢?我想,非关技艺,在于道也。

南唐的澄心堂纸是李煜用生命打造出来的,它有着艺术的熔铸、情爱的澡雪、灵魂的淬砺和血泪的浸染。诗词是李煜的帝国,澄心堂纸恰似李煜的山河。"国破山河在",澄心堂纸价值连城,道理就在这里。所谓"而今制作已轻薄",是生命投入的轻薄,是文化含量的轻薄,是历史价值的轻薄。

四

纸在唐朝,拥有了最美的姿态,因为一个女子的才气与爱情附丽于斯。如果说李清照是宋代第一女诗人,那她的前辈薛涛便是当之无愧的唐代第一女诗人,她们的余绪直到明末清初的柳如是,才堪堪接上,随即弦断音绝。

在唐朝那样的诗歌盛世,一介女子要在诗坛出人头地极不容易,然而薛涛正是那位"管领春风总不如"的扫眉才子。薛涛,长安人。父亲薛郧为宫廷乐官,安史之乱流寓成都,不料身死异乡。薛涛年幼无依,沦为乐伎。

"朝朝暮暮阳台下,雨雨云云楚国亡。惆怅庙前多少柳,春来空斗画眉长。"15岁时,薛涛以这首技惊四座的《谒巫山庙》博得四川节度使韦皋的青睐与赏识。韦皋一度欲奏请朝廷让薛涛担任校书郎,做些案牍文秘工作,因其乐伎身份过于敏感而作罢，据说韦夫人也从中作梗发难。韦皋为脱清干系，反将薛涛发配到偏远的松州。薛涛在路上一连写了十首别离诗送给韦皋，终于让他心软，得以被重新召回。经此折腾，薛涛豁然放下世事，脱乐入道，逍遥度日。不过，"入道"只是她的一道护身符，她并没有真的成为道士，其主要工作还是出入官府及各种应酬场所，以皎然秀拔之姿，混迹于滚滚红尘。

元和四年（809），一位31岁的年轻诗人以监察御使的身份，来到成都。元稹，他是薛涛命里注定的神明，也是注定的劫数。元稹早慕薛涛美名，他快马加鞭，只恨"身无彩凤双飞翼"；比元稹大七岁的薛涛本已心如止水，但才华横溢的诗人让她意乱情迷。不用说，他们鱼水相欢地同居了。一年后，元稹公务结束离开四川，答应想办法再来成都团聚，接她出蜀，却一去无回。薛涛久历官场与欢场，阅人无数，对元稹这个人并不抱多大希望；然而，这是她一生中唯一付出的一次爱情，全部的、毫无保留地给予。人走，茶未凉。她不想让那杯茶凉下来，她想通过诗歌留住爱情，留下那次爱情的余温。

从那刻开始，她谢绝一切应酬，躲进成都郊区浣花溪旁的小别墅里，在她自制的粉红色笺纸上，写她的相思："诗篇调态人皆有，细腻风光我独知。月下咏花怜暗淡，雨朝题柳为欹垂。长教碧玉深藏处，总向红笺写自随。老大不能收拾得，与君开似好男儿。"

那笺，人称薛涛笺。

纸上的红，仿佛是薛涛漫洇的血；纸上的诗，分明是薛涛跳动的心。纸与诗、诗与人如此融为一体，孤傲而绝望地高唱低吟着自己的爱情，这在世界爱情史和世界诗歌史上，恐怕都是绝唱。

薛涛终身未嫁，晚景说凄凉也许过之，但落寞是毫无疑义的。她在院子里遍植菖蒲、枇杷花、木芙蓉。浣花溪的水清透莹彻，悬浮物少，含铁量低。薛涛就用这样的好水，将木芙蓉煮烂，加入芙蓉花汁，制成长短相宜、十张一沓的彩色笺纸来。有一天，她在笺上向心中的友人倾诉："水国蒹葭夜有霜，月寒山色共苍苍。谁言千里自今夕，离梦杳如关塞长。"

对于薛涛来说，人生或许就是一个长长的离梦吧。

五

中国是慢的，世界是快的。1840年之后的一百年，快世界用坚船利炮将慢中国打爆。国家虽然保住了，但慢中国不得不从此纳入快世界的轨道，甚至跑得比世界更快。

纸是慢的，表达是快的。所以中国古代四大发明中，造纸术最早走出国门。就像把中国由慢变快一样，战争，再次充当了转变与传播的使者。

在造纸术之前，和中国商代用甲骨、西周用青铜、春秋战国用简牍缣帛一样，埃及人用纸莎草、印度人用贝树叶、巴比伦人用泥砖、罗马人用蜡版、欧洲人用山羊皮等，作为记事材料。公元105年后，蔡侯纸在中国被广泛使用。东汉末年，由于黄巾之乱，导致三国局面形成，偌大中国已无安宁之土。造纸术随着大批避乱百姓涌入朝鲜半岛，而扎根异域。经朝鲜半岛，造纸术东传日本，南下越南、柬埔寨等地；公元9世纪至10世纪，通过丝绸之路西传，古印度的佛教经卷与中国造纸术一拍即合。或许可以这样说，我们先送去了造纸的经验，然后取回了佛教的经典。

在造纸术上具有重要意义的一年是公元751年。唐朝大将高仙芝率军与阿拉伯帝国将军沙利在怛逻斯发生激战，由于西域军队叛乱，唐军战败。沙利得知他们的俘虏中有不少造纸匠，喜出望外，连忙将他们带到中亚重镇撒马尔罕。从此，撒马尔罕成为阿拉伯人的造纸中心。源自中国的造纸术随着阿拉伯大军迅速传到叙利亚、埃及、摩洛哥、西班牙和意大利等地。天使的翅膀不再隐形，而是具象为一个个敏捷、快乐的精灵，她开始以自己阔大的胸怀与独到的理解力，让不同的文明联成一张互相沟通与交流的巨网，让人类成为一个焕发光芒的整体。

意大利博物馆至今保存着西西里国王罗杰一世写于1109年的一封诏书，诏书用纸就是阿拉伯人生产的。在当时的欧洲，使用纸张和披金戴银一样，是只有宫廷和贵族才能享用的奢侈行为。由于造价昂贵，1221年，罗马皇帝腓特烈二世下达了一项在现在看来不可思议的禁令：不准用纸书写官方文件。

1276年，意大利蒙地法诺地区建起欧洲第一家造纸场，使抄写一本《圣经》要用三百多张羊皮的历史成为过去。但直至17世纪，欧洲的造纸技术还只相当于中国宋代的水平。乾隆年间，来自法国的耶稣会教士蒋友仁，利用自己清廷画师的身份，将中国造纸的核心技术绘成图偷偷寄回巴黎，欧洲顿时迎头赶上。1797年，又是一名法国人，尼古拉斯·路易斯·罗伯特发明了机器造纸法，标志着从蔡伦时代起中国人持续领先近两千年的造纸术被欧洲超越。

到20世纪，科技主宰了世界进程。电脑和手机改变了人们的书写和阅读方式，也改变了人类的生活方式。机器，从战场和工业领域迅速闯入日常生活，粗暴地干预我们的情绪、意念和思想。

纸的命运又将如何呢？它对自己的今生，还有着怎样的期待？这大自然的露台会不会遭遇"强拆"，这人造的玫瑰会不会被永远"屏蔽"，这纸上烟云会不会成为一处文化遗迹，成为一个比关塞还长的离梦？

设想，如果有一天世界上只剩下三种纸：餐巾纸、卫生纸、纸币。甚至可能连这三种纸都形将消失。也许那时，天上的繁星全是各种游荡的卫星，地上的群山全是高大威猛的建筑，河里长满强悍无比的水坝，人也没有自己的大脑了，而是顶着一部电脑……难道，这只是我做的一个梦？

——选自2015年第1期《美文》

刀笔乡   郑骁锋

据说，上古时代最浪漫的邂逅就发生在这里。

一双跋涉万里的脚，竟迟疑着停了下来。那泓粉色的浅笑，骤然间令禹记起四季中还有春天，而自己，正当壮年。

英雄与美人的爱情故事必然会成为传奇，他们相遇的地点，也被郑重地载入了史册：在涂山，禹，迎娶了他一生的新娘。

"涂山者，禹所娶妻之山也，去（山阴）县五十里。"（《越绝书》）

几千年后，涂山仍叫涂山。只是洪水早已退去，涂山脚下不再是禹曾经见过的那片汪洋，而是一座始建于北宋、名叫安昌的绍兴古镇。

直到离开安昌，坐上返回市区的公交车，我才意识到，极有可能，此行最具暗喻性质的物象与我擦肩而过了。

的确是擦肩而过，没有丝毫夸张。所谓的路，其实只是两三米宽的青石河堤，而路的内侧，则是一堵十几米长的墙。经过时，为了避让几位一路嬉闹、学生模样的游客，我几乎是贴着墙根，匆匆走完了这段堤路。

就这样，我错过了"仁昌酱园"，一座开业已经一百多年、仍在按照古法运转的酱菜园。

南方的酱园大同小异：已显斑驳的白墙后面，无疑会有一块平整宽敞的空地；而空地上，应该摆放着数百口半人多高的巨大瓦缸，每一口都扣着尖顶的缸盖；横平竖直，日晒夜露，肃穆、凝静，就像一个披甲戴盔的重装兵团。

我本该一见的，就是这个由酱缸组成的军队。因为柏杨先生，这些原本极其寻常的瓦缸被赋予了一种沉重的象征意义，数百年文明淤滞造成的悲剧，至今还在一顶顶黝黑黏腻的缸帽下持续发酵。

不过，除此之外，我还认为，在这个河畔的古老酱园中，很可能还隐藏着解读中国历史的另外一种方式。

——假如将禹和酱缸，分别视作一段文明的两端，那么，涂山脚下的这座古镇，愈发显得意味深长。

因为有一座好酱园，酱油浸渍而成的腊味顺理成章成了安昌最醒目的风物。腊肠、腊肉、酱鸭、酱鱼，或挂于桥栏，或悬于门上，或摊于竹匾，安昌人用各种方式展示着他们的美食，以至于整座小镇都被抹上了一层略显油腻的褐色。

但我也知道，安昌最著名的出产并不是腊味，而是一种行当。

俗话说"无绍不成衙"，如同山东的响马、徽州的朝奉、河间府的太监、扬州的妓女，绍兴藉的师爷也是天下一绝。而在绍兴，师爷大多数都出自安昌，据说仅清朝的后两百年，走出去的师爷便不下万人，安昌也因此被称为"师爷故里"。

师爷云云，其实只是民间的叫法，这个行当的正式名称应该是"幕僚"，即官员聘请来辅佐治事的参谋或者助手。

不过，相对于书面化的"幕僚"，口语中的"师爷"更精确地体现了这群人的特殊气质。

官员自有朝廷核准的品级身份，而凡游幕者，都是功名不就的潦倒布衣，尊卑高下原本壁垒森严。但一经聘用，两者的关系便发生了微妙的变化。长官一般都会尊称幕僚为"先生"或者"老夫子"，自称"晚生"或"兄弟"；幕僚也无须称长官"老爷"，而是"东家""东翁"。彼此平礼相见，很多时候还得长官屈居卑位：很多清人笔记都曾经提到，长官如若与幕僚共餐，须得幕僚动了筷子酒席方可发动。

一言以概之，双方是主人与宾客，事主与顾问，甚至学生与老师的关系；

幕僚对于长官，名副其实亦"师"亦"爷"。

起码明后期起，"绍兴师爷"就已成了一块响当当的品牌，甚至还出现了许多冒藉的假货。有这样一则轶事在安昌广为流传：某位知府履新，为了从众多候选师爷中甄别出真正的绍兴人，竟煞费苦心布了一局，每有应征者，便大鱼大肉招待，最终如愿以偿地锁定了一双屡屡舍弃山珍海味，却对一碟霉豆腐情有独钟的筷子——绍兴人对于各种口感怪异的霉腐类食物的强烈嗜好，早已世所共知。

将籍贯作为选择幕僚最重要的标准，数百年后听来似乎有些荒唐，不过在当时，这番心机却大受赞誉。

某种程度上，如同世俗人家安放于门楣的"泰山石敢当"，明清以来，一个"绍"字，已然被奉为一道隐秘的镇符，与紫禁城颁发的印绶互为表里，共同护持着天底下的每一座衙门。

绍兴并不太大，安昌更是弹丸之地。雇主们对于师爷行当近乎固执地地缘挑剔，究竟如何形成？寻常的解释不外是此处人多地仄，稻粱得从书中谋出，故而文风甚盛；然又僧多粥少，科举名额有限，大量高素质的铩羽者需要另寻饭碗；而游幕佐治，正是这群求官不得的失意人退而求其次的出路。

如此一套说辞言简意赅，不过我却以为尚未点到要害。对我更有启发的，还是绍兴在历史上用得最久，最为人所知的古名——会稽。

会稽本是绍兴城区东南的一座山，也是大禹的埋骨之地。可以说，禹是以会稽山为背景被历史郑重定格的。然而在我想象中，会稽山上的大禹，与其说是再造九州的治水英雄，更像是一位心思缜密、谋略深远、甚至有些阴鸷的算计者。

会稽者，会计也。会稽山原名茅山，因禹治水功毕，召集天下诸侯于此，一一检校业绩，赏功罚过而改名。《史记》言之凿凿，当天大禹还杀鸡儆猴，处死了一个姗姗来迟的部落酋长。

自然，论功行赏天经地义，恩威并施也是开国立基所必要，但我更愿意把同属一郡的会稽山看作涂山在文化上的延续；进而我还猜测，很可能正是因为涂山的那次偶遇，禹的形象才悄然开始了变化。

先秦典籍中，禹的妻子涂山氏被神话为九尾狐仙，当然，更为合理的诠释是他娶了一个以狐狸为图腾的南方部族的少女。而狐狸，自古便被视为百兽中最具聪慧的灵物，寄托着族人对于智谋的至高崇拜。

禹与涂山氏的目光对视，是否可以理解为一次北人与南人、阳刚与阴柔、粗犷与精明的剧烈碰撞？而他们最终的结合，是否就此改变了彼此的性格，以及这块土地的基因——

直到今天，我们还可以在檀板鼓钹中清晰地辨别出这对夫妻各自的遗传。绍剧与越剧，同样都是绍兴地区最负盛名的地方戏剧，而一种铿锵似铁，一种柔媚如水；前者的代表剧目是《孙悟空三打白骨精》，而后者则是《梁山伯与祝英台》。

因为是涂山氏的娘家，一个原本寻常的动作，在安昌显得别有深意。镇上的商铺，铺门都以多片木板拼凑而成。这其实并不特殊，而是明清之后的普通店铺样式。不过，我却在这些叠放于墙角的门板上察觉到了某种历史的隐喻。

每间铺面的门板至少都有八到十扇，甚至更多；而每一扇的背面，都会在角落里标注着不同的数字。因为所有的门面，门板安装都有严格的次序，只要有一扇错位都得卸下重来。

也就是说，每天晨昏，这些以狐狸为图腾的古老部族的后人，都会进行一场小小的会计；其审慎程度，并不会亚于当年会稽山上他们引以为豪的女婿。

日出日落，装上卸下。时间如门板般被层层叠压、收纳。

为了纪念那上万名此处走出的师爷，安昌为他们设了一座世间独一无二的"师爷博物馆"。博物馆所依托的，便是一位名叫娄心田的师爷的故居。

灰瓦、低门、天井、小楼，娄师爷的家与我所见过的大部分江南平民老宅并没有什么不同，甚至还更显逼仄。家具陈设亦简单至极，卧室的眠床方凳据说是娄家原物，不雕不饰，也只是寻常物件。

娄心田是清末民初的名幕，曾做过黑龙江省主席马占山的秘书，若以资历而论，这三进小宅院，实在有些过于低调。而在所有介绍他的资料中，除了简略的几处履历，具体事迹几乎空白。实际上，虽然名为博物馆，陈列的资料中，关于真实人物的详细介绍，其实相当稀少，绝大部分还是一些笼统的幕僚知识普及，或者未注明出处、类似于民间传说的简短故事。

当然，这些感触应该只是因为我对一座面对大众的小博物馆要求过高，但我又注意到，师爷馆的位置原来在古镇的最里处。如此种种，不免令我猜测是否刻意为之，抑或，某种遗自师爷的天性，至今还在潜移默化地影响着安昌人的思维。

每位师爷都会本能地躲避着各种形式的曝光。就像鼹鼠，只有地底无穷无尽的黑暗，才能让它们感觉到安全。

某种意义上，师爷几乎是一种不见天日的职业。所有的师爷都会被请入地下，朝廷颁布的花名册，不会出现他们的名字；官修的史书，也不会收录他们的任何事迹；而各级官府公开进行的绝大多数行政仪式，如升堂宣判、视察农耕、奖励学子、出席集会、朝廷庆典，师爷们也会自觉回避，遁迹于大众的视线之外。

对于外界，他们几乎是隐形人。唯一可能暴露身份的，或许只有一到饭点就会飘出的酒气酱香：只要循着这股地域特征鲜明的诡异味道，每座衙门最机密的办公室便会水落石出。

师爷起居的"夫子院"，在官衙中的位置一般都在正堂之后的第二进屋舍。通常而言，长官坐堂治事时，师爷只能坐在隔屏背后听审，过程中即使出现了紧急状况，也只能通过衙役传递条子彼此联系。

一座完整的官衙被隔屏切割为明暗两部分。阴影掩盖了师爷的呼吸、心跳，以及全部表情，他就像一个在深夜随风飘浮的幽灵，无处不在却又无迹可寻。

这种种令我想起了绍兴的另外一个古名，山阴，一个缺少温度，幽秘、森冷的词汇；同时，还有一柄大禹与涂山氏的后人用过的、因隐忍复仇而载入史册的利器，越王勾践剑。我曾在湖北博物馆见过原件，其短小远远超出了我的想象：剑身长竟不过一肘左右，只能算是一把稍大的匕首。

——数千年后，那柄从山阴挥出的古剑依然寒光隐隐，我甚至还能感觉得到，剑鞘朽腐之后，它再也裹藏不住那种怨毒、冷酷，毒蛇身上才会有的戾气。

还有绍兴最著名的黄酒。这种琥珀色的南方米酒，吴侬软语般的甜糯下，埋伏着翻江倒海的力量，不知放倒了多少疏于防范的北方豪杰。

从娄师爷的故居出来，再次看到了乌篷船。与其他江南古镇一样，也有一条小河横穿安昌而过，民房倚河两岸曲折而建，家家户户出门横穿廊棚，下了石阶便是泊船的埠头。窄小的船身，低矮不容直立的船舱，桐油漆成的乌黑竹篷，我突然发现若要隐藏些什么，这种绍兴独有的交通工具其实具有极佳的私密性。

这条名号不明的乡间河道，因为师爷而连接着整个中国的水系。数百年来，无数如娄心田那样的安昌子弟，被封藏严密的乌篷船，顺着河水源源不断地送往天南海北的"夫子院"。要过很多年以后，他们才能趁着夜色返航。当船帘被颤抖着掀起，阳光当头射下，重新出现在故乡的游子，原来已是白发佝偻。

就在这一往一返间，乌篷船不动声色地载回了帝国某块版图数十年内所有的秘密。

安昌多桥。短短三里许的沿河古街上，就有十多座，号称"彩虹跨河十七桥"。

安康桥、普兰桥、三板桥、弘治桥、横桥、安普桥，桥旁有桥，桥外有桥，形状各异，年代不一，从元明清直到当代皆有。

查阅资料方知，这些石桥中，一大部分皆为返乡归老的师爷所捐建，即乡人俗称的"师爷桥"。桥之外，"师爷亭""师爷路"在安昌也是随处可见。

落叶归根，修桥铺路造福乡梓，本是人之常情。只是，因为那位用一生积蓄捐门槛，"给千人踏万人跨"的祥林嫂，这类义举在安昌，却不免给我以某种心灵救赎的意味。

无须讳言，"师爷"名号并不能算是褒称，而带有洗刷不去的负面、阴性的感情色彩。鲁迅的老师寿镜吾就说过，"境况清贫，不论何业都可改就，唯幕友、衙门人、讼师不可做"。一般概念中，师爷往往被归类为刁钻奸猾、贪婪狠毒、睚眦必报的小人；即使绍兴本地，乡野闲谈时也常对师爷加以嘲讽奚落。

如此推论也在情理当中：一辈子躲在黑房间捣鬼，伤阴骘的勾当想来免不了少干。清人笔记确实曾提到有师爷做了亏心事而夜夜噩梦，最终惊吓而死。周作人也指出，鲁迅《狂人日记》的原型，就是他们的一个表兄弟，在西北游幕时得了"迫害症"而精神失常。

这种印象，固然有失偏颇，但也不完全是空穴来风。人心良莠不齐，害群之马暂且不提，纪晓岚在《阅微草堂笔记》中提到的被师爷奉为圭臬的四句口诀，倒也能让外人对这个行当的性质有所了解。

"救生不救死，救官不救民，救大不救小，救旧不救新。"所谓救生不救死，指的是处理杀人案件时，反正被害者已死，还是尽可能不要处死罪犯，避免再闹出一条人命的好。救旧不救新，指官员交接，如有罪责，尽量推给后任，毕竟他有时间去填补。这两句虽有和稀泥之弊，但出发点倒也不失仁厚。至于另外两句，则毫不隐讳地表明了师爷的立场：如果需要做出抉择，他们一概以保全官员，而且是级别高的官员为准则，曲直是非百姓冤屈只能放在一边。

有一个现象值得思索。师爷晚年，多有著书立说者。清代三大尺牍经典之一的《秋水轩尺牍》，作者许思湄便是一个安昌藉的师爷。传世的师爷著述，比如《刑幕要略》《幕学举要》《居官资治录》《审看拟式》，为数不少。几乎每一部，作者都会极力强调幕僚应该恪守的职业道德，如"立心要正""尽心尽言""勤事慎事""不合即去"等等。

不过另一方面，这些幕学著作传授的，却有很多是这一类经验：比如上报案情时必须"晓得剪裁"，根据需要对情节、供词、人证、物证、书证，甚至伤痕、尸检结果，都可大刀阔斧地加以删削；如此铸成铁案，非但犯人无从翻异，又能左右逢源，回旋有路，就是同为老手的上级幕友也难以识破。

我怀疑这些还是经过了删减的节本。

安昌的文史工作者曾收集到一套包括律例、成案、公文、书信、告示以及钱谷账册在内，是迄今为止最完整的清代幕业档案。两百余万字都是安昌师爷孙云章一手抄录，用以训课子孙：师爷一行，多为子承父业亲友提携，每家每户各有心得秘本，绝不对外显露。这也是绍兴师爷为别处不可及之处。

棺材匠与郎中，两者的职业能做出道德上的评判吗——对于安昌人来说，师爷也只不过是一门熟能生巧的手艺，所谓的"吏学"或"幕道"，与打铁、烧窑、酿酒、制酱一样，本质并没有什么不同，都是通过满足雇主的需要而获得报酬。

善恶都在雇主一念间。恺撒的归恺撒，上帝的，也归恺撒。

师爷的要价相当高。

每座官衙其实都隐藏着一个巨大的黑洞。因为不入朝廷编制，师爷只能由官员以私人身份自行雇用；每个师爷一年薪酬少则数百、多则要上千两白银——而一位官阶七品的知县，每年俸禄却只有可怜兮兮的四十五两。

常言道"千里做官只为财"，背负如此悬殊的亏空，官员们也是没奈何。《官场现形记》云："初次出来做官的人，没有经过风浪，见了上司下来的札子，上面写着什么'违干''未便''定予严参'，一定要吓得慌做一团。"

几乎所有官员都经历过这种惶恐。三更灯火五更鸡，好不容易修成个官身，不料甫一坐堂，却惊惧地发现，自己苦读半生，到头来却是百无一用。

他们往往连书写一张合格的文书也难以胜任。八股的起承转合，倒也得心应手，可日常公文却截然是另外一套路数。详、验、禀、札、议、关，一格有一格的禁忌。何况判牍行文只是政务基础，其他如钱谷征收、事务摊派、水旱灾荒、民变盗寇、上司过境，林林总总乱七八糟，同样一笔在手，昔日纵横捭阖，如今却重如千斤。

并不能责怪他们无能。明清以来，官员事务已经形成一套规范，所有行政措施都得严格依律办理，否则便是"违例"，罪责不小；乾隆年间《大清律例》已有六类四百三十六条，附例更多达一千四百多条，而且五年一小修十年一大修，愈增愈多，汗牛充栋数不胜数。而这项知识却被严格地隔绝在科举之外：清律三令五申，生员读书期间绝对不准过问地方政治。

因此做了官的文人便必须承受这种所学非所用的错位所带来的巨大痛苦：原来，入了官场，弦歌而治竟是一个南辕北辙的笑话；若想坐稳公堂，需要的并不是浪漫与激情，而是他们最欠缺的务实与琐碎。

师爷们兜售的就是这样一门手艺。

不过，如果说官员聘请师爷的目的仅在于此，却还仍未堪破那上千两白银的真正意义。我在娄心田故居所见的一则轶事，或可启人深思：雍正初年，本地有位徐姓师爷，精通幕业；某日，忽有使者邀幕，幕金优厚，只是不肯说出主人名字；入馆之后，使者关照，饮食自有人服侍，但绝不能出馆一步；待案卷送来一看，竟都是各省的重案；徐某满腹狐疑，多方打听，但房里服侍的下人却都含糊其辞；如此过了两年，来人送他回家，再三嘱咐此处事宜切不可泄露半字；多年以后，他才知道，这位神秘的雇主居然就是雍正皇帝。

此事同样没有注明出处，但雍正对幕业的重视的确屡屡见诸清人笔记。据《春冰室野乘》记载，他甚至还曾在河南巡抚田文镜的奏折上朱批"朕安，邬先生安否"——这位邬先生，便是田所聘用的绍兴名幕邬思道。

邬师爷的事迹近乎传奇：他问田文镜想不想做个有名的督抚，得到肯定的回答后，打包票说这事他能搞定，但有一个条件，他要以河南巡抚的名义上封奏折，不过内容田文镜一个字也不能看；田文镜咬牙赌了一把，结果一炮而红，大获雍正恩宠。只是当他事后终于读到署着自己姓名的奏折时，却吓出了一身冷汗：那竟是封言辞凌厉的参本，参的居然是雍正的母舅，当时最炙手可热的权贵隆科多！

原来，隆科多跋扈日盛，雍正极想翦除，却苦于中外大臣无一敢言其罪，自己又不好出面；如此憋闷之际，田文镜猛然参中痒处，其心畅快可想而知。

抄写应酬，协助长官例行公事，不过只是粗浅功夫；一位高层次师爷的真正价值，正在于此。

顺带提一句，后来田邬二人因事龃龉，邬甩手而去；之后田便事事不顺，屡遭雍正斥责，无奈之下只得再请邬师爷回来；结果邬师爷大摆架子，要求每天在他桌上放一个五十两重的银锭才肯捏笔，田也只能依他。

田文镜脾气很坏，待同僚下属都极其傲慢，但对邬师爷，却一直毕恭毕敬。

为何读懂帝王无法言说的心事的，不是本该倚为肱股的大臣，反倒是邬师爷这群素未谋面、游走于灰暗地带的绍兴平民呢？

我居然又想起了入赘并终老于此的禹。

幕学名著《佐治药言》曾用一句话概括过幕道精髓："神明律意者，在能避律。"所谓避律，指绕开或者化解各种障碍，以安然抵达目的地。

一定意义上，当年大禹治水，进行的也是同样性质的工程。他的伟大，正是从父亲的失败中，知晓疏比堵，更能有效地打开一条活路。

重重淤阻，禹凿开的是高山巨石；师爷们避开的，究竟是什么？

雍正对师爷的特殊眷顾或可对此做出解释。功过另说，雍正的勤勉与务实，在历代帝王中实属罕见。而其主政有一种力图挣脱传统束缚的倾向，如撇开内阁六部，设置军机处直接操盘。此等举措，固然可归结于其权力掌控欲之强，但也未尝不可理解为他在尝试着启动另一套操作系统。

以雍正之清醒，应该能看穿，帝国发展到他的时代，几千年烂熟下来，无论是乾清宫的"正大光明"，还是州府县衙的"明镜高悬"，所有堂皇的冠冕，其实已经走到了山穷水尽。但就像一口酱缸，必须定时翻捣才不会变质，雍正必须为它的王朝寻找一个新的运行模式。他将视线投射到了缸底的淤泥深处。

在帝国的阴影里，雍正惊喜地发现了这群来自会稽山的手艺人。秉承了治水真传，又经过多年训练，绍兴人已经成为经验最丰富的舵手，探明了帝国所有潜行于地底的隐秘河道，熟知河道里的每一处暗礁、漩涡、泥淖。水流的每一道细微褶皱他们都了然于胸，足以胜任任何轨迹的航行，只要交给他们两个点，无论之间阻隔着什么，绍兴人都能将其顺利贯通。阳光无法照及之处，帝王与禹的弟子一见如故，惺惺相惜。

包括紫禁城，再也没有一座公堂能够离开乌篷船的导航。这支地下舰队最终成为了王朝运转的最直接动力：仅就清代统计，1358个县、124个州、245个府，全国的师爷总数，已经是一个不亚于正式官员数量的庞大群体。

关于绍兴人独特的口味，外人曾有调侃，说他们什么东西都可以酱来吃。那三四百年间，整个中国，实际上也被绍兴人酱了一酱；当霉斑与皱纹被酱色遮掩，一种注定的死亡也由表入里，暂时隐匿。

突然想到，成千上万艘乌篷船中，假如某天有那么一艘两艘，猛然掉转方向，会是怎样——

终于该说到那位无法绕过的绍兴人了。

"我总觉得周围有长城围绕。这长城的构成材料，是旧有的古砖和补添的新砖。两种东西连为一体造成了城壁，将人们包围。何时才不给长城添新砖呢？这伟大而可诅咒的长城！"

"中国大约太老了，社会上事无大小都恶劣不堪，像一只黑色的染缸，无论加什么进去，都变成漆黑。"

"假如有一间铁房子，是绝无窗户万难破毁的，里面有许多熟睡的人们，不久就要闷死了。"

只要进入绍兴，再迟钝的游客也会感觉到，就像空气，鲁迅的笔力无所不在。

故居、三味书屋、咸亨酒店，固是当行本色，连远离老城区的安昌也不例外。

河街上的"宝麟酒家"很有些名气。掌柜沈宝麟是个六十多岁的老汉，蓄着半尺全白了的山羊胡，大概喜欢喝几口，鼻头与两颧透着酒糟的颜色。宝麟表情丰富，开朗健谈，常年戴顶乌毡帽，长袍短褂轮替，模仿阿Q或者孔乙己，兴致来了还唱几段莲花落，有趣得很，被公推为安昌的形象代言人。

不过严格说起来，鲁迅大抵对安昌不会有太多好感。他的这段话众所周知："我总不肯做幕友或商人——这是我乡衰落了的读书人家子弟所常走的两条路。""总不肯"三个字斩钉截铁地表明了他对幕业的厌恶。周作人在谈《彷徨》时也提到："鲁迅对他的故乡一向没有表示过深深的怀念，这不但在小说上，就是在《朝花夕拾》上也是如此。大抵对于乡下的人士最有反感。除了一般封建的士大夫之外，特殊的是师爷和钱店伙计，气味都有点恶劣。"

然而，伴随了鲁迅大半生的笔战中，他却屡屡被对手詈骂为绍兴师爷，而且是手段最毒辣、专门用深文周纳陷人于死地的刑名师爷。

当年的是非按下不提。鲁迅对师爷的排斥，我却认为只是当局者迷。肚腹里的反噬才是最致命的，黑暗真正的天敌，只能来自最黑暗处。

"我的作品太黑暗了，因为我常觉得惟'黑暗与虚无'乃是'实有'，却偏要向这些作绝望的抗战。"

被窒息在同一口酱缸中，当有人终于无法忍受靠着越来越艰难的翻捣才能喘几口气，而是渴望着破壁而出时，只一个决绝的转身，那艘叛逆的乌篷船上就昂然站起了一位鲁迅。

不过这位从"黑暗与虚无"之处走来的绝望战士，其斗争策略，依然还是袭用着师爷的思维：

"对于社会的战斗，我是并不挺身而出的，我不劝别人牺牲什么之类者就为此。欧战的时候，最重'壕堑战'，战士伏在壕中，有时吸烟，也唱歌，打纸牌，喝酒，但有时忽向敌人开他两枪。中国多暗箭，挺身而出的勇士容易丧命。"

酱缸深处，那支如刀的笔，一丝一丝剜剔着堆积了数千年的冻土，为自己日渐陷入昏迷的族人开辟一条新的航道。

"背着因袭的重担，肩住了黑暗的闸门，放他们到宽阔光明的地方去——"

我再一次想起了上古那次发生于此处的邂逅。

"一群乞丐似的大汉，面目黧黑，衣服奇旧，竟冲破了断绝交通的界线，当头是一条瘦长的莽汉，粗手粗脚的。"

沉重的脚步声中，大禹与鲁迅，两个中华民族应该永远铭记的背影，在师爷的故乡合而为一。

蒸腊肠，茴香豆，臭豆腐，花雕酒。

在只有四五张方桌的宝麟酒家，我叫了几个最绍兴的酒菜，来结束这次安昌之行。宝麟的"老太婆"主厨，他本人则腰系围裙，只管跑堂收钱，得了闲不忘撮起锡壶咂口老酒，再哼上几句小曲耍宝。

学界一般认为，幕僚制度终结于张之洞。张任湖广总督时，废聘幕友，委任在册官员成立"刑名总文案处",作为督府的正式机关。"各省效之,绍兴师爷之生计,张之洞乃一扫而空。"若依此来算,中国的最后一代师爷,应该正是宝麟的祖父那辈安昌人——是巧合吗,"仁昌酱园"的创办,也差不多在那个年代。

微醺之际,忽有隔桌食客吃得过瘾,要买几斤霉干菜带走;拎过一杆乌亮的老秤,这位师爷的后人笑嘻嘻地开始了另外一种计算。

呢哝着看秤花时,他不知从哪里摸出一副眼镜戴上。那一瞬间,我分明看到,圆形镜片后面,有道狡黠的光一闪而过。

——选自 2015 第 2 期《江南》

虫 日　端木赐

在广州的郊区某处，我过着寄生虫一样的生活。南国已入夏末，草木依旧繁盛而雨水充沛，晨光耀眼而万物生辉，这样的晨曦再平常不过。我以穿越的方式，回忆了整个套房里所有的窗口和门板。它们都诚然敞开着，既是入口也是出口，我却迷失其中。我静静地躺在木板床上，仿佛压平了脊柱的几个生理弯曲，懒散得像一条毛虫。我想我的灵魂此时是圆柱形的，正在分泌一些黏性的物质，混乱而难以解脱。我好像患了一种和"懒"有关的疾病。

我突然想找个借口不去工作，诸如生了重病需要休息。但感冒这样的理由，在这样的季节里终归是有些反常的。我脑海里有很多的病理名称，可偏偏要像贴标签一样把它们安在自己身上，却多少有些讽刺的意味。而且我不大确定在与领导的通话过程中，我能否始终保持笃定，并成功伪装出生病时的气若游丝。科长看起来就像一个清癯的书生，异常白皙，可我知道他昨晚，又叫了几个女实习生去唱歌喝酒了，他就像藏在尖细钉螺里的血吸虫，夜夜笙歌的时候，以为我什么都不清楚。其实隐瞒与掩饰，才是人心间的对峙。

从窗到门再过耳，随着这贯穿所有通道的巨大声响，我还是决定逃离出门了。出租屋的不远处，拆了梁，倒了墙，我们似乎总想要在有限的土地上，尽量去扩展些生存的空间，一层又一层。太阳如火时，一群男人正打着赤膊，沾了满身的泥浆和白色的粉尘，散发着雄性的气味。他们好似一种蛾类，肌肤上生长着一层灰白色花纹，如鳞如羽，他们趋光又孱弱，闪现在最明亮的火光里，牵引出微弱的痛觉，又被人轻视。太阳有些刺眼，苍白的画面里，有人正站在顶处冲我吼叫，可我听不大清楚，但我估计是要我离得远些。

那些飘浮在空中的白尘，来自碎屑粉末，是肉体上的结晶，似乎也随着呼吸进入到我的肺叶里，渐渐积累成了一个小的坟墓，如同一个晦涩的病灶，叫作"不语"，夸夸其谈时就会产生剧痛，让人不自觉想捂住口鼻。

我不知为什么，突然想到某处"防治白蚁"的广告。那是同样的某日清晨里，赫然出现在某栋楼房上的红色油漆大字，鲜艳如同血迹。这样的符号，时常会以神迹般的形式降临在小镇里，然后再渐渐以固定的姿态每天出现在我们的视野中，它如此霸道醒目又理所当然。没有人去刻意锁定这些细节，可偏偏它们可以逐渐凝固在我们的记忆里，时而被牵扯出来。

所以我想，或许是那旧宅子糟了白蚁，被挖空了房梁和柱子。我能想到细微处，是无数只白蚁整日整夜里，无法控制食欲在饱餐。白蚁把牙齿磨得更锋利了，它可以消化木头。木屑就这样变成了组成柔软身体的一部分，这是多么奇妙的过程。

而与此相对的房梁下，活动着老人、男人、女人和孩子，或许除却婚娶和丧葬，这里已经失去了过去的印记。这样的房子终归有一天，会以各种借口被倒塌。我还记得偶然在门梁上看到的字——"民国"十三年，就像一本书。村里的房子挨得很近，就像无数只巨大的集装箱停泊在岸边，不知道哪一天会流落何处，还有生活在这里的人。

时间有些紧了，我不自觉加快了脚步，这也让街边的气味变得紧密了。垃圾收集处堆着大大小小花花绿绿的塑料袋，一股酸败的气味无风扩散。蝇虫飞舞间，是几个女人，分拣垃圾的女人，如蛹般封闭了自己，口罩、袖套、手套、长筒黑色雨靴。拐角处正开了几片极香的玉兰，正在空气中混合出一种诡异的粘腻。途中有一家私人工厂，一旁的蓝色围板旁，一只狗非正常死亡了，背景还有一条淌着黑水的河流，仿若在发酵。那具尸体在各种昆虫的包围啃食下，散发着一股恶臭。而今天它终于从褐色的毛发中，露出了森然白色的头骨。我总是忍不住要看它一眼，就这样一天路过两次。不远处新开张了客家猪肚鸡的餐厅，门前鞭炮欢喜地爆开过，留下了满地破碎的红纸屑，空气中还弥散着二氧化硫的味道。洒水车定时从一边缓缓开过，也终于压住了这亿万灰尘的躁动和不安。运货的汽车开得飞快,就这样闯了红灯,一辆非法载客的摩托车突然停在身边,男人没问我去哪里,而是笑着问我要 iphone 4 吗?

除了地铁站,我想这里是镇子里最豪华的建筑了。门岗处敞着门,微胖的大叔递给我一张明信片,我不知道这是第几张了,为什么所有的人都在旅行?她就这样辞职了,此时正在香格里拉的小餐馆里做义工,她说云南很美,那里的太阳有些不同。明信片这种东西时常写不下几个字,所有的描述都只是寥寥几笔未能尽兴。它更像一个定位的仪器,证明她曾在那里,存在过,并且活着。可我已经记不得自己是否曾爱过她了,我在努力回想着她的模样。

我可以笑得很善良,其实心底里一句话也不想说,因为总有人比我更加谄媚,他会回头看我一眼,眉眼间浮现出某种得意和轻蔑。我总是喜欢揣摩这些微小的心思,一间办公室就像一条化学反应链。上午的工作要出车,到某家医院做个案调查。是有一家四口,确诊了登革热。最近我对花斑蚊子有些过于敏感,因为我可不想无缘无故地发热。走廊黏着一层湿润的水汽,沾了很多细碎的脏泥,消毒水的味道却刺激着鼻腔黏膜,让人想打喷嚏。我站在这里显然有些思绪游离,一寸一寸打量着空气,寻找着那些隐匿的飞虫。

只是简单的问答和记录,可带教的老师却一直很忙乱。我对这个男人并不熟悉,可我知道科室里的其他人常常在背后嘲笑他,他们笑的时候捂着口鼻,这场景我有些似曾相识。对面是男人抱着四五岁的女儿,女孩穿着红皮鞋。男人有些委顿地倚靠在塑料椅上,嘴唇有些发青,他有些恍惚和喃喃自语。

"我们这病是怎么得的?"男人还是有些费解,生病当然也需要一些正当的理由。

"哦,登革热是一种由病毒引起的急性传染病,主要由那种花斑蚊子传播。"我说道。

"我就知道,我和小区物业说了多少次,要杀光那些可恶的蚊子。"

"注意家里不要养那些水生植物,蚊子是要在有水的地方产卵的。"我心想,蚊子怎么可能杀得光,真是有些可笑。一颗虫卵,就足以重新演化出千军万马,就在你喜爱的水仙花下,在你呼出的暖气中,在万籁俱静中,繁衍生息。我仿佛看到一只花斑蚊子静悄悄醒来。那白色的条纹，缠在每一条深黑而修长的腿上。它沾过那水，嗅着淡淡的花香，抬头感受着屋子里的气息，并开始酝酿微量的毒素。它偷偷笑了，有些痒痒的，就如同一些隐匿在人类内心的想法，不被察觉。

一旁的病房里，躺着还在发热的老人，我透过蚊帐看到他脸色有些发白，我知道他的血液里，含有可以致病的活物。这些细小的东西，总是难以被察觉，却总是丧心病狂地想要侵占我们的躯体。我们的身体里点了大火，要烧死异类，却也灼痛了我们自己。我有些迫不及待要离开这里了，医院里总是弥散着一股晦暗的气氛，并不让人欢喜，医生仿若圣人般的存在，而病人则如同受到了污秽的诅咒，那些化验的机器，就像裁决的利器。

下午我就躲在花园的长椅上，时光里有鱼潜游，我相信没有人在意我的消失。我看完了日报的每一个版面，报纸常常避重就轻，着实有些无趣。而我保持着一种与世无争的姿态，安然享受着时光。我似乎天生对蚊虫有种特别的吸引力，无法躲避。我捏死了一只正在吸我血的花斑蚊子，一滴血就这样晕染在指尖，慢慢干涸。没有切肤之痛，麻木的人们可以放过苍蝇，可对于这吸血的蚊虫呢？

有人在网上发了照片，广州的街道上正塞着游行示威的人群，随处写着"捍卫国土"的字样。可我知道这样的活动，很快也会湮没在时间里，就像一堆虚弱的肥皂泡。手机响了，大学终于发了短消息，要求学生不允许参加任何集会活动。这样的消息屡见不鲜，名义上是在保护我们。听说课文《纪念刘和珍君》已经被删掉了，似乎愤青也不多见了，而保留血性的大多是土匪，是动刀子的。果不其然，他们又开始打砸抢劫了，几辆车，几家店，终归是无关痛痒的，真正的切肤之痛是什么呢？现在爱国不是出于自然，也需要被理性。

傍晚在地下铁，拥挤如潮，似乎一切都如往常。洗衣店、面包店还有报刊铺，同样开在了地底深处，人类的脚步蔓延得越来越深。土地会倒塌吗？有人正撞了我，只留下一个背影。上车时有人戳着我的腰，在车上我们又像情人一样相拥，调情般呼吸相拂，我有些羞涩，不知把手放在哪里是好。门开时，我觉得自己就像一颗炮弹被弹出，要去炸开一个缺口。眼前一位母亲正推着一辆婴儿车，愣是表现出了战车的气势，像一只气宇轩昂的甲壳虫。

我们在地底挖了无数的孔洞，此时却仿佛淹没在了时光的洪流，我们就像虫子般要张狂四散。推搡，变成了一个有些发泄和快意的行为。我不认识眼前的他们，他们到底急着去到哪里？列车一辆一辆，在地底徘徊交错，涌动着风。我也不自觉加快了脚步，嘴上想说出些咒骂，心里却想着，等等我。回到出租屋，我便有些倦了。

在相对漫长的黑夜里，我选择了关去了所有的灯。我喝了一整瓶矿泉水，吸了一支类似雪茄味道的卷烟，洗过一个冷水澡，始终未踏出房门半步。出租屋完美地展现了一个未婚男人的形象，家具简洁而物品凌乱。我赤裸地躺在床上，拿出听诊器，听了心音，第一心音低而长，第二心音高而短。我还活着，并很健康。卧室处于整栋房子的角落，我却可以从窗口感知到另几间屋子中的景象。

楼下有两只脚板正噼啪拍着地板，一只乒乓球弹着滚向远处。一定又是那个光屁股的男孩，终日没人管教。他的父母可能正渐渐变成了两只甲虫，坐在电脑前已经不会说话。淘宝的提示音叮咚响着，不断回响在幽深的房间里，他们用几只脚丧心病狂般敲打着键盘，孩子似乎看到了正在变形的父母，突然扑通一声跌坐到地上，随即号啕大哭。

隔壁的男人和女人洗了澡，又在造人了。在这短暂的三五分钟里，男人和女人如同低吟的兽在喘息，一旁睡着几个女孩子。随着一阵颤抖，男人的声音戛然而止，仿佛被抽干了所有生气。女人满意地笑了，变成一只母螳螂。她露出了几颗尖牙，在床上慢慢撕碎了他的血肉，她保证这次一定生个漂亮的男孩，和他一模一样。

对门有个年轻曼妙的女子，总是后半夜两三点才回家，她的鞋跟细而长，踩在乌黑的走廊里，谜一样让人惊奇她从哪里来。她从不困倦，铲子与锅壁触碰着，饭菜香就不断逸散出来。她似乎把桌子摆满了，就像盛大的婚宴一般。然后她变成了一只欲望无穷泛滥的虫，一口接着一口，肚皮终于如山一样仿佛随时会涨破，她才渐渐感到了一丝满足。

我决定把灯打开，去看看时间，再去照照镜子中的自己，我总怀疑是哪里出了错，或许是我生了病。白色的灯突然照在房间里，外面有雨在落，飘进屋打湿了白墙。随着我的脚步声，我的头皮一阵发麻，浑身汗毛直立。眼前是无数只蟑螂在张皇而逃，它们的速度极快，邃然消失了大多，剩下几只无所遁形的，闪着棕色的油光。面包屑散落着，桃子少了半颗，白日里毫无痕迹的书桌，竟然在夜晚里成为了虫的天堂。我踩碎了它的身体，我听到了酥脆的响声，对于这些丑陋的生物，我生出了巨大的恐惧。原来我一直不是一个人在生活，在这房间里，一直藏着无数只眼睛，每天看着我吃喝、行走，并等待暗夜的到来，又模仿着我的生活。它们似乎悄然潜伏着，暗藏着某种杀机，就像一些病毒。这里的每一处，都突然变得肮脏不堪，阴险而狡诈。

我开始挪动每一个盒子，每一本书。我试图拍打每一处，甚至用声音去恐吓，我请求它们不要再出现了。而那只分明被踩扁的虫，竟然复苏又站了起来，它的触须摆动着，似乎在挑衅我的尊严。我变得小心翼翼，甚至有些神经过敏，我睁大了眼睛看着每一处，精神有些崩溃。我不敢想象，我还要如此度过无数个日夜。最终我还是放弃了，选择把所有的灯都关掉，回归于未知。我躺在木板床上，夜色如棉被般覆盖着我的躯体，我的额头渐渐渗出汗珠。我等待着更细微的声音出现，我终于听到虫子在地板上走动起来，它们仿佛在舞蹈，如此生动，并是在用牙齿啃着我的余生。我有些痛恨失眠，可太阳还会降临吗？但我又害怕天亮，因为我又将开始，重复这相同的一日，并日渐麻木。我的生活，似乎成了一个无法停下来的循环。那些白天出现过的静物，开始不断地出现在我的眼前，仿佛蝗虫过境般咬着心。我又何尝不是一个无知的存在呢，总是披着虚伪的壳，如此不真实。

我决定白天就去买虫药，这场战争或许才刚刚开始，我要杀尽它们，得到解脱。

这一天我请了假没有去上班，因为我果真得了重感冒需要休息。

——选自 2015 年第 6 期《青年文学》

雪　　李晓君

雪并不构成这个城市冬天的主题词。譬如今年，雪迟迟未落，但并不意味着缺乏锥心刺骨的寒冷。我感觉，未下雪的冬天比之雪冬更加寒冷。对于雪——这位自然界的精灵来说，长江是一道分界线，她总是谨慎地止步于此，仿佛南方豢养着一头灼热暴烈的猛兽，随时会将她吞没。可以想象她同时是位性情不稳定的精灵——这不难理解，她有时还是会悄悄地涉足长江南岸的土地——人们一觉醒来，发出惊喜的喟叹，在雪中逗留迟迟不愿离去，直至太阳的吸管一点点地吸走了这无可挽留的白色。

据说，今年的雪分别在这个城市——长江的上游武汉和下游南京下了。不下雪的南昌，冬天阴寒无比。

诚然比喻累人，并且你未必喜欢这种文绉绉的方式，这与这个城市的气质并不相符——南昌其实是个坦荡的城市，拐弯抹角不符合它的性情，无论是人们的交往、言语，还是城市的建筑、街道，都有一种没心没肺的赤诚和袒露，矫情和伪饰在南昌人看来无法容忍。人们可以非议它的陈旧、杂乱、落后，他会认可并且不感到耻辱，因为在他们内心里，住着有过骄人历史的老祖宗。南昌人面上给你呈现的部分，和他家中的里子部分高度地吻合。但这点并非是人人都喜欢的。真实、直率、袒露，有时也会让人难为情——尤其是文化习俗不同的人看来。

南昌的冬天阴沉寒冷，这恰恰与它夏天的炎热一样闻名。气候某种程度上塑造了南昌人的性格。最初接触这个城市和与南昌人浅表地交往，往往给人印象不佳。自负而土气，直露而肤浅，是外人容易得出的印象。但了解深了，人们会开始喜欢这座城市，乐于与南昌人交往。

从我居住的十四楼卧室往外望，眼前是贤士路一带的居民楼，以七八层居多，可以看到一栋栋居民楼的房顶：人字形太阳能热水器、水箱、晾衣铁架、植物、裸露的水泥隔热板——都呈现出一种死寂的静止状态，没有人也没有任何生物出现在房顶上——连绵的没有尽头的房屋坐南朝北，整齐地延伸至冬天阴冷灰色半透明的空气里。这些静止的建筑和屋顶上的构件、杂物，仿佛有一张冷峻思索的表情。而楼宇之间的树木则似乎尽可能地收缩自己，曾经蓬勃的树冠呈现出一种压抑的、内敛的绿意，有的则叶片全无——这让我想起昨晚读的小说《所有的名字》，公墓像卧倒的巨树，不断拓展的墓地是无穷的枝杈，"组成了繁茂的树冠模糊了生与死，就像真正的树木模糊了小鸟与树叶"。曾经夏天在香樟树里聒噪不停的麻雀，这时不见踪影，紧闭的窗外鸦雀无声。同样在夏天，我卧室外左侧的屋顶上，有人在楼顶上开辟了一个菜园，一个个几何形图案的菜地充满了生机，甚至还在上面支起了瓜棚豆架，不仅如此，菜地旁还搭起了一个鸡舍，十数只小鸡在一只母鸡的带领下茁壮长成，它们欢欣地在绿色网格隔离的空间内，在菜地间啄食行走，笨拙地拍打翅膀。有公鸡半夜打鸣，恪守着来自农耕社会的传统，仿佛这一记忆和基因与生俱来地带在它们的身体里。然而这一切生气，冬天则全无，所有的鸡不知去向，尽管屋顶的菜地还在，也还充满着绿意，但绿得孤单，绿得寂静。

冷是一条长形的滑行动物。冷在咬噬着一切，室内的和室外的。屋子里的衣物、书本、洗脸台、镜子、地板、窗子、布帘……都留下冷咬噬过的痕迹。它使人蜷缩和静止，而不愿去触摸这些物品，仿佛嫌弃上面被冷遗留的唾液、齿痕。室内如此，室外的一切更可以想见，所有暴露在外的一切，无一不被冷所吻遍，这也是室外的场景给人以冰冷、寂寥而不可接近的缘由所在。而下雪的冬天则不同，被雪花覆盖的建筑、树冠、道路、物体，都似乎盖上了一条漂亮的厚棉被，而抵消了被冷咬噬的印象——人们情不自禁地伸出手去，想要在那厚棉被上取暖，想要在这美丽事物上驻扎无尽想象的骑兵：啊！棉花糖一样的雪、暖暖的雪、有着六角形花瓣的雪、丰腴的如肌似肤的雪、厚厚的一本书样的雪，诗人则容易想起帕斯捷尔纳克著名的诗句——"二月。墨水足够用来痛哭！"以及眼睫毛上披挂着晶莹的雪花从广袤的旷野来到门前的拉拉，画家则会想起列维坦著名的风景画——融雪的野外，小说家无疑会想起托尔斯泰风雪中的安娜，仿佛这雪是从遥远的西伯利亚、从俄罗斯下过来似的。

因为南昌冬天很少下雪，对雪的想象容易将人带到遥远的北方的国度。这里是北方的反义词，却是寒冷的同义词。雪的温情或许会让人在心理上抵消几分寒冷，不下雪的南昌的冬天，是一只无情的面目可憎的嘶嘶吐着信子的动物。现在，我看到窗外，近处的屋顶清晰无比，越远，越显得模糊，空气中分布了干燥的粉尘。这是下雪的前奏，天气凝寒，但雪却不会轻易地飘下来。我必须纠正刚才的说法，远处半透明的模糊状可能不一定是粉尘，也可能是阴寒的天气形成的视觉效果。大地像包裹在一层厚厚的灰色气体里。

近处锈红色的铁架——在晴好的日子里，主妇会抱着被子上来晾晒，温暖的阳光照在被褥、床单上，有风在吹拂、摇晃它们；现在冰凉的晾衣线一动不动，没有一丝风，静止得可怕。也取消了影子——那阳光喜欢制造的把戏。天空像一只巨大的无影灯，冷冷地照耀着大地上的一切，天空的颜色也是看不清的，因为有不透明的雾状的东西，天空这个词仿佛取消了前面那个字，只剩下后面那个空字。因为天上的云朵与色彩被抹掉了，灰色的半透明的雾状的东西在眼中变成了一块大抹布，将天空蓝色玻璃上的颜色擦得一干二净。

我的视线中出现了一个移动的点——两栋楼宇间的空地上，一个人从街角转弯，自信地朝前走来，他很快消失在一栋楼里。我盯着楼下那片空地，在短暂的时间里，一直是空的，没有人出现。但此后有几个老人站在空地中央，他们聊了几句（我猜想），随后又散去了。我在卧室里踱步，这是一个寻常的星期六——这是糟糕的天气里唯一给人安慰的，我离开电脑屏幕，站在窗前凝视。我习惯在卧室写作——我一直幻想有一间明亮的温馨的书房，一间真正可以无拘无束工作的单间——在这个愿望迟迟未能实现之前，我喜欢在卧室写作。我坐在床沿，有时从写字台——一张白色的"欧的"牌桌子，它只有三块面板，简约地拼装在一起——是的，现代的极简主义家具——下面抽出凳子来，坐在上面，我的视线与电脑之间的角度别扭，为此，拿来几本书垫在笔记本下面，调试合理的视距。几本书分别是：《中国建筑史》（梁思成著，生活读书新知三联书店）、《蒋经国传》（美·陶涵著、林添贵译，华文出版社）、《小于一》（美·约瑟夫·布罗茨基著、黄灿然译，浙江文艺出版社），还有一本是上海作家赵荔红赠送的海豚出版社出版的随笔集《回声与倒影》）。我打一会儿字，便将双手从键盘移开，放在两腿间摩擦一会儿，只是出于一种习惯，双手并不会暖和。太太在隔壁间的客房，在另一张桌前写作。母亲在客厅里，电视机开着，声音很小，她蜷缩在沙发上，电视里彩色的画面不断变幻。关于电视，出生于比利时的小说家让-菲利普·图森这段话深合我意，仿佛是出自我的口说的：电视在我的生活中并不重要。不重要。我平均每天看一两个小时（甚至可能还要少些，但我宁愿夸大事实也不愿为了迎合我的说法而低估事实以求有利）。除了一些重大的我总是很乐意追踪的体育赛事，以及新闻或某些我有时也看一看的选举报道，我是不怎么看电视的。例如，出于原则也出于方便，我从不看电视上的影片（就像我不读布莱叶盲文书籍一样）。在那个时候，我甚至觉得，但从未真正地实验过，我可以毫无困难地随时停止看电视，不会感到任何烦恼，换言之，我对它没有一丁点儿的依赖性。母亲有时看着电视就睡着了，在冬天这不是个好的习惯，她甚至不喜欢烤电炉子，习惯于冻。我知道这是节俭的心理造成的。

有时真的难以理解，一个地处长江以南的城市会有这样奇寒无比的冬天。这在东晋书法家王羲之写给朋友的信中，早已描述过。那时他在九江做刺史，他的好朋友周抚在南昌（那时叫豫章）做太守，王羲之信中，开头便谈天气："积雪凝寒，五十年未见。"九江是南昌的近邻，天气相仿。那个有雪的冬天奇寒无比，书圣在抱怨的同时，其实也在为信的后端温暖的友情做伏笔。王羲之信札（古人大多如此吧），往往喜欢用"驰书"，那颇有动感和温度的词，可以让人想见邮路上的书信，寄托着的情感。今日，更无"驰书"可言，电子信箱、手机短信、微信，轻易地将时空刺破了。唯一不变的，依然是这天气，和东晋时一样。

——选自 2015 年第 6 期《散文》

鞋底下的年轻　干亚群

　　补鞋师傅不常来我们村,一来,他的面前码起许多的鞋,好像鞋子们都跑到他这儿鸣冤叫屈。这几天里他会很忙。他一走,人们很快忘了他。修好的鞋子穿在脚上很舒服,脚一舒服起来忘记的事特别多。修好的鞋闷声不响,乖乖戴着主人。有时,主人狠狠地跺脚,鞋子心虚,补鞋师傅将把话传回了吧?
　　这半年里他几乎不会再来。当人们脚上的鞋开始与脚闹别扭的时候,他又进村来兜活。还是那个行头,扁担的一头是补鞋机器,另一头是一只小木箱。
　　村口有一座石板桥,闲散的时候常常坐满人,大家兴致勃勃说着一些道听途说的事,悬空八只脚的事,也关注当前时事政治,分析天下形势,似乎桥头离北京首都仅一站之远。这些话一经村民的口难免土得掉渣,有的说着说着把朝代的事也带出来,有的聊着聊着跟人争起来,一个说总理坐飞机了,一个说总理跟外国人聊天,旁边干吗总有一个低着头的人。有的说我们国家太节约了,钓鱼台这种地方像我们农民去才说得过去,怎么能让外国客人去这种钓鱼介穷酸的地方。然后喷喷几声,再喷喷几声。
　　他在桥头放下扁担,一把抓住木箱子上的绳索,拎到与补鞋机器间距有二步的地方。打开小木箱,从里面取出锉刀、剪刀、胶水、皮、小脸盆等,合上后一屁股坐到上面,刚好与补鞋机器齐平。他约摸四十多岁,或许还不止,或许还不到。因为他的头发全白了,而他的背却非常挺直。好几次马婶问他的年龄,他都不吭声,顾自低头修他的鞋。
　　马婶有个嗜好,碰到陌生人来村里爱问人家的年龄。等人家报出年龄后,她会接着问人家住哪儿，家里有几个孩子，多大了。家里的情况问清后，马婶又会问人家的收入。马婶问完了所有问题，她才会安心下来。她一安心下来，村里也觉得安下心来，陌生人的底细都清楚了，还有什么不放心。马婶在他面前碰了一个软钉子，心有不甘，于是她告诉我们补鞋的是一个半哑。

我们一听，觉得非常像，否则他怎么不进村吆喝呢。马婶因为他是半哑，所以对问不出他的底细这件事就不再耿耿于怀。村里人因为他是半哑，不顾忌在他面前聊天，说某人的坏话，也揭某人的短。他在一旁咔哒咔哒摇着他的补鞋机器，从不抬头，似乎他从来没有听到过别人的话。

桥头的热闹一般在晚上，但他来了后，白天也热闹一阵子。女人把要修的鞋送过去，在他面前堆起了一座小山，豁了嘴的套鞋，脱了帮的胶鞋，这个地方贴一块皮，那个地方缝一下。马婶在一旁热心地替他说话，他是半哑，你们要指给他看的。他听了微微一笑，露出一口洁白的牙齿。女人对着鞋子指指点点，还怕他听不懂，还一个劲地比划着。女人放下要修的鞋子，眼睛盯着他的手，似乎想监督他的活，但又不好意思一直盯着，几个女人有一句没一句地聊着。这样的聊天其实没有多大意思，围着补鞋的说话，而补鞋的是半哑，女人们觉得很无趣。女人交代完补鞋的事，转身走了。而男人三三二二围拢过来，他们替女人拿补好的鞋子，也凑兴聊聊天。

一双双歪瓜劣枣的鞋子经过他的手模样端正起来。那些聊天的男人一见自己的鞋子补好了，便从桥栏上跳下来，在他的鼻子底下伸出臭烘烘的脚，一试，鞋又能穿了。付过工钱后，有的还不肯走，继续南腔北调，古今中外。

他的身边也围着一圈叽叽喳喳的孩子，他们要他手中剪下来的皮，用来作弹弓。他拿剪刀咔嚓咔嚓，小家伙们伸长脖子，一个个眼巴巴地瞧着他的手。他拿剪刀的手轻轻往里缩了缩，小心剪下六七块皮，每个小孩一人一块。小孩拿到皮后不哄而散，去做他们的弹弓。他的周围一下子又静悄悄了。

赵七他们手脚闲着，嘴巴不停开合，还在"山海经"，可这些跟他无关，他一心一意做他的活，两只手一点也没闲过。一会儿咔哒咔哒手摇补鞋的机器，一会儿拿锉刀锉皮、上胶水。补鞋的程序就这么几道，但他每道都做得很专注，目光始终盯在手上，头始终低着。赵七等人的话在他身边跌落，又纷纷被风吹走。有时胶鞋的鞋带断了、裂了，他重新配一付。缝过补过的胶鞋，换上一副新鞋带，让脚印更清晰。当然，遇上马婶这样的人可不乐意了，认为他故意多赚她的钱。他摆摆手，示意送给她了。马婶是个剪刀嘴巴豆腐心，见他这么大方，一边掏钱，一边说，一个半哑出来做事，挺不容易的。哎，你今年到底几岁了？他咧咧嘴，低头补他的鞋。

村里的年轻人开始惦记起他来。年轻人穿起了皮鞋，特喜欢在鞋底钉鞋钉，碰到水泥门汀，脚下发出踢哒踢哒的声音。一个小伙子或姑娘没有一双踢哒踢哒的鞋子，似乎在村里显得很寂寞，人前会觉得寒酸，好一点的买上一双牛皮的，最差的至少也有一双人造革的皮鞋。年轻人还没有实力在乎皮与皮的好坏，但青春的涌动让他们非常敏感来自各方面的声音，包括脚下的踢哒踢哒。没有踢哒踢哒，再好的皮鞋也不是皮鞋。皮鞋怎么会没有声音呢？年轻人不能接受没有声音的皮鞋。似乎主人摆架子，让鞋子发声音。

他一来，年轻人赶在了马婶等人的前面，把一双双皮鞋捧到他面前，告诉他钉几个鞋掌。他从木箱子里拿出一个盒子，里面是大小不等的钉子。一整天，他在桥头叮叮当当地敲，把一枚枚钉子钉到鞋底上。他离开桥头后，他的叮叮当当化作踢哒踢哒。如果踢哒踢哒往村外响，几个年轻人准是去看戏看歌舞团。晚上回来，踢哒踢哒声又清脆地在村里响起。响过后，村庄才真正睡过去。年轻人穿着皮鞋一个个往外跑，有的一跑再也不回来了，有的回来又回去了。他们换下的皮鞋，他们的父母穿到了脚上，但老人不喜欢那踢哒踢哒的声音。

他在补鞋车前竖立起一块硬纸板，上面工工整整写着"补鞋、钉鞋掌"。他坐在木箱子上，静候老主顾——那些鞋们。他的面前不再有成堆的旧鞋子，也没有年轻人来钉鞋掌，他的摊位前显得冷冷清清。马婶拿来一双他儿子穿过的旧皮鞋，让他把鞋子底上的"掌"取下来。他很诧异。马婶一个人絮絮叨叨起来。现在的年轻人都跑到外面去了，原来的皮鞋都留下了，原以为他们还会穿，谁知来了就不要穿原来的旧鞋子，脚上穿的新皮鞋，无声无息，说是真皮。这些皮鞋不穿马上会发硬老化，可那些钉子太恼人。

那天他早早离开了桥头，可能准备回家了。从我家门口走过时，父亲想起我留在家里的一双皮鞋有些开裂了，补好后说不定回来还可以换穿一下，于是叫住了他。他修好鞋已经临近中午。父亲看他中饭没有着落，便邀请他一起吃。他也不客气，从箱子里掏出一瓶酒，给父亲也倒了几口。

那天他似乎喝了半醉，絮絮叨叨说了很多话。他说，他喜欢村里有踢哒踢哒的声音，那些声音都出自他的手。每个晚上他会细细听着村里的踢哒踢哒，那些后生弄出一大堆的踢哒，感觉村庄都年轻多了。后来踢踏浅下去了，再后来连零零星星也没有了，每个晚上他都能感到村庄正趋向衰老。他晃着酡红的脸说："这些年我习惯了踢哒，没有踢哒，我的手指跟着老了。"

午饭后，他摇摇晃晃挑着担离开我家，也离开了我们的村。我从卫校念书回来，父亲问我对补鞋师傅还有印象吗。我说，怎么没有印象，是个半哑，以前钉皮鞋掌都等他。父亲笑了笑，过后从床底下的一只盒子里找出一双皮鞋，说："这双鞋他修过了，还重新钉了一下鞋掌。"我翻过来，果然几枚灰色的弯月状铁钉钉在鞋底上。鞋子有些硌脚，扭了几下，才勉强穿上。皮鞋一接触到水泥地，脚下立马响起"的勾的勾"的土里土气的声音。我试着想多走几步，但实在没有兴致听它的虚张声势。那双皮鞋又被我放进了盒子里，父亲脸上露出失望的神情。

我想，让村庄再次年轻起来的会是什么？当然是声音，但是，肯定不是皮鞋的掌发出的声音。

——选自2015年第1期《青海湖》

为故乡喊魂

穆志强

喊　魂

　　我原本不知道自己是有魂的。

　　小时候，生活在乡下，泼皮匪玩，有事无事，呼朋引伴，在荒岗野地里乱钻，掏螃蟹、下黄鳝、逮青蛙、粘知了、摸鸟窝、扒红芋、泡凉水澡、偷生瓜梨桃，不管水深路野，不怕虫叮蛇咬，野小子无生无管，穷人孩子天养活。

　　有一年冬天，我和小伙伴们玩烧小锅，派我到塘边打水，不小心滑进塘里，脸朝上在水里漂了几丈远，幸亏冬天衣服厚，沉得慢，让人及时救起。后来，我成天发烧，蔫蔫巴巴的没有精神，睡觉时打惊，看人眼神直勾勾地不拐弯。给我接生的傅奶奶对母亲说："你家二小子受了惊吓，八成掉了魂了，赶紧给他唤回来。不然魂在野外长毛了，就唤不回来了！"老傅奶奶用银针在我的虎口扎了一下，神情庄重地嘱咐母亲给我叫七天魂，每次叫七七四十九遍。我断断续续听着傅奶奶话，只觉得心头发憷。

　　我不知道自己的魂放在哪？让我弄丢了，心里很懊恼！怎么不小心呢？魂搞丢了，让母亲到哪里去喊呢？我那时候似乎有点恨那丢掉的魂。

　　正午的阳光很强，照得房前屋后亮堂堂的。老年人讲，正晌午头是阳气最盛的时辰，阴气被逼进角落，生魂这时候会出来四处游荡。母亲选择正午为我喊魂，大概是因为我的魂在某个树荫下、墙缝里、池塘边，一旦他溜出来，听见母亲的呼喊声，顺音会跟着回来。

乡里人都喜欢睡午觉，家家关门闭户，村子里一片寂静。母亲让父亲在门边、在灶台燃上香，然后抱着我坐在灶门口给我喊魂。母亲喊着我的乳名唤我："来家！"父亲蹲在灶台后边拿着我的衣裳，应声说："来家了！"母亲唤我说："碰见孤魂野鬼来家！""掉进沟塘池堰来家！""飘到荒郊野外来家！"母亲的声音一声长一声短、一声高一声低，带着疑问，带着乞求，带着悲怆。我依偎在母亲散发乳香的怀抱中，一动不动，侧耳聆听母亲深情地呼唤，不知不觉，我在呼喊声里迷迷糊糊睡着了。我梦见自己像一只小鸟在天上飞来飞去，飞过放羊的河滩，飞过洗澡的池塘，飞过割草的荒岗。后来，我听见母亲的呼喊，我飞进自家的院子里，看见自家的草房，看见房脊上那蓝紫的炊烟。

母亲连续七天为我喊魂，有时在晌午，有时在黄昏，有时在深夜。我听到母亲的喊魂声，不像开始时那么心惊，反倒觉得有一种别样的亲切与温暖。我的脸色渐渐有了血色，精神也越来越活跃，开始巴望着找伙伴们玩耍，饭量也比日前大增。看见这些，母亲笑吟吟地对父亲说："二儿子的魂终于回来了！"可我纳闷，我不知道魂什么时候回来的，他到底在我身体哪个地方。我问母亲，母亲说："等你长大了就知道了！"我一脸迷茫，真想把魂找出来和我一起玩。

鲜活的故乡藏着鲜活的魂

我的魂被母亲喊回来之后，我才知道生命需要灵魂支撑的，没有灵魂的生命就是一个躯壳。

我带着种种疑惑询问母亲，母亲说："人世间所有的东西都有灵性。东西用久了，有你身上的味道。家里的狗听得懂人话，看家护院，有时候比人还有人情味。大公鸡，天不亮就打鸣，不论寒冬酷暑。小花猫，你给它送到千里之外，它都能找到家门。院子里的花，你用心伺候它，开得就旺相。平时净水浇花，不能把脏东西放在花枝上，否则，花就蔫了谢了。家里的老宅子，有老辈人的影子，自家人在里面住，房子总是气昂昂的，活鲜鲜的，显得兴旺。"

母亲的话意味深长，我听得很容易接受。人有灵魂，植物有灵魂，动物有灵魂，那么水、石头有没有灵魂呢？母亲说："水也是有灵魂的。街后头的龙井，从来没有淹死过人。有一年，有个小孩掉进井里，硬是被井水托住没有淹死。因为井里有龙，我们都叫它龙井，龙造福乡里，保佑乡民，不会祸害人的。"我说："石头呢？"母亲说："石头也有灵魂呀，东头二天门的石磙老爷不就是一块石头吗？"我恍然大悟！故乡的东岗上有一个地名叫"二天门"，这里有一座庙，供奉的神仙不在佛道之列，而是一方石磙，乡民称之为"石磙老爷"。每年的正月十五，这座小庙香火昌盛，人声鼎沸。通往小庙的乡路上，香客如织，络绎不绝。

故乡的一切物象，母亲说都是有灵性、有魂魄的，不论是一山一水，一草一木，一砖一瓦。明白这些道理后，我无时无事不用母亲质朴的观念看待生活。我慢慢开始感知故乡的一切，感知这块鲜活的土地、鲜活的村庄和蕴藏在土地与村庄里的生命痕迹。

故乡的历史，是一条来自上游的河流而形成的。淮河支流——汲河，从大别山的怀抱里奔涌而出，一路欢歌来到这里。它也许喜欢这块百草丰茂、一望无际的土地，流经这里，缠缠绵绵，婉转低回，在东边绕了一个很大很圆的弯子。一湾清流绕平畴，形似蚕月，貌似娥眉，先人因势给它起了一个秀丽的名字——娥眉州。

娥眉州成为故乡最早最富有生命气息的名字，这里曾经修建城邦，统治着故乡以外的辽阔的土地。曾几何时，她风光地走进历史，又从历史中走出并消失。我一度无休止地寻访她的踪迹，可远古的风烟已将她吞噬，没有留下半片文字，只留下几句民谣："倒了娥眉州，修好六安州，七十二里传砖头，人人都是手传手。"娥眉州因六安的兴起而消亡，给故乡留下不解之谜和永远的遗憾。然而，时至今日，我看见耸立在六安城的几座古塔，仿佛看见已经消逝了的娥眉州的影子。故乡，曾经把一座城市拱手送给他乡，注定无私奉献的精神将在这里深深扎根。

在这里，一把种子下地，不论多么贫瘠、多么偏僻，都能长出一片活生生的庄稼。这里没有空闲的土地。田里，春天有麦子、油菜，秋天有稻谷。

岗上，有玉米、大豆、红芋、甘蔗。菜地里，四季果蔬竞相生长，一茬收下来，又一茬赶趟似的长出来，生怕误了季节，辜负了乡民。母亲说："人勤地不懒。地是有灵魂的，你对它好，呵护它，滋润它，它会加倍报答。"土地的确有灵魂，地活着的时候，上面长满庄稼，鲜花盛开。地病了，上面虫蚁出没，杂草丛生，就成了"荒地"。地若死了，上面寸草不生，光秃秃的如渴死的沙漠。故乡的土地是活着的，活着的土地会记住在土地上辛勤耕耘的庄稼人。庄稼人死了，土地也会跟着伤心，飘下的树叶、落下的种子其实都是土地的眼泪。故乡人恋着土地，干一辈子庄稼活，死了，不会像城里人化作轻烟，而是要埋在自家地里陪伴土地，看着庄稼，或变成新的泥土培育新的生命。

有土地就有村庄，土地是村庄生命的源头。有人说，一个村庄有多少泥土，就有多少灵魂；一个村庄的泥土多古老，他的灵魂就多古老。故乡是村庄的世界，大大小小的庄子星罗棋布。一个村庄，一个小小的社会。一个村庄，一个灵动的音符。

故乡的村庄天然偶成，不择地势，可以在街后，可以在路边，可以在河畔，可以在田地间。村庄的身影总是伴着村人的生命气息。村庄是包罗万象的，五禽六畜，男女老幼都可以共同生活。村庄是自由的，村庄里的道路可以随便走，人走的路，鸡鸭鹅牛羊猪一样可以走。花草树木可以随便栽，门前、路头、墙边、菜地，随处即风景。萤火虫可以提着灯笼在村庄里到处游逛，蜘蛛可以在任何一个空间里吐丝结网，吟虫和树上的小鸟随便叫唤，小孩子可以不担心车来车往，肆意撒欢。清清的池塘是村庄明澈的眼睛，池塘记录着乡民劳作的声形，池塘的瞳孔里辉映着故乡日月星辰，云影天光。大树是村庄挡风避雨的伞，大树下，可以看见月亮斑驳的影子，大树下，可以丈量岁月匆匆走过的印痕。

我在故乡鲜活的土地上鲜活的日子里徜徉，像无拘无束的风从一个村庄刮向另一个村庄。我随意拾起一块砖或一块瓦，仔仔细细询问它的年龄；我轻狂地掬一捧溪水，用脸试试它的体温；我可以在林子里和鸟一起唱歌，可以对着一大片盛开的花朵敞开心扉。我惬意地坐在田间地头，看着时光从草叶尖悄悄滑过，看着四季风云在这块熟悉的土地上穿梭。

母亲的挽歌

　　我挚爱故乡这方热土，但最终我不是故乡坚定的守护者。二十年前，当我对着老屋的堂上三拜九叩之后，我深知，我将告别满院明媚的春光，告别屋顶上那皎洁的月亮，告别檐前呢喃的燕语，告别饰花的乡路和五谷的芬芳……我永远忘不了故乡的岁月，更忘不了我走出堂门看见母亲站在门口的老杏树下，那泪流满面的情景。

　　老杏树伫立我家堂前已许多年，每年春天，它在院中第一个开花，花团锦簇，引来蜂飞蝶舞，带着桃树、梨树、李树次第开放，打扮的满院春光荡漾。年年端午节前后，麦子黄了，我家的杏子也熟了，黄澄澄的，个头大如鸡蛋，累累硕果给全家带来喜悦，更给左右邻居的孩子们带来无尽的兴奋。

　　记得小时候，在杏树下玩耍，常常手上粘满一层黄黄的树胶，怎么洗也洗不干净，就去找母亲，母亲对我说："孩子，不要讨厌它，这是树的眼泪。你想，每年杏树果实满枝，压弯了腰，多像母亲领着一大群孩子，可最后孩子们一个个被掠走，离她而去，母亲能不伤心么？树哭了，树流下了浑黄的眼泪。等泪水流干了，树也就老了，它会在相思和孤独中死去。"听了母亲的话，我的眼水也流了下来，我默默地拉着母亲的手走向杏树，伤感地抚摸它。没想到，十几年后，我也要离开故土，像老杏树的孩子一样离开了母亲。

　　那一年，我离家后，父母亲也无可奈何地从老屋搬走了。老屋没有了烟火，灶房倒了，后院的井水枯了，腊梅花死了，石榴树死了，老杏树在流尽它最后的眼泪之后也死了。一切都应了母亲的话，有灵性的东西是绝不能舍弃的。母亲一直不愿接受这个现实，多次严厉指责哥哥和弟弟让她搬出了故园。她说，她搬走后，好像听见老屋在呻吟，满院花草在哭泣，墙根下的小鸡、蛐蛐在说着梦话。母亲说，别处的月亮永远没有老屋顶上的月亮圆，荒岗薄岭的土也没有自家菜园的土有活性。自来水带着药味，喝的水全是毒死的水。母亲日夜想念故园，如想念远方的亲人一样，受着折磨，受着煎熬，她的心灵在子女的不觉中受到创伤。

　　一个雨后初晴的夜晚，一个明月皎皎的夜晚，母亲因心脏病离开人世。母亲去世，全家悲痛欲绝，父老乡亲纷纷前来吊唁，几百人彻夜为她守灵。夜凉如水，明月在天，母亲的灵堂周围挤满人群，我和姊妹们一次又一次跪拜感谢。母亲生命之火熄灭了，但人们可以感知她的贤惠、善良和淳朴，母亲充满朴素哲学的话语如冰清玉洁的月轮，照亮我的一生。

　　逢年过节，我都要来到母亲的坟头祭奠，为她烧一炷清香，化一份纸钱，和母亲叙几句话，报一声平安。母亲说："我死了，你们不要过分悲伤。人终有一死，命中注定。你们要好好过日子，不求大富大贵，只求安安稳稳一生。"母亲还说："我死了，你们来坟前看我，我会知道的，我远远地看着你们，看着你们来，看着你们回。"

　　坐在母亲的坟前，恍恍惚惚中，母亲往日的音容笑貌浮现在眼前。我看见自己穿着母亲亲手绣制的红布兜兜和虎头鞋，躺在暖融融的摇篮里，听着母亲一边吱吱地摇着纺车，一边轻声唱着眠歌。我看见自己背着书包飞也似的奔回家门，满头大汗的母亲手脚麻利地端着热腾腾香喷喷的饭菜，任孩子们狼吞虎咽。我看见昏暗的油灯下，母亲一丝不苟地缝补着儿女的旧衣衫，补了这件，又拿起那件。我看见荆棘丛生的大河湾，母亲佝偻的腰肢背着一大捆柴火，一步一哼地朝家的方向挪动。我看见葱绿的菜地里，母亲系着蓝布围裙，飞扬起锄头在播种；清澈的池塘边，母亲右手拎着米筐菜篮，左手拎着沉甸甸的衣裳。我看见更深人静的夜晚，我和母亲围坐在火炉旁，亲亲热热地叙着家常，盘点着那些发了黄的往事。我看见母亲又在和我道别，那依依不舍的神情，那站在高坡上久久不愿离去的送别儿子的背影……

　　母亲的坟头长满嫩绿的小草，草丛间缀着红色、黄色、白色的小花，花草下有跳动的蚂蚱，有觅食的蚂蚁。母亲的坟边有几株蓬松的冬青，上空时有白云飘过，树上时有小鸟飞来。眼前有苍翠的竹林，清澈的池塘，有层层叠叠的梯田，有满岗的芝麻、黄豆和玉米。我知道母亲喜欢这块土地，这是她永久的家园。这方土地因裹着母亲的灵魂，沐浴着和风细雨，方才孕育出一片生机。

年年有清明，清明时节泪纷纷。清明时节，天堂里的所有窗户都将全部打开，我祈求母亲，站在自己的窗前，聆听我发自心灵的呼喊。

渐行渐远的故乡魂

八月，我怀着拳拳之心对故乡一次探望。

故乡的天依旧那么宁静，那么高远，金色的稻田一片连着一片，成熟的气息把秋风的肃杀逼到角落不敢露面。大雁从头顶飞过，阵阵清唳不知把谁的名字呼唤，它们也许正酝酿着飞往南方的路，也许在惦记春天的缱绻和醉意的雨烟，也许和我一样在故乡寻找逝去的从前。

故乡的街头漫步，石板路已弹奏不出昨日的琴韵，陌生的新房让我指认不出它旧时的模样。街上很少看见年轻人，他们远走他乡，在城市的屋檐晾晒着渴望。三三两两的孩子在街上玩耍，手上拿着吃剩的方便面和没喝完的可乐，不是我童年时斑斓的石榴，血红血红的柿子。站在街心，我想起黄大个子那酥脆黄亮的油条和热腾腾的胡辣汤，想起姚大伯炸开的雪花般的爆米花，想起刻私章卖纸钱老郑满腹诡异的故事，想起徐胖子醉酒的姿态和高亢的花鼓声腔，想起补锅匠吴师傅一手苍劲厚重的毛笔字，想起清真寺马阿訇用抑扬顿挫的声调诵读《古兰经》……我想到的人一个个从远方走来，他们若即若离，有的向我招手，有的朝我微笑，抹不去的身影是故去乡民挥之不去的魂。

小街后面是一环宽宽的小河，河面已被填平，野柳黄蒿辣蓼在河道上疯长，坚实的青石小桥、鲜嫩的绿荷红菱、清风摇曳的芦苇连同我童年水中的嬉笑一起被泥土掩埋，我似乎听到游鱼和河水在地下哭泣，飞起的尘埃不时地撞击我的心田。我默默地走出小街尽头，外边是无边无垠的田野，湛蓝湛蓝的天空下，镶嵌在绿野上的村庄已全部消失。听不见此起彼伏的鸡鸣狗吠，听不见火辣辣的民歌俚语，听不见骚味十足的打情骂俏，听不见犁田耙地的吆喝和清脆的响鞭。

走在铺满石子的小路上，我的眼神在不同的方向凝结，我寻找河坡上吱吱呀呀的水车，寻找喧闹的羊群、鸭阵，寻找黄昏时明明灭灭的灯火，寻找悠悠炊烟在茅草屋顶上飘忽……朦胧中，我看见一间间土墙草顶的房屋在倒塌，一条条蜿蜒的小路在杂草中消失。我看见母亲和年老的村民走向东岗的坟墓，看见成群结队的青年人告别父母孩子，挥动着沉重的衣襟。

亲人们走了，村庄消失了，故乡也老了。老去的故乡，灵魂渐行渐远，诗人柳冬妩在《空心的村庄》中写道："门前的路被杂草掩盖／我只能在记忆中分辨出来／一些亲切的门已不存在／剩下的门一直关着／锈迹斑斑的锁／等待偶尔的打开和最终的离去／钥匙锈在千里之外的背包里……／熟悉的人越来越少／陌生的狗越来越多／我望它们一眼／它们也望我一眼／我真想像狗一样对着村庄狂吠几声／让沉重的鸟儿一只只苏醒。"面对遗弃的乡村景色，我和冬妩及众多背井离乡的人，像旅游者回到故乡，又像旅游者行色匆匆地离去。回忆虽绵长，家园已荒芜，我们对着故乡高声呐喊，她却梦魇般地注视着每位呼喊者无所知觉，一如小时候母亲为我喊魂，我魂归何处，浑然不晓……

一个云淡风轻的早晨，我的发小、故乡坚定的守护者许继甫带我去参观美好乡村建设。再入秋野，心中一片秋意，秋的云朵，秋的黄叶，秋的阳光下，割过的稻田绽出一片新绿。我不知这是秋在恋青，还是提前传达春的消息？笔直的道路两旁，一排排崭新的楼房，红的瓦，白的墙，清澈的小溪在门前静静地流淌。溪畔，野菊花开得正旺，我的脑海里闪现出缕缕阳光。当我和继甫谈及故乡，回忆孩提时，他一脸平和地对我说，凝视故乡的过去，也要眺望故乡的未来。故乡的魂其实并没有走远，天空还在，河流还在，土地还在，清风明月还在，只要我们这些喝龙井水长大的孩子，不忘故土，不忘根本，真情回报故乡，倾心装扮故乡，一定会唤醒土地的酣梦，让一个鲜活的故乡鲜活的生命再度蓬勃于眼前。

"子规夜半犹啼血，不信春风唤不回。"许继甫淳朴而富有哲理的话，燃亮了我心中的希冀，我仿佛看见燕子在画堂前重新筑巢，青草在乡路上着意镶边，翠竹在屋后说着梦话，牛羊在河坡里尽情撒欢……诗意的月光，诗意的村庄，诗意的万家灯火在失落的故乡重生，我诗意的精灵会在涅槃后袅袅升腾。

——选自 2015 年第 4 期《清明》

乡村集市　若　荷

　　集市，起源于史前时期，用以商品的聚集交易，交易的商品，也不过是些饱腹之物，还有猎获之后剩余兽皮、兽骨之类，抑或是植物叶茎做成的衣裳。那时的集市，不过是一种简单的物物交换，完全是出于生活的需求，后来发展到宗教节庆、纪念集会等，附带民间娱乐活动。商品的交易，预示着人类文明的进步。北宋画家张择端，可能是将集市绘入画中的第一人，他把北宋汴梁街头的古朴房屋，各色人物，商船云集与小桥倒影，悉数画进世人皆知的《清明上河图》，成为众多存世精品中的国宝级文物。这幅画，既有村镇集市的展现，亦有乡间民俗的记录，是最早亦最全面体现城镇民间生活场景的巨幅画轴，画面上的建筑、人物真实生动，栩栩如生。

　　不过，真正的集市，还是以商品交易为主，在一些经济不很发达而交通运输又较困难的地区，仍保留定期的集市式商品交易，交易的商品一般为日常易耗用品和当地土特产品等等，以便服务于集市附近的乡村居民，比如我们北方的乡村。北方的乡村，多高低不平的山洼，道路崎岖，村庄零落，在紧靠公路的一些高低不平的地段里，既没有人去盖上房屋，也没有人种上庄稼、树木，就这样空空地闲置着。坑洼不平的地面，已被踩踏得十分结实，一看就是经了无数岁月和人迹共同夯实过的样子。

　　在这里，能够看到一些用石板石块搭成的石凳石台，参差不齐地摆成几排，像要召开一个与之有关的会议，只是大多时候，它们面对的都是沉寂的时光。这些石凳石台也不像我们曾经用过的工艺石器，被人工打磨的顺滑照人，而是就地取材用当地的石板石块交错垒起，达到能够坐在上面喝茶聊天，能够将货物摆在上面供人挑选的目的而已。但它们仍然不失为乡村里的石凳、石桌。它们保持着山里石材的原貌，没有任何人工雕琢的痕迹，在这里，它们不需要像艺术品一样打磨得那么精巧、细致。

这些哑默的石凳石桌，待在这个空地上很久了，每过几天，便约定俗成地有来自四面八方的人向它汇集，有的担着新鲜的蔬菜，有的拖着装满果实的板车，有的用三轮车载来各种花色的布匹。石桌上摆上青红的蔬菜，半空中拉起悬挂布匹的绳索，最大的空地上扯上了帆布大棚，里面挂出大大小小的成品服装，简陋的木制柜台上摆满了枕巾、沙发罩、童衫童鞋之类，而这些汇集而来的人们，则成了石凳石桌的暂时的主人……

空阔的露天场地上逐渐热闹起来，让它热闹的原因，不光是南来北往的车流、人群，还有家畜的哞哞，商品的色彩，高声吆喝的叫卖，锣鼓喧天的戏曲唱段与喝彩——这就是乡村的集市。这里的集市，一直保持着五天一集，每个乡镇集市的日期又相互各异，不知何时约定，也不知何时开始，乡俗村志里也少有集市的记载，总之一直延续至今，存在于每个村庄的角落，存在于每个村民的记忆里，它的存在，也许已经有几百年了，从这个乡村的人们聚集为一个乡村开始。

与城市相比，乡村常常是寂寞的，寂寞久了，便向往那些没有来由的热闹，而集市，就是衍生这种热闹的地方，是热闹的所在，它像一个标点，坐落在乡村的一角，安静，而又充满了神秘，仿佛潜存着一股强大的活力，只需一个声音稍稍搅动，就能喧响出集体的笑声，喧响出一种生命的能量。不需要谁去为它细致入微地去描摹、赞美，自有朴实、古老、合理的存在，寻常的烟火，才是岁月最真实的轮廓。

乡村离不开集市，无论是道路的遥远还是地域的偏僻，能够最大程度解决这一矛盾的就是乡村集市。与城里的超市不同的是，这里的商品不奢华，但生活用品丰富，价格合理，少有水分和暴利，买卖交易亦更加自由、随意。在乡村，人们把集市看得很重。在乡村里居住，如果没有超市可以，但是倘若没有集市，这个乡村就显得冷清，孤僻，不尽如人意。失去了人与人、村与村之间的消息沟通，这个乡村才真的成了一个闭塞的乡村。

在某些程度上，集市就好比是乡村的血管，而农贸产品就是集市输入输出的血液，新鲜的农副产品需要从这里输送出去，以满足城市里的不足，城里的电动车、孩子们的电动玩具、先进的农用机具、时尚的各年龄段的服装，也要这样从城市里运输进来，走向山区这一个个偏僻的村壤。它属于山区的乡村的，集市能够延续到现在，无论是现在还是将来，一定有它的价值体现出来。

农家的生活是离不开集市的，他们把务农所得的商品拿到集市出售，就能换来整整一年的收入。勤劳持家的农村主妇离不开集市，她们需要到集市上为小孩做一件兜肚，为老人扯一件衣裳，为自己买一支发夹。小孩子是喜欢集市的，他们可以在大人的引领下，到集市上挑选心仪已久的玩具、零食；老年人喜欢集市，是可以在这里与同龄人聊天，他们背上一个布袋起个大早走向集市，这一天就属于他们的了。他们可以一起聊上一个上午，渴了买碗水喝，饿了到小饭摊喝上一碗豆腐脑接着再聊，谈谈儿婚女嫁，说说当年的收成。

住在附近的人家，挎一筐捆扎整齐的青菜从家里出来，就可赶到集市上摆卖，这都是自产自销的好蔬菜，没有污染，没有太多的病虫害，有的就是青翠喜人的样貌。这几捆新鲜可人的青菜，或许就能换来几斤新鲜的鸡蛋，而那些养鸡的人家，攒上几十个鸡蛋用包袱拎到集上兜售，几块卖鸡蛋的钱就能换上几斤馒头几把挂面，给孩子称几斤南方出产的水果。

沂蒙山区有一种旱烟，叫坦埠绺子，又名"柳叶尖"，以烟叶酷似柳叶而得名，晒干后像柳叶一样捋在一起，手一揉就碎了，碎成了土黄的烟末。我从记事时，这烟就在当地经销了，一年四季的集市上，都能看到有人在那里摆卖。他们只在地上铺一块防潮布，上面整齐地码着带了一截烟杆加工扎束的成品，深得老年人青睐。据说这烟叶，数百年前就以其油分足、色泽紫红、吸味醇正、香味浓郁、灰白火亮、易燃味足等特点闻名遐迩，名扬大江南北。20 世纪五六十年代，在沂蒙山区工作过的人们，对它的记忆至今犹新。我的那些父辈们，就与这种烟的香、辣、浓成分一样，熏陶出沂蒙山人的纯朴与豪迈，侠骨与柔情。不论是当地的故人，还是远在他乡的异客，只要听说坦埠绺子，也便生出挥之不去的情愫。

我曾那么喜欢集市，还在孩提时候，只要有时间，集市上就会出现我和玩伴的身影。我们把去集市叫做"赶大集"。集市当天的早晨，天刚蒙蒙亮，东方初现鱼肚白，一座铁匠炉便在距离集市稍远的角落里支起，随着风箱的推拉，不一会儿，一炉熊熊的火焰燃起，一双有力的左右手举起铁钳，往冒着白炽的炉火之中嵌进一块并不规则的铁器，拉起风箱烧红烧软，叮叮当当的打铁声便响起来了。在我的记忆里，那叮叮当当的声音，就是一个集市的序曲。辛劳一年的农人带着他们的农具，要在这里进行一次庄严的煅打、淬火或者是修补。

在乡下居住时，母亲每隔几天是必赶一趟大集的，她购买的东西不是太多，但从来没有空手过。庸常的日子里，一个简单的菜篮里是少不了青绿蔬菜的，黄瓜、芹菜之类在当时还比较稀罕。我记得一种扁圆形的"蟠桃水萝卜"就让我大开眼界，更别说百吃不厌的山桃、棠梨了，偶尔有樱桃可买但价钱很贵。过年吃团子是江南许多地方的风俗，北方人过年大都是吃水饺和米饭，把大米和小米合在一起用水淘净，放入一口大锅内加水温火煮熟，等大年除夕之后全家人再享用，叫做"二米粥"或"隔年饭"。

虽然不做团子饭，但北方人家的孩子们过年，逢年过节的时候，集市上也会有人卖一种"花鸡团子"，也是用大米做成，只不过是经过了机器的高温膨胀，用熬化了的糖稀粘连在一起，揉成鸭蛋大小的团子，最外面粘上用颜料染过的米粒，红的粘成花朵，绿的粘成叶片。集市上，卖"花鸡团子"的都是些老人，其次是走村串巷的货郎。他们手摇拨浪鼓，担着个挑子，一头是一摞无盖的屉盒，一头是一只枣红脱漆的木箱，箱子上面架一副木头架子，架上挂着用线穿好的"花鸡团子"。打开木箱的盖，也是一层一层的屉盒，一层陈列着"花鸡团子"的零部件，随时可以穿上一串挂在箱子的架上，一层堆放着婆婆媳妇们喜欢的针头线脑。"花鸡团子"买了来，不舍得吃，用一根秫秸挑着，秫秸一端压上一只重重的碗，一端悬挂在八仙桌角的旁边。

过年的时候，母亲还买几朵绢花，插在春节粉刷出来的一面墙壁上，除夕一到，这面墙壁便成了新年的绢花和历年证书的展台，每个人的成绩和荣誉在这里都得到展示，是激励我们奋发上进的。小人书，年画也是必不可少的，但它们必须在新华书店里才能买到，因此每年的大集那几天，新华书店也是人山人海。我十七八岁参加工作，冬天，在城里上班，新年之前去新华书店闲逛，进去不久差点被挤出来。好不容易挨进柜台，喜欢的年画早已销售一空。只好买些印帧美观的明信片，用厚厚的胶纸印制，一套为十张，每张上面以浮雕的形式压印着不同形态的花与猫，这些精美的明信片我一直收藏到现在。

听老人们说，旧时的集市上不光商品交易，每逢农历节集市时还会组织庙会，届时会请民间戏班子在集市上扎台唱戏，比如上元节，中元节等。这时的集会往往一期就是好几天，白天赶集、听戏，晚上就看花灯，《红楼梦》里就记录了上元佳节霍启抱着英莲出去赏灯丢失的情节。在这些节日的集市中，上元节的集市算是最大的集会了。一般腊月节只有集市，没有庙会，届时集市上除了蔬菜，还出售烟酒糖茶、烟花爆竹等节日用品，到处杀猪宰羊，着红挂绿，好不热闹。人们纷纷筹备年货，集市上的人骤然增多，大年未至，已然显现出浓厚的节日气氛。

20世纪80年代，集市曾经是年轻人的天下，摊前摊后，到处可见朝气蓬勃的年轻人，不甘寂寞的他们或徒步或骑着自行车去赶集。走在熟悉的田间小路上，兴奋的情绪染红他们的脸颊。平常的日子，他们除受家人之托带土特产在这里进行买卖，每逢佳节，喜欢在这里凑凑热闹，满怀希望地在熙攘的人海里寻找一个来自异性的眼神，以便激起他们青春的火花。那时的年轻人虽学历低但读的书并不少，胸怀抱负，图书馆像现在的电视和网络一样让他们着迷，一些文学、时尚类杂志也都引领着心灵的方向，从城市到乡村，二十多岁的他们充满了美好的憧憬和理想。

而现在，随着外出打工人员的增多，年轻力壮的人都到外地打工去了，乡村集市上已经很少看到他们的身影，在人来人往的人群中，大多是些中老年人在集市上做一些简单的买卖，更多的商品，则来自从城里赶到乡村集市上的小贩。旧时虽有"千里不贩青"之说，他们仍然有人能从很远的地方贩来鱼肉、蔬菜，水果更是不远千里，经过包装之后从南方各种产地运来。在经过了一路风霜的奔波，若干天后，那水果摆在车上依然新鲜。不知用什么方式保鲜。"千里不贩青"意为路途遥远，贩来的蔬菜运不到目的地就会烂掉，但在交通运输发达的今天，千里的水果百里的蔬菜运到北方的山区，已属寻常小事。

每次去集市赶集，面对那些流动的人群，我都流露出讨好的表情，生怕他们对集市失去了应有的兴趣，幸好从年老到年少者，对于集市的热情丝毫不减，令人心安。他们仿佛永远都对集市乐此不疲。对于一部分远离城市的山村来说，那里的人们若是离开了集市，不仅是刚刚成熟的菜蔬、粮食和果实难以出售，那些渴望热闹却留守在家的羸弱老人和孩子，也会因为集市的消失而深感时光的漫长和寂寥。它能将沉寂的空气砸出响声，也能将凋敝的村庄掀起欢笑。

集市是人类生活的重要部分，历朝历代的史书上都有关于集市的记载。书上说，"集"的含义本身就有"人与物相聚会"之意，所以古人把集市称作"墟市""集墟"。只是随着乡村人口的减少，集市日渐稀落，前来赶集的人越来越少。网购一度减少了超市的购买力，超市是否也能替代乡村集市的交易？网购可以足不出户，一通快递就把货物送进家门，动动手指，翻翻网页，浪费不了多少时间。超市里的蔬菜外观整齐，新鲜干净，收纳方便，只是偶尔担心，思虑它们的来源。

每到外地，只要离乡镇近些，我都会打听集市的时间，一有机会就去集市听听市声——各地小商小贩的吆喝，因为口音的不同，所以很有特点。去年夏天我去安徽的来安，那里有个长山村，我们出差的几天里恰好有一个集，便专程去看了看。集不大，几十个摊点，但是人气高涨，前来赶集的人来自四里八乡，不大的集市上，你言我语的声音热火朝天。简略问了一下，几乎每个摊点都过交易。就是时间短促，清晨六点上人，十一点钟就各自散了。长山是有名的山东村，那里的住户百分之九十是从山东迁徙而去的旧时的移民，说着一口熟悉的家乡话，有着同样的乡情和乡音。客居异乡的他们，至今能说出老家祖上及亲戚的姓名和住址。

在这小小的集市上，大张旗鼓占了很大面积的，是卖山东煎饼的摊位，然后是成堆的西瓜、脆瓜，蔬菜摊位并不多，因当地人家都种着，买的不多，所以就不太上市。有一种菜我吃着很好，记得叫红苋菜，朋友说是紫甘蓝，在山东没吃过。有几个小摊摆着小龙虾，红色的躯体，弓着脊背，挥舞着巨钳，张牙舞爪地向同类中左攻右击。卖鸡蛋的和手编提篮的摊位排在一起，窃以为非常地合适，如若想买鸡蛋可是空着手，没带盛放的工具，那么那一只只大小不等手工编织的提篮，可不就是很好的家什？

听母亲说，她的邻居，那些六七十岁的阿姨每集都要去赶，那么喜欢赶集，也不知为了什么？我就说，还不是为了便宜。我知道许多城里人，或像我这样的主妇，每当驱车路过集市，都要顺带买几把青菜，不光图便宜，还要图吃起来放心，不像某些塑料大棚里的蔬菜，上了过量的农药和化肥，对人体有害。许多年赶集的经验，让我知道了集市越小，卖菜的人越朴实。他们的菜，大都为了自己食用方便，种多得多，种少得少，出现剩余，这才拿到集市出售，换个零钱，不为营利。

我有一些朋友和文友，每次回家，都选在家乡的集市那天，一是回家帮着做些农活，二是顺便赶一趟大集，于是那一路的所见所闻，便被拿回来当作了话题。我听了也觉欣慰，仿佛与我有关似的。我承认，我是一个深有故乡情结的人，对于远离故乡的游子来说，面对渐行渐远的村庄，很难不会生出愈聚愈浓的乡愁。他们对故乡的唯一期望，就是能够从故乡热闹的集市上，拣拾起童年零落的记忆，感受家乡熟悉的气息，尽管这故乡，可能是个贫困、凋敝而又缺乏诗意的僻壤。

阿华的午后 戴红梅

一

那双眼睛出现在我面前时，意识里有片刻的空白，然后是暂时的停顿，一种似曾相识的感觉席卷而来，这个人，我曾经相识。

记忆这样告诉我的时候，我正走在医院拥挤狭窄的走廊上，身边熙攘而过的男男女女老老少少分不清是病人还是家属，我急于找到我要去的那个科室拿回一张体检表，却在迷宫一样的走廊里，由各种指示牌指引着转来转去。天气渐热，身上已出了一层薄汗，在这个我并不熟悉的地方，拥挤而毫无秩序地流动着一张张面孔，他们无意间挤入我的视线，然后不做任何停留地消失，如同生命中大多数情形一样，与一个个陌生人擦肩而过。而那双眼睛的出现，让我在这种下意识盲目流动的状态中瞬间惊醒，是的，我一定认识这个人，一种久违的熟悉的感觉向记忆深处蔓延开去，而她是谁，叫什么名字，我们之间曾有过怎样的故事，我的记忆又一时无从查找。

后面的人向前拥挤，迎面又过来几个匆匆的身影，我与那双眼的主人侧身错过，她正与一个人边走边聊着，没有留意到我刹那的怔忪。在后来的许多天里，我一直纠缠在自己的臆想中，是不是她也会有同我一样的神情，然后我们彼此对视，蓦然间指着对方，欣喜地在时间深处辨认出曾经的模样，还是同陌生人一样茫然地擦肩而过，我的面容再也激不起她记忆的一丝涟漪。不会有任何答案，因为我没有在那一刻认出她，而她根本就没有看到我，那一刻我们彼此，终究还是成为了生命中匆匆的过客。

二

有些时刻，我们会下意识地试图记住一些刚刚过去的人和事，但是生活如同一辆前进的列车，沿途需要标记的太多，所以记忆有时就变成被熊掰下的玉米，一棒一棒遗落，若不回头，永远会以为自己拥有满怀的丰硕，这种感觉，有时会很好，除了偶然的回顾，会让人若有所失，一切都还是那样怡然自得。

那双眼，恰好为我的偶然回顾提供了一个契机，我在记忆里搜肠刮肚的时候，才猛然惊觉，原来曾经以为的丰腴，终抵不过时间的挤压，慢慢地，一些人和事就会一点点变得越来越瘦越来越模糊，直至飘移出我们的生命。

这一个普通的下午，我在医院走廊上游走的时候，一种说不清的感慨油然而生，感谢命运的契机，让我日渐消逝的一些记忆重新回到生命中来，寻着那双眼留下的点点印象一路慢溯而去，时光开始一点一滴，复活了。

三

午后的阳光明晃晃的有些炫目，七月的榕花正如火如荼地盛开，我跟着父亲踏入那家饭店的时候，饭厅里的碗碟正杂乱地堆叠在一张张饭桌上，几个未用完餐的人在喝酒行令，声音带着嘈杂冲进耳膜的一刻，从墙角转动的风扇里吹出的风也毫无凉意地拂过面颊，夹杂着各种食物混合的味道同时钻入鼻腔，一个与我年龄相仿的女孩穿行在其中，手中捧着的是一大摞油腻腻的碗碟，从我身边侧身而过时，一个笑容如风般一闪而过，好白的牙齿，好清亮的眼。即使时光过去了二十几年，随着记忆最先出现的，依然是初见那一刻，那个青涩少女的样子，我生命中第一次步入社会，遇见的第一个朋友。

那一年，我16岁，初中毕业，以为自己已经长大，急于去外面见识一下，于是走进了这家私人开的小饭店。她，与我同样的年龄，同样的初中毕业，在这家饭店里打工已是第三个暑假,我的第一份工作,就是跟着她,学习打杂。

"叫我阿华吧"。

老板向我介绍时,她爽朗地笑着,露出一口好看的白牙。

"我来教你怎么做。"

"阿华",是的,正是这个名字,二十几年后,当记忆搜索到这个瞬间时,猝然定格,我停下脚步,医院走廊上的面容与彼时的情形慢慢重合叠加,阿华的形象一点点重又丰满起来。

是20世纪的80年代,改革开放初期,中国的旅游业刚刚兴起,以避暑地著称的我的家乡,游客如潮水般涌入,让这座小城有些措手不及,个体经营顺应着形势开始在城市的各个角落里春笋般成长,这家小饭店,就位于火车站前,夹杂在一些国营和集体的饭店之中,生意异乎寻常地好。

阿华家离饭店不远,我家则有十几里路,为了方便,我住到了叔叔家,与阿华家相距很近,每天早晨四点,我们在胡同口相聚,一起去饭店,晚上十二点,一起从饭店回家,在胡同口挥手。

我们每天的工作,帮着厨师做些主食,择菜、洗菜、洗碗、打扫卫生,来客人时负责摆台、点菜、上菜、撤桌,忙不过来时,还要帮着厨师切菜,尽管最初我什么都不会,但是没有客人时,阿华和厨师师傅就一样样教我,最初的几日手忙脚乱和筋疲力尽后,我很快适应了新的环境,阿华的世界也一点点在我眼前展开,这个整日微笑着的女孩,她的笑容,原来有着太多的内容。

四

命运将每一个人的人生都编排得与众不同,虽然各自精彩,但任何一个人都绝不会一帆风顺,大多数时候它会按照常理出牌,生命开始时也许一切都会很好,慢慢地就生出些波折,再或者坎坷和起起落落,总要经历风风雨雨,品尝苦辣酸甜,体验离合悲欢,才在最后复归初时的本真。但是有时它也像一个顽皮的孩子,喜欢做些恶作剧,将某些人的人生颠倒过来,看一出不一样的演出。阿华的人生，似乎碰巧赶上了一场命运的恶作剧，才刚刚开始，就一路跌跌撞撞，让人唏嘘。

在她的记忆里，父亲只是生命中一个没有温度的词语，与其他在学校里学到的词并没有什么区别，甚至连一点鲜活的影像都不曾留下，就在她尚未记事时离开了人世。据说她的父母都是"文革"前的大学生，因不被双方家长认同，苦恋许多年后才千难万难地走到了一起，虽然非常恩爱，但是好日子没过多久，父亲就因车祸猝然离世。父亲走后，母亲承受不住巨大的打击，整日里精神恍惚，带着幼小的她到处乱跑着寻找父亲，因此在她生命中最初的印象里，除了疯疯癫癫的母亲，就是混乱的一处处场景，街道、田野、荒地、废弃的建筑还有人们鄙夷的双眼、厌恶的神情，唯独没有的，是温暖的家的形象。

阳光斜斜地跨过窗子，斜斜地将阿华的身影分成半明半暗，我睁大眼望向逆光中的女孩时，心中满是不可置信，阿华的神情波澜不惊，像是在讲述一个毫不相干的故事，可我分明在阳光照不见的某一个角落，看到阿华的眸子里，不易察觉地划过某些神情。许多年后，当我在医院走廊上回望那个遥远的午后，依然清晰地看见那一抹困扰我多时的神情，有几分无助与无奈、几分悲苦混合着凄凉，还有与十几岁少女年龄极不相称的曾经沧海，那个时候的我，又怎能体会这样一种复杂的情愫呢？

命运有些玩累了，它孩子似的闭上眼呼呼睡去。阿华的生命也暂时安顿下来，她终于有了一个能够遮风避雨的家，母亲带着她嫁给了现在的继父，病情也有所好转，虽然仍不时犯病，但不再整日里疯癫。几年后，她有了妹妹，童年的色调开始一点点由黑白变成了彩色。那是她十几岁生命中最幸福的日子，她嘴角的一抹笑意穿过时空又阳光般缠绕过来，二十几年前那个明眸的少女再次清晰地出现在我面前，只是那样的明媚如雨后彩虹，转瞬间便云散烟消。命运醒来时，生活又忽然间改变了方向，仿佛一辆平稳行进的车突然间遇到斜刺里冲出的另一辆，那个时刻的到来如此突兀，让小小的阿华和彼时正沉浸在阿华故事中的我同样措手不及，从阿华口中流淌而出的话语转瞬间变得艰涩而滞重，她的母亲，在一个阴暗的冬日清晨，永远消逝于家门口不远处那条长长的铁轨上，火车来时她正处于发病的疯癫状态。

最后那一刻，她一定见到了孩子的父亲。

阿华低下头迅速擦掉眼角奔涌而出的泪水，再抬起来时，抛给我一个并不比哭好看些的笑容，我使劲点头，也迅速擦掉眼泪，给她一个同样的笑容，是的，他们一定又见到了彼此，再不会分离。

每个人到这世间走一回，都渴望自己的旅途不孤单寂寞，与一个相知相爱的人相伴一生，才算圆满。因此在我们美好的愿望里，无一例外都希望有情人终成眷属，为此哪怕经历再多的磨难和坎坷都是值得的，即使今生今世没能牵手到白头，我们也依然愿意相信在天堂或者来世，他们终于幸福地生活在一起，一如童话的结局。许多年后，当记忆重新翻拣起阿华的过往，我在心里再一次为阿华的父母祈祷，却满心遗憾，无从知道他们历经磨难的女儿现在是否已经苦尽甘来。

阿华的继父不久后再次结婚，继母只比阿华大几岁，在生下一个男孩后，阿华觉得自己和妹妹在这个家中变成了近乎多余的人，过早懂事的她承担了家中所有的家务，甚至比继母还要劳累地照顾初生的弟弟，每逢寒暑假，就到处去打零工，赚到的钱，她几乎全部交给了继母，只为了让她自己和年幼的妹妹有一个安身立命的家。

一切都会好起来的，阿华坚信。她对着还走不出她故事的我微笑，露出一口好看的白牙，现在这样已经很好，有家、有"父母"、有弟弟妹妹，自己已初中毕业，可以不再读书，这样就可以每日都出去打工赚钱，供妹妹上学，她要用自己的手给妹妹支撑起一片完整的天空。

五

有些时候，我们看不清自己所处的情镜，遇到一些困难和不如意就会自怨自艾，以为自己是最委屈的那一个，直到有了对比，才会发现，其实自己所受的那点苦，根本就不值一提。

与阿华倾心相谈的那个午后，我忽然发现自己是多么的幼稚，十几岁的生命中，虽然家庭并不富裕，生活也很清苦，但是每日都身处父母的关爱和呵护中，没有经过一丝风浪，就理所当然地以为所有的孩子都和我一样是无忧无虑的。直至暑假出来打工，才体验了另外一种生活。对于只知道每日上学的我来说，洗不完的盘子、擦不完的桌子、清扫不完的地面，以及见缝插针的择菜、洗菜、帮厨已是不容易，更何况还要日复一日，每日里几乎不停歇地这样工作十几个小时。

二十几年后，回望那个夏天，一种简单的复杂情绪油然而生，其实那时所谓的吃苦，只不过是自以为是的人生初体验，那段时光留在我记忆深处的，除了阿华，并不是脏和累的工作以及吃饭的不应时，而是如今想来非常可笑的一个理由，就是几乎每一顿饭都是白水煮面条，这让从小并不爱吃面的我感到无所适从。一念至此，十六岁那年暑假回家的一碗白米粥又香甜无比地出现在面前，那碗粥是我在离开家近两个月后吃的第一碗粥，端起碗的那一刻，眼泪夺眶而出。

一件意外事件，我的打工生涯戛然而止。那是一个极其闷热的下午，吃饭的客人却是络绎不绝，我和阿华满身是汗地在厨房与餐厅之间往来穿梭，送走最后一个客人，刚刚端起午饭的一碗面条，餐厅里又涌进一大群食客，一进门就嚷嚷着午饭还没吃，要快点上菜，正是午饭和晚饭的空闲时间，老板和厨师都不在店里，只有我和阿华以及平时给厨师打下手的一位阿姨，阿姨自然而然地担当起了厨师的角色，果断指挥我和阿华备菜，快速洗完需要的青菜，我拿起厨师的菜刀帮忙切肉，又有人在大声催着上菜，我拿刀的手一滑，狠狠地切向了自己的小手指，半截指甲连同指肚上端的一块皮肉被刀切下来，立时血流如注。

之后，我被闻讯赶来的父亲接回家，就这样匆匆结束了打工生涯。

那一刻因为人生中第一次离家后与父母的重新团聚，因为真正体验了在外的不容易，我暂时忘却了与阿华的对比，忘却了曾经告诉自己的微不足道，还是把自己当做了最委屈的人，在父母面前，在一碗粥面前，泪流满面。

这些在如今看来完全不值一提的小事，很快就随着记忆一起沉入时光的河流，它们被卷入一个不起眼的角落，若不是这个下午忽然翻捡起有关阿华的故事，不知道还会不会泛起涟漪，我人生中第一次对于社会的独自体验，在多年后一个不经意的瞬间，就这样又清晰地袭来，我不知道这是一个开始还是一个结束，因为那之后，红尘风雨，我学会了在坦途中寻找花明柳暗，在坎坷中练就淡定从容，一路走、一路翻读着人生这本与众不同的书，让一个不经世事的小女孩变成了如今成熟的自己。

六

每个人在他生命的旅途中，都会不可避免地遇到沟沟坎坎，走过去也许会是激流险滩，也许就是柳暗花明，在那些未知结果的考验面前，是要积极面对还是仓皇逃离，全凭自己的选择。阿华选择了勇敢面对，虽然那个选择不知是对是错，她还是义无反顾，义无反顾地放弃了继续求学的梦想，肩负起与她那个年龄极不相称的生活重担。但是，又有什么关系呢？无论我们是强者还是弱者，只要快乐地活在生命赐予我们的时光里，不辜负每一寸光阴，那么再坎坷的经历，都会变成人生的一笔财富，在未来的某些个日子里，它会一点一滴地回报给你。

二十几年眨眼间便过去了，那个始终微笑着给我讲自己故事的女孩后来又会遭遇怎样的人生，我已无从知晓，但是命运一定会是公平的，它在生命的最初捉弄了阿华，就一定会在以后的日子里，加倍来弥补她人生的缺憾。在嘈杂拥挤的医院走廊上，最终与我擦肩而过的阿华并不知道，那样一个短暂的瞬间，却搅动了多少经年往事，那些年少的光影不断叠加重合，慢慢发酵成一杯陈年佳酿，不浓烈，却回味悠长。

你终究不会只是我生命中匆匆的过客。无论再见或不见，我们共同走过的光阴，还在那里。

——选自2015年第2期《丰泽文学》

街 书　　逢金一

在济南地图上，你一定能很快找到顺河高架路。它南北纵贯，状如一个发福中年男性的啤酒肚曲线。大约在这啤酒肚的肚脐眼处，由东向西挺出如小火柴棒一样的一条街，那就是馆驿街。

馆驿街是一条温暖的街。1987年夏天，我第一次来到济南。济南给我留下最深印象的不是大明湖，不是趵突泉，不是千佛山，不是泉城路，而是馆驿街。

首次来济是在父亲的陪护下。我至今还记得那次和父亲走过两个开满丰满荷花的大池塘，那荷花拥拥挤挤却高高兴兴的样子，荷花长得好像比我还高，蝉在什么地方张扬地叫着。我还记得我们走过夏夜西门，记得那时就有乘凉跳舞的人们——她们应该被称作现在跳广场舞的中国大妈的前身。

而最深的记忆就是馆驿街这个名字。父亲一字一顿地念："馆—驿—街，嗯，走走看。"

是啊，"馆驿"，多么有意思的一个名字。走走看，看有什么名堂。这是很奇怪的一种感觉。现在想想，大约是父亲与我对古典语言共有的一种天生的敏感。"馆驿"，与刚刚脱离的"文革"及当时所处的"改革开放"初期，是多么不合拍的一个特殊名称，它带着古文明的胎记，带着汉文字的神秘感，指向古代，指向了大多数当代人看不清的远方。

"馆驿"让我想到"战国四公子"之一孟尝君的门下冯谖。孟尝君最初将他"置于馆驿"，不甚重用，后来冯谖唱《长铗歌》，吐槽自己"食无鱼，出无车"，终成孟尝君的高级食客，并成功地为孟尝君"买义"薛邑、游说梁惠王任用孟尝君为宰相。著名成语"狡兔三窟"也源于此人。典称"孟尝君为相数十年，无纤介之祸者，冯谖之计也"。

"馆驿"让我想到商鞅。这是一个在生命的最后"驿不得"的可怜之人。他被迫逃亡到边境时，想投宿馆驿，却被以"商君之法，舍人无验者坐之"予以回绝，最终被逮捕遭车裂而死。

"馆驿"还让我想到杜牧那首著名诗作："长安回望绣成堆，山顶千门次第开。一骑红尘妃子笑，无人知是荔枝来。"此诗讽刺唐玄宗为了爱吃鲜荔枝的杨贵妃，动用国家驿站运输系统，从南方运送荔枝到长安。那时的马蹄声，历久千年，犹自回响我耳畔。

父亲和我就是在那沙沙的长铗歌声中，在那慌慌的择路声中，在那隐隐的马蹄声中，像两簇小火，一步一步闪亮这根充满神秘感的火柴棒。

多少年后，当我终于在这座城市落户，而所居住的地方恰巧就在馆驿街附近时，就每每想到与父亲共在的那些宝贵时光。现在，这条路只能由我一个人去走了，火柴棒被我一次次孤独地擦亮，一次次映照出父亲那慈祥的笑容、淡淡的烟草气息与略带低沉的声音。

后来，我慢慢理解了这条街。

这是一根燃烧了六百多年的火柴棒。它最初出现在文字中是一条大道，俗称官道。那是在明洪武九年（1376），三司（布政司、按察司、都司）移于历城，此地始设馆驿，名曰谭城驿。这是传送公文，迎送官员的馆驿，百姓称"接官亭"。

这根火柴棒正式成为一条街，当是在清代。清乾隆三十六年（1771），《历城县志》将这一带称"十王殿街"。后来，在馆驿和十王殿之间形成街巷，才统称馆驿街。《续修历城县志》记载，馆驿街"北走燕冀，东通齐鲁，为济南咽喉重地"。

既为"咽喉"，那么我想，明代"后七子"领袖、大诗人李攀龙按理说也会从此街走过，如一枚秀丽的樱桃滑过我们的咽喉。因为他曾在今广东、山西、河北、河南、浙江、陕西等多地出任高官并多次回乡，一定有机会经过此街，而在极其重视迎送程序的古代中国，他在馆驿街上寒暄几句，当是必有的步骤。

路有容。从历史资料来看,早先的馆驿街是条土路,后曾铺成碎石路。1929年加以翻修,1931年修成黑沙石路,1933年改作青花岗石板路,现为沥青路面。路也有色,这条街的特色也随着历史潮流而改变,20世纪初,这条街上有三多:人多、庙多、会馆多。到20世纪40年代,这里已演变成一条商业街,商品种类繁多,有农具、日用百货、筐子、篓子、建筑材料、粮食、布匹等。20世纪八九十年代,这里成了经营炊具、竹编、丝网、炉具等土杂品特色一条街。总起来看是由官道而至商道的演变,我想这主要是由于20世纪初开埠的影响吧。

而当时父亲与我走过这条街时,路面是什么容色,已然记不清了,风吹走了什么。但我感觉是青石板路,至少是保留着某几块青石板的。要不,父亲那坚强有力的脚步声,为什么依然回响在我耳畔呢?

这根火柴棒的东端为英贤桥,西端,也即它的红色磷头,是红瓦坡顶的德式建筑津浦铁路宾馆。我们在说这座建筑的时候,其实应该降低了声调,因为它可是一位业已107岁的历史老人。

在这100多年的时光中,津浦铁路宾馆有很多荣耀的时刻,孙中山、胡适、泰戈尔与徐志摩均曾在此住过。此处地近经一纬一,济南经线与纬线的始点,因而是一个历史性与地域性的交叉点,又因与津浦铁路站——济南老火车站——有一个路口之隔,此处又成为诸多人事的原点或标志性节点。

颇值得一提的是1922年胡适的济南之行。胡下榻在此宾馆,为的是参加第八届全国教育联合会。而正是在此宾馆中,胡适草拟了会议草案并推动大会通过了这个草案,即《学制修正案》。这是中国现代教育史上影响最深刻的一次变革。它彻底放弃了沿袭日本的旧学制,转向英美学制,也就是将小学7年改为6年,将中学4年改为6年(初中3年,高中3年),即"六三三学制"。说这是中国近代中小学教育的一个原点,一点也不为过;说此地为中国近代中小学教育的重要见证处,一点也不会错。

孙中山与胡适的这次济南之行,均曾抽时间游览了大明湖。从路线上考量,他们均可能走过馆驿街,只是未曾有确实的文字留下而已。一条街就是一条街，它平躺着，只供人走来走去，未必非得让人记住它，不像湖山胜景，或以水的形式低下头去一脸娇羞，或以碑、塔、寺、观的形式仰起头来一脸的正能量，让人在俯仰之间流连忘返。一条街，以正直为本分，沉默是它的声音，寂寞是它的命运。

徐志摩曾三至济南，这在陈忠、王展兄与我合著的《徐志摩与济南》一书中已有详细记述。1924 年，泰戈尔与徐志摩住进了这座宾馆，1931 年 11 月 19 日，志摩遇难济南，他的灵柩就停放在馆驿街的"寿佛寺"。寿佛寺在馆驿街西段，"中州会馆"和"安徽乡祠"之间。此月 22 日，梁思成、金岳霖、张奚若、沈从文、闻一多、梁实秋、赵太侔等人赶到寿佛寺。梁思成当时带来一只用铁树叶作主体缀以白花的小花圈，这只具有希腊风格的小花圈，是林徽因和他流着泪编成的，志摩的一张照片镶嵌在中间。中国现代史上的这一干文化名流，含着泪，伴志摩在馆驿街走了最后一程。

从更大的视野上看去，这条街在现代史上，日本人的铁蹄踏过，国民党的军警皮靴响过，解放军的步鞋丈量过。720 米的长度，一部大历史的容量。

而今，我上下班都要穿过英贤桥，脚触馆驿街；我的孩子也曾每日路经馆驿街。而每次经过这条街，我都会有一种不一样的感受。我们称它为街，实则好似省略了什么。在我眼里，它是一座以直线形式存在的高山，是一条以硬土方式存在的长河。它甚至也可视为典型山东人的一个隐喻：外表平凡、平实、平和、平静，而目光久远、沉稳老练、处变不惊。

每个人都生活在自己的经验与记忆中。每个人的记忆中，一定有许许多多、各式各样燃烧着的火柴棒。它们默默燃烧，侍奉着岁月，滋养着时光。它们小到无名无姓，却大到能照亮一座城市、光耀一部历史。

它们，是能够点亮人们心海沉舟的生命之灯。

——选自 2015 年 8 月 3 日《人民日报》

请还我们夜的黑   姚凤霄

2014年1月4日凌晨，象限仪座流星雨。象限仪座？我以前没有接触过这个天文术语，知道流星雨，象限仪座是什么，一头雾水，不知道。我第一次听说，顿觉自己孤陋寡闻了。远方的朋友打电话说来看流星雨，寒天冻地的，他们还真有雅兴，我笑着摇摇头。

晚上下班，我所关心的就是夜色沉沉了，赶紧回家。希望来来往往老鼠般乱窜的车辆离我远点，还在心里警告自己，小心驾驶，别违章。至于灯红酒绿美女如云等等，我一点都不关心，更不用说仰望星空了。数星星，那是小时候的事情了。人到中年，整天低头穷忙，很少想自己到底忙了些什么。

我住在一个安宁美丽的小城昌邑，离渤海七十里。漫漫海滩上，多是盐池和柽柳林，企业和村庄稀疏。与远来的几个朋友坐在一起交流，他们告诉我，选择到我们这个小城北部看流星雨，他们是费了心思，斟酌权衡一段时间，才做出决定的。我们小城北部海边空气清洁透亮，灯光相对较少，看星星要有一种夜的黑，如果各种灯光密集，就影响观察流星雨，光污染少的地方观察最好。光污染？不对吧？很多地方政府正在搞亮化工程，政绩显赫呢。我很是疑惑地大声问。对，光污染。朋友们一齐肯定地说。看着我大惊小怪的样子，几个朋友嘴角咧到耳根，一脸灿烂地笑。

象限仪座是一个已经废弃不用的星座名，在20世纪早期的星图中，可以在天龙座、武仙座、牧夫座之间找到它，在1922年，它和其他一些星座一起被国际天文联合会正式从拥挤的星空中排除，从而确定了今天国际上通行的

88个星座。象限仪座则通过一个著名的流星雨记录下了其曾经的历史。象限仪座流星雨是每年几个最强的流星雨之一。

听完朋友侃侃而谈的介绍,我长知识了。更让我吃惊的是,这几个业余"哥白尼"都是当地天文网的大腕名人,对星座的熟悉和见解,惊得我一愣一愣的。他们告诉我,最苦恼的就是到处都有光污染,观察星座和流星雨,近处已经没有夜的净土了。他们说,仰望星空,很想要一种纯粹的夜的黑。

那日,丈夫陪朋友看流星雨了。因天气寒冷,我没去海边。纯粹的夜的黑,这几个字一直留在我脑海里。秋色灿然时,得了空闲,想起几个朋友说的话,我专门去小城外看夕阳西下,迎接夜的到来,亲身感受一下夜的黑。

我来到小城外开阔的河岸边,极目瞭望四野的景色。太阳一个趔趄跌到西山后面了,茫茫河滨倦鸟归林,野兔黄鼠狼等小动物小心地蛰伏。余晖扇动暧昧的翅膀,风刹住奔走的脚步四处游荡。山川河滨的轮廓柔美起来,天和地渐渐靠近,慢慢地亲近亲密。湿润的水汽开始呵护花草树木,枝枝叶叶在微风中晃着,晃着晃着就隐藏了细密,只剩下淡淡的轮廓。一种暗色绵绵的气场不断围拢过来,朦朦胧胧的光影淡若烟气,宁静的夜走来了。

天并没黑透,空气中传递着一种神秘的力量,放松,安宁,休憩,隐身。白与黑的交界处,自然界的生命,强者或弱者都沉潜下来,如同中国的太极图白与黑的圆融转换,有一种明与暗的平衡融合。

天色越来越暗了,阴影绰绰的景物中,虫声四起,虫声越来越大胆,清亮亮的,水灵灵的,音准音高各种各样,听起来神圣和谐。因为喜欢音乐,对声音敏感,仔细辨别虫声,其丰富的程度超出我的想象。这合唱太棒了!神秘,渺茫,带着一种灵性,起承转合,连绵,停顿,有铺垫有高潮,"大弦嘈嘈如急雨,小弦切切如私语,嘈嘈切切错杂弹,大珠小珠落入盘……",白居易的《琵琶行》中的声音都在这里,变换着,回翔着,这声音被夜的黑暗收纳着,就更显绚烂富瞻。

温暖的香气伴着虫声一阵阵飘过来,鼻子的享受是从人站在河岸边就开始的,夜色越靠近,这种美好的感觉越真切。是荷花野花,还是苹果香瓜,说不清是谁散发的香气,就是一种混合的野地香吧,这比任何人造香水更迷人,更醉人，更加安妥心神。

眼睛慢慢适应了暗色，再看周围的景物，它们传递出更加丰盈和充满力量的信息。不用眼睛看，只是身心的感受，感知，这种接纳，更加沁入心灵。花草树木换上了清软的睡衣，若隐若现，虚幻美妙。狐仙树妖美丽的身影，可能就是这时从暗影里闪出来的。她们飘荡的灵魂在幽怨地歌唱，她们在夜色中沐浴，洗净白日里喧嚣沾染的污浊；古灵精怪、小妖魔头的脚步散乱，他们在骁勇地比试身手，大树杈背后，芦苇荡里，老藤萝里面，窸窸窣窣潜行的就是他们，浪漫神秘，阴险恶毒，是人是仙，是妖是魔？眼睛一眨，心中一念，就分不清了，恍然隔世的样子……

抬头望，星星不多，但开始闪亮了。星空无极，夜色的暗影随性而舞，抵达了更高的维度，微微泛光的河流如仙子衣裙上的飘带，波光潋滟，跳荡着流向远方。遥远的天际线处，大片树林摇曳的枝头是盛放星子的摇篮，星子在摇篮里跌宕起伏，一闪一灭，儿时的幻想又一次光顾脑海。脸盆里的月亮，瓦罐里的星星，在密实的黑里越界而来。恍惚兮，荡漾兮，弥漫着一种灵动诡谲的感觉。

天空之空的广阔，多重情感的蕴集，在眼睛与星子对接时，啪的一下，打开时间空间相互连接的秘密通道。记忆和瞻望，苦难和幸福，清晰展现于心海。天地是那样陌生微茫，我悬浮其间，沉潜迂回盘旋上升等种种能量开始注入心灵。智性的天空，洞开了精神的空间，物为心动，形为心役，夜的疆域无限辽阔，宇宙与人娓娓诉说，无数星座千万年光的手与我们相握，有一种凝神聚力的无形能量把天地人贯通起来了。纤云弄巧，飞星传恨，银汉迢迢暗度……

我沉浸在夜的玄妙里……忽然，河边的灯，唰，一齐亮了，闪得我一惊，耀眼的灯光造成盲点后，眼前的景物瞬间大白于眼眸。刚刚我还在无边夜色中享受着，思绪飞驰在恒远的安详里，很像正做黄粱美梦被一棍子打醒，睁开眼破衣烂衫一无所有的感觉。刚刚四起奏鸣的虫声，灯光一亮，它们立时失语，戛然噤了声。而后，它们败了喧唱的兴致，各自离去，夜色中美轮美奂的全息舞台顿然消失了。偶有几声鸣叫，断续而凄冷。夜色无可奈何地退后了一步，我失望惋惜极了。

仰望星空，天雾蒙蒙的，几个零落的星子在遥远处黯淡着。我环顾四周，灯光倒是很亮，河边，树林，布满着白炽灯，LED灯，射灯，还有各色霓虹灯。霓虹谄媚得像风尘女子，摇来晃去，五彩缤纷，眉来眼去地眨着眼睛。明亮的灯光下，想来树林里那些夜间活跃的生物多么痛苦无奈。夜来香等花朵是不是因为被灯光照亮而委屈着脸呢？猫头鹰在黑暗里明亮的圆眼睛是不是因霓虹闪亮而半睁半闭呢？我有种感觉，对，人为的光污染！田野小河花草，鸟兽虫鱼，它们不需要灯光，它们要纯粹的夜的黑！人只考虑自己，那些可怜的动物植物，只能被动地忍受人对自然的各种改变，对夜色的改变和附加。记起刘慈欣的科幻巨著《三体》里，高维度生物对低维度生物轻蔑说过的一句话"我毁灭你，与你毫无关系"。一种无形的悲哀贯注身心，为凌驾于众生物之上的一种狂妄而悲哀。

火树银花的夜晚自古就有，那是芸芸众生平凡日子里的欢歌。跨越千年的灯火阑珊，走进时下夜放千树花，垂落星如雨的霓虹之夜，走近香车宝马暗香盈袖的迷离之境。恍然中，历史几千年明亮的眼睛见证着各种风流云散。夜夜笙歌，玉壶光转，楼台明亮的不夜天，耗费了人们多少青葱的不老华年。不知从何时起，疲乏困倦瞌睡失眠跟定了现代城市人的生活，加班，上网，欢娱，夜被人为地击穿击碎了，碎片抛向城市深处的某种谋略策划，抛向商界无声的金钱战争，抛向工厂喧嚣的流水线，抛向灯红酒绿的娱乐场，抛向战争的演练场，抛向挥霍无度的人之欲望……夜分裂成无数的粉末，它们表现出亢奋孤独恍惚的症状，成为一种不治之症的传染源，成为一种潜伏的死亡。此时上帝在哪里？上帝的手能解救众生对名利的困惑，对享乐的依赖，能消弭众生占有的欲望吗？谁能给予众生安宁的夜晚，香甜的睡眠，给他们对现实生活的把握呢？上帝在遥远处看得清楚，却默默不语。我要大声说：那些炫目奢侈的光污染，请远离我们！

央视上曾播出过一个公益广告，一个老大爷为深夜晚归的小姑娘亮着一盏浑黄的灯，照亮小姑娘回家的路，一盏灯虽然照不了多远，但人与人的关爱是那样温暖身心。灯是世俗的眼神，需要灯光照明的有许许多多，没竣工的楼房，黑洞洞的窗口，地下隐蔽工程混凝土框架的背后，矿道里的各种矿石和煤的本有，还有人心里的那些幽暗，而它们常常是沉在黑暗里的。谁来为它们亮起灯火呢？我们每个人都是光亮的制造者，我们每个人都会发出那些赶走黑暗的光，看看我们的脸上表情，是不是跟那个广告中的老大爷一样充满慈祥和大爱呢？我们的社会很需要一种人性的光芒，让一些光明透过坚硬和混沌，盛开真善美之花。

日的光，夜的光，在人的眼睛里不停变换。现实的白日，人们劳碌奔忙；梦境的夜里，人们享受白天得不到的放松。人的某些迷醉，常常在夜的庇护和想象的华美中实现。现实和梦境，两种不同的状态交接碰撞，让人的生活诞下了强烈的对比和丰富的内涵，铺展其内在联系和呼应。夜里，人借天地之灵气，机缘巧合的刹那间，欢乐和悲伤被清洗并转换，其内心重新获得生命延续的强大力量。

我无奈地走在灯光下。空气湿润了，河岸草尖上开始凝结露珠，露珠是天赐的一种清澈。这凝结的露珠就是神的眼吧，没有这神的眼，白天和黑夜都不能显示独特的魅力。白日的富有，夜色的神妙，在交接处缓慢成某种氛围，某种"场"，入夜是自然界暗香浮动的恬静时分，此时我们与神性和潜行的灵魂最亲近。

一种纯粹的夜的黑，人和万千生物都需要。夜里黑暗有道，神可自由出入，人的目光和神的眼碰撞，溅出火花，智慧之美在沉思中顿悟。我们常常为眼前的些许利益和欲望蒙蔽，在大地上四处奔走，低头寻找，寻找衣食住行，寻找精神安顿的一隅，很少把目光投向星空，其实星空是我们生命里拓展胸襟和格局的导师。万千闪亮的星子照耀过我们的祖先，也照耀我们，一份恒远和无限的意蕴传递过来，美和存在的力量传递过来，更有一种真理的坚定和恒远。

河边树林少有人来，清冷得很，夜走过来牵住我的手。细想，夜是能够获得冲破时间空间禁制的无形力量。夜里，时间的味道比白日更浓。夜里梦的脚步，既快又慢。时下，科学、社会飞速发展，人借助它们的引领，没日没夜的向前飞奔，人们不知道自己要到哪里去。大旱、洪水、地震、飓风、海啸、核电站泄漏等，人的世界不堪一击，无望中求助于上帝。我想，上帝是人创造的，而不是上帝创造了人。夜是上帝端坐的肉身，上帝是在人心中的。一个完整的世界，夜不可或缺。夜的黑是阻止人们飞奔的减速器，是引领众生走出精神萎靡和认知困境的张弛之道。我们的社会和经济发展太快了，是需要慢下来等等人灵魂的时候了。救赎人类的不是上帝，是自知醒悟的我们自己。

走在回家的路上，已是繁星满天。我脑子里的一连串念头不停地涌出来，不断地叠加。仰望星空，夜色与灯光霎暗霎明造成的盲点，依旧在我眼睛中停留，赶也赶不走。盲点里，我望见了寻常望不见的闪烁，我们的家园仿佛要像马尔克斯《百年孤独》里的小镇马孔多，瞬间被飓风从大地上抹去，永远不复存在。想到刘慈欣《三体》里科幻的全面数字化的未来世界，以及极富有想象力的升维和降维。有一种惧怕和无奈，也有反抗的勇气和无限希望，相互交织着从心底升腾起来……

夜深了，小城的灯像长久失眠人的眼。纯粹的夜的黑，我们周围真不多了，我鼻子有些酸酸的，为那些弱小之流，更为我们这些匍匐在大地上的芸芸众生。

——选自 2015 年第 6 期《山花》

越界来到青春的广场

王 宇

大凡读过赵树理小说《小二黑结婚》的人，无不对其中反面人物三仙姑记忆深刻，尤其是小说对三仙姑外表的一段描写：

三仙姑却和大家不同，虽然已经四十五，却偏爱当个老来俏，小鞋上仍要绣花，裤腿上仍要镶边，顶门上的头发脱光了。用黑手帕盖起来，只可惜官粉涂不平脸上的皱纹，看起来好像驴粪蛋上下了霜。

"驴粪蛋上下了霜"一直是一个非常著名的比喻，广为流传，一如鲁迅《故乡》中的那段"其实地上本没有路"的话，成了"50后""60后""70后"的一种文化记忆，甚至一种张口就来的表达。如今看到广场上那些穿红戴绿盛装起舞的大妈们，依然还会有人用三仙姑以及那个著名的比喻来表达自己的嫌恶。其实，平心而论，三仙姑的这身打扮，现在看起来似乎恶俗透顶，却完全符合她所处的 20 世纪三四十年代山西农村的审美趣味和物质条件。那时候的山西农村，没有精致的粉饼粉底彩妆系列，更没有假发套、生发剂。尽管每一次出门，三仙姑都要从头到脚细细打扮，无奈美发、美容硬件跟不上，巧妇难为无米之炊，也真难为她了。再说了，身体是所有权最为明确的地盘，"我的地盘我做主"，每个人都有权按照自己认为美的方式来布置这个地盘，至于布置的效果如何，那又另当别论。可三仙姑为何就被剥夺了对自己地盘的自主权？这恐怕很大程度上要归咎于她的年纪。45 岁了还像二八少女那样穿红戴绿，装嫩卖萌，真是冒天下之大不韪，至少是触了男人们的众怒。记得《围城》中方鸿渐就挖苦女博士苏小姐，快三十了，旗袍却越来越花！中国男人对年轻女性尚能够怜香惜玉，甚至"冲冠一怒为红颜"，而对上了年纪的女性，尤其是上了年纪却又不"安分守己"、相夫教子、含饴弄孙，企图"越界""出格"的女人，那真是嫌恶之极。古者有贾宝玉，觉得女儿都是水做的，一旦成了婆子，那真比男人更可杀；今者对广场舞大妈的讨伐，不仅因为广场舞扰民，还因为跳舞的是大妈。试想，假如广场上起舞的是体态曼妙的二八佳人，而不是臃肿的大妈们，那民愤一定没有这么大！近年来"中国大妈"几乎成了公共空间一个负面名词。这其中固然有大妈们自身的种种欠缺，但性别歧视以及更严重的年龄歧视却是不应忽略的事实。

好了，还是回到赵树理的小说上来。三仙姑的形象所以遭到残酷的嘲讽，很重要的原因是触碰到了我们的文化为女人设置的年龄界限，越界了。可以说身体形象与年龄之间的反差始终是这篇小说挖苦、讽刺三仙姑的一大着眼点，伴随着小说情节从高潮至尾声。小说高潮部分，写区长为了小芹、小二黑能够自由结婚，传唤三仙姑到区里训话，但见到三仙姑后，区长率先关注的却不是三仙姑对女儿婚事的态度，而是她的打扮：

区长打量了她一眼道："你就是于小芹的娘呀？起来不要装神弄鬼！我什么不清楚！起来！"三仙姑站起来了，区长问："你今年多大岁数？"三仙姑说："四十五。"区长说："你自己看看你打扮得像个人不像？"

这个时候围观的群众也不断地响应："四十五，穿花鞋"，"四十五，穿花鞋"，"三仙姑羞得只顾擦汗，再也开不得口，"接下来区长的工作就顺利多了。正是对自己身体形象的羞愧使得三仙姑一改往日的顽固，对区长提出的种种要求都"一一答应了下来"。至于区长所灌输的婚姻自主的新法令、新思想、新观念，她始终不甚了然。那也就是说，致使三仙姑羞愧难当的不是对女儿婚事的破坏，而是自己越界的身体形象。小说的尾声交代了各人的结局，边区政府主持正义，小二黑、小芹顺利结婚，代表邪恶势力的金旺兄弟受到严惩，"两个神仙也有了变化"。这变化在二诸葛那里是收起那套阴阳八卦，而在三仙姑那里，又是体现在她的打扮与年龄的纠葛上（这点和对二诸葛的改造完全不同）：

三仙姑那天在区上被一伙妇女围住看了半天，实在觉着不好意思，回去对着镜子研究了一下，真有点打扮得不像话；又想到自己的女儿快要跟人结婚，自己还卖什么老俏？这才下了个决心，把自己的打扮从顶到底换了一遍，弄得像个当长辈人的样子，把三十年来装神弄鬼的那张香案也悄悄拆去。

　　赵树理显然看到了三仙姑的跳神活动与她穿戴打扮之间的密切关联。的确，两者都是身体的越界，并由身体的越界带来精神的越界。读过小说的人都知道，三仙姑之所以成为三仙姑源自她不幸的婚姻。跳神扶鸾的行当实际上赋予她一种超越现实压抑性环境、寻求精神自由的可能性。当口中念念有词，身体手舞足蹈之际，三仙姑实际上进入一个虚拟世界，获得在现实世界中无法获得的自由解放。她随心所欲的越界装扮也是这种精神状态的独特表达。这是一种非常另类的自由解放，完全不同于女儿小芹所追求的自由解放。后者具有不证自明的合法性，而前者则被视作异端妖孽，需要被改造、清除。

　　三仙姑的时代以及讲述三仙姑的时代都离我们远去了，可每当看到广场上鲜艳起舞的大妈们，我们还是会想到三仙姑以及那个残酷的比喻。但我们是否还能想到，在不忍直视的妆容和被人讥嘲的舞姿背后，是一个个在岁月尘垢中日益陷落的身体的一份挣扎与不甘，穿过井臼柴米、鸡毛蒜皮，甚至病痛伤残、机关算计，"越界"来到了本属于青春的广场，尝试凡俗甚至庸俗的生命中一次短暂却坚定的飞翔。

——选自 2015 年 6 月 14 日《文汇报》

一种凝固的结构　　芦苇泉

　　村庄里的一群人猛地消失了，好长时间过去，他们又一窝蜂地回到村庄，出现在大街小巷里。他们叽叽喳喳，那么自然，好像这期间并没有发生过什么。用不多久，在某一个早晨，他们就又消失了，可昨天傍晚还看见过他们。这么小的一个村庄，怎么能承受得了如此的打击，村庄的路——某一段路感觉到了痛，有几堵墙实在是坚持不住了，过几天它们要先后倒下。在大街上走，经常会听到一些破碎的声音，那是接近于陶器被打碎时发出的那种怪异的声音，宛若受伤女子的呻吟。明眼的人都知道了，村庄里近日的一些变化，确实让人有些担惊受怕：路过郑家油坊，再也闻不到那种钻鼻子的香了；天刚黑，东头的两个十几岁的孩子，就抱在一起啃（这样的事，从前也没少发生，但谁敢这么明目张胆过），真不像话；石碾上落了那么多鸡屎；梁家也把老屋拆了，听说人家从青岛提回了一麻袋的票子；卢铁匠不打铁了，那些镰刀和锄头要生锈了，那么好的手艺失传，怪可惜的；刘三家的织布机让城里人花二百元钱收走了……这些消息，在村庄里引起了一阵阵恐慌。

　　一只小鸟竟也感到村庄太过于热闹了。它想舍弃自己的热闹，去外面躲避几天。它飞过村庄的上空。它回头看了一眼又一眼，村庄就像一块大补丁，补在这到处都是庄稼和树木的山青水秀中。小鸟还不知道走出村庄的选择，是对是错，这需要时间来证明。但此时，小鸟感到了轻松，感到了远方对它的吸引。接着，又有好多鸟学着它的样子，飞离村庄。村庄，有那么一会儿，感到了晕眩，当它清醒过来，它告诉自己：应该好好想一想。一段时间以来，村庄很想保留住一些什么，但当有了这种意识，睁开眼，伸出手，但却毫无办法，该散的还是散了，该走的还是走了。这样的事，几乎天天发生。昨天，梁家打好了地基，要盖三层小洋楼了。楼下设计了车库。谁去阻止？没有人敢吭一声。下午又来了通知，村前要修铁路，村后的高速公路已经通车。感冒的村庄，夹在中间，不停地咳嗽。

　　侯家胡同的青石板可以证明，东菜园里的那口老井也可以证明，这个村庄的悠久来历。多少人从这些青石板上踏过，从能把一块厚实的石头磨穿？至今还没有人去翻开过那些石板，不知道石板的下面藏着什么。这是这个村子最早的一条巷子，几千年了，已至最早的侯姓，随着侯大有的死去，完全彻底地走出了这个村子。侯家胡同依然叫着侯家胡同。别细想还行，一旦想多了，就让你感慨不已。这条巷子里，还有一些老屋，老屋上肯定还垒着一些几千年前的石头，石头是用不毁的，就像天空，就像代代传诵的一些人名，就像那些改不了的习惯。

　　最早的村庄，就是一个人或一家人的落脚点，首先要有树木，野菜，泉水或者河水，然后就是屋子，巷子，碾，井，路，牛，猪的先后出现。我们很难明白，村庄里竟然会有那么大的一些闲着的空间，树林子占领它们，井和石碾占领它们，水塘和水沟占领它们，牛栏猪圈占领它们，闲人和玩杂耍的占领它们，甚至还有一堆或两堆的坟也来占领它们。不知道有没有风水这种事，但村庄里的每一家都讲究过风水。屋盖多高、多大，在哪个方位留门、开窗、栽树、挖井、起厕，都是按书上写的，按风水先生说的去办的。有些人起初不信，后来吃了亏，就信了；有些人是从不信这风水的，但受了他人的影响，又觉得不必去计较这一点，因此，虽不信但还是按照"规定"去办了。这种对风水的利用，让村庄显得丰富多样，每一家都有每一家的情况，这一家和那一家因为风水的不同，房屋和院子的布局、格式就不同，这些不同中往往会流露出一种艺术味。有时村庄变得就像古堡一样，在村庄里迷路和转向是经常的。

　　村庄里差不多要有那么几条南北和东西向的略宽的路，叫大街，对着这些大街会有一些小巷子。这所有的路，包括大街和小巷，几乎都是弯曲的，很难找到一条宽广平直的。村庄适合这样，本来就小，太直了，太宽了，会感觉更小。

石碾往往安在村中心，等村子大起来，就要想法在村后或村前，东头或西头再安上几爿。石碾太多和太少，都不大好。多了，村庄反而显得孤单；少了，又太热闹，几十个人围着一爿石碾，而很少去想石碾的事，很危险，早晚要多生出一些好的和不好的事情。至于时间的浪费，那本是一件很小的事情，村庄里的人都不缺时间。

水井的方位就有点麻烦，得找甜水、浅水，有时整个村庄里找不到水，这个方位几乎就是天定的。一个比较完美的村庄，一般会有三眼到五眼水井。

另外，牛、猪、狗、鸡、猫是村庄里的另一个群体，它们分散住在每一家里，主要任务是增加这个村庄的热闹，弄出的动静越大越好，让整洁的村庄略显杂乱无章，让爱干净的人常常看见一些脏东西。

人的成分，是讲究复杂的，越复杂了越好。这些人中，要有几个坏一点的，也要有几个好一点的，中间的人最舒服，容易让人忘记，是一件不错的事情。一个村子最好有一位或两位木匠；有一位或两位铁匠；有一位或两位医生，有一位用着了好找一些，有两位价格便宜一些，活做得好一些、快一些。还要有一家做豆腐的，有一家打烧饼的，有一加压挂面的，有一家卖猪肉的，有一家卖百货的，有一个会修理各类机械的，有一个神婆，有一个会算命的，有一个理发的，有一个会写毛笔字的，有一个阉猪捶牛的，有几个会用乐器的，有一个会讲故事的，有一个骗子，有一个吹牛家，有一个喜欢说笑话的，有一个会说媒的，有一个会挑拨事的，有一个天不怕地不怕的，有一个经常骂自己父亲的二流子，有一个会绣花的，有一个小偷，有十个偷情者，有二至三个私生子，有两个遗腹子，有九个石匠，有一个哑巴、两个瘸子、四个聋子、一个独眼、一个六指，有九十个身上长记的，有三个光棍、三个寡妇、两个杀人犯、七个冤死鬼、四个乱伦的、一个卖鱼的、一个补鞋的，有一个在北京的、一个在纽约的，有九个当兵的、一个烈士、一个叛徒、一个俘虏、一个逃兵，有二十一个在县城和镇上混的。几乎每个时代，在村庄里我们都能找到以上这些人。他们都按照严格的生活规则，各就各位，一丝不苟地过着各自的日子，走完短暂的一生，并适时找到自己的接班者。没有这些人，村庄会死气沉沉，无法延续、生存下去。少一个这样的人，村庄会感觉到一点冷清；少两三个这样的人，少十个这样的人，村庄就会放慢生活的步子，甚至会多几个生病的人，多几个死人。这些人，排着队，一代一代，这群走了，那群来了。有了他们，村庄算扎住了根，大风就刮不走了。

村庄少不了几条蛇。蛇比较冷静，一般不会露面。那些偶尔出入人们眼前的蛇，肯定是有不得不的原因，遭到胆大者的一阵喊打，胆小者则往往装作没看见。人是怕蛇的，有的人让你看到他的惊惧，有的人装出不在乎的样子。蛇是这里最早的主人，没有村庄的时候，它的祖先就生活在这里了。据说，蛇能给人带来平安。有人认为，每一家都有一条暗藏的蛇，并把蛇的存在看成是一件极为吉利的事，有"蛇护宅"之说。

黄鼠狼在乡村和蛇一样，具有神秘色彩，它往往和流传下来的许多神话能密切联系在一起。许多人看见，不是听说，黄鼠狼顶着牛粪饼子学着人的样子走路，有时它还附在谁的身上，让那人按照它的意志说话。我只见过黄鼠狼夜里到鸡窝里咬鸡，吓得鸡们没命地叫。

还有老鼠。那是一种脏污的、胆小的、贪婪的、卑琐的小动物。人们憎恨它，蔑视它，也许是因为它爱偷吃粮食的缘故，也许不是。或许它生来就是和人相对照，和人作对，让人去唾弃的。除了人，猫曾经是它的天敌，二者后来关系有些暧昧，就像猫和狗的关系，早已看不出从前的火药味，猫和狗仔一起吃狗奶的事也时有发生。

蚊子令人讨厌。人们想了很多的办法对付它，但它们成群结队地出现在村庄里，没有一点减少和灭绝的痕迹。蚊子是小，但却是勇敢的，直接扑到人的身上去喝血的动物越来越少了。也许有的蚊子一生都不曾尝过人血，但它却能很容易地找到其他的生存方式。

狼和狐狸都是大动物，在村庄里是找不到藏身之处的，所以平时只好隐身树林、山洞，到了晚上才出来觅食。狼吃过人，人也吃过狼。狐狸是以狡猾出名的，它能变成美少女，去勾引那些习惯在深夜读书的男子，好多书里都这样写着，不知是真是假？我知道男人对狐狸并没有坏印象，当然狐狸是不知道这一点的,它依旧是见了人就拼命跑。不跑会怎样呢?

在村庄里还要有9700多种其他的大大小小的虫子。秋天,它们是演奏乡村小夜曲的乐队,每一只虫子,都是一件小小的乐器。打鼓的青蛙,喜欢住在村外的池塘里。月亮是总指挥,村边的河流是它长长的指挥棒,不用了,就藏到井里。

必须要有几棵老树,上百年,上千年的。它能代表一个村庄的深度。没有几棵大树的村庄,显得太幼稚,太贫穷,品质似乎都值得怀疑,一个村庄成为村庄的理由也就很难找到。还要有果树,石榴树、苹果树、桃树、梨树、杏树等等,差不多了,各种各样的果树,让天上那些可望而不可即的星星挂到了伸手可摘的一个高度上。有时,它们还充当一些摘不完的梦。果子把所有的滋味送给村庄,让村庄的生活更加真实,更加有过头,更加有色彩。

有许多的草,包括烟草,让村庄有了另一种感觉。许多草里,都含有一点点毒,这是治病的药草。它们生长在离村庄略远的山里,或田野、河滩,开着忧郁的花朵,盼着脚步声走近,盼着有人把它领回家。

村庄的器具:锨、镢头、犁、镰刀、锯、斧子、锤头,还有石碾、石磨、筐头子、马车、独轮车、陶盆、瓶子、缸、锅、风箱、烟袋、顶针,都扮演着一些重要的角色。所有这些工具都是人手的延伸,腿的加快,身体其他部位能力的增长。人使用它们,在它们的身上留下了人的痕迹、温度,发出亮光,有些光亮近乎于目光。

庄稼就不用多说了。它们都喜欢默默无闻,站在村庄的周围,像神一样护佑着村庄、养育着村庄。小麦是女性的,玉米是女性的,棉花是女性的,地瓜是女性的。花生像一些孩子。西瓜是对幻想的一种额外奖励。辣椒暗示着另一种人生。没有方位感的土豆,教人怎样向命运抗争。几乎所有庄稼地通向村庄的路,都是庄稼和人一起走出来的。成熟了的庄稼,先是和人住在一间屋里,后来就成了人的一部分。

你想村庄里如果没有了火,会是什么样子?火和热,和光,都是上帝派下来的。火这种宝物,是无法用宗教来解释的,科学解释得也不透彻。就像我们的肉体和智慧,是谁给予我们的?显然不仅仅是我们的父母,这事没有这么简单。火离我们总是不近不远。似乎是我们的一部分欲望,又似乎是一种别的什么——但却找不到一种贴切的比喻,这就对了。

村庄里的人是重视死亡的。但那些正常的死,不叫死,而叫"老了",或叫"走了"。老年人的送老衣服,都是多少年前就做好了的,每年都要择日子拿出来晒晒。棺材也是做好了的,一般放在闲屋里,有的就直接放到床的一边。"走了",他们是不会走多么远的,再远也走不出村庄的土地。早年,他们就像盖房子一样为墓地看风水。墓地一般以姓氏划分区域,一片一片的。诗人说,那是另一个村庄。但我看,应该是村庄的另一部分,是村庄的白天或夜晚,是这边或那边。人们用"想"和"神话"把二者连起来。目睹过乡村葬礼的人都有一种感觉,当棺材落入长方形的土坑,尽管墓穴里的油灯正亮着,但随着一掀掀土的扬起,那死去的人已经转身走了,去过一种和我们人间差不多的甚至更好的生活去了。没有人相信他们永远老老实实地躺在那堆土里。事实上呢,那只不过是我们的一种错觉,或是专门用来安慰自己的一种美好愿望。他们永远永远地消失了。但每到节日来临,村庄还是有人会想起他们,去墓地给他们送去"金钱"和好吃好喝的。

夜晚我们听到了一条河流经过村庄时流淌的声音。我们翻了翻身子。在这样的村庄里生活,谁不感到完美和幸福!

——选自 2015 年第 2 期《青春》

我曾经的两个上级　　崔东汇

工作多年，换过几个单位，领导我的上级也很有几位。而这两位曾经的上级虽然与我相处的时间都不长，可印象很深。这两位中我是先接触王书记的，说实话，初次见面我对他印象不佳。

我师专毕业分到乡中学当老师，那时年轻气盛，感觉像进了鱼缸，整天鼓着眼向往外面的世界，却一直没有机会游出去。

1984年春暖花开的时候，不经意间就有人在鱼缸给我捅了个出口。县政府办公室一个副主任的女儿在我们学校读书，在家休假的副主任去看望女儿，谈话间流露出县政府要找资料员，看学校老师中有没有愿意干这个的，两个同事就推荐了我，说我是学中文的。当时我在老家帮助父亲种棉花，回来后同事让我赶快去找那个副主任。副主任家距学校三里路。副主任询问了我的情况，仔细看了我在报纸发的东西，又让我写了几行字。副主任说，我明天回单位给领导说一下，你下周一去政府办公室找我，应该没啥问题，不过要先借调。

初到县政府办公室，我只是在值班室守着一部盘式拨号电话机上传下达，单调、无趣。一天下午我正对着电话机发呆，一个满身酒气的中年汉子晃了进来，一屁股坐在冲门沙发上，大声招呼：给我来杯水。

虽是借调人员，可即便是县长们也没有如此对我颐指气使的。此人行为让我颇为不悦；可又觉得，既然敢在县政府机关如此胆壮，如果不是醉鬼耍酒疯，那此人也一定是个人物。刚从学校"小鱼缸"游进县政府这个"大鱼缸",正在水土不服时期,官大官小在我眼里都是人物,于是就忙给他倒水。接过水杯他才抬头看了我一眼:新来的?我点头。他又问:你爹是干啥的?我说在家种地。他有点不相信:你亲戚有人在县里工作?我说没有。他还是不相信的表情,此时一个副县长进门,二人说了几句话,他就大大咧咧搂着副县长的脖子出去了。此人的几句话让我压在心底的自卑油然而生,我明白他的言外之意:你什么关系也没有就能到县政府工作?

后来有同事告诉我,这人就是大名鼎鼎的某乡王书记。对于这个王书记我早有耳闻,是从村民兵连长一步步成为乡一把手的。他块头大,嗓门大,魄力大,县里布置工作,他那个乡一般都完成很好,加上他所在的乡经济基础好、人口多,县领导对他也是高看一眼,乡镇头头开会,经常点名让他介绍经验。每年的三干会,总是他代表各乡镇作表态发言。据传他有一个经典手段:每年在催收征购提留和计划生育活动开始之前,给每个乡干部发一百斤平价柴油,放两天假,回来后喝一场壮行酒。喝到最后,他把酒杯往桌子上一摔,吼道:地也浇了,火也泄了,酒也喝了,谁完不成任务谁就不是人养的。此事真假,我没有考证,即使有演绎的成分,可根据后来我对他的了解,这种举动倒也符合他的性格。

那个年代,商品生产、专业户、万元户,这些名词像久违的春风在偏僻小县吹拂,连党政机关都被融化得热血沸腾:组织部派人去内蒙古贩驴,县委办公室倒腾化肥,县政府办也不甘落后,决定派我和另一个人去张家口采购一种叫缩节胺的农药。准备出发前一天,政府办公室主任又改变了我的任务。行署在农干校举办乡镇长商品经济培训班,本来要一名副县长带队,可这个副县长太忙,便由一名政协副主席带队。政府这边不能出带队的领导,但必须出一名服务人员,培训班一个月,时间长,别人不愿意去,就把这活儿交给了我。

于是,我与本文的另一个上级就有了交集。

其实,我对这个政协冯副主席并不陌生,他在我们公社当过书记时,经常骑着一辆破自行车去我们村检查工作,在我们那一带口碑很好。只不过我那时是个小孩子,没有直接交往。

冯副主席不但与王书记的处事方式不同，二人的外貌反差也很大。王书记阔脸大眼，人高声响，仪表严整，相貌堂堂，一看就是领导的范儿。这个冯书记天生一副贫困相，小眼，面黑，个头敦实，夏天戴个草帽，冬天裹一块白毛巾，除此整天光着脑袋，就是放到农民堆儿里也不显眼。成为副县级干部后，他的装束也没改变，以至于常有人把他当作到县委大院办事的乡下老汉。看到他我常想起陈永贵。

冯副主席没架子，见了谁都和气地打招呼。可他又很有个性，有人说，他的小眼睛一眨巴就是一个鬼点子。

他不抽烟，他当小学老师的时候，遇到上级来学校检查，事前他曾跟一个学生班长约定好，如果他说"买烟来"，这个班长很快就会把烟买回来；如果他说"买烟去"，这个班长出了校门在外面闲逛，等客人走了再回学校，把钱如数交还给他。

他当公社书记，不管县里交办什么任务，在大会上他总是毫不犹豫的保证完成，从不当面跟领导讲条件，至于回去后怎么干，他有自己的主意。比如分自留地，县里规定每个社员最多只能分二分自留地，可有的村却按二分五或三分，村干部请示他，他说：你们对外必须统一口径，只能说二分。实际上就是默许。后来有人把这个当作阶级斗争新动向告到了县里。县里派人来查，冯书记说都是按县里规定分的。工作组也没调查出结果，此事不了了之。别看多几分地，在那个饿肚子年代，对于农民来说是有相当作用的。那时，如果社员白天在自留地干活，被公社头头发现，不但扣工分，还要挨批斗，一次他检查工作到我们村，一个社员正摇着辘轳浇自留地，看见冯书记扔下辘轳就跑。他喊住我的乡邻，说，来，我给你改畦子，你赶紧把地浇完，以后别这样了。这个社员很是感动，多年后的乡干部到村里强硬征收提留，这个老人还说，你们都学学人家冯书记，看人家是咋对待社员的。

一个干事闹情绪，说母亲病了，请假在家，逾期不归。其他公社领导都主张给这个干事处分。冯书记不同意，大雪天他提着点心到这个干事家。他的母亲正在洗衣服，见公社书记到来很是吃惊。冯书记说，没啥事，听说大娘你病了，我来看看。这个干事母亲很感动，明白是儿子给冯书记撒谎了，当面数落了儿子一通，说，这样的好书记你还不跟着好好干？冯书记说，孩子在公社干得不错，主要是想歇几天，不要紧，等几天再上班吧。这个干事二话没说就跟着冯书记回去上班了，后来成为冯书记的铁杆部下。

老冯担任县劳动局长时，有几个县领导的孩子从知青点回县里安排了工作，一个老资格局长的孩子还在知青点喂猪，老局长就气愤地上门指责老冯：人家的孩子都回来了，你咋光让我的孩子在哪儿喂猪？老冯不能得罪县领导，也没能力让老局长的孩子回县直安排工作，就笑眯眯说：别生气，要是觉得孩子光喂猪单调，那就再给他买几只小羊小兔。他这一偷换概念，竟然把老局长逗乐了：你这个老滑头。

到农干校，我和冯副主席同住一屋，熟悉后，我就询问关于他那些故事传说的真伪，他没正面回答，只是笑着说：做啥事儿还是要多过过脑子。

培训进行到一周，有几个乡长就陆续请假回家了。而冯副主席每天按时上课，认真做笔记，从未耽误。每天晚饭后我陪他散步，他走路快，背着手，侧着头，抻着脖子，一副往前拱的姿势，我常被他落下。一次讨论，针对行署一个副专员在授课时提出"领导干部要带头发展商品生产"的提法，各个乡镇长们议论纷纷，最后冯副主席发言时说：领导这个提法有领导的考虑，这说明咱们这些乡镇干部搞农业生产内行，搞商品生产欠缺，不过，我觉得领导是让咱们领着农民发展商品生产，不是让你也去做买卖。你像组织部贩驴，哪不让人笑话啊？见大家无语，他似自言自语：可能是我脑筋老化，跟不上形势了。后来，中央发通知严禁党政机关经商，我觉得冯副主席这个农民一样的老头是有眼光的。

我到县政府办不久，给我机会的那个副主任就调走了。更要命的是副主任与主任不合，我是副主任要来的，主任把我划在了圈外。活儿没少干，材料没少写，比我借调晚、干活儿少的都把人事关系办进了政府办公室，而我却一直调不进来。冯副主席知道后，主动找县主要领导替我做工作，也无效果。所以在县政府办公室借了两年后，我只得选择离开。我很伤心，冯副主席安慰我，你还年轻，以后机会多的是。

不在大院，见冯副主席也少了，可他的故事不断传到我的耳朵。比如，他母亲生病，他自己赶着毛驴车带母亲去医院看病。他是县级干部，用机关的车给母亲看病，也不是过分的事。可见他并不全是圆滑，而是有自己的规矩底线。你想，他20世纪70年代担任县劳动局长时应该有很多招工和农转非的机会，可他的老伴和子女全都在家务农。后来成为县级干部，回家时让单位小车送一下，也不算太腐败，可在大院时，每周六我都见他他骑着自行车回去，他老家距离县城十几里路，周一上班时他的裤腿和鞋都是泥土——老伴的责任田他耕种浇灌。80年代后期，卖棉难已经让农民忧虑不堪，他的一个老乡去大院找他走后门想尽快把棉花卖掉。一进门，他热情问：你咋恁稀罕？老乡说，在棉站排了几天的队，棉花也卖不掉。他说：哎呀，这可是大事，那你就赶紧去找找，看咱哪个老乡跟棉站熟悉，让他给帮帮忙。一句话把老乡挡了回去。回头他对政协办公室的人说，不是我不帮忙，是我帮不上，我家的棉花还发愁哩。

所以在县里，有人说冯副主席清廉，有人说他滑头，也有人说他胆小。可在我眼里他是大智若愚。一个师范毕业的小学老师逐渐成为一个副县级干部，没有相当的智慧是很难上到这个台阶的。与他经历相仿的绝大多数到科级就止步了。

为了把人事关系从教育口办出来，我到乡镇过渡一年后，本想再进大院，无奈没有伯乐，就进了县直一个一般单位，没想到一个月后，那个王书记竟成了我的上司。不知他是否还记得我与他初次见面？反正他没跟我提起过。

至于红极一时的王书记，为什么由全县最先进的乡镇书记变为县直一个一般单位的局长，坊间流传很多版本：有的说他太骄横，惹怒了县领导；有的说他所在的那个乡商品生产发展缓慢，扯了县里的后腿；也有的说他工作方法简单，在催粮催款、计划生育工作中，给农民动粗，犯了众怒。不管哪个版本，我都觉得王书记调回县直有被贬的意思。按当时县里不成文的干部交流习惯，乡镇书记回县直单位，先进乡镇的书记一般会到像财政局交通局计委税务局或者县委办政府办等，这些或有油水或接近领导的单位；次一点的到卫生局农业局水利局林业局教育局计生委经委这些还算实惠的单位。曾是县里最先进的乡书记，却没有调任理想的单位，王书记自然心里有怨气，也许争胜好强惯了，总想折腾出一点动静，以引起县领导的关注。

这个单位，用前任局长的话形容"水浅坑小王八多"，前任局长难以开展工作，便主动请求调走。所以，在欢迎王局长赴任的全体会上，主管组织的县委副书记就给大家介绍说：王局长善打硬仗，相信王局长会迅速打开局面。当然，这是领导的官话，就是再差的单位，也能找出你适合这个岗位的种种理由。王局长也神情激昂进行了上任演说，声音还是那么洪亮。

上任不久，王局长决定在全局进行竞聘上岗。竞聘上岗，现在看来似乎已是常态，而在20世纪80年代中期，尽管农村改革硕果累累，企业改革风起云涌，可机关改革还是新鲜事。

王局长还是乡镇雷厉风行的作风，一旦决策，立即实施。开会发动、公布岗位和竞聘条件、报名、竞聘演说、群众投票、局长办公会研究、公布结果。一切有条不紊，似乎都在王局长的掌控之中。尤其是在动员会上，王局长提出"规定面前人人平等，一把尺子量到底"，引来阵阵掌声，大家都觉得这个烂摊子有希望了。竞聘进行完毕，虽然人员没有大的变动，可一向散漫拖拉的人们还是受到了触动。眼看着王局长动了真格的，就是背景再硬，也好汉不吃眼前亏。

可是，王局长忽视了四个落聘人员。按王局长的规定，落聘人员三个月内只发给基本生活费，自己在单位内寻找岗位，三个月后未找到岗位的自谋职业。

落聘的是两男两女。这四个人有的是人缘差、能力差，有的是性格原因，比如女会计，平时还比较敬业，只是性格内向，很少与人交流，显得有些清高。她觉得自己委屈，几次找王局长哭诉，要求重回原岗位，王局长一口回绝。可是不久，县委主管组织的副书记打电话把王局长找去，要求这个女会计立即官复原职，所欠工资全部补齐。王局长为难，也不敢得罪副书记，提出给这个女会计换个岗位上班，自己在单位员工面前也有个面子。可副书记不给他这个面子，立马沉下脸：我能送你上任，也能让你下台。话说到这份上，王局长不敢怠慢，回单位立即通知女会计上了班。后来王局长打听到，女会计的公爹跟县委副书记是表兄弟。王局长也真是粗心大意，当初在县政府办公室连我这个临时工他都要询问"你爹是干啥的",这回竟忽略了,是不是在他眼里公爹不算爹?

　　落聘的另一个女干部的丈夫是派出所长,原本与王局长熟悉。派出所长也是一方神圣,曾几次让人传信,为老婆说项,王局长都置之不理。派出所长终于不耐烦了,一天晚饭后就醉醺醺进了王局长在单位的宿办室,人未坐下,手枪先扳在了桌子上。王局长知道来者不善,笑着解释原因。派出所长说,别说废话了,老婆下岗天天在家跟我怄气,她一怄气我就心烦,就得喝两口;老兄,要是哪一天我喝多了,手指头不听使唤了,枪子儿要是跑到你腿肚子了,我受处分,你受疼;要是枪子儿跑到你心口了,我住监狱,你这一辈子就交代了。派出所长站着说完后走人。王局长第二天一上班就召集副局长商量如何应对,说自己人身受到威胁,要报案。副局长们知道王局长也不想再继续得罪这个派出所长,就说,报案也没有证据,不如先让他老婆上班,以后有机会再理论这事儿。王局长借坡下驴,以局长办公室会的名义通知女干部回原来岗位上班。比起女会计,这次王局长多少给了自己一点面子。

　　后勤的一个勤杂工因为没有文凭和专业,科室都不愿意要,就落聘了。说实话,王局长对这个勤杂工还是很够意思的,为了照顾他,将他的妻子安排在机关食堂做饭。这个勤杂工也对王局长感恩戴德,每天见了王局长都是点头哈腰的。可是落聘后,这个勤杂工就变了。他没有权力可用,就天天到县委县政府找领导告状,说王局长趁食堂没人时对他的妻子动手动脚,被他看见了,就报复他。开始,县领导并不在乎,可是这个勤杂工有韧劲,每天只要县委书记一上班,他就蹲在办公室门口;县委书记在招待所设宴款待客人,勤杂工不请自到,坐下就吃,被人拽出来,他大声喊叫,说自己没饭吃了,要县委书记主持公道。县委书记不胜其烦,打电话责令王局长立即安稳住勤杂工,管好自己的人。没办法,王局长只好让勤杂工回到原来岗位。

　　在本单位实行竞聘上岗之前,王局长曾专门找县委书记汇报,得到首肯。而且在一次县直局长会议上,县委书记还以王局长为例,对一些局长满足于现状、不思进取进行了批评,要大家都学习王局长的开拓精神。这让王局长很是受用,更坚定了他机关改革的决心。可现在一有人闹事,书记又回过头来批评，王局长颇为不满，在机关食堂吃饭时，王局长对同桌的副局长发牢骚：领导又想吃肉又怕腥，有了事咱里外不是人。

最有意思是一个股长，他落聘后不吵不闹不找，天天坐在屋里不出门。他老婆在农村，吃住在单位，与王局长的宿办室紧邻，只要不睡觉，就半开着门，不管谁找王局长，都要从他门前过，几点去的，几点出来的，他都详细记录下来。尤其是夜里，此人更是高度警惕王局长的一举一动。王局长与妻子感情不和，夫妻分居，长期吃住在单位。王局长妻子说丈夫外遇，有几次到单位吵闹，都是他出面劝解。后来，他终于发现，每周六夜里十一点多一个女子轻轻进入王局长屋子，天不明悄悄离开。这天，等那个女子进入王局长屋后，他立即骑摩托车找到王局长家，对王局长老婆说，嫂子，快去吧，这回有大鱼了。王局长老婆坐着他的摩托迅速赶来，踹开门子，两个女人对骂厮打起来，王局长想拦都拦不住，眼看局势失控，此人适时出现，对王局长说：你赶紧离开，我摆平她们。

第二天，此人找到王局长，说，今天好多人跟我打听昨天晚上的事儿呢，我都说那是隔壁婆媳两个半夜吵架哩。王局长，我这样说中不中？不知王局长是否洞察到自己被老婆精准定位的原因，也不知是感激其救驾有功，或者为了封口，反正没过几天此人也官复原职了。

四个落聘者各有各的高招，不到两个月又都陆续回到了原岗位。眼看着严肃认真的竞聘上岗变成了闹剧，大家又回到了原态。没逮着狐狸落了一身骚。初战告败，县领导不认可，单位员工失望，王局长不胜沮丧。更令王局长难堪的是他个人的私生活在单位也几乎尽人皆知，那个股长官复原职后，经常私下给人透露王局长这一幕，一次酒后此人给我讲得绘声绘色。

员工对王局长看法变了，王局长自己也变了，原来的大嗓门儿变得低声低语；原来看见谁迟到早退，都会板着脸叮嘱一句，现在都视而不见。"一把尺子量到底"，是王局长在竞聘上岗时说的最多的一句口头禅，此时有人竟戏谑说"咱们王局长可是一把尺子凉到底啊"。

此事传出，也被县直局长们当作茶余饭后的笑料，在县里开会，有的局长看见王局长就话里有话打招呼："老兄，有时间了去你那儿学学习啊。"

以前县委县政府开会，王局长还像在乡镇当书记一样坐在前排，现在都尽可能让副局长代替参加，即便必须参加，也总是悄悄坐在后排。后来王局长说自己血压高心脏病，干脆住进了医院，由副局长主持工作。我和同事去医院看望，他不在病房，而是在跟看自行车的老汉下象棋。大家都知道王局长是心病。

不久，我考入地区一家新闻单位，离开县城前我跟冯副主席告别，谈到王局长时，冯副主席意味深长地说，他这棵葱长在蒜地了。

辞别冯副主席，我决定顺便到医院也跟王局长打个招呼。尽管相处时间很短，没有多少个人交情，可我觉得还是礼貌一点好。病房空着，护士说，钓鱼去了。那会儿在内陆小县，钓鱼还是个新鲜玩意儿，不知道王局长怎么就喜欢上了这个。自此再未见到过他，只是后来听说，因为单位管理混乱，第二年下半年他就被免职了，此时他还不到县里规定的科级干部离岗年龄。

后来看到一位美国将军对朝鲜战争的看法："在错误的时间、错误的地点，和错误的对手打了一场错误的战争。"觉得这句话对王局长多少也能套得上，可又觉得言重了，毕竟小小的机关改革不能与一场影响世界格局的战争相提并论。王局长面临的充其量也就是人民内部矛盾，如果他手段圆滑一点、工作细致一点、个人私德纯净一点，甚至连人民内部矛盾都不会出现，说不定真的会再次成为县里的典型，他的仕途也许会有咸鱼翻身的机会。其实，他就是有冯副主席的智慧和素养也就够了，可他毕竟与冯副主席性格不同。

当年在封闭的小县城，他们两个也曾经是人们谈论多时的话题。匆匆数年，如今两人都已作古。现在我回县城与老朋友相聚，已经没有人再提起他们了，毕竟在这个信息畅通丰沛的年代，可供人们茶余饭后议论的话题太多了。

——选自2015年第10期《散文百家》

舞煤者之殇 　蒋　新

一

一看到煤，就想起他，那个说话瓮声瓮气的小学同学，和我出身相同的煤炭子弟。

可是，他在两年前就离开了这个充满热闹、诱惑和迷人的世界，我则在羊年来临之前才得知这一不敢相信的确凿讯息。

太晚了。他葬身于风驰电掣的车轮之下。

生命年轮永远定格在六十岁上。

二

他叫王炳章，除了老师上课这样称呼他，熟悉的人都叫他大章。大章腿脚不好，瘸。我不想这样说，好像有歧视的因素掺在里面，然而，这是我认识他时的第一印象，很深刻，抹不掉。残疾的是左脚，且相当厉害，前掌与脚心以后的部分几乎折成九十度。他鞋上的鞋带特别长，不仅要系在鞋上，还要牢牢地拴在脚脖子上，样子十分独特，像调皮的孩子模仿芭蕾舞演员翘起的脚。脚前掌成为支撑身体重量的一个点。视觉里有些说不清楚的别别扭扭，可怜？难受？别扭？似乎都有，但理不出来，看他的脚像听二泉映月。

放学的时候，班主任留住他，喊住我，还留住其他几个同学。把我介绍给大家后说:"王炳章,你们又多了一个伴,上学放学一块走好了。"

那时我家刚由城里搬来煤矿住宿舍,我便转到煤矿子弟学校读书。此时才知道大章他们几个与我住在同一个宿舍区,而且大章的家与我家仅隔两排房。他成了我在这里念书时距离最近的同班同学。

学校距离宿舍四五里路,除了百米长的煤屑路,百米长的青石板路外,全是深深浅浅坑坑洼洼的黄色土路。路弯曲像蛇,绕来绕去,要穿过一个宿舍区,一个村庄,经过一座石桥,走两个长长的坡(崖头)。几里路放在健康人的脚下,不是难事,尤其不知疲倦的小学生们,路上还没有说够玩够笑够,几里路就被热闹碾过覆盖了。但对大章来说,每次行走,似乎都是一次马拉松。60年代矿工家里难得见到自行车的影子,更不用说轮椅了。家长脑子里也没有"接送孩子上学放学"的现代概念。一切行动靠自己。我记得他好像有一副简易的木拐,但极少见他使用——用拐才是残疾人,不用,说明不完全是残疾人。我曾经用自己创造的理论来冲淡二泉映月对我的视觉影响。

大章和我们一样,天天步行上学。我们几个按照老师的嘱托,组成"一帮一"学习互助组。与他一块儿上学、回家、做作业,这成了每天不可少的功课内容。他行走很特别,要靠屁股的扭动发力,两肩随着屁股的扭动摆来摆去,身体起起伏伏,深一脚浅一脚的如同在山路上跳跃。平时还好说,雨天就极为难走,黄黄的泥巴紧紧地粘在鞋上,像被什么咬住了似的,甩都甩不掉。那次下雨,他穿着雨衣走在我们中间,每当左腿往前迈时,他都用手使劲按住右膝,把那条有病的腿提过来。看到他吃力的样子,我们想扶他,每次都被他毫不客气地推开。他的脸红红的,沉沉的,嘴巴一张一合,喘着粗气往前挪动。两条深浅不同的鞋印叠加往前,不规则的烙在走过的泥泞路上。

人什么都可以有,但不能有病,病常常成为身体最大的"短板"和让人家取笑的话柄。有些同学背后偷偷地喊他"王瘸子",或者唱他的片子:"王炳章,真正能,一瘸一踮定太平。"他知道同学起的绰号,但他很无奈,听见了也假装听不见,谁叫自己的脚不争气呢。喊急了他也生气和发怒,我曾见他紧紧地攥住一个瘦小同学的胳膊不松手,那同学疼得把腰弯成了一个大虾米,泪在眼里团团转,直到求了无数次饶,他才撒手。他的手劲很大,掰手腕全班第一。同学都怕他的手劲,为了不让他逮住,常常偷偷地小声嬉戏或者远远地逗他。有时他也会瞪着两只大眼盯看偷着喊他绰号的同学,直到把对方盯得低下头或者把眼睛藏起来,他才收起咄咄逼人的目光,坐在凳子上喘粗气玩铅笔。

他在班里属于"大哥大",十岁上一年级,中间又留了一级,我转学来上二年级,那时他已经十三岁了。他眼睛很亮,皮肤很白,方正正的脸上很少有少年的笑容。大章不是天生的残疾,三岁以前他的左脚与右脚完全一样正常,他母亲曾经将他小时候的照片拿给我们看,梳着整整齐齐的小分头,很精神得站立在父母中间。因为发烧,医生把冷冰冰的针打在了幼小的腿神经上,从那以后他的左脚就成了现在的样子。在他跟前最好别提医院、医生之类的字眼,一提,他就骂,让医生都绝种。绝种,是他骂人词汇中最厉害的武器。

为了让他少走路,放学后我们一般都拥到他家做作业。大章的母亲每次都早早地把小桌子和小凳子给我们准备好,然后坐到门口纳鞋底或者择菜,其实是给我们"站岗",不让邻居大声说笑或者小孩进屋影响我们。他父亲是煤矿上的运班工人,在井口负责摘挂运输小滑车。喜欢喝酒喜欢说话,而且嗓门特别大。在他家学习如果碰到他喝酒,就听他数落儿子:"大章,你啥时候能给我考个 60 分 80 分的……"往往他一唠叨,我们便互相使眼神,以写完作业为由,悄悄地溜出充满酒香和唠叨的家门。

我们不愿看到大章挨熊的尴尬样子。

读完初小四年级,不知是他父亲的想法,还是他自己的想法,说什么也不再念书了,到家属委员会报名待业。成为矿上年龄最小的待业青年和唯一的残疾青年。那年他刚刚十五岁。

我们上初中的时候,他已是公社(镇)开办的小煤矿上的过磅员,开始挣钱养家了,每月能开 21 元钱,真的有些让我们羡慕、嫉妒和眼馋。

三

20世纪六七十年代，煤炭像食品一样珍贵和紧缺，不但不好买，买也要用煤票。城里人取暖煤每人每年只有三五百斤，农村连这一点也没有。一些想用煤的人便想方设法偷偷买高价煤，或者托关系到小煤井上去买煤。过磅员成了买煤人必须经过和讨好的重要关口。一吨煤多几十斤或者少几十斤根本看不出来，也就一锨两锨的事儿。买煤人为了有点赚头，经常悄没声息地塞给过磅员一盒烟或者一点土特产之类的东西。

大章的命运在过磅中悄然发生着改变。

原来他骑一辆大金鹿牌自行车上下班，这车与其说骑，不如说是他行走的拐杖和带东西的工具。每次下班经过长长的宿舍区，一些比他年长的邻居就跟他开玩笑，指着车后座上鼓鼓囊囊的口袋问他："大章，今天带的啥？地瓜还是地蛋（土豆）？"

大章已经习惯了邻居们的玩笑，每次都喘着粗气无表情的"吭"一声，不答复不肯定也不否定，一瘸一踮地推着车子穿过为嘻嘻哈哈拉起来的无形甬道。他知道背后有邻居议论他，也清楚朝他射来的目光里有羡慕也有眼馋。他不再羞涩，而是用不断拔起的胸迎接各种目光。每天在这丰富多彩的目光里闪进闪出，如同享受温泉的沐浴，让曾经卑屈的自尊心得到极大满足。

他像一颗星一样升腾起来，牵着人们注视的眼睛。

四

四宿舍都是依山而建的平房，北高南低，中间有两条交叉贯穿东西和南北的土路，虽然坑坑洼洼，但十字路宽绰，有石碾，有厕所，有小卖部，有路灯，还有四五棵窜天高的白杨树。这里自然而然成了邻居们凑热闹的"小广场"和信息采集与释放集散地。大章的父亲几乎天天到这里来。拿个马扎子一坐，便与邻居海阔天空侃起来。大章上班以后，他的脸上的笑意渐渐多起来，不断浓密和叠加着高兴的厚度。有时说，莱芜沙地的长果（花生）比土里长的香；有时把烟拿出来分给邻居抽，边分边说，这盒金叶烟是老大给的。老大就是王炳章。老爷子很少提王炳章的乳名了，也很少在人前嚷嚷，张口就是老大怎么怎么的。谁也没有想到，曾经被他父亲处处数落的残疾人王炳章，给他父亲带来了那么多引以自豪的面子。

后来人们发现，王炳章下班的时候，经常有拖拉机把他送回来，拖拉机上面还有那辆自行车，很神奇很精神地挺立着，与主人一同检阅似的穿过宿舍区的黄土马路。有的邻居教育孩子：好好跟大章学，将来也有拖拉机坐。

他的命运在靠山的小煤矿上不断发生着变化。

有次，有个家在惠民的农村叔叔请父亲帮忙，想给老家买吨煤。父亲把家里积攒的煤票都给他，也只有半吨多。父亲让我找王炳章想办法，看看能不能帮帮忙。于是，我第一次走进了他上班的小煤矿。那是公社开的一个小煤井，井架很矮，但十分忙碌，吱吱的井架声断断续续地响着。煤场紧挨着井架，但没有煤，几个拿铁锨的人在等待，一筐煤从井架上来，倒出，便被他们瞬间抢到自己的车里。小煤井与我们参观过的大煤井没法比，职工上井下井和被挖出的煤炭同走这个井口。工人上下井，乘坐的不是电梯似的罐笼，而是一根光滑的木棒。那人骑在那木棒上，便由绞车缓缓地送下去，或者缓缓地拉上来，每次只能上下一人。看了职工乐呵呵地上下井，心里发紧，觉得那煤炭出来的真不容易，怪不得煤矿人把煤看得那样珍贵，也怪不得父母常念叨"不要费炭"。

大章已经不当过磅员，到办公室开票去了。他的办公室与井架相对，在一排红瓦低矮的平房中间。房子每个门口都挂着一块窄长的白木牌，牌子不整齐，但很醒目。大章那间屋的牌子上写着"供销科"。屋里有三张桌子，他在最里面靠墙的位置。进进出出的人流不断，还有四五个人坐在联椅上吸烟。浓浓的烟雾使低矮的屋子更加昏暗。

他看到我，没有惊喜，没有惊讶，也没有站起来，只瓮声瓮气的跟我打招呼："来了。"指指对面那把椅子，示意我坐下。接着问我："有事？"顺手拿起桌子上的泉城牌香烟，抽出一根抛给我。

进进出出的人多数来找他,我担心说出来让他难为情。他见我吞吞吐吐,便直达主题:"是不是想弄点炭?"

我扫描一下屋里的人,急忙点点头。

"多少?"

我看他不回避那些人,也不再藏掖,痛快地告诉他:"一吨吧。"我想,即使他拦腰砍去一半,也完成父亲交给的目标任务了。

他没吱声,顺手拿出一张白纸,写了"请发原煤一吨"六个字,签上名字和时间后递给我,让我去财务交钱。脸上依旧没有同学相见的那份亲热表情。

我没有想到事情办得如此顺利。原来以为他忘记了同学之情,因为每次回家碰到他,总是两个字,"来了"或者"走啊",似乎是无可奈何打招呼。这次若不是父亲下令给人家解决困难,我大概不会去找他。

父亲很高兴,说,大章帮了咱一个大忙。

我参加工作不久他就结婚了。是小学同学中第一个结婚的,那时他刚二十一岁。新娘是黄河以北的农村姑娘,很漂亮。好事的邻居背后指指点点地说"好花插到牛粪上了"。也有邻居猜测说,媳妇是大章用炭换来的。听说那姑娘很贤惠很能干,对大章也十分疼爱,这些都是大章父亲摇着芭蕉扇说的。于是宿舍区里又有了新的说辞和故事,大章腿不好,可他命好。

我只遗憾他没有请同学们喝喜酒,据说一个也没有请。

他为什么不请呢?

五

大章的早逝让我很难过,死于非命的他大概自己也没想到。可是,没有想到的事情还是毫不留情地碾过他那残疾的躯体。

他有一儿一女,儿子的儿子已读小学,女儿的女儿也上幼儿园,可他已经听不到"爷爷""姥爷"的亲切呼喊,感受不到儿孙绕膝的天伦之乐,只能在另外一个世界,用人们听不到的声音祝福他们。

我开始关注驶过身边的各样车辆,望着那些飞快的车胡思乱想和瞎琢磨,什么车驾人呀，人驾车呀，路霸呀，车奴呀，想着想着酿成一句只有自己听见的话：车呀，慢一点吧……

当然，慢一点的不止是车。

灵魂不需要风驰电掣，真的不需要那么快。

——载 2015 年第 6 期《散文百家》

找　娘　　刘月新

　　我一骨碌从炕上爬起来，惺忪着眼四处找寻，看看娘不在，奶奶也不在，只有那个"小不点儿"妹妹在炕里头睡觉。外面一丝风也没有，院墙外头枣树、榆树上的知了嘶哑着嗓子"知了，知了"地叫个不停。它们是不是想把天震破个大窟窿，好让天下大雨啊？

　　我小心地溜下炕来到外屋，发现奶奶还是不在，我揉了揉眼，迷迷瞪瞪地向门洞走去。奶奶的说话声，通过门洞，从过道里传了过来。我扒着大门的边向外瞅，看见奶奶在剁猪菜。她把小木板放在地上，旁边有一个大柳条筐，筐里筐外都是黄荽菜、青青菜，是猪爱吃的菜。

　　本院的三奶奶，三奶奶家的大媳妇——也就是我的婶婶，都拿个"小床子"（家乡的一种小板凳）坐在过道里，婶婶在织毛衣，三奶奶拿着把蒲扇在摇着。婶婶家大我四岁的小云姐姐和与我同岁但大我将近一年的院生哥哥，围在婶婶身边挖土窝儿。婶婶不时地停下手里的活儿，抬起头来跟奶奶、三奶奶说着话，只有奶奶低着头，把板子剁得山响。

　　小云姐姐招呼我过去玩，院生哥哥走过来牵我，并递给我一把削铅笔用的小刀，我怯怯地走过去，跟他们一起在地上挖起土窝儿来。

　　我们挖着土窝儿，不知不觉地，太阳跑到房顶的西面去了，过道里的阴凉地儿越来越大。不知是小云姐姐还是院生哥哥，缠着婶婶要吃甜瓜。于是，小云姐姐和院生哥哥，欢蹦乱跳地跟着婶婶去生产队的瓜园里买瓜去了。

　　不知从什么时候开始，树上的知了叫得不那么欢了，是不是它们也知小云姐姐她们走了,没有人听它唱歌了?要不,就是嗓子给喊破了,叫不出声了?真可笑,它们也没把天给震个大窟窿,天没下雨啊,天还是那么白白的,亮亮的,太阳照常烤得慌。

婶婶她们走了以后,三奶奶搬起"小床子"也回自己的家了,奶奶回院子里不知又忙活啥了,剩我一个人在过道里。我觉得没意思起来。

找娘去!我忽然这么想。对,找娘去,就跟婶婶她们去。我坚定了信心。可我不知道婶婶她们出了村去了哪个方向,更不知道娘跟生产队的人们在哪块田里干活,一个人就这么迷迷糊糊地出了村。

娘在哪里?娘在干什么活儿呢?是用铁锨在翻地,还是在挖沟?有一次,我跟哥哥去给娘送饭,娘正在挖沟,手背皴裂了,流了那么多血;娘在用镰刀割麦子吗?那天我跟姐姐去打菜,看见娘和队里的人们正比赛割麦子,娘的镰真快啊,别人都追不上她,那天娘还送给我一窝割麦割出来的鹌鹑蛋;或者是娘在打水浇菜?要是娘在浇甜瓜该有多好啊,小云姐姐她们就是去买甜瓜了……

我敢说,这是我有生以来做出的第一个大决定,也是一次大的行动。在以后的多少年里,我一直为我的这个决定而自豪。如果说,我的大脑是一块记忆的调色板的话,那么,我的这次行动就是那块调色板上第一笔浓彩!

我出了村子向西走,哪里还有婶婶和小云姐姐、院生哥哥的影子?我只想找到娘,可娘在哪里?找到娘以后想干什么呢?是想叫娘亲亲抱抱,还是想叫娘给买甜瓜吃?娘要是见了我,会不会夸我?会不会打我?

不知走了多远的路,也不知走的是大道还是小道,就是一个劲儿地走啊走啊!

道边儿的沟坡上长满了高高的草和好看的花儿,有青青菜,燕子尾,小老鼠苗,还有牵牛花,墩子草,三棱子草,这些我跟娘下地时都见过,还有一些我就不认得了。沟里的水很多,都快和道儿齐着了。沟里也有草,芦草苇子老高老高的,也有菜和花儿。我不敢往水边上靠,娘说水里有"淹死鬼","淹死鬼"见到小孩就会拖进水里淹死吃掉,就再也找不到娘了。

地里的棒子、高粱长得可真高,都快长到天上去了。道儿两边都是密密的枣树，树的脑袋可真大，这边盖着半边道儿，那边盖着庄稼稞。树上的小枣青青的，还没长大。枣树趟子里也有花和草，还有小虫在爬，有花蝴蝶在飞。姐姐给我逮过花蝴蝶，还逮过蜻蜓呢。我瞅见一只花蝴蝶，和姐姐给我逮过的一模一样，好看极了。它正试着落到一棵"满天星"上，我猫着腰走过去想抓住它，但还差好几步远呢，蝴蝶拍拍花翅膀飞走了。我眼睁睁瞅着它飞得很高很远，直到再也瞅不见它。我想，要是姐姐在有多好，姐姐准能逮着它，哥哥在也成，哥哥还给我逮过家雀呢！

花蝴蝶飞走以后，我在那里愣了好一会儿。当我的眼光再次落到满天星上的时候，忽然，我想起了那天姐姐和她的伙伴们玩的一个游戏，想起了"小狗狗"。于是，我蹲下来，凑近满天星仔细瞅了瞅，上面果然有"小狗狗"（形似跳蚤但比跳蚤细长的一种小黑虫）在爬。那天，我跟姐姐她们下地打猪菜，不知是谁扯下一支满天星，说上面有"小狗狗"，双手合起，中间虚空，把花和小狗狗扣在里面，用嘴对着手缝儿使劲儿吹，说一声"变"，再打开手，就能把"小狗狗"变没，再也找它不着。那天我们玩得可欢了。今个儿就我自个儿，我要玩个够。我在枣树趟子里坐下来，扯一支，吹一支，扯一支，再吹一支，还真灵。不知玩了多大一会儿，只见面前扯下了一大堆的满天星，那些"小狗狗"也不知都被我吹到哪里去了。对啊，它们都到哪里去了呢？我低下头来找"小狗狗"，但又有另外的新发现，我的目标又转移了。

在树趟子里，由于土质坚硬，棘棵乱草又多，还有树的遮挡，蚂蚁在那里筑了好多的窝儿。我瞅见一个蚂蚁窝儿，细细的，高高的，像棵胡萝卜，有很多蚂蚁在那里爬上爬下，出出进进。它们爬进窝的时候，嘴里总是叼着一点东西，或许是它们吃的东西吧，有大一点的东西拖不动时就两只蚂蚁抬，走走，倒倒，东扯西拽，真有意思。但是从窝里出来时就轻快多了。也有不往窝里爬的蚂蚁，它们往树上爬。我凑近一棵枣树，往树干上一瞅，我的天，蚂蚁还真多。那些黑黑的树干的"皱纹"里，爬着很多大大的黑蚂蚁，它们"嗖嗖"地爬得很快。也真是怪，它们不去窝儿里，难道去树上睡觉不成？

"吱吱吱"，"吱吱吱"，突然从棒子地里传来尖尖的叫声。这从天而降的叫声，吓得我浑身一抖，头发都乍起来了。是什么东西叫得这么响？哦，我想起来了，这是老鼠的叫声。在炕上睡觉时，我就听到过这种声音，奶奶说，是老鼠在打架。是不是老鼠趁奶奶不在屋也跑到地里来了？

正在我惊恐万状的时候，一只大蛤蟆像哥哥跳远一样从地里蹦到道上，蹦到了我的面前，打得它身后的棒子叶沙沙地响，我吓得尖叫着倒退一步，两手攥拳端在胸前，不住地哆嗦着，无助地哇哇大哭起来。

娘，多好多温暖啊！能像小云姐姐、院生哥哥那样，天天守在娘身边，有娘哄着，有娘疼着，有娘护着，是多么幸福的事啊！

想到娘，我忽然记起了我出来是找娘的。可娘在哪里？我今天能找到娘吗？娘知道我在找她吗？娘是不是也在找我啊？平时我是不能天天守着娘的，小云姐姐的娘不用下地干活，是因为她爸爸当工人，我的娘要下地干活儿挣工分啊！

想到这些，我顾不得哭了，得赶紧找娘。

我走过了好多地方，一会儿绕沟，一会儿爬坡，懵懵懂懂地还记得钻过棒子地，在枣树趟子里让棘棵子划破了胳膊和腿，让"霸脚儿""霸"着了手和脸。我抬头东望望，西望望，一个人也看不见；再抬头望望天，天又高又小，让棒子稞、高粱稞和枣树给挡起来了；我还看见了一大片水，好大好大的，比我家门前的那个湾大多了，一眼望不到边，一眼望不到底，我有些晕了。我当然不能下水，娘不让下水，可我又绕不过去，我着急了。不知从什么时候起太阳不见了，周围灰蒙蒙一片——天黑了。

走啊走啊，找啊找啊，找不到娘我的心慌了，我惶恐无助地又大哭起来。以后发生的事情我就记不清了，我的大脑失去了记忆。

后来，奶奶不止一次地跟我说起，当她老人家发现我不在过道里的时候，惊得六魂都出了窍。东胡同，西过道，房前屋后，湾边沟旁井沿上，翻江倒海地找疯了。奶奶一边喊着我的名字一边跑着找着，见人就问，见水井、沟湾就瞅，后来干脆就拿根竹竿到水里去搅和了。

奶奶找我，村里的婶婶大娘叔叔大爷听说了，也都急得跟着找。就在奶奶几乎绝望了的时候，本村同姓的一个叫小六的叔叔把我抱到了奶奶跟前。奶奶见了我，一下子扑上来，连声道谢的话都没说，就瘫坐在了地上。

后来我常想，我与小六叔叔一定是前世有缘，或许他前世就是我的亲叔，如若不是，那天无助的我为什么偏偏让他给发现？如果不是他及时发现了我并把我抱回家，我不知要走到哪里去，不知会发生什么样的不幸，我的家人会急疯……在我懂事以后，每当见到小六叔叔，我会很亲地走上前去跟他说话，见到他心里就觉得很温暖。参加工作以后，一次回家听母亲说，小六叔叔跌伤做了个手术，我赶紧买了补品去看望他。我想，我们前世结下的缘今生今世是解不开了。

　　那天，当我重新站回到奶奶跟前时，活脱脱变成一个小泥猴，浑身上下没有一点干净的地方。奶奶给我洗着澡，我边哭边一个劲地反复唠叨：奶奶，找不到娘；奶奶，找不到奶奶；奶奶，找不到家……奶奶的眼泪和着洗澡水啪嗒啪嗒地直往盆里掉。

　　后来娘对我说，那天，她收工后照样没有回家，把锄头让本家的姑姑给扛回来，一个人背起大草筐去了更远的洼地。当娘顶着满天星星背着一大筐青草回到家，耳闻目睹了这一切后，抱着我的头呜呜大哭起来。

　　晚上，我开始发烧，迷迷糊糊地说着胡话，一惊一乍地喊着叫着。奶奶、娘守在我的身旁，轮流着用白酒给我搓了前心搓后背。爸爸请来医生，又给我打了针。住在村南头的老三奶奶听说了，还过来帮我收了魂儿。

　　我一直昏睡了3天，娘破例歇工陪了我3天。后来我常想，那肯定是我童年时代最最幸福的3天。

　　奶奶说，那一年，我4岁。

——选自 2015 年 6 月 15 日《文艺报》

母亲的房子　蔡崇达

母亲还是决定要把房子修建完成，即使她心里清楚，房子将可能在半年或者一年后被拆迁掉。

这个决定是在从镇政府回家的路上做的。在陈列室里，她看到那条用铅笔绘制的、潦草而别扭的线，像切豆腐一样从这房子中间劈开。

她甚至听得到声音。不是"噼里啪啦"，而是"哐"一声。那一声巨大的一团，一直在她耳朵里膨胀，以至于在回来的路上，她和我说她头痛。

她说天气太闷，她说走得太累了，她说冬天干燥得太厉害。她问："我能歇息吗？"然后就靠着路边的一座房子，头朝向里面，用手掩着脸不让我看见。

我知道不关天气，不关冬天，不关走路的事情。我知道她在那个角落拼命平复内心的波澜。

这座四层楼的房子，从外观上看，就知道不怎么舒适。两百平方米的地皮，朝北的前一百平方米建成了四层的楼房，后面潦草地接着的，是已经斑斑驳驳的老石板房。即使是北边这占地一百平方米的四层楼房，也可以清楚地看到，是几次修建的结果：底下两层是朝西的坐向，还开了两个大大的迎向道路的门——母亲曾天真地以为能在这条小路做点小生意，上面两层却是朝南的坐向，而且，没有如同一二层铺上土黄色的外墙瓷砖，砖头和钢筋水泥就这样裸露在外面。

每次从工作的北京回到家，踏入小巷，远远看到这奇怪的房子，总会让我想起珊瑚——一只珊瑚虫拼命往上长，死了变成下一只珊瑚虫的房子，用以支持它继续往上长。它们的生命堆叠在一起，物化成那层层叠叠的躯壳。

有一段时间，远在北京工作累了的我，习惯用Google地图，不断放大、放大，直至看到老家那屋子的轮廓。从一个蓝色的星球不断聚焦到这个点，看到它别扭地窝在那。多少人每天从那条小道穿过，很多飞机载着来来往往的人的目光从那儿不经意地掠过，它奇怪的模样甚至没有让人注意到，更别说停留。还有谁会在乎里面发生的于我来说撕心裂肺的事情。就像生态鱼缸里的珊瑚礁，安放在箱底，为那群斑斓的鱼做安静陪衬，谁也不会在意渺小但同样惊心动魄的死亡和传承。

母亲讲过太多次这块地的故事。那年她二十四岁，父亲二十七岁。两个人在媒人的介绍下，各自害羞地瞄了一眼，彼此下半辈子的事情就这么定了。父亲的父亲是个田地被政府收回而自暴自弃的浪荡子，因为吸食鸦片，早早地把家庭拖入了困境。十几岁的父亲和他的其他兄弟一样，结婚都得靠自己。当时他没房没钱，第一次约会只是拉着母亲来到这块地，说，我会把这块地买下来，然后盖一座大房子。

母亲相信了。

买下这块地是他们结婚三年后的事情。父亲把多年积攒的钱加上母亲稀少的嫁妆凑在一起，终于把地买下。地有了，建房子还要一笔花费。当时还兼职混黑社会的父亲，正处于天不怕地不怕的年纪，拍拍胸膛到处找人举债，总算建起了前面那一百多平方米，留下偏房的位置，说以后再修。

父亲不算食言——母亲总三不五时回忆这段故事，这几乎是父亲最辉煌的时刻。

她会回忆自己如何发愁欠着的几千块巨款，而父亲一脸不屑的样子，说，钱还不容易。母亲每每回忆起这段总是要绘声绘色，然后说，那时候你父亲真是男子汉。

但男人终究是胆小的，天不怕地不怕只是还不开窍还不知道怕——母亲后来几次这么调侃父亲。

第二年，父亲有了我这个儿子，把我抱在手上那个晚上据说就失眠了。

第二天一早六七点就摇醒我母亲，说，我怎么心里很慌。

愁眉苦脸的人换成是父亲了。在医院的那两天他愁到饭量急剧下降。母亲已经体验到这男人的脆弱。第三天，因为没钱交住院费，母亲被赶出了医院。

前面有个姐姐，我算第二个孩子，这在当时已经超生，因而母亲是跑到遥远的厦门生的我。从厦门回老家还要搭车。因为超生的这个孩子，回家后父亲的公职可能要被辞掉。从医院出来，父亲抱着我，母亲一个人拖着刚生育完的虚弱身体，没钱的两个人一声不吭地一步步往公路挪，不知道怎么回到小镇上的家。

走到一个湖边，父亲停下来，迷惘地看着那片湖，转过头问，我们回得了家吗？

母亲已经疼痛到有点虚脱了，她勉强笑了笑：再走几步看看，老天爷总会给路的。

父亲走了几步又转过头：我们真的回得了家吗？

再走几步看看。

一个路口拐过去，竟然撞上一个来厦门补货的老乡。

"再走几步看看。"这句话母亲自说出第一次后，就开始不断地用它来鼓励她一辈子要依靠的这个男人。

公职果然被开除了，还罚了三年的粮食配给，内心虚弱的父亲一脆弱，干脆把自己关家里不出去寻找工作。母亲不吭声，一个人到处找活干——缝纫衣服、纺织、包装。烧火的煤是她偷邻居的，下饭的鱼是她到街上找亲戚讨的。她不安慰父亲，也不向他发火，默默地撑了三年。直到三年后某一天，父亲如往常一样慢悠悠走到大门边，打开门，是母亲种的蔬菜、养的鸡鸭。父亲转过身对母亲说："我去找下工作。"然后一个月后，他去宁波当了海员。

过了三年，父亲带着一笔钱回到了老家，在这块地上终于建成了一座完整的石板房。

父亲花了好多钱，雇来石匠，把自己和母亲的名字，编成一副对联，刻在石门上，雕花刻鸟。他让工匠瞒着母亲，把石门运到工地的时候还特意用红布盖着，直到装上大门宣布落成那刻，父亲把红布一扯，母亲这才看到，她与父亲的名字就这样命名了这座房子。

当时我六岁，就看到母亲盯着门联抿着嘴，一句话都没说。几步开外的父亲，站到一旁得意地看着。

第二天办落成酒席，在喧闹的祝福声中，父亲宣布了另一个事情：他不回宁波了。

酒桌上，亲戚们都来劝，在他们看来，这是一个难得的工作：比老家一般工作多几倍的工资，偶尔会有跑关系的商家塞钱。父亲不解释，一直挥手说反正不去了。亲戚来拉母亲去劝，母亲淡淡地说，他不说就别问了。

后来父亲果然没回宁波了，拿着此前在宁波攒的钱，开过酒店、海鲜馆、加油站，生意越做越小，每失败一次，父亲就像褪一层皮一样，变得越发邋遢、焦虑、沉默。然后在我读高二的时候，父亲一次午睡完准备要去开店，突然一个跌倒，倒在天井里。父亲中风了。

也是直到父亲中风住院，隔天要手术了，躺在病床上，母亲这才开口问："你当时在宁波是不是有什么事情处理不来，干脆躲了吧？"

父亲笑开了满口因为抽烟而黑的牙齿。

"我就知道。"母亲淡淡地说。

父亲当年建成的那座石板房子，如今只剩下南边的那一片了。

每次回家，我都到南边那石板老房走走。拆掉的是北边的主房，现在留下没完成拆建的部分，就是父亲生病长期居住的左偏房，和姐姐出嫁前住的右偏房。在左偏房里，父亲完成了两次中风，最终塑造出离世前那左半身瘫痪的模样。而在右偏房，姐姐哭着和我说，当时窘迫的家出不起太多嫁妆，她已经认定自己要嫁一个穷苦的人家，从此和一些家里比较有钱的朋友，断了联系。

我记得她说那句话的那个晚上。她和当时的男友出去不到一刻钟就回来了。进了房间，躲着父母，一声不吭地把我拉到一边，脸涨得通红，眼眶盈满了泪，却始终不让其中任何一滴流出来。平复了许久，她开口了："答应我，从此别问这个人的任何事情。如果父母问，你也拦住不要让他们再说。"

我点点头。

直到多年后我才知道，当时他问我姐："你家出得起多少嫁妆？"

那旧房子，母亲后来租给了一个外来的务工家庭。一个月一百五十元，十年了，从来没涨过价钱。那狭小的空间住了两个家庭，共六个人一条狗，拥挤得看不到太多这房子旧日的痕迹。

一开始我几次进入那房子，想寻找一些东西。中风偏瘫的父亲有次摔倒在地上留下的血斑，已经被他们做饭的油污盖住了，而那个小时候父亲精心打造给我作为小乐园的楼梯间，现在全是杂物。

母亲有意无意，也经常往这里跑。

我看着这样的母亲，心里想，母亲出租给他们家，只是因为，他们家拥挤到足够占据这个对她来说充满情感同时又有许多伤感的空间。

别人的生活就这么浅浅地敷在上面——这是母亲寻找到的与它相处的最好距离。

其实，母亲现在居住的这四层小楼房，于我是陌生的。

这是我读高三的时候修建的。那也是父亲生病的第二年。母亲把我叫到她房里，打开中间抽屉，抽出一卷钱。她说我们有十万了。那是她做生意，姐姐做会计，我高中主编书以及做家教的收入。她说你是一家之主，你决定怎么用。我想都没想，说存起来啊。

在那两年里，母亲每天晚上八九点就要急急忙忙地拿着一个编织袋出趟门，回来时我会听到后院里她扔了什么东西，然后一个人走进来，假装每天这么准时的出入一点都不奇怪。其实当时我和姐姐也是装作不知道，但心里早清楚，母亲是在那个时间背着我们到菜市场捡人家不要的菜叶，隔天加上四颗肉丸就是一家人一顿饭的所有配菜。

她偷偷地出去，悄然把菜扔在后院，第二天她把这些菜清洗干净，去除掉那些烂掉的部分，体面地放置在餐桌上。我们谁也没说破，因为我们都知道，自己承受不了说破后的结果。

然而那个晚上,拿着那十万,她说,我要建房子。

"你父亲生病前就想要建房子,所以我要建房子。"这是她的理由。

"但父亲还需要医药费。"

"我要建房子。"

她像商场里看到心爱的玩具就不肯挪动身体的小女孩,倔强地重复她的渴望。

我点点头。虽然明白,那意味着"不明来路"的菜叶还需要吃一段时间,但我也在那一刻想起来,好几次一些亲戚远远见到我们就从另一个小巷拐走,和母亲去祠堂祭祀时,总有些人都当我们不存在。

我知道这房子是母亲的宣言。以建筑的形式,骄傲地立在那。

满打满算,钱只够拆掉一半,然后建小小的两层。小学肄业的母亲,自己画好了设计图,挑好日子,已经是我高考前的两周。从医院回来,父亲和母亲就住到了左偏房。到了适婚年龄的姐姐从小就一直住在右偏房。旧房子决定要拆了,我无房可住,就搬到了学校的宿舍。

旧房子拆的前一周,母亲"慷慨"地买了一串一千响的大鞭炮,每天看到阳光出来,就摆到屋顶上去晒太阳。她说,晒太阳会让声音更大更亮。偏偏夏日常莫名其妙地大雨,那几个下午,每次天滴了几滴水,母亲就撒开腿往家里跑,把鞭炮抢救到楼下,用电吹风轻轻吹暖它,像照顾新生儿一般呵护。

终于到拆迁的时刻了,建筑师傅象征性地向墙面锤了一下。动土了。在邻里的注视下,母亲走到路中间,轻缓地展开那长长的鞭炮,然后,点燃。

声音果然很响,鞭炮爆炸产生的青烟和尘土一起扬起来,弥漫了整个巷子。我听到母亲在我身旁深深地、长长地透了口气。

建房子绝不是省心的事,特别对于拮据的我们。为了省钱,母亲边看管加油站,边帮手做小工。八十多斤的她在加油站搬完油桶,又赶到工地颤颤悠悠地挑起那叠起来一人高的砖。收拾完,还得马上去伺候父亲。

我不放心这样的母亲，每天下课就赶到工地。看她汗湿透了全身，却一直都边忙边笑着。几次累到坐在地上，嘴巴喘着粗气，却还是合不上地笑。

看到有人路过工地，她无论多喘都要赶忙站起身过来说话："都是我儿子想翻盖新房，我都说不用了，他却很坚持，没办法，但孩子有志气，我也要支持。"

担心的事情终于发生了，我高考前一周的那个下午，她捂着肚子，在工地昏倒了。到医院一查：急性盲肠炎。

我赶到医院，她已经做完盲肠手术。二楼的住院部病床上，她半躺在那儿，见我进来就先笑："房子已经在打地基了？"她怕我着急到凶她。

我还是想发脾气，却听到走廊里一个人挂着拐杖拖着步子走的声音，还带着重重的喘气声。是父亲。他知道母亲出事后，就开始出发，挂着拐杖挪了三四个小时，挪到大马路上，自己雇了车，才到了这家医院。

现在他挂着拐杖一点点一点点挪进来，小心翼翼地把自己安排到旁边的病床上，如释重负地一坐。气还喘着，眼睛直直盯着母亲，问："没事吧？"

母亲点点头。

父亲的嘴不断撇着，气不断喘着，又问了句："没事吧？"眼眶红着。

"真的没事？"嘴巴不断撇着，像是抑制不住情绪的小孩。

我在旁，一句话都说不出来。

房子建了将近半年，落成的时候，我都上大学了。那房子最终的造价还是超标了，我只听母亲说找三姨和二伯借了钱，然而借了多少她一句话都不说。我还知道，连做大门的钱也都是向木匠师傅欠着的。每周她清点完加油站的生意，抽出赚来的钱，就一户户一点点地还。

然而，母亲还是决定在搬新家的时候，按照老家习俗宴请亲戚。这又折腾了一万多。

那一晚她笑得很开心，等宾客散去，她让我和姐姐帮忙整理那些可以回锅的东西——我知道将近一周，这个家庭的全部食物就是这些了。

抱怨从姐姐那开始的："为什么要乱花钱？"

母亲不说话，一直埋头收拾，我也忍不住了："明年大学的学费还不知道在哪呢？"

"你怎么这么爱面子，考虑过父亲的病，考虑过弟弟的学费吗？"姐姐着急得哭了。

母亲沉默了很久，姐姐还在哭，她转过身来，声音突然大了："人活着就是为了一口气，这口气比什么都值得。"这是母亲在父亲中风后，第一次对我们俩发火。

平时在报社兼职，寒暑假还接补习班老师的工作，这老家的新房子对我来说，就是偶尔居住的旅社。

一开始父亲对这房子很满意。偏瘫的他，每天拄着拐杖坐到门口，对过往的认识不认识的人说，我们家黄脸婆很厉害。

然而不知道听了谁的话，不到一周，父亲开始说："就是我家黄脸婆不给我钱医病，爱慕虚荣给儿子建房子，才让我到现在还是走不动。"

母亲每次进进出出，听到父亲那恶毒的指责，一直当作没听见。但小镇上，各种传言因为一个残疾人的控诉而更加激烈。

一个晚上，三姨叫我赶紧从大学回老家——母亲突然在下午打电话给她，交代了一些莫名其妙的话："你交代黑狗达，现在欠人的钱，基本还清了，就木匠蔡那还有三千，无论发生什么事情怎么样都一定要还，人家是帮助我们。他父亲每天七点一定要吃帮助心脏搏动的药，记得家里每次都要多准备至少一个月的量，每天无论发生什么事情，一定要盯着他吃；他姐姐的嫁妆其实我存了一些金子，还有我的首饰，剩下的希望她自己努力了。"

我赶到家，看到她面前摆了一碗瘦肉人参汤——这是她最喜欢吃的汤。每次感觉到身体不舒服，她就清炖这么一个汤，出于心理或者实际的药理，第二天就又全恢复了。

知道我进门，她也不问。

"你在干吗？"先开口的是我。

她说："我在准备喝汤。"

我看那汤，浓稠得和以前很不一样，猜出了大概。走上前把汤端走。

我和她都心照不宣。

我正把汤倒进下水道里，她突然号啕大哭："我还是不甘心，好不容易都到这一步了，就这么放弃，这么放弃太丢人了，我不甘心。"

那一晚，深藏于母亲和我心里的共同秘密被揭开了——在家里最困难的时候，想一死了之的念头一直像幽灵般缠绕着我们，但我们彼此都没说出过那个字。

我们都怕彼此脆弱。

但那一天，这幽灵现身了。

母亲带我默默上了二楼，进了他们的房间。吃饱饭的父亲已经睡着了，还发出那孩子一般的打呼声。母亲打开抽屉，掏出一个盒子，盒子打开，是用丝巾包着的一个纸包。

那是老鼠药。

在父亲的打呼声中，她平静地和我说："你爸生病之后我就买了，好几次我觉得熬不过去，掏出来，想往菜汤里加，几次不甘愿，我又放回去了。"

"我还是不甘心，我还是不服气，我不相信咱们就不能好起来。"

那晚，我要母亲同意，既然我是一家之主，即使是自杀这样的事情也要我同意。她答应了，这才像个孩子一样，坐在旁边哭起来。

我拿着那包药，我觉得，我是真正的一家之主了。

当然，我显然是个稚嫩的一家之主。那包药，第二周在父亲乱发脾气的时候就暴露了。我掏出来，大喊要不全家一起死了算了。全家人都愣住了。母亲抢过去，生气地瞪了我一下，又收进自己的兜里。

接下来的日子，这个暴露的秘密反而成了一个很好的防线。每次家里发生些相互埋怨的事情，母亲会一声不吭地往楼上自己的房间走去，大家就都安静了。我知道，那刻，大家脑海里本来占满的怒气慢慢消退，是否真的要一起死，以及为彼此考虑的各种想法开始浮现。怒气也就这么消停了。

这药反而医治了这个因残疾因贫穷而充满怒气和怨气的家庭。

大三暑假的一个晚上，母亲又把我叫进房间，抽出一卷钱。

我们再建两层好不好？

我又想气又想笑。这三年好不容易还清了欠款，扛过几次差点交不出学费的窘境，母亲又来了。

母亲很紧张地用力地捏着那卷钱，脸上憋成了红色，像是战场上在做最后攻坚宣言的将军："这附近没有人建到四楼，我们建到了，就真的站起来了。"

我才知道，母亲比我想象的还要倔强，还要傲气。

我知道我不能说不。

果然，房子建到第四层后，小镇一片哗然。建成的第一天，落成的鞭炮一放，母亲特意扶着父亲到市场里去走一圈。

边走边和周围的人炫耀："你们等着，再过几年，我和我儿子会把前面的也拆了，围成小庭院，外装修全部弄好，到时候邀请你们来看看。"一旁的父亲也用偏瘫的舌头帮腔："到时候来看看啊。"

然后第二年，父亲突然去世。

然后，再过了两年，她在镇政府的公示栏上看到那条线，从这房子的中间切了下来。

"我们还是把房子建完整好不好？"在镇政府回来的那条路上，母亲突然转过身来问。

我说："好啊。"

她尝试解释："我是不是很任性，这房子马上要拆了，多建多花钱。我不知道自己为什么一定要建好。"

她止不住号啕大哭起来："我只知道，如果这房子没建起来，我一辈子都不会开心，无论住什么房子，过多好的生活。"

回到家，吃过晚饭，看了会儿电视，母亲早早躺下了。她从内心里透出累。我却怎么样也睡不着，一个人爬起床，打开这房子所有的灯，这几年来才第一次认真地一点一点地看，这房子的一切。像看一个熟悉却陌生的亲人，它的皱纹、它的寿斑、它的伤痕。

三楼四楼修建得很潦草,没有母亲为父亲特意设置的扶手,没有摆放多少家具,建完后其实一直空置着,直到父亲去世后,母亲从二楼急急忙忙搬上来,也把我的房间安置在四楼。有段时间,她甚至不愿意走进二楼。

二楼第一间房原来是父亲和母亲住的,紧挨着的另外一间房间是我住的,然后隔着一个厅,是姐姐的房间。面积不大,就一百平方米不到,扣除了一条楼梯一个阳台,还要隔三间房,偏瘫的父亲常常腾挪不及,骂母亲设计得不合理。母亲每次都会回:"我小学都没毕业,你当我建筑师啊?"

走进去,果然可以看到,那墙体,有拐杖倚靠着磨出来的刮痕。打开第一间的房门,房间还弥漫着淡淡的父亲的气息。那个曾经安放存款和老鼠药的木桌还在,木桌斑斑驳驳,是父亲好几次发脾气用拐杖砸的。只是中间的抽屉还是被母亲锁着。我不知道此时锁着的是什么样的东西。

我不想打开灯,坐在椅子上看着父亲曾睡过的地方,想起几次他生病躺在那的样子,突然想起小时候喜欢躺在他肚皮上。

这个想法让我不由自主地躺到了那床上,感觉父亲的气味把我包裹。淡淡的月光从窗户透进来,我才发觉父亲的床头贴着一张我好几年前照的大头贴,翻起身来看,那大头贴,在我脸部的位置发白得很奇怪。再一细看,才察觉,那是父亲用手每天摸白了。

我继续躺在那位置把号啕大哭憋在嘴里,不让楼上的母亲听见。等把所有哭声吞进肚子里,我仓促地逃离二楼,草草结束了这趟可怕的探险。

第二天母亲早早把我叫醒了。她发现了扛着测量仪器的政府测绘队伍,紧张地把我拉起来——就如同以前父亲跌倒,她紧急把我叫起来那无助的样子。

我们俩隔着窗子,看他们一会儿架开仪器,不断瞄准着什么,一会儿快速地写下数据。母亲对我说:"看来我们还是抓紧时间把房子修好吧。"

那个下午,母亲就着急去拜访三伯了。自从父亲去世后,整个家庭的事情,她都习惯和三伯商量,还有,三伯认识很多建筑工队,能拿到比较好的价钱。

待在家里的我一直心神不宁，憋闷得慌，一个人爬到了四楼的顶上。我家建在小镇的高地，从这房子的四楼，可以看到整个小镇在视线下展开。

那天下午我才第一次发现，整个小镇遍布着工地，它们就像是一个个正在发脓的伤口，而挖出的红土，血一般地红。东边一条正在修建的公路，像只巨兽，一路吞噬过来，而它挪动过的地方，到处是拆掉了一半的房子。这些房子外面布着木架和防尘网，就像包扎的纱布。我知道，还有更多条线已经划定在一座座房子上空，只是还没落下，等到明后年，这片土地将皮开肉绽。

我想象着，那一座座房子里住着的不同故事，多少人过去的影子在这里影影绰绰，昨日的悲与喜还在那停留，想象着，它们终究变成的一片尘土飞扬的废墟。

我知道，其实自己的内心也如同这小镇一样：以发展、以未来、以更美好的名义，内心的各种秩序被太仓促太轻易地重新规划、摧毁、重新建起，然后我再也回不去，无论是现实的小镇，还是内心里以前曾认定的种种美好。

晚上三伯回访。母亲以为是找到施工队，兴奋地迎上去。

泡了茶慢慢品玩，三伯开口："其实我反对建房子。"

母亲想解释什么。三伯拦住了，突然发火："我就不理解了，以前要建房子，你当时说为了黑狗达为了这个家的脸面，我可以理解，但现在图什么？"

我想帮母亲解释什么，三伯还是不让："总之我反对，你们别说了。"然后开始和我建议在北京买房的事。"你不要那么自私，你要为你儿子考虑。"

母亲脸憋得通红，强忍着情绪。

三伯反而觉得不自在了："要不你说说你的想法。"

母亲却说不出话了。

我接过话来："其实是我想修建的。"

我没说出口的话还有：其实我理解母亲了，在她的认定里，一家之主从来是父亲，无论他是残疾还是健全，他发起了这个家庭。

事实上，直到母亲坚持要建好这房子的那一刻，我才明白过来，前两次建房子，为的不是她或者我的脸面，而是父亲的脸面——她想让父亲发起的这个家庭看上去是那么健全和完整。

这是母亲从没表达过，也不可能说出口的爱情。

在我的坚持下，三伯虽然不理解，但决定尊重这个决定。我知道他其实考虑的是我以后实际要面对的问题，我也实在无法和他解释清楚这个看上去荒诞的决定——建一座马上要被拆除的房子。

母亲开始奔走，和三伯挑选施工队，挑选施工日期。最终从神佛那问来的动土的日子，是在一个星期后——那时我已经必须返回北京上班了。

回北京的前一天下午，我带着母亲到银行提钱。和贫穷缠斗了这大半辈子了，即使是从银行提取出来的钱，她还是要坐在那一张张反复地数。清点完，她把钱搂在胸前，像怀抱着一个新生儿一样，小心翼翼地往家里走。

这本应该兴奋的时刻，她却一路的满腹心事。到了家门口，她终于开了口："儿子我对不起你，这样你就不够钱在北京买房子了吧。"

我只能笑。

又走了几步路，母亲终于鼓起勇气和我说了另外一个事情："有个事情我怕你生气，但我很想你能答应我。老家的房子最重要是门口那块奠基的石头，你介意这房子的建造者打的是你父亲的名字吗？"

"我不介意。"我假装冷静地说着，心里为被印证的某些事，又触动到差点没忍住眼泪。

"其实我觉得大门还是要放老房子父亲做的那对，写有你们俩名字的对联。"

然后，我看见那笑容就这么一点点地在她脸上绽放开，这满是皱纹的脸突然透出羞涩的容光。我像摸小孩一样，摸摸母亲的头，心里想，这可爱的母亲啊。

同事的邀约，春节第一天准时上班的人一起吃饭庆祝。那个嘈杂的餐厅，每个人说着春节回家的种种故事：排队两天买到的票、回去后的陌生和不习惯、与父母说不上话的失落和隔阂……然后有人提议说，为大家共同的遥远的故乡举杯。

我举起杯，心里想着：用尽各种办法让自己快乐吧，你们这群无家可归的孤魂野鬼。

然后独自庆幸地想，我的母亲以及正在修建的那座房子。

我知道，即使那房子终究被拆了，即使我有一段时间里买不起北京的房子，但我知道，我这一辈子，都有家可回。

——选自 2015 年第 3 期《作品》

善行，从古渡播撒　　蔡飞跃

蛰伏晋江池店村边的桅头尾古渡，渡名不甚讲究，喊起来也拗口，可它五百多年前在闽南家喻户晓。

我是走过古村的几条老巷，走过李五雕像，停步古渡口的。

天上雨飘，温润如酥，轻柔的雨丝散发着活力——坚硬土地被拱起的泥片，一经滋润，新绿一眨眼便茎叶成形。渡头三十年前已成野渡，河道瘦瘦的，三十米宽，还在发挥排水灌溉的余热。河岸的草木不止一种，有的盛气凌人，有的柔质妩媚，映衬出渡口的老迈。

泥沙淤积之前，这里是一湾浅海。最先变浅海为渡口的人，后来成为富甲一方的慈善家。他叫李五。"富不过李五"是泉州人的口头禅，如果追问李五的名号，肯定会把一大批人难倒。守护村头的李五花岗岩雕像的基座上，镌刻着几行字："明代慈善家李五（1386~1457）。"简单，明了。人们从雕像下走过，似乎没有探求真名的欲望。

高度9.6米的李五石像，底座浮雕是榨糖、织布劳动场景以及李五的主要慈善事迹图。设计者特别注重突出李五的书卷气，刀笔雕出他性纯而姿丰的气质。石像近旁，晋江南高干渠的清水潺潺流动，往南流向凤池，流向眼前的桅头尾渡。

"糖"和"棉"是李五的财源。糖属于有机化合物，是人体内产生热能的主要物质。虽说自发现榨糖的甘蔗，糖产量确实比麦芽糖高出好几倍。奈何甘蔗仅适合南方种植，明代的食糖依然是紧俏物。池店古称凤池里，土壤日照适宜优质蔗的生长。李五心无旁骛，目光盯在蔗糖市场。他的包购策略，种蔗收入高于其他农作物，尝到甜头的农人放胆广植，一时间，蔗林连接六乡九里。由于蔗源丰足，旗下的制糖作坊开设一个又一个。量多不如打品牌，秘制的"凤池赤砂糖"投入市场便成了抢手货。

眼光敏锐、脑瓜精明，是商贾成功的要素。江浙、京津是李五资金积累的来源，糖船到达目的地，再傻也不会空船返航。当地量多价廉的丝、棉，紧紧吸引了李五，他运回蚕丝、棉花，加工成绸缎、布匹、棉织，又销往外地……

运输是商贸的头等大事，航运比陆运流通快，李五看中这里紧连官道、近临名声在外的泉州后渚港，赶忙疏海建渡，名下的内河船队载着货物运抵后渚，再改装大船运往省内外。时光定格在明代，这里樯桅林立，远望只能看到桅杆末（尾）端，桅头尾从此成为渡头的符号，升升落落的日月见证过这个内河商埠的繁忙。长期"糖去棉花返"的苦心经营，李五终成富甲闽南的巨商。在素鄙素嫉商贾的明代商海里打拼，李五的成功是一个奇迹。

也许有人认为李五的富有，全靠父兄遗产的助力，这是个误解。李五的长兄确实善营家计，但他49岁辞世，财产嘱归老四启正管理。而李五的二兄、三兄早逝无嗣，没有多少财产的积累。"百善孝为先，孝顺尊父母；惜缘做善事，德荫子孙福"，这是中国人的劝善老话。李五是这样想的，也是这样做的，他对双亲百般孝顺，为了续报养育之恩，李五72岁仙逝时，特意交代一定要葬在父母墓边。富有孝心是事业成功的基础，李五能成为巨富，凭的是诚信经商、集腋成裘。

鸟声粒粒，穿过薄薄的雨幕向我奔来。一丝微凉在我的腮边蠕动，草木叶子上弹出的雨丝乐章，在我的心房里流淌。

慈善的义项是对人关怀、富有同情心。杰出的慈善家，前提必须是事业的成功者，钱囊鼓得不够高的行善者，只能算是善人。李五餐风饮露，一船船汗水从这里驶出，一船船汗水在这里登岸。资本足够积累后，盛载赈灾济贫的货物，也从这里扬帆。这是一个连接慈航的古渡，静泊着沉甸甸的情意。

早期闽南糖产品多是红糖，坊间有红糖为药引治病的习俗。有人患了痢疾，饮服春秧干加红糖熬制的汤，不日即可痊愈。凤池糖还可以防治瘟疫，这不是空穴来风，后来在宁波得到验证——宁波是我国古代港口名城，李五看中它的富庶，把它定位重点发展城市。明正统甲子年春夏之交，宁波鄞县晴雨无常，诱发瘟疫蔓延，当地传闻凤池糖疗效神奇，一时间抢购成风。

　　太多的人排队购糖，太多的没钱人望糖兴叹。李五慈悲为怀，毅然放弃牟取暴利的时机，决定开仓施糖救人。每天求糖的人络绎不绝，还是有很多人空手而归。糖仓附近的水井触动李五的灵机，他嘱人把糖倾入井中，领取糖水的人太多，水井一天数次见底，泉水冒上来又加糖，喝了溶解糖水的灾民喜笑颜开。疫情肆虐期间，糖船从桅头尾起航，又在后渚港中转，源源不断运抵宁波港。疫情扑灭后，李五捐出巨资购买农具、种子，解决了灾民物资匮乏之虞。为了纪念李五的功德，那口救命井鄞县命名为"恩公井"，并为李五建祠祭拜。

　　我没有到过鄞县，没有见过恩公井、恩公祠。但我见过虎帅爷，这是一尊以虎为形象的木雕神像，原是鄞县宫庙的保护神，为了答谢李五救百姓于瘟疫，鄞县耆老将其献给李五。虎帅爷四足健壮，头昂口张，身高24公分，体长41公分。村人确信虎帅爷神力灵验，烟火经年不息。现实让我惊奇，祭祀虎帅爷除了要备有案前供品，还要备有一大片鲜猪肉放入虎口。虎口中的猪肉无论放多久，不腐烂、不发臭。族人宝贝这尊李五少有的遗物，虔诚地在神祇跟前匍匐，缅怀三世祖的善行。

　　快乐经商是李五的生意法则。经商忙吗？忙！经商累吗？累！李五忙中取乐，终年随身携带一管洞箫。洞箫是南音的主要乐器之一。保留唐代音乐遗响的泉州南音，五代是它的发展期。那是个分崩离析的年代，中原战火纷飞，闽地与世隔绝，成了中原官民向往的世外桃源。追随闽人王审知入闽的文人武夫，不乏音律痴迷者，他们把宫廷音乐和闽南音乐巧妙糅合，吸纳其他剧种唱腔的精华，创造出独树一帜的南音。

　　南音乐器是唐代的形制，品类五花八门：琵琶、洞箫、三弦、二弦、檀板、品箫、云锣、响盏……有的乐器已很稀有，诸如尺八、奚琴。时至今日，南音仍是泉州人的至爱，城乡凡遇红白喜事、逢年过节，南音都没有缺席。洞箫横吹是句俗语，然而竖吹的南音洞箫却是唐代的真传，讲究力度，讲究技巧。

年轻时，李五喜欢箫声苍凉的音韵，精心研习吹奏技巧，终于练成闽南第一箫。

在一趟趟的远航旅程中，李五的箫声吹落了晨星，吹升了朝阳。他甚至用箫声化解一场劫难：是明代的一个夏天吧，李五押运载满凤池糖的船队驶往京津，刚出泉州湾就被海盗劫持，自由受到限制，时时借力洞箫排解心中块垒。贼首是闽南人，且是南音发烧友，专聘一位弦管教习。李五的箫声惊动了弦管，经过确认，断定闽南第一箫就在船上。贼首久闻李五疏财仗义，遂把一干人货护送往后渚港。箫声竟让李五化险为夷。

李五富甲诸邑，传说"鸟飞不过田园"，门口的凤池藏满金水牛、金田螺、金面盆……村北的狮山藏着大量的白银。扯远了，话题还是回到池店九落大厝。

性纯姿丰的李五，一生忙于经商和做慈善，没有时间建造宅院，三儿媳秦氏依照公公构想，主持建设的池店九落大厝（屋）于明弘治年间落成，主厝由纵横各三共九座大厝，及双边护厝组成，面积6036平方米，大厝规模恢宏、外墙"出砖入石"，众多的燕尾脊两端高翘，典型的闽南建筑风格，与此同时，另一座九落大厝在府城泉州井亭巷拔地而起，为区别池店九落大厝，起名为李五城心九落大厝，两座形制堂皇的大厝，赢得"如有李五富，也没有李五的九落大厝"的称誉。那时，我的心穿过古村燕脊的生动、濡湿的矜持，在久远的民风里游弋。

四世妈秦氏是池店后人经常提及的女性。秦氏是泉州卫武德将军秦杰的女儿，识文断字，好善重义。她出生在官宦人家，丈夫瑄是李五第三子。她明白读书兴族的道理，主建的两座九落大厝，都建有书房供子侄读书，明清两朝，其后裔有十六人考中举人和进士。一个活了九十四岁的女人，继承李五扶危济困的美德，一生都在做好事，凤池里能成为藏宝之村，秦氏居功至伟，家谱上称她为"女丈夫"。

大厝老矣，倒塌的墙体失去往日的锐气。然而，细部尚能彰显秦氏的精明之处。九落大厝的九个天井，雨天不积水有学问可求，秦氏颇费心思，要求工匠铺设相通的八卦形暗涵，雨水污水依次流归大门内的第一个大天井。涵中放养的长寿龟，昼夜爬行松动沉淀物，保证了暗涵流水长期畅通。还有更奇特的，是设有慈善配套用房。原因是这样的，为了上门求助的贫民免遭风吹雨淋，大厝如若建成必须设置慈善厅成了李五的心愿。这就是李五的与众不同，体现他悲天悯人的情怀。12个大厅、170多间房屋的大厝落成后，果真辟有慈善厅、慈善通道和慈善库房等专用场所。

　　井是前人的图腾，背井等同于离乡。现时仍然有人坚守古俗，出远门，随身携带一瓶水、一把土，心理上感觉能祛除水土不服。李五常年出外打拼，家门口的井水肯定能派上用场。

　　池店李府门前的"荔枝井"，可以照见李五的行为品质。

　　李五是弃文走上从商之路的，他对钱的用途别有一番见解。他认为，会赚钱又肯把钱花在急需的人身上，可以享受双重快乐——自己快乐和别人脱困后的快乐。成为有钱人后，"恩公井"仅仅是他乐善好施的小插曲，添高洛阳桥和修葺六里陂才是大手笔。慈善的含义是对人关怀、富有同情心，李五做的善事和得到他救助的人不知凡几，民谚"善不过李五"与"富不过李五"是他一生最好的概括。

　　人心是肉长的，得到李府恩惠的乡民总想投桃报李，哪怕是一根葱，几叶菜。荔枝熟了，远山远水的乡亲手里提的，肩上挑的全是荔枝，他们不嫌路程坎坷，直想尽快向池店李府聊表心意。荔枝味甘肉甜，是南方的上佳水果，但吃多了会上火，放久了容易变质。李府吃不完，左邻右舍、过路人、乞丐都有福品尝。还有剩余，听从郎中建议装入竹筐沉入井底保鲜。到了又该派送的日子，荔枝从井中起底。经过水泡的荔枝降火、味甜。于是，村人将这口井取名"荔枝井"。

　　善行如井，福泽无声：居高俯视，平静无奇；零距离品尝，清洌甘饴，每一滴落在心里都沁人心脾。时下倡导的福建精神，正是李五们行为的结晶。

　　放飞思绪，向远望去，前方的这一条慈航，让我记住了李五名英，字俊育，号自然，五兄弟中居五。于是心灵在那一刻蜕变，变得那么亮堂。

　　在这个世界上，只有慈善和思想无法禁锢。李五一生只做两件事——经商、慈善。他的财富来自于民，又回馈于民。他行善不局限于修桥造路，涉及多个领域。他建桂岩书院、凤池李氏家庙、桂岩奄；扩建福海堂，重修泉州东岳庙……有赖于李五的乐善好施，池店村有七处县级文物保护单位，一个村庄拥有这么多的文物，这在其他村庄并不多见。

桂岩书院是李五早期的慈善事业，创办于明永乐十六年（1418），书院位于村北石船山南面，环境清幽，是读书的好去处。为了激励子孙读书和参加科考，李五专置生员租田，出租的收入用于子孙读书。

七宫八塔九石路是池店的骄傲，一个村子明代就建有七座宫八座塔，还有一条石板路，如果没有李五及其后裔挥金如土投资公益的气概，哪有这么动人的景象？

七宫我见过两宫。金碧辉煌的玄坛宫三开间二落，主祀的赵玄坛（公明），亦称"赵公元帅"，这座宫观，也有虎帅爷的神位。赵公明是民间公认的财神，凤池奉为境主公。一件件古物，印证康熙年间进士李为观题写的"凤池古地"匾额丝毫不虚。

另一座名福海堂，俗称"观音宫"。其他寺庙的罗汉，通常在观音雕像前排列，或安置壁上的神龛。而福海堂的十八罗汉和白猿、鹦鹉，却摆放在观音菩萨后面的假山石窟中。究其原因，李五长期在外地经商，思想观念受到影响，北方佛教石窟文化便在家乡展现。大殿匾额"观自在"为明万历年间状元庄际昌手书，个中隐藏一段故事：庄状元是晋江青阳人，年少时往府城泉州求学，福海堂是必经之地，经常见到寺内观音菩萨站起身来，庄母认定际昌日后将出人头地，观音妈才会起身致意。从此，际昌读书更加勤奋，金榜题名后，亲自前来福海堂上香，"观自在"之意便是观音妈见到他不必站起来行礼。有了庄状元的逸闻，福海堂名气大增，无论是赶考的学子，还是经商的里人，心有所求时，都会前来观音面前祈愿。到了当代，晨钟暮鼓依然在村子上空回荡。

八塔仅剩皂坑塔和顶宫石经幢，明代皂坑方塔高三层，底座四尊金刚力神承托塔身，塔顶葫芦尖高耸。七级宋代石经幢高 6.46 米，须弥座八角处精雕力士托举上部，石件细刻海浪、莲花瓣、菱角花纹饰，李五和四世妈秦氏都对这两座塔重新修缮。九石路是凤池里的主要道路，紧紧连接泉（州）安（海）古道，李五曾注入巨资拓改。这条大道，走过北往南来的各色人客，给凤池带来道教、佛教、伊斯兰教、印度教等信仰，正是积善之家的精神传承，凤池才会有七宫八塔九石路的文史记载。

兴济亭不大，人气却挺旺的，壁龛上端坐一大二小石佛像，村民长期当成观音供奉。后经文史研究者确认，大的是印度教的湿婆，在湿婆两边的较小女神，一是湿婆的妻子婆婆娣，一是七母神。湿婆是印度教主神之一，传说具有极大的降魔能力，额上的第三只眼的神火能烧毁一切。晋江市政府竖立的保护碑是这样写的："池店印度教石刻镌于元代，高零点五二米，宽零点六八米。上浮雕印度教服饰神，为研究晋江宗教历史的实物佐证。"这尊石刻原在村西南古道旁，多亏秦氏把它移入村中建亭敬奉，才得以保护下来。

置身渡口，被和风细雨洗涤过的心灵，不知不觉泛起激情的波澜。照相机的镜头，拉长了我的眼光。

在李五漫长慈航里，修葺六里陂是熠亮的闪光点。六里陂是当时晋江县的水利工程，"在郡城南关外，自二十七都至三十五都，途经永靖、和风、永福、永禄、沙塘、聚仁六个里，内积晋之源流，外隔海之潮汐，纳清泄卤，环数十里内无田不资灌溉"（《泉州府志》）。六里陂曾益泽万民，但因年久破败，汛期洪水漫堤，旱季供水有限。一旦遇上旱涝，农人五谷颗粒无收，只得背井离乡乞讨度荒。

李五不吝钱财济困扶贫，这样的信念，宛若清明雨里冒出的嫩叶，无法停歇。然十年九灾，饥民难以计数，李五意识到，治标不如治本，只有兴修水利，才能让六里陂流域的百姓安居乐业。修葺六里陂是1435年开始的，是年李五刚步入知天命，长子仅3岁。这时洛阳桥刚结束重修，他没有采纳家人买田建房的建议，毅然投入巨额资金修复农业的命脉——六里陂。

陪同采风的当地文友告诉我，修葺工程启动后，6个乡里的乡民闻讯出动，一条从今池店华州起，沿东山、溜石、陈埭、江头至石狮的20公里长堤全面破土。一年多的栉风淋雨，长堤全线加宽垒高，堤中分筑华州后陡门、东山陡门、溜石六陡门、江头南陡门、石狮浦内无底宫陡门。陡门是指农田灌溉系统中斗渠的水闸，其作用是溢洪阻潮，汛期到来，开启陡门排泄洪水流入大海，涨潮时，关闭陡门避免农作物受淹。

没有曲折显不出悲壮，修建位于溜石村入海口六陡门最为艰难，时值6

月大潮，狂风恶浪猛烈撞击陡门，刚建好的陡门随时会被冲毁，李五亲临堤岸最前方，民工深受鼓舞，同心协力完成抢险加固，陡门终于安然无恙。

六里陂的修浚，完善了晋江东部平原的灌溉水系，四十多万亩水田重新成为晋江县的主要粮仓。

纤弱的雨丝，润泽着万物，翠绿的河床蓬勃着激情。猛然想起刚刚观瞻过的李氏家庙，墙上那方《自然公修洛阳桥记》重拓碑刻，又一次叩响我思考的门环。一个人做点善事并不难，难的是一辈子做善事。如果说修葺六里陂是李五的第二大善举，那么，添高洛阳桥应是最大的善事。

河流是农耕人家的命脉，泉州有两条主要河流，一条是晋江，一条是洛阳江。横跨洛阳江的洛阳桥，桥南是现在的洛江区万安街道，桥北是惠安县（现台商投资区）洛阳镇。我在洛江区讨生活已七年，见得多，听得多，当然比常人多熟悉一点洛阳桥的掌故。宋代以前，人们"涉海而济，往来畏其险"。过渡的舟船，一遇暴雨狂风，"沉舟被溺，死者无算"。宋至和二年（1055），蔡襄出任泉州太守，出于体恤民情，致力兴建跨江桥梁，经过6年8个月的抗风博浪，耗资1400万贯，一座长3600尺，宽15尺的巨型石桥终于建成。北宋以降，任泉州太守者众，但在泉州人的心目中，"称太守之贤者，必以公（指蔡襄）为首"。

石桥竣工后，人们"去舟而徒，易危而安，民莫不利"。时光悠忽，江道三百多年的泥积，每遇涨潮，或天降大雨，江水漫过桥面，行人又得以舟楫为渡。明初，李五往返江浙经商经常路过此桥，数次体验遇潮过渡之险，心生出资重修洛阳桥的意愿。

添高洛阳桥的故事泉州妇孺皆知：宣德初年，新到任的泉州太守（知府）冯祯，一心想为百姓做点实事，便把重修洛阳桥摆上急办议程，但苦于府库资金不足。体察民情时部属提起，社会上曾流传李五有意出资添高洛阳桥。冯太守大喜过望，速召晋江县尹刘珪议事，由于李五常年经商在外，岁首等到年末，终于等到宣德六年（1431）正月，刘县尹把握住时机，趁李五回乡过年，代表冯太守到李宅邀请李五到府衙商议大修洛阳桥。

寒暄过后，冯太守直逼主题："宋代蔡公建桥已经三百七十余年，江道泥沙淤积，潮涨时常水淹桥面，行人乘船过渡时有倾覆，我有心修桥，任内做点益民之事，奈何资金一时难以筹齐，听闻李财主仗义疏财，望能助我了却心愿。"李五不加推辞，一口应承下来。太守把郁结在心头的担忧，轻轻放下，眉宇在对晤中舒展。

保证涨潮行人能顺利通行，增加桥梁高度为上。兵马未动，粮草先行，李五捐出藏在狮山的白银，捐出藏在凤池的金水牛等稀世奇物，解决了资金。这一年，李五46岁。冯太守登高一呼，周边各县工匠云集麾下，修复古桥就此拉开大幕。

主持匠事的僧人正淳调度得措，民工们或拆扶栏，或拆桥板。所缺的石料，从远处运来。为了让子孙后代铭记这次修桥来之不易，李五有意把增高的桥墩采用较小的条石，如今人们分辨宋墩和明墩，条石规格大小是唯一的依据。烈日下，工匠的影子挺拔如松，风雨里，他们的身姿矫健如鹰，建桥工地的号子声、凿石声此起彼伏。

建桥过程中有一段插曲：事情还得从宣德初年说起，李五数次体验遇潮过渡之险，倍觉为民修桥义不容辞，脱口说道："有朝一日，我一定要重修添高洛阳桥。"附近杂货店张掌柜以为李五信口胡诌，毫不客气回敬道："贵人若修桥，扛石的竹杠一概由我供应。"另一家小店掌柜姓苏，高声附和："到时可别忘记我，扛石的麻绳到我店免费领取。"麻绳俗称麻蛇，是由苎麻编织的运石专用绳索。两年后，即宣德六年，平日清静的洛阳江涌入一大批工匠。两位店主不敢食言，硬着头皮按时按量提供半年的竹杠、麻绳，李五得知两位诚信的店主陷入窘境，赶忙派人前去结清货款，要求他们继续组织质量好的竹杠、麻绳进场，所需费用仍然由李五全额承担……

三年后，李五耗金万计，添高将近六尺的洛阳桥横卧江流，一劳永逸解决潮涨桥淹的缺陷。成为我国四大名桥之一的洛阳桥，重修已经五百八十多个年头，历经风吹、潮涌，至今依然横跨洛阳江上。

宽阔的胸怀，李五离草民很近。"善不过李五"，是对李五一生最完美的概括。明正统六年（1441），也就是名桥重修的第七年，建昌萧元吉宦游入闽，行走洛阳桥上，叹服李五的善举，亲撰《自然公修洛阳桥记》立碑于桥南，并陈文向朝廷请旨，英宗钦赐李五"乐善好施"金匾。李五的功德何止乐善好施！"爱国爱乡、海纳百川、乐善好施、敢拼会赢"是福建精神的内核，这种内核恰恰是许多有为闽人打造而成。

日正亭午，流丽的鸟鸣惊断我的遐想。雨过天晴，我抬头望去，阳光下的桄头尾渡一派静谧，那水，那树，已在恬静的呵护下昏然欲睡。沉寂三十年的野渡又一次勾起我的浮想：明代大慈善家李五，他会赚钱又舍得花钱行善，眼前这个盛载他两种快乐的古渡，无疑是辐射善行的着力点。

联想李五与人为善的一生，久违的震颤如同久违的鹰群。我不会再迷失于人生十字路了，闪烁慈善光芒的名物攫住我的目光和心绪。

时光拉响春天的进行曲，正是芳香流溢的好时节。花朵因有春雨的滋润而鲜艳，我因有慈航古渡的感染而怀想……幽雅的天籁，轻吟送别的音律，我像时间的脚步，慢慢走远。

——选自2015年第2期《时代文学》（下）

后 记

　　自今年夏天确立编辑《中国好散文2015》的选题后，我们便开始"搜寻"。先是从与文友的聊天中"搜"，今年出现了哪些被人们交口称誉的妙文，哪篇佳作不胫而走；接下来是"泡"图书馆，翻阅大量文学期刊。一番努力，终于披沙拣金得来这五十多篇散文作品。选稿时并未刻意筹谋，选出的稿子里却正好既有宝刀不老的老作家的重磅新作，也有风头正劲的中青年作家的扎实篇章，还有"80后""90后"脱颖而出的散文新人的青春文本。"窥一斑而知全豹"，可以说从这里就能看到今年国内散文创作的大致风貌和艺术标高。2015年中国散文创作的基本格局和往年比较虽然没有大的改变，传统意义上的文本写作仍然占据着重要地位，展现了壮丽的风景，但一种"新"的散文正以绚烂的色彩吸引着读者的目光，或者说这种"新"的散文经过前些年的探索，到这里在走向成熟。这种"新"的散文在选材标准、结构方式及语言的锤炼方面好像都没有传统散文那么严格，但其芜杂中的繁茂、原生中的鲜活，其自由洒脱神采飞扬，却别有魅力。这种"新"的散文为2015年中国散文增添了亮色，我们特别选编数篇，以飨读者。

　　从内容上说，我们选稿时注意了覆盖生活面的广阔、精神内涵的丰富及文化积淀的深厚。书中有直面现实的犀利目光和忧患情怀；有钩沉历史的洞幽烛微和深沉思索；表现人生体验的作品，注重体现作者灵魂的渴望和追求，个中况味，难以言尽；为底层百姓画像的作品，所记之人大都心向高拔、命途坎坷、令人唏嘘叹惋；抒写亲情友情，情真意浓；描绘自然与生命，纸上跳动着一颗善待自然、善待生命的爱心；亦有浪漫的情调、美好的情愫，清溪一样在字里行间流淌……总之，编者力图奉上一桌精神盛宴，不辜负读者的期待。

还有一个重要原则：虽然散文写作可以不拘一格，恣意纵笔，但这一点却不能含糊，即必须是"文学散文"——本来散文是不需要前面加"文学"这个定语的，但近年有些打着"散文"标签的文章实在远离了散文的本质属性，这类伪散文严重败坏了读者的口味，也损害了散文的形象。本书有意拨乱反正，树立一个散文的样板。所选美文虽不敢夸耀字字珠玑，但要说纯正的文学品质，可称得上铁锤敲钢板——当当响。

编者在编选时自始至终心怀忐忑，唯恐有眼不识泰山，铸成遗珠之憾；也怕眼神走偏，认璞为玉。但由于眼界和水平所限，终难做得完美，不足之处，只有请读者朋友指正和原谅了。

本书整个编选过程得到了著名散文家、资深出版人丁建元先生和山东人民出版社胡长青社长的帮助。在众人追捧流俗的快餐文化的今天，他们却有识有胆，满腔热情地关注行情不多么看好的文学，大力扶持纯粹、高雅的精神产品的生产，这是令我们敬佩的，在此向他们表示由衷的感谢。

编　者

2015年12月20日

发稿酬和样书启事

由于编选时间仓促、工作量大,未及与所选作者一一取得联系,请见谅。

现仍有部分作者地址不详,为及时奉上样书和稿酬,请有关作者得到信息后与出版社责任编辑联系。

联系电话:0531-82098014

地　　址:济南市胜利大街39号

邮　　编:250001

山东人民出版社